上 海 ： 精 神 的 行 走

下册

惜珍 著

郑宪章 傅鼎 摄

中国出版集团

東方出版中心

目录

下册

衡山路—复兴路历史文化风貌区

梧桐深处的海派风情

衡山路—复兴路历史文化风貌区是上海中心城区优秀历史建筑数量最多、规模最大的一个风貌区，历史文化遗产特别丰富。区域内分布了大量风格各异、环境优美的花园住宅、公寓、新式里弄和各种公共建筑，体现了上海近代居住和公共活动场所的风貌特征以及幽雅时尚、兼容并蓄的海派特色。

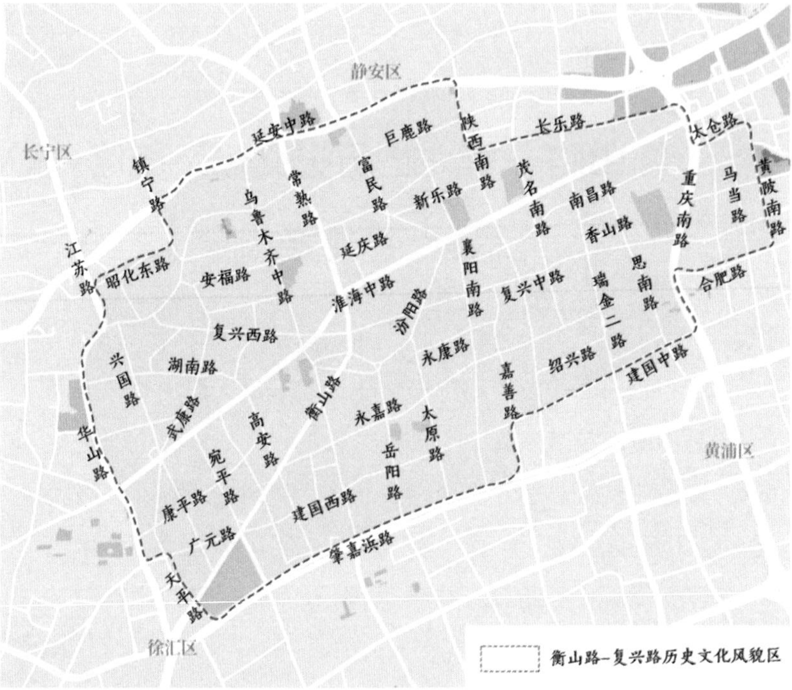

衡山路—复兴路历史文化风貌区示意图

衡山路—复兴路历史文化风貌区（简称“衡复风貌区”）在上海近现代发展史上占据了重要地位，是当前上海市最具代表性的历史文化风貌区。衡复风貌区是12个风貌区中占地最大的一个，涉及徐汇、黄浦、静安、长宁4个行政区。

这个风貌区历史上原为法租界内的高级住宅区，历史文化遗产特别丰富，是中心城区优秀历史建筑数量最多、规模最大的一个风貌区。区域内分布了大量风格各异、质量较好、环境优美的花园住宅、公寓、新式里弄和各种公共建筑，体现了上海近代居住和公共活动场所的风貌特征以及幽雅时尚、兼容并蓄的海派特色。风貌区内空间类型丰富，街道尺度宜人，绿化覆盖率高，环境优美、古树名木遍布，百分之九十以上的道路两侧种植有浓荫蔽日的法国梧桐，大量的花园住宅与里弄住宅以及单位用房也保留着良好的庭院绿化。这个风貌区人文荟萃，近代许多重大历史事件发生于此，留下诸多历史遗迹。衡复风貌区还是上海花园住宅最集中的地区，建筑吸取了欧美各国住宅、别墅、官邸等建筑的特征和艺术手法，形成了具有西班牙、英国、法国、挪威、德国等传统或带有美国殖民地色彩以及西方现代派风格的多种类型共融的风格，具有鲜明的时代和地域特征，造型优美，布置灵活，庭院幽深，建筑密度低，形成颇具特色、环境优雅的居住氛围。

衡复风貌区在历史上始终是国外富商、外交官以及国内士绅豪杰、艺师巧匠社会交往和工作生活的首选之地，时至今日，留下了许许多多中外名人居所，成为衡复风貌区文化内涵最重要的组成部分。

梧桐树下的老房子

1849年4月，上海道台麟桂与法国政府驻上海首任领事敏体尼议定法租界界址，面积为986亩。1860—1914年，又3次扩界至15150亩。第二次扩界以后形成的法租界中区和西区，即现今衡复风貌区的主体。法租界成立之初便开始全面推进道路、市政设施建设，并为法侨和各国官员、富商建设高级花园洋房。1914年第三次扩界形成西区时，正逢上海向国际大都市衍变。公董局长期致力于推进高级住宅、配套设施和城市环境建设，使法租界逐渐成为整个旧上海对中外富人最有吸引力的生活区。

1843年上海开埠后，几乎成了西方各流派建筑师争奇斗艳的舞台。为了使无序的建筑有所规范，更为了营造暴发户们所需要的舒适而宁静的安乐窝，法租界最先导入了西方最新的城市规划观念，对城区实施规划管理。1900年10月10日法租界董事会决议规定自嵩山路向西只准许建造砖石结构的欧式楼房，与道路间隔至少10步，用于辟建花园和种植树木，不能够用竹篱笆或实体墙封闭，营造前需呈交图纸并经市政工程师批准。因一些华人业主的反对，建筑只限于欧式这一点在1900年12月28日被修改，其余必须执行。之后，又规定在今淮海路重庆路路口环周，即当时的华法交界地区，所建造的建筑必须具有艺术性；1903年7月，又规定今新永安路以北、江西南路至法租界外滩的东区和今复兴中路以北的思南路两侧地块为欧式建筑建造区。自1914年后，外商侨民、富绅巨贾争先涌入上海法租界，择地营造独立式花园。“八一三”淞沪战争爆发后，外地大批富豪避难入境定居，进一步促发了高级住宅公寓的营建高峰，建筑式样也越发多姿多彩。中外商人在沿越界所筑的道路两边陆续兴建花园住宅，一时间中外富商名流聚集。

1920年3月22日又将后一地块的范围向南扩展至今上海第二医科大学与瑞金医院北墙，东西扩展至重庆南路以东和瑞金二路以西各100米处。1938年11月，又推出了《整顿与美化法租界计划》，划定今建国西路以北，岳阳路、襄阳北路、富民路以西至华山路、天平路为高档住宅区。次年5月8日和11日又以法国领事署第198号与第199号署令形式划定该地块为高档住宅A字区，以1920年划定的今思南路两侧为B字区，两区中间地块，即今建国西路至长乐路，茂名南路至东湖路、汾阳路之间为C字区。在这三个地块内，新建筑必须是独立式或联合式花园住宅和公寓大楼。同时，对建材和外立面颜色等作出具体规定，如禁用黑色砖瓦和白石灰粉刷，保证了区域内建筑的协调。1921年3月21日，规定在今金陵东路、延安东路、淮海中路、重庆南路、延安中路、衡山路等主要道路上的中式建筑主立面一律改为西式。如此煞费苦心，看来法国人是想把自己故乡的风貌移植到遥远的中国上海，在淘金的同时聊解他们的乡愁。

其时，当局对西区制定了特别管理措施，维护其高雅、幽静的环境，并通过住宅类型控制了人口导入的规模和结构。法租界的生活配套设施水平远优于公共租界。宗教设施、医疗设施、文体设施等各类设施不仅丰富居民休闲生活，也提供高品质交往空间。这些使得衡复风貌区所在地带历史上成为当年上海唯一经过精心设计的住宅区，道路建设在全市首屈一指，同时，也是全世界独一无二的各类风格居住建筑同时呈现的区域。

法国人在上海定居的历史非常短，却把他们的文化和生活习惯

衡山路—复兴路历史文化风貌区内优雅的居住环境

带到了上海，把法兰西特有的浪漫洒落到街区的角角落落。这一带的马路也是温婉而颇具亲和力的，不宽的距离可以让人方便地穿行，马路两侧种植的法国梧桐带来万种风情，至今仍是上海的一道优雅的风景。衡山路是上海梧桐树最密集、沿途景观最优美的道路之一。道路两侧460余株茂盛参天的法国梧桐，其中70%种植于1922年，由于当年是先植树后筑路，梧桐树生长在良好的土壤中，故一直保持着原有的风貌，树干苍劲斑驳，厚实粗壮，树枝伸展相交，树叶茂密成荫，所以，衡山路又有了“上海古树名木第一街”之称。这种法国梧桐学名叫做悬铃木，原产于英国，因种栽于旧日法租界而出名，故习称法国梧桐。经历了漫长的岁月，树的枝叶异常繁茂，春夏时节枝叶密密匝匝地遮盖了不宽的马路上空，如情侣般牵手相拥，使整条路变成长长的绿色拱形走廊，而当一场雷雨骤然袭来后，空气会变得格外湿润和清新。秋天树叶由绿转黄，风过处洒下一地碎金，在阳光的映照下缤纷如法国画家柯罗的油画。到了冬天又悄然分开，就这样分分合合，才不腻味。一幢幢老房子便静静地被掩藏在梧桐树浓密的树丫之间，法国梧桐与欧陆建筑相辉映，营造了无与伦比的法国风情。两侧还有欧式风格的人行道隔离栏、仿弹硌路的红褐色人行道及行道树盖板。到了晚上，就有一种暖调的城市氛围慢慢弥散开来，轻轻地撩动人怀旧的情思。

“高品质居住区、静谧花园区、时尚商业区、高雅文化区”是衡复百余年历史最重要的积淀。其中，“高品质居住区”是衡复风貌区的核心特征。为了满足居住在这一带的人对高品质生活的需求，必然要集聚完善各类高品质的商业文化。出于对居住品质的高要求，所建造的住宅必须要讲究建筑设计风格并营造幽雅的居住环境。而居住在里面的居民对私家花园、公寓阳台也会悉心美化，营造出各自有个性的环境氛围。如是，便形成了一种高雅文明的生活方式，这些特有的生活场景也无形中成为这个风貌区的特色之一。

维克多·雨果有句名言："建筑就是历史。"建筑传承着一个时代的文化与风貌，而且它所承载的人文历史更值得人们细细品味。作为上海历史文化风貌保护的"重量级"区域，衡山路—复兴路区域曾经是晚清以来至民国时期众多历史人物的居住之地，那些梧桐树下的老房子里演绎过近现代中国曾经的风云际会。这些建筑的价值也许就在于它浓缩了这个城市、这条街以及里面发生的许多故事。

白俄撒落蓝调的忧伤

1920年后，上海租界内商业已相当发达。法租界设立之初的首批商行，主要从事瑞士钟表、巴黎化妆品、珠宝首饰、酒类、奶酪等欧洲高档商品的专业进口，以及丝绸等中国高档商品的出口业务。20世纪20年代以后，随着忠于沙皇的白俄临时政府的失败，数以万计的白俄开始逃离符拉迪沃斯托克进入中国，其中有相当数量的俄国侨民来到上海这个当时的大都会，到20世纪30年代，上海的俄侨总数达到18 000人左右。刚来上海的俄侨，大多囊空如洗，这些落魄贵族跟租界内其他富有的外侨形成鲜明的对照，被称为"白人穷人"。一开始，他们低吟浅唱着忧伤的乡愁之曲，聚集在位于公共租界北区的北四川路百老汇路一带，后来随着那些地区日本势力的逐渐加强，俄侨开始移居法租界，主要聚居区就在今天的淮海路一带。当年挤在霞飞路（今淮海路）的俄罗斯人是法兰西人的3倍还多，俄罗斯人无比怀乡地把淮海中路唤作"涅瓦街"，华人也称之为罗宋街（罗宋是Russia的音译）。那些俄国没落贵族感受着彼得堡昔日的欢愉与奢靡，每人带着一部“金粉世家”似的传奇，渐渐在上海这座自由港里汇聚，硬生生地在法租界里辟出了一处小“彼得堡”。从20世纪30年代开始，租界内俄侨居住区日益繁荣，特别是俄侨集聚中心——法租界霞飞路一带到处是俄式的店招，酒店里高加索式的餐具装着浓烈的伏特加酒，栽满花草的莫斯科郊外式样的花坛以及粗犷、深沉、满是忧伤的歌声处处流淌着浓郁的俄罗斯风情。霞飞路及其周围，被他们称为东方的圣彼得堡。

这些落魄的俄国贵族们在他们所居住的霞飞路一带大量开设高档服饰、珠宝钟表等定制商店，以及手工食品店、鲜花店、照相馆等“升级版”生活配套，受到各国侨民和富裕中国人的追捧，为法租界勾勒出高端商业的国际形象，霞飞路也成为继南京路后上海第二条具有国际影响力的商业街。

不过，这些俄侨为上海所做的最大贡献是带来了俄罗斯文化，尤其是音乐、舞蹈、戏剧和绘画。当年流亡到上海的俄国人里，也混杂了许多艺术家。他们以自己的方式坚守着艺术及其格调，其中有代表性的便是许多优秀的俄侨音乐家。汾阳路上的上海音乐学院是我国第一所音乐高等学府，它的前身是1927年成立的国立音乐学院，创办人及首任院长是我国极负盛名的教育家蔡元培先生，在沪俄侨中有许多人被上海国立音专聘请担任教师。著名声乐家舒什林教授就是其中最有贡献的一位。舒什林在8岁时即以儿童歌手驰名于圣彼得堡，被称为“空中云雀”。他15岁毕业于圣彼得堡皇家音乐学院，19岁成为意大利著名声乐教授埃弗拉迪的高足。他1929年来到上海，应国立音专校长萧友梅博士邀请，担任该校声乐教授达15年之久，他教授的中国学生中，不少人后来成了著名歌唱家，如男高音歌唱家胡然、男低音歌唱家斯义桂、女高音歌唱家周小燕等。著名钢琴教师扎哈洛夫教授是上海国立音专最好的一位钢琴教师，培养出了著名音乐家吴乐懿等学生。与此同时，大批优秀俄侨芭蕾舞演员来沪定居，使上海芭蕾舞水平在20世纪30年代达到鼎盛时期。当时地处法租界的兰心大戏院成了俄侨芭蕾舞演员演出的重要场所，他们在那里上演了《天鹅舞》等许多经典芭蕾舞剧，在上海风行一时。上海早年的一些芭蕾舞演员，包括后来成名的芭蕾舞前辈，大都出自俄罗斯教师的门下，如上海芭蕾舞的先驱、曾任芭蕾舞学校校长的胡蓉蓉便是一名白俄芭蕾舞演员亲手调教的。白俄老师有着优雅的风度和良好的教养，她们自称是来自彼得堡皇城的公主或贵族。上海俄侨中还有许多才华横溢的建筑师和美术家，如1920年来到上海的俄侨画家波德古尔斯基，到上海后除了开画室，进行绘画创作，还承担建筑艺术装饰设计，他因参加沙逊大楼、法国总会等优秀建筑的装饰设计而出名。他还是最早在上海举办画展的俄侨美术家，并曾多年担任上海美术俱乐部画室主任，指导了许多学生，其中不少人后来都颇有成就。许多俄侨艺术家还创办和主持了许多一流的广告美术设计公司。许多大型外商企业，如英美烟草公司等广告部，都聘用俄侨美术家来设计。同时，上海的许多细节，比如家庭中流行的色拉、西餐馆里的乡下浓汤、西洋画的风格，甚至对欧洲世界的那种惆怅的怀乡感，都是白俄在这个城市种下的。虽然那些怀着浓浓乡愁的白俄在太平洋战争爆发后都陆续离开了上海，许多人从此再也没有回到这个他们曾经的避难地，可是他们播下的俄罗斯文化的种子还依然在这个异国的土地上生长着。

沿着普希金铜像往南走，到襄阳路新乐路口便是圆顶东正教圣母大堂了。这座建成于1936年2月的教堂有着典型的俄罗斯东正教堂风格，它是由俄国著名的建筑师和画家利霍诺斯设计建成的，外形类似莫斯科红场上的华西里·伯拉仁诺大教堂，体现了俄罗斯民族的建筑特征。最惹人瞩目的便是教堂的穹顶了，它由一大五小6个葱头形的圆穹顶组成，顶部为半球形穹隆顶，中间为一个大穹顶，四个角分别设一个小穹顶，外壳为涂上孔雀蓝的铜皮，窗扇也是蓝绿玻璃相拼的，与乳白色的墙面组合，显得清新唯美，在蓝天白云下浑然一体。东正教堂的建造，见证了东正教在上海发展的最后时期，它也是当年俄侨们排遣乡愁的好去处，他们在这里唱歌，在这里哭泣，在那漫长得有些苍白的岁月里这座教堂给了周围的白俄移民神圣而温柔的神的指引、慰藉和庇佑，无论生活多么艰辛，只需一抬头，便能远远地望见东正教堂的蓝色的圆顶，它温暖了所有流落他乡的俄侨的心，这里是他们的精神支柱所在。新中国成立后，俄国侨民纷纷离境归国，1962年2月，圣母大堂举行了最后一次宗教仪式后便停止了宗教活动。就这样，任岁月的风带走了教堂。

圣母大教堂因其葱头穹隆而成为上海的俄罗斯风格象征，也许，因为蓝色是忧郁的色彩，站在街头远远望去，隔着时间和空间，隐隐感觉到这座教堂连带着周围的空气也多少带着伤感的意味，似乎默默而哀怨地述说着关于和俄罗斯有关的一些遥远的往事。

法国人遗留的旧梦

位于茂名南路58号的花园饭店是一幢在法国宫殿式老房子基

础上建造起来的五星级宾馆，这幢老房子就是昔日上海的法国总会，又叫法国俱乐部。它是旧上海法国人办的规模最大、层次最高的会员制俱乐部，与英国人在外滩办的“上海总会”和美国人在福州路上办的“花旗总会”一起被称作“旧上海的三大总会”，法国俱乐部的影子在这里驻留了大半个世纪。

当年买下法国总会西部的房地产商，于1925年至1929年在这块昔日法国人的乐园上造起了法国式花园里弄住宅，而且把这条现为陕西南路39弄至45弄的花园里弄住宅称之为凡尔登花园，无形中以另一种形式延续了法国人在上海的旧梦。虽然现在这里又有了个很吉祥的名字叫长乐村，不过老上海还是习惯于叫它凡尔登花园。凡尔登花园是一组尺度宜人、环境优美的正宗的法国式住宅群。弄内共有7条支弄，内有两层单开间联排式住宅100余幢。建筑外观小巧玲珑，显示出法国式的优雅。凡尔登花园93号是我国近代著名画家、散文家、美术和音乐教育家丰子恺先生的故居，也是漂泊一生的他居住时间最长以及最后居住之处。这里，留下了丰先生人生最后岁月的悲欢离合。丰先生是1954年秋迁居长乐村的。丰子恺居住的是靠近陕西南路路边的一幢。2楼有一个朝南的室内小阳台，阳台中部呈三角梯形凸出，并形成房屋中心的尖顶状，丰子恺的书房就在此2楼的南窗内，白天坐拥阳光，夜晚可穿牖望月，所以他将自己的书房取名“日月楼”，并脱口诵出“日月楼中日月长”之句，次年定居杭州的国学大师马一浮以此句为下联，配上一句上联：“星河界里星河转”，书赠给丰子恺。丰子恺把此对联挂在书房中，还自书“日月楼”匾额，朝夕相对。在长乐村居住的21年里，是丰子恺创作的丰收期，他在那里翻译了日本古典

花园饭店及其裙房（昔日的法国总会）

小说《源氏物语》《落洼物语》《竹取物语》《伊势物语》等，并与幼女丰一吟合译俄国作家柯罗连科的《我的同时代人的故事》（1—4卷）；创作了《缘缘堂新笔》《缘缘堂续笔》等散文；出版了《丰子恺儿童漫画》《子恺漫画选》；完成了《护生画集》（4—6卷）等。1975年初秋时节，丰子恺逝世，3年后，他的幼女丰一吟携老母亲搬离了长乐村。

如今，步入弄内，仰望“日月楼”，似能感觉到空气中依然留存着丰先生的气息。只是未敢叩门，怕打破心中固有的神秘，怅然地望一眼门前小木牌上写的“丰子恺故居”的字样，有淡淡的忧伤袭上心头。

凝固在时光里的人世风情

思南路是衡山路—复兴路历史文化风貌区中一条法国味道很浓的路，我国近代畅销小说《孽海花》的作者曾朴曾在思南路81号度过了他一生中最重要的岁月。曾朴能说一口流利的法语，并翻译了许多法国文学作品及先进文艺理论。20世纪30年代，他在家里办了一个法国文化沙龙，里面聚集了一批当时上海滩最风流潇洒的文化人。一代风流才子邵洵美、徐志摩、田汉以及郁达夫等都是那里的常客。对于他居住的思南路，曾朴曾这么说："黄昏的时候，当我漫步在浓荫下的人行道，Lecid和Horace的悲剧故事就会在我的左边，朝着高乃依路（今皋兰路）上演，而我的右侧，在莫里哀路（今香山路）的方向上，Tartuffe和Misanthrop那嘲讽的笑声就会传入我的耳朵。法国公园（今复兴公园）是我的卢森堡公园，霞飞路（今淮海路）是我的香榭丽舍大街，我一直愿意住在这里是因为它们赐予我这古怪美好的异域感。"确实，思南路林立的豪宅，庭院深深，几乎每一所都身世迷离，漫步其间，似有穿越之感。一幢幢沉默的老房子镌刻着历史的皱纹，却自有别处没有的清新高雅。这种高雅，不在城市的表面，而是深入城市的肌里，也许是因为那里面有着许许多多凝固在时光里的人世风情。

复兴中路口的思南路41号是一幢始建于20世纪20年代，后又扩建，至1930年建成的西班牙伊斯兰式建筑风格的花园洋房，有圆拱形的门廊和窗樘，2层窗间饰以精细的白色罗马壁柱，阳台多用流线型的铸铁花饰。西立面单层为红瓦圆顶，顶层叠有彩色玻璃小穹顶，在黄色墙面映衬下十分夺目。这幢造型别致建筑的主人是20世纪20年代至20世纪40年代金融业知名人物袁左良，金城银行襄理，此人交友广泛，与著名画家陈半丁交往甚笃。从1953年起，这里成为上海文史研究馆的馆所，张元济为首任馆长，至今已有60多年的馆史了。文史研究馆是为有文史专长、有名望的老年知识分子设置的机构，里面绿荫扶疏，环境清幽，空气清新。上海的文化老人们在里面喝茶、画画、唱戏、聊天，悠闲地谈论着关于这座城市的历史。锦江饭店的创始人董竹君和才女陆小曼都曾在这里留下过她们的足迹。

有一对双双获得过法国巴黎大学法学博士学位的中国夫妇，曾定居在思南路60号，据说这对夫妇是当时上海名气最大的律师。在法庭上，他们能用一口异常流利的法语同法国人辩驳，被一些法国人惊呼为“比法国人更吃透法国法律的中国人”。身为当时政界法律界的大红人，这对夫妇在生活上也异常讲究。他们到南京后，依然坚持贵族的“上海作风”，而且让火车每天按时为他们送一次上海租界里的自来水和老大昌的面包。还有一位姓张的国民党元老曾经住在思南路70号，此人早年经商，有着很厚的家底，曾在法国巴黎的香榭丽舍大街旁开过一家专卖中国出口的茶叶、丝绸、金石、字画等的贸易公司，公司挣来的钱就拿来资助给孙中山先生进行革命。后来，他又在巴黎市中心最繁华热闹的意大利街上开了一家具有中国古典情调的高雅茶馆，挣来的钱款也都用于孙中山的革命事业。据说思南路70号还住过一位大名鼎鼎的人物，他就是被称为中国留法第一人的李石曾先生。李先生早年留学法兰西，曾在巴黎创设了一家著名的“豆腐公司”，让法国人尝到了美味的中国豆腐的滋味。与此同时，他还在巴黎创设了法国第一家中国餐馆，取名为中华饭店。

20世纪二三十年代，租界当局要在法租界的中心打造一片齐整的“东方巴黎”，比利时公司义品洋行购进了复兴中路以南的马斯南路东侧的30余亩（约2万平方米）土地，于1912年开始逐年兴建具有法国乡村别墅韵味的假4层独立式花园洋房，至1936年建成。

它就是位于思南路51—95号的义品村，义品村是由22幢一模一样的西班牙式花园住宅组成的建筑群。义品村尽管在规模、居住档次上并非是当时最大、最考究的，但作为群体所形成的环境，尤其是多个花园形成的共享绿化空间，却是在上海滩极为独特的。义品村的第一批住客多为上海滩的头面人物及各界名流。思南路57号是曾任国民政府行政院主计部主官陈长蘅的故居，65号住的是原天明糖果厂厂长应国钧，71号住的是爱国人士、民盟创始人罗隆基。另外，晚清遗老，原慈禧太后的御前首席女官德龄公主等也曾在此居住过。据说这里还住过一家东南亚华侨富商，此人酷爱音乐，一家人就可组成支乐队，每当周末，悠扬的乐声从院子里传出飘荡萦绕在思南路上，把法兰西风情渲染得浓浓的。独特的建筑风貌以及历史人物的驻足为思南路赋予了一丝传奇色彩。现在，如果想要一睹义品村老洋房的内景，那就到思南路73号的周公馆去看看吧。周公馆其实是1946年至1947年间中国共产党代表团驻沪办事处旧址，以周恩来个人公馆的名义对外，故名周公馆。由于它在历史、政治和社会的特殊地位，周公馆已从后来建成的思南公馆独立出来，让21世纪的人们看到了老洋房原汁原味的风貌。

思南路87号是梅华书屋旧址。1932年“九一八”事变后，拒绝为日本人演出的梅兰芳离开北平缀玉轩寓所，全家迁居上海，就蛰居在马斯南路121号（今思南路87号）。1942年底，在这幢原本静雅的花园洋房里，梅兰芳为拒绝庆祝所谓“大东亚战争的胜利”，不惜冒着生命危险连注3针伤寒疫苗，引发高烧，经日本军医验证才免去演出。从1932年到1945年，或许不是梅兰芳艺术生涯里最精彩的，却是他生命里最灿烂的一笔，而这一笔正是落在上海思南路上。如今，这里的空气中似乎依然留存着大师的遗韵。现在义品村从东延伸到重庆南路，北延伸至复兴中路，并重新取名为思南公馆。

2013年8月，由诺贝尔文学奖得主莫言亲笔题词的“思南文学之家”在思南公馆正式揭牌。在思南文学之家入驻的花园洋房里举办的“思南读书会”成为市民们的一个新去处，构筑起上海城市的一道人文景观。

经典和颓败并存的气息

有人说，上海最经典的弄堂，是混合着小洋房和胡同串的那种，它必须同时散发着经典和颓败的气息，在任意一个拐角，你都可能迷失，因为你正进入上海文化的心脏和灵魂深处。在衡山路—复兴路风貌区有几个著名的近代公寓式花园里弄住宅，便是这样经典又秘密的弄堂，它们介于独立住宅和集合住宅两者之间，是昔日上海的一种全新居住形式。

复兴路是这个风貌区中一条很特别的马路，它与淮海路在乌鲁木齐路相交，分开后几乎就是平行的，长度大体相同。和车水马龙的淮海路相比，复兴路要内敛、低调得多。一些花园洋房也坐落在石库门弄堂深处，毫不张扬却从细节处不经意地诠释着上海的旧日风情，一点一点地唤起人们的怀旧情愫。复兴西路44弄，是一条外表灰扑扑的弄堂，走进去，发现它也不前通后通，而只是由7幢体量相近、风格相似却又采用7种不同颜色的花园别墅组成，这就是著名的“蓝妮弄堂”，建于1937年至1945年间。因建造时在弄口地面上砌有“玫瑰”两字，故老上海人又称之为“玫瑰别墅”。

玫瑰别墅属花园里弄，建筑采用欧洲外观装饰，既有斜屋面，也有现代派平屋面，气派华贵，住宅内各种房间功能均按照西方人的生活方式布置。每幢屋前都有面积不小的庭院，院中花木繁茂，将一幢幢楼房映衬得更加隐秘深邃而幽静。原业主是孙中山先生的儿媳蓝妮。玫瑰别墅建成后，蓝妮住2号，父母兄弟住在5号。多余的房子用于出租。新中国成立后，国家将房产收归国有并作为地方民房。1990年3月18日，曾先后在美国、中国香港定居的蓝妮回归上海后，政府就把原先她居住的那幢玫瑰色的楼房归还给她。蓝妮的那幢花园洋房，外墙上终年挂着碧绿的常春藤，蓝妮晚年深居简出，几乎足不出户，除了打打麻将，就是偶尔到花园里散散步或者摆弄花草。1996年9月，85岁的苗王公主在这里走完了她极富传奇的一生。

从淮海中路折入常熟路，常熟路100弄弄口挂着“上海歌剧院”的门牌。走进弄内，只见一边是一排褐色的老公寓，一边是一排3层新式里弄住房，走到弄底，便有豁然开朗的感觉，眼前是一大片碧绿的大草坪，四周簇拥着古树名木，草坪边的石凳、石桌让人感到一派闲适。在庭院深处，矗立着的是一座3层独立式花园洋房，建筑原为周佛海的逆产，后曾为同济大学医学院所用。从1955年起，这幢大楼一直是上海歌剧院的驻地，半个多世纪来，里面传出的华美的歌声乐曲不断地在花园里荡漾，连空气里仿佛也弥漫着《蝴蝶夫人》《卡门》等经典歌剧的旋律，而这一切和这座欧洲新古典主义风格的建筑显得如此协调。

与常熟路相交的巨鹿路是一条安静、内敛的路，这条路上有不少花园里弄住宅。国画大师朱屺瞻的寓所“梅花草堂”就坐落在巨鹿路820弄景华新村12号。这是一幢新式里弄花园住宅，建筑为联立式，正立面以檐竖墙分隔单元，山墙立面有精致的线条装饰。屺老的梅花草堂设在2楼南面一排钢窗下。东壁一排壁橱，居中摆着大画台，这是屺老每天站着画画的地方。屺老的艺术，越到晚年，越臻辉煌。他以罕见的胆魄，成功地进行了“耄耋变法”，将创作推向了顶峰。1981年，他90岁，先后在上海、南京、北京、成都举办了个人画展，在观众中引起强烈反响。92岁时，他应美国旧金山政府提名，为旧金山国际机场作巨幅《葡萄图》，并于当年应邀赴美。屺老95岁高龄时为钓鱼台国宾馆作画，并再度越洋访美，应邀在纽约、休斯敦讲学，传授国画艺术。以后又相继推出“九十五岁”和“百岁”画展，且每次都以全新画作面世。屺老90岁以后的大量画作，便是在巨鹿路上的这间梅花草堂里创作出来的。

从衡山路地铁站出来，以眼前所见到的任何一条马路为中心辐射开去，方圆数平方公里之内，纵横交错的清幽小道郁郁葱葱，带花园的老洋房一幢接着一幢。永嘉路、高安路、乌鲁木齐路上，一眼望去都是连绵的奶黄色围墙和黑色铁栅栏围住豪门大院的风景，而最藏龙卧虎的便是外国领事馆聚集的淮海中路西段。这一段是整条淮海路最优雅的区域，它默默地伫立着，与灯红酒绿的城市热闹保持着一份矜持与疏离，骨子里透着贵族气。在这一带的岁月年轮里，包裹着的是一层又一层的上海风华、名人往事，又同时包含了不少富有艺术价值的建筑，它们同样被隐藏在岁月拢起的绿荫背后，让人们欲近又不敢近。

从淮海中路转入复兴西路，路上似乎有点清冷，这一带原先属于法租界的郊区，除了法式建筑外，还有许多西班牙式的小楼，比法式建筑更多了一些浓艳的情调。它们安安静静地美丽着，没有叹息。从华山路一拐弯，就到了武康路。这条19世纪末辟筑的法租界马路以前叫福开森路，是以美国传教士名字命名的。它南起淮海路，北至华山路，连接了沪上最繁华的两条街区，却奇异地保持着幽静和雅致。20世纪30年代后，它成为法租界内花园住宅的代表性路段。不过1公里长的小马路两侧，有许多隐藏在香樟、翠柏下的西洋建筑，以前里面住的大多是军政要人、社会名流，接连不断的围墙和铁门与行人保持着足够的距离，显得神秘而贵气，里面不知藏匿了多少秘密，在这里行走，犹如在穿越百年上海旧梦。

我在寻访这个风貌区时，感觉中就像是在翻阅一本厚厚的泛黄的近代上海史书，这个街区有着太多有故事的老房子，它们像花瓣一样散落在各个角落，我手忙脚乱地捡拾着，每一瓣都带给我惊喜。然而，因篇幅所限，我又不得不把辛辛苦苦捡起的许多美丽花瓣撒掉了，倒是留下了满手的余香。

万宜坊

传奇而忧伤的海上名弄

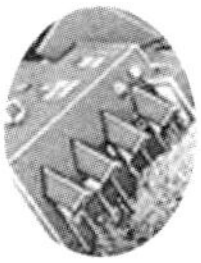

这条新式里弄内有新闻出版家邹韬奋先生的故居，现已建成了让人瞻仰的纪念馆。弄内还坐落着电影《色戒》中女大学生原型郑苹如的家，而今郑家的房子还在，里面住着的人却已随风而逝，犹如春梦了无痕。

重庆南路205弄坐落着的万宜坊是法租界精心规划的高级住宅小区，建成于1932年。和旧式石库门里弄相比，万宜坊水、电、煤、卫俱全，且大都独幢独户。它的西面是法国公园（今复兴公园），北面就是被誉为“东方香榭丽舍大街”的霞飞路（今淮海中路），到公园散步或是去逛街都是近在咫尺的事。

万宜坊由法商万国储蓄会集资建造，是一条整齐明快的新式里弄，弄内为假3层，沿街为3层楼。步入过街楼下宽阔的弄口，5条纵向，两条横向的街坊道路，将弄内90幢4层联体楼宇分成4行8段。这些房子都是蒙沙式红瓦坡顶，带老虎窗，屋面上露出法式乡间别墅式的烟囱，米黄色水泥拉毛镶红砖饰墙；沿街有3层店面房屋1排共11幢，前后两坡顶，2楼设有半挑阳台。住宅底层前部用矮墙围成的小庭院里栽种着夹竹桃和棕榈树。底层起居室前廊檐建有游廊，正对大门处一段是走道口，起居室后有扶梯间，扶梯下为储藏室，正对扶梯起步处是厨房间，从厨房侧面小天井进出，后门小天井为厨房通达后门的过道。2楼扶梯转弯平台处为亭子间，前部有大卧室一间，内有壁橱和阳台、卫生间。3楼有大小卧室各一间，设置卫生间，折坡式屋顶下层空间设置贮藏室。万宜坊的弄堂很有点神秘的意境，弄内一些看似走不通却又突然间出现的窄得不能再窄，短得不能再短的犹如门洞或是墙缝般的把周围连接起来的小路常给人带来峰回路转的感觉。

当年，万宜坊的住户大多是有经济实力的富商实业家、中高级官员以及一些成名的高级知识分子，还有一些在中国现代文学史上颇具影响的左翼作家。如20世纪30年代初，丁玲、胡也频夫妇居住在万宜坊60号，在这里他们有了自己的儿子，1931年1月8日在万宜坊留下了他们唯一的一张合家欢。仅过了一个多星期，胡也频被捕，沈从文为营救胡也频奔波于他北京路的寓所和万宜坊之间，但是却无果。一个月后，丁玲在这里等来了胡也频在龙华被杀害的凶讯。当时，阿英和蒋光慈居住在万宜坊38号；大同大学创始人、校长、著名数学家胡敦复住在13号；名扬全国的中华老字号胡开文文具店店主胡洪开住在23号；求新船厂老板朱志尧住在41号；我国近代最大的出版机构商务印书馆创始人之一鲍咸昌住在60号；位于今人民路河南南路口的著名瓷器店秦祥兴瓷号店主秦润生住在万宜坊85号和86号。众多名人高官聚居，无可避免地系连着许多重大历史事件，昔时恩怨虽早已一笑而泯，但过往的流光碎影却依旧令人遐想。

万宜坊54号是中国新闻出版家邹韬奋的故居。邹韬奋是我国近代史上杰出的新闻记者、政论家和出版家。1926年10月，韬奋以中华职业教育社编辑部主任的身份接办了职教社的机关刊物《生活》周刊，1932年又创办了生活书店，1935年先后于沪、港创办《大众生活》周刊、《生活日报》、《生活星期刊》。1936年11月23日凌晨，邹韬奋与沈钧儒等7人被国民党政府逮捕，时称“七君子事件”。1937年7月抗战全面爆发后，获释的韬奋即在沪、汉、渝创办并主编了《抗战》《全民抗战》等刊物。1941年初，生活书店被国民党政府查封，韬奋愤然辞去参政员职务，于当年2月秘密离开重庆去香港，恢复出版《大众生活》，香港沦陷后，在党的关怀下，韬奋经广东东江游击区

万宜坊全景

转移至苏北抗日根据地。1943年初秘密返沪治疗中耳癌，1944年7月24日逝世，临终前提出入党要求，中共中央接受了他的请求，追认他为中国共产党党员。韬奋一生著作甚丰，有《经历》《萍踪寄语》及文章3000余篇，万宜坊54号是邹韬奋从1930年至1936年居住的寓所。如今仍保持着20世纪30年代韬奋一家居住的原貌，1956年作为韬奋故居被保存下来供后人瞻仰。这是一幢坐北朝南的3层法式楼房，底层是会客室和餐厅。2楼后部约7平方米的亭子间是韬奋的工作室，书橱里摆满了英文书籍，室内存放着笔砚及手稿，《革命文豪高尔基》一书就是在这里编译的。前楼是带壁橱和阳台及卫生间的卧室，四周墙上挂着韬奋和夫人及孩子们的相片，让人感觉到当年韬奋家庭生活的温馨。3楼两间房间是他的小女儿邹嘉骊与母亲的卧室。隔壁53号建立了韬奋纪念馆，于1958年11月5日起对外开放，纪念馆里塑有韬奋半身铜像。邹嘉骊一度担任过韬奋纪念馆副馆长，她继承父业，长期从事编辑工作。20世纪80年代以来，邹嘉骊先后编辑出版了《韬奋注译系年目录》《韬奋画传》《韬奋手迹》《忆韬奋》等书，共14卷、近800万字的《韬奋全集》经过她的努力，也终于全部正式出版。

电影《色戒》中那个女大学生的原型郑苹如曾居住在万宜坊88号，郑苹如的父亲郑钺是官费留日生，1911年毕业于日本法政大学，回国后执教复旦大学。1935年初，郑钺率全家住进万宜坊88号，此时，郑钺刚出任江苏高等法院第一分院首席检察官。郑苹如的母亲木村花子是位善良的日本妇女，她和郑钺共有5个子女，郑苹如排行老二，上有一姐，下有两个弟弟一个妹妹。1937年，郑苹如在上海法政学院求读，时年19岁，花样年华，风姿绰约。全中国最有影响力的画报《良友》画报在这一年7月的第130期就以她为封面女郎。上海沦为孤岛后，郑钺坚持在沪执法，后因病闲居“孤岛”，并让在日本留学的两个儿子偷渡回国，投入与侵华日军作战的行列。儿子海澄投身空军，在空战中牺牲于江阴上空。在这样一个爱国、进步、正直的家庭中生活的郑苹如自然有着一腔爱国之情。“七七”事变后，有着特殊家庭背景的郑苹如受到国民党中央执行委员会调查统计局的青睐，经受了严格的特工理论和实战训练。1939年春，郑苹如接受了中统局诛杀丁默邨的秘密使命，遂以前民光中学学生的身份，和早年间曾一度担任过民光中学校长的丁默邨讨上了近乎，逐渐解除了丁默邨对自己的戒备心理。同年12月21日傍晚，郑苹如以购买皮大衣为由，邀请丁默邨陪同前往静安寺路上的“第一西比利亚皮货店”，丁默邨一进入皮货店大门，便发现情况有异，便当机立断，撇下正佯装挑选皮草的郑苹如，直扑门外，一把拉开轿车车门，大呼“开车！快开车！”待事先埋伏的中统刺客反应过来，追出店堂，丁默邨的轿车已喷出一溜黑色的烟雾，绝尘而去。刺客只能追着车影，“乓乓乓”连发五六枪。从表面上看，枪击事件似与郑苹如无直接关联，心存侥幸的小女子在第二天便把慰问电话打进了极司非尔路76号的汪伪特工总部。老奸巨猾的丁默邨果然哈哈一笑，似乎毫不生疑，并爽快地答应马上给她送去买大衣的钱。郑苹如放心了。涉世未深的她低估了对手。5天后，即1939年12月26日下午4时，郑苹如遭76号诱捕，一个月后，被丁默邨下令秘密枪杀于徐家汇过火车站的荒村野地，从此玉碎香消。

这实在是一个奇女子，只是在张爱玲笔下，被注入了太多的个人感情色彩。当时，不知内情的万宜坊居民看到漂亮的郑二小姐和汪伪特务混在一起，十分愤恨。他们走过88号门前，都会用鄙视的目光向这座小楼一瞥，并以鄙视的口吻议论着。1940年临近春节时，许多人家忙着过节，可88号的小楼里却隐隐传出了哭声。很快，“郑二小姐被76号抓了”“她原是重庆方面的人，是为了杀丁默邨才同他接近的”，消息传遍了万宜坊，人们恍然大悟地议论着，惋惜着，并从心底涌出对郑二小姐的崇敬。1942年，郑苹如一向体弱的姐姐心脏病发作，死于福民医院。1945年春，长期忧郁的父亲也抱恨而终。1947年7月，丁默邨伏法后，郑苹如的母亲已无意留在万宜坊这块令她伤心的地方，在于右任的帮助下，离开了上海，也永远离开了万宜坊，返回了日本。郑苹如的弟弟南阳是位儿科大夫，便在万宜坊88号自己家里开了家诊所，弄内居民抱了孩子去求诊，他特别客气，口碑不错。新中国成立后，他曾在华山医院工作，20世纪80年代初，因母病去了日本，后来去了美国。

郑苹如的故事令人伤怀，也让这条海上闻名的弄堂染上了传奇色彩。

科学会堂

法国文艺复兴式大型官邸

这是一幢法国文艺复兴式大型官邸花园住宅，典雅、端庄，有着灵动旋律之美，显示了19世纪末法国新艺术派建筑特色。最令人惊艳的是楼梯平台上一大片落地彩绘弧形花窗，它是土山湾工艺局1918年的作品。当暖黄色的光线透过巨大的窗户时，棕色树干上的朵朵梅花诗意绽放，绚烂夺目，营造出一种梦幻又浪漫的醉人氛围。

科学会堂

在毗邻复兴公园后门的南昌路47号坐落着一幢典雅、端庄的奶黄色建筑，正门上面镶嵌着由新中国成立后上海市第一任市长陈毅书写的4个大字——科学会堂。

这幢建筑建于1917年，1926年竣工。整体风格为法国文艺复兴式大型官邸花园住宅，局部带有装饰艺术派风格，这里原是上海最早的法国总会。整座建筑为上下两层，由5个四坡顶和两个两坡顶共同联结组合构成一个大屋顶，东西两端的屋顶为盝式四坡顶，作三折，顶部檐部坡度较缓，面积较小，下部陡峭，面积较大，侧面开了一个很精致的老虎窗。南北坡上立有装饰性的山墙花，南立面设置山花装饰并嵌入一座圆形时钟。中部屋顶为法国孟莎式屋顶，错落起伏的屋面全部覆盖着法国红平瓦。建筑外墙面以拉毛水泥嵌卵石，窗洞砌成半圆或弧形券状，并配置法国式大落地木窗，檐下饰有木制牛腿，南立面在檐部下有暗红色马赛克组成的几何图案装饰。一层和二层都有长长的宽阔敞廊，一层外廊突出部分加盖坡形屋檐，由曲线形斜撑木腿支撑。整座建筑均衡、对称、美观、宏伟，内墙砌筑拱形落地门。建筑正面朝南，通长的宽阔外廊与阳台面向一个约6000平方米的大花园。花园中心是一片被各种浓荫蔽日的大树簇拥着的青翠宽阔的大草坪，花园里栽有各种奇花异草，还有一条弯弯曲曲的清澈小河，卵石子铺就的小路曲径通幽，建筑物与树林、草地形成了一种自然的呼应和对话，使空间显出一种灵动的韵律。这幢建筑当年是上海市区最大的单体法式别墅，尤其是底楼那条长达百余米的通长外廊据说是上海单体别墅中外廊长度最长的，外廊后是同样长达百余米的东西走廊。敞廊上部设有同样长度相连的平台，前面装置着白色栏杆，可凭栏远望，花园美景一览无余。

从南昌路47号大门入内，走进向北开启的法国古典式弧形大门，沿着装修精致的本色漆楠木扶梯光滑的铜制扶手拾级而上，迎面便见主楼梯平台上一大块用古典彩色玻璃镶嵌的落地弧形花窗，图案美艳，在阳光照射下显得格外绚烂夺目，除了明显的法国风格外，这座建筑最令人惊艳的莫过于楼梯平台上的一大片落地弧形花窗了，这是早期法国总会遗留下来的，落地彩绘玻璃窗上的法文字样告诉我们它是土山湾工艺局1918年的作品，显示了建造者对于室内光环境效果的设想与追求，营造出一种美不胜收的效果，令所有踏上楼梯的人不由自主地发出赞叹。土山湾是一个地名，源出距今约160多年前。明清两代流经今徐家汇的有3条河：肇家浜、李漎泾（又名法华泾，在今虹桥路）和蒲汇塘，因河流淤塞而疏浚肇家浜、蒲汇塘，于是堆泥成阜，积在蒲汇塘河湾处，故得名“土山湾”。它的确切位置在漕溪北路蒲汇塘路西北一带，原来那里都是农地。1840年，外国传教士大批来到上海，在徐家汇建造天主堂、修道院、天文台等建筑，形成了天主教社区。1853年，青浦蔡家湾孤儿院迁至土山湾，1864年，传教士将土山削平，设立土山湾孤儿院，其址在蒲西路448号。从1864年到1934年这70年间，土山湾共收养孤儿约2500人，其建筑日益扩大。当时，教会在开埠时间不长的上海大兴土木、兴建教堂，急需各种建筑装潢材料及宗教雕塑、绘画等工艺品，于是，他们便在上海设立工艺局，邀请传教士和艺术家教授西方雕刻、绘画、印刷、玻璃制作等手艺，还设立皮匠作、木工作、白铁作、图画作、玻璃作等作坊，一边教孤儿识字学习，一边传授各种工艺制作，成了中国第一所半工半读的职业学校。彩绘玻璃是土山湾一绝。

20世纪初，由法国引进的彩绘玻璃工艺是用经过特别烧制的各色玻璃通过焊接后拼成各种精致的彩色图画作为教堂或房屋建筑上的窗玻璃。土山湾孤儿院工艺场专门制造供教堂大厅用的彩绘玻璃，先是将人物鸟兽彩画在玻璃上，然后放在炉中煨炙，彩色渗入玻璃内，可保永久不褪色，堪称国内彩绘玻璃的最早生产处，产品销路遍及南洋，被誉为远东独步，曾引起“观者无不为之惊叹”的社会反响。当时，上海的一些高档住宅和银行、教堂、洋行等大厦均以使用土山湾彩绘玻璃为荣，上海大多数教堂的彩绘玻璃也都出自土山湾，但由于没有制

科学会堂内彩色玻璃镶嵌的花窗

彩绘玻璃是土山湾一绝

作者的印记，难以确定。科学会堂保存完好的彩绘玻璃上土山湾的法语拼读，明白无误地显示了这是土山湾的作品，同时，也证实了早在20世纪初上海的彩绘玻璃设计和制作已经达到了极高的水平，被用于各种建筑场合。在余庆路上海机关幼儿园的一楼上二楼的转弯楼梯上，也有大片彩绘玻璃，其底部边沿上，还留存着“上海徐家汇土山湾孤儿院出品”字样。土山湾最终演变成西方美术、工艺传入中国的桥头堡，促进了中西文化的交流和发展。如今留有“土山湾”三字的文物已绝少发现，科学会堂楼梯平台上的大块彩绘玻璃弥足珍贵。

由于会员越来越多，南昌路47号已明显容纳不下这么多人，法国总会决定搬迁新址。1925年，公董局决定将法国总会搬至宝昌路、迈尔西爱路（今淮海中路、茂名南路花园饭店处）建造规模更大的法国总会。20世纪40年代后期，南昌路47号成为上海巴黎国际文化会堂，当年国立艺术院教授们的首次联展，就是在这里拉开了帷幕，里面也放映电影，1948年9月17日这里就首映过袁雪芬、范瑞娟等主演的越剧戏曲片《梁山伯与祝英台》。新中国成立后，这里成为政府机关办公地。

1954年上海市第一届人民代表大会上，科学家代表任鸿隽建议设立一个供科学家集中活动的场所。任鸿隽是中国科学社的发起人之一。1914年夏，为了实现科学救国的理想，他与同学赵元任、胡明复、周仁等联合发起成立科学社，集资创办《科学》月刊。次年，中国科学社正式成立，他被推举为董事会董事长和中国科学社社长。该社是中国最早的综合性科学团体。《科学》月刊也于同年1月正式问世，公开在上海出版，这是我国最早的综合性科学杂志。在以任鸿隽为首的一批具有远见卓识的知识分子领导下，该社和该刊在此后的几十年历程中，为促进中国现代科学事业的发展作出了重要贡献。当时，任鸿隽的建议引起了时任国务院总理周恩来的关心，并亲自落实此事。1958年1月18日，此处更名为科学会堂，并由时任上海市市长的陈毅亲自题写了科学会堂的名称。过去法国学堂的教室被改造成了大小不同的报告厅、会议室。同时，新成立的上海市科学技术协会搬入科学会堂办公。

上海科学会堂正式落成后，成为全国最早设立的科技工作者之家，也成了上海市科技工作者进行学术交流与讲演的专用场所，诺贝尔奖获得者巴顿、杨振宁、李政道、丁肇中、李远哲和第一个进入太空的华裔科学家王赣骏等都来此作过报告。经过半个多世纪的发展，这里已成为以国际学术交流和国内高层学术活动为主并集联谊、展览、休憩、办公为一体的多功能活动场所。各种欧式风格的会议室，现在已成为学会、协会的工作场所。草坪上大广玉兰树下的一块石头上镌刻着徐匡迪题字的“院士之家”4个红色大字，在四周一片绿色的衬托下格外耀眼。科学会堂内还有一面长约14.8米，高为4.8米，面积约为71平方米的院士风采墙，展示了上海籍和在上海工作的230余位院士的风采。

科学会堂以其独特的魅力，呈现出浓郁的科学文化氛围，不仅是令人神往的科学殿堂，也是科学普及的策源地，更是广大科技工作者的温馨家园。

孙中山故居

承载历史风云的乡村别墅

香山路这一片区域曾有“小瑞士”之称，这里的一幢欧式乡村别墅是孙中山先生和夫人宋庆龄自1918年至1924年间在上海的寓所。它是孙中山先生生前在上海最后居住的寓所，也是孙中山先生从旧三民主义向新三民主义转变的见证。

春夏时节，走在略带神秘色彩的香山路上，一路上高大的梧桐交织出浓密的树荫，红色砖墙，木制百叶窗，铁艺栏杆，半圆形的大阳台等，营造出一个欧洲乡村的田园梦境。20世纪20年代时，远离上海滩灯红酒绿、浮华喧闹的城市中心的香山路，是当时新潮中产阶级心目中的理想住所。在当时旅华的法国人口中，香山路这一片区域曾有“小瑞士”之称。短短的香山路上，曾经出没过不少名人的身影。一幢幢梧桐深处的名人故居里满载着的历史和故事早已被主人牢牢地锁在了深深的庭院里。名闻遐迩的孙中山故居就坐落在香山路思南路路口的香山路7号。这幢住宅是孙中山先生和夫人宋庆龄自1918年6月26日至1924年11月22日间在上海的寓所，也是孙中山先生生前在上海最后居住的寓所。

孙中山在入住香山路之前已多次来过上海，然而，为革命多次往返上海的孙中山在当时的魔都却是居无定所。一次，几位旅居加拿大的华侨，到孙中山在环龙路的临时寓所看望孙中山，见住宅已陈旧，墙壁斑驳陆离，觉得这与正在从事惊天动地大事业的孙中山先生实在太不相称，便集资捐款买下了位于法租界莫利爱路29号（今香山路7号）的一幢房子赠送给孙中山。孙中山极力推辞，最后被华侨的真诚所感动，收下了这份贵重的礼物。1918年8月，孙中山和宋庆龄就迁入香山路上这幢住宅，后来这里便成为孙中山、宋庆龄夫妇一生中唯一一处属于他们的私宅。孙中山在这里度过了他晚年光辉的岁月，就在这所房子里，他作出了将旧三民主义发展为新三民主义的重大决策。

孙中山故居

孙中山故居是一幢典雅的欧洲乡村别墅式样的两层楼灰褐色小洋房，坐北朝南，朝北的一面靠着香山路，外墙饰以深灰色卵石，屋顶铺着洋红色的鸡心瓦。楼前是一片正方形的草坪，东西南三面环绕着冬青、香樟、广玉兰、松柏及其他四季常青的树木，近主楼是一条整洁雅致的石板小径。

推开故居的两扇大铁门，迎面是一个小庭院，正前方是汽车库，靠右边是进出故居的正门，正门朝东，门洞呈拱形，上是半圆形窗子，下是一扇水曲柳木门。踏上3级台阶，向右转身便来到正门前。打开门，里面是厨房，铸铁的煤气灶、烧煤炉及双水斗和龙头等皆是当年原物，地坪是磨光石子铺设，墙上漆成银白色。穿过厨房，再经过一扇厚重的门，便是故居底楼走廊。走廊左边第一间是会客厅。会客厅中间围着壁炉摆放着一只三人沙发和一对单人沙发，圆形红木茶几上放着镶银边的紫檀木雪茄烟盒和搪瓷烟灰缸。壁炉上方墙上悬挂着一幅孙中山1922年摄于上海的照片，客厅东墙的右侧是中山先生和夫人宋庆龄为纪念“永丰舰”蒙难一周年时重登永丰舰慰问海军将士时在甲板上拍摄的纪念照片，在会客厅西墙北侧的那幅半身照片是孙中山就任中华民国临时大总统时所摄，照片镶嵌在一个由红、黄、蓝、白、黑5种颜色的木块拼装的大镜框里，显得格外夺目。南墙上挂着的是中山先生1923年2月19日应邀在母校香港大学发表演说后与师生的合影。客厅里还陈列着友人赠送的名家书画和象牙雕刻等，墙边放着6把红木椅子，4个墙角放着红木高茶几，铜质套盆里有鲜花盛开。与客厅相通的西面餐厅里，中间放着一套广式的红木圆桌和鼓形圆凳，桌面凳面都镶嵌着大理石。四周墙上挂着孙中山的画像和一些照片等。走出餐厅是底楼走道，走道上放着两只书橱，里面摆满了孙中山珍贵的藏书，有不少是英文版的。沿靠墙楼梯拾级而上，向左穿过走廊，便是书房。书房南面窗边放着红木书箱，中央摆着一张六角桌，桌子四周放着两把木椅和一只双人沙发。这里不仅是孙中山读书和写作的地方，还是他会见重要客人的场所。西邻书房的卧室里陈设简单朴素，西墙边放着一只双门衣橱，东南角放着一只梳妆台，在衣橱和梳妆台旁各有一只单背沙发椅，衣橱旁的那只是中山先生经常坐的。房间的北部正中放着一个由单人床拼成的对床。在对床的右侧，靠墙放着一张斜板写字台，宋庆龄经常在上面用英文打字机记录中山先生的谈话，打印文件和书稿。在书房和卧室前，有一间长方形的内阳台，内阳台的东侧放着一张小憩用的沙发床。从卧室出来，经过走廊，西北角的那间房间是小会客厅。正中放着一张红木圆桌，周围散放着4把红木靠背椅子，西南角窗下是一张单人小沙发。在故居东侧，还有一幢两层小楼，楼上是孙中山的警卫和副官住所，楼下是汽车库。花园东北角还有一座木制鸽亭，是当年宋庆龄养鸽子用的。

香山路上的这座房子承载着近代中国的历史风云。这里是孙中山生前在上海最后居住的寓所，也是他从旧三民主义向新三民主义转变的见证。1918年至1920年间，孙中山经常是整天躲在故居的书房里伏案写作，而宋庆龄则默默地协助他收集书籍、整理资料。《孙文学说》《实业计划》《民权初步》等重要著作就是在这所幽静的住宅里写成的。在这里，孙中山会见了中国共产党和苏俄代表，重新解释三民主义，完成了他思想上的巨大飞跃。1922年，孙中山在这里会晤了共产党人李大钊和林伯渠，经过多次交谈，于当年9月4日，在住宅的花园草坪上召开了有中国共产党人参加的研究中国国民党改组方案的历史性会议，最终促成了国共第一次合作。廖仲恺、汪精卫等53人参加会议。1923年1月18日，在李大钊陪同下，列宁的特使越飞也在这里与孙中山会晤，讨论中国革命迫切需要解决的问题。他们从下午6点一直谈到晚上10点，著名的《孙文越飞宣言》就是在这样的背景下于此地诞生的。孙中山还在这里举行了记者招待会，向国人发出和平统一祖国的号召。毛泽东、邓中夏、恽代英等曾在这所房子里参加了孙中山先生就任非常大总统三周年庆祝活动，并在门前的草坪上合影留念。

1924年，冯玉祥在北京发动政变，推翻当时的曹锟军阀政府，邀请孙中山北上商讨国是，11月17日孙中山从广州到上海，停留5天旋即北上，而这一次在香山路上的小住却是诀别。翌年的3月12日上午9时25分，59岁的孙中山因操劳过度，在北京溘然长逝。孙中山逝世后，32岁的宋庆龄于4月11日回到上海，继续居住在这里，从事革命活动。她在这里先后会见了美国记者史沫特莱、埃德加·斯诺和英国作家萧伯纳。1937年8月13日，淞沪战争爆发，宋庆龄撤退到香港。抗日战争胜利后，宋庆龄回到上海，把分散的物品重新集中起来，恢复了孙中山先生在此居住时的样貌。

1945年，宋庆龄将这幢住宅移赠国民政府，以作为孙中山的永久性纪念地。现室内的陈设是1956年宋庆龄完全按当时原样布置的，绝大部分是原物，里面有许多珍贵的照片和手稿。在这幢楼旁边的一幢3层楼房是由原来的孙中山故居办公楼改建而成的孙中山文物馆。馆内共展出有关孙中山先生的文物、手迹、资料300余件，文物馆门前是一尊孙中山先生坐在藤椅上的逼真塑像。

金谷邨

这里住过新中国第一代电影艺术家

金谷邨的墙体立面粘有粒粒似稻谷大小的金黄色碎石，在阳光照射下熠熠闪光，弄内房子看上去犹如一排排堆满谷子的谷仓，形象和寓意都极美。金谷邨里有过电影编剧兼导演桑弧和电影明星张伐的家，两人在20世纪40年代和张爱玲合作的电影《太太万岁》当时在上海的四大影院同时上演，连映两个星期，场场爆满，至今还是小资青年们推崇的经典。

绍兴路很短，不过二三百米，它东临瑞金二路，西接陕西南路。这条曾占据上海出版业半壁江山的路，经过百年的文化积淀熏陶，在四周的喧闹中始终固守着自己原有的宁静，铁艺路灯相伴着百年历史老建筑上斑驳的颜色，似在默默地向路人述说着这个城市的过往。这条马路很窄，两边是高大的梧桐树，梧桐树影洒下来，使这条街显得更加幽静。

从瑞金二路进入绍兴路，就看到位于绍兴路18号的新式里弄金谷邨，弄口一侧墙面上白底灰框里镌刻着竖写的金色“金谷邨”3个大字，像是一幅国画的画轴。这条弄堂建于1930年，里面有6排99幢联排式3层楼住宅，据说这条弄堂是旧上海市长吴铁城化名为吴子祥建造的。弄内主通道宽敞，5条东西横向的支弄如花枝般散开，其中3条东端与今瑞金二路相通，弄堂西端和其他条支弄均为尽端。墙体立面粘有粒粒似稻谷大小的碎石，全部涂成金黄色，在阳光照射下似金色稻谷一样熠熠闪光，犹如一排排堆满谷子的谷仓，想来金谷邨之名就源于此，形象和寓意都很美。弄内每幢住宅由矮围墙围成的独立小庭院隔开，庭院前有铁栅门，穿过小庭院就有两级台阶通往有落地钢窗的小过厅，底层单间为起居室和餐厅，2、3层为卧室，楼梯前部设有卫生间。小庭院里种着树木花草，树叶花枝伸出围墙，春日花开满墙，夏日则撒下满地绿荫，这就有了别墅的味道。建筑外观简洁，仅窗洞略做线脚装饰，屋顶采用折腰式大坡顶，假3层顶上开老虎窗，屋面上伸出砖砌烟囱，颇为别致。住宅的后面也设有天井，后天井的围墙比前天井高，有一钢砼扶梯通往北2层，当年是专供佣人使用的户外楼梯，还有一个佣人专用的小卫生间，进出需穿过厨房。

从绍兴路18号弄堂进入，抬头便见主弄尽头上空的一座巨大水塔，颇有气势。据说这个水塔足足可以支撑200吨的储水量，原本是打算专供金谷邨里居民使用的，谁知造好没多久，南市水厂就被日军炸了，租界怕万一蓄满水的水塔成为新目标，说什么也不让蓄水。所以这座大水塔造好至今，一次都没用过。多年前人们曾试图把它拆除，终因当年造得太坚固而未能如愿，如今倒也成了金谷邨的标志性建筑。水塔脚下那幢灰色的楼房以前是车房，1楼停汽车，2楼住司机，3楼则是1979年加盖的。傍晚时分，弄堂内颇有欧洲古典风格的墙灯，一盏盏亮起，昏黄的灯光衬托出老弄堂特有的风情。

金谷邨虽是新式里弄，但已具有了别墅的品位，且又处于当年租界中心位置，建成后便成为外国侨民聚居地，尤以俄国人和犹太人居多。抗战胜利后，这里逐渐住进了不少国内文化名流和金融界、实业界的领军人物。如金谷邨8号住过段祺瑞的女儿，20号住过漫画家米谷，14号住过中国银行上海分行的副行长，24号住过铸丰搪瓷厂领导，42号住过商务印书馆特邀编辑张耀翔，58号住过民国上海市招商局总经理、董事长徐学禹等，据称十九路军军长蔡廷锴1931年也曾在此居住。

金谷邨最引以为豪的是里面居住过两位杰出的电影艺术家：桑弧和张伐。

金谷邨10号是电影编剧、导演桑弧的故居。桑弧生于1916年，原名李培林，桑弧这一艺名来自“当年蓬矢桑弧意，岂为功名始读书”。他原为中国实业银行职员，1935年结识周信芳与

金谷邨42号

金谷邨10号

金谷邨弄底水塔

朱石麟后，进入文艺圈。1941年起编写电影剧本，1946年入文华影业公司任编导。桑弧在20世纪40年代和张爱玲合作了电影《不了情》和《太太万岁》。《太太万岁》当时在上海的四大影院同时上演，连映两个星期，场场爆满，至今还是小资青年们推崇的经典。桑弧1953年任上海电影制片厂导演。作为新中国的第一代导演，桑弧在中国电影史上创下了三个“第一”的纪录。桑弧导演的中国第一部彩色电影——越剧《梁山伯与祝英台》被誉为中国的“罗密欧与朱丽叶”，于1954年获第八届卡罗维发利国际电影节音乐片奖；1956年他导演的新中国第一部彩色故事片《祝福》，根据鲁迅原著改编，由电影表演艺术家白杨和魏鹤龄等主演，是当时国内观众最喜爱的电影之一，桑弧也因此成为从上海到北影拍片的第一位导演。《祝福》于1957年获第十届卡罗维发利国际电影节评委会特别奖。1962年，桑弧导演了新中国第一部立体电影《魔术师的奇遇》，到东湖立体电影院看独家上映的立体电影《魔术师的奇遇》至今是很多上海人心中甜美的回忆。1979年和1984年桑弧导演的电影《她俩和他俩》《邮缘》又分别获文化部优秀影片奖。他担任编剧的水墨动画片《鹿铃》获1983年金鸡奖和莫斯科国际电影节最佳动画片奖。1981年，桑弧根据茅盾原著改编并执导的电影《子夜》堪称当时的中国大片。虽屡屡获奖，成绩斐然，但金谷邨邻居们看到的桑弧待人接物，却是儒雅、谦逊，恬淡、质朴。自从1990年执导了京剧电视艺术片《曹操与杨修》之后，桑弧先生便因病远离了电影圈。2004年9月1日，秋风劲吹，秋雨如注，桑弧在离金谷邨不远的瑞金医院病逝，就像桑弧的儿子、上海交通大学影视系主任李亦中教授所说："父亲走的时候蛮平静的，像一棵树一样飘零了……"

在金谷邨住过的还有一位电影名家，他就是住在金谷邨49号的电影明星张伐。张伐比桑弧小3岁，他早年就读于华光戏剧学校，毕业后曾先后在上海剧艺社、苦干剧团、上海艺术剧团演出话剧等，1942年出演的《乱世风光》是张伐电影的处女作。抗战胜利后，大批话剧演员登上银幕，张伐在战后短短的3年内，一共主演了10多部影片，其中最有代表性的是《母与子》《太太万岁》和《夜店》，他在片中的出色演技赢得电影界的认可和观众赞许，成为颇有名气的当红小生。其中《夜店》是将原苦干剧团的舞台剧搬上银幕的，编剧和导演还是原班人马，柯灵对原剧进行了再创作，黄佐临在导演处理上也下了功夫。在主要演员的安排上，除了石挥和张伐仍旧扮演原来角色之外，特邀京剧坤伶童芷苓出演赛观音，金嗓子周璇出演石小妹。张伐在影片中扮演的杨七郎，并没有沿用舞台上的表演程式，而是力求使之"电影化"。杨七郎这个角色成为张伐的"绝活"，此后《夜店》虽然多次在舞台上演出，至今还没有一位演员能够超越张伐的演技。新中国成立后张伐加入上海电影制片厂，他在《农家乐》中扮演农民，在《伟大的起点》《幸福》《黄浦江故事》中扮演工人，在《翠岗红旗》《红日》中扮演解放军，在《龙须沟》中扮演洋车夫……张伐塑造的这些各不相同的银幕形象得到观众的喜爱。与此同时，张伐主演了话剧《骆驼祥子》，在舞台上创造了无与伦比的"祥子形象"。张伐还参加过多部译制片的配音，最为经典的当数他为苏联影

金谷邨49号

片《列宁在一九一八》中列宁的配音，他用声音塑造的列宁的声音形象，成为中国银幕上列宁声音形象不朽的经典。1986年，为了纪念黄佐临从事影剧事业五十周年，话剧界举行专场演出，张伐应邀参加话剧《夜店》的演出。他仍旧扮演杨七郎，和他演对手戏的仍旧是四十年前的老搭档童芷苓，演出结束后，很多演员在暴风雨般的掌声中流下了晶莹的泪，张伐的眼睛也湿润了。1993年12月12日，中国电影表演艺术学会在北京向12位“老一辈电影表演艺术家”颁发了“特别荣誉奖”，张伐也名列其中，这正是为张伐半个世纪的演艺生涯画上了一个圆满的句号。

绍兴路上的金谷邨见证了近代上海从租界时期到新中国成立的重要历史。金谷邨自身也成了代表上海那段历史的一个符号以及这个城市记忆的一部分。我想中国电影史也一定会记载这个地方，因为那里面留存着两位新中国第一代电影艺术家的足迹。

马立斯花园

繁华都市中的英式庄园别墅

我们在电影《唐顿庄园》《傲慢与偏见》《简爱》里看到过英国庄园，除了建筑豪华，一个主要特点是都有空前巨大的园林环绕。房前是绿色草坪，屋后是郁郁葱葱的森林。而在老上海，有一个被称作小马立斯的英国人，也建造了一个凝结着英国庄园精华的花园别墅，那就是位于瑞金二路118号的马立斯花园，他是把自己对故乡英国的乡愁留在了上海。

瑞金洲际酒店的前身是马立斯花园

2020年1月，我应邀在电台里做过一档关于英国庄园文化的节目，起因便是热映的英国电影《唐顿庄园》。英国庄园曾经是英国贵族们世代居住的地方。作为一个庄园领主，贵族拥有大片的土地，这些土地带给他们财富和荣耀。英国作家杰里米·帕克斯曼认为，"在英国人的脑海里，英国的灵魂在乡村"。帕克斯曼说："英国人坚持认为他们不属于近在咫尺的城市，而属于相对远离自己的乡村，真正的英国人是个乡下人。一个真正的英国绅士，一定是热爱乡村野趣的。"英国庄园古老神秘且别具风情，不但是唐顿庄园，我们在英国电影《傲慢与偏见》

《简爱》里也看到过英国的庄园，除了建筑豪华，一个主要特点是都有空前巨大的园林环绕。房前是绿色草坪，屋后是郁郁葱葱的森林。而在老上海，有一个被称作小马立斯的英国人，也建造了一个凝结着英国庄园精华的花园别墅，那就是位于瑞金二路118号的马立斯花园，他是把自己对故乡英国的乡愁留在了上海。

瑞金二路118号门口挂着“上海瑞金洲际酒店”的牌子，这座酒店围在一排镶嵌着琉璃瓦的高墙之内。在20世纪20年代初，这儿是旧上海地产家和金融家小马立斯的花园别墅，被称为“马立斯花园”。现在里面留存着3座优秀历史建筑，分别是1号楼、3号楼和4号楼。

小马立斯的名字叫戈登·马立斯，他1883年出生在上海，父亲亨利·马立斯（人称老马立斯）是英国北爱尔兰人。1867年，亨利·马立斯来到被称为冒险家乐园的上海淘金。刚到上海时，他在当时开在湖北路、北海路的跑马总会任职，后来成为跑马总会的主要董事之一。靠跑马发了横财后，亨利·马立斯便在上海广置地产，先后在外滩及跑马厅西侧购置了大片地皮建造楼房，接着又在现黄陂北路、重庆北路、大沽路一带建造了许多里弄住宅，均以马字命名，如马德里、新马德里、西马德里、马乐里、马安里、马吉里，又在重庆北路附近造了马立斯新村等花园洋房，使原来称作芦花荡的地方成了人口密集的居民点。马立斯还在这一带造了一个菜场，人称“马立斯菜场”，人们就干脆把那一带的地名统称为“马立斯”了。后来亨利·马立斯娶了英文报纸《字林西报》老板的女儿为妻，并接办了《字林西报》，于是一个旧上海的冒险家、暴发户摇身一变成了《字林西报》的董事长。1906年，小马立斯从英国回到上海，老马立斯把地产和报业悉数交给他经营管理，自己则携巨款与夫人和一个女儿回英国安度晚年，直至1919年逝世。小马立斯继承家业后，很快成为一名精明的地产家和金融家。小马立斯在1920年和1921年还担任过工部局总董，这时，他春风得意，在金神父路（今瑞金二路）买下地皮，建造了马立斯花园住宅。这座英式花园占地7.7万余平方米，里面散落着数幢风格各异的欧式洋楼。花园内绿草如茵，古木参天。大草坪周围有亭、台、假山、紫藤架、葡萄架、小桥、湖泊、喷泉，四季景色宜人，进入其间，犹如置身英伦庄园，都市的纷扰顷刻洗净。

从东首大门进入花园，首先映入眼帘的是1号楼，它是当时马立斯花园的主楼，建成于1917年，建筑造型为英国新古典主义风格府邸建筑，在形制上借鉴的是路易十四初期至路易十六早期的宫廷建筑。虽是两层楼砖木结构住宅，但其建筑格局宏伟，平缓的四坡顶屋面，覆盖着红色洋瓦，檐口部有齿形装饰，山墙一侧别致的壁炉烟囱三二一组地伸出屋面。前后入口用塔什干式双柱内廊，红砖清水墙面，转角处的簇柱则以白石作贴面，部分山墙及2层部分墙面露出深色木构架。建筑外观色彩和谐而又不失鲜艳。别墅南面窗户正对一块大草坪，别墅入口处有一对神态威武的石狮，这对石狮子的鬃毛像是英国大法官头上戴着的假发套，看上去十分有趣。别墅的主入口在北面，面朝一个小草坪，草坪中央有个荷叶状的喷水池，喷泉柱为大理石雕塑，两层的西式花器顶上坐着一个可爱的西洋娃

瑞金洲际酒店1号楼

上图：瑞金洲际酒店3号楼　　下图：瑞金洲际酒店4号楼

娃。喷泉就从花器里喷射出来，下面的水池里养着红红白白的睡莲，盛开时，在绿叶的映衬下分外美丽。周边有4个花器。主入口有雨棚，由塔什干双柱撑起。建筑平面以客厅为中轴线，两侧略向外凸出，但并不严格对称。进门有个小门厅，顶上镶嵌着蓝色冰裂纹的玻璃天棚，天棚中有一块方形的黄色玻璃，中间嵌着一颗红色五角星，再进去便是客厅，客厅西侧是餐厅，最西面有个半圆形壁龛。上2楼的楼梯正对着大门，楼梯栏杆上雕刻着繁复的几何图案，室内装修为典型的英国古典建筑风格，用桃花木雕护壁，柚木拼花地板，大理石地坪和大理石廊柱，大餐厅内有水晶大吊灯。但2楼的屏隔却为双狮戏球、孔雀开屏、万年长青图案，窗格上则全是吉羊、双线、连环、方胜等中国传统符号，部分家具也是中国古典式样的红木家具，透露出主人对中国文化的热爱。2楼设有宽敞的露天阳台，饰有烛台状栏杆，平拱的百叶木窗。这幢静静地横卧在绿草如茵的草坪上的洋楼，由同济大学已故园林建筑专家陈从周教授取名为“卧茵楼”。

坐落在花园最深处的3号楼又名绮思楼，于1920年竣工。从1924年起，小马立斯就住在这栋楼里。这是一幢造型简约但装饰精美的建筑，清水红砖外墙，墙上部由水平的白色线条勒圈，水平带窗，平缓四坡瓦顶。正立面上两根现代结构的长方形柱体，柱顶端的柱头也被简化成了浮雕形式，正门边上装饰了一块券心石，正立面2楼是水平带状长窗，对应着楼底的长廊。建筑左右各植有高大的银杏树，正门四级水泥石板台阶下有一片水泥地坪，与一大片宽阔的草坪相连，草坪四周环绕着香樟树，间杂着红枫。门厅铺着绿黄大理石地坪，白色加咖啡色边的地砖以九宫格形状镶嵌其中，衬托着门厅里极为华美的大理石柱子，和一组罕见的巨大吊灯，灯串全用细钢丝串起来。楼内有许多别致的原型窗户，窗玻璃上刻着杨柳、白石和竹子等，宛若一幅幅工笔国画；朝东的窗户上镶嵌着颜色瑰丽的彩绘玻璃，图案是老虎在湖边饮水，两边是高大的热带植物，当阳光从屋外穿透玻璃射进来时，图案变得栩栩如生，投射在地下，映出斑斓的色彩，美不胜收。这些彩绘玻璃据说来自徐家汇土山湾孤儿工艺院，至今鲜艳如故。

位于花园东北部的4号楼始建于1924年，设计师是上海近代著名的日籍设计师平野勇造。当时日本在华最大的贸易公司三井洋行自马立斯家族手中购买了马立斯花园东南角土地，包括马路上花园的主楼，与西面加墙相隔，称为“三井花园”，并兴建了三井洋行上海分行的大班住宅，即现在的4号楼。原先三井花园是按日本庭院设计建造的，西面和南面建有石质的低围墙，园内有曲折的水池、精致的小桥，还种植了许多樱花。每当樱花盛开时，花园只对日本侨民开放。这是一幢借鉴意大利文艺复兴时期建筑特色，并带有日本风格的近代建筑。主楼为假3层砖木石混合结构，红砖外墙。主立面两侧对称，连续券廊式长廊，檐口的女儿墙是巴洛克风格的穗带，顶部为平台。东面入口设计一圆拱，两侧是平弧拱的雨棚，这里也是建筑的主出入口。东南2层上设计了圆盔式穹顶，3层为平台，孟莎式屋顶。建筑面对大块草坪，显得十分古朴典雅。走进室内，可见一些门窗装饰有着明显的日式图案风格。现在这栋楼被命名为馨源楼。

1941年太平洋战争爆发，日军侵入公共租界，英美人士都被关入集中营，小马立斯也被赶出了花园。马立斯花园成了贩卖鸦片的窝点，日本人松井还在此设立了一个名为慈善机构的“宏济善堂”，宣扬“善堂卖土”，声称以贩卖鸦片筹集资金，用来救济灾民，而实际上是为日本军方筹集军费。具体办理宏济善堂的是大汉奸盛文颐，此人是盛宣怀的侄子，他倚仗日本主子做后台，大发烟毒之财，不仅成了上海滩的“烟毒霸”，而且与军警勾结，垄断了江南和长江沿岸的烟毒市场，而其贩毒的大本营就在马立斯花园里。他还把家眷搬进了这座花园别墅，并在1号楼宴请过汪伪的财政部长周佛海。抗战胜利后，三井花园作为敌产被接管，1号楼作为国民党的励志社，4号楼由国民党三民主义青年团上海总部使用。新中国成立后由上海军管会接管，一度是华东局、华东军区的指挥部，只有3号楼仍是马立斯的房产，由他的代理人管理。1953年，马立斯把房子连同花园交给了上海市政府，以抵充多年欠下来的地价税。从此，马立斯花园完全归国家所有。马立斯花园于1954年成为市委招待所，刘少奇来上海视察时住过，后来成为国宾馆。毛泽东、朱德、董必武、周恩来等国家领导人曾下榻于此。印度总理尼赫鲁访华时到上海访问期间，也曾下榻在3号楼。之后，这里又接待过甘地夫人、苏加诺、金日成、胡志明等外国元首和政府首脑。

现在这里成了一个环境优美的五星级宾馆，迎接着四方来客。

步高里

西洋联排住宅风格的老弄堂

这个融合了西洋联排房屋风格的老弄堂，至今仍保留着浓浓的老上海生活气息。斑驳着历史印痕的红砖墙、藤蔓缠绕的老虎窗、厚实的乌漆木门、门内小小的天井、窗口里飘出的饭菜香气，弄堂上空晾着的花花绿绿的衣服和被子等，有着最真实质朴的上海生活原貌。从西晒窗户前装着的可以伸缩的红格子布遮阳棚以及门口窗前摆放着的花花草草等细节之中又透露出了上海人惯有的精致和讲究。

在陕西南路和建国西路交界处的陕西南路287弄有一片典型的石库门里弄住宅群，这是上海保存较完整的罕见整组建筑里弄住宅，它便是建造于1930年的步高里。步高里建造的时间正是上海里弄住宅从“旧式石库门”向“新式石库门”，或“旧式里弄”向“新式里弄”的转变时期。除了建筑的外观和结构，是否拥有独立的卫生、煤气设施则成了区分“旧式”与“新式”的标准。步高里从样式和建构上来讲，它已具有“新式石库门”的一些特征，但是，它并没有独立的卫生和煤气设施，因此，它仍属于旧式石库门住宅。也许是因为当初建造时房产商特别强调这是专门为中国用户设计和建造的住宅区，所以设计师在步高里两个弄口设计了中国最传统和最典型的牌楼形式。雕花的窗户，漂亮的屋顶，弄堂口中国式牌坊和法文标注的门楣，组成了这条旧日里弄特有的魅力。

这个融合了西洋联排房屋风格的老弄堂，至今仍保留着浓浓的老上海生活气息。斑驳着历史印痕的红砖墙、藤蔓缠绕的老虎窗、厚实的乌漆木门、门内小小的天井、窗口里飘出来的饭菜香气，弄堂上空晾着的带着太阳味道的花花绿绿的衣服和被子等，无不招摇着这座城市特有的烟火气。这里有着最真实质朴的上海生活原貌，但从西晒窗户前家家户户装着的红格子布和可以伸缩的遮阳棚以及门口窗前摆放着的绿意盎然的盆栽花花草草等细节之中又透露出了上海人惯有的精致和讲究。

步高里系3层砖木结构的石库门住宅，欧洲联排式的总体布局，工整而严谨。弄堂平面呈“干”字形，中间为宽度4米的总弄，与总弄垂直方向为宽3米的支弄，支弄两端的住宅为“二进”石库门，其余均为“单进”。它是后期石库门的一种标准化模式的弄堂住宅建筑群，在空间构成上保持了传统住宅的中心轴，沿袭了中国传统住宅样式，但在局部造型处理上更多地采用了西洋建筑的手法，属于中西折中的石库门里弄样式。一般小区只有一个过街楼，而步高里却拥有南面和西面两个很有特色的过街楼。南面过街楼一楼沿街的多辟为店铺，正中便是醒目的中国古典式牌楼，牌楼屋顶呈品字形排列，顶上的一层长约3米，底下的左右两层长约1.5米，都铺有清水红色竹筒状砖瓦，3层屋顶下面都有阶梯状支撑，由上至下逐级共4级，最下面的两层还有砖色的波浪线装饰。最高层屋顶下面的正中写着3个黑色隶书大字“步高里”，水泥仿石背景。在这3个字的上面还有一行法文：CITÉ BOURGOGNE，直译应该为“勃艮第城”。上面还有以装饰性方框形标有建造的年份“1930”字样，在水泥仿石衬底下显得格外醒目。牌坊的半圆形券门以简化的巴洛克牛腿支撑，门旁左右离地1米处各有一盏黑色的顶上刻有精致花纹的古雅小灯。

由南面过街楼的铁栅门进入主弄，经过3条支弄，左右各有坐北朝南的房屋4排，等走到第4条支弄时，房屋朝向一变，接下来是坐西朝东的两排建筑分列左右，沿着第4条支弄向西走到尽头，就是西面的过街楼。西面的牌楼比南面的更为宏伟。一个拱形大门连着两个拱形小门，屋顶更长更大气。朝外的一面高高向上翘起，下面的“1930”以水泥仿石圆形包围，里弄名称的法文与中文体“步高里”依次排列，还有白色菱形花纹大背景。在上海使用法文字样命名的里弄非常罕见，而如此奇妙

上图：步高里西面的牌楼　　下图：砖木结构的石库门住宅步高里

的中西合璧的里弄入口应该是上海仅存的孤例。步高里的建筑立面用红色的清水砖墙饰面，有1米多高的水泥仿石墙裙，基本采用了西洋古典建筑装饰风格，弄内以简化的巴洛克牛腿支撑的半圆形券门划分出总弄与支弄的空间次序。各户南侧正面入口厚实的乌漆大门上方设有砖砌的简洁的拱形山花，两侧设有西式方形壁柱，仿石的窗台及窗楣均凸出墙面，石库门上方设有用红砖砌成的装饰简洁的拱形山花，面向天井的客堂开口部采用落地长窗，一层山墙侧的窗外装有木制百叶窗。步高里的建筑单体为两层混合结构，其屋顶不同于一般的石库门，为双坡屋顶，西面屋顶是人字形连着小八字，水泥封顶，正当中一扇半圆形水泥封边小窗，南面屋顶小八字处的墙面向下延伸约1米，以倾斜等宽9级阶梯支撑，斜面看上去好似搓衣板，正中是正八边形小窗，中间以横条相连。和一般石库门房子一样，步高里每幢由天井、客堂、两侧厢房、亭子间、灶披间、晒台等组成，有的一个门牌号码里住着好几户人家，人们在这里出生、嫁娶、繁衍后代。里面的楼道是暗暗的，木楼梯是窄窄的，推开房间窗户，似乎伸手就能触及对面人家的门墙，邻里间的声息响动清晰可闻，虽然少了点隐私，却是充满温情的。所谓“远亲不如近邻”，就成了里弄人家的特色。

以居住为主的步高里还兼容了小型商业、作坊功能。在干字形行列式布局的北侧，里弄住宅作周边式布局，当时有各种商铺围绕一块小型场地，成为步高里居住生活的小型商业与交往场所。住在步高里的老居民，大多数是上海寻常人家，但即便是一家人挤住在一间十几平方米的厢房里，也能把房间收拾得干干净净、一尘不染，窗户上挂着色彩典雅的带流苏的窗帘，家具擦拭得光可鉴人，八仙桌上的玻璃台面下铺着白色镂空勾花桌布，桌上摆着插在法式透明花瓶里的鲜花……在狭小的空间里维持着上海人居家的精致与体面，彰显着上海人特有的生活品位。这是上海人的习惯，是海派生活熏陶出来的素质。上海人也是喜欢热闹的，天气好的时候，邻居们会到商铺围绕的小场地里聊聊家常，说说看到听到的新鲜事，日常生活的乐趣会在自己熟悉的弄堂里弥散开来，那是温暖的，充满人情味的。文化巨匠巴金曾在步高里居住过。1932年，巴金居住的闸北宝光里14号遭受日军轰炸，一时找不到合适的住所，巴金的两个从日本回来的朋友在步高里租了一间客堂间，他们邀巴金同住，巴金欣然同意。在两个朋友的帮助下，雇了辆搬场汽车到宝光里，在废墟中把没有被烧毁的书籍家具搬到了步高里52号住处，并开始创作中篇小说《海的梦》，他在那里日夜创作，不到一个月就把《海的梦》写完了。不久，施蛰存创办的《现代》月刊向他组稿，他就把《海的梦》交给朋友索非转去。这个中篇小说在《现代》上连载了3期。这时候巴金已经搬出了步高里，住到他舅父家了。

步高里的石库门代表了上海的民居建筑，曾引来无数文人、名人驻足观赏。20世纪70年代，柬埔寨西哈努克亲王曾走进步高里普通百姓的居所；2004年10月11日，仅在上海逗留一小时的法国前总统夫人贝尔纳黛特·希拉克，特意到步高里参观，领略异国他乡的法国建筑风情。

淮海坊

留存深深浅浅的文化印痕

从繁华时尚的淮海中路走进淮海坊，有一脚踏进往昔上海的梦幻感，与弄外的滚滚红尘仿佛两个世界。弄内砖红斑驳的墙面和屋顶废弃的烟囱显示着岁月的沧桑，家家户户门前窗口摆放着的花花草草似乎在努力隔绝外面世界的喧嚣，让人仿佛邂逅了隐藏在岁月深处的迟暮美人，即便已经苍老，却风韵犹存。

淮海坊整体俯瞰

淮海中路927弄坐落着建于1924年的新式里弄淮海坊，装饰艺术派风格的华丽门头，宽敞的石材拱形入口与淮海路的气质暗合，高大气派的门楣下部藏着3个规整的颜体字“淮海坊”。

淮海坊于1924年始建，1927年10月落成，不过那时的淮海路叫霞飞路，它也随着路名叫了霞飞坊。宽阔的弄堂内共有3层楼房199幢。总体布局规整，总弄和支弄结构明确，样式和规格统一，大面积整齐的双坡屋面和统一的清水红砖墙面以及屋面伸出的小烟囱形成建筑群整体特色。除了门牌号，几乎每一幢房子都长得一模一样，这就有了一种整齐的韵律之美。仔细看去，这个上海典型的新式里弄与石库门里弄有诸多不同。它的围墙没有石库门里弄房子这么高，降低的围墙提升了建筑的采光和通透性，南向的底楼以黑色铸铁大铁门代替了石库门，进门就是四方天井，因为围墙较低，使得天井看上去像个小小的院落。这种建筑式样基本上摆脱了石库门模式，而是仿法国式住宅。每幢房子3层，每层都有一间宽敞高挑的朝南正房。底层的朝南房间开设了一排面朝天井的落地玻璃门，2楼6扇窗户分为两个窗台，3楼3扇大窗归为一个窗台，窗户上都安装了钢窗，室内都是打蜡地板。之后很长一段时间“钢窗蜡地”就是上海高档住宅的标配。北向底楼为厨房，3楼亭子间上面就是晒台，每间正房均有欧式造型的壁炉和通往屋顶的壁炉烟道，现虽已废弃不用，但屋脊上的烟囱却依旧高傲地挺立在淮海坊的屋顶，固守着往日的记忆。一建成就有了煤卫设施的淮海坊，身段自然不低，但它不像老式石库门弄堂那么逼仄凌乱，也不像花园洋房那样傲娇地拒人于千里之外，骨子里虽然高贵却是平易近人、触手可及的。淮海坊后弄口连接茂名路、南昌路，地段闹中取静，所以颇受中产阶级人士青睐。当年住淮海坊的基本算是殷实人家，一般是医师、建筑师、职员等，一些文化艺术界人士也都选择此地为寓所。

1927年10月27日，从法国归来的徐悲鸿、蒋碧微夫妇住进了霞飞坊99号，可以说是霞飞坊最早的住户了。开始，徐悲鸿夫妇住在3楼，2楼是蒋碧微的父母住，徐悲鸿的弟弟寿安和蒋碧微的弟弟丹麟各住一个亭子间，底层是客堂。这一年圣诞节，徐悲鸿的长子徐伯阳在淮海坊出生，满月时，摄影家郎静山不但担任业务摄影师，还送了一块金锁片。后来，丹麟回宜兴养病，寿安与蒋碧微的表妹佑春结了婚，楼下便做了他们的婚房，蒋碧微带了孩子伯阳住亭子间。3楼腾出来做徐悲鸿的画室。这期间有过许多艺术活动，如应颜文樑之请去苏州美术专科学校演讲，又曾应世界社之邀，为吴稚晖、李石曾、张溥泉以及张静江夫妇画肖像画。最重要的活动则是1927年冬，与田汉、欧阳予倩等人一起成立了旨在以革命运动推进戏剧创作和演出的南国社，成立会在徐悲鸿家中举行，名称叫“南国复兴运动大会”，与会者40多人，会上拟订并通过了《南国社简章》。次年2月，又在上海创办了“南国艺术学院”。徐悲鸿在这里住了一年多，1929年5月迁居南京。

1936年10月，鲁迅逝世。经萧军协助，鲁迅夫人许广平于当年年底带着海婴搬进了淮海坊64号，鲁迅的著作由许广平精心保存于此。搬进去没几天就遭遇失窃，许广平便请鲁迅之弟、生物学家周建人一家来此同住。其时，许广平母子住在2

楼，周建人夫妇住在3楼，周建人搬到四明村后，3楼成为鲁迅遗物存放地，鲁迅的藤椅和他逝世后拓制的面模都放在这里，亭子间则成了许广平整理鲁迅文稿的地方。唯有鲁迅的手稿，为了防止在被突然搜查时丢失，藏在厨房墙角的煤堆里。1938年4月，许广平与胡愈之等人商议后，决定由复社公开出版《鲁迅全集》，随即成立了由胡愈之、张宗麟负责，包括许广平在内的5人编辑出版班子。在淮海坊64号设立了编辑委员会，编校场所就设在64号的客堂和亭子间。胡、张总揽全局并筹措经费，许广平与王任叔为编校，以亭子间为编辑室，两人一头扎进了鲁迅的手稿和已出版的单行本中，一篇篇地逐字逐句校核、释意、纠讹。为了筹集出版这部600万字文集的巨款，采取了预收书款和募集捐款相结合的方法，并得到中华职业教育社等许多单位的帮助。在短短的4个月中，这部对中国文化和社会产生巨大影响的《鲁迅全集》在淮海坊64号编辑完成，正式问世了。1941年，日本人占领租界，不久，许广平在淮海坊被抓走，坐了76天牢，在狱中受尽酷刑。许广平出狱后，因经济困难，把淮海坊1楼、2楼出租。抗战胜利后，为演越剧《祥林嫂》，袁雪芬曾到淮海坊拜访许广平。许广平和海婴在淮海坊一直住到1948年秋天，从此告别上海，定居北京。

在淮海坊居住时间最长的文化名人是巴金，他在这里住了整整18年。1937年7月，正值盛年的巴金从拉都路敦和里搬到霞飞坊59号，他一开始与好朋友开明书店编辑索非同租，巴金住3楼，索非夫妇住底楼和2楼。索非是巴金的挚友，他1927年到上海，是开明书店早期员工，主要联系印刷、出版、发行诸事，

淮海坊内景

后成为开明书店的高级职员。巴金说过“没有索非就没有巴金”,巴金曾回忆说:“我的文学生活是从开明书店开始的,我的第一本小说就在开明出版,第二本小说也由开明刊行……所以在谈到开明时我想这样说:开明很少向我组稿,但我从第一本小说起,我的任何作品只要送到开明去,他们都会给我出版。”可以说,巴金与开明书店结下的深厚情谊就是缘于他与索非之间的友情。抗战胜利后,索非去了台湾,底层由上海法政学院教授许鸿飞家居住,2楼住进了索非夫人妹妹一家。巴金依旧住在3楼,3楼临窗放着书桌和几把椅子,靠墙是一张铁床,其余的空间都被装玻璃柜门的书柜占去,只留下曲曲折折的狭窄过道,房间就显得很暗。3楼亭子间也成了巴金堆书的地方。当时上海正处于孤岛时期,隐居在淮海坊的巴金开始潜心写作,他在这里完成了他的代表作激流三部曲《家春秋》的《春》和《秋》。住进59号后,他先是写完了在敦和里亭子间构思的《春》。1939年9月,他的三哥李尧林因京津沦陷,被迫从天津到上海和他同住。1939年10月到次年5月,巴金又在这里写完了《秋》。他在为《秋》作的序里写道“它是我一口气写出来的,当时我在上海的隐居生活很有规律,白天读书或者从事翻译工作,晚上9时后开始写《秋》,写到深夜2点,有时甚至到三四点,然后上床睡觉……”《秋》一共写了800多张稿纸,每写100多页,就送开明书店排印,送出之前,总让三哥先看一遍,所以说他三哥是小说《秋》的第一个读者。抗战期间,巴金辗转于广州、桂林、昆明、贵阳、重庆等地。1945年底,巴金从重庆回到上海的霞飞坊,与病中的三哥同住。

不久，三哥因病去世，留给巴金一把燕京大学发给优等生的刻着他名字的金钥匙。哥哥的去世令巴金悲痛欲绝，他只能把满腔的悲伤倾注于笔底，那年年底巴金开始创作长篇小说《寒夜》。《寒夜》最初刊载在《文艺复兴》上，一共刊载了6期，到1947年1月出版的第2卷第6期刊载完毕。当时刊物的主力编辑阿湛每个月到霞飞坊巴金家中来取稿一次，《寒夜》最后的尾声是在1946年12月31日写成的。小说充满了凄清孤寂，浸透着巴金痛失亲人的悲凉。

1946年，巴金的夫人萧珊带着未满一岁的女儿自重庆返沪，住进霞飞坊，为了怀念三哥，他把孩子取名小林。漂泊多年的巴金终于有了幸福的港湾，并在这里迎来了新中国的诞生。作家黄裳曾在《琐记》中回忆："当时巴金住在霞飞坊（今淮海坊），他家来往的朋友多，简直就像一座文艺沙龙。女主人萧珊殷勤好客，那间2楼起居室总是有不断的客人。……萧珊有许多西南联大的同学，如汪曾祺、查良铮、刘北汜也不时来坐。谈天迟了，就留下晚饭……"新中国成立后，在淮海坊居住的巴金，应邀出访了波兰、苏联和印度，创作并出版了《纳粹杀人工厂——奥斯威辛》。他还两度率"朝鲜战地访问团"赴朝鲜战场深入生活，所写小说《团圆》后被改编成电影《英雄儿女》。1955年9月，巴金离开淮海坊迁入武康路113号。

住过淮海坊的名人还有不少，如淮海坊5号曾是进步人士杨杏佛的寓所，开明书店编辑所所长夏丏尊从1937年至1946年一直居住在淮海坊3号，淮海坊9号是名编剧阳翰笙旧居，11号是旧上海市长吴铁城金屋藏娇之处，16号是陈思思主演的电影

淮海坊已成为名副其实的“名人坊”

《三笑》的导演李萍倩寓所，音乐教育出版家王允功住24号，中国科学院院士、地理学家和气象学家竺可桢住在26号，剧作家陈西禾与影星路明夫妇、电影皇后胡蝶住在33号，开明书店经理章锡琛和史学家王伯祥、文学家江红蕉住在35号，霞飞坊56号是实业家、新中国成立后上海市副市长盛丕华和他的儿子盛康年的寓所等。淮海坊遂成了名副其实的“名人坊”。

往事如烟，但文化气息却依旧飘散在淮海坊的上空，挥之不去，留下的是这座城市不可复制的文脉。

华懋公寓和峻岭公寓

藏在深深庭院里的贵族

这两幢藏在锦江饭店里的老公寓各有自己不凡的身世。英国式的华懋公寓是老上海人津津乐道的13层楼，是上海第一座高层住宅，当时就有“先有13层楼，后有24层楼”之说。稍晚于华懋公寓建造的峻岭公寓是仿照美国近代摩天楼式公寓，建成后用于出租，能住进里面的都是上海滩名流政要。

华懋公寓

茂名南路59号的锦江饭店总是给人一种深藏不露的沉稳感，就像一个老派绅士，不显山不露水地站在城市中心，虽然和繁华热闹的淮海中路做了邻居，却照样神定气闲，不动声色。这家上海滩名闻遐迩的老饭店身世不凡，它的深深庭院里藏着两幢优秀历史建筑，一幢是北楼，旧时叫华懋公寓；还有一幢是中楼，旧名峻岭公寓。两幢老上海有名的公寓悄悄隐匿在锦江饭店里，就像是藏在深巷里的贵族，一派酒香不怕巷子深的风范，反倒赢得许多人慕名而来。

华懋公寓是英籍犹太人沙逊的产业。20世纪20年代，沙逊买下了北起今锦江饭店北楼，南到淮海中路国泰电影院的一大片地块，他统率的新沙逊洋行组建了华懋地产公司，在这里先建造两幢普通公寓，1925年又投资建造了英国式的华懋公寓，1929年与外滩华懋饭店同年建成。

华懋公寓由英商公和洋行设计，王荪记营造厂承建。公寓造型简洁，外观整齐，高达14层，这在当时上海是首屈一指的高度，只因施工时承包商偷工减料，建成后整体下沉近3米，底层几乎成了地下室，这才由14层变为老上海人所津津乐道的13层楼。当时一提起申城摩天楼便有“先有13层楼，后有24层楼”的说法。公寓地下一层，地上13层，是上海第一幢超过10层的英国公寓式建筑。建筑平面呈一字形，北面凸出两部分，建筑材料由英商美艺云石花砖公司提供，外观采用褐色面砖间以石料窗框和垂直线条，力求突出高耸的视觉效果。最为显著的是方格钢窗排列，白色窗框，窗樘外口用斩假石，体现出英国传统建筑的基本格调。公寓入口在南立面中央，建有门廊，拾级而上可达二楼大厅。上下楼有7部电梯，4部集中在楼下大厅，每层电梯出入口有个小厅，不影响走廊通道。它的内部设施和装饰也极有特色，1—10层为客房，共384间。其中有一层楼面配有为中国、德国、美国、印度、意大利、西班牙等不同国家风格的房间。11楼是仿英国宫廷式的大餐厅，彩色玻璃窗，顶上悬挂皇家古铜式吊灯，四壁装有蜡烛壁灯，12根立柱和墙角均饰以古代持盾武士浮雕。12层也是餐厅，顶层为厨房。电梯门外镶嵌着罗马式古钟，整个风格典雅庄重。华懋公寓建成后，由于地段好，品位高，又是地道的英国公寓式风格，吸引了不少旅沪英国人居住。抗战胜利后，杜月笙从重庆回到上海，曾长期住在华懋公寓，一直到1949年5月1日迁居香港。

新中国成立初，由于沙逊洋行积欠了上海市政府一大笔税金，就以华懋公寓作抵押，归属上海市政府。1951年初春，上海市公安局及市委决定，在上海设立一个招待中央首长、高级干部及外宾们的安全而有保卫工作的高级食宿场所。认为“锦江”这块国内外著名的牌子以及董竹君在上海的名声和她一手培养起来的成熟的业务人员最适合担任这一任务。于是，便派人通知锦江川菜馆和锦江茶室老板董竹君迅速把两店迁移到华懋公寓内，在锦江两店的全部人员及其他一切设备的基础上，扩大成为饭店。迁移工作顺利完成后，改名“锦江饭店”，锦江饭店遂成为新中国成立后上海第一家国宾馆。锦江饭店成立后，相继接待了100多个国家的300多位国家元首和政府首脑以及众多的国际工商界著名人物。

华懋公寓818室位于该楼第8层东部，是同层中最大的一个套房，曾入住过很多政要名流。周恩来总理曾前后15次在锦江饭店参与和组织了重要的政治会务和外事活动。其中1971年陪同西哈努克亲王、1972年接待美国总统尼克松和日本首相田中角荣、1973年接待法国总统蓬皮杜，周恩来总理都入住了818室。他那平易近人的领导者、足智多谋的外交家、才能过人的实干家形象，给锦江员工留下了深刻印象。当时总理夫人邓颖超也同来饭店，还与饭店员工一起合影留念。

现为锦江饭店中楼的峻岭公寓建成于1934年，稍晚于华懋公寓，由公和洋行和爱尔德洋行设计，投资者也是华懋地产公司。峻岭公寓外形仿照美国近代摩天大楼式，平面呈拱桥样，即呈五折环形，略带弧形，呈现出流线型装饰艺术派风格的特色。中部主楼高18层，包括地下一层，东西两部分呈对称阶梯式，从16层、15层、14层、13层逐渐跌落，整个建筑气势宏伟，像山岳一样厚实端庄。主立面以垂直线条分割为中、东、西3部分，墙面贴以褐色面砖，入口部分采用大理石装饰。公寓内部装饰采用几何图案，属现代装饰艺术派风格。公寓底层作为用户锻炼身体的场所，辟有各种技能房间，供公寓住户锻炼身体。2层以上为公寓房间，共大小77套。房间一律朝南，阳光充足，窗外绿树簇拥，周围胜景尽揽。屋顶开辟花园，可眺望四周景物，令住户心旷神怡。

这座仿美国现代派风格的公寓建成后，用于出租，当年能住进这里的几乎都是上海滩名流政要，其中有亚细亚石油公司经理、英美烟草公司经理、英商洋泰木行大班、上海纺织厂厂长、上海救火会会长、丹麦驻上海领事、财政部长宋子文的秘

书、驻美大使顾维钧的岳母、轮船公司老板等。抗战时期，住在峻岭公寓的欧美人渐渐少了起来，而日本政客、日本商人却乘机入住。1941年太平洋战争爆发后，公寓甚至成了日本登陆部队的司令部，住过日本宪兵队长洋马色根、日本粮食公司大班、日本米粉商会大班等。抗战胜利之后，恢复为公寓，住进来的除了外国人，又增加了从大后方赶回来接收的国民党要人及一些名人，如俞鸿钧、宣铁吾、杜月笙等，蒋经国也曾在峻岭公寓的501室住过。1945年8月后，18层还驻扎过美国陈纳德的飞虎队，几百名飞行员在里面住了6个月，一直到1946年2月才迁出。

新中国成立时，公寓内77套住房只剩下10余户外国人和两户中国人，公寓空前冷落。新中国成立后，一部分房间分配给高级知识分子居住，作家靳以、唐弢、峻青，新月派诗人孙大雨，文艺评论家孔罗荪等都曾在峻岭公寓住过。现在的峻岭公寓又称贵宾楼。在它的旁边还有6幢建于1934年的3层炮台式公寓，原先也曾附属于峻岭公寓，现为锦江饭店西楼，当年张爱玲曾在此居住过。

锦江饭店已成为一个知名度极高的酒店，许多中外名人一到上海，便指名道姓地要住进这里。比如张国荣不论是在上海拍戏还是到上海开个人演唱会时都住在这里，有人说老锦江的总统套房就是“哥哥张国荣”在上海的家。如今，斯人已去，这些无形中为老锦江又增添了传奇色彩。

法国总会大厦

宫廷式的花园饭店裙房

茂名南路上的法国总会大厦是当年浪迹天涯的法国人遗留在上海的一座散发着法国古典主义艺术气息的建筑，法国俱乐部的影子在这里弥散了大半个世纪。当年，这里是法租界最主要的社交场所，名流荟萃的集中地。

从淮海中路一拐弯，转入茂名南路，没走几步，便是茂名南路58号，沿马路是一长排通透典雅的铁栅栏，栅栏里一大片浓得化不开的绿张扬地铺展开来。那绿绿得如此奢侈，和一侧繁华热闹车水马龙的淮海中路形成强烈反差。路过的人还以为里面是公园，可是它偏偏是一家酒店，名字倒是和这一大片绿相吻合，它叫花园饭店。花园饭店的历史并不长，这幢34层高的五星级酒店开业于1990年，是由日本野村证券株式会社和锦江（集团）联营公司合作建成的，由日本东京大仓饭店经营管理。酒店占地3.7万平方米，花园绿地竟达2.8万平方米，占四分之三。乔木冠盖，绿草如茵，宛若城市森林。而更有价值的是它拥有一幢优秀历史建筑，那便是花园饭店的裙楼和它的草坪花园，今天的花园饭店便是在这幢法国宫殿式裙楼及其花园的基础上建造起来的。

它承载着昔日上海滩的一段历史。

花园饭店所处位置原是建于1904年的德国侨民乡村俱乐部，占地33亩，有两幢德国式小别墅，花园内有草顶圆亭，竹制小桥，设有网球场、槌球场、草地滚球场，1906年又建成了上海第一个露天溜冰场。1917年，德国在第一次世界大战中战败后，法租界公董局将德国乡村俱乐部没收并于同年6月将其改名。先叫霞飞路（今淮海中路）公共花园，园门开在霞飞路上，后又改为凡尔登花园。凡尔登是第一次世界大战德法交战最激烈之地，后来法军战胜，故法国人引以为荣。后来，又将此33亩地一分为二，西部陕西南路上的一块卖给沙逊的华懋地产，于1925年造起了2层法国式花园里弄住宅，仍称为凡尔登花

上图：花园饭店裙房（原法国总会大厦）　　下图：花园饭店大厅内景

园，即今长乐村。而33亩地东部靠茂名南路淮海路的这一片房产据说是卖给了来上海淘金的法国退伍军人拉白利斯，于1925年在此建造了具有法国宫廷式建筑风格的法国总会大厦。1926年建成后，原先设在南昌路47号的建于1917年的法国总会重新组建后迁入这里。

法国总会，又叫法国俱乐部。它是旧上海法国人办的规模最大、层次最高的会员制俱乐部，与英国人办在外滩的“上海总会”和美国人在福州路上办的“花旗总会”一起被称作“旧上海的三大总会”。茂名南路上的法国总会大厦是当年浪迹天涯的法国人遗留在上海的一座散发着法国古典主义艺术气息的建筑，法国俱乐部的影子在这里弥散了大半个世纪。

这幢横卧在一大片绿草坪上的大厦由法商赉安洋行设计，建筑造型为长方形2层，部分3层，平面为丁字形，坐北朝南，宅前大花园中点缀着亭台和花圃。建筑外部有着并排的科林斯式立柱，气宇轩昂，庄重的色彩、对称的线条、精美的雕饰、豪华的转门，无不显露出法国宫廷建筑特有的气韵。南立面中央和两端均突出，形成弧形立面，其余均为统长的阳台长廊。阳台长廊上的西式柱，立面上的拱形门窗表现出新古典主义的建筑风格。底层为仿粗石拱券门、窗，2层两侧为爱奥尼克式柱廊，立有5根伟岸的科林斯立柱，柱顶是科林斯风格的装饰，大厦面向草坪的南立面中间入口有挑出的半圆形雨棚，正门有4根圆柱，12级气派的白云石台阶直通2楼。中央屋顶为平屋面，四周围有水泥栏杆，形成屋顶花园，中央还建有面向底层花园的圆顶瞭望亭两座。据悉在1949年后，因建筑产生了沉降，为减轻建筑重量，瞭望亭被拆除。对称的线条、精美的雕饰、豪华的转门，特别是极具气势的罗马式廊柱，使建筑外立面带有复古的巴洛克特征，而内部设计采用了当时巴黎最盛行的“艺术装饰”风格，内有游泳池、舞厅、弹子房、餐厅和酒吧间，“用古典主义的立面包装，隐藏了最现代化的装饰”，怪不得有人称其为法国人遗留在上海的珍珠。

从茂名南路的东侧转门进入，呈现在眼前的是一个用金色马赛克精心嵌成的大厅，内部采用了当时巴黎最盛行的装饰艺术风格，有金色大厅之称,大厅的墙上凿有壁龛，当年里面屹立着一尊巨型人体雕塑。通往2楼的弧形楼梯上造型优美的金属扶手据说是从法国定制的。拾级而上，抬头可见2楼前厅立柱上方的一组著名的浮雕，那是一群亭亭玉立地站在高高廊柱顶头的女神浮雕，像是在采摘野果，又像在沐浴，神态悠闲典雅，这是历经数次“大革命”后，被人们巧妙地保护下来的目前上海仅存的一组外国裸女浮雕，是法国古典装饰主义艺术在东方的传播。2楼前厅原来的吊灯是在铁板上冲出图纹再镶上玻璃制成的，灯光是从镶嵌的玻璃中透射而出，这样的灯具在外滩的许多建筑里亦有所见。但由于该灯具的照明很不充分，因此换成从维也纳定制的枝形吊灯，四周立柱及墙上的壁灯看似金属制成，其实竟是涂着金色油漆的木制品。2楼东侧的大宴会厅过去曾是上海最赫赫有名的舞厅之一，当年号称东亚第一流的豪华舞厅。它之所以出名，是因为它中间椭圆形、凹陷的舞池部分的地板下设有弹簧，据说是上海第一家设这种弹簧地板的舞厅，而最吸引人的是顶部天花板由彩色玻璃镶拼成船脊造型的透光天花板，这个天顶又是一个巨大的灯罩，里面的灯打开后，灯光透过彩色玻璃照射下来，在穹顶丽影的神秘光芒下，整个舞厅顿时万紫千红、灿烂异常，极具法国风情。2楼四周中小宴会厅基本上照原形保留，据说当初建成时，这些宴会厅是用拱形墙洞连接在一起的，后来才被分隔开来。在改为文化俱乐部使用时，四周墙上又增加了波浪形的装饰线条，所幸，这些线条与建筑物的整体风格浑然一体，成为装饰中的点睛之笔。总会的南部是一个有近20个网球场那么大的花园，花园里有很大的草坪，为当时占地面积大、内容全、绿化多的俱乐部，是当年法租界最主要的社交场所、名流荟萃之地。《上海——冒险家的乐园》作者爱狄米勒曾写下这么一段话："法国总会的一切都很意识化，从建筑，从装饰，并且门内的空气与门外完全不同，金碧辉煌的大厅里包裹着一种氤氲之气，灯光照射在一缕缕的烟气上，幻为奇彩，真比锦霞还要好看……"这座建筑被誉为"东方大都会最美丽的建筑物，显示了艺术的非凡魅力和法国的欣赏趣味"。赉安洋行因此名声大振。

和上海所有的老建筑一样，法国总会也见证了历史的风风雨雨。

抗战期间，法国总会被日军占用。1945年，日本投降后，法国人于1945年底重新获得该总会，并在总会底层增设酒吧间和餐厅，2楼则租给美国海军，成了"美国军官俱乐部"，并在绿洲酒吧的位置上建造了室内游泳池。新中国成立后，这里收归国有，初由上海市体育运动总会使用，花园用作体育场地，室内游泳池为游泳队训练所用。1954年改为市政协文化俱乐部，是社会名流雅聚之所。1960年7月，划归上海锦江饭店管理后，变为锦江俱乐部，以其门牌号为茂名南路58号，定名为“58号俱乐部”，因锦江饭店与其只有一街之隔，故有“小锦江”之称。当年这里是一个重要的外事接待和活动场地，毛泽东主席来沪视察时还曾在此下榻，并在2楼舞厅跳过舞。

现在的花园饭店原法国总会建筑精心修复后保留下来，与背后的一幢气势非凡的34层高层建筑艺术地衔接起来，原有的法国总会建筑成为饭店的裙房，入口、大堂、中庭和大小宴会厅、商店、酒吧等都设在这里，原来法国总会的舞池成了饭店的宴会厅——百花厅。现花园里大草坪中轴位置矗立着的白色圆穹顶亭是仿照20世纪50年代原屋顶上望亭式样建造的，四周用罗马柱撑起，和裙房的风格一致。现经常有新人来花园饭店在草坪上举办婚礼，以圆穹顶亭作为背景,很有西式婚礼的感觉。

花园饭店开业后接待了许多国家级首脑人物，如美国前总统布什、德国前总统赫尔佐克夫妇、加拿大前总理克雷蒂安夫妇等，尤其是法国前总统希拉克，每次到上海，必定要住花园饭店，也许他是来此重温当年法国人遗留下来的旧梦吧。

爱神花园

寄托邬达克梦想的建筑

巨鹿路上的“爱神花园”是按照希腊神话中爱神丘比特和希腊公主普绪赫的故事设计的。庭院中轴线上的普绪赫喷泉是住宅的灵魂，据说这座雕像是邬达克特地在意大利制作后运回上海赠送给刘家的。用普绪赫的故事来创造一个庭院建筑样式的范本一直是邬达克多年的梦想和追求。在邬达克看来，没有普绪赫喷泉，这座建筑将失去生命，一切会变得毫无意义。

原名巨籁达路的巨鹿路是法租界时期建筑较早的一条东西方向的马路，因为两侧较少商铺且不通公交车显得有些寂寞清冷，而两侧深深庭院又为它染上了一层内敛安静的贵族气质。巨鹿路675号可以说是这条路上最经典的建筑了，《阮玲玉》《与魔鬼打交道的人》《上海1920年》等几十部电影、电视剧就是在此选景拍摄的。

在上海解放以前，这里曾是一幢私人住宅，被叫作刘家花园，它的主人是旧上海著名爱国实业家刘鸿生的胞弟刘吉生。刘鸿生是旧上海工商界四大天王之一（其余是荣氏兄弟、简氏南洋烟草、郭氏永安集团）。刘家原籍浙江定海，晚清时，刘家第一代闯荡上海滩的移民刘维忠在租界经营娱乐业，为刘家未来的发展打下基础，第二代刘贤喜出任招商局的轮船买办，以刘鸿生和刘吉生为代表的第三代，在刘家创业史上写下了最辉煌的一笔，使刘家成了上海滩屈指可数的豪门望族。刘鸿生人称煤炭大王、火柴大王和水泥大王，刘吉生就是其兄最初靠推销煤炭业起家时的得力助手，兄弟俩都毕业于上海圣约翰大学。刘吉生是刘家企业集团里地位和作用仅次于刘鸿生的重要成员，担任开滦售品处经理、香港火柴厂董事长、培成女学校董等职务，他在哥哥的公司里占有很大的股份，并被委任为掌握刘氏企业银根的中国企业银行常务董事兼总经理。

刘吉生送给妻子的生日礼物

刘吉生的妻子名叫陈定贞，她聪明、美丽而且能干，和刘吉生青梅竹马，一生恩爱。20世纪20年代，上海地价飙起。

爱神花园俯瞰

主楼的墙上爬满了藤蔓

1921年刘吉生购进了法租界巨籁达路上的一块地皮（今巨鹿路681号），兴建了一幢500多平方米的2层楼小洋房。到1924年，刘吉生有了足够财力，又购进住宅东边的一块地皮（今巨鹿路675号），两块地皮面积共4 000余平方米。于是，决定在这块风水宝地上修建一幢豪宅，而且一定要与刘家的财富与身份般配。1926年，刘吉生请著名的匈牙利建筑师邬达克设计了这幢花园洋房，由当年上海著名的馥记营造厂建造。建成后，这座耗费了20万银元的刘家花园被公认为当时上海最美丽的花园住宅之一。这是刘吉生送给他爱妻40岁生日的礼物——爱神花园。因为刘吉生生意繁忙，建造爱神花园的事就由陈定贞负责。在这位刘太心中，丈夫事业成功，夫妻恩爱，子孙满堂是最美满的家庭。她要邬达克把这一切都体现在爱神花园中。

走进巨鹿路675号，石板路两侧种着瓜子黄杨和翠竹，玲珑的太湖石假山点缀其间。穿过廊道，一转弯便是花园。花园里坐落着一幢仿意大利文艺复兴时期希腊宫殿式建筑，这就是当年刘家的主楼。阳光下，主楼的墙上爬满藤蔓，在风中颤颤巍巍地摇曳。主楼南立面设置贯通两层且带凹槽的爱奥尼克柱式门廊，底层的门与柱之间设计为大青石平台。两层柱间为弧形阳台，配以雕花铸铁栏杆，庄重而又优雅妩媚。据说，这是邬达克按照希腊神话中爱神丘比特和普绪赫的故事设计的。住宅的主入口设有门廊，系三联式拱券门，顶部垂着颇有年头的吊灯，让人感觉时间的沧桑。入内，是高敞阔大的挂有大型水晶吊灯的主厅，地面的大理石虽经历史磨砺，但光鲜依旧。这是当年刘家举行大型宴会或舞会沙龙的场所，现在这里成了文学集合的地方，多少文学界的名流在此展露风采。作为作协的一名会员，我也多次在这个大厅里参加过各种会议。门厅的一边通向东厅，全柚木装饰的墙壁和精致的柚木拼花地板给人带来殷实感，而美丽的天花则让人有惊艳之感。西厅为装饰华丽的餐厅，拱形的顶棚上布满了镏金的天花雕饰，窗户是镶嵌着葡萄图案的彩绘玻璃。当年北侧靠墙放着做工考究的柚木大酒橱，中间置一大餐台，西侧还设有专为用餐者演奏的乐台，刘吉生常在这里宴请宾客。乐台对面那扇大玻璃移门可以向两边推开，这样便能使西厅和隔壁的大厅相连。北厅是客人等候和休息的地方，它的西侧配有厨房，东侧设有洗手间。在刘家花园的西餐厅里，每周都要举行一次盛大的宴会。好客的刘吉生聘用了4个中餐厨师和两个西餐厨师，专事烹饪。这里曾招待过上海各方面的大亨，从黄金荣、张啸林、杜月笙等地方势力到富商大贾、名门淑女，还有各洋行、银行经理、买办，到英法捕房的警官等，三教九流都是这里的座上客。当年刘家花园夜夜灯火通明，嘉宾满堂。现在这里是作协的员工餐厅。

门厅的另一边是盘旋式的楼梯，梯阶犹如琴键般向上盘旋伸展，柔美中蕴含着音乐的节律感。楼梯外侧墙上的门窗镶嵌着精美的彩绘玻璃窗，其中落地的相当气派。楼梯内侧扶栏的圆框内镶嵌着刘吉生英文名字的缩写字母KSL。2层设卧房、起居室和书房，3层全是卧房，假4层是储藏室。现在都作为作协办公楼和杂志社的办公室使用了。当年主卧房在2楼的东南面，卧房顶棚里外三圈有漂亮的天花雕饰。外圈刻着20个手持玫瑰花带的飞翔的小天使，花带连成了一个大花环，背景是铺天的情网。中圈近角处，分别刻着4组人物，每组3人，稍大一些的为金童玉女形象，线条层次清楚，人物清晰可辨，旁边隐隐现出一个婴儿。这4组人物最有具象意义，分别为普赫绪、丘比特及女儿欢乐。每组人物之间还刻有一对翅膀。里圈刻有玫瑰和葡萄图案，与花园呼应，象征爱情和纯洁受胎。卧室壁炉和壁橱上的装饰图案大多是盛开或含苞的玫瑰花。次卧房在2楼的西南部位，因远离主楼梯，相当安静。它连接着一个小楼梯，可以直达主楼的第3个门。那是一个很小的门，设在主楼与辅楼之间逼仄的夹弄里，极为隐秘，对门就是辅楼的汽车库，车库大门直冲马路，万一遇上紧急情况，出入极为方便。

当年，刘家的佣人都住在北面临街的辅楼里，辅楼有上下两层，佣人的卧房里装有白色的壁橱，做工精致，还镶嵌花纹。底层设有汽车库。当年，整个庭院沿街分两个大门出入，设门房间和狗棚来守卫。

大花园里有花坛和草坪，石笋、太湖石错落其间，园内还有葡萄架和石椅，并建有网球场和温室等。花园的东北和西南两处各有一棵生长多年的广玉兰树，花开时节，洁白的花朵足有海碗那么大，藏在绿油油的叶丛间，散发出阵阵馥郁的香气。

庭院中轴线上的普绪赫喷泉是住宅的灵魂。普绪赫是神话中的希腊公主，因为比维纳斯美丽而引起后者的嫉妒。爱神丘比特奉母之命欲害普绪赫，不料却陷入情网，让西风之神将普绪赫携至自己的宫中，夜夜与之幽会，却不许她看清自己。普绪赫因为好奇，在两个邪恶姐姐的唆使下偷看丘比特，违背了约定，失去了心爱的人。维纳斯一心要拆散他们，不断陷害普

上图：爱神花园内盘旋式楼梯　　　下图：普绪赫喷泉

绪赫。普绪赫日夜寻找离她而去的丘比特。在爱神的帮助下，她完成了维纳斯交办的三项任务，在历经种种磨难后终于如愿以偿地与丘比特结为恩爱夫妻，过着幸福快乐的生活。后来他们生下一个可爱的女儿，就取名欢乐。建筑师在喷泉中央的柱子上支撑了一个水盘，水盘上置放着真人大小的白色大理石雕就的普绪赫雕像，那位美丽的希腊公主正在脱衣准备入浴，动作慵懒而优雅，颇具韵律和动感，有一种摄人魂魄之美，凡是见过的人无不为之倾倒。据说这座雕像是邬达克特地在意大利制作后运回上海赠送给刘家的，也许是因为他感谢刘家给了他一个实现自己建筑梦想的机会，因为用普绪赫的故事来创造一个庭院建筑样式的范本一直是邬达克多年的梦想和追求。在邬达克看来，没有普绪赫喷泉，这座建筑将失去生命，一切会变得毫无意义。可见这位雕塑家内心深处的浪漫。雕像脚下的水盘四周有4个小天使和4条鱼。小天使姿态各异，他们有的骑抱着鱼，也有的搂抱着鱼，从鱼嘴里喷射出来的水喷射在雕像上，落入水盘，随后溢流入水池，真是美轮美奂。形似蝴蝶的喷泉边上有4只形象逼真的石雕青蛙守护着，它们抬头仰望着雕像，憨态可掬。普绪赫雕像微抬的眼仰望着右上方，她深情的目光所投之处正是情系所在，那是她和丘比特幽会的卧房，而在建筑中那正是爱神花园的主卧房。雕像的背面是石雕长椅，长椅下的方形地砖上雕刻着精美的葡萄花纹，与长椅上的藤蔓遥相呼应。秋风乍起，树叶飒飒落满长椅和旁边的小石凳，竟有了蝉噪林逾静的意境。

有意思的是，爱神花园的构思，与英国维多利亚时代著名学院派画家莱顿的名画《普绪赫洗浴》有关，在画中莱顿展示的是普绪赫正在脱下身上的薄纱长裙准备入浴的那一刻。画中她举臂回眸，亭亭玉立，美艳动人。而刘家花园的一些细节，如爱奥尼克式柱子、台阶、水池、金色的柱头、蜿蜒的石径都能在这幅名画中找到。

当年，在刘家花园常来的宾客中有一位显赫的人物，他就是戴笠。1945年9月，戴笠从重庆乘飞机抵达上海机场，下机后由到机场迎接的刘吉生陪同，乘上原法租界捕房探长贾德田的车就直奔刘家花园，刘吉生安排他住进了隐蔽的次卧房。当晚，还在家中摆下盛宴为戴笠接风，在座宾客还有美国特工头目梅乐斯。戴笠在上海的首要任务是肃奸，于是上海滩上有汉奸行径的人无不胆战心惊，一些人甚至上门求刘吉生帮忙在戴笠跟前说情。为了戴笠的安全，刘吉生又将戴笠介绍给刘鸿生的二儿子刘念义，刘念义也有一幢僻静的花园洋房。于是，有一段时期，戴笠就轮流住在刘家叔侄的住宅里处理肃奸和“劫收”要务。1947年，刘吉生受其同班同学宋子良的委任当了西南运输公司的总经理，这是一家有着军统背景的公司。不久，刘吉生全家迁入香港定居，爱神花园里只留下他的二女儿刘莲芝看家。

上海解放后，刘吉生没有像他哥哥刘鸿生那样回到上海定居。1952年，爱神花园被市房地产部门接收。在以后的岁月里，这里一直是上海作家协会的所在地。经历了1966年开始的十年浩劫，庭院中矗立在水盘上的爱神雕像居然完好无损。据说，当时是有好心人将这座雕像从水盘上取下来后进行了伪装

楼梯边彩色玻璃镶嵌而成的窗户

包扎，悄悄藏在花房内不为人知的暗角，这才使之躲过了被毁灭的命运。如今，美丽的希腊公主又重新屹立在爱神花园里。

2002年5月，刘吉生的小女儿从美国来沪，顺便来探访这幢她住了整整18年的旧居。跨进门，便指着落地座钟、镜台、黑白相拼的地砖、酒吧台、楼梯边彩色玻璃镶嵌而成的窗户以及楼梯护手铁栏上的雕花英文字母L（刘）K（吉）S（生），连声说：“老的老的。都是老的，连大厅的天花板上的花色也是老的。”据说当年这座住宅里，曾养了20多条狗，4条大狼狗一到夜里就放出来看门，还有更夫巡逻呢，可见其气派非同凡俗。

如今，美丽的爱神花园已成为文化名片和大都市的文化景观。也许，只有文学才配得上这幢房子的典雅，也只有文学才能滋养这样的老建筑，使她神气不散。

马勒别墅

宛若童话仙境的梦幻城堡

站在延安中路与陕西南路口的人行天桥上眺望，高楼与绿荫中陡见数个尖尖的楼顶神秘地高耸着，斯堪的纳维亚造型招摇着浓浓的北欧风情，最迷恋的还是傍晚时分的马勒别墅，这时，这座城堡建筑沐浴在夕阳下，建筑轮廓晕现着淡淡的金黄色，房子仿佛印在云端，犹如童话仙境。

位于陕西南路30号的马勒别墅是上海滩现存的上千处花园旧邸中，最为玲珑精致的一处。褐色的尖塔神秘地高耸着，北欧斯堪的纳维亚造型异国风情十足，墙面色彩斑斓，精致华丽，在阳光下犹如一座梦幻城堡。马勒别墅的梦幻色彩源于它的故事，那是和这座建筑同样美丽的传说。那是因为它象征着爱，一个父亲对女儿的爱。

马勒别墅的命名是因为这幢别墅的主人是一位名叫埃里克·马勒（Eric Maller）的英籍犹太人。这幢别墅是马勒专门为他的宝贝女儿建造的，这个温情脉脉的传说让这幢独特的建筑染上了一层粉红色的基调。那天午后，在上海的一个寓所里，马勒美丽却又多病的小女儿做了一个绮丽的梦。梦中，小女孩走进了她在安徒生童话中读到的坐落在云端里的有着许多彩色尖顶的华丽城堡，她走进去，看到一间间可爱的小房子，她在一个个房间里流连忘返。突然，城堡像船一样移动起来，在一望无垠的海洋中驶向父亲常常提到的英格兰故乡，又好像带着她来到在童话故事中读到的北欧山地。小女孩醒来后，梦中的美丽城堡一直在眼前晃动，她就把梦中的城堡画在一张纸上。冬夜，外面北风呼啸，在客厅里火光熊熊的壁炉前，小女孩坐在爸爸身边，小手中拿着自己的画边给爸爸看，边向爸爸描述画中的童话城堡。在冒险生涯中很少动情的马勒顿时被爱女的叙述感动了，他抱起女儿，对她说："宝贝，爸爸为你建造一个这样的城堡好吗？""太好了！"女孩高兴地拍着小手跳了起来。这位父亲没有食言，他决心要圆女儿的梦。

1927年，马勒果然投入巨资，买进了陕西南路的这处地

马勒别墅

产。马勒喜爱并精通建筑，他请来了华盖建筑事务所，他和设计师一起，按照女儿描述的梦境精心设计了这座具有童话色彩的花园别墅，于1936年正式建成。别墅里共有大小不一的106间房间，而且每一间房间的款式都不一样。当然这只是个传说，也许因为故事本身的动人，也就很少会有人去追究它是否真实，但我喜欢这个故事，因为它是爱的象征。

小姑娘的梦中城堡是在北欧山地，我去过北欧，在那里我明显地感觉到挪威王国有着和丹麦一样的童话情结，人性对自然的依恋在挪威建筑里毫无保留地流露着，这也非常吻合女孩的梦境。鉴于此，设计师把别墅建成了北欧挪威建筑风格。主楼为3层，房顶上矗立着高低不一的两个四坡尖塔形屋顶。屋顶的东塔顶高近20米，西塔顶比东侧高，约25米，东西塔顶的4个坡面上都筑有拱形凸窗，尖顶和凸窗上部都饰有浮雕，既增加了塔顶内的采光面，也增添了建筑的美感。屋顶高尖陡直，具有典型的挪威建筑特征。因北欧冬天多雪，为了防止屋顶被雪压坍，所以屋顶多做得很陡，使雪无法积厚，陡直的屋顶有利于抵御寒风侵袭和减少屋面积雪。塔顶的表面是由特制的金属青铝瓦呈鳞状覆盖而成，在阳光下熠熠闪光。在主楼南立面上有3个垂直于主屋脊的造型优美、装饰精细的双坡屋顶和4个老虎窗，连同东西及北面3个四坡顶尖塔交织在一起，使整幢建筑看上去宛如一座华丽的小宫殿，十分奇幻。

马勒虽是英籍犹太人，但他发迹却在中国，所以楼房的外形虽是北欧挪威式，但花园和楼内装修的许多细部却融入了中国元素。主楼门前是整幢建筑的向阳面，是4个立面中最华美的一面。在主楼的大门两端，就像中国传统的豪门大宅一样，放置了一对石狮子，虽然石狮口中没有石珠，造型像是一对西洋狮子狗，但这样的摆设却是地道的中国传统造型。花园四周围着用泰山面砖砌贴的高高的围墙，深褐浅褐色的砖面纵横拼贴，墙顶覆盖着黄、绿色的中国琉璃瓦，显得格外富丽堂皇。主楼梯间的圆形天窗为装有五彩剔透的彩色玻璃的穹顶，每逢丽日，阳光透过彩窗，很有些爱丽丝幻景中的味道，充满童话中的空灵意趣。

在马勒潜意识里，这幢住宅，不仅有爱女的梦，也算是纪念自己早年的冒险生活。由于马勒当年致富主要还是靠航运，所以他把这座外表像城堡的别墅内部装修得酷似一条豪华的游轮。整个花园犹如绿色的海洋，草坪边的一座镂空石塔，仿佛是大海中的航标灯塔，在它的旁边有一块有着上亿年历史的杏树木化石。

仔细看去，这栋别墅的内部架构看起来确实像是一艘游轮。主楼的建筑各层分隔较为复杂，东西两侧蜿蜒曲折的楼梯探向两翼，一翼通向船的“前舱”，另一翼通向“后舱”，而通道上的圆窗看起来则像是船上的船舷。从主楼正门进去，里面是一个宽敞明亮的大客厅，所有的木制构件上都雕刻着花纹，木吊顶上有彩绘的罗盘和驾驶舵，就像船头一样。宽敞明亮的大客厅豪华气派，迎面两根大理石圆柱高达3米，旁边还有多处半圆立柱嵌入墙面与方柱相衡。木制圆拱主门套和半圆形的窗户、拼花柚木地板，处处显示主人一掷千金的豪奢。主楼梯呈十字形，连接各楼层平台。整幢建筑内的楼梯特别多，且都为仿制邮轮楼梯，回旋曲折的扶梯一个接一个，时而向上，时而向下，四通八达，即使是同一楼面的房间有的也必须通过楼梯才能贯通，越往上，楼梯越窄，这就使空间产生一种扑朔迷离之感，使人仿佛置身于童话中的迷宫。每层楼梯口均设有非功能性的圆形窗，酷似海船的密封窗。置身其间，宛若生活在海上。在那些栏杆和柱头雕刻的细部，也多是与船舶相关的图案，如船舵、船锚、沙船队、海浪、海上日出、海上作业等，连地板也拼出了海草、海带的纹路。每间房间风格迥异，一幅幅木雕画面全是船队的海上情况。在通往3层一间房间的门口上端，设计了一圈椭圆形的围栏，围栏上空是装有彩色玻璃的室内穹顶，阳光透过玻璃在室内洒下一片金黄，呈现出斑斓柔和的迷人色彩。到了夜晚，四合的夜色犹如海水，月光照进半透明的窗，使人恍若置身于在大海上悠悠行驶的豪华游轮之中。洋楼的尾部，有一舵状之物，象征正在劈风斩浪的船舵。走在楼道里时不时地还能撞上一个个佛龛，就像渔民在船上供养的菩萨，保佑着主人一帆风顺一样。

马勒别墅花园在主楼南侧，现花园周围有灌木环绕，中间是一片草坪，同样以泰山砖铺成的步行小径，曲径通幽地围绕

上图：马勒别墅客厅内的木制构件上雕刻着花纹　　　下图：马勒别墅草坪上的青铜宝马雕塑

着草坪。草坪上屹立着一匹和真马同样大小的青铜宝马雕塑，外形粗壮敦实，雄健有力，但不耀武扬威，只是默默伫立。这匹马的原型是一匹名叫布劳尼克·希尔的赛马，马勒最初闯荡上海滩的历史，就是由这匹马用它的四蹄书写的。它曾给马勒带来了财富，被称为功勋马，它就在铜马基座下面长眠着。马勒对这匹功勋马有着教徒式的感恩，在建造别墅时，特地把他的宝马铜像设在本该放置其家族要员雕像的草坪中央，这是马勒对使他发迹的这匹阿拉伯赛马的纪念。

马勒别墅的建成不但圆了马勒宝贝女儿的梦，全家人还在里边过着舒适安逸的奢华生活。可惜好景不长，1941年太平洋战争爆发后，日本军队占据公共租界，马勒因是犹太人，全家被赶往集中营，这里成为侵华日军的一个俱乐部。抗战胜利后，这里又沦为国民党特务机关的驻地，常人无法涉足其间，因此它一直蒙着一层神秘的面纱。马勒一家从集中营出来后，身心遭受了巨大创伤，便离开了上海，从此再也没有回来过。

新中国成立后，马勒别墅成为共青团上海市委所在地。2001年1月，上海团市委搬出后，有关方面投入了千万元资金进行“修旧如旧”的整修后，在保留原有风格的同时，把它改造成为“衡山马勒别墅饭店”，于2002年5月正式对外经营。2008年，马勒别墅再次进行修缮保养，恢复了往昔的历史风貌。

汾阳路79号

独具风情的“海上小白宫”

这座外形为18世纪欧洲城堡式的建筑，是法国鼎盛时期文艺复兴式住宅的典型实例。由于色彩和造型相似于美国华盛顿的白宫，故被称为“海上小白宫”。

这幢典雅庄严的建筑藏在汾阳路79号的高墙深院内，有点大隐隐于市的味道。墙内探出高大的树枝，枝丫直伸街心，仿佛是一把绿色的天然大伞，温柔地呵护着它。这座气派不凡的建筑建于1905年，外形为18世纪欧洲城堡式，是法国鼎盛时期文艺复兴式住宅的典型实例。这里原是老上海法租界的最高首领、公董局总董的官邸，直至1943年。

我和这幢建筑有种奇妙的缘分，它是我开始撰写有关老上海花园洋房系列书籍的首选对象。那是十几年前的一个世界遗产日，上海开放了一些优秀历史建筑供市民参观。知道消息后，一大早，我就赶到汾阳路。这是我很喜欢的马路，因为在汾阳路、岳阳路和桃江路构成的一个含蓄而神秘的三角街心花园里，坐落着我最心仪的俄国诗人普希金纪念碑。纪念碑上诗人高昂着不屈的头颅，那张英俊的轮廓分明的脸正忧郁而诗意地凝视着远方，脸上的表情寂寞而冷峻。这位来自异国的19世纪纯净诗人脸上的神情似乎为这条路定下了落寞的基调，和叛逆的诗人一样，它注定了与当今的浮华无缘。每次经过那里，我那被纷繁的世事弄得浮躁的心就会安静下来。那天，我和往常经过这里时一样，脚步停下来默默和普希金打了声招呼，又静静地陪了他一会，然后就慢慢往小白宫的方向走，眼里心里还满是普希金的影子。走到79号前，原以为可以立即进去，没料想门口居然排着长长的等待参观的队伍，我找到队形的尾部，排在最后，估计我前面至少有百来个人，等候的时间不会短。但就在那个瞬间，我感受到了上海市民对老建筑的热情。其实那时，我已经在为一些杂志撰写有关老建筑的文章。当时，只以为是我个人的爱好，没想到，喜欢老建筑的人这么多。于是，我心里冒出一个念头，何不写本关于老建筑的书给大家分享呢？《花园洋房的下午茶——上海的保护建筑》就是我在这里排队等候参观时萌生的写作想法。

排队的时间有些长，但一旦进入原先产生的疲惫和不耐烦即刻烟消云散。我当时就有一种惊艳的感觉。抬眼望去，整幢建筑的外墙以凿平的石块作贴面。建筑共3层，地面上两层半，下筑半层地下室。外墙立面为白色，平面与立面均为轴线对称，南主立面为欧洲古典主义建筑中常见的五段式划分。主体建筑平面中部凸出，呈半圆形，半圆两侧则为平墙，有落地长窗。门前是左右双抱的露天环形阶梯，右侧楼梯入口，与左侧楼梯完全对称，体现了宫廷式建筑的恢宏气势。扶梯中间的空当内设置了一个狮子头喷泉，由电动泵控制的“活水”昼夜不停地从狮口中喷出，颇有情趣。拾级而上是一宽大平台，通过平台可直接进入半圆形大客厅，阶梯下进拱门入地下室。一楼正门为券式，两旁设

汾阳路79号“海上小白宫”

爱奥尼克式双柱，门窗框上均有浮雕装饰。2层窗的方框上部被雕饰成锁石状，2层顶上为阳台，周围设置宝瓶形栏杆，1、2层间有较深厚的腰线。从底楼大厅到3楼楼梯间的窗户采用的彩色镶嵌玻璃透露着一种神秘的色彩。正门为券式，两边有爱奥尼克式双柱。门窗的框上均有浮雕装饰。进入一楼大厅，地坪、壁面、顶部天花板都采用大理石砌筑，且石膏雕刻细腻、精致，具柔和感。室内的木饰部分，比如楼梯扶手、壁炉架等都采用柚木或硬木拼板，室内大理石及木装修、雕刻等，具有欧洲新艺术运动派建筑特征。花房四壁设有半米高的玻璃水池，可放养各种观赏鱼；盥洗室美丽的梳妆台旁边保留着百年前卫浴间的原始装潢，特制的淋浴室像一只鸟笼，按动水阀，水柱会从上下左右同时喷发出来。建筑主立面朝南，面对一个带有法国艺术风格的大草坪，大草坪后有小溪和树林。整座建筑给人的感觉优雅、华贵，充满浪漫的情调。

该建筑在作为法租界公董局总董官邸期间，曾相继居住过10多位总董。1945年抗战胜利后，这里成为南京国民政府中央监察院江苏监察区监察使署，后来，又成为联合国世界卫生组织在亚太地区的第一任办公地。新中国成立之初，为第一任上海市市长陈毅临时住所和会见工商人士、社会名流及外宾之场所。1954年，陈毅调往北京后，这里又成为中苏友好协会上海分会的办公地。

1963年5月，上海工艺美术研究所入驻此处，同时还在里面建立了工艺美术品陈列室。“小白宫”内聚集了上海最著名的一批民间工艺美术家，如“面人赵”赵阔明，“江南灯王”何克明，

“神剪”王子淦，绒绣大师刘佩珍、高婉玉、张梅君，“海派黄杨木雕”创始人徐宝庆，细刻大师薛佛影，瓷刻大师杨为义，砚刻大师陈端友、张景安，编结大师黄培英、冯秋萍，人造花大师赵松海、林水溪等，他们都曾经在此工作和传艺。这里还接待过缅甸前总理胡努、印度尼西亚前总统夫人苏加诺、美国前总统里根、英国前首相希斯、泰国王后和公主、拳王阿里以及埃及总统夫人、法国总统夫人等。他们在参观工艺品的同时，也对这幢华美的建筑产生了浓厚的兴趣。众多外国元首、政府首脑、要员、知名人士的造访，使这座美丽的建筑，更加蜚声海内外。

时隔百年，小白宫风采依旧，法式精致生活的痕迹飘散在建筑和花园的各个角落。无怪乎，影片《宋氏三姐妹》要把宋霭龄大婚的场景选在这里拍摄。除了影片《宋氏三姐妹》外，《南征北战》《大雷雨》《十兄弟》《聂耳》等影视作品的一些场景也都是在这里拍摄的。

2001年，上海市工艺美术研究所对建筑进行了精心修缮，在此建立了上海工艺美术博物馆，向社会公众开放参观，人们可以随时进入里面，一睹芳容。

太原别墅

“强盗律师”的宫廷式住宅

太原别墅的最早名字是狄百克花园，它源自一位名为狄百克的法国律师。19世纪末，狄百克来到上海，开了一家“狄百克律师事务所”，多年的代理诉讼使狄百克成为上海的名律师、大律师。因为能辩善讼，狄百克打官司几乎每场必赢，但要价极其昂贵，所以在法租界有“强盗律师”之称。

太原别墅

上海滩花园洋房众多，但在建筑形体上仿照皇宫建筑的却不多，太原别墅可以算是一栋。当年，怀揣梦想的法国人野心勃勃地闯荡上海滩，试图在法租界复刻法兰西的浪漫、奢华与挥霍享乐。位于太原路160号的太原别墅就是依照当年路易十四皇宫建筑的样子于1928年设计建造的，是一幢文艺复兴时期法国宫廷式花园住宅，被誉为上海法国式建筑的经典之作。

太原别墅门前是黑灰色的篱笆墙，密不透风的篱笆使别墅看上去十分私密，一扇高高的黑铁门更是把尘俗挡在了门外。推开铁门进入，会有豁然开朗的惊讶。里面绿荫一片，高大的树冠中，一幢红墙青瓦的西洋建筑兀立眼前。除主楼外还包括4幢副楼，当然最具历史感的是主楼。建筑为假3层，以正中为轴线，两侧形成对称。墙体为橘红色机制砖，墙隅以灰白色石板作锯齿状贴面，白色窗架，较陡的四坡屋顶用深灰瓦铺设，屋顶的冷色调与墙面的暖色调形成强烈反差，增强了建筑的立体感。屋顶前檐口设置有5扇拿破仑头盔式的老虎天窗，屋下小券式装饰，流线型的窗楣和窗架留有巴洛克风格的痕迹。西北向立面有城堡式圆锥形屋顶，使住宅染上了几分庄严和神圣的色彩，尽显其内敛的张扬。建筑朝南的主立面面向大片修建得异常整齐的绿色大草坪。大草坪上栽种着参天雪松，点缀着无名野花。法式园林中常见的喷泉和六角亭也能在草坪上轻松找到。底层入口处，用3根古希腊风格的陶立克柱支撑着宽敞的门廊，以避免太阳直晒大厅，门前站着一对明式风格的石狮子，竟使洋楼染上了几分晚清风情。门廊上面是大露台，主人可以在露台上小憩，冬日沐浴阳光，夏日领略清风，极目眺望花园草坪。

太原别墅的所有建筑材料均来自法国，家具等也是法国打造的，但太原别墅的内部装饰却并不是纯粹的法国式，而是具有折中主义特点，局部装修如玻璃门上窗上的铁花装饰，楼梯栏杆等还带有20世纪初欧洲“新艺术派”的特征。从底层东侧自动落地玻璃门进入楼内，便是华丽、高贵而又典雅的大厅，两侧夹墙中设有庞大的几近天花板高的风格古朴的花岗石壁炉，窗框与屋角四周均有隅石装饰。地上铺着大理石地坪，四周墙面铺设着柚木护壁，雕花的柚木顶角线和大理石柱头花饰，繁复而不乱，大厅顶上置有特制铜质花纹巨型水晶吊灯是从法国运来的，墙上镶嵌着巨幅彩色陶瓷壁画。在会客厅和客厅中间是一扇极具保护价值的中国传统工艺拉门，正反两面阴刻填漆，描绘的是郭子仪拜寿这个古老的故事，与大厅的风格形成了有趣的对比。由盘旋形楼梯拾级而上，2楼是卧室，布置典雅的室内放置着一套明清风格的红木家具，从卧室穿过一扇小门，隔壁就是书房，深褐色硬木制成的一桌一椅，是20世纪30年代旧上海的遗物。一个大理石壁炉，简朴中透着华贵，铁质的炉架和火钳也是老物。

1945年12月，已退休的美国五星上将、美军最高军衔获得者乔治·马歇尔因杜鲁门总统之邀，担任赴中国的特使，下榻在此处调停中国国共两党的冲突，所以当时上海人称这幢花园住宅为马歇尔公馆。

其实，太原别墅最早的名字是狄百克花园，它源自一位名为狄百克的法国律师。狄百克毕业于法国的一所大学，获法律和经济学双学士学位。19世纪末，狄百克来到上海，开了一家“狄百克律师事务所”，多年的代理诉讼使狄百克成为上海的名律师、大律师。因为能辩善讼，狄百克打官司几乎每场必赢，但要价极其昂贵，所以在法租界有“强盗律师”之称。但因为他与法国公董局、驻沪领事馆的官员都很熟，打官司赢面甚多，钱包也鼓了起来，这幢私家洋房的资金就是他靠打官司赚来的。1912年，旅沪的法国商人们注册成立了万国储蓄会，这是上海出现的第一家专业的商业储蓄机构，狄百克应邀担任了储蓄会的经济顾问和法律顾问，报酬是分得相应的股份并成为董事会成员。狄百克花园就是由万国储蓄会下辖的中国建业地产公司投资兴建的。狄百克的妻子是英国贵族后裔，别墅建成后，狄百克和他的妻子、两个儿子便住进了里面。室内装修的奢华自不必说，卫生间里还放置了一个当年上海滩绝对独一无二的由五彩马赛克镶嵌而成的浴缸。

1933年，狄百克突然从上海滩上销声匿迹。后来传闻，狄百克因海上闻人杜月笙之邀赴杜家作客，从此就消失得无影无踪。据说是这位强盗律师在法庭上不给杜月笙面子而被种了荷花；“种荷花”是黑道切口，即将人捆绑后投入江底。此说孰真孰假，不得而知，但狄百克从此确实没有在上海滩出现过却是事实。之后，狄百克夫人将这幢豪宅卖给了国民党总理唐绍仪的女婿岑德广。岑德广是时任国民党宣传部长周佛海的密友，每星期周佛海从南京回沪两人都要在这里会面，以从岑德广那里了解日本上层的情况。抗战胜利后，岑德广被判汉奸罪，后逃到香港。这幢房子被国民党政府接收，归军统使用。

1945年底，美国的马歇尔将军作为美国总统杜鲁门的特使，为调解中国国共两党的关系，来沪时住进了这幢花园洋房。2楼是马歇尔特使的卧房，室内隔着一扇小门与卧室相连的书房内当年贮藏过重要的书信文件。2楼朝北的3间是侍从办公室、起居室。当年马歇尔将军在沪期间天天在这里办公，他在书房找美国驻华军事顾问魏德迈将军交谈，或请沃尔特·罗伯逊代办随时汇报国共两党的和谈情况。1946年11月8日，国共两党和谈破裂。翌年1月7日，这位五星上将怀着遗憾的心情对太原别墅作了最后一瞥，黯然神伤地悄然离开了中国。他回国后出任美国国务卿，在20世纪50年代推出旨在援助欧洲经济复兴的“马歇尔计划”；他还担任过美国国防部长。1959年10月16日，马歇尔在华盛顿病故，终年79岁。马歇尔走了，但马歇尔公馆的名称却流传至今。

新中国成立后，这里由上海市人民政府接管，1956年改为内部高级宾馆——太原宾馆，主要用于接待政府官员和国宾。如今，太原宾馆悄悄地揭开了神秘的面纱，对社会开放，现为瑞金宾馆太原别墅。

伊丽莎白公寓

喧嚣都市深处的生活品位

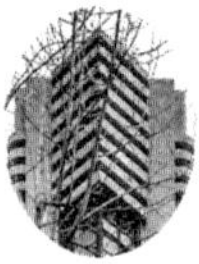

装饰艺术派风格的伊丽莎白公寓自有一种低调的华丽。在复兴中路公寓“三剑客”中它既没有黑石公寓的神秘，也缺少克莱门公寓丰富的色彩，但其节制得体的形态、尺度与装饰却让人体味到一种喧嚣都市深处的生活品位。

复兴中路1327号坐落着复中公寓，它最初的名字叫伊丽莎白公寓，又名伊白公寓，1964年才改为复中公寓。这个名字和它毗邻的黑石公寓和克莱门公寓一样令人遐想。

这幢公寓是1930年由当时居住在上海的法国人经营的贸易公司建造的，是主要面向法国人的法式公寓。建筑为5层钢筋混凝土结构，平面呈“工”字，立面呈3段划分，强调竖向线条，中间内凹，入口设雨篷。建筑立面简洁，强调不同材质的质感和色彩对比，几何图形交叉错落。外墙以浅黄色水泥砂浆抹灰为主，窗框为大红色，上下窗之间的墙面饰有水平勾缝线，平屋顶，顶层檐口线脚较浅并向外凸出。中部的窗间墙呈锐三角形向外挑出，上部女儿墙以数层重叠式水平线条装饰，北侧东西两端的两个圆形楼梯檐口部平行向外挑出，增强了该建筑在外观造型上的表现力度，并巧妙地使用圆弧形和空间凹凸轮廓变化，构成了整个建筑的外观造型，同时将外立面上的钢窗归纳为纵向线条，体现了没有过多装饰的简洁明快的新艺术运动后期的住宅特色，具有现代建筑设计的倾向。住宅顶层檐口线脚较浅，公寓呈对称布局，主楼梯外立面以及南立面的东西转角显示出典型装饰艺术特征与流线型风格。公寓两翼的圆形楼梯间是当年仆人的交通空间，显示出主人对自己隐私的看重，从一个侧面也可以看出当年的住户与今天不相同的日常生活方式。公寓其他立面比较简练，南立面的东西转角看似不经意的装饰，其实也是当年装饰艺术风格与流线型风格最典型的建筑语言。

公寓面朝复兴中路的大门很低调，大门两侧简化的罗马柱

复中公寓（原伊丽莎白公寓）

上部有横线装饰。大门两侧有花坛，一棵高大的枇杷树枝叶斜斜地盖住大门上方，像是在为它遮阴并庇护着它。公寓一侧的门开着，进去便是当年的花园，现在里面开了一家花店，它有一个好听的名称叫花房。我去时三角梅和樱花正在盛开，花店门前一侧竖着一块宜家的记事板，上面用白粉笔写着“所有的花开，只为等你来”，那种浪漫的情致倒是和伊丽莎白公寓的名称很相配。从花房转过去可以看到建筑的侧面和圆形楼梯间带有气窗的窗户，再转过去便是一扇面向马路的紧闭的大铁门。

从复兴中路大门进入公寓内部，门厅并不堂皇。里面的墙壁下面一半是湖绿色，上面一半是白色，配上带有红色窗框的玻璃窗，在阳光下显得很清新。楼梯扶手是褐色的，楼梯地面由浅褐色马赛克铺就，至今保存完好。公寓内部呈对称布局，每层4户，北侧的两户是2室户，南侧的两户为3室户，建筑呈左右对称形，北侧设置主出入口和主楼梯间。楼梯间连接每层4家住户的空间布置显得足够从容，互不相扰。每户住家有厚重的木门，带有门牌号的铁花小窗也是简洁装饰艺术风格的体现，而且各户看似统一却有微妙不同，暗示着住户的身份。正对主楼梯的南侧住户进门后有走道直通客厅，再由客厅进入东(西)侧的主卧室，主卧室北侧设有带浴盆的卫生间。走道旁为餐厅和厨房，厨房设有服务性入口与小楼梯相连。北侧的两户没有独立的餐厅，厨房紧邻可作餐厅功能使用的客厅，厨房北侧设有佣人专用的小楼梯，小楼梯呈圆形平面，于建筑北侧东西两端向外凸出。这幢多层集合公寓的住宅空间构成是以客厅为中心，并将主人及佣人使用的垂直交通线通过单独连接各户的服务性楼梯与主楼梯完全分开，沿袭了中国传统住宅的部分观念。其节制得体的形态、尺度与装饰，悄然诠释着一种喧嚣都市深处的生活品位。

在公寓顶层有个很大的天台，从顶楼楼梯出来，走到天台，眼前豁然开朗。天台地面铺设着灰蓝色和米黄色相间的瓷砖，站在上面，四面八方的景色一览无余。天台侧和旁边黑石公寓的露台遥遥相望，还可见克勒门公寓的一角，另一侧面向复兴中路，对面交响乐团的建筑尽收眼底。我去的那天阳光很好，天台上的一排排落地衣架上晒满了住户的衣服，天台的四角放置着一些盆栽花草，正在抽枝发芽，想来是住户们自己种植的，显出一种闲适生活的烟火气。

伊丽莎白公寓自建成后至太平洋战争前，居住的几乎都是来自英、法、美、奥等国的外侨，有公司经理、董事、销售员、秘书等，其中有一家杜达公司，其办公地点就设在这座公寓的42号房间。

原上海电影制片厂演员舒适自1983年起，就住在伊丽莎白公寓43号。舒适在学生时代就喜爱京剧、话剧和古典文学，上海沦陷后，他参加了青鸟剧社，曾演出话剧《雷雨》《日出》《不夜城》《大雷雨》等。1938年后，舒适担任青鸟剧社、上海大同摄影场、金星影片公司的演员和编导。他在影片《歌声泪痕》《花溅泪》中饰演角色，编导《地老天荒》等影片。1942年后，在中联、华影等影片公司主演《白衣天使》《银海春秋》等影片。1946年春天，舒适应香港大中华影业公司来函，邀请与周璇、吕玉堃等一同前往香港拍片，与周璇主演了电影《长相思》，与胡蝶主演了电影《春之梦》，又拍摄了电影《浮生六记》《弱者，你的名字是女人》《清宫秘史》等。与此同时，舒适还编导了影片《地老天荒》《苦儿天堂》，导演了影片《母亲》《秋之歌》《蝴蝶梦》等。1952年舒适回到上海任演员与导演。从1952年秋开始，舒适在《鸡毛信》《为了和平》《李时珍》《情长谊深》《水上春秋》《林冲》《红日》等影片中担任了重要角色。尤其是他在电影《红日》中扮演的国民党整编74师师长张灵甫，把一个骄横跋扈、偏执狂傲、霸气剽悍、自信张扬、桀骜不驯，但又有几分儒雅与冷峻的张灵甫塑造得入木三分，该角色被称为当代影坛上的“反派三杰”之一，在当时几乎家喻户晓。

舒适搬到伊丽莎白公寓那年，已经67岁了。他在伊丽莎白公寓43号整整住了32年，于2015年6月26日去世，走完了他将近100年的人生旅程。我在舒适门前的楼道里静静地站了一会，想象这位艺术家当年住在这里的情景，感觉这位艺术家的气息依旧飘散在公寓里。

黑石公寓

神秘的中世纪古堡

黑石公寓的名字听上去有点诡异，令人遐想。何况它看上去就像一座中世纪古堡，霸气地挺立在法国风情浓郁的复兴中路上，更增加了公寓本身的神秘色彩。

复兴公寓（原黑石公寓）

在复兴中路行走，一些老公寓总是会让人震撼，忍不住停下来驻足观赏。 这些气质独特的公寓在上海的其他马路上很少见到，如今，已成为复兴中路上的标志性建筑。其中，最有名的是黑石公寓、伊丽莎白公寓和克莱门公寓，这3个公寓犹如三剑客般并肩昂首屹立在复兴中路上，招摇着浓浓的海派风情。

复兴中路1331号坐落着的黑石公寓异常引人注目，现在它的名字是复兴公寓。与老上海法租界内很多西式公寓、洋房类似，复兴中路1331号大楼的命名史经历了从黑石公寓到花旗公寓再到复兴公寓的过程。黑石公寓尽管不是一个正式的名称，却是知名度最高的一个，至今人们还是喜欢这么称呼它。黑石公寓的名字听上去有点诡异，令人遐想。何况它看上去就像一座中世纪古堡，霸气地挺立在法国风情浓郁的复兴中路上，更增加了公寓本身的神秘色彩。

这是一幢看上去像是中世纪古堡式样的6层公寓住宅，建于1924年。建筑造型为折中主义风格，沿街主立面采用对称构图，横5段纵3段划分，公寓底层的主入口挑出的开敞门廊是立面处理重点，露台下部由石雕的科林斯双柱支撑，并带有丰富的古典主义装饰。门廊顶部构成一个大露台，形状由正弯及反弯3段弧线组成，大楼立面中部墙体也采用了弧线形，加之屋顶中部弧形山墙及装饰，显示了典型的巴洛克风格。

有关黑石公寓名称的来源，最常见和最流行的说法是“由于建筑填充墙体和部分构件采用黑色石材，便被称为黑石公寓”。还有一个说法是之所以称为黑石公寓，因为公寓的创建者，是一位译名叫做“黑石”的美国传教士，这位黑石先生中文名为“宋合理”，出生于1879年，1906年来华传教。1920年前后，上海的高层公寓数量还很稀少，而且主要集中于静安寺路（今南京西路）、愚园路和海格路（今华山路）。原名辣斐德路的复兴中路当时还是地广人稀、空间开阔的城郊地带。黑石先生是一位有眼光也是有野心的人，1924年，当他打算在今天的复兴中路兴建黑石公寓的时候，目的可能不仅仅是在法租界修建一座高层公寓，而是要打造一座上海甚至是中国最大、最豪华的酒店。早在这座公寓建成之前，《北华捷报》的一些先期报道，就已详细披露了正在建设中的黑石公寓的种种先进设施与奢华之处。按照设计方案，该楼将包含31间套房，其中大型套房20间，内设4个房间、厨房及储藏室；中型套房3间，内有3个房间，同样也设有厨房和储藏室。除此之外，还有8个小型套房，内设起居室、卧室、浴室和厨房。所有卧室都将建有提供冷热水的浴室。厨房内均配有冰箱、煤气灶及小型洗衣设备。为满足住客的种种需求，公寓内还设有四季恒温泳池、餐厅和舞厅。大楼的顶层是一座屋顶花园，可以俯瞰附近大部分街区。在户外，还设有3座网球场及12个停车库。在服务方面，如果客人需要，公寓还可提供餐食。

黑石公寓建成之后，其先进和奢华程度甚至超出了《北华捷报》的先期报道。除了已经披露的设备与服务之外，公寓还提供了电梯、中央供暖和佣人服务，宋合理甚至还聘请了一位外籍管家。由于环境优雅，设施先进，黑石公寓在1925年的招租广告中干脆直接打出了“中国最好的公寓”这样的旗号。当年的报纸上还刊登着黑石公寓的一则招租广告：根据房型不同，租金每月从50两到152两白银不等，相当于当时的普通人一整年的收入。虽然租金价格高昂，但公寓却并不缺乏住客，旅居上海的大量外侨构成了它的主要客户群体，其中既有美国人、英国人，也有荷兰人、俄国人、法国人、瑞士人和德国人等。此外，由于其美国背景和教会背景，该楼又成了美国侨民和宗教人士的主要聚居地。1927年6月，美国驻南京领事戴伟士由宁来沪，就下榻在黑石公寓。1930年8月，来沪接掌美国长江巡逻舰“图图伊拉”号的舰长与夫人及3个孩子也入住在这座公寓。美国教会成员，尤其是卫理公会的成员更是这里的常客。

作为一个规模宏大、功能齐备的酒店式公寓，黑石公寓除了基本的居住功能外，还承担着诸如展览、会议、庆典等现代酒店所具备的社交功能。在该楼建成不久的1925年，就迎来了一场艺术展览，举办者是年轻的美国画家郎特利。郎特利1899年出生在美国田纳西州，就读于达拉斯的南卫理公会大学，获历史与政治科学学士学位。此后转向绘画，分别在芝加哥艺术学校、达拉斯艺术学院等机构求学。1924年，他踏上远东之旅，来中国和日本学习东方绘画。作为南卫理公会大学的毕业生，郎特利在上海顺理成章地入住复兴公寓。他的画展在1925年11月11日至11月14日举行，地点就设在公寓的25号房间，展览时间是每天下午的3点至6点。这场画展或许是该楼建成后的第一次艺术展览，颇受当时上海媒体的关注，不仅西文媒体《大陆报》进行了报道，就连很少关注法租界西区的《申报》也刊布了这次画展的消息。

除展览以外，举办会议也是这一公寓的重要功能。

1926年2月23日，在大楼的会议厅内，举办了一场别开生面的讨论会。这次会议由“美国大学妇女联合会”发起，旨在讨论上海公共租界和法租界内的男女平权问题。但在当日下午，会议举办方邀请阿乐满和李锦纶分别就“中国的条约体系”和“为什么中国认为条约体系是不平等的”两个主题发表演讲。当日李锦纶因病未能出席，由他在沪江大学的同事夏晋麟代为发言。这次讨论颇受西侨社区关注，当时上海的主要英文媒体《大陆报》《北华捷报》和《密勒氏评论报》都进行了报道。

作为原上海法租界西区的高档住宅，黑石公寓深受民国政要和富商巨贾的青睐，北洋时期的国务总理熊希龄就是其住客之一。1935年2月9日，熊希龄再婚，66岁的新郎迎娶33岁的民国才女、复旦大学教授毛彦文。这一事件在当时曾引起媒体的广泛关注，《益世报》《大公报》及《申报》都进行了跟踪报道。两人的婚礼在西藏路上的慕尔堂举行，而婚房则设在每月租金高达148两银子的36号房。内有会客室两间、卧室两间，同时附设厨房和浴室，并配有一名男仆。新房内还挂有马相伯所赠对联，恽寿平所题吴门女史范雪仪的工笔人物画8幅以及一些西洋名画。

1938年，黑石已返回美国。此时公寓的管理由一名叫做阿道夫·古斯塔夫·安德森的瑞典外侨负责。抗战全面爆发后，复兴公寓无论设施还是服务都已大不如前。到太平洋战争爆发后，一半以上的房间都缺乏家具，租客不得不自备家具才能入住。公寓之前引以为豪的种种优质服务，也被一点点取消了，餐厅被改作他用，佣人们也都遭到遣散。餐饮服务的缺失，使得几乎每个租客都不得不自行聘请佣人。1942年，法租界警务处调查后认为，黑石公寓已不再为租客提供除居住以外的任何服务，它已从一座豪华酒店变成了一座真正的公寓，甚至就是一幢普通出租屋。在旧法租界时期，许多家境不错的白俄曾居住在里面。二次大战后，联合国善后救济总署曾在此办公，插美国旗，美国的星条旗因其图案花哨，色彩艳丽，被称之为花旗，于是这里又有了花旗公寓的名称，1949年后这幢公寓改称复兴公寓。

黑石公寓建成至今，已历百年。在这百年间，上海的城市面貌尽管已发生了翻天覆地的变化，但得益于相关部门的精心修缮与保护，这幢大楼不仅依旧坚固，而且日益焕发生机。

2020年初，一个集书店、本土文创、咖啡厅、活动空间于一身的跨界生活美学体验空间“幸福集荟店”在黑石公寓一楼亮相。从黑石公寓的侧门入口进入，脚下的马赛克瓷砖让人犹如梦回20世纪二三十年代，不过，这是现在重新手工拼出来的。而黑石公寓的每一层地坪都是用马赛克铺就，而且每一层的马赛克地面花纹都不相同，这是黑石公寓的特色，至今保存完好无缺。马赛克走道的左右两边有多个拱门，每一个拱门后都有别样的空间，分为儿童集室、灵感集室、生活集室、视野集室、音乐与艺术集室、文化集室、唱片试听室7个主题集室。七大空间互相区分又互相连通，四通八达。阅读空间与文创产品是这里的主题，音乐则是此地的灵魂。右侧走廊尽头的唱片试听室内陈设有多台黑胶唱机，墙上挂着3张黑胶唱片，有披头士、贝多芬等，顾客可以自己选择喜欢的在这里免费试听，感受难得一见的黑胶唱片的独特魅力。走到马赛克路面的尽头，有豁然开朗之感，原来这里直接连通着另一侧的Drops咖啡馆，而咖啡馆下的这块地面，当年曾是黑石公寓游泳池的所在地。这家咖啡馆的独特之处在于它是一个既能喝咖啡又能体验手冲咖啡技法、品鉴不同产区咖啡豆的咖啡工作室。

黑石公寓的变化，让我感受到建筑文脉的传承并非静止，而是能够随着时代的发展获得重生，不断创造出新的传奇。

克莱门公寓

法国公寓式里弄

翻译过长篇小说《追寻逝去的时光》《基督山伯爵》等经典名著的著名文学翻译家周克希先生是克莱门公寓的住户。在巴黎居住了两年多的周先生说走在巴黎街头，恍惚间会觉得就在自己家门口的复兴中路上漫步。后来他的法国朋友来克莱门公寓看望他，感觉克莱门公寓很法国，走在公寓前的街道上竟然有一种在自己家乡的感觉。

在上海的老公寓中，我比较喜欢坐落在复兴中路1363号的克莱门公寓的外貌。远远看去，它有点像小时候搭的积木，色彩丰富，造型跌宕多姿，是那种能够让人做梦的房子。有意思的是克莱门公寓不是一幢公寓，而是法国公寓式里弄。公寓沿街设有简洁大方又别致的一层门楼，有3个拱门，中间一个最大，这个门楼将公寓立面的基调悉数包括在内，底色为水泥拉毛粉刷，周边镶砌棕色面砖，两侧辅屋盖瓦屋面，色彩对比强烈，在低调宁静的复兴中路上非常抢眼。

克莱门公寓建于1929年。“克莱门”的名字源自上海法商电车电灯公司的大班、比利时人克莱门。据说此人因当年受公司内排挤而成为独立商人后嗅到了20世纪20年代外国人来沪住房难的商机，做起了建出租房的生意。于是便与教会共同投资建造了克莱门公寓。

克莱门公寓的设计者颇具创意，这个具有欧洲传统手法的红砖墙公寓里弄融合了装饰艺术风格，一层基座用清水砖墙饰面，2层以上的中段部分用弧形拉毛水泥粉刷，屋顶以双坡顶为主，结合其他屋顶形式形成较丰富的屋顶形态，并均有老虎窗。窗套、墙转角处及窗间墙等部分镶嵌棕色面砖，整个外观呈现英国亚当时期建筑风格。一部分盔甲式屋顶以及碉堡式的顶楼阳台，则是德国古典建筑风格的主要标志，在一些细节上，还能隐约看得出德国古堡设计风格。院内住宅与绿化组成不规则状态，来界定庭院的空间，呈现出一种比较自由放松的空间感。正对小区大门的26号，红色大门上发散状的装饰图案，是典型的现代装饰风格。克莱门公寓将法式、德式和现代

克莱门公寓

装饰派的建筑风格融合在一起，显得非常特别。整个公寓里弄显得异彩纷呈，所有经过的人都会忍不住对它多看几眼。

当年，克莱门公寓院落中央，有一座造型精致的小喷水池。在南面两幢楼中间还建有一个可容纳百人的大型餐厅，每日供应住户的用膳，这在20世纪20年代，是惊人的先进和奢侈。公寓内还设有咖啡厅、跳舞厅、电话间、汽车间、游泳池等。公寓每幢楼的每个楼层设有9套房间，每套房间内卧室、卫生间俱全，但不设厨房间。每间房均陈设有法式家具，供租赁人使用，每间房均有良好的通风采光。公寓每一栋房子的每一层都配备一个服务员，首屈一指的环境和物业安保服务带来的是令人咋舌的租金。当时，克莱门公寓一套两室一厅的租金甚至超过一栋上下3层楼的里弄房子。克莱门公寓的创建人克莱门和他太太也都住在这个公寓里。克莱门1950年去世，克莱门的太太便请来一位白俄管理。据说，当年的克莱门公寓共有49名职工。

当年克莱门公寓作为设施完善、管理成熟的酒店式公寓，里面居住的大都是洋行里的外国人，也有少数中国富商豪绅搬入居住。1936年，克莱门公寓曾开设有上海第一家室内铺设地板的溜冰场——“辣斐溜冰场”，进门有寄衣帽间和付款租用溜冰鞋的柜台，场地呈椭圆形。抗战全面爆发后，改为“辣斐剧场”，1939年于伶领导的“上海剧艺社”曾驻此演出过《日出》《雷雨》《阿Q正传》《原野》《文天祥》及夏衍的《上海屋檐下》等剧。剧场在太平洋战争爆发，日军进入上海公共租界后的1941年末被迫关闭。与此同时，停泊在上海港的意大利油轮“康悌凡尼号”，不愿被日军征用自沉于黄浦江，船员登陆自寻出路。此后不久，克莱门的侄女招募了以船上餐厅和厨房人员为主体的登陆人员，在剧院原址上开设了一家“森内饭店”，供应意大利菜肴及西点。“森内”系英文Sunny的音译，含太阳照耀的、快乐的、快活的意思。

森内饭店外观和内部装修全部仿效巴黎高级餐馆。门前有一条拱形屋顶的走廊通向大门，进了大门是一间宽敞的大堂和衣帽间。穿过大堂便是餐厅兼舞厅，面积足有三四百平方米，中间是一个乐台和圆形舞池。由于地段清雅，饭店档次又太高，光顾者不多，生意不温不火。意大利船员在1945年，反法西斯战争胜利后陆续离开了中国。到20世纪50年代，栖居上海滩的西方人也陆续回国，1954年9月饭店停止营业，改为书场。因马路对面原为东华球场（1964年改建为上海跳水池），所以取名东华书场。东华书场设有400多个座位，常有名家来此献艺，1966年后书场停演，1969年书场撤销。曾由徐汇区药材公司作为仓库使用。

之后，公寓完全成了居民住宅，外观依旧，对公寓原有的内部格局进行了分割与改造，已经完全不是原先模样。客房被改造成居民住房，并在原来的过道走廊上，搭建了厨房铺设煤气。

那个昔日用作餐厅和舞厅的建筑还在，只是已成了宿舍。从外表看，这是一个有着不规则半圆形顶的房子，奶黄色屋顶上面有红色方块几何图形，和周围镶嵌着的红砖外墙相呼应，两侧设置长方形钢窗，中间是两扇严丝合缝的大铁门，铁门上方有圆弧形镶嵌红砖的装饰，门前有2级台阶。屋子里面早已改了格局，成了一间间员工宿舍。转向屋后，依然是红砖镶嵌几何图形的砌墙，一如克莱门公寓的气派。这个当年做过多种用途的餐厅是圆形的，钢窗保存完好，尤其是墙边的落地钢窗虽已斑驳，却还是傲然屹立，依稀可见昔日风范。屋后是一个不小的院子，中间一棵有年头的香樟树，绿荫如华盖，似乎在竭力遮掩着院子的残破。院子一侧有一扇花瓶门，地上铺着碎石子，面朝房子有几个蘑菇亭，亭子下有可供休息的曲尺形石头长条凳，看起来像是当年旧物。院子里有花草，还有一株棕榈树，伴着香樟树，长得也已很高了。当年住户在这里用完餐还能到院子里散步，在闹市中心有这样一个世外桃源般的去处，真是不错了。院子的后门通往汾阳路，现在用作一家企业的宿舍兼做仓库。

翻译过长篇小说《追寻逝去的时光》《基督山伯爵》《三剑客》《包法利夫人》等经典名著的著名文学翻译家周克希先生也是克莱门公寓的住户。周先生于20世纪80年代去巴黎高师进修过两年，2003年又得到法国文化部的资助，去巴黎住了3个月。两次去巴黎，他都觉得巴黎虽然有些旧，但那种味道跟上海的法租界很相像。他说走在巴黎街头，恍惚间会觉得就在自己家门口的复兴中路上漫步。后来他的法国朋友来克莱门公寓看望他，感觉克莱门公寓很法国，走在公寓前的街道上竟然有一种在自己家乡的感觉。

克莱门公寓吸引了不少以“老上海”为背景的电视剧与电影剧组前往拍摄，如由曹禺同名话剧改编的电视剧《日出》、经典沪语电视剧《孽债》、许鞍华导演的电影《半生缘》等都曾在这里取过景。

新康花园

宁静优雅的公寓里弄

新康花园里住过许多上海的文化名人。昔日，我国第一代旅法画家颜文樑的楼上住着越剧表演艺术家袁雪芬。在袁雪芬家客厅里挂着一幅风景画《秋岭》，那是20世纪60年代末，颜文樑用了前后3年时间为袁雪芬创作的，画中郁郁葱葱的树木与庭院中苍翠挺拔的雪松遥相呼应，宁静幽远的画风与新康花园雅致的氛围十分契合。

上海以花园为名的弄堂不多，淮海中路靠近常熟路的新康花园是一条。这个漂亮的公寓里弄兼具了花园住宅和高级公寓的特征。新康花园位于淮海中路1273弄，建于1934年，环境幽静，属于上海最优雅的住宅区之一。

这里原为新康洋行大班爱德华·伊扎拉建于1916年的私人花园，园中有大片草地、网球场、游泳池等设施。1931年，“九一八”事变后华北沦陷，不少北方的巨商达贾、高官达人、退役军人进入上海租界避难，做起寓公，使上海的房产见涨，尤其是中高档住宅供不应求。于是，伊扎拉便将自己的私人花园改建为商品住宅。新康花园和新康公寓最初的住户多为侨民。1936年12月11日英王乔治五世宣布让位，次年5月12日乔治六世加冕，上海的英侨举行了隆重而盛大的庆祝活动。住在新康花园的侨民在花园里张灯结彩，附近的侨民也应邀参加派对。侨民便把这条弄堂称为Jubilee Court，Jubilee的本义是教堂、国王登基周年庆祝节日的意思，可以译作“欢乐”，于是这里又被称为“欢乐花园”。而上海人知道这是新康洋行的产业，仍叫作“新康花园”。据说，很多年前曾有英国王室成员来此举行过婚礼。

新康花园的住宅分别是今淮海中路1273弄的新康花园和复兴中路1360弄的新康公寓，其主弄贯通于淮海中路和复兴中路间。弄堂两侧分布着11幢两层楼房子，介于独立住宅和集合住宅两者之间。其外观为温润的淡绿色水泥砂浆墙面，一层底座由咖啡色系两种不同颜色纹理的釉面砖以纵横相间的方式拼贴而成，屋顶是双坡顶和平顶结合的方式，屋顶和花园围墙的顶部披红色西班牙筒瓦，2层的阳台设置两根爱奥尼克式螺旋形立柱装饰，部分窗户上方做了凹入墙面的拱形装饰，铸铁阳台栏杆，简练地表达了西班牙式建筑风格。底楼客厅外有半室外空间的门廊与庭院相连，宽大的庭院内种植着高大的雪松等常绿植物。庭院围墙上开设横长方形窗洞，周围有半砖厚的收边，雕有新艺术运动风格的扁铁花饰，从外面隐隐透出花园内的婆娑枝叶。花园还有一专用楼梯直接通往2楼凹廊式大阳台。

临复兴中路一侧的是4栋多层公寓，建筑沿周边布置，大门均面向中央的花坛，优雅地合围出中间的公共地带。因是点式分布的公寓建筑群，故这个区域又叫做“新康公寓”。建筑立面一层为茶色面砖贴面，2层以上为水泥砂浆抹灰，淡绿色涂料饰面，平屋顶，左右对称，开窗较大并采用了当时十分前卫的转角窗，具有简洁的现代装饰艺术风格。按“小区域服从大区域”的习俗，又整个被叫做“新康花园”。

新康花园里住过许多上海文化名人，如著名电影表演艺术家赵丹和夫人黄宗英曾住弄内16号2楼。著名作曲家、钢琴家、音乐教育家丁善德先生也在弄内5号住过，他在60多年的音乐生涯中，创作了大量有深远影响的音乐作品，其中最著名的有《长征交响乐》《春之旅》钢琴组曲、《E大调钢琴奏鸣曲》《序曲三首》《中国民歌主题变奏曲》《新疆舞曲》等。他生命的最后10年就是在新康花园里度过的。

油画家、美术教育家颜文樑从1956年10月起就住在新康花园17号里。出生于1893年的颜文樑是我国第一代旅法画家，他的水粉画《厨房》早在1929年就荣获法国“巴黎春季沙龙”荣

新康花园

誉奖。徐悲鸿誉之为“中国的梅索尼埃”（梅索尼埃是法国19世纪画家，以细密、真实著称）。20世纪20年代，颜文樑远赴法国学习西洋画，1931年乘轮船回国时，从巴黎带回来的是1万多册美术图书和500多具著名雕塑的石膏复制品。他是将欧洲雕塑阿加特米型复制品大量运回中国的第一人。那500多具石膏像使颜文樑在家乡苏州创立的苏州美术专科学校成为全中国设备最完整的学校，这些完全按照欧洲雕塑博物馆的陈列模式陈列起来的雕像，被人称为是美术界的“玄奘”取回的经卷。与此同时，颜先生还带回来了与他自幼熟悉的东方迥然不同的生活方式，他家的室内陈设着全套欧式的老家具，连画框也被他精心嵌在从法国带回来的镀金雕花镜框里。据说，颜文樑生前在新康花园家中的客厅里摆放着一架三角钢琴，上面供了一只法国式的大水罐，插了干旧的玫瑰，他就喜欢在这样灰扑扑的钢琴上自弹自唱，有时还拉拉小提琴。这样的画面在很多年前的上海新式里弄里并不难见到，如今却在城市风景里渐渐淡出。也许，生活的空间将不再布满灰尘，而那些最美好的时光却已成了凝固的记忆画面。颜文樑的楼上住着著名越剧表演艺术家袁雪芬。在袁雪芬家客厅靠近书架的墙壁上，悬挂着一幅风景画《秋岭》，这是20世纪60年代末，颜文樑特意用了前后3年时间为袁雪芬创作的，画中郁郁葱葱的树木与庭院中苍翠挺拔的雪松遥相呼应，宁静幽远的画风与新康花园雅致的氛围十分契合。袁雪芬一生信奉“清清白白做人、认认真真演戏”。2010年她病重后，坚持要求出院回到新康花园的家中休养。2011年2月19日，89岁的袁雪芬在新康花园的寓所里走完了她辉煌的艺术人生，那几日，闻讯前来追思的人们挤满了往日静悄悄的新康花园。

新康花园还凝结着黄源与巴金的一段友谊。黄源在1938年离开上海到皖南新四军军部之际，将两只装满书刊的6层黑色书柜存放在巴金负责的文化生活出版社内。1950年，黄源住进淮海中路新康花园后，巴金将他存放的书和书柜完璧归赵。历经11年的岁月，黄源存放的书籍一本也不少。这两个书柜现已成为两位文化名人友谊的历史见证。新康花园3号是著名作家靳以的故居。在30多年的创作生涯中，靳以为后人留下了40多部作品；他又是一位杰出的编辑家，一生编辑出版了《文学季刊》《文季月刊》《文丛》《小说》等10多种卓具影响的文学期刊，为现代文学史留下了一笔宝贵的精神财富。他最后和巴金合作主编的大型文学期刊《收获》，在新中国文坛独领风骚数十年，成绩卓著，影响深远。1958年12月31日，靳以的家搬到了新康花园离花园大门最近的3号有花园的底楼，为了照顾因病致残、腿脚不便的女儿进出方便。靳以刚到新康住下，先他入住的袁雪芬就来看望了，他们是文联的同事，彼此相熟，现在又住到了一个小区，来往更方便了。巴金的妻子萧珊是靳以妻子陶肃琼的中学同窗，还是靳以女儿章洁思的干妈，她经常来这里看望靳以一家。1959年11月6日深夜零时，因心脏病住进华东医院的靳以突发心力衰竭，前后仅历时16分钟，就因抢救无效而与世长辞。靳以最疼爱也最挂念的女儿章洁思回忆：“我望着父亲的最后一张留影。他就站在家中的庭院内，站在那棵忽然枯萎、却通人性的雪松之下。父亲的手轻插在腰际，眉头却轻皱着。他的脸上，写满疲惫。我记得，那正是他去世那年（1959年）的春夏之交，我们把他从书桌前唤出来，留下这一张影。那时，他的工作已经超出他的心脏负荷，而我们（包括他自己）都全然不知。”现在新康花园3号客厅里，仍悬挂着靳以的照片。

新康花园中的住户，除了文艺界的名人，也有不少医学专家。如住14号的董承琅系我国著名的心血管内科专家，中国心血管内科学的奠基人。中国使用的第一台心电图机，即是他90多年前从美国带回来的。第二军医大学长征医院神经外科主任、国家一级教授朱诚也曾住在新康公寓3号楼，2017年他以95岁高龄病逝。住在3号楼的还有在癌症治疗领域享有盛名的专家：汤钊猷教授。董承琅、朱诚、汤钊猷，这3位堪称我国医学界3个不同领域内的最高权威在新康花园内的比邻而居，也是一段佳话。

文化名人的入住为新康花园增添了浓重的人文情怀，也让这座美丽的花园弄堂有了丰富的文化积淀。

上方花园

洋溢书卷气的花园弄堂

我国近代著名出版家张元济曾住在上方花园24号。1939年，张元济卖掉位于今万航渡路的花园洋房，搬入还未全部建完的上方花园，成为这里最早的住户之一。据说，“上方花园”之名即由张元济所起并题字。“上方”两字取自古诗“月在上方诸品静，心持半偈万事空”。张元济在上方花园历经抗日战争、解放战争和新中国三个历史时期，他晚年曾自撰一联：“数百年旧家无非积德，第一件好事还是读书。”

上方花园整体俯瞰

上方花园坐落在淮海中路1285弄，正对着马路对面的华亭路口。弄口虽面朝淮海中路，但已经脱尽了这条路的繁华热闹，显得清静和安宁。门口的“上方花园”4字溢满书卷气，弄堂深深，算得上闹市中的净土。走进去，心在瞬间便会安静下来。

上方花园的旧址原是沪西农田，1914年被划进法租界。两年后，英籍犹太富商索福（Sopher）购进该地建造法式私家花园，用索福（Sopher）名字的译音叫作“沙发花园”，内有游泳池、草坪、网球场、大理石雕塑等。1933年，索福将自己的私人花园售于浙江兴业银行开发房地产，由英籍建筑师事务所新马海洋行设计，由于资金困难等种种原因，一直延至1938年开始建造，至1941年陆续建成具有3层西欧联排花园住宅与单体住宅相结合的共74幢的花园式里弄住宅，弄名起初沿袭沙发花园名称。

里弄的总体构成为行列式布局，每户均有独立的庭院，独自进出的前、后门。每栋建筑的风格各异，既有装饰简洁的现代式，也有缓坡筒瓦的西班牙式。且细部装饰富于变化，门栅、窗栅、阳台栏杆多用铸铁精制，玻璃钢窗有圆弧形、八角形、长方形等，落地窗前小阳台的铸铁栏杆线条柔美，部分窗之间有科林斯式柱头，洛可可式螺旋柱身的立柱装饰。弄内环境幽美静谧，植栽良好。当年，上方花园的住户多为高级知识分子和银行、商行经理，律师、会计师和工商业主。其中就有著名翻译家李俍民，他翻译过数十部中长篇小说，《牛虻》《斯巴达克思》《白奴》等更是影响深远。其中曾风靡全国的就是他于1953年翻译出版的《牛虻》，这本书成为我国几代读者喜爱的译本。牛虻在狱中给他终身挚爱的琼玛的那封信里，写的他们儿时熟稔的那首小诗，“不管我活着，还是我死去，我都是一只牛虻，快乐地飞来飞去！”至今还有人在诵读。

上方花园16号也是一幢带庭院的别墅。走进去便是一个花园，花园里绿树成荫，花草遍地。面朝花园的是一幢3层楼建筑，奶黄色墙面在一大片绿荫中显得十分清新，右侧的墙体呈弧形，门前有4级台阶，楼下朝南是两间面朝花园的房子，中间隔着一条窄窄的走廊，朝南的几扇窗户的铸铁栏杆带有装饰艺术派风格，细木条的地板保存完好。这里曾经住过国内外颇负盛名的会计学家和教育家潘序伦，他于1937年在上海创建立信会计篆刻学校，被誉为“中国会计之父”。潘序伦最早是舰艇无线电员，后考取圣约翰大学。1921年，潘序伦从圣约翰大学毕业后，被学校保送进入哈佛大学商业管理学院学习。在美国，潘序伦先后取得哈佛大学企业管理硕士学位和哥伦比亚大学经济学博士学位。回国后，任暨南大学教授、商学院院长，上海商科大学教务主任兼会计系主任，致力于引进并传授西方先进的会计知识与技术。1927年，他创办了潘序伦会计师事务所，后借用《论语》中“民无信不立”之意，将其更名为“立信会计师事务所”。1937年，潘序伦与事务所同仁决意创建立信会计专科学校，培养既精通业务又具有管理能力的高级会计审计人才。1952年秋，全国高等学校院系调整，立信会计专科学校并入上海财经大学。20世纪80年代，潘序伦把自己的积蓄拿出来创办了潘序伦奖学金，将自己的存书与出书版税全部用于会计教育。20世纪40年代，潘序伦住在长乐路，后搬入淮海中路上方花园16号，一直住到20世纪60年代后期，才搬到建国西路402

弄的循陔别墅5号。

我国近代著名出版家，《东方杂志》《小说月报》等报刊创办者，上海文史馆馆长张元济曾住在弄内24号。张元济是我国近代出版事业中功不可没的元老。早在清光绪年间，他已是刑部主事，因参与维新运动而被撤职，并被宣布“永不叙用”。1901年，张元济以“辅助教育为己任”，投资商务印书馆，并主持该馆编译工作，为商务印书馆的兴旺发达立下汗马功劳。由于商务印书馆两次遭到日本人的轰炸，损失巨大，张元济自己的经济状况也每况愈下。1939年他卖掉了自己的汽车和位于极司菲尔路（今万航渡路）40号的住了25年的花园洋房，搬入还未全部建完的上方花园。所以，张元济可以说是上方花园最早的住户之一。据说，“上方花园”之名即由张元济所起和题字。当时上海已沦陷，只有租界还犹如漂浮在大海之中的孤岛，“上方”取自古诗“月在上方诸品静，心持半偈万事空”，表达了弄内住户祈祷和平的希望。

张元济入住的24号是一幢3层楼住宅，屋前有一个院子，张元济迁居时，把老宅花园里的罗汉松、红枫、五针松以及分别开白色、粉色和紫红色的3盆杜鹃挖出移植到这里。靠东墙种一排竹子，竹丛边有一张用砖搭起的小台子，他在这上面指导孙女张珑练习书法。当年张元济的卧室兼工作室就在2楼西间，西北墙边放着张元济夫妇的床，居室正中是一张白色大理石面的红木方桌，这张桌子是张元济母亲的妆奁，后来成了他的工作台，上面放着书籍、文稿纸、信纸、铜墨盒、毛笔和一个放大镜，张元济几乎天天在此伏案工作至夜深，北面靠墙是一个

上方花园组图

大衣柜，其半边挂着几件长袍，另半边上部的小橱里，也被文房四宝所“占领”。一侧是一个文件柜，从上到下一列10多个抽屉，其中3个抽屉里塞满了他编著的《成语词典》稿。房间东北角有一个很暗的小间，里面有一个4层的书橱。房间东墙有一个壁橱，橱上有一座小的皮套珐琅金钟，每当张元济独自看书写字时，没有一点声音，只有这只小钟，每隔半小时会敲几下报时，在寂静的书房里颇有几分“蝉噪林逾静”的安宁。朝南是4扇玻璃窗，一侧窗前有一个扶手和靠背厚实的大沙发，窗外有一个小阳台，站在上面可以俯看楼下花园和远眺周围景色。

太平洋战争爆发之后，日本人进入公共租界，从此，张元济进入一种隐居状态，为了维持生计，在一位亲戚的建议下，张元济开始卖字，他写给商务天津分馆经理的信中说：“上海百物昂贵，生计大难。弟今岁起以鬻书度月。”他参考当时书家的润例，制定一份“鬻书润例”，除了请京、津、杭等商务分馆分发润例、代收写件，还将书法交给荣宝斋、朵云轩、九华堂、汲古阁等书画店代销。没想到各地人士仰其大名，纷纷前来求字，有对联、堂幅、屏条、扇面、册页等。甚至抗战胜利后，中国香港、新加坡等地仍有人慕名前来求字。当时他刻有一枚图章，有“戊戌党锢孑遗”字样。不过，并不是所有的人都能有幸获得张元济的墨宝的。当年，汪伪政府的浙江省省长傅式悦附庸风雅，托张元济的一位亲戚送去一幅画卷，请张元济在画上题字，还附有11万元的支票。张元济从支票的印章发现是傅式悦，马上断然拒绝，退回支票，修书一封，其中说：“是君为浙省长，祸浙甚深……以是未敢从命。”1942年初，几名日本人坐汽车来到上方花园张宅门口，其中一个留着八字胡的下车，递进一张印着“大东亚共荣圈”的名片求见。张元济正在写一幅册页，看了名片，从书桌上随手取了一张便条，写上“两国交战，不便接谈”8字，让儿子张树年拿到楼下交给他们，那几个不速之客只得怏怏而退。

上海刚解放的1949年6月初，陈毅市长偕周而复登门拜访了张元济，8月曾在商务印书馆工作多年并由此走上革命道路的陈云也登门拜访了阔别20多年的老前辈张元济。新中国成立后，张元济赴北京参加政治协商会议，并出任上海文史馆首任馆长。1956年10月24日上午，上海市委统战部在上方花园张元济家设席两桌，为张元济庆祝90岁生日。生日期间，商务印书馆的十几位同仁也前来祝贺，张元济高兴地与大家一起合影留念，他还赋诗一首表示谢意。诗云：“正叹年华逐逝波，颁来美意故人多。愧无佳句还相答，聊作琼瑶远拜嘉。”

张元济在上方花园历经抗日战争、解放战争和新中国3个历史时期。张元济晚年曾自撰一联：“数百年旧家无非积德，第一件好事还是读书。”1957年夏天，张元济因病重住进华东医院，从此再也未能返回寓所。1959年8月14日，中国出版业元老张元济以93岁高龄在华东医院仙逝。

国际礼拜堂

欧洲乡村建筑风格的教堂

国际礼拜堂原称美国社交会堂，由1917年组成的一支美国唱诗班发展而来。站在衡山路茂盛的法国梧桐树下，透过欧式风格的铁栅栏向里眺望，就能看到碧绿大草坪映衬下国际礼拜堂典雅的清水红砖建筑，整体看起来不像教堂，倒像是一座欧洲人家的庭院。

国际礼拜堂

在衡山路53号，有一排石壁与铁栏杆相间的围墙，围墙上青藤密布，围墙的后边，尖尖的棱角在老墙的背后隐现，包裹在一大片绿树丛中，呈现出一种欧洲乡村田园别墅的优雅风格，这就是名闻遐迩的国际礼拜堂。大堂左侧有大片草坪，还种有高大的银杏、香樟和常绿灌木，看起来像是一个欧洲人家的庭院。这里就是国际礼拜堂，但入口处的拱门和外墙正立面窗户用了尖锥形的石砌券门修饰，看上去又有着哥特式建筑的巍峨。

国际礼拜堂的建立有它独特的历史背景。早在1917年，在上海的一些美国人出于对宗教生活的需要，便聚集在东湖路一对美国夫妇家中唱诗做礼拜。到1920年，前来聚会的人增加到数百人，其中主要是在沪外侨，也有少数懂英语的中国教徒，遂萌发建堂之意。1923年由在沪的美国侨民及其他外国侨民集资购买了衡山路美童公学对面的十余亩土地，次年动工，1925年3月8日大堂落成，初名协和礼拜堂，因参加礼拜的绝大多数是美国基督徒，所以也被叫作美国礼拜堂。这所教堂建在当年法租界的中心区域，很快像灯塔一样成为该地区的标志。尽管教堂看起来对美国人特别有吸引力，但事实上这座教堂并不设限制，任何教派、任何国籍的教徒都能够参加。不久，就有居住在附近的欧洲籍侨民和本地华人信徒加入其中。以后，这座崭新教堂的新派礼拜方式声名远扬，不少信徒在礼拜天从其他社区赶来参加，成为名副其实的“国际礼拜堂”。

国际礼拜堂是由上海西侨建筑师布雷克事务所设计，华人营造商江裕记承建。江裕记是上海第一流的建造商，建造过外滩德国总会、德华银行、公济医院等大型建筑，国际礼拜堂的建筑质量自然是非常好，历经百年，依然屹立在衡山路上，成为一道靓丽的风景。国际礼拜堂主体建筑样式为德国的仿哥特式教堂建筑，假3层砖木石混合结构，外墙红砖砌筑，主立面朝西面临贝当路（今衡山路），剪刀形木构大屋架，支撑起陡峭的铺设石板瓦的双坡屋面，侧窗采用弧度双联窗。进入教堂，先要经过一条长长的甬道，两边是尖拱的长廊，弧形的长窗上镶嵌着冰裂纹的玻璃，磨光石子地面，看上去像是20世纪20年代朴素的欧洲乡村教堂风格。

教堂屋顶最高处16米，由于不设大型祭坛，代之以一架精致的管风琴，空出的场地约可以容纳700人。礼拜堂两侧是2层廊式楼厅，椅子背后有专门用来安放《圣经》的小匣。教堂内的装饰气氛亲切、随意，中间简洁的祭坛前有400平方米的场地，可以用来演唱或是开派对。这种风格非常合适20世纪流行的“世俗”“现代”的神学理念，深受信徒们喜欢，很快成为名扬上海的重要教堂。国际礼拜堂对面的衡山路上坐落着美童公学，那是一所从幼儿园到高中的全美国学制学校，不少学生直接升入耶鲁大学。国际礼拜堂外面的大草坪几乎成为美童公学的一个户外活动场所，那些美国儿童、家长和老师们在那里活动，不但给教堂带来活力，而且更加亲切怡人。

国际礼拜堂有一个圣诗咏唱班，曾经以优美的圣乐蜚声沪上。每逢宗教节日以及每月第三周的礼拜天都要举行盛大的音乐唱诗活动，呈现出基督教文化的重要特色。每逢星期天的上午这里都要举行礼拜，若逢圣诞节和复活节这里还会举办隆重的音乐礼拜。1931年，在国际礼拜堂的主堂边上建造了一幢与之相连的3层建筑，遂使整座教堂平面呈曲尺形。屋面凸出3个三角形山墙，开三坡老虎窗。扩建部分底层为办公室，2楼开设幼儿园以及主日学校之用。3楼专设一个小礼拜堂，供个人、家庭和小团体成员使用。余下为办公室和其他辅助性房间。各处走道均为磨石子地坪，整个建筑群具有乡村田园别墅的风格，显得更加温馨怡人。建成后的教堂不仅是一个慰藉心灵的地方，而且是美国侨民锻炼身体的俱乐部，并且是一个具有社会功能的场所。

从1925年到1936年，国际礼拜堂每个礼拜天的礼拜活动都由上海广播电台转播实况。20世纪30年代以后，上海从流行英国维多利亚时代的生活方式，转为流行美国大繁荣以后的生活方式，许多人被美国的时髦生活吸引到教堂。国际礼拜堂的礼拜活动通过电台布道在全城转播，上海市民通过广播，了解了教堂内外的美国生活方式。抗日战争期间，有许多欧洲人、中国人前来做礼拜，这座礼拜堂逐渐改称为“国际礼拜堂”。

从1950年起，国际礼拜堂美式英文的礼拜改成了上海口音的普通话。过去的讲道、布告、宣传卡，甚至日常会话都是用英语，这时都换成了中文。经过改组，国际礼拜堂理事会的理事长不再由外国人担任，第一任华人理事长是法学博士李中道。继任理事长是医学博士、中山医院院长沈克非。后来的继任者还有欧阳旭明、徐继和，也都是上海的著名医生。国际礼拜堂可以说是上海最早出现并延续下来的“英语角”。由于该社区及周边区域老居民信徒的受教育水平较高，大多懂得英文，国际礼拜堂的英文传统自觉不自觉地保留下来。那时，不少信徒参加教堂礼拜，也是为了保持和温习英语，礼拜天和牧师、教友用英文招呼、聊天。

国际礼拜堂自20世纪80年代以来，已先后接待过许多著名大主教和国家领导人，比如美国前总统吉米·卡特、英国圣公会坎特伯雷大主教乔治·凯瑞、澳大利亚前总理霍华德、美国众议院议长金里奇夫妇、挪威国王哈拉尔五世和王后等。该堂每星期日上午举行的礼拜保持了优美圣乐的传统，每逢圣诞节和复活节这里都会举行盛大的音乐活动，爱好唱歌和器乐的信徒们则献演各种古典和现代的圣曲，路过的行人听得见里面的管风琴传出悠扬动听的宗教音乐声音。

荣德生故居

大亨弄堂里的荣家花园

这幢具有现代派建筑特征的平顶3层建筑坐落在高安路僻静的弄堂里。它原系上海滩著名的“面粉大王”“纺织大王”荣德生的住宅，名为荣家花园。其简洁、实用的风格在一定程度上表明了荣德生注重实际、淡泊虚名的实业家品行。

高安路18弄在旧上海曾被称为大亨弄堂。沿着弯弯曲曲的弄堂走，两边高墙爬满藤草，墙内的桂花透出了阵阵清香。弄堂深处的20号是一幢米色的独立式3层楼现代花园别墅。这里原系荣宗敬弟弟荣德生的住宅，名为荣家花园。荣宗敬与荣德生，一个创业沪上，一个持守无锡，荣氏兄弟风雨同舟、和衷共济的情谊在上海滩传为美谈。

抗战爆发后，无锡申新三厂被炸。荣德生被迫坐船经重庆、武汉、香港，于1937年5月22日辗转来到上海。他先是住进了临时租赁的华业大厦五楼，因大楼电梯上下不便，加上两个儿子另居萼园，亦非久长之计，于是于1939年在高恩路淩浦弄23号（今高安路18弄20号）动工建造了这幢简洁、实用的别墅。别墅于1940年6月建成。房屋的风格在一定程度上表明了荣德生注重实际、淡泊虚名的实业家品行。

这是一幢具有现代派建筑特征的平顶3层建筑，以水平线条为主，连窗户也多为扁扁的，层间和横向窗带遮阳板有凸出白色边框装饰，强调水平线条，并多处采用弧形阳台和楼梯间，部分横向带窗两边亦以弧形收头，呈现出风行20世纪三四十年代的流线型建筑的特征，动感强烈。只有一楼门厅的两根承重柱采用意大利陶立克柱式，带有一丝欧洲古典主义建筑风格。整个造型异常简洁，墙面以奶黄色涂料直线拉毛，显得活泼新颖，立面主体为黄色粉刷，装饰线条和柱式为白色，形成色彩对比。别墅里遍栽名贵花木，林木葱翠，绿草如茵。进入室内，是一间大型的会客厅，也可作舞厅。房间顶部四周用石膏花饰，显得华美而文雅。厅两侧为衣帽间和休息空间，再过去

荣德生故居

便是餐厅和备餐室。在底层的东、西两侧建有转弯的木楼梯，沿楼梯上去，为2楼卧室，铺设柚木地板，朝南居中房间为荣德生夫妇卧房，两侧是书房和小会客室，东向几间是两个女儿的闺房，西向几间是3个儿子的卧室，近处有卫生间和起居室。3楼是辅助用房、储藏室，还有供亲戚朋友过夜的客房。由一个侧面的楼梯上去，顶部是一个大花园露台，上面还辟有一个不小的游泳池。

荣氏家族由务农起家，后经商致富，至荣氏兄弟，产业几乎遍布半个中国。但荣德生未尝忘记务农祖业，故自号“乐农”，也希望后世子孙亦不忘农本，事事勤俭，万勿耽误前途。在荣德生的居室里，挂着他撰写的一条横幅：“立上等愿 结中等缘 享下等福”，这是他一生的座右铭。他平日粗茶淡饭，对物质生活从无过分要求。在这幢楼房里，荣德生重振旧业，除恢复被日寇破坏的茂新、福新、申新各厂外，还开设了一系列新的企业。抗日战争结束后，荣德生拥有18家棉纺厂、16家面粉厂和其他工厂，成为中国屈指可数的大企业家。荣家还准备自设植棉农场，筹办福利垦殖公司，为此，他们在常州、江阴、沙洲等地围垦大批沙田。荣老先生还策划了一个大规模的发展计划，要把荣氏家族财团原有的20个企业，起码再翻上一番。正在荣氏家族踌躇满志准备大干一场之时，却发生了一件令人想不到的事。

1946年4月25日上午9时45分，天气晴好，荣德生在儿子荣一心、女婿唐熊源的陪同下从家中出来，登上自家的小车去总公司上班，谁知车子刚到弄堂口，迎面窜出三个持枪男子，进行拦截。他们先是出示“第三方面军司令部”的红色逮捕证，强迫私家车上的人全部下车，然后再把荣德生塞进一辆“沪警15044”号黑牌车上，由南向西，绝尘而去。荣家花园一下子像炸了锅，全家上下惊恐不安，社会上群情哗然，一时飞短流长。直到一个星期后，荣家才接到绑匪的电话，索要50万美元，否则就撕票。荣家子弟救父心切，千方百计筹集外汇，33天后，50万美元付清，绑匪当晚便雇了三轮车，把荣德生送到女婿家中。这位老人被困匪巢长达月余，最后总算毫发无损地平安回来了。对于只想化险为夷、破财消灾的荣家已是不幸中之万幸。但蒋介石政府却迫于压力，不得不下令破案。又过月余，特务头子毛森破了此案，抓获案犯15人，枪毙8人，追回了荣家赎金。可是，还未等荣家人缓过神来，毛森又伸手要破案费60万美元。这笔破案费究竟给他们敲去了多少，民间各有说法。据说，仅被军统的二老板王新衡拿去的就有15万美元，外加一栋小洋楼，就是现在常熟路上靠近延庆路口的那幢。据说，8人被枪决后，荣德生特意请了64个和尚，在自己家里为他们念经超度，说是“我虽不杀伯仁，伯仁由我而死”。

虽然荣家只想平平安安地搞自己的实业，但“树欲静而风不止”。社会上听说荣家已收回了赎金，不少社会团体纷纷要求荣家捐款，仅上海一地就有50多个，外地则更多。1947年，荣德生之子荣毅仁又遭到绑票，被勒索金条一根，美元5 000元。屡遭不幸的荣德生身心俱伤，他在高安路住宅的屋顶平台上极目四望，不禁悲从中来，叹道：“呜呼！天下无公道久矣！”

上海解放前夕，荣家企业一些主持人乘机外迁，抽走大量资金。荣德生闻讯力加劝阻，表示“余非但决不离沪并决不离乡，希望大家也万勿离国他往”，并责令“已拆下者装上，已下船者搬回”，态度十分坚决。新中国成立后，荣德生申新上海各厂代表会商重新组合，成立上海申新纺织厂管理委员会，荣德生被选为主席，并先后任中国人民政治协商会议全国委员会委员、华东军政委员会委员、苏南人民行政公署副主任等职。后荣氏家族大多数人移居海外，荣老先生也搬出这幢楼房，住在无锡老家。

1952年荣德生病逝，此前他立下遗嘱：“余从事纺织、面粉、机器等工业垂60年，历经帝国主义、封建主义、官僚资本主义的反动统治和压迫，艰苦奋斗，今中国共产党领导全国人民革命胜利，欣逢解放，目睹民族工业从恢复走向发展……毅仁、鸿仁要积极生产，为祖国出力……”之后，荣家将这幢花园住宅赠给政府。1956年起，该住宅由徐汇区少年之家使用，1960年改名为徐汇区少年宫，成为祖国花朵的活动场所，也使这幢饱经风雨的老房子平添了许多活力和生气。现为徐汇区青少年活动中心高安路分中心使用。

柯灵故居

复兴西路上的临街小楼

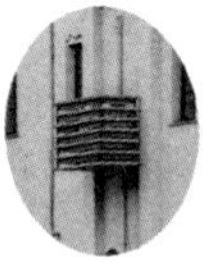

柯灵故居原汁原味保存了柯灵夫妇当时工作和生活的场景，书房内一张铁制写字桌上摆放着布罩台灯、文房四宝，还有一沓沓堆得一尺高的文稿纸。一侧厨房里放着木碗橱、竹篮、花雕酒，家常而温馨，充满着上海人家的生活气息。从中可以看出柯灵的节俭朴素、安贫乐道和对书籍的钟爱。故居的整体陈设一如当年，仿佛柯灵先生只是有事外出，随时可能回来。

柯灵故居

每次经过复兴西路147号那幢临街的西班牙式小楼，总会忍不住多看几眼，喜欢外墙一侧斜斜地从马路引向2楼拱门的室外楼梯，楼梯外侧有6个逐层上升的小平台，起步处又有个小小的壁龛做对景，衬得这幢米黄色公寓分外柔美。总是会想，要是一格格小平台上能依次放上一盆盆花草，就更有风情了。

这是一幢建于1933年的西班牙式建筑，原先是国民党中央执行委员会委员陈伯藩所有，后作为“敌伪财产”被政府没收。建筑为缓坡屋面，出檐很小，围墙上沿和屋顶铺的是半圆琉璃瓦，正门开在建筑正中。门窗洞形式丰富，有矩形、半圆券、菱形，并用各种漂亮的曲线装饰，3楼两扇尖圆的小窗并排着，窗间用螺旋柱隔开。屋顶上的烟囱、铸铁窗花饰、出挑小阳台底部螺旋形装饰以及有着优美弧线的铸铁围栏等无不流露出浓烈的西班牙风情。这幢看似独立式花园住宅的建筑，内部具有明显的公寓建筑特征。平面布局底层1套、2层2套、3层1套，且每一套均有独立的厨房、卫生间、卧室和起居室。

1951年，中国第一代女实业家、闻名全国的上海锦江饭店创始人——董竹君为紧缩家庭开支，由新华路住所迁居至此处的2楼。1957年，董竹君担任全国政协委员后于1960年底迁至北京。为了她来沪居住方便，上海市委决定为她留下147号房子并代付房租直至1966年。当年，3楼的一大套住着电影明星上官云珠，她居住时，白色的抽纱窗帘把窗户遮得密密的，飘散着一种恬淡而雅致的气息，有一个宽大的露台对着花园。不过上官云珠在这里只住到20世纪50年代中期就搬到建国西路上的建安公寓去了。这幢房子里还住过陈同生、刘连波、廖沫沙、白薇、陈子展、钟南夫等革命老干部和知名人士。不过，住的时间最长的是作家柯灵。

在中国文坛，柯灵是一位罕见的多面手。他既是作家、编辑家，又是文艺评论家和报人。很多人知道柯灵，是因为他编过20世纪40年代上海的一本著名杂志《万象》。1943年，柯灵接手主编《万象》杂志。一天，柯灵在为杂志选稿时，看到一篇署名为沈寂的小说《盗马贼》。柯灵对作品很欣赏，但作者是个新人，于是柯灵去信要沈寂再写几篇，沈寂试着用新方法讲故事，又将写京剧艺人遭遇的《被玩弄者的报复》和以盗尸为题材的《大草泽的犷悍》两部小说寄去。柯灵读罢，大为叫好，当即决定在当年9月、10月、12月连续3期刊出，这在《万象》历史上绝无仅有。沈寂在柯灵的提携下，由此踏进了文坛，从一个无名的新人成为有名的作家。柯灵还是发现女作家张爱玲的伯乐。柯灵偶然读到了张爱玲的小说《沉香屑之第一炉香》，他慧眼识珠，便想约这位文坛新人写稿。但他没有张爱玲的联系方式，正巧，张爱玲来《万象》编辑部送稿。柯灵便乘机邀约她经常为《万象》写稿。随后，张爱玲在《万象》连续发表了3篇小说：《心经》《琉璃瓦》和《连环套》。很快，张爱玲便横空出世，大红大紫。

1952年，张爱玲离开上海，先到香港，后到美国，在很长一段时间内一直湮没无闻。1984年，柯灵在散文《遥寄张爱玲》中，记录下了他第一次见到张爱玲的场景：“那大概是七月里的一天，张爱玲穿着丝质碎花旗袍，色泽淡雅，也就是当时上海小姐普通的装束，胁下夹着一个报纸包，说有一篇稿子要我看看，那就是随后发表在《万象》上的小说《心经》，还附有她手绘的插图。会见和谈话很简短，却很愉快。谈的什么，已很难回忆，但我当时的心情，至今清清楚楚，那就是喜出望外。虽然是初见，我对她并不陌生，我诚恳地希望她经常为《万象》写稿。”柯灵的散文《遥寄张爱玲》如一支带火的利箭，开始在中国内地破冰，随即，海内外刮起了一股“张爱玲热”。远在海外的张爱玲未必知道也无意于她在中国内地的重新走红，柯灵也恐怕不会想到自己的这篇散文会有这样的结果。

柯灵与夫人陈国容于1948年到香港，参与香港《文汇报》的创办和编辑工作，任副总编辑。1949年回到上海，历任《文汇报》副社长兼副总编辑。1951年，柯灵与夫人陈国容搬进这栋楼的2楼203室。在此居住期间，柯灵先生孕育产生了大量文学作品，他改编创作了电影文学剧本《腐蚀》《不夜城》《秋瑾传》等，并著有多部散文集、文艺评论集及《柯灵电影剧本选集》等著作。从1951年至2000年，柯灵在此居住了将近半个世纪，这里留下了他后半生的人生痕迹。到了晚年，为了专心写作，柯灵曾定下规矩“下午4点之前恕不接待”。然而每逢客人叩门时，这个自定规矩便自动瓦解。在这间不大的客厅内，柯灵接待过巴金、夏衍、张乐平等重要作家、画家以及来访的港澳台的作家，也接待过一些刚踏入写作道路的年轻新手和热情读者。

2000年6月19日，柯灵在华东医院病床上安详地走了。柯灵先生与世长辞后，和他相依为命的老伴住在医院里再也没有回过家，一直到7年后去世。柯灵夫妇去世后这间居室就一直空

柯灵故居夜景

置无人，他的客厅、书房和卧室情景依旧，他的藏书、办公和生活用具保存完整无损，就连楼道内信箱上的标记也依旧是往日模样。2016年2月6日，柯灵故居修缮后正式对外开放。

柯灵故居展厅位于复兴西路147号东首1、2层。东面的汽车间安排为序厅，其他空间分成“柯灵生平”“尺寸素心”两个展厅。纪念馆展示了柯灵先生的生平事迹照片、著作、手稿、信札，以及他和很多现代文学大师和各界名人交往的图片和文字，还有柯灵的作品《香雪海》《上海一百年》等手稿。参观完一层后顺着一个按原样修复、直径仅1.2米的螺旋形原保姆楼梯，便来到了柯灵的2楼故居。2楼故居原汁原味保存了柯灵夫妇当时工作和生活的场景。穿过一个穹形门，可以看到一个走廊，走廊右侧是20平方米的简朴又雅致的客厅，门厅口摆着一张方茶几，靠窗有一张大餐台，矮柜上安放着20世纪初新艺术风格的铜制持灯女雕像。一架古色古香的大书橱内放着一套《二十四史》，旁侧书柜内藏有朋友们每年馈赠的年历片，墙上挂着书法条幅与各类绘画作品，桌上摆有小巧精致的工艺品、古玩及花瓶，还有一尊微型的柯灵中年时的塑像。再往里走，是卧室和内书房。步入柯灵书房，一张铁制写字桌占据了房间中央的大部分空间，这张铁制写字桌是柯灵夫人陈国容从娘家带过来的，原来是银行里用的，看上去非常沉重坚固。柯灵从20世纪50年代开始，一直用到去世。我看到写字桌上摆放着布罩台灯、文房四宝，还有一沓沓堆得一尺高的文稿纸，可以想象柯灵先生伏案写作的场景。那些坚固的抽屉里则放满了他的信件、便条和笔记。写字台的四周环绕着样式不一、错落有致的书柜，里面整整齐齐地安放着柯灵编辑和收藏的各类书籍。“文革”期间，柯灵家的书房和客厅均被查封，于是，卧室南端仅几平方米的小阳台就成为柯灵的“小书房”。小阳台沿西面墙壁摆放的是一个账柜，账柜侧面板朝外放下90度可以固定，便成为一个简易“书桌”，简易书桌前放着一把旧藤椅。每天，柯灵就坐在藤椅上伏案写作，坚持他所热爱的文学事业。“文革”过后，柯灵重返文坛，他终于可以重新回到他的“书海”中遨游了。柯灵在书房中创作了大量的优秀作品，写了一连串内涵深刻、气势磅礴的散文。柯灵如此总结他的写作与人生：“文字生涯，冷暖甜酸，休咎得失，际遇万千。”“纸上烟云，恰如屐齿印苍苔，字字行行，涂涂抹抹，也就是斑斑点点浅浅深深的生命留痕。”从书房步入一侧的厨房，里面放着木碗橱、竹篮、花雕酒，家常而温馨，充满着上海人家的生活气息。从房间内简单的陈设、普通的家具和四壁书柜中的藏书，可以看出柯灵日常生活的节俭朴素、安贫乐道和对书籍的钟爱。令我感动的是故居的整体陈设一如当年，仿佛柯灵先生只是有事外出，随时可能回来。

故居小小的花园角落里低调地放着一座柯灵雕像，故居入口处的一张照片上柯灵披着件黑色大衣，表情平静地看着来故居瞻仰的人们。照片对面的墙上写着他的名言，“生活是一部永远读不完的大书。生而有涯，每个人只能读到有限的章节，因此必须认真地读”。

修道院公寓

花厅夫人的沙龙

民国时期的文化沙龙以北京的“太太客厅”闻名于世，太太客厅的主人就是温婉美丽、才情满满的林徽因。当时曾流传着“北有太太客厅林徽因，南有上海滩花厅夫人”。这个花厅就在复兴西路62号的修道院公寓内，花厅夫人就是62号曾经的主人弗立斯夫人（Flitz），她曾将自己的客厅打造成上海外侨圈内名噪一时的文化沙龙。

建筑往往因住在里面的人而增添了人文价值，这是我素来关注的。民国时期的文化沙龙以北京的太太客厅传世，其主人就是温婉美丽、才情满满的林徽因。当时曾流传着“北有太太客厅林徽因，南有上海滩花厅夫人”。这个花厅就在复兴西路62号的修道院公寓，这里曾是文化名家汇聚之地。花厅夫人就是曾经住在62号的主人弗立斯夫人（Flitz）。她曾将这里的客厅打造成上海外侨圈内名噪一时的文化沙龙，每周邀请沪上文化名流来此赴宴。复兴西路62号也因此成为当时一个重要的文化据点。去年秋天，因为想更多地了解花厅夫人，我随同徐汇衡复集团拜访了前新丰洋行高级职员、华商董事长之女陈文绫女士，陈女士父亲陈协鑫于1931年进入新丰洋行工作，曾是上海新丰洋行的高级职员，他与曾经居住在复兴西路62号的弗立斯夫妇交往甚笃，为我从另一个侧面了解花厅夫人提供了帮助。

我们先来看看这幢建筑吧。

复兴西路62号坐落着的是一幢名为修道院公寓的建筑。这是一座建于1930年的典型西班牙住宅风格的公寓，虽名为修道院公寓，实际上和教会没什么关系，只不过是一幢可供公共出租的公寓。它的英文名字是The Cloister Apartment，英文“cloister”是多义词，可以翻译成走廊、回廊或是修道院生活、女修道院等，也许就此被命定为修道院公寓。还有一种解释是说修道院名字的来源是因为左侧的永福路旧时叫“古神父路”，这里就取了“修道院公寓”这样一个名字，并沿袭了下来。这幢公寓是著名的公和洋行的产业，由公和洋行设计，为典型的西班牙住宅风格。分南北两幢，建筑前幢为2层，后幢为3层，

修道院公寓

前后两幢之间以回廊连接，这种回廊就是西班牙风格的体现，因为西班牙面对地中海，受季风影响多雨，且夏日炎热，用回廊连接住宅可以遮阳避雨，所以把它解释为有回廊的建筑也是很贴切的。公寓外立面为淡黄色细拉毛水泥抹灰墙面，红筒瓦缓坡屋面，半圆拱券门窗洞，红色双开大木门。沿街立面窗户有方形和拱形两种，主立面窗台部分有精致的绿釉面装饰。整幢公寓以大门为中心，建筑两侧基本对称。建筑内部空间的组合富有层次变化，公寓室内外装饰采用筒瓦、螺纹柱子、卷花铁栅等构配件。卷花铁栅同时也被作为室内构配件分隔空间，如门窗多用铁花格栅，室内部分分隔亦用铁花栅栏，这在一般低层公寓中并不多见。屋顶上有16个烟柱，这些烟柱并非是我们见惯了的方形，而是像两个帽子加一个圆柱体，有点萌萌的，这是典型的西班牙风格的烟柱，它让我想起在巴塞罗那高迪设计的米拉之家顶楼看到的烟囱。公寓的正门开在复兴西路62号，永福路开有边门，汽车可以从这里进出，设有汽车间和面积不大的庭院。当时属于上海的中高档住宅。

在一份1937年的英文版《上海名录》中登记了白赛仲路（复兴西路）62号的住户名单，有一位名为弗立斯（Chester Flitz）的人，弗立斯和他太太来自美国，弗立斯是20世纪30年代远东地区最大的投资公司“新丰洋行”的合伙人之一，堪称上海滩赫赫有名的金融家，当年，他和他的太太就居住在修道院公寓内，他的太太就是昔日红遍上海滩的“花厅夫人”弗立斯夫人。想不到“北有太太客厅林徽因，南有上海滩花厅夫人”的传闻就此尘埃落定在复兴西路62号。这个意外的发现让我有点兴奋。

20世纪30年代，弗立斯夫人家的客厅名声遐迩，成为华洋精英和文人雅士聚会的沙龙。弗立斯夫人当时是《密勒氏评论报》的文艺副刊主编、万国艺术剧院发起人之一，还是国际笔会中国分会外籍理事。在20世纪三四十年代的上海外侨圈内，弗立斯太太是名噪一时的文化人、交际家，迷恋文学创作的她每周都会在复兴西路62号客厅举行文学艺术沙龙，宴请沪上中外名流，邵洵美就是这个沙龙的常客之一，这位浪漫的诗人对弗立斯夫人推崇备至，他曾这么说“弗立斯夫人，匈牙利人，留华有年，嗜文学，著作甚富，自小在美国，与各国大文学家多相往还，在上海为《中国评论周报》编文学栏两年，极受称许。欧美文艺家来华，多半由她招待。她对于中国的文学艺术提倡尤力，曾组织万国戏剧社，成绩亦佳”。邵洵美的夫人盛佩玉在她的回忆文章中也对弗立斯夫人很是赞赏：“此人善交际，服饰新颖，面貌秀丽，并不富贵，但很多人乐于和她相识。”上海人喜欢称客厅为花厅，邵洵美戏称弗立斯夫人是“花厅夫人”，这个美丽的称号不胫而走，弗立斯夫人也因此获得了上海“花厅夫人”的雅号。20世纪30年代，不仅英美法等国驻华使领馆成员常常受邀参加花厅夫人的沙龙活动，宋美龄、张学良也都曾是弗立斯夫人花厅沙龙的座上宾，光临过沙龙的文化名人还有萧伯纳、卓别林、珂佛罗皮斯、胡适、黄柳霜、梅兰芳、林语堂等当时的文艺界名流，梅兰芳还签名送书给弗立斯夫人。作为常客的诗人邵洵美，正是在弗立斯夫人的花厅举办的一次晚宴上认识了《宋氏三姐妹》的作者项美丽，并使后者成了他的红颜知己。20世纪30年代蜚声国际的墨西哥漫画家珂佛罗皮斯夫妇也在1933年10月的一天来到了弗立斯夫人的客厅，还当场为弗立斯画了幅他在打马球的漫画，并在花厅结识了邵洵美、叶浅予等人，叶浅予的漫画风格受到珂佛罗皮斯的很大影响。

这位花厅的女主人还积极提倡推介中国文学艺术，促进中外文化交流。著名画家、工艺美术教育家庞薰琹在他的回忆录中写到了弗立斯夫人为他在花厅举行过一次招待会。庞薰琹描绘弗立斯夫人当时梳着希腊人的发型，穿着拖地的黑色连衣长裙，她跟他亲切拥抱并将庞薰琹介绍给在座的各位：“这位就是今天招待会所要邀请的主要客人，也是我要向大家介绍的一位中国青年画家。我在这所房子里，第一次招待了萧伯纳，第二次招待了卓别林，第三次招待一位中国青年画家……”“上海画会”的主席、法国邮船总经理米奥利斯，法国驻华领事柯克林对庞熏琹作品《屋顶》大加赞赏，并购买了作品。此后，庞薰琹的多幅作品首次刊登在上海的外文报刊上，有的甚至用其作品作为封面。庞薰琹由此在上海美术界崭露头角、初获声名。弗立斯夫人发起成立的万国艺术剧院举办过音乐会、讲座、辩论会，还举办过戏剧表演。

晚清以后，上海就有洋人的沙龙，但中国人少有参加。弗立斯夫人打破了这一旧习。她本人也很骄傲能与本地名流交往，她说“我来此地之前，没人试图与中国人社交。这些头脑简单、自鸣得意、傲慢自大的外国人装得好像还待在他们英格兰或法兰西老家似的。而那些亲切可爱的中国人也照样旁若无人地过他们自己的日子”。弗立斯夫妇20世纪30年代初居住在这栋异域风情浓厚的修道院公寓，一直到1941年太平洋战争爆发。弗立斯离开中国后曾写过一部传记，他非常自豪地提到：“我们拥有许多很好的中国朋友。”弗立斯后来将在修道院公寓的收藏捐赠给了美国北达科他州大学图书馆，包括林语堂的字画、梅兰芳的题字和林风眠成名前的画作以及庞薰琹的作品等。

在陈文绫女士家，我看到了很多她保存下来的家族老照片。她说当时自己年纪太小，父亲没有带她去过弗立斯夫妇位于复兴西路62号的宅邸，但跟随父亲去过弗立斯位于虹桥路、中山西路口的美华邨的家。那里是20世纪三四十年代上海西区有名的花园住宅区，居住的都是当时的工商巨子或达官显贵，提携她父亲进入新丰洋行的俞开龄先生也住在美华邨1号，和弗立斯比邻而居。她记得那时父亲带她和哥哥姐姐们一起去弗立斯家，大人们商谈公事，孩子们则在花园里玩耍。陈女士至今保存着1947年他们一家造访弗立斯夫妇时在他们家花园里拍的照片。她猜想，虹桥路的美华邨是弗立斯夫妇家居之处，因当时的上层人士在上海都不止一处房产，复兴西路62号比美华邨的位置离市中心较近，交通也相对便利，应该是弗立斯夫妇开设的沙龙所在，他们在那里交往各界人士。

显然，在修道院公寓的花厅曾经发生的旧闻逸事要比这栋西班牙风格的住宅本身有意思得多。后来，该公寓被用作湖南街道办事处等单位的办公地点，如今修旧如旧又恢复到了当初的模样，并被改造成了衡复风貌展示馆，在衡复风貌馆展览的最后一部分便是“复兴西路62号纪事”，上面有很多稀见史料。展厅内挂在墙上的一张弗立斯夫人的老照片更是吸引了不少游客的驻足。

巴金故居

一代文学大师生命历程的见证地

这幢低调的花园住宅曾出入过众多中外作家及各界名人，见证了一代文学巨匠巴金后半生的生命历程和20世纪下半期中国文学的风风雨雨，并留存了半个世纪以来中国文学不同时期的记忆。2005年巴金去世后，他的家人搬离武康路，留下大部分家具和巴金个人物品作为故居陈列。2011年12月初，掩映于绿树丛中的巴金故居撩开面纱，向公众敞开了大门。

掩映在梧桐树荫中的武康路113号建于1923年，是一座独门独院、环境幽雅舒适的花园洋房，它由一栋主楼、南北两栋小辅楼和一个花园组成。掩映在绿树丛中的主楼是一座假3层英式花园住宅，其正面外立面呈金字形，灰色细鹅卵石的外墙，装饰简洁，绿色百叶窗，暗红色屋瓦显示着低调的华丽。这座美丽的房子最初的主人是英国人毛特・宝林・海。后来，曾作为苏联驻华商务代表处驻地等。1955年，这幢大花园洋房经陈毅市长特批给巴金。

那年9月，巴金一家从淮海坊迁入并在此居住了长达半个世纪。在这里，巴金写下了小说《团圆》，后被改编成电影《英雄儿女》，散文集《倾吐不尽的感情》《赞歌集》，翻译了《往事与随想》等文学名著，被誉为“讲真话的大书”的《随想录》也完成于此。这幢低调的花园住宅曾出入过众多中外作家及各界名人，见证了一代文学巨匠巴金后半生的生命历程和20世纪下半期中国文学的风风雨雨，并留存了半个世纪以来中国文学不同时期的记忆。

从铁门进入，是一个大院子，面向院子的是主楼的北门，门前一侧用假山石围成一个种满花木的小花坛。跨上主楼门前2级台阶，进入一扇拱门，便是门厅，门厅正前方墙上挂着一幅巴金先生畅怀大笑的肖像,门厅左侧沿墙摆放着一张小方桌，左右各一把椅子,门厅左面便是厨房。1966年以后这个狭窄的门厅就一直作为餐厅使用，靠餐桌的墙上挂着一幅国画，这是著名画家黄永玉先生在2011年10月专为故居开馆而画的“巴金先生”，画中巴老沉思、从容的脸在寒风中怒放的红梅映衬下撑

掩映在绿树丛中的巴金故居

满画面，以五线谱线条作为树枝，满枝点缀的点点红梅是激情与生命力的象征，给人以巨人顶天立地的震撼，同时，又隐含着感伤与忧郁。黄永玉与巴老是忘年交，1946年20多岁的黄永玉在上海谋生时，曾借住在巴金先生的文化生活出版社的职工宿舍里，他常来巴老家中。巴金及萧珊对他的照顾，至今仍温暖着、激励着他。小方桌对面楼梯下靠墙的餐具柜上，摆放着北京中国现代文学馆赠送的一组8位著名作家雕像的小样，下面柜里放着巴金生前用过的杯子。

从门厅右转进去的一个小间，“文革”前曾是巴金家的餐厅，后来，又先后成了女儿李小林和儿子李小棠的婚房。进门左侧的墙边放着一架立式钢琴，那是巴金妻子萧珊用自己第一部译著《阿细亚》（后改名《阿霞》）的稿费买来送给小林的。正对着餐桌的墙上，挂着巴金儿子小棠一周岁生日时的照片。1961年7月12日，日本作家龟井胜一郎和井上靖曾应邀参加巴金的家宴，同巴金的夫人萧珊和孩子在这里围桌欢谈，李小林还弹琴给客人听。穿过门厅，左边原为巴金继母和妹妹的卧室，现改成临时展厅，展出巴金故居收藏的一部分文献资料和实物，从不同角度反映了巴金的创作和生活。门厅右边便是著名的客厅了。一组大沙发和茶几放在客厅中间，柜子里放着巴金从各地带回的纪念品，壁炉上方挂着林风眠赠送给巴老的《鹭鸶图》，左边靠墙的一排书柜里摆放着巴金和朋友的各类著作，两个小书架里都是晚年巴老行动不便后想取用方便的书。靠门边的小桌子是巴老晚年经常写作的地方，《随想录》的部分章节就是在这里写就的。在这间古朴典雅的客厅里，巴金曾接待过无数海内外来客，是中外文学交流的一个重要“客厅”。巴老1955年9月入住后，10月就迎来了第一批客人，那是法国作家萨特和同为知名作家的爱人波伏娃。这里曾是国际政要、文坛巨子、著名学人经常出入的地方。老舍、曹禺、夏衍、张恨水也曾留下足迹。常来作客的还有靳以、师陀、黄裳、唐弢、孔罗荪、辛笛、吴强、王西彦、柯灵、张乐平等作家、画家，每年11月25日巴老生日，这里更是嘉宾满堂。法国前总统密特朗的夫人也专程来此看望巴老。这里还举行过意大利“但丁国际奖”和苏联“人民友谊勋章”的颁奖，还先后接待过张光年、贺绿汀、赖少其、马识途、王蒙，日本作家龟井胜一郎，法国作家艾坚尔伯等中外来宾。

穿过客厅，就是巴老在晚年作品中经常提到的太阳间了。所谓的“太阳间”，原本是个面向花园草坪的开放式长廊。1982年，巴金在楼上书房写作时不慎摔倒骨折，住院期间，家人就把这个长廊加上玻璃门窗封了起来，这里阳光充足，巴老高兴地把它称之为太阳间。天气温暖阳光充足时，巴老就趴在“太阳间”南窗下那张铺上了白桌布的小缝纫机上写作，《随想录》的后两卷就是在这儿艰难地一笔笔写就的。在患了帕金森症后，巴老经常扶着助步器缓缓地在这里行走锻炼。如今，太阳间里还安放着一张巴老晚年常用的轮椅。沿着木头楼梯拾级而上，便是2楼。楼梯口放着一张大餐柜，那是曹禺先生在新中国成立前离沪赴京时，留给巴金的。2楼左边是巴老的卧室，中间放着一张大床，床后的壁炉上放着巴老和夫人萧珊的照片。壁炉上方的墙上挂着巴金和女儿、女婿及外甥女的合影。卧室外是巴金妻子萧珊的工作室，那里也放着一张写字台，萧珊生前经常在这里翻译作品，帮巴老整理和批复读者来信。后来，这里成了女儿小林的卧室和办公间。

卧室的隔壁便是巴老的书房，书房里左侧整面墙被4个大书橱占满，里面放着各种版本的巴金著作，书橱前有一对沙发椅子和一个茶几。靠墙处是一组沙发和茶几，靠内阳台处放着一张宽大的书桌。内阳台上临窗放着一张铁皮做的书桌，上面有一个带支架的浮雕像，那是巴金一生崇敬的托尔斯泰的塑像。巴老白天喜欢在明亮的内阳台上写作，晚上则在书房里工作。在这里，巴老看书、思考并创作了大量的散文、小说，《随想录》的前三卷大部分也是在这里写就的。这个书房有时也是巴老接待比较亲密友人的地方。壁炉上放着一尊巴金的石膏像，塑的是20世纪50年代巴金模样的塑像，这尊被认为最能体现巴金神态的塑像出自苏联雕塑家谢里汉诺夫之手。3楼是个很大的阁楼，里面密密麻麻地摆满了一排排大书架，是巴老当年的书库。穿过楼下厨房，便是花园。主楼正面前是一块大草坪,围绕着草坪的小路是巴金经常散步的路。草坪上，八株云杉高高矗立，底下一株苍劲的紫藤，兀自把自己的一根枝丫牢牢缠绕在水杉上，借此直冲云霄。

巴金搬进这里时，院子里已有了一株广玉兰，树冠几乎高过主楼，树荫占了草坪的一大半，巴金常和来访的客人在这株葱郁的大树下摄影留念。而一边巴金亲手栽植的樟树和枇杷树也是满树葳蕤、枝繁叶茂。草坪上还有一棵樱花，树龄已有四五十年，应该是巴金搬来后亲自种上的，想来春天应是满树繁花吧。四周还有牡丹、月季、桂花，杜鹃，大多是巴金亲手栽下的，一年四季装点出不同的风景。满院的花香与寓所内无处不在的书香交织在一起。北辅楼楼下的车库和南辅楼以前是储藏室。北辅楼2楼有一小间3平方米的保姆房，萧珊去世后，巴金就躲在这座小屋里，悄悄地把“文革”前就开始重译的屠格涅夫的《处女地》译完，又重抄了一遍。后来，又着手在这里翻译赫尔岑的《往事与随想》。北辅楼下有一块休憩区，围着冬青树是一个环圆形的石砌座凳。南辅楼一楼改建成“游客服务中心”，2楼现在成了一间小会议室。不久前的一个冬夜，我在那里和博悦读书会的书友们分享过我的书，觉得满屋都是文学巨匠的气息。辅楼一侧有葡萄架和秋千架。

1997年5月6日，长年住院的巴老经医生同意，在医务人员的陪伴下来到开馆不久的上海图书馆新馆参观，巴老一边参观一边惦记着请人整理出准备捐给上图的那批书。回到医院后，没过两天，他便向主治医生提出请假回家的要求。5月8日上午，天下着蒙蒙细雨，巴老回到了阔别3年的家。之后直至2005年10月17日离世，巴老因病情逐渐加重再也没回过家，这次捐书竟成了巴老生命中的最后一次回家。在巴金107年诞辰之际，栖息着文学巨匠灵魂的巴金故居对公众开放，展现了我们这个城市对一代文学大师巴金的文学遗产、精神财富的不懈传承。

毕卡第公寓

有传奇故事的城市经典地标

衡山宾馆的前身是毕卡第公寓，堪称当时上海豪华家庭式公寓楼的典范，一度风光无限。新中国成立后这里改建为宾馆，公共空间的装修承袭了ART DECO风格，蕴积着摩登时代的历史风情，有着极为精致的图案和雕刻，是领略欧洲室内装饰艺术的绝佳之地。

宛平路与衡山路相交处的衡山路534号坐落着城市经典地标之一的衡山宾馆。宾馆的正立面正对着马路的转角处，建筑空间开阔，十分高调地矗立在那里，令过往行人瞩目。这是一个有传奇故事的建筑。岁月风尘掩盖不了它曾经的风华，梧桐树下，它高大的身影一如既往地耸立在路口，犹如一位白发智者笑容满面地俯视着周遭的变迁。

衡山宾馆的前身是毕卡第公寓。20世纪20年代末，房地产商纷纷把投资目标转向高层公寓。万国储蓄会名下的中国建业地产在当时已是上海的主要房地产开发商之一，便联手当时上海地产业四家“王牌”—— 潘荣记、胡顺记、利源记以及陈永兴，一起承建了毕卡第公寓。1934年，毕卡第公寓正式落成，这座具有现代主义风格的欧式建筑一夜之间即成为当时上海西南部最高的建筑，开发商希望在当时已在上海形成一定规模的旅沪法国人中打出名气，于是决定以当时法国最富裕的毕卡第省来命名这座全新的豪华公寓楼，以此暗示入住此楼者非富即贵，于是该楼就被命名为毕卡第公寓。

毕卡第公寓的建筑风格属于典型的Art Deco风格，建筑线条简洁、比例匀称，虚实得体，主楼没有任何非功能性的装饰，完全以整齐的方窗来勾勒公寓的轮廓。建筑平面呈八字形，大楼最高处在中间，两边成阶梯状递减跌落。公寓整体呈奶黄色，顶部檐边则用白色镶边勾勒，底下2层以深色大理石作为基座，中部顶层竖立旗杆，这样的配色设计增添了几分现代派的情趣，整个立面显得简洁、明朗、稳重。

毕卡第公寓作为当时在上海的豪华家庭式公寓楼的典范，

衡山宾馆(原毕卡第公寓)

建筑设计上迎合了众多追崇欧洲流行时尚的西方人的心理需求，公寓落成后仅半年，就已住满了当时在上海的法国、美国、德国、比利时、苏联、丹麦等外国人，据说，当年的毕卡第公寓里只住了两家中国人，一家是广东富商谭家，另一家是巨商张静江的大女儿张蕊英家。张蕊英和她的几位妹妹从小跟着父母去法国巴黎，先在法国，然后在美国接受教育。张蕊英的丈夫瞿濂甫也是美国哥伦比亚大学法律系的留学生，过惯了西式生活的这对夫妻选择毕卡第公寓作为自己的寓所是很自然的事。当年，毕卡第公寓还是洋行老板以及达官贵人的居处和活动场所，营造了一种欧化奢华的生活方式，有着一种潜在深处的富足、优雅、浪漫，一度风光无限。

花开花落总有时，毕卡第公寓的辉煌没能维持多久。

衡山宾馆夜景

1941年太平洋战争爆发后，大批侨民撤离上海，或被关押进集中营，毕卡第公寓的房间大部分空置，万国储蓄会被迫撤离上海后，毕卡第公寓被日军所占。抗日战争胜利后，万国储蓄会重返上海，由于储蓄会不能兑现已到期的储户款额，被国民党政府勒令拍卖地产抵债。毕卡第公寓拍卖后，底层和部分楼层由中法营造厂租用开事务所，大部分房间便被国民党“接收大员”租用。新中国成立后，上海市人民政府接管了毕卡第公寓，改为专门接待外国专家的招待所。当年，外国专家住在衡山招待所时，每到周末，衡山招待所10楼的大厅里都要举办舞会，梅兰芳、孙道临、秦怡、刘琼、范瑞娟、傅全香、吕瑞英、王文娟等文艺界名流都来这里跳过舞。

20世纪60年代，随着新中国繁忙外交工作的不断扩展，上海市政府根据北京方面的指示，将衡山招待所“升格”并改名为衡山宾馆，主要功能即作为上海市政府的一个“对外窗口”，接待到上海来访问的重要外宾。毕卡第公寓原为公寓建筑，以长住的套房为主，改为宾馆后，原套房中的居家设施被拆除，同时拆除了部分套房，改建为餐厅、会议室等，宾馆公共空间的装修承袭了ART DECO风格，蕴积着摩登时代的历史风情，有着极为精致的图案和雕刻，是领略欧洲室内装饰艺术的绝佳之地。宾馆2楼有两个宴会厅，较大的一个名为“百花厅”，较小的一个名为“松鹤厅”；3楼“衡山厅”供举办各类酒会、宴会之用，一直到今天仍是许多上海新娘的婚宴场地心仪之选。

多年来，衡山宾馆接待过许多中外名人，包括一代国画宗师谢稚柳、朱屺瞻，前美国国务卿基辛格，诺贝尔物理学奖获得者、美籍华人丁肇中教授等。20世纪60年代，在拍摄黄梅戏电影《天仙配》时，黄梅戏名家严凤英、王少舫就住在衡山宾馆。电影《舞台姐妹》在上海拍摄时，剧组主要人员如谢芳、岑范等也住在衡山宾馆。住在衡山宾馆的还有拍摄电影《五朵金花》时的演员杨丽坤、拍摄电影《奇袭白虎团》的山东省京剧院演员方荣翔以及新疆歌舞团团长等。20世纪70年代，苏丹等国的国家元首也入住了衡山宾馆。

1962年衡山宾馆在衡山路上开了扇门，名字就叫衡山饭店，对社会开放，有中餐和西餐供应。当时中餐有川菜、京菜、淮扬菜、福建菜等，西餐主要是法式风味的。衡山饭店还特地请了上海大厦的川菜泰斗冯文宣来掌勺。当时住在附近的许多名人都喜欢到衡山饭店来吃饭。这些人中有橡胶大王、酱油大王，伤科泰斗石筱山也经常带着一家人到衡山饭店来吃饭。1962年，衡山宾馆开出了毕卡第西餐厅，主要供应俄式大餐和法式大餐。衡山宾馆有一道为中外宾客津津乐道的名菜，那就是起源于20世纪二三十年代霞飞路（今淮海中路）上DDS西餐厅的“栗子粉”。1929年，时任DDS西餐厅也就是当时号称全上海最正宗西餐厅的点心师傅潘博亮自创独家名菜“栗子粉”，开创上海滩海派西餐先河，潘博亮本人亦因此被奉为上海滩“西点宗师”。

1955年，潘博亮师傅被特别聘请至衡山招待所担任厨师长，他开创的“栗子粉”优选河北良种栗子，加入樱桃，巧克力丁等配料，煮熟并始终坚持人工亲手磨粉，再加入特制秘方调料，一份“甜而不腻，细嫩爽滑”的栗子粉就出炉了。敦实醇厚，口感细腻轻盈的栗子泥，伴随奶香和酒香，让人齿颊留香，回味无穷。栗子粉由此在衡山宾馆扎根并声名鹊起，当时常驻上海的苏联专家更是将这道“衡山栗子粉”誉为“东方的西点明星”。随着“栗子粉”的声名远播，有新中国“红顶商人”之称的荣毅仁也慕名入住衡山宾馆，特别为品尝“栗子粉”这道名菜，荣先生自己吃还不够，每次还打包，带回香港与朋友和家人分享。当时上海街巷中也流传着“入口栗子粉，润肺爽心门；外带风飘香，夹道也相闻”的民谣。

20世纪80年代，刘海粟、唐云、谢稚柳、朱屺瞻、陆俨少、刘旦宅、吴青霞等著名画家都在衡山宾馆住过。刘海粟在衡山宾馆住的时间很长，衡山宾馆的张德才师傅专门负责为刘海粟理发推拿，海老非常满意，离开衡山宾馆时还特地写了

“妙手回春”4个字送给张师傅。衡山宾馆的宴会厅经常会承办许多会议的宴会，每次都会根据会议主题，用糖做出一个很大的西点。如航海会议就用糖衣做一艘大船；中国女排来此开会，就做一只大的排球蛋糕；女足来开会，就做一只很大的足球蛋糕。

两年前，我到毕卡第餐厅摄影时，邂逅了该店的经理刘翔。交谈中他和我讲起宾馆的故事，我听得入神，离开时把数码相机也忘记在了宾馆，回家后才发现，回过头去取时，发现我的相机安全无恙地躺在底楼毕卡第餐厅的储物柜里，静静地候着我呢！

小红楼

徐家汇公园里的中国音乐圣地

这幢小楼在周围高大的绿树掩映下显得分外耀眼，因为其红瓦坡顶和周身的红砖墙面而得名“小红楼”。小红楼是东方百代唱片公司的办公楼，中国音乐史上的3位巨星，曾对我国进步音乐作出了卓越贡献的任光、聂耳、冼星海，他们在20世纪30年代曾先后在百代唱片公司工作，出版了许多具有时代精神和民族风格的唱片。

在余庆路和衡山路的交界处可以看见一大片绿地，绿地上竖着“徐家汇公园”的标记，在绿地靠近天平路的角落，有一幢独立的红色小楼，如今这里是一家法国餐厅，其前身便是中国唱片公司上海分公司的所在地，最早这里是百代唱片公司所在地。这是一栋建于1921年的德国青年风格派建筑，这幢红砖红瓦，间以白色立柱的小楼在周围高大的树木掩映之下显得分外耀眼。因为其红瓦坡顶和周身的红砖墙面，故得名“小红楼”。

这幢建筑最有特色的是它的屋顶部分，红瓦覆盖的坡顶分两折，上部陡，下部平缓，上面有数个老虎窗。屋面出檐较深，檐下承以牛腿木托架，有着特别的装饰感。南立面东部的檐口还特意做成断裂状，使伸出屋面的一个老虎窗直接与建筑立面连接，该老虎窗台下托以精雕细刻的浮雕，连接着下面的拱形窗户。3个白色烟囱在红屋顶上十分醒目。南立面底层外廊的额枋与双柱连接优雅流畅，北入口的白色雨棚有着优美的弧线，门洞上檐也镶嵌着白色曲线与之呼应，含蓄的曲线与通向花园的弧线大台阶暗暗协调，弹奏出灵动丰富而又和谐之美。小红楼的窗子造型各异，从敞开的窗子中可以看见它美丽的穹顶，因其宝贵的历史价值，小红楼成为徐家汇绿地公园里留下来的唯一老建筑。小红楼的室内装修也颇为精致讲究，和外部建筑的灵动丰富相比，显得凝重厚实，让人仿佛进入20世纪30年代上海滩的大户人家。装饰以暗色的木头为主角，进门处的井格式木制天花雕工细腻，气派的四跑楼梯直通顶层，木头楼梯的扶手栏杆花饰精美，转折处用方形杖式望柱，而楼梯起步处繁复的雕花造型浑厚、气势非凡。过厅内的大理石壁炉显出几分轻巧，木头保险柜与室内装修融为一体，起居室的壁炉豪华气派，墙上的壁灯雕刻精致柔美，处处显示出一种低调的贵族气。

小红楼的创建颇有传奇色彩。20世纪初，上海号称冒险家的乐园，一个名叫乐滨生的法国人来到上海做拉洋片的小生意，后来开始设摊用爱迪生发明的留声机播放法国唱片《洋人大笑》，10文钱听一次，吸引了很多人。法国百代公司由此看到了商机，便于1908年在上海成立了东方百代唱片公司，由乐滨生负责经营。公司设在南阳桥（今西藏南路自忠路一带），主要经营唱片和留声机。因为生意好，1915年，东方百代公司又购下徐家汇路1434号地皮，并于1921年在今衡山路811号盖起了这幢小楼，设立唱片制造公司，成为百代公司在上海的大本营。公司在这里建起了上海第一座录音棚，从此开创了中国唱片制作历史，唱片采用的商标为“雄鸡”。当时小红楼底楼作录音及招待之用，2楼是编辑室。3楼是公司老板的起居室和卧室。当时，以“雄鸡”为商标的百代唱片回响上海滩，行销全中国。1930年，法商百代唱片公司因生意惨淡，遂将产业转让给英商电气音乐事业公司。1931年，两家公司合并重组，英文名Electric and Musical Industries，简称EMI。于是，原先的法商东方百代唱片公司更名为上海百代唱片公司，继续沿用“雄鸡”商标。

中国音乐史上的3位巨星，曾对我国进步音乐作出了卓越贡献的任光、聂耳、冼星海，他们在20世纪30年代曾先后在百代

位于徐家汇公园一隅的小红楼

小红楼近景

小红楼内木头楼梯的扶手栏杆花饰精美

唱片公司工作，出版了许多具有时代精神和民族风格的唱片。首先进入百代唱片公司的是作曲家、中国左翼戏剧家联盟音乐小组和中国新兴音乐研究会主要成员、共产党员任光，他于1932年至1937年在百代唱片公司任音乐部主任。当时，百代唱片公司虽已由原来的法商经营改为英商经营，但公司里很多高级职员仍是法国人，任光能用法语和他们直接交谈。20世纪30年代百代公司出版的任光作曲的歌曲唱片有几十张，任光作曲的《渔光曲》曾是延安人民广播电台的开始曲。

聂耳是在1934年4月进百代公司工作的，从事作曲、教唱歌、录音等工作，后任音乐部主任，组织并主持百代国乐队（又名森森国乐队），致力于发展民族乐器。这一年是聂耳创作力勃发的一年，他在此创作并录制了《大路歌》《毕业歌》《金蛇狂舞》《翠湖春晓》《铁蹄下的歌女》等著名歌曲、乐曲，并录制了他的第一首创作歌曲——电影《母性之光》的插曲《矿工歌》。在由田汉作词、聂耳谱曲的《义勇军进行曲》创作完成后，电通公司组建的一支小乐队于1935年5月7日在百代唱片公司的录音棚第一次录下了《义勇军进行曲》并灌制成唱片，后将唱片上的录音转录到了电影《风云儿女》胶片上。中华人民共和国成立后，《义勇军进行曲》被选定为国歌。1935年夏冼星海从巴黎回到上海，创作了《战歌》《救国进行曲》等，并出版了唱片。由于《战歌》成为当时百代唱片公司最畅销的唱片，百代公司曾聘请他在此担任配乐工作。20世纪三四十年代，百代在中国达到了令后人仰止的高峰。黎锦光、周璇、阮玲玉、白光、葛兰等巨星均把自己美妙的声音留在了这座小红楼里，著名戏曲表演艺术家梅兰芳、谭鑫培也都曾在这座小红楼里留声录片。打开当时的报刊，几乎每天都可看到百代的大幅广告，而沪上的一些广播电台，也都时时刻刻在播放百代的唱片。最盛时，它曾创下了一月销售唱片超过10万张的纪录。百代确确实实称得上是当时唱片业的大哥大。

1937年抗战全面爆发，由于百代属英商所有，又坐落于法租界，仍能勉力支撑。然而1941年太平洋战争爆发，由日军接管后，虽还在用原品牌制作唱片，规模却已大为缩减。抗战胜利后，百代公司被英商收回，曾经历了短暂繁荣，其后，由于受到中国内战的影响，经营状况急剧恶化，1949年5月已处于实际停产状态。

新中国成立后的1952年1月5日，中国唱片厂在百代公司的原址上成立，两个月后，发行了第一张唱片——《我们要和时间赛跑》，新的唱片牌号定为“中华唱片”，“天安门”与“华表”成为新的商标图案，从此与百代再无瓜葛。《我的祖国》

小红楼内景组图

小红楼内西餐厅

《梁祝》等优秀音乐作品也是在这里面世的。1982年，国家成立中国唱片总公司，此处则改为中国唱片上海公司。之后，在小红楼底楼录音棚里完成的歌曲联唱《红太阳》，销量高达700万张，至今无人打破这一纪录，后来成立的红太阳工作室就曾在小红楼里办公。

小红楼见证了中国百年唱片业的发展，堪称中国的音乐圣地。20世纪90年代，小红楼被改建为高级西餐厅，安静地矗立于徐家汇公园的一片绿地上。里面保留了音像制品陈列馆，向人们展示中国音像制品工业的发展历程。旋转木楼梯两米多宽的楼道历经80多年的风雨，楼板却未变形；全木装修的屋子里摆设着贵重的原木桌椅、欧式吊灯和丝质壁灯。整幢小楼的9个各式各样的壁炉依然贵族气十足地站立一隅；刻唱片用的古怪机器以及四处可见的老唱片吸引着宾客的目光，旧日的留声机里回荡着百年没唱完的歌声，仿佛往日的时尚并未远去。

诺曼底公寓

屹立在风情街角的巨轮

这座地处老上海最有法国味道的转角公寓像是一艘华丽斑驳的船，泊在那里，永不行驶，在这座动感的城市中显得异常沉静。虽落满岁月痕迹，却犹如醇酒，历久弥香。它为当代都市人无处停泊的怀旧之船提供了一个空间，一个记忆的去处。

我不知道诺曼底公寓（现名武康大楼）什么时候成了网红，但我关注它很久了。走进里面是因为王文娟老师，那时孙道临老师刚刚离开她。后来又因为我喜欢的老麦咖啡馆在桃江路上黯然退场后，我极力推荐老麦在武康大楼底楼东山再起。就这样不知不觉和武康大楼结了缘。

诺曼底公寓（I.S.S Normandy Apartments）又称东美特公寓，这座矗立在淮海中路1842—1858号的大楼是1924年由万国储蓄会出资兴建的。诺曼底是法国西北部的一个半岛，北隔英吉利海峡与英国相望，公寓取名诺曼底公寓只是取法国的一个地名而已。1944年6月，英美联军成功在诺曼底登陆，大概也是这原因，遂使诺曼底公寓的名气倍增。1953年，诺曼底公寓被上海市人民政府接管并更名为武康大楼。武康大楼是旅居上海的著名建筑设计师邬达克设计的，那时邬达克只有27岁，还没有创建自己的建筑事务所，但已经显露了这位天才设计师的过人才华。武康大楼巍然耸立的视觉效果源于它的位置，三角形的基地位于五条马路交会的岔道口，视野开阔，楼身狭长，气势好似一艘战舰。这座8层高的大楼是沪上最早的外廊式公寓，外观采用法国文艺复兴风格，建筑立面采用横3段划分，1、2层基座为斩假石仿石墙面，3层挑出通长阳台，3—7层为清水红砖外墙。顶层由连通的挑出阳台和女儿墙构成双重檐部水平线脚。1930年，又在该楼东侧再建5层混合结构新武康大楼1幢，加建的部分与原有的建筑衔接得极好，从外部几乎看不出加建的痕迹。大楼南面沿街底层是老欧洲的骑楼样式，连绵不绝的拱形门洞构成了一个半开放式的走廊，拱形门洞中看得见

武康大楼(原诺曼底公寓)

不同店面的铺陈，那是邬达克的一个独特思路，就是使用退缩手法，让门洞中的那条长廊兼作人行道，以弥补门前人行道的狭小。

作为20世纪20年代上海出现的第一批高档公寓住宅，武康大楼建成后吸引了许多当时上海大公司的高级职员,在上海的外资公司租赁了楼里大部分套房提供给公司高级管理人员居住，因此武康大楼的第一批主人几乎都是欧美在沪侨民，1941年太平洋战争爆发后，公共租界沦陷，原本意气骄矜的英、美等国人士，成了敌对国难民，被关入集中营。那段时期，武康大楼十室九空，几无人声。

尽管抗战爆发结束了上海短暂的繁荣期，但一批左翼文艺家却把“孤岛”电影，尤其是商业电影推向了繁荣。很多电影公司在租界相对稳定的形势下继续拍片。当时，离武康大楼一步之遥的电影制片公司就有新华影业公司和联华影业公司两家，于是，许多电影圈人士便陆续租住武康大楼。有“东方第一母亲”之誉的电影演员吴茵与丈夫吴君谋一家当时就入住在武康大楼7楼，因电影《渔光曲》红透中国的电影明星王人美也居住在7楼的一个房间。武康大楼所在地是个闹中取静之处，底楼是商铺，除了紫罗兰理发厅等，还有咖啡厅及茶餐厅，电影界人士平时喜欢在这里聚会，讨论剧本，会见演员，切磋表演。《风云儿女》拍摄期间，武康大楼底楼的咖啡厅更是成了剧组修改剧本、切磋表演的场所。一个多月后，电影杀青，夏衍、许幸之邀请聂耳作曲。没过3天，许幸之带着还处于创作亢奋状态的聂耳冲进武康大楼7楼王人美的住处，请她试听。王人美打开钢琴盖，随着她的手指在琴键上滑动，高亢激昂的旋律回响起来，透过武康大楼的窗户响彻云霄……这就是后来成为中华人民共和国国歌的《义勇军进行曲》。抗战胜利后，孔祥熙的女儿孔二小姐把武康大楼买了下来，成为最大的业主，自己则住进新楼里。据说，这位孔二小姐很是另类，她喜欢穿男装、梳大背头，戴金丝边眼镜，或西装革履歪戴礼帽，或手持折扇做商贾打扮，外出时，口叼雪茄，手攥马鞭，身后跟着一大群喽啰，十分威风，但她对左邻右舍倒是彬彬有礼的。

新中国成立后，武康大楼里陆续住进了许多在社会上不乏声望的人士，还是以电影界、文化界人士为多。1950年初，王人美由港返沪，中央电影局安排她在长江影业公司工作，并给她分配住进武康大楼新楼4楼东头一个单元，楼下就是著名的电影艺术家郑君里的家。赵丹和夫人黄宗英在20世纪50年代也居住在这里，在武康大楼住过的还有秦怡等知名的电影艺术家，郑君里一家寓居武康大楼新楼3楼东头单元。在武康大楼居住过的还有上影厂演员阳华，他寓居在武康大楼4楼。住在武康大楼500室的荒砂是1955年创刊的《每周广播》报的创始人之一，还是《为了孩子》《现代家庭》杂志的创办者。曾任少年儿童出版社副社长兼副总编辑的林剑修住在武康大楼504室，当年少儿出版社出版的《小朋友》《儿童时代》《少年文艺》《十万个为什么》等都是孩子们最爱读的。这里还住过著名电影导演和戏剧活动家应云卫、中国电影事业家孟君谋、著名电影演员高博等，老干部蒋铁如、老报人孙叔衡、老画家邵洛羊、学者兼工商业者沈仲章等也都居住在这里，可谓群星闪烁，名流如云。

武康大楼住的时间最长的名人大概要数一对名闻遐迩的神仙伴侣：电影表演艺术家孙道临和越剧表演艺术家王文娟了。孙道临和王文娟夫妇居住的新楼404室正是当年孔二小姐的闺房。自1964年搬到武康大楼后，孙道临一住就是40多个春秋，直至2008年1月，在这幢楼里走完了他86年的人生旅途。

2012年，我到武康大楼拜访王文娟老师。客厅不大，一组沙发围成一个会客区，几座顶天立地的书橱沿墙而立。客厅正中墙上挂着一张很大的孙道临木刻像，屋子朝南是一堵全透明的落地景观窗，窗外是半间客厅大小的内阳台，阳台里摆满了绿色植物，阳台面向对面的宋庆龄故居。阳台上的绿色和宋庆龄故居的绿色连成了一片。王文娟和孙道临的结合被喻为是一首舒伯特与林黛玉合写的诗。两位大艺术家相濡以沫半个世纪，他们不仅是心心相印的夫妻，更是志同道合的朋友。而当年促使两人结合的大媒人是著名剧作家黄宗江，当年王文娟到总政文工团越剧队时，黄宗江是联络、接待人员之一，而孙道临则是黄宗江从小的好朋友。孙道临和王文娟初见时，一个风度翩翩，一个风神灵秀，彼此好似千年之前就在那里静候着似的，一旦撞见，气场悄然暗合。两人都是名人，公众场合不能去，谈恋爱只能晚上在僻静的马路上散步，那时孙道临住在武康路上的密丹公寓，王文娟住在华山路上的枕流公寓，好在两条路紧连着，每次两人都走到深夜，沿着武康路送来送去，好似越剧《梁山伯与祝英台》里的“十八相送”，就这样一步步相依相偎地走进了婚姻的殿堂。那是1962年的夏天，其时孙道临41岁，王文娟36岁，是标准的晚婚了。因为密丹公寓面积狭小，临时申请房子又来不及，就把婚房放在了枕流公寓，一直等到两年后女儿庆原出生，才将两处房子并在一起，置换到武康大楼。婚后，两人难得在一起，即便相聚了，话题也总在艺术研讨的圈子里。王文娟每接到一个新的剧本，一定会拿给孙道临看，然后两人一起讨论。孙道临喜欢弹钢琴，还会唱美声，他有空时，就为妻子伴奏，陪她练声、运气。燕京大学哲学系出生的孙道临崇尚文化，他让王文娟有空多看看书，读读外国小说，以提高自己的艺术素养，还亲自为她开列了一份详细的书单。武康大楼里孔二小姐住过的房间里洋溢着两位中国一流艺术家的欢声笑语。孙道临走后，王文娟失去了一个艺术上共同交流探讨的伴侣，好在还有自己钟爱的越剧，还有遍布天下的“桃李”。她每周还要到老年大学学一次画，去一次要交两张作业。说话间，王文娟带我去看她的阳台画室，里面挂满了她自己画的画，我发现她画得最多的是牡丹，仔细看王文娟画的牡丹艳而不俗，就像她塑造的人物一样，有一股清新之气。王文娟的学生每排一个新戏，都必然要上门找她们的老师指导。武康大楼那幢寓所里经常会有越剧声飘出，轻轻柔柔的，满是江南风情。

也许是因为这座地处老上海最有法国味道的转角公寓楼里面曾经集合了许多骨子里最风情的人物，无形中成就了这幢楼独一无二的浪漫气质。作为上海标志性历史建筑之一，近百年来，武康大楼见证了不同时代人们的生活方式，与建筑本身共同构成了上海独一无二的城市性格。

武康大楼的传奇还在继续。2019年，武康大楼陆续完成了架空线入地、外立面修缮等整修环节，重现这幢有着将近百年历史的名楼的清新优雅之风。在硬件不断完善的同时，这处上海文化地标的“内涵”也在更新。继老麦咖啡馆、大隐书局在武康大楼底楼开业并迅速成为市民熟悉青睐的地标后，在业界享有盛名的元龙音乐书店也于2019年10月18日在武康大楼底楼正式开张。元龙新店入口有一面音乐史的纪念墙，巴赫、海顿、莫扎特、贝多芬等36位中外音乐家的肖像陈列在上。其中，包括在上海创办了中国第一所专业音乐院——国立音乐院的肖友梅、中国现代音乐学之先驱赵元任等中国音乐家的肖像。店堂一侧墙上大字书写着“音乐是人类灵魂的语言”，犹如为爱乐者点亮了一盏温暖的路灯。这一切，与武康大楼的气息是如此契合。咖啡、书和音乐的入驻构成温馨怡人的生活氛围，让梧桐树下这幢将近百年历史的武康大楼的海派风情更为浓郁了。我最喜欢的是坐在武康大楼老麦咖啡馆面朝拱廊的座位上喝咖啡，顺便看看来来往往的行人，行人也看我。这时，就会想起卞之琳在他的诗《断章》中写的：“你站在桥上看风景，看风景的人在楼上看你。”

兴国宾馆1、2、6号楼

都市森林里有故事的别墅

这3幢西洋小别墅散落在兴国宾馆的大花园内，花园里大树参天，林木森森，绿意盎然，最南面“藏”着两棵茂盛的百年香樟树，遮盖的面积差不多有60平方米。大片的如茵绿草，小鸟在树丛草间欢声笑语，青草的香气萦绕身畔，犹如身临城市森林，尽享世外桃源之美。

兴国路曾经有一个古怪的名字，叫雷上达路，这一带宁静超脱，庭院深深，带着点神秘感，与外界保持着矜持的、贵族般的距离，沿街也少有鳞次栉比的商铺。由兴国路、湖南路、华山路环绕的兴国路78号所在地原为洛云浜西侧农田，1932年租界当局修筑了雷上达路后，外国洋行陆续在此建造别墅，均为洋行大班居住。现这里为兴国宾馆，院内有3幢上海市优秀历史建筑，即兴国宾馆1号楼、2号楼和6号楼。这3幢西洋小别墅散落在兴国宾馆的大花园内，花园里大树参天，林木森森，绿意盎然，最南面“藏”着两棵茂盛的百年香樟树，遮盖的面积差不多有60平方米。大片的如茵绿草，小鸟在树丛草间欢声笑语，青草的香气萦绕身畔，犹如身临城市森林，尽享世外桃源之美。

兴国宾馆内最有名的是1号楼别墅。这幢气势不凡的独立式花园住宅诞生在1934年，是一座满溢着欧洲文艺复兴时期帕拉第奥式皇家古典建筑，堪称建筑师运用柱式手法变现建筑严谨、端庄、气派的成功作品。当时这栋住宅名义上的户主是太古公司伦敦总部派驻上海的首席执行官Mitchell。逢年过节时，这里是要举行社交活动和商业会议的，所以它没有按传统的别墅设计，而是参照了有公共空间的广场设计。建筑为两层，以正中为轴线，两侧形成对称。外墙为白色假斩石，主楼南立面底层设置宽阔的塔司干附墙双柱柱廊，以落地长窗作隔离，廊前中间有数级石头台阶通往花园，两侧有宝瓶式栏杆护卫。2楼外廊采用了爱奥尼克双立柱柱廊，柱头上卷起旋涡状装饰，显得活泼优雅，宽敞通透的回廊前同样有宝瓶式栏杆护卫。2楼内廊东西两侧设计为圆拱窗，下部有宝瓶式栏杆，既增加了建筑的通透感，站在内廊里还可以远眺东、南、西三面风景,内廊后面是落地门窗，从2楼的任何一间房间都能通往有柱廊的巨大阳台。阳台面对一个像足球场般大小的一片大草坪，这就是借鉴了意大利文艺复兴时期的广场式设计的效果。大草坪四周种植香樟、银杏、雪松等名贵树木，在近百种树木中有江南仅存的两株大王松和百年老香樟、五针松、塔枫、雪松、龙柏以及银杏、香榧、金橘等果木，景色幽雅，可尽享安宁的园林气息。这幢建筑最有特色的当数呈绿黄色的屋顶，那是因为建造时的屋顶是用重达数十吨的紫铜板盖的，历时长久之后生成了一层厚厚的铜锈。一号楼也因此有了铜房子的别称。屋顶东西两侧为四落水坡屋面，在中间部分两坡屋面上并排建有5座方形木质棚屋老虎窗，两根穿出屋面的方形烟囱高耸挺拔。北立面入口的山花部位有一个椭圆形玻璃雕刻装饰图案，站在这里，可以感觉到阳光和阴影跳动的变换。建筑内部设有大小不等的15个房间，房间之间有走廊和楼梯相连。室内装饰带有文艺复兴时期风格，显得简洁、典雅、气派。

1号楼虽系英商太古洋行大班斯维尔（Swire）的住宅，不过斯维尔本人却从没在这幢豪华宏伟的住宅里住过一天。他一直定居伦敦，只在房屋竣工时到上海参加了竣工剪彩后即返回英伦，从此再没有来过上海。不过，事实上这栋豪宅落成后曾长期作为太古洋行总部办公楼使用。每逢过年过节和重要的纪念日，太古洋行的高层都要在此进行社交活动和举行商业会议。1号楼门前的这个大草坪还是当年上海滩上流社会豪华派对

兴国宾馆1号楼

的首选场地。

抗日战争时期，1号楼被日军侵占。抗战胜利后的1945年，太古洋行重新收回了产业。新中国成立后，这栋洋房被市政府军管会接管。新成立的的华东卫生干部学校曾在里面办学。1953年，华东卫校迁出后，陈毅等领导在此居住。1956年成为上海市委第一招待所，后又改名为兴国招待所。毛泽东、刘少奇、朱德、贺龙等老一辈领导人都曾在此下榻。现在，英国和中国香港等地太古公司的员工如果来上海，都会要求入住1号楼，颇有些企业文化寻踪的意味。

坐落在绿树丛中的兴国宾馆2号楼建造于1925年，系英国维多利亚滨海建筑风格，假3层砖木结构，机制平瓦陡坡屋面多种组合，显得高低错落。南立面由双坡屋面山墙和一四坡屋面歇山顶组合而成，屋面穿出3孔和单孔烟囱，山墙及歇山部分用垂直黑色细木条装饰。南立面2层为两组各3个清水红砖连续弧形拱券，窗边饰以清水红砖齿形装饰，底层有9个开间的拱形柱廊，每间均饰以券心石。底层立面以灰色为基调，以水平横线条与建筑上部隔开。建筑立面丰富又不失沉稳，北立面设置了大片半圆形玻璃窗，每块窗玻璃上都刻有带藤蔓的葡萄叶子，让人想起阳光下的葡萄园，新颖活泼。室内木质大梁相互交错，家具则采用曲线形式，突出装饰和复杂的雕饰，有一种老派的华美奢靡。建筑从内而外洋溢着一种浓郁的英式田园气息，暗藏着的则是一种优雅尊贵、华丽精致的英式贵族生活。这幢房子当时是太古洋行规定的上海行政副主管的住宅，长期居住者是主管罗克。

兴国宾馆2号楼

与前面所述两幢建筑的英伦风格不同，兴国宾馆6号楼是一幢砖木结构的假3层法国民居建筑，始建于1922年，当时的建筑面积才250平方米。1935年扩建东南部分后，建筑面积达到620平方米，虽然可以看出加建的建筑，但新旧之间的吻合却十分和谐，毫无违和感，有一种设计自由、不拘一格的美。铺着灰色菱形板瓦的四坡屋面，既简练又舒展，南侧屋面上开设一个长条形天窗作为屋顶层的采光和通风。主建筑南立面开设大面积玻璃窗，与跌坡形屋面形成强烈视觉对比，山墙檐口曲折，层次丰富。建筑东侧设置两层圆形阳光室，西侧一层为圆形起

兴国宾馆6号楼

居室，2层为露天平台，围以宝瓶式栏杆。据说，6号楼曾经的主人是当年上海滩著名的美商海宁洋行老板，这家洋行在沪首创的美女牌棒冰、冰激凌、紫雪糕曾一度风行全上海。

新中国成立后，这里基本上人走楼空，土地收归国有。1979年这里正式取名兴国宾馆，这3幢风格各异的欧式别墅建筑，只是兴国路78号花园里13幢别墅建筑的一部分，这些充满异国情调的西洋小别墅建筑静静地坐落在林木深处，虽然房子的主人公都已远去，但遗留在建筑里的故事却年复一年地沉积着，犹如一个个凝固了的旧时梦境，飘散着永不消失的余韵。

大胜胡同

沪上唯一以胡同命名的弄堂

在上海弄堂中，这是唯一被称之为胡同的。其临街都是一家家富有情调的咖啡馆、酒吧等，并设置着欧陆风情的白色休闲长椅和小巧精致的花架，花架里栽种着四时鲜花，使古老的街区充满了海派风情和怀旧氛围。

在上海近万条弄堂中，鲜有被称为“胡同”的，而华山路上却有一组，它位于华山路229—285弄，名为大胜胡同，是上海著名的大型里弄住宅群。虽名为胡同，但整个胡同的建筑风格与北京胡同的四合院风格截然不同，它的结构属于法式新式里弄住宅，造型别致、装饰细腻,建筑风格既受到中国传统建筑影响,又糅合了西方巴洛克建筑风格。弄内共有3层朝南的砖木结构房屋116幢，呈行列式排列，共有6行，另有汽车间集中设置。其外墙为拉毛饰面，窗口等部位镶拼清水红砖边饰，造型别致，具有装饰艺术派风格。大胜胡同的特点是依着线形弯曲的南北街道走向的街道一侧，布置一组山墙临街的3层住宅群，其住宅单元组合体的尽端部分连接街面首层商店的曲尺形住宅单元，将住宅群侧面组织成统一的建筑群体。

在大胜胡同的华山路263弄内有一幢英国古典式花园住宅即德莱蒙德的住宅。德莱蒙德是英国人，1911年，总部设在英国伦敦，主要生产矿烛、肥皂、甘油、润滑油的白礼氏矿烛公司来上海设立分公司，德莱蒙德受总公司指派任上海公司的董事会主席。他到上海后选中了位于苏州河南岸的一块土地，建立了矿烛生产厂，生产船牌、紫薇星、百合、水牛等牌号的矿烛、肥皂等日用化工品，并打开和占领了市场，白礼氏也成为上海著名厂商。1917年，白礼氏矿烛公司在华山路263弄地块购地兴建住宅，作为公司高级职员住宅，德莱蒙德作为房客居住在内。德莱蒙德住宅主建筑占地约600平方米，是一幢假3层3开间砖木石混合结构的英国式住宅，建筑以正门为纵轴线，两侧对称，具有英国文艺复兴时期遗韵。建筑为双坡复式折线型屋

大胜胡同

顶，上复红色平瓦。南侧屋顶置对券式老虎窗，两端设一对断檐三角形山墙，有中国传统式的封檐板，中间还置一巴洛克风格的拱形山墙。这幢住宅立面最夺人眼球的是它的入口处，其南向正立面有一个与2层屋檐等高的方形古典门廊。这个门廊有上下两层，由16根基础为方形的柱式和一座女儿墙组成。正门上方，有一个穹隆的藻井，内有精雕细琢的彩色图案，带有罗马风格，宅前设一座很有气派的双抱砖砌石阶楼梯，石阶扶手为配有底座的圆球形。

德拉蒙德住宅室内装修古朴典雅，底层门厅及大小客厅全部用柚木作护墙板和嵌花地板，局部地坪用大理石铺设，石膏平顶线脚繁复，室内门框也采用出檐和立柱作装饰，呈现出很强的立体效果。天花板上饰有彩绘浮雕，且每间房间的浮雕图案都不相同。宽大的主楼梯设在底层北部中央，带有转角平台，楼梯扶手及护栏雕有精致的中国传统花纹。楼上是卧室、起居室和小书房以及卫生间，每间房内都有壁炉，且色彩、造型各异。住宅面向一个大花园，花园里有花坛、树坛和草坪、喷泉，石笋、太湖石等观赏石错落其间，高大的树木苍翠欲滴，葡萄架下设置着石桌、石椅，当年花园里还设有网球场、温室花棚等，营造了温馨怡人的氛围。公共租界扩张后，租界的西界延伸到静安寺。邻近静安寺的德莱蒙德住宅土地升值，公司将原住宅的大部分绿化地块卖给美商中国营业公司，这家公司兴建了大片里弄式住宅Victory Terrace House,中文可译作“胜利里”或“胜利坊”，并于1934年建成出租，住宅以环境优雅、采光充足于同类房屋中取胜，吸引了许多知识界、工商界中的上层人物居住。

大胜胡同与静安寺商业区仅一街之隔

“九一八”事变后，不少北方的达官富绅进入上海，不少人租下了这里的房子，他们习惯于将弄堂称为胡同，于是这片弄堂就逐渐被统称为大胜胡同了。大胜胡同建成后，围在其中的德莱蒙德住宅无形中染上了神秘的色彩，并流传着关于德莱蒙德其人的各种传闻。其实，白礼氏矿烛公司后来被英国的联合利华公司兼并，设在上海的白礼氏矿烛分公司也归属“联合利华公司”的中国肥皂矿烛公司，德莱蒙德仍任董事会主席。中国肥皂矿烛公司制造厂主要生产力士牌香皂，根据总公司指令挑选电影明星胡蝶、阮玲玉等作为企业形象代表，力士于是成为中国著名品牌。1930年，公司计划在天津开设分公司并开办工厂，德莱蒙德被派往天津。德莱蒙德住宅分配给一位叫谢拉夫的高级职员使用，但住户登记依旧是德莱蒙德，并延续了下来。

大胜胡同最值得骄傲的是我国著名的物理学家杨振宁曾在此居住过。杨振宁离开家乡上海后，他的父母和弟弟妹妹依旧住在大胜胡同里。1964年，杨振宁和父母再次在香港见面。后来，杨振宁的父亲因病住进了距离大胜胡同不远的华山医院，杨振宁的母亲端着煮好的一锅鸡汤或是肉汤以及一些水果和日常用品穿过马路到乌鲁木齐中路华山路口的华山医院去探望老伴。从大胜胡同到华山医院没有公交车通往那里，人们看到提着重物的老人家常常会到弄堂口叫上一辆三轮车去医院。大多数人只知道新闸路沁园村是一代影星阮玲玉的故居，却不一定知道阮玲玉原先就住在毗邻大胜胡同的华山路127弄22号里，也是居住在这里时她认识了风流倜傥的唐季珊，在他强大的爱情攻势下，仅结识3个月，痴情的阮玲玉就草率地作出了与唐季珊同居的决定，于1933年搬出了22号，租下了附近的华山路147弄21号，带着母亲和养女住了进去，在里面与最终葬送了她一生的唐季珊生活在一起，并于当年8月搬入了新闸路沁园村。

虽与繁华的静安寺商业区仅一街之隔，大胜胡同却始终氛围平和，远离喧闹。其临街都是咖啡馆、酒吧等小型商业休闲场所，并设置着欧陆风情的白色休闲长椅和小巧精致的花架，花架里栽种着四时鲜花，使古老的街区充满了海派风情。由于这一带不像南京路和淮海路那样是城市的主干道，相对而言比较清静。路边巴黎式的街头露天吧上坐着时尚人士，其中还夹杂着不少金发碧眼的外国游客，晚上从一家家窗口里传出的钢琴声把这个街区的异国风情和艺术氛围烘托得更为浓烈。我家离那里不远，倘若天气好，我也喜欢到那里的露天酒吧喝一杯现磨的拿铁，享受阳光下的下午茶。

熊佛西楼

上海戏剧学院的精神象征

含蓄内敛、安安静静地伫立在上戏校园里的"熊佛西楼"，其前身是德国乡村俱乐部，里面曾留下了一代才女张爱玲徘徊、感伤的脚步。如今，这幢楼作为德国乡村俱乐部的形象已淡去，人们看到它就会想起为上海戏剧教育事业书写了华彩乐章的老校长熊佛西。

Traditional Performing Arts – Experts Meeting
“一带一路传统表演艺术论坛”会议

熊佛西楼

在华山路（原海格路）630号坐落着的上海戏剧学院是一座闻名全国的艺术高等学府，也是一所享誉国内外的培养戏剧影视人才的重要基地。虽然校园不大，却以其精巧雅致成为华山路上的一道独特风景，并散发着幽远的人文气息。在上戏校园内有一座以首任院长熊佛西为名的建筑“熊佛西楼”，它不仅代表了对著名戏剧家的怀念，也是上海戏剧学院历史的见证和精神的象征。

熊佛西楼位于上戏大门左侧，是一幢20世纪初改进型的德式2层外廊式建筑，建于1903年。整座建筑坐落在有5级台阶高的基座上，基座侧墙上开有圆形铁皮篦通风孔。建筑屋面为机制红平瓦，歇山顶，上有两个通风采光的老虎窗。其三面绕有方方正正、构架严密的外廊。小楼南面走廊宽约4米，栏杆为木扶手嵌以铸铁栏杆。建筑内圈青红砖相间，砖墙、砖柱头有西洋花饰，室内均为木地板。底层走廊为彩色磨石子地坪，2层外廊地面为面砖。建筑正前方是一片草坪，右边与另一片草坪隔路相连，左边是上戏著名的新实验空间，后面一侧是一幢现代风格的红色建筑。四周的雪松、樟树等浓荫蔽日，环境十分清幽。

第一次世界大战后，华山路一带住有许多德国侨民，该建筑建成后，成为当年在沪德国侨民交际和娱乐的德国乡村俱乐部，舞厅、弹子房、网球场、草地滚球场、溜冰场等一应俱全。20世纪40年代，二次大战前后，德国侨民先后回国，该楼又成为法国的台尔蒙俱乐部。在这幢楼里楼外还曾留下了一代才女张爱玲徘徊、感伤的脚步，蕴藏了她难以言说的人生悲凄。在她的《金锁记》《倾城之恋》《半生缘》等作品里，烙印着这幢楼的倩影。抗战胜利后，中央电影公司把此楼作为办公楼及录音棚，20世纪40年代许多电影的音乐和歌曲在此录制。著名指挥家黄贻钧、金嗓子·周璇及电影明星赵丹、白杨、张伐等频繁出入其间为电影配音。

熊佛西的生命历程是和戏剧密不可分的。熊佛西生于1900年，江西丰城人，父亲在湖北汉口做小生意，他跟着务农的母亲在家乡，9岁上私塾，14岁时来到父亲谋生的汉口，继续读书。他在学校的文艺晚会上第一次看到文明戏《马槽》，引起了对现代戏剧的向往。不久，转学到辅德中学。辅德中学经常召开文艺晚会，由师生自编节目登台表演，喜爱戏剧的熊佛西成了学校的文艺骨干。1918年，湖北闹水灾，熊佛西积极发起募捐赈灾活动，他还编写了一出反映水灾的剧本，自己扮演灾民。为了使演出逼真，他临上台前，往自己身上泼了一桶水，浑身上下湿淋淋地走向台中心，诉说灾民之苦。他的表演打动了观众的心，他们纷纷把银元、铜钱抛到台上，当场募得300多元善款。这件事让年轻的熊佛西感受到戏剧所具有的教育人民的特殊功能。两年后，熊佛西考入燕京大学，主攻教育，兼学文学。这时，他对戏剧产生了浓厚的兴趣，广泛地阅读了莎士比亚、易卜生、萧伯纳、歌德、拜伦等人的作品，受到了西方戏剧和文学的熏陶。不久，熊佛西又结识了沈雁冰、郑振铎、欧阳予倩等13人，组织了“民众戏剧社”，提倡现实主义的新戏剧和小剧场运动，并加入了文学研究会，创作了《青春悲哀》等7部话剧，并出版了第一个戏剧专集。3年后他从燕大毕业，应聘回汉口母校辅德中学，任教务主任兼英语教师。第二年，得到校长资助，去美国哥伦比亚大学攻读戏剧和教育。1926年获硕士学位回国后，接受了北平国立艺术专科学校的聘请，出任戏剧系主任兼教授，为中国培养第一批受高等教育的戏剧人才，艺专后改为国立北平大学艺术学院，熊佛西依旧担任戏剧系主任。“七七事变”后，华北沦陷，实验基地被毁，熊佛西流亡西南。他先到长沙主持“抗战剧团”工作，1938年秋他在四川郫县新民场吉祥寺创立四川省立戏剧教育实验学校并任校长。1941年3月，熊佛西到重庆，担任青少年剧社社长，不久便到桂林，创作了多部剧本和长篇小说《铁笛》，创办《文学创作》月刊，举办西南第一届戏剧展览会等。

上海戏剧学院的前身是由著名戏剧家顾仲彝、李健吾、黄佐临等于1945年12月1日创办的上海市立实验戏剧学校，原址在北四川路横浜桥的日本国民小学（今虹口区教师进修学院）内。1946年春，熊佛西在上海创办了政论性周刊《人民世纪》，宣传民主、自由，批评腐败政治。1946年7月，熊佛西担任上海市实验戏剧学校教授，次年任校长，培养了张辉、魏启明等一批戏剧人才。上海解放后，熊佛西到北京出席中国文学艺术工作者第一次代表大会，被选为大会主席团成员，受到毛泽东、刘少奇、周恩来的接见。1949年10月，学校正式改名为上海市戏剧专科学校，仍由熊佛西任校长。20世纪50年代，全国高等学校实行院系调整，学校于1952年9月改称中央戏剧学院华东分院，仍由熊佛西任校长，规模日渐扩大，原在四川北路横浜桥的一幢4层楼里的校舍已不敷应用，遂于1955年8月迁入华山路630号现址。

1956年2月，熊佛西第二次受到毛泽东的接见。毛泽东握着熊佛西的手说："熊先生，你过去写的剧本我看过，很好！今后希望你还多写剧本。"两句热情鼓励的话，重新点燃了已搁笔多年的熊佛西创作的欲望，仅仅3个月的时间，他就写出了中国话剧史上第一个反映中国共产党对资本主义工商业进行社会主义改造的四幕话剧《上海滩的春天》，由上海人民艺术剧院演出，并被译成俄文。时任上海市长的陈毅说："熊佛西是我们国家之宝，我们任何人都应该加以尊敬。"1956年12月，学校正式改名为上海戏剧学院，该楼成为学院演出科楼。从那以后，熊佛西把主要精力倾注在发展新中国的戏剧事业上。他多方招贤纳士，聘请名演员来学校讲课，并使学校与社会息息相通。熊佛西爱学生是出名的，他对学生讲话都说"我的孩子们"，他把学生当作自己的子女一样，对他们怀着真挚炽热的爱，并提倡以个性树人，确立自由独立的人格。熊佛西在上海戏剧学院走完了他人生旅途中最为珍贵的20年，于1965年10月26日病逝于上海。熊佛西为上海的戏剧教育事业书写了华彩乐章，上海也造就了熊佛西的辉煌。

1999年，上海戏剧学院对这幢经历了百年风风雨雨的老楼按原样进行了恢复与保护，木门窗、拱形大门、腰窗、天花板、壁炉、门把手等依然如旧，和周围的环境和谐地融为一体，却又卓尔不群，显示出百年老楼的独特风采。为纪念熊佛西对我国戏剧事业的卓越贡献，上海戏剧学院于2001年将校内这幢百年老楼命名为熊佛西楼，并在西侧另一幢小楼前竖立了熊佛西半身铜像。

宏恩医院楼

意大利文艺复兴样式的建筑

宏恩医院楼是邬达克自行开业初期的作品，这幢建筑延续了他在克利洋行时热衷的欧洲古典主义建筑风格，造型具有典型的意大利文艺复兴时期建筑特点。建筑师的温情和人文关怀造就了建筑本身的唯美，进入其间恍入欧洲乡村别墅，没有丝毫令人压抑的医院气氛。

在上海，要领略典型的意大利文艺复兴样式的建筑，宏恩医院可算是比较有代表性的。它是邬达克开出自己的建筑设计事务所后的初期代表作品。如今，这幢建于1926年的医院建筑悄悄地隐匿在华东医院内，现华东医院南楼便是原宏恩医院的所在地。建筑保存完整，在绿树和大草坪的映衬下分外美丽动人，不像医院，倒像19世纪欧洲的乡间别墅。

老上海医院众多，最早规模较大的却是几家教会医院，如1844年基督教伦敦教会创办的仁济医院和1907年由天主教会办的广慈医院（今瑞金医院）。当年公共租界工部局则办了不少特种医院，如华捕医院、印捕医院、监狱医院及神经病医院等。1910年，上海发生鼠疫，1917年猩红热蔓延上海，华人死亡420人，外侨死亡30人，工部局在老靶子路（今武进路）办了隔离医院，分外侨与华人两处。当年，工部局所办的都是特种医院，但也资助一些教会医院如同济医院等。直到1926年，工部局才建立了一所综合性的宏恩医院。岁月悠悠，如今，上海的一些历史悠久的医院建筑大多被拆除重建或是改建，唯有宏恩医院因其较大的规模、合理的布局、精美的造型和优雅的环境被保留下来。宏恩医院不但是当时颇具影响的医院建筑，也是如今保护最好的近代医院建筑之一。

宏恩医院大楼坐落在位于乌鲁木齐路与延安西路高架交会处西侧的延安西路221号的华东医院内。当年，宏恩医院名义上是工部局在上海创立的第一所综合医院，其实是一位不愿透露姓名的英国商人捐款建造后赠送给工部局，由卫生所管理，所以在工部局的报告书上写着“宏恩医院，无名氏捐赠”。

华东医院（其南楼原为宏恩医院所在地）

宏恩医院是邬达克自行开业初期设计的作品，这幢建筑延续了他在克利洋行时期热衷的欧洲古典主义建筑风格，所以宏恩医院的立面具有典型的意大利文艺复兴时期建筑风格。感觉邬达克身上确实有着与生俱来的浪漫诗人气质，他的设计强调的是尽量减少令人压抑的医院气氛，建筑师的温情和人文关怀造就了建筑本身的唯美。当然作为设计师，邬达克也是严谨的，他知道自己设计的是医院，所以在设计时各部分的功能布局十分合理且层次清晰，流程顺畅，医务楼和服务楼间的联系便捷。如主楼底层采用浅门廊、敞廊等，不但美观，而且使患者尽可能接近和欣赏到花园的四季风景。宏恩医院的设计体现出邬达克严谨扎实的古典主义建筑功底以及处理复杂公共建筑的能力。宏恩医院尽管是邬达克开业初期的代表作品，即便近百年后的今天，依旧散发着它特有的魅力。

作为邬达克早期的代表作，他在宏恩医院的设计上倾注了大量心血。该医院虽然被归类为古典风格的建筑，但邬达克在设计时非常注重它的功能性。在题为《建设一个全球地标》的设计稿中，邬达克阐述道："设计要适合当地条件和亚热带气候，不能照抄欧美医院。采购设备不限于一国，采用各国最好的设备。"建成后的宏恩医院平面呈"工"字形，分南楼、北楼、门诊楼3部分。南楼为病房楼，北楼为医务专用楼，门诊楼位于南楼、北楼之间并将南楼与北楼紧密联系起来。这是一种典型而高效的现代医院平面格局。为了达到世界一流的标准，宏恩医院在设备投入上可谓不惜代价。每间病房都配备了美国进口3件套的独立卫生间，多人间尽量多配卫生设备，以便在炎热的夏天，病人可以天天洗澡。整座大楼配备了瑞士品牌"苏尔寿"（Sulzer Ltd）的冷气系统，这样的全空调医院在当时的上海是首个，在全世界也是屈指可数。而病房内X光、机械诊疗、水疗、理疗等医疗设施也都是全上海最大最好的，甚至洗衣房都采用了美国进口的最新设备。邬达克把每个细节都考虑周到，例如烹饪病号饭的厨房和餐具室与护士站相对，当中用玻璃门隔开，以便护士监督，这样的格局至今仍不过时。

高5层局部6层的医院建筑为典型的欧洲文艺复兴式风格，以人造石作为立面材料，东西两翼对称，底层东西及中部均排列券门，门旁有双柱，门内有廊。东西部较中部凸出，整个立

华东医院南楼为典型的欧洲文艺复兴式风格建筑

面呈富有变化的竖向3段式，东西两端北侧设有楼梯间、公共卫生间及备餐室。底层是双柱式圆拱门窗及拱券敞廊，南面有敞廊与花园连接，2、3、4层为中段，作为上段的5层上部是三角形拱券顶，楼顶有3个以立面纵轴线为对称线的宽大凸出的三角形拱券顶，中间的拱券顶顶尖距地面24米，两侧稍矮，连接它们的是带有栏杆的女儿墙，3个三角形山花宽大凸出，成为整个立面的亮点。与花园相连的入口平台采用科林斯式双柱式，形成浅门廊。门厅通高2层，近8米高，入口为5扇高大的圆拱大门，配上落地玻璃窗，门间的立柱和平台前的双柱形成叠柱效果。入口上方是通贯3层的爱奥尼克式扁方柱，其间为开敞式阳台，铸铁花饰的栏杆，使敞廊显得更加通透，与花园可以自由对话。顶层亦为开敞式阳台，由中间段延伸上来的柱式设计，支撑起顶部优美的山花。整个立面显得协调呼应，构图均衡统一又富于变化。一层的凸出部分立面采用浅门廊、圆拱窗，使病人能尽量接近花园，而联系部分设计为双柱支撑的拱券敞廊，又能使不愿或不能走到室外的病人一样能够尽情欣赏花园美景。花园里有一座白色的欧式凉亭，圆形穹顶，四周用6根罗马柱撑起，下面有一圈座椅，便于病人散步时休息。

大楼内部为简化的古典式样。进入主楼中部宽敞的门厅，里边摆设着造型优雅的进口牛皮沙发和茶几，门厅左边是一个两层高的大厅，大厅地坪为黑白相间成菱形的大理石铺设。门厅与大厅之间以地道的意大利式的交叉大理石拱券廊相隔，这种结构形式极为罕见。券廊上部，是大理石宝瓶状栏杆。大厅左侧有一个雕饰精美的壁炉，大厅顶部用木头铺设，垂下枝形吊灯，面向花园的墙面，下部开设着硕大的落地拱形窗，上部是八角形的窗户，窗户外是花园美景。楼内各个房间地面所用的材料不同，有水泥、马赛克、水磨石、木地板，还有橡皮地板，并设有半地下室，客用与货用电梯各一部。

宏恩医院刚建成就被誉为“远东最好的医院”，国内外媒体进行了大量报道。1926年6月9日，上海的英文报纸《大陆报》对新近落成的宏恩医院用增刊的形式作了特别报道并指出：宏恩医院的建成使邬达克的名声从“上海有前途的知名建筑师”直接提升到了“跻身远东最前沿建筑师行列”。由于医院设施精良，医术精湛，所以宏恩医院一直为沪上外侨青睐，很多名流也都更愿意来此就诊。就算在上海沦陷期间，宏恩医院仍然正常运转，并医治一些滞留上海并被关押的西方侨民。1945年，日本投降后，宏恩医院于1946年3月7日恢复营业，并继续在沪上医疗界扮演重要角色。

新中国成立后，宏恩医院外籍及教会人员撤离，处于废弃状态。上海市政府接管后，于1950年8月在宏恩医院原址创办华东医院。目前的华东医院拥有东、南、西、北4幢医疗主楼以及10多幢配套用房，宏恩医院旧址也就是目前华东医院的南楼。文坛泰斗巴金从1998年，他95岁时就住进了华东医院，2004年，他101岁华诞时，在他所住的病房里放了101朵玫瑰。2005年10月，巴老在华东医院逝世。

枕流公寓

寓意大隐隐于市的田园生活

早在20世纪30年代，枕流公寓就有“海上名楼”之称。新中国成立后，上海文化界把枕流公寓住宅分配给一些著名文化艺术界人士居住。周璇在1950年从香港回上海后，作为第一批文化界名人入住枕流公寓6楼一套150平方米的大套房里，这里不仅是周璇的疗伤处，也是她的避风港，更是她短短37年人生的最后一个家。

华山路699号、731号坐落着沪上有名的枕流公寓。这幢公寓因里面住着许多文化名人，而享有海上名楼之誉。公寓和儿童艺术剧院为邻，对面又是上海戏剧学院，周围满溢着浓浓的文艺气息。枕流公寓的名字很雅，又很含蓄，枕流意思是指隐居生活。“枕流”两字出自南朝宋·刘义庆《世说新语》：孙子荆把“枕石漱流”说成“枕流漱石”，受到王武子诘问：“枕可流，石可漱乎？”孙曰：“所以枕流，欲洗其耳，所以漱石，欲砺其齿。”取名枕流公寓，是希望居住在此的人们可以过着远离尘嚣、归居田园的生活。不过，还有一个比较现实的意思，是因为当初建造时，公寓地下室设有游泳池，因而得了枕流之名。不管怎么说，“枕流”两字还是为这幢公寓染上了儒雅的文人气质，暗藏着大隐隐于市的中国传统文人士大夫理想生活的愿望。

枕流公寓建于1930年，由美商哈沙德洋行设计。其地皮原是泰兴洋行大班在1900年建造的两层楼英国式花园住宅，后来卖给清代北洋大臣李鸿章家族，因20世纪30年代初上海正风行建造高层公寓，李鸿章的第3个儿子李经迈便在这里建造了这幢地上7层，地下1层的公寓。这座公寓造型为美国近代立体式建筑，但屋面和室内装修又采用了西班牙式，这样就使它成了折中主义的代表作。

华山路开有朝北大门，731号门洞不大，门两侧立有两根爱奥尼克式小柱。699号大门以巴洛克弧线压顶，门顶上装有一方两圆的白色灯形雕塑。两边螺旋式纹样立柱托起五彩的玻璃拱形雨棚，在阳光下折射出缤纷的光影，在米白色的外墙衬托下显露出一丝残留的贵族风范和岁月的沧桑。大门与南门贯通，中间为门厅，内有电梯、信箱、服务台等。穿过有装饰拱形的门厅，迎面一座石块砌筑的墙犹如屏风矗立眼前，石墙中间有一横长的方形漏窗，透出花园的一角景致，犹如春光乍现。墙的左面竖写着“枕流园”3个繁体楷书，石墙前随意置放着几块假山石，四周有树木翠竹环绕，凌霄的花枝垂下，透着几分妩媚。绕过石墙转入足有2 500平方米的庭院，便见一个碧绿的大草坪。站在草坪上可见面朝南的枕流公寓正立面全景，这在公寓向北的华山路上是看不见的。一条曲折小径环绕着大草坪，四周嘉木葱茏，修竹成林，并有流溪和假山，小径旁置放长条石凳，小径一侧还有茂盛的树木花草，隔绝了墙外的喧嚣。面向庭院的建筑按地形设计成八字形，建筑造型简洁。底楼有数级石阶通往庭院，有扶手连接屋前矮墙，有的门前还有双柱护墙，有的窗前有4根罗马柱撑出楼上阳台。顶楼平台中间有带罗马柱的连续透空拱形，两边各7个，簇拥着中间一个较大的，高低错落；屋面沿口铺筒瓦、檐下饰连续拱券纹；在进入楼上的楼梯两侧也有带罗马柱的拱形，呈现出浓郁的西班牙建筑元素。公寓平面由内廊式、外廊式和跃层式等单元组成。1—5层设2室户、3室户和4室户，每户均有起居室、卧室、餐厅、厨房和大小卫生间，4室户有阳光室。6—7层为跃层，户型有5室户和7室户，在当时是罕见的。室内房间宽敞，层高在3.5米左右，设置0.8米高的低窗台以及钢窗，楼梯间也设置有长窗，使空间显得十分明亮。公寓的设施在当时是一流的，设有电梯两台，楼内统一供暖气和热水，卧室与卫生间连在一起，窗棂是钢制的，门球是铜铸的，厨卫用品是进口的，地板是檀木的，

华山路699号

室内有水汀，客厅有壁炉，顶楼平台可供住户闲庭信步，地下游泳池可供大家玩水嬉戏，每一个细节都彰显出枕流公寓的高端大气上档次。早在20世纪30年代就有“海上名楼”之称。枕流公寓建成后，主要租给华侨居住。

新中国成立后，上海文化界把枕流公寓住宅分配给一些著名文化艺术界人士居住。1950年周璇从香港回上海后，作为第一批文化界名人入住枕流公寓。周璇当时住在6楼的一套150平方米的大套房里，这是整所公寓最好的房间之一，足见文化

华山路731号

界对这位当红明星的厚爱与关怀。这里不仅是周璇的疗伤处，也是她的避风港，更是她短短37年人生的最后一个家。周璇也很喜欢这里，和她当年离开上海时居住的武康路住宅一样，枕流公寓窗前也有高大的梧桐树，而且还有武康路住宅没有的庭院，这时的周璇已怀有8个月的身孕，但她在入住枕流公寓之前刚刚和孩子的父亲、心术不正的朱怀德以自己的一纸“脱离同居关系”的声明彻底结束两人的关系。之后，周璇和相依为命的养母一起住在枕流公寓安静的寓所里，天气好的时候，养母会陪着她到花木葱茏的院子里散步。当年年底，周璇的儿子在枕流公寓呱呱坠地，周璇为他取名周民。小生命的诞生让初为人母的周璇感到了幸福和安慰。那时，她经常会半夜起身，走到儿子睡的小床边，轻轻地唱歌给他听。1951年，周璇迎来了新中国成立后接拍的第一部影片《和平鸽》，这也是她拍的第43部电影，她担任女主角。一天，周璇正在拍摄抽血镜头，突然间，她情绪激动，眼神惊慌，胡言乱语，无法控制。剧组人员赶紧把她送往医院，医生诊断为精神分裂。没等戏拍完，周璇就住进了上海虹桥疗养院。拍摄《和平鸽》期间，周璇遇到了生命中最后一个男人，美工师唐棣。她住院后，唐棣常来医院探望，两人经常有说有笑，渐渐地周璇的病也好多了。周璇出院后，两人住在了一起，婚期也确定下来。可法院突然传讯唐棣，指控他有“诈骗罪”和“强奸罪”。两人也向外界表明，都是你情我愿，完全没有欺诈成分。然而，最后唐棣还是以这两项罪名被判刑3年。1952年，唐棣涉嫌欺诈、诱奸神志不清的周璇入狱，第二年，周璇生下他们的儿子……周璇当时并不知道唐棣被押入狱了，她以为唐棣的消失是因为不要她了，她忍受不了深爱之人再一次弃她而去。于是，疾病再次发作，不得不住进虹桥疗养院。1957年春夏，周璇的病情有所好转。她在《上影画报》上刊登了致读者的一封感谢信，告诉影迷们她“快要出院了，就快要工作了”，还到白杨、赵丹、黄晨、陈歌辛家做客。就在各界都盼望着“金嗓子”完全康复时，1957年7月19日，周璇突发急性脑膜炎，高烧不退，昏迷不醒，一个多月后就与世长辞，年仅37岁。从此，枕流公寓再也见不到周璇

枕流公寓整体俯瞰

曼妙的倩影，唯有门前染着岁月风霜的老吊灯，在风中摇曳，似乎在怀念这位身世坎坷的杰出艺术家。

在枕流公寓门厅两侧有两排信箱，看到它们我就会想起越剧名家傅全香，据说当年，她未来的丈夫、那个英国留学生刘健曾经写了一千封情书给她，从1950年开始，他写了整整5年。1953年，刘健到波兰大使馆工作，每天枕流公寓的傅家信箱里都会收到一封华沙来信，封封都是烤花的信封。刘健的真情终于打动了傅全香。1955年刘健在枕流公寓和傅全香有了第一次的会面，1956年又在这里和傅全香喜结连理。越剧名家王文娟也住在枕流公寓，1962年她和孙道临结婚后，孙道临从武康路密丹公寓搬到了枕流公寓，直到两年后，他们的女儿庆原出生后，才迁往武康大楼。当年，住进枕流公寓的还有电影明星于飞，话剧表演艺术家乔奇、孙景璐，越剧名家范瑞娟，评弹演员余红仙，文艺理论家叶以群，篆刻家吴朴堂，文汇报总编辑徐铸成，画家沈柔坚，作家峻青、周而复等，民间称之为名流公寓。

如今，枕流公寓的风韵犹在，里面早已住进了许多寻常人家。大门上方飘扬的青藤随风摇摆，让这幢名宅的门牌若隐若现。好在，看惯了世事沧桑、聚散离合的枕流公寓早已是宠辱不惊了。

丁香花园

一条蛟龙卧半园

丁香花园是近代上海第一座中西合璧的花园别墅，也是上海现存花园洋房中最负盛名、保存最完好的顶级花园洋房之一。丁香花园的盛名，不仅在于其建筑本身，还在于洋房主人身份的传奇色彩。而今，紫藤缠绕的庭院、雨中绽放的丁香，似乎仍在默默诉说着古老而浪漫的情怀。

坐落于华山路849号的丁香花园，始建于清代末期的1862年，据说是北洋大臣李鸿章为其九姨太丁香建造并命名。1860年，当李鸿章出任江苏巡抚并在上海开办了江南制造局、机器织布局、轮船招商局等中国第一批民族企业时，与他随行的宠妾丁香抱怨上海官宅的嘈杂喧嚣，希冀有一处清静安逸、不被打扰的花园安顿身心。为了成全爱妾的心愿，李鸿章特地斥巨资聘来了美国建筑设计师艾赛亚·罗杰斯来沪营造此园，又在园内遍植丁香，并以“丁香”命名该园。不过，李家现存的老人都否认这种说法，他们说：“根本就没有丁香这么个人。”此处应为李鸿章之子李经迈的住宅。也许是因为丁香花园的名字太引人遐想了，就此让李鸿章背负了这多年的艳名。其实，如果真有丁香这个人，也早已零落成泥碾作尘了。唯有满园的丁香花依旧年复一年地宠辱不惊地盛开着，美丽着，有没有丁香这个人，对它根本无所谓。而这个传说之所以广为流传，也许是因为故事本身的那种香艳和花园的柔美相得益彰吧！花园中广植蜡梅、紫藤、梧桐、香樟、四季桂、芦苇……当然最让人挂念并且怦然心动的要数那怒放的丁香了。“丁香空结雨中愁”，这是戴望舒的诗《雨巷》里的句子。从此，丁香在人们的心目中就染上了挥之不去的愁云迷雾，而丁香的美也不免带着一种淡紫色的哀怨，这使丁香花显得不同凡俗。从这个角度来看，人们也许更愿意相信这个花园有着和一个美丽的女人有关的传说了。而今，紫藤缠绕的庭院、雨中绽放的丁香花，似乎仍在默默诉说着古老而浪漫的情怀。

不管怎样，这个以丁香命名的旧上海花园别墅，见证过清廷的衰败瓦解和辛亥革命的短暂胜利，经历了西方殖民者的道貌岸然、日本军阀的残酷铁蹄、国民党政权的倒行逆施，又目睹了新中国的飞跃发展等一个多世纪的风风雨雨。

丁香花园的与众不同之处在于它的中西合璧的园林艺术和建筑风格。园内三分之二为西式园林，三分之一为中式园林。西式园林中有巨大的草坪，四周围以高大的香樟树。一条鹅卵石的入门通道把人引入位于花园东侧一隅的中式园林，与西式花园之间筑有一条长达百余米的被称为“一条蛟龙卧半园”的青色琉璃瓦龙矮墙，起伏的墙檐如游动的龙身，片片绿色琉璃瓦如龙鳞，蜿蜒曲折地环绕于园墙之上，有18个起伏，龙尾甩在丁香花园的大门口，龙头点水之处则是花园山石和绿树合抱的一泓湖水，与湖上八角攒尖亭顶端的凤凰遥遥相对视，形成龙凤戏水之景。龙口含明珠一颗，显露威猛之势。清澈平静的湖上建有九曲桥，连接湖中亭台，中心为八角形的湖心亭。素色琉璃瓦的八角攒尖顶，顶上塑着一只金凤凰，故名“凤亭”。水中荷叶点点，金鱼摆尾，湖畔还有船舫，环湖为雕塑成虫、鸟、鱼、兽等动物形状的各式山石。从1号楼窗前正好望见这座湖心亭，美景尽收眼底。园中大小石狮多尊，造型奇巧，或蹲或立，或大小拥抱，或左右相望，俯仰自如，千姿百态。花园东南隅地形起伏，曲径环绕，古树参天，浓荫尽头，还卧有一座大假山，假山腹中有深深的洞穴，仅一人可入。这一带山石嶙峋，有瀑布、水帘洞、小桥流水等。园内遍植丁香、蜡梅、紫藤、海棠、玉兰、牡丹、海棠、茶花、修竹等数百种花木，布局具有我国江南园林的特色。

丁香花园中西合璧的园林艺术和建筑风格

丁香花园1号楼侧面红白相映，颇具女性柔媚

丁香花园东面的1号楼是上海第一幢西式花园住宅。这是一幢面向宽阔的英式大草坪的假3层小洋楼，红的木柱与白的栏杆错落有致，使洋楼掩映在郁郁葱葱的花木之中。住宅主楼2层，局部3层。前立面设小尖顶，较大的双坡屋面，覆盖机制红瓦，对应着平面上凸出的中间部分，屋顶上有个十字脊的坡，坡下的山墙上装饰着红色木构架，打破了“一”字形屋顶的沉闷。两支高高的白色烟囱从屋顶中露出，增添了建筑立面的活泼。东立面入口门廊为由柱身出挑的牛腿形支撑的半圆拱券，拱券上部墙面有连续圆拱券洞口，底层窗户下有半露木质

丁香花园1号楼屋顶局部

雕花构架。挑廊的木柱是红色的，2楼白色的栏杆装饰着中国传统的金钱图案。主楼南入口由双向石阶而上，柱式门廊，A形地坪，3开间。一楼主房朝南，为餐厅、客厅，北面有厨房、储藏室和保姆房；2层有主房3间，中间是突出的大阳台，内为卧室，旁有小书房、会客室等，有木栅栏外挑阳台。这栋平面上中间凸出的建筑在总体对称的外立面中蕴涵着变化，东侧2楼挑出了一个圆形的角屋，窗户正对着中式花园，而2层南向的挑廊和廊下的空间面对着南面英式开阔的大草坪，是个享受英式下午茶的好地方。室内布局典雅，会客室与餐厅用玻璃装饰，门窗、楼梯、护壁板均用格调典雅的柚木装饰。

这幢具有纤细廊柱且色彩红白相映的别墅具有女性的柔媚，用作李鸿章金屋藏娇的处所怕是再恰当不过。这种风格其实已经带有维多利亚时期美国别墅的流行样式。19世纪70年代后，维多利亚时代风格开始在美国流行，它融汇了多种建筑风格，小说《乱世佳人》中郝思嘉和白瑞德在南北战争后于亚特兰大盖的新楼就属于这一时期的风格，这吻合追求时髦的郝思嘉的个性。

在1号楼西侧，有一株一人多高的白丁香，袅袅婷婷的，让人想起美丽的女主人。花园各处也能看到许多丁香树，春天，花开的时候，浓浓的花香把人都熏醉了，好在这丁香花香味虽浓却不俗，清清的，幽幽的，沁人心脾。

坐落在丁香花园西北角的3号楼是当年的副楼，这幢楼建于1913年，是一幢有英国住宅特征的现代式花园住宅。建筑为假3层，有较大的四坡屋顶和诸多的烟囱，上面还开启了尖顶的天窗，墙面及烟囱外立面均为水刷卵石，现部分墙面已改为水泥拉毛，失却了原来的精致。底层正中也和主楼一样凸出，却呈半圆形，上层是阳台，下面是门前的过道。室内有小巧精致的壁炉。正中有5级台阶通向花园草坪。庭前高大的棕榈树下，也种着一棵白丁香。两株罗汉松护卫着大门，绿色的百叶窗下，有茂盛的天竺，秋天结出火红的果实。每年暮春时节，丁香花怒放，幽幽地飘散着挥不去的馨香，仿佛在悄悄诉说着昔日园内的万种风情。

这幢楼原名望云草堂，当时作为藏书楼应用。其典藏一度颇丰，李鸿章的藏书和古物都在望云草堂里，只可惜李鸿章死后30余年，藏书楼中的珍本由一家旧书店售出，就此散落。李鸿章的孙子李国超为保存余下的藏书，便将其捐赠给位于吕班路（今重庆南路）的震旦大学图书馆，震旦大学为此特辟“合肥李氏望云草堂藏书”专室，上海解放后归入复旦大学。藏书

丁香花园3号楼

楼前种着高大的香樟树，香樟树看不到落叶，新叶绽放时老叶悄然落下，所以一年四季都青翠欲滴。如今年头已久，亭亭华盖呵护着有着一百多年历史的望云草堂。

历经沧海桑田、物是人非，数度变迁的丁香花园，如今已不再是独享奢华的私人豪宅了。如今的丁香花园仿佛一个伫立了整整一个世纪的美人，安静的眼神中带着点不食人间烟火的清新脱俗，令人神往。不高的石制围墙，郁郁葱葱的参天大树从围墙内伸出了枝杈，有点满园春色关不住的感觉。一条石板幽径静静地延伸在密密的草丛中间，漫步其间，感觉这里的一草一木也似乎沾染了某种灵气。

范园

一群金融巨擘任性的“纪念品”

范园，寓意“模范花园洋房区”。范园的每栋洋房，都藏着各自的故事。进入其中，难免会有乱花渐欲迷人眼之感叹，一幢幢看去，如同翻阅一本纸页泛黄的上海旧日传奇。

华山路1220弄，解放军八五医院住院大楼后面“藏着”一组风格各异的老洋房，这就是曾经在老上海风光无限的“范园”。这是一条花园弄堂，弄内绿荫丛中散落着12幢独立花园住宅，最初里面住的都是上海金融界和实业界的巨子，每一个都是旧上海叱咤风云的传奇人物，他们的一举一动会影响上海，乃至全国的金融动态，这让当年的“范园”有了金融界的晴雨表之称。

“有钱就是任性”，这句话也许可以用来形容范园的创建者。

20世纪初，这里的地块是当年上海滩有名的房地产商、美国人小马立斯的跑马游乐场。1916年，小马立斯以每亩3000两白银的价格将游乐场75亩（约5万平方米）土地卖给了上海银行界的12位业主。这些业主全是当年的金融巨擘，他们不约而同选择此地建立各自寓所是有原因的。那年，上海银行界联合抵制袁世凯的金融政策，“抗兑”斗争获胜后，这些银行家举行了庆功宴会，谈笑风生、觥筹交错间达成了一个决定：大家合伙买一块地，建造顶级洋楼区作为纪念。买下土地后，他们于1918年陆续在这块土地上盖了12幢小楼。这些小楼气韵别致，风格各异，细节繁复。每幢房子除房前屋后都有花园外，还有一个近17 000平方米的公用大花园。花园里芳草如茵，嘉木葱茏，花园中心地带原有网球场和篮球场，西北部还流淌着一条小河，这在当年的“海派”建筑中绝对算得上是上乘之作。由于业主都是业界典范，人称范园，寓意“模范花园洋房区”。

在范园的12幢房子中有两幢是孙家的，即清光绪皇帝之师孙家鼐的侄孙孙多森和孙多焱的。他俩的儿子孙仲立和孙伯群，后来成为孙氏家族企业阜丰面粉厂和中孚银行的首领。孙家在1897年来到苏州河边上，创办了中国第一家私营面粉厂——阜丰面粉厂，后来又在外滩滇池路上，盖起了中孚银行大厦，孙仲立分别担任过面粉厂和银行的总经理，可谓当时横跨金融、实业两界的重要人物。建成后，范园2号成为中孚银行创始人孙仲立的寓所。范园6号是孙仲立的堂兄、阜丰面粉厂厂长、总经理孙伯群寓所。那是一幢英国外廊式建筑，兼有文艺复兴时期风格，建筑平面方正，是范园里最高最宽敞的一幢楼房，圆筒瓦屋面，螺旋纹的窗间小柱，半圆拱门窗，尽管体型较大但红白相间的色彩在四周茂密绿荫环绕下显得十分气派。孙伯群自小赴美国读书，回国后当了一阵子铁路工程师后就继任了阜丰面粉厂总经理。

范园4号是青帮头子张仁奎旧居。张仁奎当时人称张老太爷，当年上海滩各帮会一旦与军人政客发生矛盾，几乎总是要找“德高望重”的“张老太爷”出面调解。1929年上海发生了中国国货银行总经理朱成章遭绑票案，当时曾轰动上海。银行界因为朱成章出事，人人自危，筹商应付的办法。结果，由交通银行钱新之请出了张仁奎，把张仁奎供养在范园。不少军政官员及商界人士得知张仁奎系青帮大字辈，也前来拜师，一时间范园门庭若市。此后张仁奎就一直隐居在范园4号内，直至1944年底谢世。

范园8号是一幢仿古典主义建筑风格的独立式3层住宅，最引人注目的是这幢别墅的晒台、平台、台阶以及主体造型都呈现一种优雅的弧形线条，显得雍容华贵。旧上海金融界的头

范园8号

面人物、浙江实业银行董事长李铭（李馥荪）就住在这里。他曾与中国银行的张公权、上海银行的陈光甫号称上海金融界的“三鼎甲”。国民党北伐胜利到上海后，曾到处拉银行家要钱，李铭向蒋介石建议实行扶植金融工商业政策，一句“取蛋必先养鸡！”一度成为美谈。由于他在洋行中有着很好的声誉，所以范园8号的门口，总是停满了洋人的轿车，可谓昔日范园一景。1948年李铭去了美国，再也没有回来过。

范园10号是一幢3层洋楼，这幢建筑荟萃了当年建筑设计流行的潮流。红瓦粉墙，陡峭的坡顶是西班牙的风格，宽大的平台却是英国的风格，栏杆的纹饰又是俄式的。住宅门前有高高的台阶，两边为气派的双抱式石头栏杆，上部和下部各配有一

芝园10号

个西式石雕花盆，窗户为中国传统红色雕花大格子。这栋器宇轩昂的洋楼原先的主人是苏州洞庭东山人叶铭斋。叶铭斋是苏州金融买办世家席氏家族席缙华的女婿，是过去日本横滨正金银行的第一任买办兼实业家，其丈人席缙华则是英商有利银行的买办。叶铭斋的儿子叶承铭是美国留学生，喜欢收藏古董。他收藏的古物山囤海积，各个房间俯仰皆是。据说，一次佣人要找一块石头压咸菜缸，因一时找不到干净的石头，就顺手拣起门边一块沉重的石头，压进了咸菜缸，后来取咸菜时有人发现，那方石头居然是清朝咸丰皇帝的玉玺，此事至今仍为老上海人津津乐道。

范园12号是一栋有着西班牙风格的建筑，平缓的红瓦坡顶，水泥黄色外墙，造型朴质，这里当年曾是著名“儒商”、中国最早的民营银行之一——浙江兴业银行创始人蒋抑卮的住宅。蒋抑卮与鲁迅是多年好友，曾出资代鲁迅刊行《域外小说集》。他同时也是一位古籍藏家，将自己的藏书处命名为“凡将草堂”，大部分为钱塘汪氏万宜楼旧藏，约5万册。他与叶景葵、张元济等交谊甚笃，合众图书馆筹建之初，便以藏书相馈赠，并捐助基金。蒋抑卮1940年去世后，范园12号曾由国民党上将上官云相居住，其实只不过是上官云相的“金屋藏娇”之地，他背着原配夫人另取浙江籍易衡为二夫人后，就将她安置在了这里。范园14号是一个基本呈正方形的两层建筑，屋顶上有一个老虎窗。正立面2层有弧形的窗楣，依稀透露着曾经的风采。这里本是蒋抑卮的大儿子、兴业银行董事蒋俊吾的住宅，1948年之后中国民主社会党领袖张君劢在这里居住。

范园16号是一幢两层花园洋房，立面为灰褐色砖墙，屋顶红瓦缓坡，这里最早的所有者，正是把青帮老太爷张仁奎请进范园的交通银行董事长钱新之的寓所，他是中国近代银行业和金融业发展史上一个举足轻重的人物，将银行事业做得风生水起。

范园17号，这个如今看上去十分平常的小洋楼里面住的曾是上海近代著名金融家、中国金融界泰山北斗般的人物——朱博泉。朱博泉住在范园，跟他的岳父蒋抑卮有着很大的关系。蒋抑卮在1920年入住范园12号，他把独生女儿蒋童祁嫁给了朱博泉，朱家府邸在江阴路一幢石库门内。当时，蒋的儿子也住在范园。1926年，恰逢范园17号业主出售该宅，蒋抑卮就将这座清水墙面的英式小洋房买下送给了女儿女婿。朱博泉在这里住了20多年直到1949年迁出。

范园18号原本也是蒋抑卮所建，所以18号的建筑外观和14号十分相似，只是18号屋顶上的老虎窗更宽大。后来蒋家将这栋楼卖给了中国银行的总经理张公权。1927年张家父母先后去世后，张公权将这里的房子让给妹妹张幼仪居住，张幼仪正是诗人徐志摩的原配妻子。和张幼仪一起住过范园18号的，还有徐志摩的生父徐申如。徐申如是江南富商、浙江硖石商会会长，在硖石开办有电厂、绸庄、酱园、钱庄等，自己却是世代书香子弟。1915年10月张幼仪在浙江硖石与徐志摩结婚，徐志摩坠入情网后，就提出离婚，已有两个月身孕的张幼仪毅然同意，1922年张幼仪在柏林产下次子，两人在德国柏林离婚，1926年回到中国。徐父因竭力反对徐与张离婚并和陆小曼结婚而与儿子决裂，最后干脆认了张幼仪为养女，视如己出。张幼仪回国后在东吴大学教授德文，1928年担任上海女子商业储蓄银行副总裁、云裳服装公司总经理。徐父由硖石来沪就和徐母一起搬到范园和张幼仪一起居住。1930年，徐申如在18号的北面以2万余银元向张公权购买了原属于他的土地，请东亚建筑公司设计，汪森记营造厂建造了一幢2层西班牙别墅建筑，建筑面积有536平方米，即现在的范园20号。这种红色的圆筒瓦缓坡屋面，螺旋纹的窗间小柱、半圆拱门窗风格的花园洋房在20世纪30年代曾在上海风行一时。张幼仪始终善待徐家二老，徐申如一直住在范园，直至1944年去世，后来此房就由张幼仪和儿子徐积锴继承。张幼仪在上海解放前去了香港。范园22号，则是国民政府立法院副院长部长魏道明旧居。

随着时间的更替，这里的住户也不断地变换。新中国成立初期范园2号、4号曾作过上海电影厂的职工宿舍，住在范园的有著名演员高博、音乐家朱践耳、指挥家曹鹏等。20世纪50年代初上海作家夫妇朱雯和罗洪住进范园20号，范园10号现在是解放军八五医院的一个部门，范园6号则成了绅公馆酒店。

曾经的范园，是上海滩名流名人的居所，低调而充满神秘感，一幢幢花园洋房里藏着沪上商界名流的传奇人生。如今，它们虽已染上了岁月风霜，却依旧淡定地散落在绿荫丛中，带着几分慵懒闲适，静看时代变迁，花开花落。

愚园路历史文化风貌区

众声喧哗中的白发绅士

愚园路历史文化风貌区留存着丰富的历史遗迹和人文内涵，集中体现了上海西区近代华人高级住宅区的居民生活和以教育建筑为代表的公共建筑群的风貌特色。这里的弄堂深处，是大历史和小人物交汇的地方，如今它们静默在风尘里，留下的却是说不尽的往事。

愚园路历史文化风貌区示意图

愚园路历史文化风貌区是上海中心城内规模较大，优秀历史建筑数量较多的历史文化风貌区，留存着丰富的历史遗迹和人文内涵。

风貌区内街道尺度宜人，特别是愚园路等历史风貌道路,在近代上海的热闹喧哗中，犹如混合着高贵气质的白发绅士默默伫立在城市中心，睿智而不张扬。沿线弄巷空间丰富，建筑类型多样，景观丰富多变。虽历经半个多世纪的演化变迁，其整体历史风貌依然清晰可见。这个风貌区有成片集中的花园住宅、新式里弄，其中新式里弄建筑质量较好，风格各异，设施齐全，布局整齐，弄巷格局分明；花园住宅特色明显，街巷庭院幽深静谧，建筑密度低，绿化覆盖率较高。此外，风貌区内还坐落着一些知名学府，如中西女中、圣约翰大学等昔日的贵族学校，坐落其间的教育建筑也是风貌的重要构成部分。

私宅建筑在民间的最后辉煌

这个风貌区的特色建筑主要集中在愚园路沿线。这条路是1911年公共租界工部局越界填田基浜筑路，因路东端常德路口有著名私家园林“愚园”而命名。20世纪初，愚园路由于东邻市区，西通郊区，交通便利，地价低廉，又西邻兆丰公园（今中山公园），中外达官商贾以及一些公司银行纷纷在此择地建造洋楼别墅，遂成为沪西高级住宅区之一。20世纪30年代末，上海的租界因四周战火纷飞，沦陷区涌入大量逃难者，一时间房荒严重，房租高涨，即便是一些中产阶层也没有能力租得起适合住用的房屋。于是，沪西“越界筑路”的地段便成了较理想的居住区，但此处住房也较紧

愚园公共市集

愚园路风貌区内新式里弄一隅

张，尤其在愚园路一带，不仅居住着许多外侨，其西端的兆丰公园，更是外侨日常憩息之地，因治安情况良好，人称“准租界”，而房租却较租界便宜，因此求租者甚众，不同职业、不同身份的人大量涌入愚园路，这一带日益热闹，各种各样的房子飞速地建造起来。从愚园路的乌鲁木齐路至华阳路这一段，全长约2 000米，两边散落着10多处风格各异的花园弄堂，数千幢风格迥异的私家小楼藏在这些弄内，堪称“壮观”。这些掩映在绿树丛中的花园别墅、公寓住宅，既融入了近代西方建筑思想和建筑风格，又体现出上海的地方特色，同时它们也是上海城市建设发展的历史见证。诸多中外名人在此居住和生活所留下的故事，为今天的愚园路积淀了丰富的历史人文景观，在岁月的长廊里刻下了不灭的痕迹。

随着历史的变迁，愚园路的前身“愚园”悄然退出了舞台，愚园路似乎就注定了在近代上海的喧哗中做一名隐士的命运。这是一条属于历史的道路，混合着复杂的高贵气质。岁月静悄悄地在这条狭长的路上播下种子，路边的房子带着原先的故事，静默在风尘里，留下的却是说不尽的往事……

愚园路的马路是狭长的，两旁对接的梧桐树，洒下一地浓荫，几分清凉。从百乐门一路往西，可见许多风格各异的花园弄堂。这些弄堂大多建造于20世纪40年代，它们没有华贵的弄门，走进去，一幢幢形态各异、风姿绰约的别墅洋楼扑面而来，恍若遥远的异国。愚园路460号，是上海市第一师范学校，这里过去是工部局女中，这是一幢极有气派的老建筑。正门口8根粗壮的立柱配上拱形的门梁，宛若古希腊的建筑，底层有数个拱洞，作为入口，石墙上攀满了爬山虎，里面有宽阔的操场和花园。走在校园里会令人想起在电影里看到过的欧洲贵族学校。20世纪30年代著名的女作家庐隐曾在这里教过语文。1993年，关锦鹏在上海拍摄根据张爱玲的小说《红玫瑰和白玫瑰》改编的同名电影时，把主人公烟鹂和振保的婚礼放在这座学校的小礼堂中举行。不过现在，第一师专也迁走了，成为市西初中的校园。在张爱玲的安排下，烟鹂和振保结婚后住进了小小的洋式石库门弄堂房子："临街，一长排都是一样，浅灰水门汀的墙，棺材板一般的滑泽的长方块，墙头露出夹竹桃，正开着花。立面的天井虽小，也可以算得是个花园，应当有的他家都有。"据说关锦鹏在上海找了好一阵这样的老房子，最后还是选在了愚园路上。

以兆丰别墅为典型的花园式里弄

20世纪二三十年代，随着西方文化的逐渐深入，上海的石库门建筑也不断渗入西方的建筑元素，增加居住的舒适度和私密性，这在后期的新式里弄中表现最为突出，兆丰别墅就是有着洋楼化趋势的花园式里弄住宅。它由几十幢房屋有规律地排列，构成一个半开放半闭合的整体，在当时是里弄建筑的最高级形态了。兆丰别墅位于长宁路712弄，南沿长宁路，西近中山公园，因紧邻兆丰公园而得名。该处原为近郊荒地。1929年，浙江兴业银行于兆丰公园东侧沿白利南路首建3层楼房20幢。1934年交通银行襄理于东西两侧建造3层楼房17幢，浙江兴业银行董事长在弄底西侧建造了独幢大花园洋房，原国民政府财政部长又于西侧建3层楼房5幢。1946年，大东书局总经理也在同侧建造了独幢大花园洋房，在前后10余年间共建造了楼房50多幢。这些房屋布局整齐，构筑考究。钢门钢窗、柳安木地板、壁炉、水汀及大小卫生设备齐全。别墅弄道宽敞，环境幽静，两侧法国梧桐蔽荫。

兆丰别墅在新中国成立前曾居住过不少社会上层有影响的人士，如国民政府上海市市长、中央信托局长、财政部长兼中央银行总裁俞鸿钧曾居住在115号。此人1949年随蒋介石去台湾。爱国民主人士陈叔通也曾居住在兆丰别墅。兆丰别墅77号是国民党爱国将领张治中的故居。这是一幢两层独立式花园住宅，建于1940年。机制平瓦坡屋面，外墙水泥砂浆压花粉刷，木地板、木楼梯，质朴而不奢华。住宅南面有一花园，花园内树木葱茏，西侧隔着一条公园小路即是兆丰公园。该别墅因外墙贴面砖，类似泰山耐火砖，故又称为“耐火砖别墅”。张治中是安徽人，辛亥革命时在扬州参加反清起义，保定军校毕业后跟随孙中山参加黄埔军校的建校工作，曾任黄埔军校的学生总队长、军官团团长，曾参加过北伐战争、“一·二八”淞沪抗战以及“八一三”淞沪抗战。抗战胜利后，他曾三赴延安，促成《双十协定》的签订，主张国共谈判，和平建国。1949年，张治中任国民政府和平谈判代表团首席代表，赴北平谈判，谈判破裂后毅然留在了北平，同年便参加了政协的第一次会议，参与新中国的政事。

老报人严谔声曾寓居在兆丰别墅129号。1929年，32岁的严谔声在沪创办了“新声通讯社”，着重报道国内外经济动态。1935年，他与成舍我、严独鹤等集资创办《立报》，担任总经理。1936年，《立报》首先刊登《上海文化界救国运动宣言》和上海学生赴京请愿等特讯，并连篇登载宋庆龄、何香凝等为声援“七君子”而发起的“救国入狱运动”。1937年上海沦为孤岛，《立报》被迫停刊。严谔声又以“讷厂”为笔名，在《新闻报》连续发表爱国文

市三女中附近的花园住宅

章，抨击敌伪，并通过报社连续11届举办清寒学生贷学金活动。他还关心清苦小学教员，通过报社按月补助生活费近500人。新中国成立后，严谔声历任市财委委员兼市府秘书长、市工商局副局长、市文史馆副馆长等职。

如今，那些显赫一时的人物大多已经作古，住在兆丰别墅的只是些普通市民，但从那考究的建筑样式，蔽荫的法国梧桐，仍能想见它当年的风采。

欧洲小镇般的武定西路

愚园路历史文化风貌区还包括愚园路周围的一些街区，如镇宁路、江苏路、万航渡路、武定西路等地也散落着不少颇具历史文化价值的建筑。在江苏路市三女中斜对面的162弄内，有一幢造型别致的英国式独立花园住宅，建于1900年左右。这里曾是新中国成立前英国人在上海海关总税务司的住宅。这是一幢两层砖木结构住宅，红色平瓦四坡顶屋面，干粘卵石墙面，局部红砖清水勾缝。两侧山墙上的壁炉烟囱成阶梯式硬山墙方头状封顶。入口处饰连贯圆拱弧圈，大门凹入内部，大门口5级阶梯也成弧状。旁边还有一座与主体建筑相交的一层附属建筑。原建筑南面有很大花园，现一部分成为小区公共绿地，并在花园里增建了一幢6层工房。

与江苏路相交的武定西路素有“上海最有情调的小马路”之誉，东起万航渡路，西至江苏路，全长600米，最窄处仅8米，因为不通公交车显得特别安静。沿街是一排排小店，2楼伸出两根木头柱子，三角形的屋檐，有着宝瓶式围栏的阳台，原木百叶窗，西洋风味的雕塑以及街头孤独的路灯所组成的画面悄无声息地传递着欧陆风情，像极了欧洲小镇。武定西路上的弄堂幽深、曲折，那些花园洋房仿佛盖在路的尽头。房子虽然老旧，依然看得出当年的派头，灰色的墙面，中间一个圆拱门，自有一种低调的华丽。虽然和静安寺近在咫尺，但这条不通公交车的小马路却显得有些落寞，犹如养在深闺人未识的美人，难得的是它依旧神定气闲，倒是透出了一种骨子里的贵族气来。据说很多藏在围墙后面的房子里都居住着一些老上海的后裔，他们默默地从这条路上走出来，连带着把武定西路特有的情调也一并带了出来。

武定西路1357号至1359号是中国民主革命时期著名的“七君子”之一史良的住宅。史良于1919年参加“五四”运动，1931年回上海开业任律师，经常为维护妇女权益辩护，并敢于受理政治案件，冒险营救和为进步人士辩护，坚持正义斗争。史良曾办理过营救邓中夏等中共地下党员的多起案件。1936年11月，她与沈钧儒、邹韬奋、王造时、李公朴、章乃器、沙千里七人组织抗日救亡活动，并作为救国会代表赴南京请愿，被国民党政府逮捕，此即著名的“七君子”事件。被押期间，史良在法庭上同审判官进行了针锋相对的斗争。史良旧居是一幢建于1920年的3层欧式花园洋房，机制平瓦坡屋面、水泥混合砂浆粉刷的外墙显得朴素大气。房屋底层为客厅、餐厅，2楼为卧室、书房。客厅、卧室内均有壁炉，烟囱穿出屋面。南面有挑出的阳台，面向一个大花园。史良1946年至1952年曾在东半侧的楼内居住，在此期间，她曾领导民盟华东地区的地下斗争，在民盟总部被国民党解散后，她在武定西路的寓所内仍秘密发展吸收爱国进步人士入盟。武定西路1498号坐落着上海爱乐乐团，这个乐团是在上海广播交响乐团的基础上组建起来的职业交响乐团。这幢建筑原是潘氏住宅，建于1912年—1936年，为砖混结构的古典式花园住宅，高3层，屋面上有砖砌烟囱。主立面横纵3段划分明确，两端前伸，中央部分采用简化的爱奥尼克柱式贯通两层，形成开敞门廊和2层平台。宅前有很大的花园草坪，绿草如茵，树木冠盖如云。这幢充满艺术气质的西洋建筑和高雅的交响乐倒是十分匹配。每年夏季，里面还会举办草坪音乐会，在风景如画的花园里听一场音乐会是一种美好的享受。

武定西路上的一些装饰细节似乎力求赋予这条路一些异国风情，且不管它是俗是雅，却是蛮吻合这条路特有的味道的。沿路做出一些壁龛，中间镶嵌着西式花瓶，上面的金属叶子看上去有些张扬；红砖墙上的马赛克镜框色彩缤纷，无形中为这条落寞的小路增添了不少亮色。临街的窗前有铸铁的花架，里面摆放着盛开的盆栽鲜花。那些木头大门有着美丽的花纹，看上去犹如积木般可爱，两边是宝塔形的花饰。和这条路的西式古典建筑特色相得益彰的是一些雕塑小品，上海美术电影专修学校的门前有一个“雨中戏蛙”

的雕塑，棕榈树下，一个头戴礼帽的大肚男子手中撑着一把伞，他前面是一个撑着一把小伞的小男孩，两人正低头看着前面池塘里的一只金色小青蛙，伞下滴着水珠，池塘里泛起浪花，颇具动感之美。类似的雕塑一路上随处可见。路中间还矗立着一座西式立钟雕塑，让人想起英国伦敦的大笨钟。再过去红墙下站着一尊吹萨克斯管男人的雕塑，和这条路上所有的雕塑一样，他也是戴礼帽的西方人。走着走着，你会邂逅马赛克壁龛下坐着的一位欧洲男子，他手中拄着一根司的克，脸上的表情有点茫然，脚下还卧着一条沙皮狗。当然这也是雕塑。武定西路江苏路口的花坛中间竖立着奥地利音乐家“华尔兹之王”—— 小约翰 · 施特劳斯的雕像，这位出身音乐世家的音乐家一生写了500多首作品，以其创作的典型的“维也纳圆舞曲”著称，尤其是他的《蓝色多瑙河》在全世界广泛流传。很多时候，人们已经将《蓝色多瑙河》认同为维也纳的音乐象征，而这尊雕像则更像是凝固了的音乐乐章。

施特劳斯的雕像原作竖立在维也纳的城市公园里，那是一尊金色的雕像。如今它的仿制品竖立在上海宁静的武定西路上，居然也很协调。正在演奏小提琴的施特劳斯有着俊朗的身姿，他的身后是一把雕花的宫廷椅，前面有乐谱架，架上的乐谱翻开着，背景是一个个连接的白色半圆拱穹。作曲家如一位“音乐之神”傲立于苍穹之下，其优美的旋律似乎正从他手中的小提琴中缓缓流出，为富有情调的武定西路画上了一个艺术气氛极浓的句号，犹如余音绕梁。

与武定西路相交的万航渡路540号有一幢外廊式砖木结构花园洋房，名为华园。这幢洋房早年的主人就是19世纪晚期清政府邮传大臣盛宣怀的第四个儿子盛恩颐。该宅建于1925年，是典型的英国维多利亚时代盛期的新文艺复兴风格，平面为L形，灰泥墙面，简单平缓的四坡屋面，上面覆盖红平瓦，南北有棚屋形老虎窗，东西有双坡人字屋面老虎窗。出檐较大，檐下做木装饰。南面底层7个开间统为券柱外廊，用清水红砖砌半圆拱券。东南角有一半圆形阳光室，有5个连续红砖拱券的落地长窗，东面一排为券柱门窗。主入口在东侧的L形转角处，有一层门廊，上为2层平台，筑有宝瓶栏杆。花园在建筑的东南隅，园内浓荫蔽日，有枇杷、棕榈、雪松、红枫、黄杨球等。园中有一条人造小溪潺潺流淌，溪上有一座小木桥，溪边有巨型卵石堆，营造出一片幽静的城市园林风光。在建筑的东北侧靠万航渡路处有一口古井，上有吊水轱辘，已有百年历史。辛亥革命后盛家家道中落，20世纪40年代盛恩颐将华园房产卖给了正泰橡胶厂老板。新中国成立后，作为正泰橡胶厂的疗养所。

愚园路历史文化风貌区融合了中西方文化的血脉，古朴与现代并存，安静地不事张扬地横卧在城市的西区，犹如一位洞悉世事的白发绅士。

百乐门

历经沧桑的远东第一舞厅

百乐门是上海时尚记忆里一个无法抹去的词，它是旧上海灯红酒绿、十里洋场的象征。“月明星稀，灯光如练。何处寄足，高楼广寒。非敢作遨游之梦，吾爱此天上人间。”这是1932年上海百乐门舞厅建成时，上海滩传诵一时的诗句，字里行间流露着老上海人对百乐门的万千宠爱。其实，百乐门从一开始就代表了一种时尚的海派精神，它所追求的生活方式，已经融入老上海人的血液里。

百乐门是上海人心中一个绮丽中带着奢靡的梦，也是上海的时尚记忆里一个无法抹去的词，它是旧上海灯红酒绿、十里洋场的象征。千人舞厅、弹簧地板、菲律宾乐队等使得“百乐门”成为旧上海最有代表性的记忆。

逝去的是永远逝去了，再回首时已是换了人间。百乐门将所有的辉煌都留在了20世纪30年代，那是它的花样年华。

1929年，原来开在戈登路（今江宁路）兼营舞厅的“大华饭店”歇业，上海西区没有一个与“贵族区”相称的娱乐场所。1933年，上海著名的大实业家顾联承看准了静安寺地区的发展趋势，投资70万两白银兴建了一座3层舞厅，建成后英文名为Paramount Hall，意为“最高的、最卓越的建筑”，并以谐音取名为“百乐门”，全称为“百乐门大饭店舞厅”，当时曾被誉为“远东第一乐府”而名噪一时，成为十里洋场的代名词。

虽说百乐门舞厅出自中国设计师之手，却赢得了“现代建筑学与装潢术上的惊人进步”这样的褒扬。整幢大楼以美国近代前卫的装饰艺术派风格设计建造，线条简洁流畅，门墙垣用花岗石砌成。正门设在愚园路、万航渡路转角处，立面作直线长窗处理。百乐门最具特色的是大门顶端装有一座9米高的圆柱状梯形玻璃银光塔楼，塔楼的左右两翼安置了流线型霓虹灯柱，亮灯时流光溢彩，远远望去犹如一座通体透明的水晶银光塔，使仅3层的建筑看上去像是一座摩天大楼。底层前半面沿街部分作店铺，后半部做大厨房，2—3层为舞厅，分别由宴舞大厅、楼座、宴会室组成，在银光塔下层还辟有带酒吧的圆形大休憩室。2层宴舞大厅的舞池将近800平方米，中间没有一根

百乐门夜景

立柱。舞池中央地板用汽车避震钢板支托，跳舞时会产生颤动的感觉，老上海称之为“弹簧地板”。尤其是到了午夜前后，有时舞客起哄，大家和舞女拉起手来，排成三四行，跳起《香槟酒气满场飞》时，地板的弹性就会充分显示出来，让人跳得十分尽兴。舞池是挑空的，舞客坐在3楼的咖啡座上可以看到2楼的跳舞，也可以从座位旁的小楼梯直接步入舞池。大舞池周围是4.2米宽的回马廊，那里既可供人习舞，也可供人幽会；3楼设有半圆形金光玻璃地板小舞池，地板下面安装5万多个彩色电灯，可以翻出红、紫、蓝、黄、白等颜色，映照得玻璃地板光怪陆离，如梦如幻，如入仙境，这在国内舞厅中是绝无仅有的。百乐门舞厅还雇有外国乐队，并有中外歌手伴唱和中外舞女伴舞，在十里洋场的大上海独树一帜。

1933年12月14日，百乐门举行隆重的开幕典礼。下午5点，来宾从大理石台阶步向2楼宴舞大厅前，大厅门由市长吴铁城的夫人手持一把“金钥匙”开启，爵士乐队奏起乐曲，宾客纷纷步入舞池翩翩起舞，从空中冉冉飘下千百只彩色小气球，如落英缤纷，轻轻滚向每个宾客。百乐门一开张就轰动全市，成为沪上首屈一指的娱乐场所，不知吸引了多少上海滩的达官显贵纵情于舞厅的华灯绚彩之中。老板还在往来上海的外国游轮上做广告，并在码头安排专车提供接送服务，扩大客源，故舞厅人流如织，生意火爆，拥有了“远东第一舞厅”的美称，成为上海滩豪门名流的主要娱乐场所。那时，每天晚上百乐门舞厅9米高的圆柱形玻璃灯塔熠熠发光，光芒可射出1米余。由于百乐门没有停车库，司机只能将车停在小马路上等候，为了让司机知道主人要离开的消息，经营者便独辟蹊径，由服务生在楼顶的灯塔上显示要离开车辆的汽车牌号或其他代号，车夫从远处看到，便将汽车开到舞厅门口。以几层楼的霓虹灯引领风骚的百乐门，是昔日上海滩时髦人士招摇过市的地方。尤其是到了晚上，灯红酒绿地映衬着对面沉寂在夜幕中的静安古寺，悠远的钟声就这样消融在夜夜笙歌之中。

20世纪三四十年代，上海的爵士乐是与太平洋彼岸的美国同步流行的，流行的中心地就是百乐门。《夜来香》《蔷薇蔷薇处处开》《夜上海》，这些优美的老歌都源自百乐门。当年，百乐门舞厅还培养出了许多娱乐明星，如梁实秋晚年的妻子韩菁菁就是百乐门著名的“一代歌后”与“大众情人”。今天我们耳熟能详的旋律和当年那些身着锦缎旗袍的丽人一样是老上海浮华魅影录的一章。也正是在百乐门，诞生了中国第一支华人爵士乐队—杰米·金乐队。杰米·金大胆地将中国民歌元素引入乐队演奏的乐曲中，为传统的爵士乐注入了新的风格。华人爵士乐队的兴起也打破了菲律宾和俄罗斯乐队对爵士乐市场的垄断。百乐门因此成为中国爵士乐发展的圣地。极盛时期的“远东第一舞厅”曾与巴黎的红磨坊、纽约的百老汇齐名，吸引了不少追逐时髦而又有一定经济实力和地位的年轻人出入其间，著名歌星黎明晖还荣获过百乐门交谊舞比赛冠军。少帅张学良莅沪，必偕赵四小姐到百乐门跳舞。1936年喜剧大师卓别林夫妇访华时，在上海仅停留一天，也慕名到此跳舞。而徐志摩和陆小曼当年就是在百乐门舞厅一见钟情的。在百乐门鼎盛之时，有不少豪门望族的子弟在百乐门举行婚礼，一度成为豪华与时髦的象征。晚清官宦盛宣怀的四公子盛恩颐的长子盛毓邮，曾任日本东京新雅饭店董事长，他就是在百乐门举行了盛况空前的婚礼，新娘的婚纱从舞厅一直拖到大门口。著名社会活动家陈香梅女士与美国飞虎将军陈纳德的订婚仪式也在此举行，一时名噪海内外。胡蝶当选为电影皇后时，鸿翔时装公司的老板金鸿翔假座百乐门舞厅举办了一场时装表演会，胡蝶和阮玲玉在表演会上登台亮相。胡蝶身穿一套绣有一百只彩蝶的礼服，美艳之极，而金鸿翔借此活广告，更是名声大振。

当年，百乐门还发生过一起震动上海滩的大事。百乐门舞厅最负艳名的是舞女陈曼丽，不但姿容出众，而且擅长京剧。1940年2月24日深夜，一位名叫彭纪同的茶商及一名经纪人刘伯荣到百乐门舞厅来寻欢，点名要陈曼丽坐台。陈曼丽脸带笑容地走向两人，她刚刚坐下来端杯致意时，突然一名身穿西装的年轻人，走到三人的卡座前，开枪连击。陈曼丽中弹三枪倒地，他又对着彭刘两人开枪击杀。彭纪同胸部中弹一枪，当场毙命。刘伯荣在发生枪击后，因躲避不及右臂也被子弹击中受伤。枪案发生以后，百乐门舞厅内一片慌乱，原本还在舞厅里暧昧的男男女女纷纷四处躲避，开枪的年轻人也乘机混进人群，消失在茫茫夜色之中。陈曼丽被紧急送往医院后，经抢救无效在次日晚上离世。她在临死前声称，凶手是一名自己的熟客。当时的中文报纸曾暗示，陈曼丽之死并非简单的风月场中争风吃醋引发的命案，背后还有更深层的东西。究竟是何原因，至今无法定论，成为上海滩一大谜案。

“月明星稀，灯光如练。何处寄足，高楼广寒。非敢作遨

百乐门内景

百乐门内扶梯两侧墙面上挂着黑白老照片

百乐门现代演艺大厅

游之梦，吾爱此天上人间。”这是1932年上海百乐门舞厅刚刚建成时，上海滩传诵一时的诗句，字里行间流露着老上海人对百乐门的喜爱。但花开终有花落日。历经纸醉金迷的辉煌之后，百乐门也不可避免地开始走下坡路。1954年，由于亏空严重，政府有关部门接管，原舞厅主建筑改为红都戏院，其他附属建筑先改建商场，后改为红都电影院。1990年6月11日，影院大门口的雨棚因年久失修倒坍，一度停止营业，进行大修。之后，又几经改建，却似乎一直没有找到自己的定位。想要涅槃重生，不是一件容易的事。

其实，百乐门从一开始就代表了一种时尚的海派精神，它所追求的那种雅致的生活方式，已经融入上海人的血液里，也影响了我们的生活习惯，成为海派文化的一个象征。回归它的以往，让人们重新体验它的魅力也许是最明智的做法。2015年，百乐门再次重新装修，百乐门的霓虹灯暗淡了许久，

百乐门少帅圆厅

那个傲人的轮廓一度湮没在沉沉夜幕中。2017年4月22日，新生之百乐门重新开门迎宾。它以20世纪30年代上海意象为“线”，以还原ART DECO艺术风格为“面”，融入了时代典故和名人故事，试图重现昔日百乐门的绝代风华。

白天的百乐门，远远看去依然充满历史感，低调地站立在愚园路一侧，两旁是白色的英文招牌PARAMOUNT，中间两扇精致的大门镂空玻璃上是百乐门logo。百乐门的内部装潢设计堪称豪华，门厅里南非进口的蓝翡翠大理石打造的地面配上埃及进口的高级水晶制成的璀璨元宝形水晶灯，格外光彩夺目。左边是带有百乐门logo的特色立柱，阶梯则是土耳其进口的索菲特金大理石，楼梯的扶手，依据原样，采用铸铁栏杆加木质扶手，扶梯两侧墙面上挂着百乐门的黑白老照片。2、3楼的楼梯中间墙上是巨大的壁画，画的是身着西装旗袍举着香槟酒杯的绅士淑女，色彩艳丽，十分抢眼。电梯用的是芬兰老牌

KONE电梯，电梯上方开模定制的纯铜楼层指示牌充满怀旧气息。2层设有查理卓别林圆厅和现代演艺大厅。查理卓别林圆厅以黑色为主色调，以此纪念顺应黑色幽默时代而生的喜剧大师。现代演艺大厅拥有层次分明的多功能综合舞台，舞台背面配备可开合的 LED 特大显示屏幕，中间设有面积开阔的非洲紫檀木舞池，周边设置包厢式卡座，复古奢华的壁纸衬托着墨绿色进口皮质沙发椅。每晚9时，由流行时尚的爵士乐队常驻演出。2楼夹层设有少帅圆厅、回马廊和名伶厢房。少帅圆厅里还原了昔日经典的玻璃地板小舞池，墙上挂着张学良和赵四小姐的照片。在U形回马廊两侧分布着8间名伶厢房，分别以姚莉、周璇、韩菁菁、张露、吴莺音、龚秋霞、陈娟娟、白虹命名，每一间风格特色都不一样。3层设有香梅厅、怀旧大舞厅以及雪茄吧。当年，陈纳德曾在百乐门与通讯社记者陈香梅举办订婚仪式，如今墙上是这对夫妇的生平照片。怀旧大舞厅是为20世纪30年代夜上海风格度身定制的国标舞标准舞池，铺设“弹簧地板”的舞池充分还原了20世纪30年代上海舞厅的风格。百乐门招牌娱乐项目茶舞、宴舞等也得到了恢复。据说当年百乐门吉米·金乐队的贝司手、94岁的郑德仁，在看到修缮后的百乐门之后，称赞和当年一模一样。

如今的百乐门，唤醒了很多老上海沉睡了半个多世纪的海上旧梦。百乐门因为这座城市而沉浮，也因为这座城市而重生，并谱写着自己新的华彩乐章。

愚谷邨

极具海派气质的新式里弄

南北贯通的愚谷邨一边是车水马龙、霓虹闪烁的南京路，一边是梧桐婆娑、安静无扰的愚园路，住户和行人可以方便地穿梭其间。这使愚谷邨染上了烟火气和平常情怀，高贵却不拒人于千里之外。整洁的弄堂里花木扶疏，许多人家门前摆放着花草树木，春夏时节，姹紫嫣红开遍，花香四溢，这就使弄堂兼具了市井又优雅的氛围，是上海小康人家向往的理想生活环境。

愚园路361弄的愚谷邨，是著名的新式里弄。愚谷邨位于乌鲁木齐北路的愚园路西南角，东靠乌鲁木齐北路，南出南京西路，西邻涌泉坊，北向市西中学。比起相邻的涌泉坊，愚谷邨的弄堂显得更为质朴。“愚谷”两字出自苏轼的“大智若愚”和老子的“虚怀若谷”。苏轼《贺欧阳修致仕启》有“大勇若怯；大智如愚”句；《老子 · 十五章》有“敦兮其若朴，旷兮其若谷”。“愚谷”两字合起来指聪明人表面上好像愚笨，而大度的胸怀谦虚得像山谷那样深而且宽广。强调“大智”者，必“愚”；虚怀者，定“旷”，“若愚”“若谷”，是养晦之术，也是做人的大境界。同时，“愚”字又与愚园路的路名契合，“谷”字蕴含“幽谷”之意，与“邨”字暗合，即城市喧嚣中的幽谷和乡村，堪称妙笔。

20世纪二三十年代，上海的建筑大都是外国人设计的，愚谷邨却是本土设计师的作品，它是由华信建筑设计师事务所杨润玉、杨元麟设计的，杨润玉是华信建筑师事务所的经理和主持人，他1892 年出生于上海。1907年进入上海地区创建最早的一所现代化中学——浦东中学学习，一年后，转往徐家汇土山湾工艺学校。但他并没有在这里学习如何盖房子，而是木匠。所以，他并不是科班出身的建筑师。1912 年，杨润玉进入上海（英商）爱尔德洋行工作，这时他才真正开始接触到“建筑”事业。打了3年工后，他便自主创业。1915 年创办（上海）华信测绘行（之后改称华信建筑师事务所），公司地址在原上海南京路大陆商场 5 楼。一开始杨润玉接触最多的项目是厂房设计，包括有原上海德丰纱厂、原上海华成烟厂、原上海大东烟厂、原上海沪东杨树浦路怡德公司中式厂房等。到了20世纪20年代末，开始设计一系列的住宅项目，依业主的个性和需求不同，设计不同类型的住宅，包括英国式、西班牙式、美国式等，虽然大部分住宅的外观都采取欧美形式，但内部布局则是完全以适合中国人生活习惯为主的设计，愚谷邨可以说是杨润玉最具代表性的建筑作品。对于愚谷邨的建筑，杨润玉确实是费了很大一番心思的，这个项目占地大，地段又毗邻静安寺和南京西路，成功与否直接关乎他今后的建筑事业。他要让愚谷邨既具备美观的外表，又不过分雕琢，内部结构全依功能需求而建，这其实也沿袭了他一贯的设计风格，即外观大气壮丽，内在实用便利。我们现在看到的愚谷邨确实具有这样的风范。

建于1934年的愚谷邨是愚园路上体量最大的一条新式里弄，里面坐落着127幢2或3层的房子。北弄口位于愚园路361弄，南弄口设在南京西路1892弄。弄内支弄众多。愚谷邨的弄口朴质无华，仅两根灰白色柱子支撑着两扇透空的铸铁大门，两侧柱子上分别有白底竖排黑字的“愚谷邨”3字。它的弄堂布局像一根鱼骨，一条贯串南北的宽阔大弄堂，两旁有多条小弄堂。弄内联排住宅的总体外观为折中主义风格的现代派建筑，平面呈长方形，两侧为三角形山墙，折线屋顶上开多扇老虎窗，没有多余的装饰，但在单户的大门入口处则是装饰着西方古典主义风格的雨篷，部分外伸的阳台带有圆弧形。除此之外，在其他外墙面上则是干净、规矩、整齐的开窗面，有红砖窗楣和灰色窗框，米黄色的墙面，覆盖黑瓦的坡屋顶上有伸出屋面的烟囱，造型也是极其简朴的。内部结构全依功能而建，

愚谷邨

弄内每户底楼南向都有一个小院子，一层是客堂，后面是厨房，从一侧楼梯上去是亭子间，再上几级台阶右侧是带浴缸的卫生间，卫生间地面铺设着进口的马赛克地砖，墙面也是用黑白马赛克带转角的贴墙，门上镶嵌厚约两厘米的进口立体毛玻璃，20世纪30年代建的铁制大浴缸和抽水马桶沿用至今。左侧是2楼，2楼朝南是一排窗户，再上去便是同样朝南的3楼和朝北的晒台了，有些还有带老虎窗的阁楼可用来储物。其建筑质量和环境质量均属上乘，适应当时崇尚西欧生活习惯的富裕小型家庭的居住。

愚谷邨不像涌泉坊只有一个弄口，它还有另一弄口在南京西路1892弄，装有黑色的铁门，门的上方有黑底白字的“愚谷邨”铭牌。南北贯通的弄堂上海不少，唯愚谷邨得天独厚，前面是车水马龙、霓虹闪烁的南京西路，背后是梧桐婆娑的安静无扰的愚园路，在万丈红尘的热闹中浸染一番后瞬间便能回归安宁的家园，名副其实的闹中取静。而作为行人贯通的两条马路的过道，使愚谷邨更多地染上了烟火气和平常情怀，高贵却不拒人于千里之外。整洁的弄堂里花木扶疏，总弄上空一个个拱形门廊上绿色的常春藤枝叶纷披，风情独特，许多人家门前摆放着花草树木，春夏时节，姹紫嫣红开遍，花香四溢，这就使弄堂兼具了市井又优雅的氛围，符合上海小康人家向往的理想生活环境。

海派风情浓郁的愚谷邨从建成后就吸引了沪上许多文化人的入住。这里曾是山水画大师应野平旧居，43号住过中国流行歌曲之父黎锦晖的女儿黎明晖一家，歌影两栖明星周璇和丈夫“桃花太子”严华新婚燕尔也住在愚谷邨。电影表演艺术家沙莉和凌之浩夫妇、话剧艺术家奚美娟、口琴演奏家王庆隆也都曾在愚谷邨居住过。愚谷邨还住过一位武术大师——吴彬，他是电影《一代宗师》的武术总教练及武术总顾问。还有医药专家孙廷芳、物理学家严晓海、旅美画家徐纯种等也都曾在这里居住过。愚谷邨65号住过作家魏金枝、唐克新。1974年底，以小说《百合花》蜚声文坛的著名女作家茹志鹃和丈夫、上海人艺导演王啸平及三个孩子搬进愚谷邨65号，茹志鹃一直住到1998年离世，这里也是茹志鹃的女儿、著名女作家王安忆曾经生活的地方。

愚谷邨还有浓重的红色印痕。弄内121号位于支弄弄底，是中共上海局秘密联络点。1943年根据新四军城工部领导刘长胜指示，中共地下党员方行（化名方鹤亭）在上海创建进化药厂股份有限公司，共有职工二三十人，主要生产新四军急需的药，有治破伤风的药和各种疫苗等。厂里日夜加班生产出来后交给张执一，他再派人连同其他物资一起运去苏北解放区。1945年夏，进化药厂结业，全部器材设备等作价后变卖，仍作为秘密据点。1946年9月，在121号楼下开办中华医药化验所为掩护，直至上海解放。

愚谷邨原产业业主是陈良才、陈良浩和陈良骅兄弟，房屋建成后三兄弟一同居住在127号，这幢由业主自己居住的房子自然是精心设计建造的，故不同于弄内的其余出租房。后来，陈氏兄弟分别移住愚谷邨内103、106和108号，原住房出租给某幼儿园，现为静安区离退休教工活动中心使用。

涌泉坊

烟草大王创建的经典里弄

在鱼龙混杂、尔虞我诈的旧上海，有些富人在为自己建造大公馆时，不是堂而皇之把公馆建在大街上，而是先在基地沿马路建一个弄堂，自己的公馆则建在弄堂末端，隐蔽起来。悄然隐身于涌泉坊深处的“陈家花园”，就是其中一个典型。宅主是老上海有名的烟草大王陈楚湘，涌泉坊就是他投资兴建的。

新式里弄住宅是在石库门里弄住宅的基础上发展起来的，它是石库门里弄住宅发展到花园里弄住宅的一种中间形式，上海解放前称为“连接式小花园洋房”。愚园路上的涌泉坊就是其中的典范。涌泉坊在上海新式里弄住宅里具有开创性地位，尤其是小区门口高高的骑楼可谓是开了当年风气之先。自那以后，上海建造的许多新式里弄也多采取了这种建造骑楼的大门样式，并称之为过街楼。

涌泉坊位于愚园路395弄，这是一条西班牙风格的新式花园里弄，建成于1936年，涌泉坊的命名承载着静安寺的一段历史。静安寺是上海地区最早的佛教寺院，周围有过名闻遐迩的“静安八景”。“静安八景”相传始建于距今已有1760余年的东吴赤乌年间，至13世纪元代在静安古寺四周便有了8处名胜古迹，被称为“静安八景”。根据元朝寺僧寿宁所辑《静安八咏集》的记载，这8景是沪渎垒、陈朝桧、芦子渡、赤乌碑、涌泉、绿云洞、讲经台、虾子潭，当年静安八景曾吸引很多诗人、游客前往游览赋诗，可惜已全部湮灭。其中的涌泉原在静安寺前，相传因泉水昼夜沸腾，状似温泉，又名“海眼”，又称沸井，后人曾在四周围以石栏，还在上面建了一座亭子，取名应天涌泉，华亭胡公寿题为“天下第六泉”。静安古寺新山门建成，寺僧在泉旁又建一座阿育王式梵幢，并疏浚涌泉。新中国成立后，因市政建设需要，涌泉已加盖填塞。这条建在静安寺附近的新式里弄便以涌泉坊命名，成了静安寺前曾有的那口沸井的唯一纪念。

涌泉坊是一组造型独特、整齐美观的里弄住宅群，也是20

涌泉坊（近处）

世纪30年代上海具有代表性的新式里弄住宅。由过街楼连接的第一排7幢住宅列一字排开，另外8幢住宅每两幢联合为一组，以主弄堂为轴线呈田字形布置，单幢的花园住宅则隐没于主弄堂尽段西侧。涌泉坊弄口连接东西两侧房屋的过街楼，具有明显的装饰艺术风格，红砖外墙上有3个拱形门，中间为大拱门，左右各连一个小拱门，两边矗立着人造石的变形科林斯柱。大拱门正上方有一块白色横匾，上书“涌泉坊”3字。2层是两扇并行的方形窗户，窗户上方有精致的波浪形窗檐。3层正中并列两扇拱形窗户，与中间一个半米高的白色圆柱相连，圆柱上方还有喷泉状雕纹。窗檐呈弧形，东西面各有一扇拱形窗户。檐头以白色线条勾勒，两条波浪形曲线拥一个珠状圆球，寓双龙戏珠之意。正下方是一白色椭圆形竖立装饰，似明镜高悬。两旁的方形檐头下，红砖墙上各贴有一品字形装饰，每一个口字里面镶4片金属制成的绿色花瓣，立面还有圆形窗户装饰。骑楼外墙每一层东西边缘都以浅绿色竹筒状琉璃瓦划清层数。沿街东西有一排房屋，屋顶用红色西班牙筒瓦，坡度平缓，屋前小院的矮墙也以筒瓦压顶，圆拱门，门窗旁有小圆柱。

从高大的弄口走进去，发现弄堂不深，却很宽敞，弄内有6排3层建筑分列东、西两边。建筑风格中西混搭。一式淡黄色水泥拉毛墙面，围墙不足两米高，阁楼和天台在3层顶上。它的屋顶设计十分精致：平屋顶，上有中国传统檐头，样式有些像古代的烽火台；平屋顶靠下的一面都以朱红的木质横条修饰。顶上铺有红色西班牙筒瓦，坡度平缓，屋前小院的矮墙也以筒瓦压顶，每户门牌上头有着精雕细刻的顶檐，阳台的下部也都有拱形修饰，有的5拱相连，有的3拱相连。

不过，涌泉坊最精彩的是它的弄底24号，是涌泉坊里建筑的华彩乐章，宅主便是中国民族烟草工业三大公司之一的华成烟草公司总经理陈楚湘，人称“陈家花园”。1936年，陈楚湘注册了一家人和房产公司，涌泉坊就是他投资兴建的。

在鱼龙混杂、尔虞我诈的旧上海，人们必须有一套自我保护的方法，当时，有些富人在为自己建造大公馆时，不是堂而皇之把公馆建在大街上，而是先在基地沿马路一带建一个弄堂，用以出租；自己的公馆则建在弄堂末端，隐蔽起来，不显山不露水，陈家花园就是其中一个典型。那是一幢4层西班牙城堡式花园洋房，设计者为表现宫殿城堡的意蕴，使住宅的四面外观各不相同，屋顶高低错落跌宕多姿，门窗曲直多变，装饰雕琢华丽，南向设敞廊和凸出的阳台，采用花铁栅栏装饰，圆柱挑楼，外墙贴拼花面砖，做工十分考究。室内共有大小房间40余间，客厅采用中国传统风格装饰，梁柱平顶有华美的彩绘天花。1—3楼有宽敞的回廊形楼梯，均为天然大理石踏步，柚木扶手饰以紫铜雕花，其雕花样式与楼内房门、室内护墙板上的花纹图案完全一致。其中一楼半及二楼半的楼梯房墙上开有彩色玻璃大窗，其图案分别嵌成西班牙海盗船、西洋美女等。这两种图案其实是当时上海滩畅销香烟的商标，陈楚湘拿来装修自己的豪宅，也是一种身份的象征，当年他所经营的“金鼠”“美丽”牌香烟妇孺皆知。主楼铺柚木地板，拼成芦席纹。底层朝南有餐厅、起居室、客厅，朝北则为车库、厨房、衣帽间及门廊等。2楼是陈楚湘的主卧室和书房。当时他思想开放，卧室内石膏顶的四角塑有4位希腊女神的裸体像。陈家花园外墙的每一块彩色墙砖都是从国外运回来的，空心的内部结构使它们成为优良的隔热板，在盛夏，室内外温度相差达到九摄氏度。这幢住宅坐落在1 000余平方米的大花园中，其造园艺术的主体仿照苏州古典园林，符合当时中西合璧的审美风潮。花园布局精巧别致，有假山小阁、小桥流水、山石池沼、曲径亭台，园内树木葱茏，四季花开不断，紫藤架下设有茶座，是主人待客品茗的好去处，体现了主人的雅兴，为20世纪30代上海滩高级住宅的一种时尚样式。如今当年的小桥犹在，流水却已干枯；山石风骨犹存，但花卉却已乱了方寸，在草坪间疯狂地滋生，仿佛想竭力唤回当年的风韵。

由屋及人，现在我们不妨看看这幢豪宅的主人是何等样人。

1897年出生的陈楚湘是浙江镇海人，出身于烟草世家，他的父亲陈文鉴是兴业烟厂的创办人。20世纪20年代初，上海原有一家华成烟厂，开设在法租界与老城厢交界的一条小马路的弄堂里。其最初出品三旗牌香烟，后来被英美烟草公司的老刀牌、仙女牌打倒，烟厂出现亏损，业主亟待出盘。于是，陈楚湘就与工商业者戴耕莘以4万元的低价收购了华成烟厂在虹口今天潼路、乍浦路口的工厂，仍用“华成”厂名，并赋予新的理念：“华商办厂必成”。后改组为华成烟厂股份有限公司，由戴耕莘任董事长，陈楚湘为常务董事兼总经理，决心振兴民族实业，创出自己的名牌产品。

1924年恰逢甲子鼠年，陈楚湘以农历鼠年为标志，出品了金鼠牌卷烟，并采用金鼠为商标，参照英国茄立克香烟“人面狮身”的商标形状，绘印成绿色衬底，一头金鼠踞于其中的商标图案，既迎合了部分嗜烟者迷信洋货的心理，也突出了民族色彩，因其质量较好，售价低廉，很快占领了一部分烟草市场。当时，市场上充斥了大量高档外烟，国产高档卷烟仅有南洋烟草公司生产的黄、白金龙卷烟与外商竞争。陈楚湘决定创出自己质量上乘的产品，以增强国产高档卷烟的阵容。1925年春节期间，他偶然看到当时的京剧名伶吕美玉的一帧时装京剧《失足恨》的半身剧照，十分美丽动人，惊艳之余灵机一动，想请吕小姐做自己卷烟的代言人，并取名“美丽牌”。还别出心裁地以此剧照为蓝本，请著名画家谢之光精心绘制成了钩金圆形人像框，周围点缀数枚绿叶，衬以虎黄色美术图案的商标，以此作为新出品的上等卷烟“美丽牌”香烟的烟标，随即投放市场。吕美玉瞧见后非常生气，便以“形象侵犯”的名义要和华成公司打官司。此事曝光后经新闻媒体一番炒作，成了上海老百姓茶余饭后的热门话题，反而使得美丽牌香烟名声大振、销路大开。凭借这场官司，美丽牌香烟成了上海滩的名牌香烟，华成公司也一跃成为国内烟厂中的名牌。1925年“五卅”惨案的爆发激起了国人抵制洋货、提倡国货的浪潮，国人竞相以购买国货为荣，金鼠牌、美丽牌卷烟销量直线上升，华成烟草公司盈利猛增，原有厂房不敷应用，便于1927年在虹口汇山路（今霍山路340号）自建厂房，第二年又在宁波路设立了华成烟草股份有限公司总公司。“华成”没有几年，就从一个弄堂小厂一跃成为国内诸多烟厂中的佼佼者。后来华成公司成为规模最大的民族卷烟企业，陈楚湘也就成了当之无愧的“烟草大王”。

陈楚湘不是一个喜欢张扬的人，当金鼠牌、美丽牌香烟的畅销，给他带来巨大利润时，为人低调的陈楚湘只是买下了涌泉浜一块地皮，填浜建造了一条有16幢西班牙式住宅的新式里弄，租借给与陈家有点关系的亲朋好友居住，并在弄底建造了一幢隐于绿荫丛中的花园洋房，供自己及家人诗意地栖居，而给人的感觉似乎是堂堂金鼠牌、美丽牌香烟的老板只是住在一条普通的弄堂房子里，以竭力避免招摇过市。由于该建筑坐落幽深，林木环绕，故鲜为人知。直至今天，一些上了年纪的老上海都不知道愚园路上还藏着这样一座美轮美奂的豪华建筑。

现在，涌泉坊里童话城堡一样的陈家花园已搬进了9户寻常人家，房子美丽的外观依旧，看到的人无不发出由衷的赞叹。从某种意义上说，涌泉坊和陈家花园也可以说是中国烟草工业发展的见证。

渔光邨

以电影《渔光曲》命名的弄堂

渔光邨的名字源于电影《渔光曲》。这部影片是20世纪30年代中国电影的代表作之一，片中由周璇主唱的缠绵凄婉的主题曲《渔光曲》是当年上海滩家喻户晓的流行歌曲。此影片参加莫斯科国际电影节，获得第9名，《渔光曲》因此成为中国首部获得国际荣誉的影片。渔光邨建造时正值全面抗战之始，镇宁路住宅有“渔光邨”之称，足见当时上海社会的抗战爱国进步氛围之浓厚。

渔光邨悄悄地藏在靠近愚园路的镇宁路上，有点隐居的味道。渔光邨这个名字让人想起游猎渔樵的生活，它似乎应该和竹篱茅舍为伍，却偏偏是上海新式里弄的名字，20世纪30年代的住宅以此命名似乎不够时髦，而这条里弄的格局又和上海其他的新式里弄截然不同，也许正是这种另类的做派，引起人们的好奇，当年落成后居然大受欢迎。

渔光邨的名字其实源于20世纪30年代的一部电影《渔光曲》。这部影片是20世纪30年代中国电影的代表作之一，它成功地演绎了一个渔民家庭，在买办资产阶级与帝国主义残酷压迫下家破人亡的故事，展示了那个年代中国农村的萧条和中国农民的悲苦人生。1934年6月14日，这部由蔡楚生编导，王人美、韩兰根、罗朋等主演，上海联华影业公司摄制的爱国进步影片《渔光曲》在上海金城大戏院（今黄浦剧场）首映。当时正逢酷暑，但依然无法阻挡市民们观影的脚步。《渔光曲》在金城大戏院连映84天，创下票房奇迹，不仅在上海引起轰动，也受到欧美人士的关注。片中的主题歌《渔光曲》唱道："云儿飘在海空，鱼儿藏在水中；早晨太阳里晒渔网，迎面吹过来大海风。潮水升，浪花涌，鱼儿飘飘各西东；轻撒网，紧拉绳，烟雾里辛苦等鱼踪；鱼儿难捕租金重，捕鱼人儿世世穷；爷爷留下的破渔网，小心再靠它过一冬！"缠绵凄婉的《渔光曲》立即成为20世纪30年代中期上海家喻户晓的流行歌曲。厉麟似等著名电影人将此影片推介参加莫斯科国际电影节，获得第9名，《渔光曲》也被誉为中国首部获得国际荣誉的影片。

渔光邨是中南银行出资建造的。中南银行是华侨黄奕柱

渔光邨（右）

1921年在沪创立的一家中资银行，在开业后不久就争取到了钞票发行权，与盐业银行、大陆银行及金城银行合称“北四行”。1938年，为解决行里经理、襄理、主管等中高级职工家属居住问题，拨款33万银元，选择在镇宁路购地建造一排单身宿舍及几幢家属住宅。竣工后，在取名时，时值社会上抗战爱国进步氛围浓厚。于是，大家决定借用这部风靡上海的电影《渔光曲》名称，“渔光邨”的名字就此应运而生了。渔光邨建造时正值全面抗战之始，镇宁路住宅有“渔光邨”之称，说明当时上海社会的抗战爱国进步氛围是很浓厚的。那时的镇宁路愚园路以北段尚未辟筑，还只是当时渔光邨的大弄堂，渔光邨大门开在愚园路上，靠南面是一片荒地，四周沟壑纵横，东有涌泉浜，南临诸安浜。冠名为渔光邨，环境也很切题。历史上的渔光邨很有名，在很长一段时间内，“渔光邨”都是这一带的地标。20路、21路公交车到愚园路镇宁站时，售票员便会提醒乘客：镇宁路“渔光邨”到了。如今，由南往北走在镇宁路上，右手边是过去称为梅家桥的地区，属于静安区；左手边就是渔光邨，正处长宁区的最东端。

建成后的渔光邨是由今镇宁路西侧的255弄、265弄、275弄、285弄共同组合构成的，彼此间为4条平行弄堂，5排房子，弄堂间相互不通。而且其门牌号码不是按各条主通道编制，而是4条主通道用一个顺序编号，起点为100号，全部取双数。这是因为1938年前愚园路以北已成镇宁路，而愚园路以南包括后来所建的渔光邨所在地尚未辟路，如今镇宁路南段最初是渔光邨内的大弄堂，彼时，渔光邨的大门开在愚园路上。现在由愚园路向北延伸的镇宁路是于1953年方始辟筑的，所以，渔光邨的建造比它所在的镇宁路南段足足早了整整15年。镇宁路南延之后“侵占”了其原来的弄堂，渔光邨弄堂变成了镇宁路，于是才有了如今的这番布局。这在上海的新式里弄是绝无仅有的，也可算是渔光邨的特色了。

渔光邨的建筑是现代派风格，无多余装饰，仅在窗框上下方有深色马赛克拼出菱形花纹的装饰，房屋外观为拉毛粉刷墙面，毛头排列紧密错落有致。黑白瓷砖门窗头线，机制瓦双披屋面，部分单元有老虎窗和烟囱，屋顶的烟囱特别高，有2.5米左右，且基本都与承重墙保持垂直，和很多建造在屋顶部位的烟囱不一样。屋前有小庭院，可侍花植木，进门处设有小雨坡，后门进口有水磨石台阶。坡顶，住宅为砖木混合结构3层高级公寓住宅，共计6排行列式的房屋，53个单元，其中北部3排为单开间式住宅，35个单元；南部3排为间半式住宅，18个单元。北部为汽车间9间，下层停放汽车、上层居住司机，并有4条坐西朝东的主通道，直通镇宁路。室内底层为客厅、餐厅、灶间和卫生间，2楼为起居室、卧室和佣人住房及卫生间，3楼为卧室及晒台。铁窗、木门、木地板，转角扶梯，扶梯上的镂空雕花即便用如今的眼光来看，也极其雅致。最具特色的莫过于马赛克贴面了，在渔光邨内，各种色彩的拼花马赛克不仅被镶嵌在了窗楣、窗台上，甚至连厨房地板也是马赛克拼贴，并且和窗楣、窗台形成了系统性的风格。这里的马赛克不但有白色，还有拼贴出来的花纹。渔光邨当时主要为中南银行的职员住房，居住人群多为中产、白领阶层。透过渔光邨的住宅设计

渔光邨组成之一的镇宁路255弄

可发现，手捧“金饭碗”的银行员工，当年的住房条件就已相当不错。

曾主演过话剧《陈毅市长》、电视剧《马寅初》等名作，还获得过最佳男演员奖的著名话剧演员魏启明从20世纪30年代起就住在渔光邨弄底200号。抗日战争胜利后，入党不久的作家袁鹰被组织上分配去上海基督教学生团体联合会负责编辑该会会刊《联声》时，就住在魏家3楼魏启明的小屋里。当年，魏启明也参加该联合会下的少年服务团，到学校去开展游艺活动，两人虽然只在晚上才在渔光邨的小屋里相晤，却有不少共同话题，每天聊到夜深。

著名山水画家、书法金石家与盆景艺术大师尤无曲（1910－2006）也曾在渔光邨居住。尤无曲是有史以来从事艺术创作时间最长的艺术家之一，他先后师事黄宾虹、陈半丁，以数十年时间在绘画中研究与实践中国山水画。70岁后三上黄山，晚年变法，创独开生面的泼墨写意山水，倡“笔墨水融”之说，将水墨山水画中的“水”法引用，提升到与笔、墨同等重。1941年11月13日，他在北平稷园（今中山公园）水榭举行个人画展，齐白石、蒋兆和、王雪涛等名家俱来参观画展。在尤无曲画展上，齐白石以140元大洋认购了尤无曲展出的《纤夫图》。其后，齐白石还亲为尤无曲订立润例：“南通尤君无曲，吾友半丁陈先生弟子也。工画山水，下笔苍劲，有明人风，又擅金石，取汉印为归依。近以求索者众，不暇应接，深恐顾此失彼，有辜雅意……”北平画展后，荣宝斋挂售尤无曲的画作。1944年，无曲刻“上下千年”为自用印。刻这方印用来表达自己承继千年山水画的优秀传统，并经得起后人检验且能流传千年的志向，即“不与时人争名，要与古人争雄”的志向。1944年，尤无曲进中南银行任文书后，便移居渔光邨内，他在渔光邨住了将近7年，公余每晚于灯下作画不息。他居住的是一朝西的小屋，夏季室内热气蒸人，他下班回家后先开窗通风，再去屋顶晒台上纳凉片刻，就回房间作画。据说当年渔光邨内接待过不少社会名流，像国画家张大千、陈半丁，书法家于右任等都曾出入其间。

四明别墅

银行家为酬红颜知己而建的里弄

四明银行总经理孙衡甫当初在此投资建造四明别墅的动机，除了为快速赚取利润，更多的是为了他所宠爱的四姨太张璧如。四明别墅落成后，张璧如所做的第一件事就是把父母及兄嫂一家接到上海，安顿在四明别墅。四明别墅弄堂与孙家花园合用一堵丈高的清水红砖围墙，孙家花园每逢婚丧嫁娶、生日做寿，便会请戏班演戏，开派对，高朋满座，席间自然少不了住在四明别墅的四姨太的亲友。

四明别墅坐落在愚园路576弄，位于镇宁路、乌鲁木齐北路之间，建成于1932年间，四明别墅是由宁波商人合作成立的四明商业储蓄银行（简称四明银行）出资建造，对外只出租不出售。当时，投资方为图省事，以一个门牌号为单元对外租赁，普通人家想借也没有这个实力。

“四明别墅”和四明村都是由四明银行投资建造并保留至今的最为知名的新式石库门里弄，它们的设计者均为华人建筑师黄元吉，黄元吉在20年代初期时在沪创办凯泰建筑事务所，现位于淮海中路常熟路口的淮海大楼（原恩派亚大楼）是他的主要代表作。不过，四明银行总经理孙衡甫当初在此投资建造四明别墅的动机，除了为快速赚取利润，更多的是为了他所宠爱的四姨太张璧如，她是他心中的红颜知己。张璧如是浙江宁波镇海人，比孙衡甫小21岁，除了年轻貌美外，这位四姨太进门后，就中了一个白鸽票的头奖，奖金有10万银元，这笔飞来之财成了两人事业、生活的助推器。张璧如借此帮助丈夫从外国人手里买下了位于愚园路今546号的两幢文艺复兴时期风格的花园洋房，洋房建筑面积有37 000多平方米，花园分前后庭园，前花园有大草坪，曲径、池塘、拱桥。后花园广植名贵树木花卉，亭台水榭，呈现中西合璧风貌，买下后，经过修葺成了孙家花园。也许孙家花园这块土地的风水好，孙家财运滚滚。孙衡甫把四明银行搞得风生水起，红红火火。张璧如虽大字不识一个，却精明能干，擅长上流社会的交际往来，从事业上辅助丈夫，并且把偌大的孙家花园，上上下下打理得整整齐齐、井井有条。也许是从“孙家花园”的安全考虑，更也许是

四明别墅

出于宁波人荣耀桑梓、造福亲人的传统，来到上海滩取得成功的张璧如，就想要回报和拯救尚且挣扎于贫困乡间的亲人，实现和他们再次汇聚的愿望，所以她让丈夫在居住的孙家花园旁边买下土地建造四明别墅。早在四明别墅建筑图纸设计阶段，张璧如就授意设计师为她的宁波亲属移居上海专门设计了一幢弄内位置最佳的住宅。弄堂落成后，张璧如所做的第一件事就是立即把父母、兄嫂一家从镇海山区接到上海，安顿在四明别墅。之后，当家乡的一些亲戚来到上海后，他们也可以在四明别墅里歇脚宿夜，四明别墅弄堂与孙家花园合用一堵丈高的清水红砖围墙，如此，既实现了四姨太让家乡亲属团聚在自己身边的愿望，也保护了自己的隐私不受干扰。

四明别墅是四明银行历年所造弄堂中最为精致、精到、洋派、规格层次最讲究的一条，但虽有别墅之名，却无别墅之实，它实际上是一条新式里弄，这也在某种程度上满足了一些租住者的虚荣心。四明别墅弄口设在愚园路，弄内有房屋40幢，笔直的一条总弄直通到底，共有6条支弄，向单向一侧横向排列，总弄的另一边则是一堵高墙，整条弄堂呈梳子状。总弄宽约5米，弄堂房屋分甲、乙、丙、丁4种式样，分为双开间、一间半、一开间三大类型。甲乙皆为双开间，各占一条横弄堂，前者有4宅，后者有5宅；丙型房屋一间半，占据两条横弄堂共14宅；丁型房屋一开间，占据两条横弄堂共17宅。屋顶覆盖四坡红瓦，朝南的门前有石台阶，门洞边有水泥方柱，门上方有三角形石门楣，颇为气派。原来的石库门天井已经都改为小型的庭院，高大的石库门院墙改成较低的院墙，满园透绿，视觉效果极佳。南侧2楼是带铸铁护栏的阳台，北侧3层后有露台。2楼则以挑空的阳台设计代替了原来石库门2楼主卧的整排窗户，通过两扇落地窗可以出入阳台，3楼也采用了有水泥围栏的阳台设计。房屋的外立面采用清水外墙附之于混凝土水泥的立柱形式，给人多了一点厚重的感觉。靠主弄一侧的东墙都有侧窗以增加亭子间和过道的采光。南侧一层为客厅，2层为主人卧室，3楼是子女独立休息的地方，北侧的底层为厨房间。上面为2楼亭子间、3楼亭子间，3楼顶上有宽大的晒台，每个层面都配备抽水马桶，这些都可以感受到四明别墅的精致。

四明别墅里曾经住过上海滩的一些名人，著名妇产科临床学家林元英教授当年开设的西医诊所就在四明别墅第一排支弄的4幢甲字号房子（沿马路门牌号为愚园路580号），他的家也安在这里，门前种了一株高大的槐树，俗话说“门前有槐，荣贵富财”，如今这株槐树已冠盖如云。林医师1903年出生在福建龙溪，毕业于北京协和医学院，先后留学美国、英国和奥地利，专攻不孕不育及其他妇科疾病。上门到他诊所求治的，主要是慕名而来的富裕阶层女眷，林的诊所开在沿马路，来求治妇科的太太，总不想被熟人撞上，她们的汽车可停在街沿一侧，钻出车门紧走几步，就进了诊所的院子。1952年8月28日夜里，林元英医生被请到枕流公寓替周璇上门接生。当时，唐棣与作家黄宗英也在场，周家的电灯在第一天被已患有精神分裂的周璇全部砸碎，故林医师只能靠别人帮助打手电筒照明，为周璇顺利接产。这事，唐棣和黄宗英都分别有过记录，但保护病人的隐私是医生医德，所以林医生从未和人说起过。20世纪50年代，林元英一手创建了上海市第一人民医院妇产科。他将国外先进的诊疗方法引入国内，为新中国培养了一大批优秀的妇产科医生，成为我国宫颈癌根治手术的开拓者和奠基人。

四明别墅43号是中国流行音乐奠基人、中国儿童歌舞剧创始人、中国近代歌舞之父黎锦晖的旧居。黎锦晖是湖南湘潭人，他出身于书香门第，自幼学习古琴和弹拨乐器。家乡的花鼓戏、湘剧给了他丰富的音乐滋养，他无师自通，学会了多种乐器。中国有自己的儿童歌舞音乐是自黎锦晖开始的，他创作的儿歌被当时中小学广泛采用为音乐教材。例如大家熟悉的童谣《摇啊摇》就是黎锦晖创作的。1927年，黎锦晖创办了中国第一所训练歌舞人才的学校——“中华歌舞专科学校”（明月歌舞团）。中国第一代歌星如周璇、白虹都曾在学校里接受过训练，周璇的艺名也是黎锦晖取的，聂耳也是从这里走上音乐创作之路的。黎锦晖创作的《毛毛雨》《麻雀与小孩》《蔷薇处处开》等歌曲传唱一时，几乎家喻户晓，他因此被誉为中国流行音乐之父。1931年“明月歌舞团”并入联华影业公司。1949年后，黎锦晖进入上海美术电影制片厂担任作曲。1950年，他携夫人和5个孩子入住四明别墅女儿明晖租的房子，女儿把3楼亭子间拨给习惯漏夜写作的黎锦晖住，夫人梁惠方带着5个孩子住在后晒台一间十来平方米的小木屋里。他最小的孩子就是1952年在小木屋里出生的。不久，明晖一家移居北京后，黎锦晖搬到2楼约24平方米的配有大卫生间的房间。他把书桌置于东窗下，书桌左边放一张单人小床，右首搁一小沙发。他在这里住了17年，直至1967年2月15日逝世。在四明别墅的这一段生活被认为是黎锦晖的一段最安定的生活。

四明别墅是四明银行把投资建造的弄堂和大老板的私人公馆完全比邻的唯一个案，四明别墅建成后，四明银行还专门派出专职保安人员和保洁人员负责弄堂的安全和清扫。与四明别墅一墙之隔的孙家花园每逢婚丧嫁娶、生日做寿，请戏班唱堂会、演戏，开派对，车马盈门，高朋满座，女主人四姨太笑靥如花，满面春风地应对，席间自然少不了住在四明别墅的亲友。1935年，国民党政府中央银行派人挤兑四明钞票，孙衡甫无法应付，黯然辞去总经理职。辞职后郁郁寡欢，整天在孙家花园里看书度日，1945年1月24日病逝于孙家花园。

这正是花开终有花落时，人间鼎盛繁华，终有尽头，结果免不了“事如春梦了无痕”，倒是孙衡甫为自己的红颜知己营建的四明别墅依旧安然无恙地伫立在愚园路上。

开纳公寓

张爱玲最温暖的寓所

张爱玲18岁那年，与母亲和姑姑一起住进了开纳公寓。这个时期，是张爱玲一生中离亲情最近的时光，母亲对她的精心呵护，犹如一道温暖的阳光照进了张爱玲伤痕累累的心房，她犹如一只倦飞的小鸟安安静静地依附在母亲温暖的羽翼里。开纳公寓是张爱玲公寓生活的开始，她从此爱上了这种关门闭户和俗世保持距离的居所，因为那是她心目中“逃世的好地方”。

在我心中，武定西路是上海最有情调的小马路，因为离得近，隔三差五地我会去那里走走，就像去会心仪的老朋友。这条路沿街一排排西式花园洋房，造型别致的山墙、斜坡顶、三角形的屋檐，有着宝瓶式围栏的阳台、连券拱窗、原木百叶窗、西洋风味的雕塑以及街头孤独的路灯所组成的画面悄无声息地传递着欧陆风情，像极了欧洲小镇。武定西路上的弄堂幽深、曲折，那些花园洋房仿佛盖在路的尽头。房子虽然老旧，依然看得出当年的派头，灰色的墙面，中间一个圆拱门，自有一种低调的华丽。虽然和静安寺近在咫尺，但这条不通公交车的小马路却显得有些落寞，犹如养在深闺人未识的美人，难得的是它依旧神定气闲，倒是透出了一种骨子里的贵族气来。据说很多藏在围墙后面的房子里都居住着一些老上海的后裔，他们默默地从这条路上走出来，连带着把武定西路特有的情调也一并带了出来。

不过，最近这条路稍稍热了起来，那是因为开纳公寓，许多张迷来此寻访她们心中的女神遗留在那里的足迹。张爱玲居住过的开纳公寓坐落在武定西路1375号，那里已经靠近江苏路了，旁边就毗邻中西女中（今市三女中）的边门。因为武定西路原本就叫开纳路，是以英商“汪记洋行”大班开纳命名的。1926年新亨营造厂利用承建附近万航渡路上“中行别业”剩余的建筑材料，买下了开纳路上这块地皮建造，成为新亨营造厂的资产。

从外表看，这幢现代派风格公寓很一般，建筑形体简洁，立面构图规整，外观式样朴素，方方正正的大楼面朝武定西路。清水墙面，局部水泥拉毛，多格子钢窗。其北面临街，南面藏着个大花园，常人是看不见的。外表低调的公寓内部设施却十分考究，内有大中小高级居室16套，土黄色磨石子楼梯色彩依然鲜艳。一梯两户，门上有玻璃。房间墙壁周边镶有柳桉木护壁、长条柚木地板，并有壁炉、热水汀。卫生间、厨房的磨石子地面、瓷砖墙壁、厚玻璃搁板至今犹新，据说当年建造时的大小卫生洁具都是从英国进口来的。卧室内有柚木制作的嵌入式四开统长落地大衣橱，并有分格式抽屉。进门客厅兼作餐厅，饭菜由厨房可直接通过递物窗送入，客厅四周是柚木墙裙。公寓屋顶采用了当时流行的现代主义风格，有露台和方柱构成的回廊，屋顶还安装了避雷针。公寓还为每户设计了一个独立的车库，可谓领当年风气之先。大楼落成后由元昌经租公司经理分套出租，当时里面住的都是达人显贵，如洋行的经理、百乐门的红舞星等。

1938年，在张爱玲18岁那年，因为与继母发生争吵而被父亲毒打软禁，她离家出走后与母亲和姑姑生活在一起，住进了开纳公寓。当年，张爱玲的姑姑张茂渊居住在开纳公寓3楼朝南的一套住房里。张爱玲和母亲搬到这里后，母亲花费很贵的学费请了一位犹太教师给她补习英语，准备让她去英国读大学。这个时期，是张爱玲一生中离亲情最近的时光，她心里渴望的是能得到母亲的安慰和温情。母亲黄逸梵对她的精心呵护，犹如一道温暖的阳光照进了张爱玲伤痕累累的心房，她犹如一只倦飞的小鸟一样安安静静地依附在母亲温暖的羽翼里。

开纳公寓南侧有一个大花园，浓密的树叶在夏日里恣意地伸展出墙外，仿佛不甘寂寞似的。院子里闲置着一口井，有些怀旧的意味在里面，陡增一脉旧的色调，有一点张爱玲的味

开纳公寓

道存留着。据说，生性孤僻的张爱玲当年常常一个人坐在花园的木椅上半天半天地发呆。不过比起多少带点阴气的院子，张爱玲更喜欢一个人到公寓屋顶的露台上走来走去，大概是因为那里的阳光充足而且不容易被人打扰。开纳公寓对面的明月新邨，是张爱玲舅舅的家。那是建造于1937年的新式里弄房子，系用业主女儿的名字命名的，共有16幢3层楼房，每幢房子都有一个玲珑的小天井，春天有夹竹桃的粉白花朵飘散在天井的墙头。张爱玲的母亲和张爱玲舅舅是一对孪生子，感情很好，张爱玲住在开纳公寓时，每天带一碗菜到对街舅舅家去吃饭，她在文章里写道："在上海我跟我母亲住的一个时期，每天到对街舅舅家去吃饭，带一碗菜去。苋菜上市的季节，我总是捧一碗乌油油紫红夹墨绿丝的苋菜，里面一颗颗肥白的蒜瓣染成粉红。在天光下过街，像捧着一盆常见的不知名的西洋盆栽，小粉红花，斑斑点点暗红苔绿相通的锯齿边大尖叶子，朱翠离披，不过这花不香，没有热乎乎的苋菜香。"这个舅舅对张爱玲也真是喜欢，常常给她讲家族故事，据说她的小说《花凋》，便是取材于舅舅的讲述。在父亲家里的日子是阴郁沉闷，甚至令人窒息的，而投奔母亲后，生活全然变了另外一个样子。因此，她笔下的这碗菜也被写得鲜活生动起来，当时的心情可以说是有几分雀跃欢欣的。

现在，每次走在这条路上，眼前便会浮现出这位旷世才女端着一碗"朱翠离披"的苋菜走在街上的情景，一时恍惚，似乎眼前出现了张爱玲孤寂的身影。那时，她还是豆蔻年华，鲜艳得像一朵含苞欲放的花儿呢！张爱玲和母亲、姑姑在开纳公寓只租住了一年，1939年春就迁到了常德公寓。开纳公寓是张爱玲公寓生活的开始，她从此爱上了这种关门闭户和俗世保持距离的居所，因为那是她心目中“逃世的好地方”。

开纳公寓还留存着鲜为人知的红色印痕。

由于武定西路是一条僻静的小路，两侧都是一些花园洋房，从开纳公寓旁有一条弄堂向南可穿过整个洋房区到愚园路。当年，这里居住着许多有头有脑的人物，也不乏三教九流出没。因为鱼龙混杂较为隐蔽，这里成为革命人士活动频繁的地区，且开纳路离曹家渡近，当年那片区域有着大片工厂棚户区，居住着众多贫苦百姓与工人，非常适合革命活动的开展。也许正是因为“低调”，上海解放前中共地下党曾在开纳公寓里从事过革命活动。1929年的上海，对共产党人来说正是最黑暗的寒夜，距“四一二”反革命政变发生才两年，各级党组织遭受了重大损失，大批优秀的党员干部被捕或遇害。恰逢此时，大批干部从莫斯科回国。为了让他们尽快熟悉国内情况，中共中央组织部干训班在开纳公寓开办，为党组织“紧急输血”。为掩人耳目，中组部将干训班开设在开纳公寓顶楼，恽代英任班主任、余泽鸿任副班主任，李立三、关向应、李震瀛、罗绮园、恽代英、温玉润分别作形势报告，中央领导周恩来、陈潭秋也常来这里作指导。为了确保安全，干训班不到一年就搬迁至别处，但它在开纳公寓留下的历史痕迹却在中国革命史上留下了浓重的一笔。人们不会忘记，武定西路上的开纳公寓曾默默地为中国革命的胜利出了一份力，星星之火从这里得到延续，最终冲破黑夜，撒向四方。

中西女中

养成淑女风范的贵族学校

中西女中注重对学生进行礼仪、风度的教育，要求学生举止神态温文尔雅。每逢秋季开学时，都要召开大型的西式茶话会，介绍新教师与社会名流及知名家长见面。在见面会上，有严格的礼仪规定，如何接待宾客、安排位次、谈吐举止等都十分讲究，不可出差错。而来宾、教师与历届学生则各显其能，优雅的举止、华丽的服饰，使新生刚一入校便懂得了“礼仪”与“风度”的重要性。

近代上海的新式女学校中，有那么几所学校，它打出的牌子是培养贵族气质、养成淑女风范、接轨上流社会。所以，不仅沪上名门佳媛纷至沓来，就连一般的平民之家，也想方设法把自己的女儿送进学校，以便将来嫁入上层社会。当时，这样的“贵族”学校有两所：中西女塾和圣玛利亚书院。1930年前后，中西女塾改名为“中西女子中学”，圣玛利亚书院改名为“圣玛利亚女子中学”。1952年 7月上海市教育局接管中西女中和圣玛利亚女中，并把两校合并为上海市第三女子中学，校址设在江苏路155号原中西女中校园，如今已成为上海唯一保留的一所女子中学。

中西女中的前身为中西女塾，是由基督教美国监理会在1892年创办的，旧址设在今汉口路西藏中路口的沐恩堂位置。英文名墨梯学校，得名于南方卫理公会的墨梯主教。中西女塾的创办人是美国卫理会驻沪传教士林乐知，首任校长是海淑德。中西女中是近代上海最著名的女子学校，学制10年，主要招收富家女子入学。前6任校长均为美国人，1929年中西女塾向中国政府立案，聘请杨锡珍为首任华人校长。

如今的市三女中江苏路门前是长长的青灰色围墙，古朴庄重，中间是浅拱形大门，不经意地透出校园一角。围墙上空露出香樟树、龙柏、雪松的茂盛枝丫，直直地挺立，却不挂在墙面，只是有礼貌地安静地站在校园里。在校园里，有几栋老建筑默默地矗立，其中有两幢建筑是匈牙利建筑师邬达克设计的。一个是兰柏-克洛普顿楼，一为莲吉生楼，也称景莲堂。1952年成立上海市第三女子中学后，这两幢楼分别改名为象征

市三女中（原中西女中）全景

新时代意义的“五一楼”和“五四楼”。

兰柏-克洛普顿楼建于1922年，当初这幢建筑是美国基督教南卫理公会的女教徒，以及中西女中的师生募捐建造的宿舍楼，可容纳450名住宿生。那时邬达克还只是美商克利洋行的一名设计师，他的设计方案在竞标中击败了包括当时的著名建筑师亨利·墨菲在内的所有对手，脱颖而出。如今这栋从中西女塾时期就存在的老建筑默默地矗立在那里，承载着这所贵族女中近百年的风雨沧桑。这幢假4层建筑呈马蹄形，机平瓦双坡屋面，屋面有3坡老虎窗，平面呈工字形，属哥特式美国学院派风格，外墙面浅灰色水泥拉毛粉刷，主立面门廊和一层长廊呈柔化了的哥特式拱形，粉白色拱套、窗套，护角隅石粉刷改为白色。楼面为洋松地板，底层磨石子面层，钢筋混凝土楼群梯铁栏杆、木扶手。内有食堂、宿舍及250座的小礼堂等，楼北还有一游泳池。礼堂左右两边是由10根白色柱子撑起的长长的尖拱形敞廊，红瓦坡顶上开设22个老虎天窗，建筑个性突出。兰柏-克洛普顿楼是以美国基督教卫理公会传教士兰柏名字命名的。1854年他从密西西比州来到上海,比中西女中的创办人林乐知还要早6年到中国，后来又长期和林乐知在一起工作，为中西女中的创办和宿舍楼的建造出了不少力，所以这幢楼落成后用他的名字命名。

在兰柏-克洛普顿楼的南侧高高耸立着一座八角形水塔，这种水塔是欧洲中世纪的一种特定形制，它像一座要塞，用于防守、瞭望和阻止敌人的进攻。厚重、敦实的外观，由高塔、堡垒、城墙和狭长的小窗组成。中西女中的这座水塔最上层每一面设一扇尖拱形长窗，下面几层交错开设长方形小窗。这座水塔与“五一楼”同年建造，是中西女中的标志性建筑。

兰柏-克洛普顿楼的西侧，面向一大片碧绿草坪的便是莲吉生楼。建筑同样属于哥特式美国学院派风格，但细部设计要华美得多。建筑主体部分立面为假4层，立面简洁朴素，墙面为水泥砂浆仿石饰面，双坡硬山瓦屋顶，方窗，屋面开有中间3个、两边4个的三坡老虎窗。两侧的教师办公用房系3层平顶建筑，女儿墙呈城堡式。北侧一层为设置了1192个座位的大礼堂。景莲堂主入口设在南面正中，正中的门框占据了两层楼高，门框带有哥特式的尖顶，但又不是那种典型的直冲云霄式的，而是有柔和优美的弧线托起的尖顶，将传统的哥特式风格加以软化，融合进这幢楼层不高的美式建筑中，让建筑兼具了美式学院风与教会风的美感。这一风格贯穿于“五四楼”内外所有的门洞。正门有一大二小3扇门，大门分两扇向外开，下面有5级台阶通往。在门和门框之间有一层楼高的3扇类似于欧洲中世纪教堂的哥特式彩色玻璃窗，窗框上部边沿装饰着3个叶状连续拱形花纹，和下方的方形玻璃相结合，十分唯美。正对大门的是两层楼高的挑高大礼堂，四周洁白的墙壁，贴近地面的墙体被刷成鹅黄色。抬头可见2楼走廊上开有3道拱门，其风格与“五四楼”外的正门一致，配上教堂图案的铸铁栏杆，尽显尊贵之气。楼顶的白色吊灯由十几个形似白玉兰花苞簇拥而成。大礼堂正前方为舞台，两侧均为尖券式彩色玻璃窗，装饰着和正门相同的图案，光线透过彩色玻璃窗射入，形成一束束绚丽奇幻的光影，投射在米黄色的地坪上，有一种扑朔迷离之

市三女中内莲吉生楼

美。门厅的东西两侧为走廊，教室分布在走廊的南北两侧，每间教室采光都很充足。2楼铺设着杨松木地板，一楼的地面全部用浅色磨光水泥，沿着墙边镶嵌有一粗二细3条黑色边线。走廊地面则每隔4米左右有一个雪花图案包围在圆圈中间，一律是黑色磨光水泥。礼堂和“五四楼”的主楼形成一个“T”字形，似一条老虎尾巴伸出在主楼的北面。

这幢由邬达克设计建造的新教学楼在校园内绿色藤蔓的缠绕包裹下显得有些神秘。其正面大门上方镶嵌有“Richardson

Hall”（莲吉生楼）的字母，莲吉生是中西女塾第二任校长的名字。由于中西女中招收的学生逐年增加，原先的校舍已经容纳不了，为此校长莲吉生四处奔波，寻找新校舍。1917年，莲吉生当机立断买下今江苏路155号的经家花园，为学校的发展作出了巨大的贡献。中西女塾迁至江苏路后曾一度以原经家花园洋房作为教学楼，因莲吉生校长在迁校当年就因劳累过度去世，为了纪念她，将这幢教学楼以她的名字命名。原教学楼是一幢3层的具有古罗马“巴西利卡”风格的建筑，立面大量采用了罗马柱和连续拱形，可惜这幢古老的砖木结构建筑在经历了16年的校园生涯后，终因“年老体衰”，不堪重负地终止了它的生命。1933年，决定将其拆除重盖，造楼的经费来自将汉口路、西藏路口原中西女塾旧址出租给扬子公司建造扬子饭店的15万元租金。还是请邬达克设计，不过此时的邬达克早已拥有了自己的建筑设计事务所，他在上海滩的名声也已如雷贯耳。虽然学校要求这幢建筑要与兰柏-克洛普顿楼风格一致，但是天才的邬达克并没有拘泥于此，而是充分展示了他过人的才华。这幢楼建成后以其华美典雅的风格惊艳了所有的人，以后中西女中的每一届毕业生都在这幢楼前合影留念。

校园里到处栽种着花草树木，有银杏、青松、翠柏、修竹、碧柳，四季名花争艳，还有紫藤架和荷花池。在草坪一角站立着一座手持花枝的大理石希腊女子雕塑，低首垂眉，体态优雅曼妙，草坪后的夹竹桃红红白白地开着。

作为“贵族”学校，中西女中十分注重对学生进行礼仪、风度的教育，要求学生从小事做起、举止神态温文尔雅：见到教师要问安，在校内不高声喊叫，上下楼梯一律靠右行，在图书馆说话要轻，离开时一定要把座椅放回原位，用餐时要细嚼慢咽，尽量不发出响声，等等。学校还对学生进行“奢华教育”，学校每到秋季开学时，都要召开大型的西式茶话会，介绍新教师与社会名流及知名家长见面。在见面会上，有严格的礼仪规定，如何接待宾客、安排位次、谈吐举止等，都十分讲究，不可出差错。而来宾、教师与历届学生则各显其能，优雅的举止、华丽的服饰，使新生刚一入校便懂得了“礼仪”与“风度”的重要性。中西女中培养的是内外兼修的名媛。昔日那些贵族小姐第一次离开家离开保姆来到学校，叠被铺床样样得自己亲手来，不知磨掉了多少小姐脾气。在学校里，她们学语文、史地、宗教、刺绣，甚至烹饪，课余她们玩篮球、曲棍球、垒球，出演“威尼斯商人”等莎士比亚名剧，还创作诗歌，吟唱中西女塾的校歌，并学会了游泳、骑马、网球等日后交际场上必备的技能。

深厚的历史文化底蕴和锐意创新的现代意识，使一批又一批毕业生具备了秀外慧中的素质。从中西女塾到中西女中的历史上曾经出现过许多在我国近现代社会中举足轻重的女性，如宋氏三姐妹（宋霭龄、宋庆龄、宋美龄），中国第一位驻联合国女大使程修龄，药物学家、中国科学院院士黄量，前中国科学技术部部长朱丽兰，中国工程院院士陈亚珠、闻玉梅，被誉为中国钢琴诗人的钢琴家顾圣婴等。

安定坊傅雷故居

凋谢的玫瑰

安定坊5号是傅雷安逸温馨的家，也是他经年写作之处，傅雷译著中的经典，如《约翰·克利斯多夫》《高老头》和《欧也妮·葛朗台》等都在这里完成。安定坊的院子里种满了各式玫瑰。天气好的时候，傅雷夫妇会坐在小院子里赏花喝茶，那是傅雷写作中短暂的休憩时刻。安定坊里岁月静好，夫唱妇随，相濡以沫。当玫瑰凋谢时，那地老天荒的爱终成安定坊的绝唱。

江苏路安定坊是我经常会路过的地方，我对它有一种敬畏，因为里面坐落着我国一代翻译巨匠、文艺大家傅雷先生的故居，他翻译的法国作家罗曼·罗兰的四卷本小说《约翰·克里斯多夫》是我年少时代的最爱，第一次读它就有一种想拥抱世界的欲望。后来，又读到了《傅雷家书》，从此，傅雷先生的名字在我心里便有了一种神圣。傅雷先生58岁的生命戛然而止在安定坊5号他自己的家里，这让这幢房子笼罩着一种忧伤。玫瑰已经凋谢，满地枯萎的花枝也早已收拾干净。我不忍重述这里曾经发生过的悲剧，只想让这幢房子的美好时光复活在我的笔底。因为作为优秀历史建筑，安定坊的这幢房子在建筑上不算杰出，但是它的人文价值却是绝无仅有的。

安定坊的确切地址是江苏路284弄，这是一条建于1936年的新式里弄，里边有带花园的联排式住宅共18幢，大隐隐于市地居于喧嚣热闹的城市中心。弄口两边各矗立一根带三角形柱头的柱子，没有罗马柱柱头的柔美，倒是显出点坚硬的风骨，共同撑起一个圆拱，上面刻着“安定坊”3个大字。弄内是一幢幢西班牙式假3层花园洋房，每户都有一个小花园。建筑外墙面用干粘鹅卵石作面层，斜屋顶，南立面多开半圆券钢窗。傅雷的故居就在离弄口最近的左边一幢，是一个独立花园住宅。门前有高高的围墙，中间两扇铸铁大门，大门里是一个天井，小楼为米黄色假3层西班牙式建筑，3楼是尖顶阁楼，黄墙红瓦坡顶，屋顶上伸出烟囱，屋面上有老虎窗。地上铺着灰色地砖，寂静清冷。十余棵水杉隔着围墙静静矗立着。入口在天井左侧，门廊用方柱挑空。南面底层有挑出门廊，木门、钢窗、木

傅雷故居

头地板，楼梯一边倚墙。从南面挑出门廊出来，便是一个将近100平方米的小花园，种着棕榈、水杉、石榴、香樟等树木，高大挺直，已经窜出围墙。1949年12月，傅雷一家搬到这里居住，1楼为客厅、餐厅，也是儿子傅聪每天练琴的地方；2楼为傅雷夫妇的卧室、书房，书房有方格子落地钢窗通往面朝花园的阳台；3楼是两个孩子与保姆的卧室，后来又作为傅雷的工作间。进门的空间稍显逼仄，楼梯靠墙，五级一段地蜿蜒着，一直收窄到3层阁楼。南面的花园里种了各式各样的玫瑰，每到花开时节，花香四溢，可惜如今早已红消香断，只剩下树木高大的阴影洒落在静寂的花园里。

安定坊5号是傅雷居住时间最久的地方，也是他成就最多的地方。傅雷和家人在这里度过了17个春秋，直至1966年离世。从1949年入住安定坊以来，傅雷始终兢兢业业地进行着自己的翻译事业。他每天一早起来以最快的速度完成日常琐碎，然后回到楼上书房，开始他的工作，阅读、翻译、改稿，在书桌边一坐就是十几个小时，埋头于罗曼·罗兰和巴尔扎克创造的小说世界里，他译著中的经典，如《约翰·克利斯多夫》《高老头》和《欧也妮·葛朗台》等都在这里完成。他为中国读者搭建的走进这些名著的桥梁精美绝伦，那是他呕心沥血的结果。对于译作，傅雷主张非但要达意，而且要传神。因此他看重译文对原文的神似，忌讳字面上的对译。他手头备有一本《国语大辞典》，里面有许多成语。每当译到法文成语或俗话时，傅雷便从辞典中去寻找合适的中国成语或俗话，每一个字都不含糊。傅雷先生其实是把翻译作为二度创作在做，除了达到翻译的最高境界“信达雅”外，还深深注入了自己对作品的深入理解和情感，并最终形成自己独树一帜的翻译风格，卓然成家，一部部外国文学名著的翻译作品就在安定坊里美丽诞生，走向中国读者，读者会感到阅读傅雷的翻译作品是一种极好的享受，那是他生命的结晶。在安定坊傅雷家，经常出入的还有中国现代派文学的开山大师施蛰存先生，施先生就住在离安定坊不远的愚园路岐山村。20世纪50年代，傅雷在译巴尔扎克，施蛰存在译显克微支和尼克索，两人就成了翻译外国文学的同道。那几年，施蛰存是傅雷家的常客，他常去安定坊5号和傅雷聊天，有时也借用他的各种辞典查几个字。除了谈翻译，两人还谈字画古董，傅雷把自己收藏的许多黄宾虹的画都拿出来给施蛰存观赏。玫瑰盛开的季节，两位好朋友就会到屋前的小花园里赏花品茗。两位文学巨匠在安定坊留下的足迹至今余音不绝。

傅雷是位“严厉的慈父”，他敏锐地发现了长子傅聪在幼儿时期就已展露出来的音乐才华，他以园丁和舵工自命，悉心培养。安定坊可以作证，如果没有傅雷在这里长期的精心严酷的培养，傅聪不可能成为新中国第一位获得国际声誉的钢琴家。1954年，20岁的傅聪奔赴波兰参加钢琴比赛并在外留学，对儿子的思念牵挂之情让傅雷写就了一封封家书，鱼雁往来之际，他把儿子作为朋友一样地探讨艺术、音乐、文学、人生……从1954年到1966年6月，他在安定坊的书房里用毛笔一字一字写了将近200封中文信件，还有90多封英法文信件，后来被汇编成有名的《傅雷家书》，人们从这些家书里读到的不仅仅是一位舐犊情深的父亲对儿子的循循善诱，还看到了一位学贯中西的学者，一位不忘祖国荣誉，一位拥有艺术良知的知识分子的丰富精神世界。从安定坊诞生的《傅雷家书》自1981年出版后，销售了100多万册，成为一部不衰的经典作品，不知道有多少人受其惠泽。1986年，《傅雷家书》荣获全国首届优秀青年读物一等奖，1999年入选“百年百种中国优秀文学图书”。这是安定坊的骄傲。

傅雷先生一生译著30余部，有小说、人物传记、艺术理论等，在这些译作中又以法国文学作品居多，除了15部巴尔扎克小说；罗曼·罗兰的长篇巨著《约翰·克里斯多夫》外，还有普罗斯佩·梅里美的小说名篇《嘉尔曼》《高龙巴》，伏尔泰的《老实人》《查第格》《天真汉》，苏卜的《夏洛外传》等，可谓繁花似锦，其中，尤以巴尔扎克和罗曼·罗兰在中国产生影响最大。法国驻华大使馆于2009年设立了傅雷翻译出版奖，旨在促进法语文学在中国的翻译和传播，该奖因纪念傅雷这位伟大的翻译家而得名。除了鲁迅文学奖下设的全国优秀文学翻译奖之外，傅雷翻译出版奖是目前中国仅有的一项此类奖项。

在写傅雷时，不能不写写安定坊5号的女主人朱梅馥。傅雷与朱梅馥是1932年在上海结婚的，其时，傅雷24岁，朱梅馥19岁。两人本是从小青梅竹马的远房表兄妹。婚后，傅雷给她取了个法文名玛格丽特，即歌德《浮士德》女主角，傅雷还嫌她的原名朱梅福俗气，为她改名“梅馥”。那时，刚从法国巴黎留学回来的傅雷在上海美术专科学校执教，两年后离校，从此致力于法国文学的翻译工作。1958年后，傅雷很少参加外面的活动，但他兴趣广泛，写作之余研习书法，搜求字画古董，还喜欢侍弄花草。安定坊是他安逸温馨的家，是他避风的港湾。他家不大的院子里种满了各式各样的玫瑰，那是主人的最爱。这些玫瑰不但开得好，而且品种多，色彩缤纷，花期也特别长，这背后自然少不了主人的精心养护。天气好的时候，傅雷夫妇会坐在小院子里边赏花边喝茶，也是他写作中短暂的休憩。看到过傅雷和妻子朱梅馥在自家小院里的合影。一袭素淡旗袍的朱梅馥娴静温婉，脸侧向一边，优雅地微笑着，旁边的傅雷也微带笑容地坐在藤椅上，背后花草繁茂。安定坊里岁月静好，夫唱妇随，相濡以沫。傅雷性情刚直，如一团干柴烈火，自号怒庵。朱梅馥性格温和，不管傅雷遭遇了什么，夫人始终无怨无悔，陪伴他一路风雨地走过来，不离不弃。傅雷成就的背后是朱梅馥默默的付出，她除了是称职的贤妻良母外，更多的是犹如高山流水般的知遇之情。当玫瑰凋谢时，朱梅馥那地老天荒的爱终成安定坊的绝唱。

此刻，我站在安定坊傅雷故居门前，还是不想重复那些被无数人抒写过的关于那个夜晚玫瑰被无情摧残的漆黑之夜的伤心往事，那是所有有良知的人心里的痛，痛失一位才华横溢的翻译家和他温婉贤惠的夫人的英年早逝，致敬那种宁为玉碎不为瓦全的文人气节。是的，傅雷先生骨子里是个文人，是个有风骨的文人。我总觉得他的心里住着约翰.克里斯多夫，在他即将离开人间的一刻，他的灵魂应该是如同约翰·克里斯多夫一样，也已进入了一个“清明高远的境界”。所以，他才会如此清醒沉着地和夫人一起有风度有礼数地安排好自己的后事。

玫瑰已经凋谢，但余香依旧飘散。

月村

夜凉如水 月色依旧清朗

此弄既名月村，想来自有月之皎洁，月之安逸的了。弄内树影扶疏，错落的墙，起伏的檐，虽已在月色里换了容颜，但那份灵性是不变的。月村是安静的，但在20世纪80年代却让这原本与世无争的弄堂成为世人瞩目的焦点，此源于居住在月村80号的曾经风靡上海滩的美丽牌香烟壳子上的那个巧笑倩兮的美女。

江苏路，长宁区一条重要的南北向主干道。过去这一带农田、村落和荒地、河流纵横。在1943年以前这条马路叫“忆定盘路”，属于上海公共租界在沪西的越界筑路。成路之后，花园洋房、新式里弄纷纷出现，几乎形成了江苏路独有的气质。

江苏路480弄，名为月村，看到这个名字让人想起《西厢记》中张生在花园与莺莺隔墙酬唱时吟的诗句“月色溶溶夜，花阴寂寂春。如何临皓魄，不见月中人？”这带着古典诗意的弄名在上海并不多见，让人过目难忘。月村建于1921年，弄内原有并列式或联排式花园住宅22幢，都是砖木混合结构欧式假3层花园洋房。建筑为西班牙风格，外墙面用水泥砂浆粉刷，木门、木窗、木楼梯，红机瓦覆盖的双坡屋面上有单坡及双歇山顶老虎窗，檐口均挑出墙面，有封檐板，出挑的檐口在月色下更显生动。在东南面两层处，有两根塔司干立柱，组合成半六边形空间，成为建筑的亮点。整幢建筑形态丰富多变，既有欧洲古典主义的简洁，又有现代建筑形式，还融入一些中国传统建筑的元素，显得跌宕多姿。每户都有一所院落，可以种植自己喜爱的花草，非常适合小康人家居住，落成后全部出租。此弄既名月村，想来自有月之皎洁，月之安逸的了。弄内树影扶疏，错落的墙，起伏的檐，虽已在月色里换了容颜，但那份灵性是不变的。白天的月村是世俗平庸的，绿树婆娑的树丛间掩映着一幢幢花园洋房的身姿，三三两两的人群在聊着家长里短，淡淡的人间烟火气蔓延在弄内。到了夜晚，月村才渐渐露出自己的本来面目，它静静地伫立在晚风里，间或有夜归的人，从月光下行来，打破了夜的寂静，反衬得月村更加清幽。

月村

月村是安静的，但在20世纪80年代却让这原本与世无争的弄堂成为人们瞩目的焦点，此事源出于居住在月村80号的年过花甲的蒋梅英女士。蒋梅英是无辜的，她一直安分守己地在月村过着平平淡淡的日子，和邻居保持着恰如其分的距离。虽然她年轻时曾经风靡上海滩，美丽牌香烟壳子上的那个巧笑倩兮的美女，就是蒋梅英的肖像。说起来，蒋梅英也是大家闺秀。她1913年出生在浙江镇海一个大户人家，不但长得楚楚动人，而且聪明好学，小小年纪就能说一口流利的英语。这样的容貌气质自然躲不过老上海星探的眼睛，她被“美丽牌”香烟的老板选中，成为其香烟的封面女郎。风姿绰约、美丽大方的蒋梅英登上广告牌和香烟包装后一举成名，当时的上海滩几乎无人不知。蒋梅英凭借着惊人的美貌，顺理成章地被评为了“旧上海十大美女之首”。蒋梅英这样的名气和美貌，自然引来了众多追求者。终于，一位名叫周君武的年轻人有幸抱得美人归，喜结连理的两人，婚后如胶似漆，育有一双儿女，过着平静又幸福的生活。1971年周君武不幸去世，58岁的蒋梅英守了寡，儿女都已在外工作，留下她独自一人居住在月村80号20余平方米的一间小房子里，屋子收拾得干净整洁，有着老上海人家惯有的精致。1973年夏天，一个名叫周荣鹤的26岁小伙子从部队退伍，来到设在月村68号的江苏路派出所做民警。周荣鹤听说了蒋梅英解放前的身世之后，好奇心陡起，借访问邻居为由，在第二年8月20日单独敲响了蒋梅英的家门。虽是美人迟暮，但依旧打扮得精致得体，年过花甲风韵犹存，清爽怡人。蒋梅英打开家门，见是穿制服的地区片警，就请他进屋给他倒了杯茶。周荣鹤先是自我介绍一番，然后开始问东问西，最后竟打听起人家的隐私来。虽然，蒋梅英很反感，但是鉴于对方身份就没有说什么。当周荣鹤站起来要离去时，蒋梅英也站起来送客。这时，周荣鹤突然变得冲动起来，他在原始交代中是这样说的："我当时见到她面孔很白，看上去像40多岁，我就动了坏脑筋，突然双手抱牢她，用嘴凑上去在她耳边讲，今天的事，你不可讲出去，接着我就在她面孔上香了一个嘴。"蒋梅英被吓坏了，她没有想到自己一个62岁的老太太竟然被一个小伙子"欺负"了。蒋梅英被这事情弄得心理负担很重，等她儿子周德安从外地来沪探望母亲时，蒋梅英便同儿子说起了这事。1978年，蒋梅英写信举报了周荣鹤，可是蒋梅英的这封信不知为何却石沉大海。1983年，周荣鹤官运亨通，但这件事情一直成为他的心腹之患，他想要把蒋梅英的嘴堵住，1983年10月21日晚上他敲响了蒋梅英的家门。蒋梅英开门见是周荣鹤，禁不住一愣。周荣鹤见蒋梅英独自一人在屋，就走了进去。蒋梅英警惕地问道："做啥？"周说："侬先坐下来。"周荣鹤坐下对蒋梅英说："蒋梅英，我今朝来向侬赔礼道歉。以前我侮辱过侬，对侬不尊重，请侬原谅，今朝来同侬打个招呼。侬不要检举揭发，总归是我错了。"蒋梅英已经不耐烦了，说："算了，算了，事情过去了，还有啥讲头。"也许是因为害怕，说着说着她声音越来越响。周荣鹤怕人听见，便把蒋梅英一把按倒在椅子上，一只手捂住她的嘴，另一只手掐住她的脖子。渐渐地，蒋梅英不动了，就此香消玉殒。事情发生后，当地警方联合组成专案组侦破这起大案。有"审讯奇才"之称的原803神探谷在坤很快就破了这个案子，1985年7月，周荣鹤被处以极刑。这件事，闹得上海滩沸沸扬扬，几乎尽人皆知。蒋梅英的离世想不到竟然和她年轻时的出名一样轰动，真可谓造化弄人。美丽伴随了她一生，也为她招来了杀身之祸。无可奈何花落去，之后，蒋梅英生前居住的月村80号，也因江苏路拓宽而拆除了，连痕迹都没有留下。

月村还是有值得骄傲的过往。晚年寓居月村3楼一间小房子里，过着清贫生活的俞颂华是新闻界的前辈，有“新闻界之释迦牟尼”的美称。他是对“五四”新文化运动有重大影响的《时事新报》副刊《学灯》的主编，也是十月革命后去苏联采访的第一批中国新闻记者之一，并且是较早到陕北边区采访的内地新闻记者之一。在中国新闻记者当中，既见过列宁又见过毛泽东的，除了瞿秋白以外，也许仅有他一人。1941年俞颂华与梁漱溟一度在香港共同主编《光明报》(中国民主政团同盟，后改为中国民主同盟机关刊物)，两人结下了深厚的友谊，梁漱溟曾为俞颂华题字“博学多闻，治事不苟”。俞颂华同时也致力于新闻教育工作，他1932年兼任过沪江大学商学院新闻科的教授，1938—1940年曾在大学新闻系任教，主讲“新闻写作”“伦理学”等课程，因不愿参加国民党才毅然离职，1945年应聘担任国立社会教育学院新闻系主任后，以全力从事新闻教育工作，为新闻事业培育人才成为他晚年工作和生活的重要内容。

参加东京远东国际军事法庭审判的法官杨寿林在月村居住了50多年，他1946年9月赴日本东京任中国法官梅汝璈的助理，成为东京远东国际军事法庭的一员。他还与其他中国法官和检察官一起历时两年多，共同起草了300多页的起诉书，为中国人民清算了日本甲级战犯在中国及东南亚各国犯下的战争罪行，成为这段历史史实的亲历者和见证人。1949年，杨寿林回国后，先后在东吴大学上海法学院、复旦大学和上海外国语大学任教授。1984年，当年东京远东国际军事法庭的检察官顾问倪征燠被推选为荷兰海牙国际法院大法官。1985年初夏，他回国休假，途经上海特地看望了杨寿林，并邀集当年的几位同事在月村的杨寿林家共叙友情，重温历史。

1958年，月村的每户花园都被拆除打通，整个月村成为一个大院子。江苏路拓宽时，月村的一部分被拆掉了，现在宣化路路口的“香樟公寓”所在的位置，就是过去月村的一部分。

夜凉如水，月村的月色清朗依旧，虽然已近百年。

周作民旧居

长袖善舞的金融奇才之家

这幢有中国古典庭院的现代派建筑的原主人是创建金城银行的主要发起人之一周作民，他也是中国太平三大源头之一的太平保险创始人，人称金融奇才。周作民毕生谋财，离开时却两袖清风。他认定子女在新中国自有前程，不可仰仗父辈余荫，因而立遗嘱，将毕生积蓄和珍藏文物捐献国家。

这幢临街的花园住宅十分引人注目，从整体布局到细部布置装饰，中西建筑元素相互融合，现代派建筑的活泼明朗、灵动布局与中国传统式的文静典雅、含蓄秀美和谐共存，创造出赏心悦目的居住环境。

这幢建于1930年的独立式花园住宅位于愚园路1015号，中间是两扇大铁门，铁门两侧长长的围墙暗示着住宅的体量不小。轻轻推开住宅门前的两扇大铁门，里面有个类似天井的小庭院，庭院里是一幢简洁明快的米黄色现代风格住宅，有大弧度半圆阳台与矩形阳台组合成贯通的几何块面，圆拱形的门廊和窗户，简洁明快。楼层间双联组合券窗和方形钢窗散立，楼顶平台围以宝瓶式栏杆。外墙为细拉毛墙面，屋顶坡度较缓，屋面上有红色陶瓦筒覆盖，有几个老虎窗穿出屋面。主建筑为三开间门面，从两侧有罗马柱的中间门厅入内，便是大客厅，朝南是一长排细格子大面积落地长窗面向花园草坪，略呈弧形的窗间用罗马柱分隔，阳光透过一个个细格子玻璃在室内投射出柔和的光影。客厅外设置大平台，平台地面铺设大方砖，青条石台阶，周围设有砖砌低栏杆，台阶入口处的低围墙设计为大弧线，使得入口更加开阔。木头楼梯的栏杆采用铸铁镂花，玲珑剔透，楼梯中间平台有半圆形彩色玻璃窗，采用简洁的几何图形，色彩单纯明朗，阳光穿过，投下的光影迷离梦幻。二层阳台宽敞，用花铁栏杆围护，门或窗间有螺旋形柱子。住宅南侧大花园呈南北长、东西窄的大片广阔草坪，三面临墙种植各种名贵树木和花卉，郁郁葱葱，四季花香。东南隅有中国传统风格的庭院，院内香樟、桂花、腊梅、广玉兰和月季等树木错落有致，并有小桥、流水、假山，中国式的景致与意境呼之欲出。

这幢华屋的原主人是创建金城银行的主要发起人之一周作民，他也是中国太平三大源头之一的太平保险创始人，被誉为长袖善舞的金融奇才。

周作民1884年出生在江苏淮安一户书香之家，自幼随父读书，15岁入淮安人谈静山创办的谈氏东文学堂，师从著名国学大师罗振玉。1902年，周作民接罗振玉函招并赞助学费，赴粤进入广东公学，1906年考取广东官费赴日留学名额，赴日学习，两年半后，因官费停发，辍学回国。辛亥革命后，随政府北迁，担任南京临时政府财政部库藏司科长。1913年任库藏司司长，可谓志得意满。不料，两年后，与他素有嫌隙的周学熙出任财长，周作民黯然离开了仕途。祸兮福所倚，他可能本非仕途中人。不久，周作民赴交通银行任稽核科科长，从此开启了金融家生涯。真正让周作民在金融界声名远扬的，是他主动请缨赴皖游说割据一方的倪嗣冲，成功增设交行芜湖分行之壮举。倪嗣冲折服于周的理财天才，1917年5月15日，与他在天津共创金城银行，周作民出任总经理。1918年在上海南京路设立分行，1921年又在南市小东门增设沪南办事处，1930年在上海分行设立总处业务科，并在广州、香港等地设立分支机构。1935年，金城银行董事会决定由周作民担任总董兼总经理，集大权于一身。1936年1月总行迁入上海江西中路200号金城大厦内，

金城银行创办后迅速发展成为“北四行”之一，成为近代上海最主要的民族资本银行。作为一位出色的金融家，周作民

上图：周作民故居　　下图：阳光透过一个个细格子玻璃投射出柔和的光影

敏锐地觉察银行投资保险业的天然便利和获利空间，在周作民创导下，1929年2月，金城银行在上海发起创办太平水火保险公司，周作民担任董事长兼总经理，太平保险从1934年起的3年间陆续并购了4家华商保险公司，成就了中国保险史第一家托拉斯经营的范本。

这时，周作民开始长居上海愚园路的寓所。可惜，他在这幢华屋里并没有居住多久。1940年3月，汪精卫在南京成立伪国民政府，周佛海任伪财政部长，为了控制敌伪区的金融财政，他在上海筹办“中央储备银行”。在此前，周佛海就已物色到历任金城银行大连分行副总经理、哈尔滨分行经理等职的钱大櫆，把金城银行总经理周作民在愚园路1015号的公馆给钱大櫆，由钱大櫆草拟了《中央储备银行法》。中央储备银行成立后，钱大櫆被任命为银行副总裁兼上海分行经理（总裁由周佛海兼）。从此“钱大櫆公馆”门庭若市，许多汉奸官僚兼大投机家，争仰其鼻息，趋之若鹜，纷纷新设银行，致使银行多如牛毛。这些人狼狈为奸，浑水摸鱼，把沦陷区运到上海的煤炭、大米、棉布等物资囤积居奇，造成钞票流通越来越紧，形成通货膨胀。抗战胜利前夕，钱大櫆预见汪伪政权末日即将来临，遂逃往台湾，将愚园路1015号房产赠于国民党杜聿明将军，抗战胜利后成为杜聿明公馆。1947年夏天，民革中央主席李济深也曾在此居住。新中国成立后，此房产由中国人民解放军上海警备区通讯部接收。

太平洋战争爆发时周作民正在香港，日军占领香港后被拘捕。1942年3月，被日军遣送回沪。日方想与他合作，但周作民除了担任金城银行和有关的投资银行职务外，假托身体有病，未出任任何职务。1948年8月，国民党政府进行币制改革，发行“金圆券”，迫使各商业银行出售黄金、外汇，向“中央银行”缴存现金。金城银行也被迫交出原来陆续积累的外汇。当时，蒋经国任上海区经济管制督导员，对上海金融界头面人物进行威胁，要周作民交出私人外汇，并规定非经他允许，周作民不准离开上海。但在美国人陈纳德的庇护下，周作民还是安然离开上海前往香港。1948年底，北平解放，积极筹开新政协会议。潘汉年寻求协助，在香港的周作民指派杨培昌出面，金城银行付50万港币，租“华中”号船，运送柳亚子、叶圣陶、马寅初、郑振铎、曹禺等27人离港北上。为避人耳目，船挂外商旗号，装载了解放区稀缺的西药物资。船返港前装运大量煤炭，未料抵港时煤价大跌，损失港元60余万。周作民说，“这笔交易虽然亏损很多，但金城对人民也算做了些事，还是值得的。”周作民及金城银行为新中国的诞生献上了厚礼。周作民因病在香港盘桓良久，1950年秋终于下决心，经津抵京，成为第一个经动员回到大陆的重量级金融家。时任国家副主席李济深和黄炎培亲自到车站欢迎，周总理亲切接见了他，希望周作民在新中国百废待兴的情况下，继续为国效力。周作民回归大陆后，受到党和政府的重视和照顾，特邀他任全国政协委员，并以红色资本家身份积极投入私营银行、保险企业的社会主义改造中。1951年周作民组织由金城、盐业、中南、大陆及四行储蓄会改组成立的联合信托银行实行五行联营、联管，并出任董事长。1952年12月，60家合营银行和私营银行实行统一的公私合营，周作民任联合董事会副董事长，在私营金融业的企业改造中，带动其他同业，发挥了积极的作用。

1955年3月8日，周作民因心脏病猝发，在上海逝世，享年71岁。在他的追悼会上，周恩来总理献了花圈，对他所作出的贡献给予了高度赞誉，

周作民毕生谋财，离开时却两袖清风。他认定子女在新中国自有前程，不可仰仗父辈余荫，因而立遗嘱，将毕生积蓄和珍藏文物捐献国家。家属秉承遗愿，将30余万美元的美国证券、约100万元人民币的金城银行股票，连同5300册图书（包括《清代文集》在内），1405件名人字画碑帖、瓷器铜器等珍贵文物先展出再捐献——因为周说自己虽爱文物但不精通，要请行家剔出赝品，不可欺误后人，这体现了他一贯的谨慎求实态度。周作民以实际行动，诠释了金融巨擘崇高的爱国情怀。

岐山村

“洋场恶少”寓居一个多甲子之地

在岐山村里住的时间最长的当数中国现代派文学开山大师，学贯中西、通今博古的学界泰斗施蛰存先生。施先生从1938年起就一直寓居在岐山村临街的一栋3层西式洋楼里，施先生的书房在2楼，名为北山楼。说起他在20世纪30年代因卷入“推荐书目”的争论，被鲁迅先生赠以“洋场恶少”“美名”的往事，慈眉善目的施先生慢条斯理地说了一句：“这个恶少一点不恶。”

岐山村入口的故事商店

愚园路1032弄岐山村，东依江苏路南傍愚园路，北临长宁路，是愚园路上著名的新式里弄之一。宽敞的弄堂两侧是砖木混合结构的联体式3层花园住宅，于1925－1931年间由美商中国营业公司、中央信托局等房地产商联合建造中西式3层楼房70幢，加上建于1924年的4层独栋花园洋房5幢，共计75幢。当时业主借周武王发祥于岐山，冠名“岐山村”。岐山村建成后不久，就聚集了不少官宦商贾和文人墨客。住在独栋花园洋房里的多为外籍人士、晚清遗少、军政要员和工商富户，当年金碧辉煌的楼内舞曲靡靡，院内树影婆娑。住在联体住宅里的则多为洋行、金融、房地产等工商企业高级职员和文化知识界知名人士，每家每户的庭院之间，以竹篱或砖墙相隔，推窗可相望，却很少往来，彼此之间保持着一定的距离。

岐山村弄堂宽敞整洁，两侧分列着造型各异的联体式3层花园住宅和独栋花园洋房，弄内东侧有4排双号住宅共30幢，独立式花园洋房两幢。西侧单号共15幢，独立式3层花园洋房两幢以及建于1931年的3层楼房两幢。清水红砖墙、青砖墙、水泥拉毛墙和鹅卵石墙面多种，颜色深浅不一的鹅卵石颗粒凹凸，毫无规则的排列给人以别样的美感，窗台和阳台上摆放的鲜花绿植悄悄传递出岁月静好和生活的闲适。各种墙面和钢窗、木窗并兼交融，构成了岐山村建筑群不同质感的视觉冲击，而建筑内的洋松打蜡地板和设备齐全的卫生设施，考究的取暖壁炉更彰显出雅致的生活品质。岐山村在20世纪30年代是上海一个中高档居民住宅区。当年独栋花园洋房主人多为外籍人士、晚清遗少、军政要员和工商富户；联体住宅户主则多为洋行、金融、房地产等工商企业高级职员和文化知识界知名人士。

“九一八”事变后，东北沦陷，著名爱国人士杜重远被迫离开沈阳来到上海，寓居岐山村25号。他到上海后结识了沈钧儒、邹韬奋、胡愈之等爱国人士，并与邹韬奋结为莫逆之交，积极投身于抗日救亡运动中。西安事变前，他多次和张学良、杨虎城在上海秘密会见，共商抗日大计，和中国共产党的关系也极为密切。“八一三”上海抗战爆发，杜重远用竹梯爬上岐山村的屋顶观察兆丰公园和苏州河北岸的情况，岐山村内留下了这位爱国英雄的踪迹。也曾住过25号的是电影明星祝希娟，1961年，祝希娟凭借电影《红色娘子军》获得首届大众电影百花奖最佳女演员奖，第二年又被中国文化部评为中国电影二十二大影星之一。2018年，祝希娟获得第27届中国金鸡百花电影节终身成就奖。当年，她的许多影迷为了见她一面，曾在岐山村弄堂里望眼欲穿地一等就是半天。香港艺人肥肥曾住在岐山村15号，当时她在江苏路市三女中读书，用的是本名沈殿霞，还没有“肥肥”这个艺名。

岐山村111号是新中国导弹之父钱学森旧居。据说这幢4层楼房房产是他外公的，后为他父母居住。钱学森在此度过了3个时期。第一个时期是他在上海交通大学学习的时候，因肺炎回家养病，就在楼下客厅搭了个简易床铺，居住了3年。1935年，从上海交通大学毕业的钱学森赴美国麻省理工学院留学，获博士学位后留校任教。第二个时期是1947年，刚刚晋升为美国麻省理工学院教授的钱学森，从美国回到了岐山村探望父亲，并与蒋英结婚，之后共赴美国波士顿市。第三个时期是他从美国回国初期。1955年10月12日，对钱学森来说，是历史性的一天，这一天，他和蒋英带着7岁的儿子钱永刚和5岁的女儿钱永真经过辗转周折终于回到了祖国。钱学森一家抵达上海后，马不停蹄地赶到岐山村111号看望父亲钱均夫，从1947年秋钱学森与新婚妻子蒋英在这里告别父亲离开上海，已经整整8年。8年后的相聚让已经74岁的钱均夫分外欣喜。尤其高兴的是，第二天正是孙子钱永刚的生日，全家吃面，表示庆贺。唯一遗憾的是，钱学森的母亲章兰娟不幸早逝，未能亲眼一见孙子和孙女。那天，一家人在岐山村家中拍摄了团圆照。也正是钱学森和愚园路岐山村的这段渊源，2012年电影《钱学森》在长宁区举办上海首映式后，著名老艺术家仲星火、导演张建亚特地来到了愚园路岐山村111号瞻仰钱学森故居。

在岐山村里住的时间最长的当数中国现代派文学开山大师，学贯中西、通今博古的学界泰斗施蛰存先生。施蛰存先生被誉为中国“新感觉派”和“心理分析”小说的真正鼻祖，施先生和杜衡及诗人戴望舒被文艺评论家赵景深称为文坛“三剑客”，曾在昔日上海滩轰动一时。施先生从1938年起就一直寓

岐山村25号

不同侧面的钱学森旧居

居在岐山村临街的一栋3层西式洋楼里，愚园路上的门牌号是1018号。施先生的书房在2楼，名为北山楼，书房朝向愚园路阳台的落地窗装有暗绿色木质百叶窗，阳台前有拱形的门洞和螺旋形的罗马柱，室内的洋松打蜡地板和设备齐全的卫生设施以及考究的取暖壁炉彰显出雅致的生活品质。2002年我曾到岐山村拜访过时年98岁的施蛰存先生，我走进岐山村，推开1018号的木门，穿过施先生家不大的天井，沿着有些陡峭的木头楼梯走进2楼施先生的书房兼卧室，见施先生正端坐在临窗书桌前的一张褐色的老藤椅上，这是他坐惯的位置。窗户朝南，温暖的阳光照着他。施先生看上去很清瘦，见了我，施先生微微欠身，点头，示意我坐下。我上前握了握他的手，他的手很凉，可他却大声说："吆！你的手怎么这么凉，快用热水焐焐。"边说，边招呼保姆给我倒热茶……谈话中，我发现他的烟瘾不小，几乎不断地在抽烟，不过抽的是雪茄。他说的是一口糯软的上海话，说到兴头上，会冒出几句他特有的幽默话语。说起他在20世纪30年代因卷入"推荐书目"的争论，被鲁迅先生赠以"洋场恶少""美名"的往事，慈眉善目的施先生慢条斯理地说了一句："这个恶少一点不恶。"

施蛰存岐山村故居，还有一段曲折的故事。一开始，这幢临街的小楼1—3楼都由施家租用，后来先是底楼被邮局征用，1966年之后，又先后被要求退租3楼的全部两间住房和2楼朝南大房间。此后10多年，全家三代挤在3楼3间朝北的小房间，这样的窘况一直持续到1983年底。施蛰存的书斋"北山楼"，实际就是抄家后因房屋缩小而在晒台上搭建的6平方米小间，这里收藏了2 000多件碑帖拓片。除了书籍资料外，只能放一张小桌子，冬冷夏热，连客人的坐处都没有。在“反右”运动中，施蛰存被取消授课资格，在华东师范大学中文系资料室劳动，搬运图书，打扫卫生，而夜里回家就偷偷做研究。在这简陋环境中，他依旧苦中作乐，醉心在文史的世界里。他把收藏的拓片题识标注，进一步研究，撰写出一系列金石碑帖研究著作。直到1983年8月下旬，2楼25平方米的朝南房间才被归还施家租赁使用。施蛰存终于从亭子间搬到这间卧室书房饭堂客厅四合一的居室。坐在久违了的洒满阳光的书房里，施先生的创作激情如泉水般源源喷涌，暮年的施蛰存又一次进入了自己的创作高峰期。1993年，生性豁达的施蛰存先生获得了上海文学艺术杰出贡献奖。施先生心平气和地活到了99岁，于2003年11月19日8点47分走完了他不平凡的一生。屈指算来，他在岐山村这幢临街的小楼里住了整整65年。

施蛰存先生旧居后由邮政公司接管使用。2018年，这幢3层小楼被悄然变身为一家集AKIMBO CAFE LAB、P.O.BOX潮流品牌和Aura.a当代艺术为一体的生活方式体验店“愚园百货公司”。所幸，这幢西式洋楼的内部结构与装修被原味保留，老式立柱、拱门清晰可见，超大的落地窗让内部的设计一览无余。这里不仅是一个咖啡店，更是集潮流干货的时尚买手店，集生活美学与设计艺术于一体的生活体验店，每天都有很多人来这里拍照打卡。施先生年轻时最喜欢的去处是咖啡馆，现在他的家成了时尚咖啡店，他应该是欢喜的吧。

宏业花园

这里诞生过国际知名钢琴诗人

宏业花园里有一堵文化墙，上面写有“永远的琴声，宏业花园里走出的中国女钢琴诗人顾圣婴”。一侧画着身穿白色连衣裙，坐在钢琴边弹奏的顾圣婴，一侧五线谱上跃动的音符从画面上巨幅老洋房的背景里飘出，错落于白色音符间的10块相框，展示了这位钢琴诗人短暂而璀璨的一生。沿着这堵墙拐进弄堂深处的一条支弄，那里就藏着顾圣婴的家。

宏业花园一隅

宏业花园其实是一幢花园里弄，它位于安西路、江苏路之间的愚园路1088弄，始建于20世纪初，是愚园路上较早建造的花园住宅区。这条弄堂系多家富商分别兴建，有独立式花园洋房，3层中式楼房，也有联立式花园洋房，支弄内还有老式石库门楼房，连排汽车房，弄内共有各类房屋70多幢。建筑中西混杂，风格多样是这条弄堂的特色。由于历史较久，缺乏统一规划，宏业花园形状不规则，很难用横平竖直的一般弄堂格式来规范。走在弄内，时有支弄分岔出去，如43支弄、110支弄，是弄中之弄。整条弄堂分3段，从愚园路弄口到底，是一个45度斜转弯，一段路后，又是一个斜转弯，再到底就是长宁路出口。

弄内东侧是独立式花园洋房区，其中有3层中式楼房一幢；北部的9幢联列式假3层花园洋房系北洋军阀、民国初国务总理段祺瑞长子段宏业于1930年以前置建的房产，故该弄称为宏业花园。段宏业是个花花公子，但也涉足房产，最负盛名的是他的围棋，据说当时的国手如吴祥麟等还非他对手。在20世纪20年代里，他与孙科、张学良、卢小嘉曾同被称为民国四公子。虽然，这只是民国四公子中诸多版本之一，但也足见这位段公子昔日的名望了。宏业花园弄堂宽敞，每户朝南均有将近20平方米的小花园，可供主人莳花弄草，颐养身心，每户都配有汽车库。室内地板等木料均为洋松，每户都有大卫生、煤气，厨房是磨石子地坪，浴厕内是马赛克地面、瓷砖墙面，卧室、客厅均有壁炉，在20世纪初算是设备完善的高档住宅区了，故居住者大多是外侨、文化人、富商、政要。

著名的老教育家吴瑞年曾长期寓居于宏业花园。

吴瑞年的寓所位于宏业花园110支弄4号的一幢3层小楼，他幼年就读于南京夫子庙小学，大约在1913年随家迁居上海愚园路宏业花园，那年他13岁，然后进入圣约翰附中学习，1923年他从圣约翰大学毕业后赴美国哥伦比亚大学学习，获化学硕士学位后回国，在浙江工业专科学校任教。1928年2月起任私立大中学校校长。后又任私立新寰中、小学校长，1942年起先后任武康中学、淮海中学校长，至1967年12月退休。吴瑞年于1934年还亲自编写了《基本化学》一书作为中学教材，由中华书局出版。从事教育工作41年的吴瑞年先生长期居住宏业花园4号，门口石头拱形下是两扇木门，大门里是小院子。进屋的门厅上部有石刻雕花，2楼有个小阳台。那时，吴先生在门前小花园里种植了许多花花草草，把整洁的小院点缀得生意盎然。他在宏业花园住了72年，于1985年在此仙逝。

宏业花园52号是一幢西班牙式带花园的假3层连体小楼，这里曾是林俊卿的寓所和他的私人诊所。林俊卿是一位传奇人物，他原本是医学博士、全科大夫、漫画名家，他在业余学唱西洋美声的过程中居然创立了一整套严谨的“咽音唱法”歌唱体系，被歌坛公认为中国顶尖的歌唱家和声乐教育家。1956年，在周总理的指示下，特在上海为他办一所专门从事咽音发声研究和教授歌唱的声乐研究机构，从此林俊卿弃医从教，培育新人。1956年夏，上海声乐研究所成立，林俊卿为所长，因初建时尚未落实办公地点，便临时借用宏业花园林家底楼和二楼的部分场地作为教学场地和办公及资料室。许多失声演员经他治疗后重获新生，再登舞台后光彩依旧。当年在宏业花园学习的有歌唱家王昆、胡松华、程派青衣新艳秋以及之后在电影《英雄儿女》中演唱主题歌的张映哲等。声乐研究所在宏业花园52号驻扎了4年，于1960年搬迁到武康路99号。

不久前，宏业花园内多了一堵以咖啡色和香槟色为主色调的文化墙，上面写有“永远的琴声，宏业花园里走出的中国女钢琴诗人顾圣婴”。一侧画着身穿白色连衣裙，坐在白色钢琴边弹奏钢琴的顾圣婴，一侧五线谱上跃动的音符从画面上巨幅老洋房的背景里飘出，错落于白色音符间的10块相框，默默展示了这位钢琴诗人短暂而璀璨的一生。这位为钢琴而生的女子曾经住在宏业花园103号。沿着这堵墙拐进弄堂深处的一条支弄，那里就藏着顾圣婴的家。103号位于宏业花园支弄的第一家，整条支弄的外墙被刷成浅粉色，走到门前，见铁门紧闭，门上有雨篷，墙头上探出的树木绿叶葳蕤，仔细看有一株石榴，红色的榴花间杂在绿叶间，还有一株梧桐，一株棕榈，高高地站在墙上警惕地俯视着来往的人们。门前花盆里种着青枫、海棠和常春藤。墙上有3层信箱，显示里面有3户住家，但与顾家已没有关系。我不敢推门，怕是惊扰了里面的人。远远望见住宅米白的粉墙，平直的方窗，2楼有水泥阳台，抬头看窗口，仿佛有轻柔的琴声溢出。1937年 7月 2日，顾圣婴就诞生在这幢楼里。她是为钢琴而生的。这个天才女孩5岁就接受钢琴训练，16岁登上音乐舞台，和上海交响乐团首次合作演奏肖邦和贝多芬的钢琴协奏曲，20岁时，在第六届莫斯科国际青年联欢节钢琴比赛中荣获金奖，这是新中国成立以来，首位在国际音乐比赛中夺得桂冠的中国人。1958年，在日内瓦举办的第

宏业花园入口处一侧的愚园公共市集充满着人间烟火味

十四届国际音乐比赛中荣获女子钢琴最高奖。保加利亚的评论说：“她的演奏着重诗意和发自内心的感受……肖邦的乐曲在她手下呈现了不可再得的美……她是天生的肖邦演奏家，真正的钢琴诗人，是高度技巧和深刻思想令人惊奇的结合。”获奖后，顾圣婴应波兰政府的邀请在波兰举行巡回演出，得到了她一生中最为珍贵的一件礼物——肖邦的石膏手模。20世纪五六十年代，顾圣婴与傅聪、刘诗昆、李名强、殷承宗被称为“中国钢琴五圣手”。令人痛惜的是如此优秀的钢琴家29岁的鲜活生命却在1967年1月底的一个寒冷的冬夜戛然而止。那一刻，站在顾圣婴曾经的家门前，我分明感觉到了彻骨的寒意，虽然是在五月的一个艳阳天。离开103号，再经过那面文化墙，我突然萌生出一种朝圣般的感觉。

走到宏业花园入口处一侧见到一栋南北向延伸的白色两层建筑，这里原是长宁区医药职工大学，现已改建成愚园路社区邻里中心——愚园公共市集，被冠以“弄堂艺术生活体验新空间”。刚才我还徘徊在20世纪，感受这里曾经的沧桑，此刻就已穿越到当今，时间的跨度不可谓不大。这个温馨怡人的空间把我从宏业花园冰冷的往事中拉出，沐浴在春阳下，我开始感觉到融融暖意。

这是一个“柴米油盐与艺术空间混搭”的城市更新形态，充满着人间烟火味。走进去见有耳光馄饨、泰康糕点等沪上知名老牌美食，也有山东水饺、老面馆等愚园路居民熟识的街坊老店，还有顾爷叔修锁、小赵裁缝铺、小吴鞋匠铺等便民生活店铺等，名字就感觉亲切。旁边有一个设计时髦的社区菜场，一个个菜摊外部贴着马赛克墙砖，每个摊子背对背放着五个小型木质货柜，两排摊位以拱形金属支架相连，使空间有了延伸感和线条感。沿着阶梯而上，便见一条长长的泼墨长廊，其灵感来源于刘海粟的画作《黄山光明顶》，这条长廊一共运用了18种模块的形体周期变化，让空间变得灵动。在自然光的投射下，就像一条缤纷彩虹，炫彩夺目。长廊旁坐落着一间间互相关联的屋子，分别是画廊、展览馆和舞蹈教室。充满“诗和远方”的二楼与一楼的浓厚市井气相映成趣，它集成、恢复了弄堂生活的种种元素，同时又把设计、艺术注入了弄堂的日常。

一路走下来，有点饿了，进去要了碗耳光馄饨，居然从碗里品出了万种滋味。

王伯群住宅

“潜伏”在弄堂里的哥特式城堡

这幢犹如童话城堡般的建筑云遮雾障般地隐匿在弄堂深处，路人从围墙上只能看到它花园里雪松的树尖，只有沿着围墙慢慢地转进去，迈入幽深的弄堂，才能看到它的庐山真面目。城堡最早的主人是前国民政府交通部长兼大夏大学校长王伯群，昔日名噪一时的“金屋藏娇”传说就源于这幢梦幻般的城堡建筑。时人戏称王伯群：“娶了一个美女，造了一幢豪宅，丢了一个官职。”

王伯群住宅

任何人看到这座建筑都会发出赞叹：简直是一座瑰丽的童话城堡。这幢外表极其醒目的建筑藏在愚园路1136弄31号内。房子都是有故事的，何况是像这样美得有点不真实的建筑。在20世纪30年代，这幢别墅豪宅被称为“金屋”。国民政府“交通部”部长王伯群与保志宁夫妇，汉奸汪精卫与陈璧君夫妇，红色女特工黄慕兰与陈志皋夫妇先后居住于此。梦幻般的金屋见证了那个年代的血雨腥风、沧桑往事。

金屋最早的主人是前国民政府交通部长兼大夏大学校长王伯群，昔日名噪一时的金屋藏娇传说就源于这幢梦幻般的城堡建筑。王伯群是何应钦将军的内弟，他中年丧偶。1930年初夏，在一次学校庆典活动上，时有“校花”之称的学生保志宁上台向王校长献花，王伯群当时就被这位美丽大方有着贵族气质的女学生吸引。回去后，时年45岁的王校长心旌摇荡，不能自已，居然不顾及自己的校长身份，拼命追求这位比他小了整整26岁的女学生。保志宁出身于清朝望族保氏，父亲和叔父均在国民政府担任要职，保志宁的父亲比王伯群还要小6岁。在王伯群强烈的爱情攻势下，保小姐终于答应了他的求婚。但议及婚嫁时，保志宁提出3个条件：1. 赠其嫁妆10万元；2. 婚后供其出洋留学；3. 为其购置一幢花园别墅。王伯群一口答应，但提出需与其结婚生子后再留学，作为承诺，还另存15万元作为保志宁的留学准备金。1930年6月18日，王伯群与刚刚大学毕业的保志宁，在徐园举行了盛大婚礼。当时众多沪上实力人士，双方亲朋好友300余人出席婚礼。同年7月王伯群开始大兴土木，历时3年多，王部长允诺的“金屋”，于1934年建成。

这幢花园别墅，外形酷似哥特式城堡，洛可可风格的外墙装饰，显得十分华美。立面的窗户多以白色或斩假石镶边，顶层的窗顶设计为四心尖券，主楼为4层，其中地下1层，地上3层，建筑为对称布局，中央有室外大楼梯越过半地下室的底层，过一个联拱的内廊后可直接进入1楼门厅。公馆的主入口位于东侧。整幢建筑有大、小两厅，32间房间，楼内通道迂回，上下贯通。客厅采用东方传统艺术装饰，镂空梅花窗栏，梁柱平顶施以彩绘，配以壁画，地坪采用柚木镶嵌成芦席纹图案。起居室则用西班牙古典装饰，屋内扶梯宽平，踏步栏杆柚木制作，扶手花纹用紫铜仿古铸制。书房、卧室采用不同的风格，还专辟有女主人闺中会客室，用以款待女眷，于豪华中显示高雅。主楼正南有绿树葱郁、百花四季吐艳的大花园，花园里有一片1.3公顷的宽阔花园草坪，植有雪松、香樞树、樱花、玉兰红枫等，另有亭台假山、小桥流水等，还有一个大金鱼池和一个大玻璃花房。四周围墙筑成城堡式，墙壁塑有梅花图案，就连门窗拉手也全用紫铜开模，镂空铸成梅花图案，其风格与主楼一脉相承。为了王伯群住所的安全，大门没有开在南面的愚园路上，而是高墙圈围，旁边另外开了条小路（即现在的1136弄），若去王公馆，必须深入弄堂，方得进入宅邸。

1934年10月上旬，王伯群挽着心爱的“校花”住进里面，天天笙歌，夜夜欢宴，颠倒在销金帐中，说不尽的风流快活。有人讥讽王伯群“位尊多金”，还有读者特意写信给《生活》周刊，要求彻查“金屋”背后的种种黑幕。对此，《生活》周刊主编邹韬奋认为，“金屋”事件蕴含着新闻价值。于是决定将读者来信予以刊登，同时，经深入调查，他们发现，这幢别墅住宅是由辛丰记营造厂承建的，而正是这家公司，在王伯群任内揽下了承建南京交通部建筑群大楼和上海大夏大学群贤堂这两个非常有利可图的大项目。王伯群得知邹韬奋在进行调查，担心丑闻被曝光，便遣人携带10万元现金前往，企图以此封住《生活》周刊之口。邹韬奋不为利益所惑："《生活》是一个自力更生的刊物，经费多有困难，但并不接受任何方面的津贴，一个小刊物也用不着偌大的巨款。"来人并不死心，接着提出可把这笔现金折合股本，作为投资基金。对此，邹韬奋以不符合公司章程为由再度拒绝，并严正相告："王部长既然如此慷慨，不如替他捐助给仁济堂（慈善机构），救救几百万嗷嗷待哺的灾民吧，何奈关心我一人之生活！"对方只得悻悻而退。没几天，邹韬奋接到匿名信，"警告"他要"小心"。邹韬奋则表示："我的态度是，头可杀，而我的良心主张、我的言论自由、我的编辑主权，是断然不受任何方面任何个人所限制的。"随即在《生活》"信箱"栏目上，刊发了署名陈淡泉的《对王保（君）应作进一步的批评》一文，并配有记者亲往"金屋"实地拍摄的照片5张。在《编者附言》中，邹韬奋发表言论，将王伯群痛斥一番。

一时间，"金屋"成为舆论之焦点。迫于舆论压力，有监察委员提出弹劾王部长案。1931年底，王伯群被迫辞去交通部部长一职，只保留国府委员、国民党中央政治委员头衔。时人戏称王伯群，"娶了一个美女，造了一幢豪宅，丢了一个官职。"

1937年抗战全面爆发后，8月25日，保志宁带着两个女儿离开上海，乘坐英国邮轮去了香港，恋恋不舍地离开了愚园路之“金屋”。她没想到，自己和丈夫这一别竟成永诀。抗战全面爆发后，大夏大学被迫内迁。王伯群随大夏大学迁校贵阳，1944年冬，桂柳会战失利，日军进犯黔南，攻占独山，贵阳一片混乱。大夏大学三迁赤水。刚届花甲的王伯群因迁校劳累成疾，于12月20日病逝于重庆陆军医院。

1939年5月，日本侵略者将已占领的愚园路王伯群住宅赏给大汉奸汪精卫、陈璧君夫妇居住，人称汪公馆。入住前，汪精卫把整条弄堂的住户统统赶走，让一批汪伪的“高干”住了进来，汪伪的头面人物周佛海、陈春圃、褚民谊等纷纷搬到这儿与汪精卫为邻，将这条弄堂的8幢花园洋房都占据了。当时，1136弄通往愚园路的路口处，有日军的岗哨和巡逻的士兵，没有严格的手续，外人绝不可能进入到这个弄堂里来。汪公馆四周还安装了瞭望亭，围墙上加了铁丝网，前后均有士兵荷枪把守。有时候汪伪组织的一些重要会议便就近在汪公馆里召开。次年3月30日，汪伪政府在南京成立，汪精卫迁往南京颐和路公馆居住，但愚园路上的这幢城堡建筑仍是他在上海的“行宫”。汪精卫于1944年3月去日本治病，11月10日死于名古屋帝国大学医院。陈公博、周佛海又先后占用过这里。抗战胜利后，国民党接收了汪公馆，该建筑一度成为国民政府军统组织的招待所。

1946年，保志宁委托被周恩来称为党的百科全书的传奇女子黄慕兰的丈夫、大律师陈志皋把自家的这栋花园洋房收回。据《黄慕兰自传》所叙，言明条件是：“房子收回后，由我们负责代她修理好，她只保留楼下的两个客厅以及2楼的全部；其余楼下的4间大厅、餐厅、书房以及3楼的全部，还有后面的一部分附属用房，都租赁给我们使用，租金按美金支付。但双方没有签订书面合同。那时，从大后方复员回上海的人数以万计，上海的住房十分紧张，我们能住进这样高级的大花园洋房，自然大喜过望。”房子修缮一新后，取名“隅园”，在一年多时间里黄陈夫妇在这里举行各种聚会和游园活动，名为“隅园雅集”，出席者有田汉、洪深、阳翰笙、翦伯赞、熊佛西、冒鹤亭、梅兰芳、周信芳、郑振铎、于伶等文化人，欧阳山尊和戴爱莲还表演了舞蹈。曾参加雅集的田汉，还曾赋七绝一首：小桥流水柳初芽，春满名园客满家。千里洒流兄弟血，举杯愁对紫荆花。

黄慕兰与陈志皋夫妇在1136弄31号住了一年半后，保志宁毁约，将1136弄31号“金屋”，以3万美金顶让给他人，逼着黄慕兰搬家。最后以半年为限，在过渡期内不收取租金。原来，保志宁在王伯群去世后，孤儿寡母，失去依靠。为了送儿子去美国读书，只好把房子顶了出去。1948年，黄慕兰一家搬出了1136弄31号。保志宁后来去了美国，在纽约定居。

新中国成立后，中共长宁区委和区文化局曾设于此，1960年元旦长宁区少年宫在此成立，从此这里就成了祖国花朵的乐园。孩子们无忧无虑的身影犹如开不败的花朵为这幢曾经沧桑的金屋增添了无穷活力和魅力，所有的烟尘往事就这么一点点消散在花儿们晴朗活泼的欢声笑语里。据说前些年保志宁还回来过，说过把这幢房子留给小孩子当活动场所，这也算是物有所用吧。

路易·艾黎旧居

见证新西兰作家红色岁月的住宅

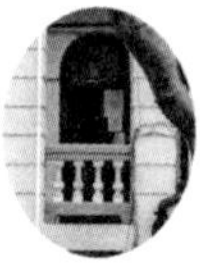

来自新西兰的路易·艾黎是一个作家，也是一个社会活动家。1934年，路易·艾黎加入了上海第一个国际性马克思主义学习小组，并和中共地下组织建立了联系。路易·艾黎在瑞兴坊居住期间，他把自己的家作为共产党员的避难所，在这里他利用自己的特殊身份和有利的居住条件，掩护了许多共产党人和进步人士。

愚园路上的瑞兴坊是一条普通的新式里弄，因为里面的4号住过为中国革命事业贡献了毕生的新西兰共产党员路易·艾黎而为人瞩目。这里不仅是路易·艾黎在上海的寓所，也是中国革命事业生生不息的燎原地之一。多少革命人士和共产党员往来于此，躲避追捕，开展活动，他们为了中国的革命事业，为了中国的解放运动，付出了最热血的革命激情和青春。

这幢普通的住宅，曾见证过国际友人路易·艾黎的红色岁月。

1927年，新西兰青年路易·艾黎因为在参加第一次世界大战时结交了中国朋友，从家乡坐船来到上海，在十六铺码头下船时，他手里只持有6个月的签证。当时，未满而立之年的艾黎对中国共产党一无所知，只是满怀对上海这座城市的好奇和想看一看自己向往已久的东方国家的心理。他完全没有想到，自己将在这个陌生的国家度过整整60年的光阴，并直接参与其间发生的时代风云。1932年，已经在中国游历了一番的路易·艾黎在上海公共租界的工部局消防处找到一份工作，并因为勤勉努力被任命为上海租界工部局工业科首席工厂视察员。他不抽烟不泡吧也不跳舞，主动学习中文，还经常去大家不愿意去的陋巷和车间巡查消防安全。仿佛冥冥之中的安排，路易·艾黎在愚园路1315弄4号找到了一间房住了下来。

瑞兴坊是一条建于1912年的新式里弄，里面坐落着3排5幢3层楼住宅。底楼有汽车间，屋前有小花园，租客多为小康人家。路易·艾黎租住的4号是一幢英国式双开间3层砖木结构3层花园洋房，米白色外墙，配置绿色百叶窗的方窗。室外一侧有一斜斜的石头扶梯直通2楼，我是很喜欢这样的户外楼梯的，它丰富了建筑的立面，同时，因为不用通过公用楼梯上楼，很好地保护了住户的隐私，也许当初路易·艾黎就是看中了它的特色才选中这一间作为他上海的家的。现在有着西洋古典花瓶状的栏杆上已经生出了斑驳的青苔，有了沧桑感。从楼梯上去的2楼是一拱形门框，正对门厅的墙上有一扇椭圆形的绿色窗户，左侧有一扇绿色拱形门通往屋子。路易·艾黎居住时，底层前半部分为会客室和餐厅，后半部分是厨房等辅助用房，中间有一个小工房，内置一台车床和一些工具。2楼左侧第一间就是艾黎的卧室，中间是起居室，右侧一间为客房。3楼主要作为储藏室使用。底楼沿弄堂有汽车库，东侧庭院种植着花草树木。

先后任公共租界工部局消防处督察员、工业科督察长等职的路易·艾黎，因职业需要，经常深入工厂。橡胶厂工人在爆炸中丧生，纺织厂包身工在火灾时未能及时逃离而葬身火海等血淋淋的事实激起了他对中国劳工的同情和对罪恶统治的愤懑。他总是把患病的童工带到他的医生朋友那里接受免费治疗，对不顾工人死活、没有防火设施的工厂，以自己的督察身份勒令其停工，直至安装防火设施。1934年，路易·艾黎加入了上海第一个国际性马克思主义学习小组，他积极参加小组活动，与史沫特莱、艾德加·斯诺、马海德等进步人士一起阅读马克思和列宁的著作，讨论国内外政治形势和社会问题，并与中国共产党建立了联系。经史沫特莱介绍，路易·艾黎还结识了宋庆龄，并和中共地下组织建立了联系。由于他是任职租界工部局的洋人，住处幽静安全，因此，中共地下组织便借他愚

上、下图：不同角度的路易·艾黎旧居

园路的寓所开展秘密工作，1932年至1937年，路易·艾黎在此居住期间，利用自己的特殊身份和有利的居住条件，掩护了许多共产党人和进步人士。

1935年春，史沫特莱把刚从东京来沪的国际问题专家陈翰笙带到此处，以躲避租界当局的搜捕，后又由艾黎护送上远洋轮船，脱离危险。那年深秋，通过史沫特莱介绍，联系张学良的中共中央代表刘鼎在此住了较长时间，直至1936年上半年去陕北。抗战全面爆发时，鲁迅的老朋友日本人鹿地亘和夫人池田幸子也曾因躲避日本警察的追捕而住进艾黎的寓所。艾黎还在这里和史沫莱特、刘鼎等多方设法为苏区和红军购买医疗器械、药品及各种物资，通过各种渠道运送出去。路易·艾黎住处的顶楼小间里曾经是上海地下党组织架设秘密电台的所在，地下党借此与正在进行长征的红军保持通信联系。宋庆龄还借这个秘密电台与江西苏区和中共中央取得联系。1935年11月的一天深夜，宋庆龄等在艾黎寓所得到红军长征到达陕北的消息，大家共同为红军的胜利举杯祝贺。

1937年，“八一三”淞沪战役爆发，中国军队撤离，上海沦陷。这个东方的工业城市内，大量工厂被毁，无数工人流离失所，目睹眼前种种惨状，路易·艾黎和美国记者埃德加·斯诺等进步外籍人士，同中国的一批爱国人士一起发起组织工业合作社运动，号召失业工人和难民组织起来进行生产，解决生活困难，支援抗日战争，成为失业工人和难民生产自救、支援抗战而兴起的一支独特的经济力量。1938年，路易·艾黎离开上海，赴大后方致力于中国工业合作社运动，为支援八路军、新四军抗日和向前线临时工厂输送技工做了许多有益的工作。1939年至1940年，艾黎两次到延安，之后他转向培训管理的工作。

新中国成立后，路易·艾黎定居北京，之后，他多次到上海时都要到愚园路自己的旧居去看一看。从新中国成立到1985年，艾黎主要从事写作，他每年都要到各地参观访问，用客观报道和新旧对比的方式宣传中国的社会主义建设成就，并著有诗集《工会》《今日中国》等，还翻译了许多中国的故事和现代诗作，《艾黎自传》是他最后的一部重要著作。

艾黎在中国和新西兰获得了多种荣誉。惠灵顿维多利亚大学曾授予他文学荣誉博士学位，新西兰政府授予他女王社会服务勋章。1982年，路易·艾黎85岁寿辰时，北京市政府授予他“荣誉市民”称号。1987年12月27日，90岁的艾黎因患脑血栓并发心功能衰竭，在北京逝世。邓小平为他题词：“伟大的国际主义战士永垂不朽。”

圣约翰大学

苏州河畔的“东方哈佛”

圣约翰大学地处苏州河畔，风景之佳，堪与世界上任何一所大学校园媲美。校园里遍布着一幢幢风姿绰约的老建筑，这些建筑大多建于19世纪末20世纪初，其主要建筑都是飞檐、歇山顶的中国传统建筑样式，但其内部和下层则为西式，这种西方古典建筑样式与中国传统建筑相吻合的建筑风格，在上海滩上是绝无仅有的。更为难得的是圣约翰大学这些老建筑，都有自己的历史，几乎每一幢建筑都是有故事的。

华东政法大学（原圣约翰大学）内景

曲折蜿蜒的苏州河潺潺东流，在江宁路和曹家渡之间形成一个颇有气势的河湾，组成了一个弧线优雅流畅的天然半岛，半岛上坐落着当年江南第一教会高等学府——圣约翰大学。圣约翰大学是美国圣公会在上海创办的一所著名大学，曾被誉为“东方的哈佛”“外交人才的养成所”。它创设于1879年，1952年被裁撤。圣约翰大学建校73年，桃李遍全球，其中有出版家邹韬奋，民族资本家荣毅仁、刘鸿生，作家林语堂，建筑大师贝聿铭，有号称中国四大外交家的顾维钧、施肇基、颜惠庆、王正廷，会计泰斗潘序伦以及宋子文、孔祥熙等名人。

位于万航渡路1575号的圣约翰大学（简称约大）创办于1879年，前身为圣约翰书院，由美国基督教圣公会主教犹太人施约瑟创办，1879年4月4日复活节奠基破土，同年9月1日正式

校园一隅

开学。4年后，施约瑟因病辞职，1886年美国哥伦比亚神学院院士卜舫济来华接任校长。1906年，书院改为圣约翰大学，并在美国注册。它是在华创建最早、办学时间最长的教会大学之一。它是典型的贵族学校，一个学生的学费相当于普通家庭全年的收入。这所学校最出名的要算是英语教育了，它是中国最早开始用全英文教学的大学。该校的另一大特色就是首先引进近代体育项目，创造了开全国第一次学校运动会、建设全国第一个高尔夫球场等许多中国体育史上的第一。

这所学校由于得到教会的资金支持，修建得异常精美、气派，在当时唯有北京的燕京大学才能与之相提并论。圣约翰大学地处苏州河畔，为一三角形半岛，校园内古木参天、碧草如茵、四季如画，清澈荡漾的苏州河更给校园增添了几分幽雅恬静，风景之佳，堪与世界上任何一所大学校园媲美。进入校园，会产生一种一脚踏入世外桃源的感觉，斑驳而又略显不平的石板路两侧伫立着苍劲的法国梧桐。走在静谧的林荫路上，树叶间投下的点点光影令人顿时产生穿越之感。校园里遍布着一幢幢风姿绰约的建筑，这些建筑多建于19世纪末20世纪初，其主要建筑都是飞檐、歇山顶的中国传统建筑样式，但其内部和下层则为西式，这种别致的带宗教色彩和气质的西方古典建筑与中国传统建筑相吻合的建筑风格，在上海滩上是绝无仅有的。尤为难得的是圣约翰大学的老建筑，很多都有自己的历史，几乎每一幢都是有故事的。

我们且一幢幢看过去。

怀施堂是约大的标志性建筑之一，也是中国教会大学建筑中最早出现的中西合璧式建筑。它是1895年在拆除约大创建时建造的四方形院舍的原址上重建的。名为施怀堂，是为了纪念圣约翰书院的创始人施约瑟主教。这幢约大早期最具代表性的教学楼，其四合院的建筑风格在众多楼宇中可谓独树一帜。楼为两层砖木结构，局部3层，歇山屋顶覆盖蝴蝶小青瓦，墙面为红砖清水，墙身则是连续的西式圆拱外廊，正面为一钟楼，钟楼上安置了一口由美国马萨诸塞州波士顿E.HOWARD联合公司铸造的大自鸣钟。楼内南向置长廊，配以花色铁栏杆。楼下用作教室、食堂及图书馆，楼上为学生宿舍。因著名出版家、政论家邹韬奋是圣约翰文学院学士，1951年，此楼易名为韬奋楼。1995年，为纪念韬奋先生百年诞辰，楼前中央空地处竖立起韬奋先生的半身铜像。1899年在面向苏州河的校园内建成的格致室为3层砖木结构，西侧墙面与怀施堂南侧墙相仿，南侧墙面为西式城堡风格，底为半圆券长廊，两至三层为弧形窗，楼顶依

韬奋楼

邹韬奋铜像

旧采用中式飞檐。这是中国所有院校中第一座专门用于教授自然科学课程的校舍，又称科学馆。1904年，以纪念为创办约大出力最多的中国牧师颜永京命名的思颜堂落成，成为在华教会大学中少有的以中国人命名的学校建筑。该堂为殖民地外廊式与中式屋顶结合的建筑风格，总体呈U字形，楼顶四角皆为曲线型，东侧南顶以阳台护栏装饰。一楼为办公室，东侧2楼设可容纳600余人的大会堂，大会堂北侧3层用作教员宿舍和招待室。西侧3层用作学生宿舍。这幢楼最辉煌的时刻是1913年2月1日，中华民国第一任临时大总统孙中山应邀在该楼大会堂对师生演讲。沿苏州河而建的3层砖木结构建筑思孟堂建于1909年，是为纪念约大教员孟嘉德牧师而建，他是近代第一位将西方社会学介绍到中国的外国学者，1907年他在庐山旅游时因营救一位落水的中国朋友而同溺于瀑布中。思孟堂建成后一直被用作约大高年级学生的宿舍。1951年，改名为和平堂。

1911年，约大以14万两银购得今万航渡路北侧连接学校和兆丰花园处的吴家宅72亩土地，园中有一栋2层砖木结构住宅，据说原为英商兆丰洋行霍格兄弟产业，被称为霍格别墅。这幢房子的门廊、露台的结构有点像电影《印度之行》里的英国乡村式别墅，可木头的纹饰、翻翘的屋檐和落地长窗则是典型的中国传统风格。屋顶呈曲线形，屋面以黑铁皮覆盖，黑色的铁皮落水管巧妙地成为屋顶的边饰，与下面红色的窗框廊柱形成鲜明的色彩对比。屋面上既能看到西式烟囱，又能看到中式的飞檐和木质雕花，楼顶建有塔楼。前楼是一排玲珑的落地格子窗，朱红窗格、铜制窗栏，侧楼的楼梯犹如廊桥，由此登上2楼，屋顶上是一个彩绘穹顶，凌空而建的小走廊可通后楼。宽阔的空间、暗色的木制地板、宽大的壁炉，尽显贵族气派，称得上沪上中西合璧建筑的典范。约大购得此楼后将2楼改造为校长住宅，一楼改建成图书馆，楼前是一望无际的大草坪，周围树木葱茏，嘉木成林，间以小桥、静池、凉亭，令人赏心悦目。

自1916年后，校园内陆续添建了罗氏图书馆、体育室、交谊室、西门堂、树人堂、斐蔚堂等。罗氏图书馆建成于1916年夏，为两层楼，上层陈列图书，下层用于藏书。由于曾任美国哥伦比亚大学校长和纽约市长的罗氏（Seth Low）与其弟向约大捐赠了多种图书，故被命名为罗氏图书馆。落成于1919年的体育室是为了纪念英国教师顾斐德而建的，其前身为简易的

上图：中西合璧的建筑风格　　下图：纪念坊

健身房，两层楼房的楼顶四角为曲线形，这就是著名的约翰式建筑。曾任科学系主任的顾斐德是约大体育活动最早的组织者之一，也是圣约翰校徽的设计者。这是中国第一个现代化大学体育馆，内有健身房、球场等设施，还有室内游泳池，为当时所罕见。建成于1929年底的交谊室是约大师生为纪念校长卜舫济的夫人、圣玛利亚女校首任校长黄素娥女士而建立的，由约大校友兼著名华人建筑师范文照设计。交谊室实际为两层，但在立面上却处置为3层。正立面首层正中为3座拱门，周边以白色石材饰以中式花纹，感觉上类似中国传统建筑中的无梁殿进口。正立面的2、3层与拱门相对之处由4根红柱划分出3个开间，用红砖饰面。屋顶则铺以绿色琉璃瓦，檐角上设了7只瑞兽，檐下有飞椽，柱顶由额枋和额垫板相连。额枋饰有中国传统红绿相间的彩画。交谊室的落成典礼，与约大50周年纪念会及纪念坊揭幕典礼同日举行，日期是1929年12月14日。

位于怀施堂正前方的纪念坊是约大的标志性建筑之一，系曹家渡绅民为纪念约大建校50周年而建。造型与普通牌坊无异，4根立柱顶端四坡屋面，角脊起翘，用琉璃瓦盖顶，使整座石坊呈现出简洁、古朴、端庄之态。立柱与横坊用花岗石制作。横额石坊镌刻着“圣约翰大学”字样，下端镌刻着校训“光与真理”4个大字。石柱前后两面均刻有对联。牌坊正面的外联是“环境平分三面水，树人已半百年功”；内联是“淞水钟灵英才乐育，尼山知命身教覃敷”，横额“缉熙光明”。背面的外联是“明礼达用是为国华天挺之才资造就，新命旧邦广开学舍海通而浚此权与”；中联是“命中西于一炉五十载缔造经营蔚成学府，在东南为巨擘千万人濯磨淬厉用扬国光”，横额“光与真理”，寓意“圣约翰大学在教育领域及培养人才上所取得的杰出成就”。

建于1924年岁末的西门堂是为纪念在沪经商多年的公谊会教友西门所建，是长方形的两层建筑，共有99间房，长期被用作约大附中高中部校舍。建于1935年的树人堂共3层54间房，用作学生宿舍，命名为树人堂，取“十年树木，百年树人”之意。罗氏图书馆的东侧坐落着建成于1939年的斐蔚堂，这幢两层建筑是为纪念圣公会上海教区主教郭斐蔚而建，共11个房间。1925年，帝国主义在上海制造了震惊中外的“五卅”惨案，6月3日，圣约翰大学进步师生为抗议帝国主义暴行计划罢课降半旗，在图书馆和校方发生了冲突。后来，500多名爱国师生为此离校，重组光华大学。1951年3月，圣约翰大学为纪念这一壮举，将斐蔚堂更名为“六三楼”，现为办公用房。

从1952年起，这里成为华东政法大学，现校园已被列为上海市优秀近代建筑保护单位，这里的老建筑依旧拥有着不可复制的高贵气质和审美价值。

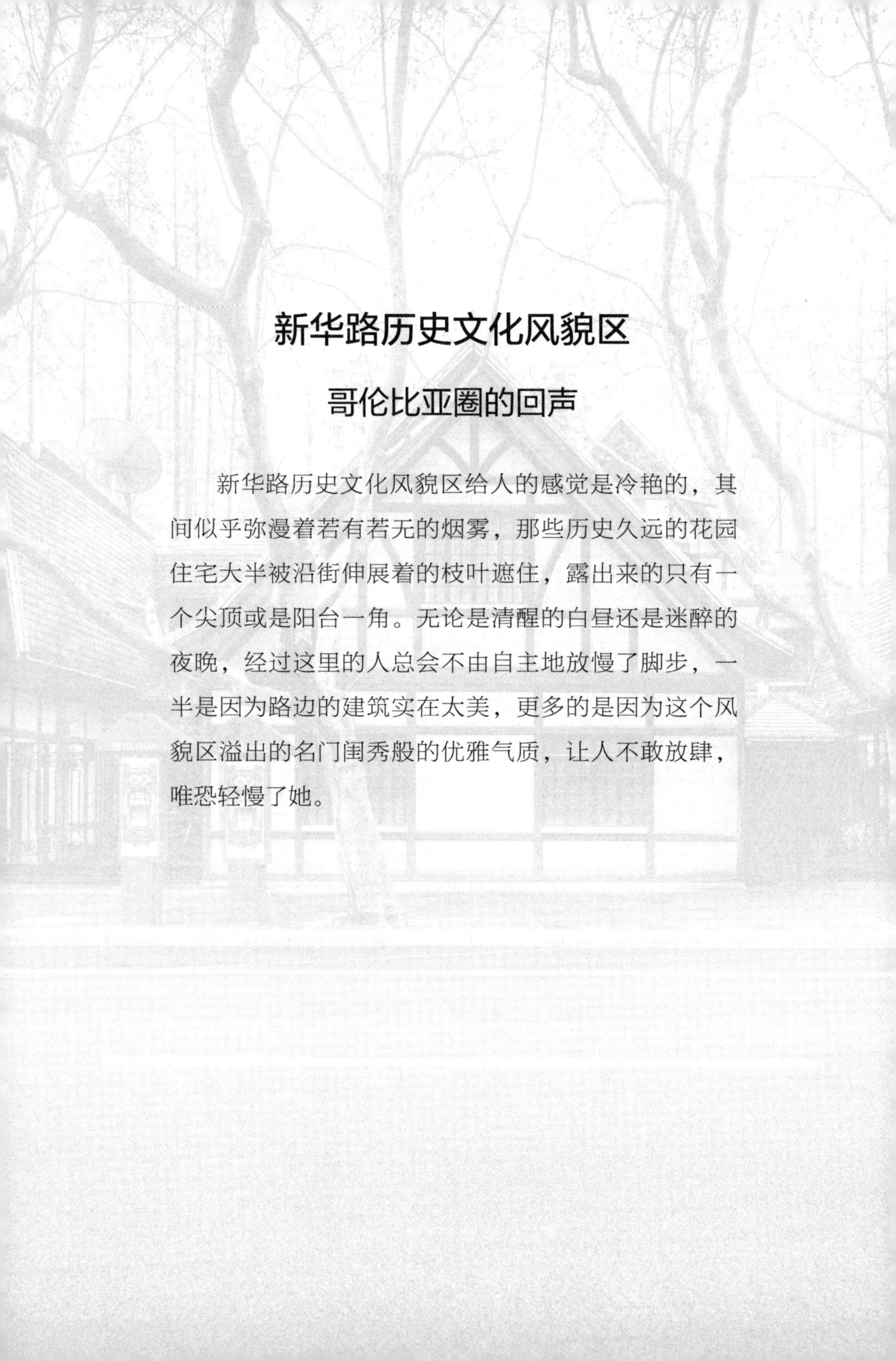

新华路历史文化风貌区

哥伦比亚圈的回声

新华路历史文化风貌区给人的感觉是冷艳的，其间似乎弥漫着若有若无的烟雾，那些历史久远的花园住宅大半被沿街伸展着的枝叶遮住，露出来的只有一个尖顶或是阳台一角。无论是清醒的白昼还是迷醉的夜晚，经过这里的人总会不由自主地放慢了脚步，一半是因为路边的建筑实在太美，更多的是因为这个风貌区溢出的名门闺秀般的优雅气质，让人不敢放肆，唯恐轻慢了她。

新华路历史文化风貌区示意图

新华路历史文化风貌区以新华路沿线成片低密度的花园住宅区为风貌特征。这个风貌区成形时间始于20世纪二三十年代，它的成形和当时的哥伦比亚圈有很大关系。第一次世界大战结束后，侨居上海的美国人越来越多，他们需要一处供美国侨民社交、集会和活动的场所，在经历了初期租用今东湖路50号的一处住宅作为活动场所后，20世纪20年代初，总会的管理委员会购入了一块位于今延安西路南侧连接哥伦比亚路的地块，开始筹划兴建新的总会。哥伦比亚总会的设计工作由哈沙德洋行的艾利奥特·哈沙德主持，建筑采用了哈沙德所生活的美国南加州地区流行的西班牙传教风格进行设计。

1924年，新的哥伦比亚总会建成开放，两层高的主楼与露天游泳池、体育馆相连，南侧是宽阔的高尔夫球场、网球场、壁球场等。此后，围绕着侨民聚居的哥伦比亚总会，美商普益地产公司在安和寺路（今新华路）和哥伦比亚路（今番禺路）一带开展“哥伦比亚住宅圈”的房地产开发，由实力雄厚的地产商普益地产公司投资规划，包括了新华路和番禺路一带多栋花园洋房。哥伦比亚住宅圈的开发土地被细分成70多个长方形地块，每个地块的面积一亩至两亩，然后在上面建造各类风格的别墅，都参照当年美国西海岸最流行的别墅样式，而哥伦比亚这个名字，其实是美国的代称，又与附近的哥伦比亚路相呼应。美国人开发的住宅区和美国人办的总会形成的一个区域，就是哥伦比亚圈。普益宣称，要把这片阡陌交通的江南水乡，开发成一个美国式梦幻乡村，使他的客户们“在上海拥有一个永恒的家”。在哥伦比亚圈售楼广告中，普益公司也着重强调区位优势，主打摩登都会之近郊生活方式。他们聘请了匈牙利设计师邬达克，为每位购置地块的上海政界、商界的上流侨民们设计别墅，在之后的1929—1932年间，近30座洋楼在此诞生，从而构成了今天以花园住宅为风貌特色的新华路历史文化风貌区。

新华路历史文化风貌区内的花园住宅以独立式为主，建筑风格多样，建筑密度低，花园面积较大，植被茂盛，环境优雅，绿化覆盖率高。原先沿街花园洋房高高的围墙如今都改成了镂空墙，深深庭院内的别墅、树木、花丛豁然显露，原先藏着的绿树黄花姹紫嫣红地透过围墙伸展开来，显现出它们的千娇百媚、万种风情。色彩浓郁的花卉和透过镂空墙外露的庭院绿化，使新华路的空间延伸，不能拆除的围墙则雕上了颇具艺术品位的浮雕。道路两旁新砌的花坛、花池、花架里种植了各式时令花卉，构成了花团锦簇的景观。秋日，各种颜色的树叶织成一片斑斓，让人赏心悦目。每当夜色降临，这些老洋房神定气闲地伫立着，似乎在默默地倾诉着尘封的往事。

上海第一花园马路

新华路素有上海第一花园马路的美誉。这条藏身于茂密的梧桐树荫下的窄窄的马路，安静而带点贵气。路两旁的梧桐，高大而神情自若，静谧无声，守护着一街安宁。

新华路所在地原系农田，1925年越界辟筑，最早叫“安和寺路”，即阿美士德路，是纪念最早进入北京的英国公使阿美士德勋爵和最早闯入上海的“阿美士德”号商船。1928年至1932年间，安和寺路和它旁边的哥伦比亚路（今番禺路）一带，还多半是市郊农田荒野。由于上海当时的城市经济发展，大批在上海站稳脚跟、积累了财富的外国富商纷纷在此开发高级住宅，这里被业内人士称为哥伦比亚圈。1943年，安和寺路更名为“察哈尔路”；1947年以其北端通法华镇而改名“法华路”，1965年正式改名为新华路。当时的新华路东起淮海西路，经番禺路、香花桥路、定西路、杨宅路至凯旋路、沪杭铁路，西至中山西路止。1971年新华路从凯旋路延筑至中山西路，并在凯旋路、沪杭铁路建造新华路立交桥穿越，成为市区通往上海空航枢纽虹桥国际机场的主通道。

无论是清醒的白昼还是迷醉的夜晚，新华路总给人一种不可亲昵的距离感，仿佛总有着若有若无的烟雾弥漫其间，如同这条路上的那些华美的洋房大半都被沿街伸展着的枝叶遮住，露出来的只有一个尖顶或是阳台的一角。新华路的别墅都深藏在里弄内，而那些临街的也大多绿荫掩映，“烟笼寒水月笼纱”似的。走到新华路上的人常常会不由自主地放慢了脚步，一半是因为路边的建筑实在太美，另一半是因为这条路本身溢出的闺秀气，让人不敢放肆，唯恐轻慢了它。

远去的梵音和重返的法华牡丹

漫步在这个风貌区内，只见路上的花坛、花池里种满了月季、杜鹃、海棠等时令花卉，还有无数的牡丹花，谷雨时节，牡丹盛开，引来了无数观赏者，这里的牡丹叫做法华牡丹，是当年这一带的名葩，其名源于历史上的法华古镇。

法华镇是上海最早出现的小镇，所以有“先有法华镇，后有上海城”的说法。早先新华路一带有一条河叫李漎泾，李漎泾河水清澈，蜿蜒曲折十余里，它北通吴淞江，南连肇嘉浜，水路十分通畅。后有僧人在河的南北两岸先后盖起了法华禅寺和观音禅院两座佛教寺庙（法华禅寺旧址在今法华镇路525号，观音禅院的旧址就是今新华路650号）。据《法华乡志》载：宋代崇宁元年（1102）建，淳熙三年（1176）赐额为“观音慈报禅院”。佛教的传入和寺庙的建立，促使了人口向这一地区聚集。宋高宗南渡建都临安时，北方黎民大量迁来江南各地，一些显贵大户就来到此间，在两寺之相近处居住，李漎泾周围的居民群落渐渐形成。元初上海县设立后，因李漎泾离县城仅6公里，来去便捷，法华、观音两寺香火日盛。到明朝，李漎泾两岸市集也开始兴盛，居民聚落日益扩大，形成市镇规模。明洪武十五年（1382）观音寺重建，改称观音禅寺。万历四十二年（1614）又募建无梁殿，专以文石甃成，不用梁柱。当年有诗：“古刹凭空石甃成，长明灯火炯三更。今宵坐对西郊雪，疑是琼楼玉宇行。”崇祯九年（1636）重建法堂及天王殿。清康熙二十七年（1688），募修大殿及文昌阁。清乾隆时期，上海县城已是东南重镇和大港，法华镇因与县城相近，商贾纷至，人口骤增，繁荣达到顶点。清乾隆十五年（1750）大殿、文昌阁俱毁，乾隆五十年（1785）募建大殿及法堂东西两楼，至嘉庆元年（1796）全部落成。寺外古树缠绕，寺内则金碧辉煌，香烟缭绕。每当香汛庙会期间，远近香客游人及商贩咸集于此。殿内寺前、法华浜两岸摩肩接踵，人声鼎沸。烟火万家，街市繁华，佛教兴盛，法华古镇是时已跃为上海县之第一大镇。

观音禅寺无梁殿间，初砌明代乔一琦将军书写的《金刚经》和董其昌写的《妙法莲华经》石刻。乾隆十五年大殿毁，这些石刻掩埋在颓垣断壁之中，隔30多年重建大殿时搜剔出来，加以整理补摹。又石刻罗汉十八尊，相传万历年间与金刚同镌石壁上，今均荡然无存。其他古迹如寺前的祇园、嘉林树以及寺后的万工山亦已荒废湮没。寺后院原有400年树龄的古银杏树一株，1959年遭雷击枯死。道光元年（1821）建僧舍一座。1917—1918年募捐翻建大殿及两庑山门，成为旧时上海县名刹之一。寺庙的建立促使居民向这一地区集聚，慢慢聚为村落法华巷。宋高宗赵构南渡建都临安，许多北方富户移居法华巷，渐渐形成集市。不少洛阳花工也跟着迁徙，他们带来了洛阳牡丹，并用扬州芍药进行嫁接，培育以盆栽为主的法华牡丹。由于土壤条件适宜，此花很快就扎下了根，并持续繁衍。明代嘉靖年间，集市发展成镇，因法华禅寺历史悠久，远近闻名，镇名便定为法华镇，李漎泾改叫法华浜。

沿河而兴的法华镇东西长1.5公里，以法华禅寺为中心，分为东镇和西镇，街道以平石板铺路。镇中街巷纵横，飞虹横波，民居鳞次栉比，屋瓦似云。其间到处可见富宅大户的宅第，有的濒河而建，有的坐落在僻巷深处。清乾隆、嘉庆年间，法华成为上海县西侧首镇。一些士绅相继营造私家园林，象征富贵的法华牡丹被广为种植。及至清代，花卉专家计楠的《牡丹谱》就收录“法华牡丹”48种，并赞叹：“以芍药根接上品细种牡丹，愈接愈佳，百种幻化，其种易蕃，其色更艳，遂冠一时。”所以，王韬的《瀛壖杂志》有“法华牡丹甲四郡”之说。当时，法华镇上有长春圃、陆家旗杆、梅坡等著名宅第和东园、南园、西园、北园四大名园，园景有水亭、花榭、曲廊，汇集古代园林建筑和雕刻工艺之精华。北园式训楼，藏书万卷，还有许多古玩珍藏和宋元书画。陆家旗杆则有“易安藏书楼”。园林内花木繁茂，其中最著名的是栽种了无数牡丹，品种有瑶池春晓、平分秋色、太真晚妆、燕雀同春、紫金球、碧玉带、绿蝴蝶等数十种，大花犹如盘盂，雍容华贵，一株可值万钱。每当春末夏初，群花怒放，五彩缤纷，满园生辉。西镇的香花草堂是太学生张德基专种牡丹之地，拥有法华镇最名贵的一株“清河白花”，如雪似云，清纯凝寒，花朵硕大，艳冠群芳。牡丹成了法华一绝，每当春末夏初牡丹盛开时节，游客纷纷前来观赏。当年有诗云：“富贵原推第一花，中州佳种更堪夸。每逢谷雨春和候，只听人人说法华。”遐迩闻名的法华牡丹使古镇有了“小洛阳”的美称。纷至沓来的各地文人墨客也在法华留下众多吟花赏景、叹事感怀的佳诗美文。

鸦片战争以后，法华古镇随着上海的动荡发生了变化，并逐渐风流云散，转入了难以想象的衰落中。古刹香火中断，宅第园林、亭台楼阁衰废，花木摧折，街道冷落，市面陷入萧条。1937年抗战全面爆发后，日军侵占法华地区，法华镇遭空前劫难达8年之久。上海解放后的1958年，已成臭水浜的法华浜被填没，在上面拓宽建成了通衢干道法华镇路，原法华禅寺的遗址上，一部分成了新华路街道办事处的驻地，大部分则成了上海交通大学的校园。而新华路上的观音禅寺的全部殿宇于新中国成立后由我国化纤工业的基地和摇篮——安乐人造丝厂改建使用。1984年该厂扩建时曾挖出舍利塔两座，塔身通圆，塔底平整，其一高58厘米，直径47厘米，上刻“开山觉印禅师”；另一高33厘米，上刻“默庵莹禅师”，字以碑形浮雕框之。如今，曾经的庙宇钟声虽然早已悄然无影，却把一片安宁祥和的气氛留在了这条路上。

曾一度以镇命名的法华路（即新华路）现已成为一条著名花园

景观道路，并特意种上了当年的法华牡丹花。老洋房像一瓣瓣干花，散落在上海地图上，新华路历史文化风貌区内的一幢幢老洋房更是集结成簇，和曾经风华绝代的法华牡丹一样散发着沁人心脾的香气。

从哥伦比亚骑术学校到上海影城

在与番禺路十字交叉路口的新华路73弄、84弄有一排新式里弄房子，此地原是一片茭白田和荒地，是1945年抗战胜利后，由中国农民银行投资征地建成的。其中73弄就是农民银行的集体宿舍，因为房屋用红砖清水砌筑，周围居民称为红房子。中国农民银行是国民党南京政府直接控制的中央银行、中国银行、交通银行、农民银行四行之一。当时中国农民银行进步职工为迎接上海解放，由当时在农行任职的张兆提议改名红庄，并一直沿用至今。红庄的建筑均为砖木结构的3层或4层楼房，机制红平瓦坡屋面，钢窗、地板，各种设施齐全。红庄的建筑风格为比较简洁的英国伦敦联排式都市住宅风格，北侧坡顶开有老虎窗，楼顶有晒台。有趣的是红庄可由人行道直接进入各支弄，省却了通常联系各支弄的总弄。这里晚上在紫色霓虹灯照射下有着一种神秘的感觉。

红庄的斜对面屹立着一幢线条流畅的现代建筑：上海影城，那里佳片连连，不停地为人们编织着现代的绮丽之梦。它是上海第一家五星级影院，也是国内最大的影城之一。影城最早在上海形成了小厅的概念，也是影视圈内专家学者观摩研讨的好去处。每当影展之时，影城日日佳片，影迷们忙着在影城的各个厅里穿梭观摩。影城也是历届上海国际电影节的主会场，每逢此时，这里更是群星荟萃，盛况空前，来自世界各地的嘉宾云集于此。许多国际著名演员、导演等电影人把自己的签名留在了影城底楼的那一架大白三角钢琴上。此外，很多电影首映式和新闻发布会都在这里召开。这些活动给影城带来了生命力，也为静悄悄的新华路注入了勃勃生机和活力。影城所在地在20世纪二三十年代曾是一片用砖墙围起的空地，里面有一排平房和几排马厩及其他一些辅助用房，门前竖着块英文招牌：Columbia Riding School，译成中文便是：哥伦比亚骑术学校。英国的绅士、淑女讲究派头。骑马、下午茶都是尊贵生活的象征，这个国家的贵族男女从小都接受骑术训练。20世纪二三十年代的上海，随处可见的英国人也将自己国家的精致生活拼凑进上海来。当时的上海，赛马之风日盛，与马相关的其他行业也都兴旺起来。赛马场、骑术学校纷纷落户申城，哥伦比亚骑术学校就是当时小有名气的时髦之地。

这个骑术学校只教授一些普通的骑马本领，如上马、下马、慢跑、小跑、奔跑，到学会跨栏为止。骑术学校的校长是个英国侨民，聘用了两名白俄教练，另外还有几个饲养马匹的马夫和打扫马厩及场地的杂役。最早到这里来学骑马的都是居住在租界里的外侨，主要是英国人送自己的子女来学，或是租马骑向西南郊区，既运动了，又算是郊游。后来，上海年轻一代的华人也纷纷仿效，紧身上衣、马裤、高筒马靴和盔式帽，这些行头是必不可少的。骑马的路线则是固定的一条，即过凯旋路之后便向南折入虹桥路，随后向西直到罗别根路（今哈密路）西首的高尔夫总会（今上海动物园），然后调头循原路回骑术学校，一来一去约一个半小时。当时这段路上极少有汽车驶过，即使听到汽车喇叭声，那些受过训练

新华路老洋房

的马匹也不会受惊狂奔。日益壮大的骑马者队伍使骑马成了当时上海“上流社会”的时尚。太平洋战争爆发后，日军进驻上海公共租界，这所哥伦比亚骑术学校便也关门大吉了。抗战胜利后，因为原址已造起许多弄堂房子，所以只好移到中山西路重新办校，但学校每况愈下，甚至只有马夫，没有正式的教练，其实只是一家出租马匹供人们骑坐的马房了。新中国成立后该校销声匿迹。改革开放后，这里的弄堂房屋拆迁，哥伦比亚骑术学校原址上矗立起上海影城。

林立的花园洋房构成风貌特色

走在新华路上，可以看到一幢接一幢的花园住宅，每幢别墅的风格样式各异，从英国式的规整，到法国式的闲情，再到传统中国的雕梁画栋，在新华路上都能找得到，是一个特别的城市风貌区。

新华路185弄是一条宁静的红砖弄堂，弄堂内花园住宅的坡顶造型、都铎窗是典型的英国风貌，有人说，设计师把属于英国的乡愁带到了这里。185弄1号是英国民居式独立花园住宅，建于1930

年。建筑为假3层砖木结构，双陡坡机制红平瓦屋面，屋面建有棚屋形老虎窗，外墙面为红砖清水墙。山墙面有凸窗，伸出山墙屋面的清水红砖烟囱顶部有精致的齿形装饰。窗框周边有护角隅石装饰，窗顶有都铎式拱券，南立面有都铎式连续拱券走廊，面向一个大花园。185弄1号原为外侨住宅，新中国成立后外侨回国，这里成为单位用房。

走近新华路336号，只见门前建有绿地景点的建筑小品，花坛上有多处假山，还有狮、虎、鹤雕塑群，颇为抢眼。隐隐约约听见庭院深处传来阵阵悠悠的琴声，仔细一看这里是上海民族乐团和上海轻音乐团的驻地。两种完全不同的音乐同在一个院子里却相安无事，也算是中西结合吧。这是一幢两层法国式花园洋房，前后有大花园，有各种名贵树木，大草地犹如展开的绿色地毯，草坪中凿有池塘辟有假山。该宅南立面底层为三开间拱券洞口，2层设敞廊，由室外露天石阶登步入室。客厅有大、中、小3个，大客厅能容百人，并有大、小两套餐间。客厅内柱子、吊顶式样怪异，墙壁还做了连续的壁龛。后房还有大画室和雅致的书房，整座楼有不同彩色瓷砖墙面的卫生间4套。这座洋房原是汪精卫的得意门生、曾任国民党中央执委、国防最高会议秘书曾仲鸣于20世纪30年代建造居住。1945年抗战胜利后，该宅被国民党“劫收”。1947年陈纳德和陈香梅夫妇由虹桥路美华邨移居至此，上海解放后陈纳德夫妇离沪去香港。1950年，上海锦江饭店创始人董竹君一家人搬进了这里。董竹君在这里住了不到两年便迁至复兴西路147号。1952年10月，上海民族乐团迁入至今。

新华路483号是一幢现代式3层平屋顶建筑，其平面有4个开间，该住宅建于1946年，是由设计过和平电影院、新世界大楼、国联戏院和米高美舞厅的上海籍建筑师顾梦良设计的。住宅的原业主姓张，后成为嘉兴民丰造纸厂老板、号称“造纸大王”的金润庠的私人住宅。建筑立面水平线条流畅，钢门、钢窗，立面简洁，无繁琐的装饰，南面起居室采用弧形大玻璃窗和角窗，不但能满足居住建筑日照的要求，而且使简洁的立面造型更富有变化。底层大厅为席纹地板，地面、楼面均为柳桉木地板。整幢建筑立面由圆弧及平直线组成，楼上还有半圆形阳光室、书房等。

哥伦比亚乡村俱乐部

番禺路原先称为哥伦比亚路，百年前这条路上坐落着哥伦比亚乡村俱乐部，很多欧美侨民聚集于此。它就在番禺路60号里面，另一扇门则在延安西路1262号。1941年太平洋战争爆发后，总会被日军占据，曾作为关押西侨的集中营，抗战胜利后被国民政府接管并使用。1953年这里成为上海生物制品研究所的所在地，从那以后这里从不对外开放，是一所常人眼里的神秘高冷之地。2016年上海万科接管上生所腾退的厂房园区，以上生 · 新所之名变身为集文创办公、购物娱乐、休闲体验为一体的开放式国际文化艺术生活圈，原哥伦比亚乡村俱乐部的神秘面纱也终于被揭开。

从番禺路60号一扇不大的门内进入，一栋别致的辅楼将整个园区划分为东西两种不同风格。东侧树木葱郁，幽静古典，绿荫丛中是当年的孙科别墅。穿过辅楼，便是建于20世纪20年代的上海哥伦比亚总会，该处又名哥伦比亚乡村俱乐部，是近代美国侨民在上海西部的一处社交和度假集会场所，原先这里建有高尔夫球场、弹球房、舞厅等，在我看来，乡村俱乐部的称呼似乎更符合这里的浪漫气息。

哥伦比亚乡村俱乐部是20世纪西班牙传教风格在上海的重要实例，主要体现在外立面饰面、装饰和拱券、螺旋柱等建筑要素上，曲线装饰元素的运用和外墙黄沙水泥饰面赋予了建筑粗犷自由带有乡村风味的外观特征。两层的主楼采取了相对均衡对称的立面形式，红瓦屋面坡度平缓，底层立面中部为粗石砌筑的连续拱券落地长窗；2层中部退为大露台，正中开间略为前出，设三联券窗，左右为平券，中间螺旋形窗间柱上为三叶形券，上部出檐变为带巴洛克风格的宝瓶式山墙，入口、门窗等局部以粗石镶嵌。底层一长排拱券落地窗前是一个室外敞廊，上面是一个别致的大露台，那是当时外国侨民夏夜聚餐、喝酒、吹风、跳舞的地方。主楼的主入口设于建筑北面中心，门厅由8根石质科林斯柱构成3间拱廊，进入后通过内廊向东西两翼展开，两侧设楼梯间通往2层。一层大厅原为舞厅，位于建筑中心，南侧通过落地窗可与室外联通，厅内装饰有许多曲线优美的科林斯柱头螺旋柱，东西两侧设置了混凝土仿石质壁炉，仿木梁的天花板等，我进入后感觉那是我见到过的最为自由奔放无拘无束的空间，尤其是那一根根华美的螺旋柱，想象当年在其间跳舞的淑女们的裙裾轻舞飞扬，该是如何扑朔迷离而又梦幻的场景。仔细看去，可见在大厅内的壁炉及部分阳台的铸铁护栏上有着3C徽记，即为哥伦比亚乡村俱乐部“Columbia Country Club”的英文缩写。

哥伦比亚乡村俱乐部附属的海军俱乐部里有个目前上海仅存的英式露天游泳池，泳池里青绿色的池水异常澄澈，与泳池边的彩色马赛克地坪、马赛克标识泳道相互衬托，原有的马赛克地砖外观纹样清晰，装饰精美，至今仍光艳如新，而更令人赞叹的是当年游泳池的喷水口是一尊精美的羊头雕塑。游泳池四周环以粗壮的混凝土白色柱廊，优美的弧顶，黑白斜线铺就的地坪，既保留了当年的风采，又充满了时尚魅力。游泳池北侧和西侧柱廊楼上有红色屋顶，下面设置栏杆，可以俯瞰整个游泳池。而南侧和东侧柱廊楼上也覆盖平缓的坡屋顶，下面设有木栅栏。柱廊外侧设置绿廊和凉亭，里面是咖啡吧和餐馆等，还入驻了Brew Bear旗下的第一家酿造体验店，高达7米的酿造罐有着震撼的视觉效果。面向泳池摆放着一张张桌椅，除了咖啡点心，还可以体验在泳池边喝酿造啤酒的爽快。游泳池隔壁就是海军俱乐部原体育馆，里面大而空旷的空间曾是上生所培养基蒸锅车间，现已改造为时尚秀场，墙壁上的蒸锅设备被巧妙地改造为空调出风口。

在其周边，是上生所迁入后陆续新建的数栋生产科研大楼。最有名的莫过于主要研制麻腮风疫苗的“麻腮风大楼”。它建于20世纪60年代，8层高，这座德国包豪斯风格建筑，外观简约，窗户尺寸较小，工业风格浓郁，由郭沫若之子、著名建筑设计师郭博设计,现在这幢楼用石料制作了拱券和立柱，墙面用水泥拉毛工艺装饰，朝南的窗户被部分扩大，既利于采光通风，也更具时尚感了。传统和时尚就这样悄无声息地在昔日的哥伦比亚乡村俱乐部交融，这也不失为一种海派风情。现里面已有裸心社、稻城书店、PIRATA、相扑猫等20多家品牌进驻，呈现着城市改造的新风貌。

新华路历史文化风貌区有着与上海这座城市水乳交融的气质，它的意趣散落在这里的角角落落，是需要细细品味和慢慢琢磨的。

弗兰克林住宅

恍若《乱世佳人》电影里的别墅

美国南北战争期间，颠倒众生的贵族小姐郝思嘉和风流倜傥的富家子弟白瑞德在十二橡树庄园里演绎的一幕幕生死爱恨让人对美国南方庄园里的别墅充满遐想。《乱世佳人》迷们可能没想到在上海居然还留存着一处美国南方庄园住宅，据说它的造型和1939年拍摄电影《乱世佳人》的亚特兰大庄园住宅有点相似，现在那个庄园住宅早已成了废墟，想寻觅郝思嘉和白瑞德踪迹的影迷们不妨去看一看上海的这座弗兰克林住宅。

喜欢文学的人几乎都读过玛格丽特·米切尔的长篇小说《飘》，而根据这篇小说改编而成的好莱坞电影《乱世佳人》更是脍炙人口。美国南北战争期间，颠倒众生的贵族小姐郝思嘉和风流倜傥的富家子弟白瑞德在十二橡树庄园里演绎的一幕幕生死爱恨让人对美国南方庄园里的别墅充满遐想。《乱世佳人》迷们可能没想到在上海居然还留存着一处美国南方庄园住宅，它就位于淮海西路338号的上海空军455医院内。这幢住宅建造于1931年，原是交通银行外方董事C. S. Franklin一家人居住的别墅，所以人们称之为弗兰克林花园住宅。

弗兰克林是美国南方人，他自然希望在上海建造一座美国南方庄园风格的住宅，也可以慰藉自己的思乡之念。美国的建筑文化似乎不像欧洲国家那样源远流长，所以在上海欧洲风格的建筑比比皆是，而纯粹美国风格的建筑却难以见到，这还得从美国南部建筑风格的形成说起。其实，美国在独立后很长一个时期，其南方不仅在经济上，而且在审美观上也一直与英国有着千丝万缕的联系。与美国北方相比，美国南方人更愿意把自己的孩子送到英国学习神学和法律，英国人的生活方式在不同方面进入了美国南方人的意识之中，无形中为南联邦文化奠定了基础，其中最明显的便是表现在美国南方的建筑风格上。查尔斯敦附近，现已成为联邦历史文化保护点的德莱敦建筑就是依照英国建筑师威廉·肯特的设计建造的，这座建筑的薄壳形屋顶，残断的三角花饰，古典的细工雕刻和空白板面等给人感觉仿佛是把英国乡村的帕拉第奥式住宅搬到了南卡罗来纳的田野里。迷恋这种建筑风格的美国南方建筑师从英国买进早已

弗兰克林住宅

公开发表的设计图案，使这种兼具英美风格的建筑遍及了从巴尔的摩到查尔斯敦的整个地区。查尔斯敦市的另一幢古老建筑，即建于1808年的拉塞尔楼让人感觉仿佛来到了英国的巴思或伦敦的那什湾。细腻的新古典主义装饰风格、灰泥墙面以及内壁上镶嵌镜子的窗户无不体现了英国摄政王时期的建筑风格。距今100多年前，美国民主党的创始人、联邦的第三任总统杰弗逊设计的蒙提塞罗建筑则充分体现了英国的新古典主义和南方的开疆拓土精神。蒙提塞罗原先是一幢早在独立战争时期就已存在的古老建筑，托马斯·杰弗逊从法国和欧洲考察回来后，将其翻修扩建，他把欧洲建筑的优雅风格融入了他所幻想的南方乌托邦之中，翻建后的蒙提塞罗的拱顶、弧形窗和精致的装饰线条体现了意大利的帕拉第奥式风格，拉毛粉刷的粗糙砖石体现了美国南方的英式建筑风格。这幢建筑成为美国南北战争前美国南方住宅的典型。后来，为了纪念这位杰出的南方领袖，美国密西西比州华盛顿城建立了一所杰弗逊学院。这所学校的建筑代表了杰弗逊式的南方风格向室内的转化。典雅、朴素、实用的特点体现了新生民族的审美观和爱国主义情趣，同时，也显示了那个时代的极为强烈的民族自信感。事实上，在美国历史上，独立宣言的作者、宪法和人权法案的作者以及美国第一任总统和第一任最高法院法官，都来自南方。

19世纪初美国南方文化的一个显著特点便是于蛮荒之中见高雅。19世纪30年代初在路易斯安那州的韦克斯家族建造的“太极的影子”以屋檐浅露的砖石结构、希腊风格的前部长廊和内阴外凉的通风设施体现了南方建筑继承传统以及兼蓄实用的时代风气。

我在这里简单地描述了美国建筑风格形成的大概脉络。而弗兰克林住宅正是沿袭了美国南方庄园建筑的这一特点。

弗兰克林请了在上海已赫赫有名的美籍建筑师哈沙德来设计自己的住宅。他觉得同为美国人的哈沙德应该更能领会他对住宅设计的要求。哈沙德是1921年从美国来到上海定居的，作为一名职业建筑师，也是远东地区唯一一位美国建筑师协会的成员，哈沙德意识到在上海他能够闯荡出一片属于自己的天地。而在哈沙德来到上海之前，他已经在纽约从事了20年的建筑工作，鲜明的个人特色与丰富多样的建筑形式为他在上海大展拳脚奠定了扎实的基础。1923年，哈沙德作为独立建筑师承接项目，当时哈沙德设计的代表作品，均在南京路两侧，有永安公司新厦、西侨青年会大楼、华安人寿保险公司大楼（今金门大酒店）、新光大戏院等著名近代优秀建筑。即便设计过诸多不同风格的建筑，弗兰克林住宅的风格在哈沙德的职业生涯中也是独一无二的。

这是一幢主体两层，局部为假3层的建筑，采用欧洲古典主义风格惯用的轴对称，正立面由6根圆形多立克水刷石立柱构成两层高的柱廊，柱廊内主入口设在5个开间的中间，入口两侧分列两根爱奥尼克式壁柱与2楼窗户组成一体，机制橘红色平瓦屋面南侧有3个双坡尖顶老虎窗，北侧也有两个老虎窗。四周深挑檐，檐下与门楣上都有精美的小装饰遥相呼应。尤为别致的是这栋建筑上窗户的设计，有雕饰精致的长方形窗，有拱形长窗，有落地窗，还有凸窗等丰富的窗户造型，门厅平面为妩媚的椭圆形，整座建筑充溢着美国南方庄园式住宅的特色。通体洁白的建筑坐落在高大繁茂的绿树丛中，面对一片宛如绿茵的大草坪，周围一圈白色的草坪灯把异域风情烘托得十分浓郁。门前一左一右栽着两棵大树，宽大的树冠，粗大交叠的枝干颇有橡树的风致，中间一座玲珑的喷水池，门口一条白色石子铺设的甬道，形成一道绝美的景色，看上去就像是美国经典电影《乱世佳人》里的场景，透露出浓郁的美国南方庄园风情，有着梦幻般的色彩。这幢花园住宅的建筑风格不但是上海唯一的，在国内也非常罕见。据说，它的造型和《乱世佳人》中的亚特兰大庄园住宅有点相似，现在那个庄园住宅早已成了废墟，想寻觅郝思嘉和白瑞德踪迹的影迷们不妨去看一看上海的这座弗兰克林花园住宅。当然如果门前的树能长得高过屋顶，那么十二橡树庄园的味道就更浓了。

这里是银行家弗兰克林的住宅，弗兰克林不仅是交通银行外方董事，还是上海弗兰克林律师事务所的首席律师，女儿赖丝是在上海出版的《美国帆船》杂志专栏作家，他们一家在这幢美国庄园式住宅里一直住到1941年太平洋战争爆发，才不得不回国。宋庆龄从1927年到1946年期间曾在此居住，这里也是宋庆龄儿童福利基金会旧址。

抗战胜利后，这幢住宅归中央银行俱乐部使用，1947年10月1日，为募集文化福利基金，救济贫困文化人，中国福利基金会在弗兰克林寓所举行中秋游园会。这次中秋游园会是由地下党组织筹划，于伶、叶以群参与策划，通过廖梦醒、许广平与宋庆龄出面主持，用中国福利基金会名义举办的一次大规模义

弗兰克林住宅充溢着美国南方庄园式住宅特色

卖活动。义卖那天，住宅门前的草坪上摆放着一张张铺了白桌布的长条桌，上面摆放着各种各样的义卖品，嘉宾如云。会上，宋庆龄捐赠了孙中山的遗物团扇、通心古瓶和英文版《建国方略》等，还应来宾之请募捐签名。活动通过义演、义卖，共筹集3.97亿元法币（约折合4000美元），全部交给各文化团体。

新中国成立后，上海空军第一医院（455医院的前身）使用至今，现这里是解放军455医院美容和整形外科激光中心。在里面美容，倒是可以做做《飘》的梦，想象自己就是颠倒众生的郝思嘉了。

新华路200号

回荡远古钟声余韵的建筑

在洋房林立的新华路上留存这样一座有着典型中国传统风格的建筑实属难得，这幢建筑的一侧曾是马可·孛罗咖啡馆。1993年，刚设计完这个咖啡馆的登琨艳先生常常坐在吧台上，听着20世纪30年代歌星白光的歌声，想着他心中的苏州河。透过面包房的后窗，可以从最美的角度欣赏到那幢传统宫殿般的建筑，它掩映在绿树葱茏的庭院中，显得分外典雅。

新华路200号传统建筑

新华路200号建筑原址位于新华路北侧，在西郊“哥伦比亚圈”内。建筑占地4100平方米，面积1259平方米。这幢建于1930年的建筑是一幢中国传统形式的重檐大屋顶建筑，这样的老建筑在上海地区并不多，建筑共3层，重檐屋面上覆盖着铁锈红色琉璃瓦，四只戗角翘起，共装有8只风铃。外墙面水泥砂浆粉涂刷奶白色，沉稳而庄重。建筑共有5个开间，中间进门处有贯通2层的双柱，3层为四坡顶屋面，因3层柱廊没有升上去，故平面收进一圈。底层大厅有精雕的门框、门扇和隔断，2楼大堂有精雕的水泥大梁、牛腿和天棚，3楼大厅有柚木制作的藻井天花。1、2层设有三面柱式围廊，铺设红缸砖，有斗拱装饰，十分气派。主入口处门厅宽敞，主柱高耸。大厅南墙上两扇顶天立地的对称木门几乎占据了整个墙面，木门采用中国传统的格栅图案。门口台阶两侧卧着一对石狮子，为整幢建筑增添了几许威严，而墙面上长方形的压条钢窗，显然是在这幢传统建筑中糅合了西洋建筑的样式。楼内走道四通八达，室内大部分是木装修，木门、钢窗，柳桉条木地板，木楼梯，木栏杆，木扶手。这家老人信教，不但建筑采用中国传统式样，连其窗户彩色玻璃都制有神像，完全融入了中国传统建筑的结构和建筑艺术手法。墙柱构件均为斩假石面层，外墙面水泥砂浆粉刷涂土黄色。这样传统形式的建筑，在20世纪30年代的上海实为罕见。

这幢房子据说是由上海滩著名的“纸张大王”金润庠（曾担任上海商会常务理事，并组建了“国产纸板联合营业所”）出资建造的。他的母亲是位虔诚的佛教徒，事母至孝的金润庠特意为母亲建造了这栋带有浓厚佛教色彩的建筑。异国风情浓郁的新华路上只有这里还保持着一丝远古钟声的余韵，虽然已是渐行渐远。新中国成立后，新华路200号曾作过部队的干部宿舍和部队医院，后来，编撰中华五千年文化的《汉语大词典》出版社曾长期在这里驻扎，其浓厚的历史文化气息与这幢中国传统建筑异常吻合。现为上海世纪华创文化形象管理有限公司的办公大楼。

俗话说，物以稀为贵。新华路200号的建筑风格本已是上海稀有的，而且上海市中心具有中国传统式样的建筑本就不多，在洋房林立的新华路留存这样一幢，更是凤毛麟角，它实际上是悄无声息而又顽强地传承了中国传统文脉。这让我对这幢房子始终怀有一种特殊的感情，以往每次去新华路，我都会到隔壁的马可·孛罗面包店要杯咖啡，坐在临窗的位置，安安静静地欣赏新华路200号那遗世独立的风范。

新华路外国弄堂

繁花渐欲迷人眼

外国弄堂里的每一座建筑都有自己的故事，它们安静低调地站在那里，透露出一种特有的美丽与苍凉。这条弄堂本身就是优秀历史建筑，就像大光环里面盛着闪亮的小光环一样，弄堂里荟萃着一幢幢优秀历史建筑，踏入其间，如入万花丛中，令人目不暇接。

新华路211—329弄是闻名遐迩的“外国弄堂”，这条弄堂是著名的匈牙利建筑大师邬达克规划和设计的，它由新华路211弄和329弄两条弄堂相互连接，形成一个规整的马蹄形，看得出是精心设计的结果。邬达克之所以把外国弄堂设计成马蹄形，是因为他希望这里是一个适宜居住的小区，而这样前进后出的构造，交通自然十分方便。弄内绿树婆娑，环境幽静，29幢风格迥异、造型别致的欧式花园住宅坐落其内，有英国、荷兰、意大利、西班牙式等，被称为上海西郊哥伦比亚圈内的精华建筑群，这些住宅竣工后分别售给外国侨民，便有了“外国弄堂”之名。虽然弄堂的正式名称是新华别墅，但是人们还是习惯称呼它为外国弄堂。长期以来，这里有个说法，弄口入内十步为“分贝临界线”，过了这条线，任外面路上再喧嚣，你也会完全沉浸于一片安宁的世外桃源般的氛围中了。

这样的环境无疑是最适合诗意的栖居了。

在外国弄堂的弄口镌刻着“新华别墅”4个大字，四周环绕着艺术风格的铜花纹，底下衬着些有年头的木栅栏。站在211弄弄口往里张望，但见弄堂两旁风貌各异的别墅被高大浓密的树荫遮掩着，一些建筑的外墙上攀满了常春藤纷披的枝叶，使住宅显得若隐若现，反倒有一种犹抱琵琶半掩面的云遮雾障之美。慢慢踱进去，透过枝叶间的缝隙，可见矗立在各式小楼屋顶的烟囱、圆拱形的门窗、木制大门、铁艺窗栏等，使人恍惚来到欧洲乡村。弄堂里最多的是西班牙风格的别墅，细微处不可遏制地弥漫着西班牙建筑的语言和构图，由于西班牙是一个充满阳光和活力的浪漫民族，所以建筑多采用明亮温暖的色彩，淡黄墙面和红瓦屋顶结合的暖色调，既醒目又不过分张扬，营造出一种内敛、柔和、尊贵的生活氛围。弄内一些住宅曾做过西班牙、葡萄牙、英国、瑞典等国的驻沪领事馆，其中尤以英国领事馆面积最大、建筑最豪华，内有网球场、游泳池等设施。这里的每一幢建筑都有自己的故事，如今，它们安静低调地站在那里，透露出一种特有的美丽与苍凉。

新华路179号住宅是外国弄堂里的一幢沿街住宅，建于1930—1935年。这是一幢具有德国民居风格的假3层住宅，机制红平瓦双坡屋面，屋面檐口处有折坡，并有棚屋形老虎窗，南立面山墙有半裸露黑色木构架，线条较窄并有弯曲，其他部分均为白色水泥拉毛粉刷。2层阳台栏杆为红砖砌筑，原是镂空十字图案，现改为宝瓶栏杆。底层南向有宽敞门廊，由彩色水泥阶砖铺地，里为客厅和楼梯间，西侧为一排辅助用房，东侧为厨房、卫厕等，北面有两间大餐厅，客厅和书房内均设有壁炉。2层有卧室5间，设3座楼梯上下。3层有一间大活动室，内有壁炉、壁柜和一朝东阳台，3楼由山墙窗和屋顶老虎窗通风采光。在梧桐掩映下这幢建筑充满德国乡村别墅情调，过路人都会情不自禁停下脚步驻足凝望。

211弄1号是一幢建于1940年前后的西班牙式独立花园住宅，整幢建筑造型活泼，主体两层，局部3层，2层女儿墙为红色筒瓦压顶，3层为红筒瓦坡屋面，外墙面用淡黄色水泥砂浆粉刷。两座贴墙伸出屋面的砖砌烟囱顶部饰有3个联列式尖拱，使整个建筑形成了向上的动感。东侧山墙阳台为螺旋形底托，反S型铁制栏杆，体现出典型的西班牙风格。入口大门上部有弧形

新华路211弄1号

门头顶盖，配以右侧方形，左侧圆拱形窗户，异常别致，南面门窗间有螺旋形花纹小柱和圆形柱廊。这幢住宅还配有一座300平方米的花园，绿树成荫的花园中间有一块地毯似的绿草坪，一侧还有个人工开掘的池塘，里面养着许多锦鲤鱼，在阳光下悠游自若。室内的花式木门、半圆顶钢窗、立柱和雕花都表现出西班牙式的大气精致。主屋旁边有储藏小屋，南面是拱圈走廊，每间屋子都有壁炉，现虽已弃之不用，但依旧折射出一种欧陆风情。住宅门前一枝栀子花树，春夏间花繁叶茂，散发着幽幽的香气。这个别墅的原主人是上海哥伦比亚唱片厂英籍经理，新中国成立后，英籍经理返回英国，房子由别人代为管理。上海乐团成立后租借了这幢别墅，由民族乐团使用。1954年后，又分给了乐团干部作为住宅，每间房里都有一些原主人留下的家具，有的一直保留至今。

李佳白住宅

在211弄入口处另一边的2号，绿树环抱之中隐约可见一幢假3层老洋房，这是一幢英国乡村式别墅，尖尖的屋顶，灰蒙蒙的外观，仿佛一座充满了谜团的荒凉山庄，有人戏称其为“呼啸山庄”。这幢房子建造于1925年，曾是美国基督教北长老会传教士李佳白的住宅，据说，这也是新华路上最老的保存完好的洋房。1882年至1892年，李佳白受北长老会派遣，在中国烟台、济南传教。1894年以独立传教士身份重返中国，担任《泰晤士报》驻华记者。李佳白在华时间长达40余年，是北京、上海等地“尚贤堂”的创始人。时过境迁，岁月洗涤了一切，只有房子成了一种见证。这幢英国乡村风格住宅外墙面为水泥拉毛粉刷，局部红砖清水勾缝，机制平瓦陡坡屋面，进出花园的门和窗的顶部都设有红色平瓦顶棚，局部坡屋面由3层直盖到1层，2、3层都有棚屋式老虎窗挑出屋面。建筑南面局部有廊，

新华路231号

廊的上部为设置着钢制栏杆的2层平台。在住宅进门门斗顶部有巴洛克式水泥雨篷，由蜗形混凝土三角牛腿支撑，半圆拱门洞，门斗及其他局部墙体护角采用褐色怪石砌筑，颇有特色。室内为硬条木地板、柚木护壁、木窗、木楼梯。如今，这座建筑物的外墙上爬满了绿色藤蔓，生气勃勃的，似乎在顽强地与岁月抗争。屋顶上的烟囱依旧挺立，残留着没落贵族的傲气。进门后，依稀可见由大块圆石筑成的墙角，有着精致雕花的楼梯，架空地面铺设的细木条地板，透露出曾经的风华。住宅花园宽敞，草坪平展，四周松树、水杉、竹树苍翠，在草坪一侧之前还有网球场、小型游泳池等。1927年李佳白去世，这里就成了他儿子李约翰的住宅。太平洋战争爆发后，李约翰也离开了上海，现这幢住宅里住进了寻常人家。

临街的新华路231号是一幢建于1932年的英国乡村式花园住宅。建筑为假3层，四坡平顶屋面，用红板铺盖，设置四坡老虎窗。南立面中部有凸出敞廊和阳台，底层及烟囱为褐色面砖

新华路315号

饰面，2层立面为白色粉墙，墙角局部用红砖镶嵌。山墙和外墙立面，都置有半露黑色木构架。南面的花园原有暖房、亭子、假山等，现已不存，仅有墙顶盖红色圆筒瓦，墙面贴泰山砖的弧形围墙至今保存良好。这幢建筑设施讲究、造型美观，花园宽敞。在外墙黑色铸铁水斗上铸有梅花图案和1932年字样。据说这幢花园住宅是荣德生的女儿、工商界知名人士荣漱仁的堂外甥丁宜生于1946年向一英国人购买的，新中国成立前夕丁宜生去了香港，托荣漱仁代管这所住宅。荣漱仁曾将该宅借给国家办幼儿园，践行着父亲“比办实业更可贵的是办学精神”的理念。近年房管部门对这幢住宅进行了大修，恢复了建筑的原有风貌。

在外国弄堂里有一幢很大的别墅，红瓦，裸露的木框架，沿街的门牌号是新华路315号。据说那是旧上海在沪的某石油大王为其儿子结婚建造的住宅，是当年新华路上最豪华的一幢花园洋房。这是一幢建于1930年的英国乡村式花园住宅，假3层，双陡坡红瓦屋顶，有较大的出檐。外墙立面上部为白色水泥拉毛墙面，下部为清水红砖墙，清丽简洁。南立面中部向前突出，山墙裸露黑色木构架。木头门窗选用国外进口的带有疖疤的木料，保留粗糙的錾凿痕迹，部分外墙立面转角砌隅石，给人原始质朴之感。2楼正中朝南有外阳台，用缸砖铺地，外围铸铁栅栏，北侧有露台。楼前有近2 000平方米的花园，中间是大片草坪，四周围绕雪松、桂花、香樟等树木，绿意盎然，还有竹亭、假山、葡萄架等。新中国成立后这幢花园住宅曾一度由我国近代实业家盛宣怀的第五个儿子盛重颐居住，后又作为上海市第一商业局疗养院，现在是一家公司的办公楼。

新华路329弄的别墅也都风格各异。17号是一幢外墙为浅黄色水泥拉毛粉刷的假3层花园住宅，建于1925年，是上海棉纺业巨子薛福生的旧居。建筑采用西班牙式圆筒瓦缓坡屋面，2层是单坡平屋面。底层檐口有多种装饰线脚，入口门廊做单坡圆筒瓦雨篷，由螺形支托支撑，主入口门洞做红机砖圆拱门套，红褐色实木镶嵌花玻璃大门。壁炉烟囱出口有连续小尖券装饰，南立面底层拱廊用红色圆筒瓦压顶，2层平台用钢栏杆围护。建筑南面有200平方米的花园，花园内绿草如茵，四周植有芭蕉、龙柏、桂花、黄杨、龙石兰等植物。位于329弄32号乙的别墅建于1930年，是一幢有着北欧风情尤其是瑞典建筑风格的住宅，有着较陡的双坡红瓦屋面，联排式砖砌烟囱，清水红砖墙面，

新华路329弄17号

一东一西有两个高低不一的三角尖顶。北入口门廊采用新古典主义建筑式样，两边各有一根多立克立柱，主入口有半圆拱门套，门廊顶层饰有宝瓶栏杆，门顶有半圆铸铁花饰楣窗，两侧两层有多边形城堡塔楼造型。主入口东侧为多边形楼梯间。屋前有一个很大的花园，绿草如茵，巨木如盖。花园里有一株有着200年树龄的广玉兰，春天来临时，树上开满了雪白的花朵，淡淡的花香在弄堂里飘散开来。这幢住宅在1936年至1947年期间为瑞典驻沪总领事官邸。新中国成立前夕，曾转卖给盛宣怀的五子盛重颐，由盛重颐之子盛泮澄全家居住，至今盛家尚有后裔居住在该住宅内。

外国弄堂内最为人津津乐道的是位于329弄36号的“蛋糕房子”。这幢房子因其形似蛋糕而得名，这是一幢双层圆形花园住宅，在上海近代建筑中可谓绝无仅有。蛋糕房子的缓坡屋面盖有西班牙圆筒瓦，下为木基层、木屋架。住宅外墙面结构外

上图：新华路329弄32号乙　　下图：蛋糕房子

露，梁、柱均为白色，紫红色泰山面砖贴面，白水泥勾缝，前后大门两侧均用玻璃砖砌筑，既满足了室内采光要求，又丰富了建筑立面。圆形平面的内圈为客厅，铺白色大理石地面，客厅中央有一大理石铺砌的欧式喷水小池，相对应的顶棚有一盏玻璃吊灯。外圈空间分割为起居室、餐厅、书房及辅助用房。由中心客厅可进入外圈各房间，内为硬木带纹地板，并用玻璃砖隔断。整座建筑新颖奇特，装修豪华，别致的尖拱烟囱曾飘出袅袅炊烟，宛如童话中的房子。

蛋糕房子曾是西班牙公使官邸，后为曾任同济大学校长的著名民主人士周均时购得。周先生因主张和平而被关入监狱，于1949年5月在重庆被蒋介石逮捕，囚禁于重庆白公馆监狱。同年11月27日殉难，年仅58岁。如今这幢建筑属于旅居海外的周均时的女儿。20世纪50年代初好客的主人常常在里面举办提供茶点的聚会，所以，客人和邻居便戏称之为“蛋糕房子”。这是关于“蛋糕房子”的第二个版本了。两个说法都有道理，也许，两者的结合更符合这幢房子的命名吧。蛋糕房子据说是邬达克最为得意的作品，或许是因为过于留恋，邬达克设计完这幢房子之后，居然把自己的家也建到了邻近的番禺路上。

新华路外国弄堂建筑造型别致、风格迥异、绿树婆娑、幽静怡人，是当时上海西郊“哥伦比亚圈”的精华。如今，外国弄堂里的这些洋房虽已迟暮，但岁月的光晕却把它们打磨得越发迷人，风韵不减当年。

梅泉别墅

“疏影横斜水清浅”的弄堂

20世纪30年代的上海号称冒险家的乐园，十里洋场里多的是外国人。以中国传统文化和现代主义建筑风格营造的梅泉别墅有着一种文化的包容和气度，那是海派文化所孕育出来的海派建筑，而那疏影横斜、暗香浮动的中国古典美的意境已悄然定格在梅泉别墅的弄名上。

梅泉别墅

梅泉别墅藏身于新华路茂密的梧桐树下，比起名闻遐迩的新华别墅，它显得低调多了，默默地蛰居在新华路593弄，反倒有了一种安静优雅的风度。这是一条现代建筑样式的花园别墅弄堂，建于1933年，之前这里还是一片农田，由于1925年公共租界当局越界筑路，修筑了安和寺路(今新华路)，房地产商由此在道路两侧纷纷购买土地修建住宅，房地产商吴其达也在此投资建造。吴其达很有自己的见地。他邀请的建筑设计师奚福泉，是中国第一代建筑师，由于当时中国并未开办建筑教育，因此他们大多拥有留学海外学习建筑的经历，西学东渐，留学归来后于20世纪二三十年代登上中国的建筑舞台。有了设计图纸，吴其达就将其交由李顺记营造厂进行施工，因此梅泉别墅是当时上海滩上为数不多的由中国人自己开发、设计和建造的别墅。

按照吴其达的要求，奚福泉在这块地皮上设计了一条花园里弄，弄内建造两层砖木结构花园洋房20幢，不大却很精致。进弄左侧有一个小花园，花园内有两米见方的水池。弄堂里有水池，这在上海弄堂几乎是绝无仅有的。池中设有喷泉，是为“泉”，水池周围种植梅花，是为“梅”，合并起来即是极富诗意的“梅泉”。梅花临水照影是最美的，宋朝诗人林逋有“疏影横斜水清浅，暗香浮动月黄昏”之脍炙人口名句，这样的意境也只有深谙中国传统文化神韵的设计师才能营造出来，梅泉别墅之名就因此而来。如是，梅泉别墅的中国古典之美在外国别墅林立的新华路上自然显得别具一格，所以进弄这一笔就不同凡俗。弄堂里宁静、祥和，有种特别的魅力。可惜的是，小花园已被破坏，至今尚见水池的墙基印迹留存。一块标注有“梅泉旧址”4个大字的标牌，提醒着人们它曾经的地理位置。

其实，建筑和人一样，必须要有自己独特的个性。

奚福泉不是一个平庸的设计师，当时新华路上已经有了外国弄堂，而且离这个地块咫尺之遥。奚福泉不想再设计一条重复的弄堂，他要另辟蹊径。梅泉别墅没有采用繁复的风格，而是用了当年国际上最流行的现代派建筑风格。现代派建筑风格产生于19世纪后期，成熟于20世纪20年代，之后风行于全世界，是20世纪中叶在西方建筑界居主导地位的一种建筑风格。

这种风格强调建筑的实用功能，主张采用新材料、新结构，坚决摆脱过时建筑式样的束缚，以简洁的造型和线条塑造鲜明的社区表情，简单轻松，舒适自然，强调时代感是它最大的特点。梅泉别墅里的建筑造型质朴大方，一式的机制红平瓦屋面，阳台为钢制栏杆，弄堂开阔，小轿车可以进出，每幢小楼都有汽车间，每户东面都有花园，水、电、煤、卫设备齐全，梅泉别墅的弄堂虽不大，里面却有曲径通幽之妙，以为走到头了，拐个弯却又柳暗花明。不过，这条弄堂是不通的，你没法通过它穿到后面的马路上去。它的终结点在一幢别墅的院子里，其曲折径深倒也颇有情趣。梅泉别墅属于早期的“高档内销楼盘”，建成后吴其达自住10号，这栋房子位于弄堂正中央，无论是地理风水、气势规模都为最佳。梅泉别墅16号和20号等庭院内还筑有水井，井水清澈。想想冰箱没有普及时，这井水在夏天何其珍贵，用来冰镇西瓜更是一绝。

这个由中国人自己开发、设计和建造的别墅还荡漾着中华民族的浩荡之气。那是因为参与收复西沙、南沙群岛的国民党海军舰队参谋长张君然曾入住梅泉别墅20号，一座庭院内筑有清澈水井的花园洋房。张君然与那个战争年代所有的爱国青年一样，将自己的一腔热血投入到救国运动中。他20岁投笔从戎，考取了青岛海军学校第五期航海将校班，1940年毕业后前往重庆，通过“东北救亡总会”开展统战工作，进行抗日救国活动。1946年，已被任命为海军总司令部海事处参谋的张君然，在地下党的鼓励下，主动请缨参加海军进驻西沙、南沙群岛舰队工作。张君然三下南海，四进西沙，并协同进驻西沙群岛的舰队副指挥官姚汝玉，乘“永兴号”驱逐舰登临永兴岛，使永兴岛重新回到了祖国的怀抱，岛名也因此而得。为了纪念海军收复西沙群岛，张君然在距离永兴岛港口300米远的树林里建造了一座用水泥浇制的纪念碑，碑高1.49米，宽0.92米，其正面碑文为“南海屏藩”，背面刻有“海军收复西沙群岛纪念碑”，旁边署着“中华民国三十五年十一月二十四日立”。此碑至今立于永兴岛上，成为第二次世界大战以后我国收复西沙及南海诸岛主权的铁证。1950年，张君然加入中国人民解放军海军，并在西沙群岛上捍卫着祖国国土的完整。退休之后，他回到上海担任了长宁区政协委员。1986年11月24日，张君然重返永兴岛参与收复西沙、南沙40周年纪念大会。

2003年张君然在上海去世。他当年所立的“海军收复西沙群岛纪念碑”依旧矗立在祖国的边疆，忠诚地守卫着祖国。后人在纪念碑后建造了一个纪念亭，以供人遮阳挡雨。永兴岛如今也盖起了房屋，成了永兴村。

《幽窗小记》中有这样一副对联：宠辱不惊,看庭前花开花落；去留无意,望天空云卷云舒。我很喜欢这副对联。如今，漫步在梅泉别墅里，我心里想的就是这副对联。试想，20世纪30年代的上海号称冒险家的乐园，十里洋场里多的是外国人。以中国传统文化和现代主义建筑风格营造的梅泉别墅有着一种文化的包容和气度，那是海派文化所孕育出来的海派建筑，而那疏影横斜的意境已悄然定格在梅泉别墅的弄名上。

孙科别墅

一幢狂野不羁的神秘建筑

第一眼见到这幢神秘的房子时我是着实被惊着了，它太特别了，感觉设计师是要把他所喜欢的所有建筑风格都融入其中。这栋房子原先就是邬达克为自己设计的，所以，他不用受命于雇主，而只是凭借自己的喜好。从这幢房子里我读出了邬达克内心的不羁和狂野。

不同角度的孙科别墅

孙科的这幢别墅在上海的花园洋房里显得神秘莫测，它隐匿在番禺路上，门前是一条长长的一眼望不到头的围墙，那扇临街的大铁门始终紧闭，绕到延安中路上，也还是看不到它的影子。2018年，当我有幸步入其中，我才知道它原来藏得那么深，在马路上是根本无法窥见这幢别墅的半点春光的。有人说它像神秘的古堡，我觉得它没有古堡那么幽深阴暗，建筑之华美倒是有一点古堡的韵味。

从番禺路60号进去，一条甬道引入一个将近7 000平方米的大花园，园内高大的树木郁郁葱葱，犹如一片森林，恣意的绿浓得化不开，孙科别墅就掩映在这一大片绿意之间，自然让人感觉神秘莫测。园内茂密的树木花草形成大片绿荫，并结合地形起伏，巧妙地利用绿化分割空间。园内还有一条人工河流静静地蜿蜒流淌，配以湖石驳岸，犹如乡间田园。在弯曲水道旁用鹅卵石铺筑小道，小道旁摆放着一张圆圆的石桌，4个石凳围绕圆桌。一路行去，一座小桥把我引入别墅主楼。第一眼见到这幢神秘的房子我是着实被惊着了，它太特别了，也算是阅尽无数老建筑的我，却从来没看到过如此繁复的风格。感觉设计师是要把他所喜欢的所有的中外建筑风格都融入其中。我知道这栋房子原先就是邬达克为自己而设计的，所以，他不用受命于雇主，而只是凭借自己的喜好。从这幢房子里我读出了邬达克内心的不羁和狂野。

这幢房子是野性的，因为它混搭的风格根本不按常理出牌。

这是一栋砖木混合结构建筑，多种建筑风格混搭得天衣无缝，因为另类而显得分外迷人。平缓的屋顶、红色的筒瓦和装饰讲究的檐口，透着浓浓的西班牙花园住宅建筑风格。别墅南立面，局部为横向三段式设计，是古典主义对称手法的娴熟运用，而整个形态则采用现代主义的非对称布局。横向的左中右建筑形态尤其是门窗造型各异。进门处3扇尖拱券门内又有3扇圆弧形拱门以及窗间几何图案装饰的浅壁柱，更像意大利文艺复兴时期的形式，而屋顶上烟囱的造型让我想起在巴塞罗那看到过的高迪设计的米拉之家的烟囱。多变的窗框形式包含了平拱、弧拱、圆弧和尖圈拱等，都是巴洛克建筑的风格。2楼两个落地窗打造景观阳台概念，整栋楼都拥有简洁、明快的外窗面，是美国近代建筑风格。南侧门前有一别致的欧式喷水池，宽敞的中国传统风格的花园将其妥妥地怀抱，5种不同时期不同国家的建筑风格悄然融合在了一起，呈现出独一无二的迷人魅力，令见者倾倒。难怪人们将其称之为多国建筑风格糅合的混血杰作。进口门廊的拱形大门，古朴而厚重，逐渐收进的门楣，有种奇妙的透视效果。

进入室内，触目所见是很多尖拱以及圆拱，屋顶有横梁和木托架。底层朝南有3个大房间，当中一间通向内阳台。东侧两根科林斯式螺旋形矮柱从两侧托起一个大尖拱，从这里进入抬高的圆形空间，弧形穹顶式天花板独特罕见。靠墙有堆放着成捆木柴的石头壁炉，壁炉造型也是两侧带螺旋柱的式样。天花板上垂下蜡烛造型的枝形吊灯，晕染出一片昏黄的光影，加上一盏盏蜡烛地灯，恍如进入一个传说中的古堡内，唯美而幽深。底层走廊以砖铺地，西面是通往2层的主楼梯，柚木楼梯上的铸铁镂空栏杆雕刻着精致的花纹，楼道两旁有精巧的柚木护墙，护墙上凸出的花纹组合多样。楼梯间尖拱形的窗户上镶嵌着不规则的五彩玻璃，将阳光折射得缤纷动人。2楼门厅处有3个尖券门洞，两边以爱奥尼克式小柱作为点缀，它们除了起到支撑作用，仿佛又将时光拉回到古罗马时代。换个视角，从尖券门洞往外看，浪漫气氛十足。别墅内的墙上，有一些形态各异的壁龛，但无一不有着各种尖圆不一的拱券。2楼正中一间通向内阳台，东南面有小套间，西面为带有卫生间的大套间，主卧大盥洗室的拱窗与穹顶非常大气精美。主要房间都有壁炉，卧室、客厅、书房、地板均采用进口柚木小条镶嵌成古雅的席纹，室内注重空间分隔和墙面色彩处理，强调室内的空间动感与室外空间相结合，因此住宅通风，采光条件特别优越。平台和阳台均很宽敞，伫立阳台，花园美景尽收眼底。

邬达克把这幢建筑设计得如此迷人，因为他原本是计划自己居住的，所以一切设计都是率性而为。后来为什么却成了孙科别墅呢？这里面埋藏着一个知恩必报的故事。原来邬达克在建造这幢别墅时还同时负责设计、建造西藏中路上的慕尔堂。就在这个节骨眼上，邬达克却遇到了问题，极有可能使他精心设计的教堂工程夭折，就在这时，孙科向他伸出了援手，顺利解决了这个棘手的问题。邬达克是个懂得感恩的人，为了感谢孙科，他将自己设计并用于自住的别墅，以几乎是馈送的价格转让给了孙科。于是，这幢具有超凡脱俗之美的房子就成了孙科别墅。

回过头来还得说说孙科。孙科系孙中山与原配夫人卢慕贞生的长子，1891年生于广东香山。孙中山对孙科的教育十分严格。孙科27岁时，时任广东革命政府财政部次长的廖仲恺，认为孙科早年在美国加利福尼亚州立大学和哥伦比亚大学研究院读书，专攻过市政工程，应该学以致用，并一再提议推荐孙科任广州市市政厅长，孙中山才予以同意。孙中山逝世后，孙科不断担任过一些重要职位。在国民政府五院中，他担任过三个院（行政院、立法院、考试院）的院长，并担任过财政部、建设部、交通部、铁道部的部长，还担任过广州市长、交通大学校长。孙科在1932年6月任立法院院长一直到1948年11月任行政院长。从1932年至1948年，孙科长期工作生活在南京和重庆，因此孙科别墅从1931年建成后，主要由孙科的夫人陈淑英和儿女们居住，孙科回沪时才会住在这里。1949年3月，孙科辞职后携原配夫人陈淑英以及儿女去了香港与母亲卢太夫人同住，离开上海前将这幢别墅转卖，后此处属国民党中央防疫处上海分处。时移世易，1953年起，卫生部上海生物制品研究所成了这里新的主人。接下来的60多年时间里，这幢别墅始终铁门紧闭，门掩梨花深园，神秘至极。2018年，上海生物制品研究所将其精心修缮，尝试将1930年营造而成的这个优美空间彻底复原。

孙科别墅终于撩开了它掩映了60多年的面纱，再次让世人惊艳。

邬达克旧居

他把乡愁留在了番禺路上

番禺路129号是邬达克倾注感情最深的作品，为了使自己的乡愁有一个安放之处，也是为了给心爱的妻子吉塞拉一个安定的家，邬达克用了10年时间来建造这个自己心中的伊甸园。新居为邬达克提供了一个标志着上流社会身份的家园，在这幢英国都铎复兴风格的住宅里，邬达克常常邀请奥匈裔的同胞来做客，他们在草地上玩槌球，打牌，聊天，喝下午茶，饮酒，吃西餐，尽情玩乐。

在上海，邬达克的名字如雷贯耳，他是上海20世纪二三十年代非常有影响力的建筑师。这位匈牙利建筑师设计的房子遍布在上海滩的各个角落，成为城市人文景观的组成部分。

在上海留下了那么多印迹的邬达克，1893年出生于斯洛伐克一个建筑世家，母亲则有着匈牙利血统。邬达克21岁毕业于匈牙利皇家圣约瑟夫理工大学建筑系，同年应征入伍为奥匈帝国而战，表现卓著。然而，在1916年的一次战役中，邬达克不幸成为俄国的战俘。1918年，回国无望的邬达克凭借着一张伪造的俄国护照几经辗转，只身从西伯利亚经哈尔滨逃往上海。25岁的邬达克流亡到上海后，没有人认识他，他也不认识别人。为了谋生，他只能在美国建筑师克利开设的克利洋行当绘图员。凭借着自己在建筑设计方面的才华，两年后他就成了克利洋行的合伙人。1925年，邬达克在上海开设了自己的建筑设计事务所：邬达克洋行。那年他32岁。独立开设建筑事务所后，邬达克的建筑风格开始转变为完全的现代主义，被后来的学术界称为“现代的装饰艺术派”，这时期的代表作品就是大光明电影院和国际饭店，这是我国西式建筑转向现代主义的标志。1918年到1947年，邬达克在上海一共生活了29年，邬达克的幸运就在于，他在上海的这些年，恰好赶上了上海的建筑黄金时代。当时的上海是一座完完全全的国际大都市，来自各国的建筑师和大批的“海归派”带来了世界上最先进时髦的建筑理论、建筑模式和建筑材料，上海因此称为展示世界近代建筑风格的大舞台。十里洋场、遍地黄金的大上海造就了落难的邬达克，邬达克也为老上海留下了珍贵的记忆。

与此同时，邬达克也把自己的乡愁留在了这片古老的东方土地上。

1918年初到上海时，他安家在今常德路13号，这是一间仅20平方米的房间。

1922年6月1日，29岁的邬达克与出生在上海的德国富商卡尔·西奥多·迈耶的女儿，刚从德国来到上海的20岁的吉塞拉结婚。彼时，邬达克还只是一个建筑事务所的小“白领”，并且刚遭受父亲病逝、老家破产的打击。新婚后的邬达克和妻子同住在在吕西纳路（今利西路）17号，这个融合了欧洲中部和地中海沿岸建筑风格的别墅，成为其在上海的第二个家，现在已不复存在，他是向岳父借钱在利西路买的房子。在那里，他们有了两个儿子和一个女儿。

1925年，邬达克在创立了自己的建筑事务所后，慢慢积累了一些家底。

1930年，邬达克在哥伦比亚路57号（今番禺路129号）择地建造自己的新居（俗称“邬达克旧居”）。这个带有英国乡村风格的住宅，是邬达克在上海曾经拥有的最大的一个家。这也是邬达克倾注感情最深的作品。为了使自己的乡愁有一个安

邬达克旧居

放之处，也是为了给心爱的妻子吉塞拉一个安定的家，邬达克用了10年时间来建造这个自己心中的伊甸园。

这是一栋具有浓郁都铎风格的住宅。所谓都铎风格是一种混合着传统哥特式风格和文艺复兴风格的建筑样式，流行于19世纪的英国都铎王朝时期，是那时英国贵族府邸所采用的主要建筑样式，尖塔形斜屋顶是它的显著特征。番禺路129号房子的三角坡顶造型、窗户等都显示出了浓郁的都铎建筑特色，邬达克也将属于自己的乡愁带到了这所房子里。房子从建材、设计、施工到细部装饰，都非常地道。这幢住宅是由西面一幢砖木结构假3层英国乡村别墅和东面一幢假2层别墅用连廊组成的一组住宅，房屋间距2.8米。整组建筑坐落在基地的东北角，南面有宽敞的花园草地，避开了西侧番禺路的喧闹。陡坡红褐色黏土瓦屋面，高低纵横交错组合，西侧和北侧屋面从3层直下到2层，整组屋面跌宕起伏，屋面上开有平坡式老虎窗。底层墙面为清水红砖，门窗处做仿石面建筑装饰；2层以上挑出底层墙面，2、3层和山墙外墙面均有黑褐色木构架裸露，构架间做白色砂浆粉刷。浅色粉墙；3层主体建筑一侧有两座曲折多边形红砖清水勾缝的烟囱穿出屋面。整个建筑色彩协调、层次丰富。住宅内部施工工艺精巧，客厅及起居室吊顶均为柚木方格子，在木大梁上有精美的花卉雕刻，钢窗、木门、木楼梯，楼梯拐角处有壁龛，楼梯间的玻璃花窗，花玻璃穹顶，在阳光的照射下显得绚丽华美之极。邬达克旧居底层设有会客室、起居室、客厅、餐厅及辅助用房，2层有起居室、卧室、客房等。房间楼地面为硬木地板，客厅做柏木墙裙，铺彩色地砖。厨房、厕所马赛克地面，瓷砖墙裙。从前里面的布置也很精致，属于典型的欧洲古典风格。当年，邬达克和他的妻子住在2楼的主卧，他岳父岳母住在次卧，两个儿子和一个女儿住在3楼阁楼。邬达克在寓所3楼的阁楼上造了个鸽舍，养了许多鸽子，每天上班前，他都会到阁楼的鸽舍去喂养鸽子，他喜欢听鸽子咕咕叫的声音，喜欢看鸽子在天空自由盘旋的样子。鸽子进出鸽舍的西面山墙设计了落栖的平台和出入口，与不远处主楼西南山形屋顶设计的3只立体飞鸟相得益彰。从邬达克当年自己拍摄的影像资料来看，飞鸟回巢的动态与立体装饰的静态，似乎让建筑本身也焕发出生命。邬达克回乡奔丧的时候把家族徽记带回了上海。搬进新房的那天，他将这一徽记挂在了车库屋顶上方，作为对家乡、对家族的思念。

1931年年初，邬达克携妻带子搬进这个带大花园的新居。新居为邬达克和家人提供了一个标志着上流社会身份的家园，在这幢英国都铎复兴风格的住宅里，邬达克常常邀请奥匈裔的同胞来做客，那时，整个别墅犹如个开放的空间，人来人往，热闹非凡，他们在草地上玩槌球，打牌，聊天，喝下午茶，饮酒，吃西餐，尽情玩乐。1931年至1937年邬达克居住在这里，这一时期也正是他在上海的事业高峰期。可惜，这样的快乐生活只维系了短短7年。

1937年11月，日军入侵后的上海沦陷，租界成为孤岛。年底，邬达克率全家搬到刚建成的自己设计的今延安西路918号的达华公寓底层一套公寓居住。邬达克一家在番禺路129号的短暂生活也就此结束。1938年9月，邬达克把这幢房子出租给德国驻

主体建筑一侧有两座红砖清水烟囱

邬达克旧居一隅

沪领事。在1943年至1944年间，德国领事搬出了这幢别墅，邬达克把房子出售给了大华火柴公司经理邵修善。这是这幢房子最后一次为一个家庭所拥有。1949年，邵修善举家搬离后，这里由他姐姐代为看管。

这段时期，由于连绵的战争使上海的建筑工程停滞，邬达克的建筑事务所也没了生意，令邬达克心灰意冷。1947年2月，54岁的邬达克带着妻儿和岳父母登上邮轮“博尔克总统”号，离开了上海。为了留作纪念，邬达克将自家餐厅的大门拆下带走。他可能没想到，这一别竟成永诀。如今，这扇门依旧收藏于其儿子位于加拿大的家中。邬达克离开上海后，不久就定居于美国加利福尼亚州的伯克利，从此淡出了建筑圈，潜心于考古研究。1958年，他在美国加州北部斯阔谷为自己设计了一幢木结构的山间别墅，先把蓝图送到瑞士去预制、测试，然后拆卸并航运至美国进行组装，没想到不久就因心脏病发作在伯克利的家中与世长辞，走完了他65年的人生旅途。邬达克几乎将他一生的作品全都留在了上海，虽然他未能在有生之年回来看看那些令他魂牵梦萦的老房子，但上海永远不会将他遗忘。

邬达克旧居也是命运坎坷。1955年，友勤企业地产公司将它出租给上海华通开关厂使用，旧居成为工厂的一个车间。1963年，长宁区教育局将邬达克旧居作为教育用房拨给刚刚建校的番禺二中、长宁区第二职工中等专科学校等使用，作为学校办公室、教工宿舍和食堂。番禺二中将校舍和操场选在了旧居南边的花园之上，昔日的花园成了4层教学楼和水泥操场。旧居西边最初对着邬达克书房的卵形花园上也建了新房子，之后成了一家证券公司。几年之前，又改建成了一家酒店式公寓，后来又成了一家月嫂中心。好在主楼外树龄50余年的香樟树和两株广玉兰树依旧枝叶繁茂。

据邬达克旧居修缮投资人之一刘素华女士回忆，2008年她来到邬达克旧居时，这里因长年风吹雨淋且缺乏管理保护，缺损严重，十分破败。刘素华是有情怀的，她在2011年和她的团队开启了旧居修复工程，历经两年余修缮完成后的邬达克旧居，还原了它原有的美，只可惜花园已基本无存。主楼南面一楼为邬达克纪念室，主楼北面进门的一楼部分空间和2楼、3楼组成一个文化交流空间。2013年1月8日，长宁区人民政府、上海市人民政府外事办公室和匈牙利驻上海总领事馆在邬达克旧居前举行纪念邬达克诞辰120周年暨邬达克纪念室开幕仪式。邬达克女儿、孙子等亲属受邀参加仪式并旧地重游参观了邬达克旧居。

如今，每年的12月是邬达克建筑遗产文化月，已连续举办了5届，我也应邬达克纪念馆馆长刘素华女士之邀多次参加这个在邬达克家举办的文化月活动，并有幸在主楼3楼与大家分享上海老建筑的故事。每次走进这里，我都会萌生一种感动，似乎越来越读懂了这位异域建筑师的情怀。

山阴路历史文化风貌区

海派文化的发祥地

山阴路历史文化风貌区具有浓郁的历史人文氛围，大半部中国现代文学史的精华都浓缩在这里。20世纪30年代这个风貌区内活跃着鲁迅、瞿秋白、郭沫若、茅盾、叶圣陶等一大批彪炳史册的文化名人，许多左翼文化名人曾在这里安家，许多里程碑式的文化事件也曾在这里发生。

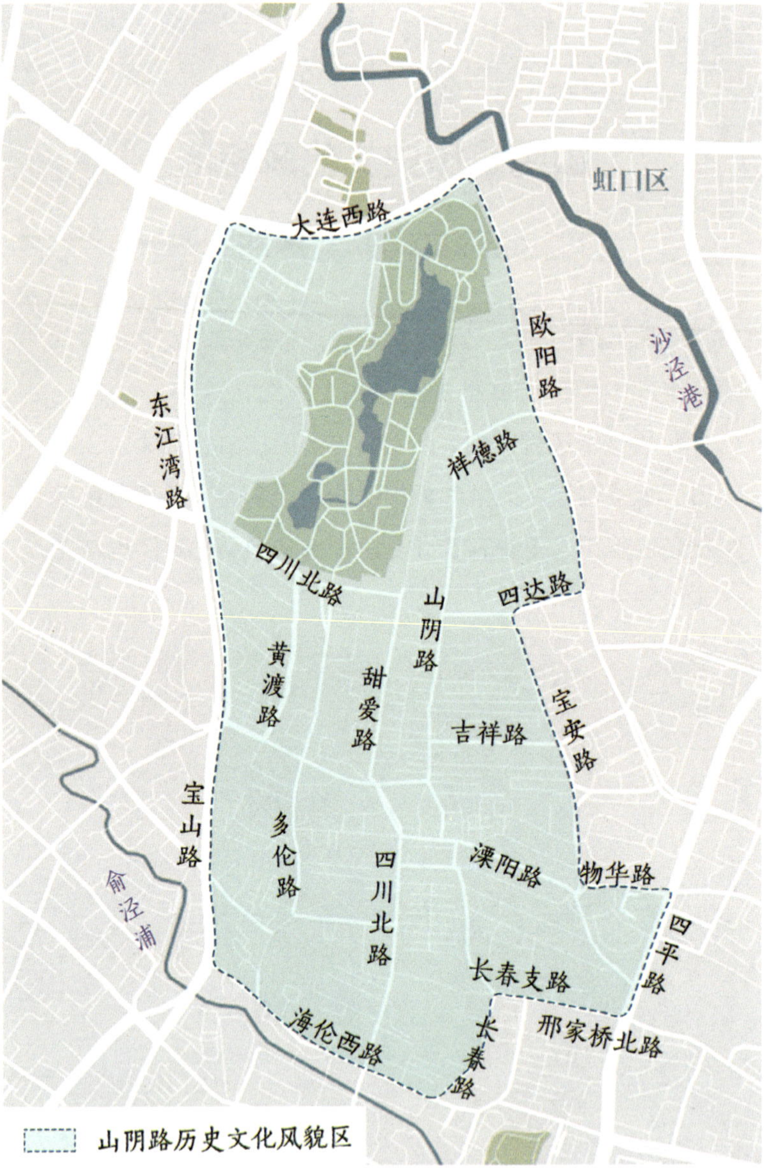

山阴路历史文化风貌区示意图

山阴路历史文化风貌区局部俯瞰

山阴路历史文化风貌区是近代上海文化名人聚集地，具有浓郁的历史人文氛围。这个风貌区也是左翼文化史中一个有特殊意义的地方，如果把山阴路历史文化风貌区的人文史迹串联起来，几乎就是一条中国现代文学史生动的展示长廊。同时，山阴路上有着丰富的上海近代民宅的类型，堪称活的上海近代民宅博物馆。

这个风貌区的特色与上海半殖民地中特殊的地缘政治有关，虹口南部紧靠苏州河地区直到今周家嘴路和海宁路一带，在1899年正式划为美租界，并入公共租界。此后，租界当局继续以越界筑路方式扩张其势力，建造或改造了包括今山阴路、多伦路、溧阳路在内的数条马路，使这一地区成为华界的延伸，而造成华、租两界政府在管辖权上的纷争，属于“华洋杂处，五方会聚”的三不管地带，这就为那些热血文人带来了相对而言的安全，无形中就成了左翼作家的安全港。政府管理的松弛加上便利的交通和适中的生活消费，使这一地区成为当时左翼文人的聚居地和地下文化活动的中心，创造了一种独特的海派文化氛围。

这个风貌区内20世纪二三十年代兴建的民宅占了90%以上，现外观基本如旧，走在弄堂深处，那份独有的幽静让人仿佛走进了一部20世纪30年代老电影的镜头里。这里的名人故居数量在上海首屈一指，原因是这里当时既非英租界那么奢华，也不像老城区那么杂乱，洋房虽多但不张扬，石库门房子遍布却不嘈杂；这条路幽静又不远离生活，非常适宜靠卖文为生的文人居住。在这一带行走，只要看看这些里弄的布局和弄堂的名字就让人感觉到一种曾经的殷实和不急不躁的绅士气质。如今，楼房是老旧了，但那是一种有底蕴的老，有气质的旧，它们虽然换了好几代主人，外观平添了无数沟沟壑壑的皱纹和斑斑驳驳的印记，但依然不失高贵典雅，隐藏在绿叶藤蔓后面的窗户引人遐想，而那些写有鲁迅、茅盾、瞿秋白、内山完造等20世纪30年代名人名字的铜牌，则又让人感到温馨亲切，甚至路上随便飘落的一枚树叶都比别的地方要厚重，因为有文化积淀的气息在山阴路的空气中飘散。有人用这样一首诗来形容山阴路："走马观花两小时，总览百年文化史。名人荟萃故事多，海派民居连成片。"

平常弄堂里藏着不平常的故事

山阴路133弄的东照里为连贯式3层新式里弄住宅，约建于1921年，建前原是一片荒地，建筑仿日本式，并取名日照里，后又改为东照里，沿用至今。这里有比老城区好一些的石库门房子，主要区别是有卫生设备。外墙是清水砖的，有前后两个门，还有一个小天井。进门左手那间是厨房，对面的一间通天井，楼梯是木质的，在房子中间；2楼有两间，南北向，楼梯的一边是卫生间，挺大的，可以放下大大的浴缸；3楼就是亭子间了，南向有老虎窗，北面有一个七八平方米的露台，围着透空的水泥花瓶式栏杆。东照里内还有一处市级文物保护单位——瞿秋白故居。鲁迅与瞿秋白相识于1932年春夏之间，彼此一见如故，十分相契。在白色恐怖中，1933年2月初，瞿秋白夫妇从南市紫霞路到北四川路的拉摩斯公寓鲁迅寓所避难，但鲁迅家也不安全。鲁迅便托内山完造租下东照里12号2楼的亭子间，并让他用白之的笔名发表杂文。瞿秋白4月初搬入，4月11日鲁迅也从拉摩斯公寓迁入东照里对面的大陆新村。那段时间，鲁迅几乎每天都去看望瞿秋白，瞿秋白在东照里居住的短短3个月里完成了《鲁迅杂感选集》的编选并写下17 000多字的序言，对鲁迅的思想及杂文作了精辟论述，第一次给予鲁迅以中国现代文学史上“无产阶级和劳动人民的真正友人以至于战士”的高度评价。在瞿秋白就义后，鲁迅仍坚持抱病为挚友编印《海上述林》，以此表达深切的悼念，同时不断与瞿秋白的妻子杨之华通信，鼓励安慰她。可见鲁迅与瞿秋白夫妇间的深厚情谊。如今，东照里12号这个小房间已成为他俩友谊的历史见证。

山阴路165弄的新式里弄兴业坊是浙江兴业银行于1931年投资建造的，弄内共有4排房子，每幢前面围有半墙，可以种植花木。1931年1月，在左翼戏剧家联盟的领导下，大道剧社在弄内17号成立。1932年淞沪战争爆发，大道剧社全体演员在田汉率领下，奔赴抗日前线，1933年停止活动。1937年“八一三”前后，兴业

东照里瞿秋白旧居

坊的许多民居被日本人占用作使馆人员宿舍。直到1945年抗战胜利，兴业银行才收回。曾直接参与左联筹备工作，1930年3月左联成立后又主编左联机关刊物《大众文艺》的陶晶孙于1937年在山阴路216弄2号居住。20世纪60年代末赵家壁搬入山阴路192弄53号。赵家壁曾于1921年9月，主编了良友图书印刷公司的“一角丛书”。1935年8月在鲁迅、茅盾、郑振铎等前辈作家的支持下，主持编辑《中国新文学大系》（1917—1926）。而山阴路343弄的青庄里3号则是宗教界爱国人士、群众歌咏活动的倡导者之一刘良模的旧居。1935年7月，刘良模所领导和担任指挥的“民众”团联合另外7个业余歌团，在精武体育总会举办群众性音乐会，吕骥、冼星海等参与组织，这是群众歌曲第一次出现在公开的音乐会上。1949年9月，在第一次政协会议上，他和几个委员联名向大会提出将《义勇军进行曲》定为国歌的建议，被大会采纳。而相邻的1号是曾任中国基督教三自爱国运动委员会主席的宗教活动家、爱国民主人士吴耀宗的旧居，刘良模和吴耀宗都是20世纪30年代开始便在这里居住的。

还有一个为上海人民建立功勋的人物曾经居住在山阴路。他就是刘昌义。1949年5月24日，国民党淞沪警备区总司令汤恩伯兵败逃往台湾后，刘昌义遂率部起义，减少了解放上海的周折，为保护人民生命财产立下了汗马功劳。在1949年设计了五星红旗国旗图案，并被中国人民政治协商会议第一届全体会议批准采用的设计师曾联松也住在山阴路145弄6号3楼。

溧阳路花园住宅里的如烟往事

从山阴路出来，沿着四川北路往南，不多远就是原名狄思威路的溧阳路。溧阳路是一断为二的，以四平路为界分南北两段，被列入风貌保护路段的是四川北路至宝安路那段，这一段路带给人的是一种怀旧、雅致的空间体验。三四百米长的溧阳路两侧，分布着48幢花园洋房，它是目前上海面积最大、保护最好的花园住宅群。

溧阳路1335弄5号为曹聚仁旧居，这是一幢坐北朝南的2层楼石库门里弄房，曹聚仁故居在底楼。1946年秋，曹聚仁见到一本舒宗侨编著的《第二次世界大战画史》，他仔细地研究了这本书的题材格局后，决定利用手头收集的资料，编一本类似的有关中国抗战的图书并立刻和舒宗侨取得了联系。1947年5月，《中国抗战画史》出版并引起轰动，在当年6月又再版了一次。这本书后来成为东京审判日本战犯的重要物证之一。曹聚仁用得到的稿费买下了溧阳路1335弄5号底楼的一间房子，并取名“闲云草堂”，还给刚出生的小儿子取了个小名，叫闲闲。当年曹聚仁居住在此时，从事新闻、教育工作。他担任《前线日报》主笔兼香港《星岛日报》驻京沪特约记者，还编写了反映抗战历史的《大江南线》。曹聚仁一直在这里居住到1950年8月，离开此处去香港。

著名记者、作家、编辑家、我国晚报界先驱者之一，原《新民晚报》社社长赵超构1946年至1988年在溧阳路瑞康里（现四平路52弄）92号居住。抗战胜利后，赵超构先后任《新民报（日、晚报）》副总主笔、总主笔。1946年任创刊于上海的《新民报（晚报）》总编辑，1972年《新民晚报》复刊后，重任社长，他以林放为笔名，写了大量脍炙人口的杂文。

和山阴路一样，街道两边梧桐深深的溧阳路在低调中显出骨子里的贵族气，那是文化熏陶出来的。就像当年鲁迅的藏书处一样，今天的溧阳路悄无声息地湮没在熙熙攘攘的人世中。只是那些红砖红瓦的洋房里的树已长得越来越大，繁茂的枝叶不安分地伸出墙来，似乎在向行人诉说着那曾经的沧桑。

多伦路的异国风情建筑

山阴路斜对面的多伦路是一条弯弯的呈L形的小马路，短而且窄，路曲却幽。路两旁的夹街小楼鳞次栉比，风格各异。这些建筑的筑成约在20世纪初，多伦路上不仅留存着许多具有异国风情的海派建筑，还保存着众多享誉中外的文化名人故居，同时，它还是30年代上海左翼作家活动的中心地带，是一条文化底蕴深厚、文化资源丰富的独特路段，被誉为“现代文化重镇”，在近现代中国文化史上画有浓墨重彩的一笔。

20世纪初，多伦路还是隶属于宝山县的一片乡村，东面是狭长的小径，西面则布满了纵横交错的小河浜。随着淞沪铁路和四川北路的先后建成，该地段也身价百倍，引起了一些外国人的垂涎。1911年，由公共租界工部局筑成，被命名为窦乐安路。当年这条路处在英法公共租界与上海新华埠的交接处，是一个“华洋杂处，五方会聚”之地。随着公共租界的收回，1943年10月1日起，窦乐安路改名为多伦路。到1945年之前，窦乐安路是一条以日本侨民为主的住宅区。后来，多伦路成了密密匝匝的小菜场。1998年，小菜场搬走了，许多原先深藏着的美丽景观终于拂去了岁月堆积的尘封，显出了自己的天姿国色。多伦路不失时机地以“交相辉映的

溧阳路花园洋房俯瞰

故居旧街老弄堂、鳞次栉比的画廊文苑博物馆，连片成市的古玩字画收藏品、相映成趣的酒吧茶廊咖啡屋”为特色进行保护和开发。开发后的多伦路主要以历史文化景观来带动文化经营网点的形成，文化景观主要由沿线具有特色历史风貌与文化氛围的建筑凸现。弹硌路的铺设、道路绿化、路灯的设计点缀，展示出文化街的基本风貌。2000年，多伦路被正式冠名为“文化名人街”。

不长的多伦路上散落着20余栋具有异域风情的小楼，那是20年代的广州富商兴建的。这些建筑分别代表当年英国、法国、日本、荷兰、西班牙等国的风格，几乎每一幢建筑都有自己的故事，令人回味。多伦路48号，原是一家“恒丰茶庄”，这是一幢具有欧洲巴洛克建筑风格的花园洋房，门前有一片100平方米左右的花园。“恒丰茶庄”是建成于清光绪年间的老字号茶庄，距今已有100

多年历史。20世纪二三十年代，鲁迅、瞿秋白、丁玲、冯雪峰等经常光顾这座茶庄，所以人们又把这里称为“名人会所”。多伦路60—66号是一幢具有英国乔治王朝时期风格的建筑，外观为青砖砌筑，周围有较大庭院，主体部分原来是外廊式建筑，入口门廊的柱式和雕刻是经过变形的巴洛克风格，这里约1920年由薛氏建造，人称薛公馆。据说房主的父辈是清朝官吏，与袁世凯关系甚密。日寇侵略中国时，这里曾作侵华日军海军武官府驻地。

从20世纪60年代起，日本侨民开始来到上海定居，并在虹口留下了一些日本式建筑。多伦路沿街就有几幢，多伦路85号小洋房是其中的一幢。这幢日式洋房建于20世纪30年代初，建筑形态处理简单，并有东西方建筑结合特征，反映了日本从近代建筑向现代建筑演进过程的简化趋势。这幢日式洋房有复式人字形屋顶，平拱木门窗，北立面门廊采用罗马风格建筑，用古罗马式的券、拱并带有古老柱式。室内向外的门窗大多是推拉式的，木棂方格，上面糊着纸，木地板架得较高，符合日本人席地坐卧的习惯。多伦路93号是一幢具有简化了的新古典主义建筑风格的住宅，建于1920年。2层砖木结构，主立面两端凸出，中部为入口门廊和2层露台，形成竖3段构图，由女儿墙和腰线作水平方向联系。顶部中间设三角形断檐山墙，屋面错落起伏，开弧形老虎窗，刻有山花，局部有巴洛克建筑特色。在平挑檐、长钢窗、檐口等细部则有古典装饰。外墙全部用细面仿水刷石饰面，1、2层立面的科林斯式柱经变形和简化，表现出了向现代建筑过渡时期的建筑风格特征。迈入铸铁夹花大门，东面是一座八角亭，西面是一个长方形金鱼池。3楼正中是一间玻璃观景屋，是主人喝茶、聊天、休闲的地方，平台上的女儿墙采用了西式装饰栏杆，简约雅致。1950年至1955年这里是著名爱国知识分子“七君子”之一王造时的寓所。王造时为复旦大学教授，早年毕业于清华大学，曾参加过“五四”运动。1936年1月，他因要求当局抗日救国，与沈钧儒、邹韬奋、李公朴、章乃器、沙千里、史良同时被捕，史称“七君子”事件。抗战全面爆发后，王造时获释，创办自由出版社和前进中学，新中国成立后任全国政协委员、复旦大学教授等职。这期间，他一直住在多伦路93号，著作《荒谬集》，译作《历史哲学》《美国外交政策史》等都在此寓所完稿。

曾任中共江浙区、上海区委组织部部长兼上海总工会党团书记的赵世炎1927年曾在多伦路189号居住。赵世炎领导了上海工人第三次武装起义。同年7月2日，因叛徒出卖，26岁的赵世炎在此被捕，7月14日英勇就义。多伦路210号是一幢具有法国新古典主义样式的独立式建筑，20世纪20年代由广东籍商人李氏兄弟建造。该建筑为法国新古典主义样式，气势壮观，建筑平面呈凸字形，主立面对称构图，南面正中凸出部分为4根2层通高的变形科林斯式巨柱形成开敞柱廊，柱廊两侧墙面左右对称各设一个内凹半圆形白色大理石壁龛，带有巴洛克特征，原有雕像已不存。入口门廊上方是一个呈弧形凸出的2层露台，与中间两根巨柱相接，围以图案精美的铸铁栏杆。底层沿建筑外墙设露台，做彩色铺地，围古典式围栏。厅堂的石膏天花板正中是圆形的菊花图案，周围是两层简洁勾芡线条，顶角线同样是橙色和乳白色相间的，在褐色护墙板映衬下十分醒目。壁炉是米色大理石的，饰以简单的雕花，内芯却是砖样的，壁炉上方是一面拱形的镜子。抗战胜利后这里曾作当年南京国民政府国防部部长白崇禧的寓所，人称“白公馆”。白崇禧曾任中华民国国民革命军一级上将，属国民党“桂系”，地位仅次于李宗仁，有“小诸葛”之称。现在这里是海军411医院的指定体检机构。前不久，白崇禧的儿子台湾著名作家白先勇来沪时，曾专程来此寻访，他围着故居，盘桓了好一会，欣喜地对陪同人员说：“这里就是我童年的家。”在花园的一个角落里，白先勇看到一张残破的乒乓球桌，仔细一看，居然是他小时候同兄弟姐妹一起打乒乓的乒乓球桌，将近40年过去了，人事皆非，面对昔日旧物，白先勇不由感慨万千。

从“白公馆”左手小路弯进去，一个幽静院落里，有一幢和“白公馆”非常相似的法式新古典主义风格建筑，红墙配上白色的檐部、窗套以及南向入口正门廊前的4根变形的2层高的科林斯巨柱，显得壮观华丽。正门两侧有凹进的半圆形壁龛，为白色大理石雕刻而成。壁龛的上部好比一个硕大的扇贝，用精细的石刻花纹圈起来。门廊上部为弧形凸出的2层阳台，铸铁栏杆图案精美。顶上白色露台外围的女儿墙成蜂窝状，上有4个花盆状雕塑与下面4根柱子对应。这栋洋房原是广东南海商人贺守华和他的兄弟在20世纪20年代所建，抗战期间被日军侵占为军官宿舍，抗战胜利后成了国民党第三方面军司令长官汤恩伯的公馆，人称“汤公馆”。它和“白公馆”是兄弟楼，结构几乎相同。据说，“汤公馆”里原来还是收藏旧上海城防图的地方。在2楼和3楼楼梯中间拐角的红褐色木板壁上有几乎看不出的小孔，里面是夹层，可以收藏一些薄薄的文件。其实，汤恩伯并没有在这里居住多久，更多时候这里是作为军官俱乐部来使用的。

白崇禧公馆

多伦路文化街建成后，昔日的“汤公馆”开出了中国最大的一家古钱币展览馆，里面收藏了上万枚钱币，约8 000余品种，囊括了上起先秦下至民国的各个历史时期的钱币精华，并附有世界上187个国家和地区的现行流通货币。2004年，博物馆因故关闭。整栋楼易主，门前的雕花铁门经年累月地关着，老宅子已经寂寞了数载。庭院里的树木倒是依旧每年抽芽，郁郁葱葱地生长着。

1843年上海开埠后，虹口沦为美租界、英美租界、公共租界，还一度成为日本控制区。很长一段时间，虹口成了个复杂地区，既是白色恐怖区，又是多方管辖、相对“安全”的地带。因此，大汉奸就可能与革命志士和文化名人比邻而居。多伦路215号建于1924年，由广东商人李观森建造。这是一幢西班牙式略带地中海风格的花园别墅，假3层，陡峭多坡的红瓦菱形屋顶宛若一座座红色的小金字塔，屋面上红色瓦片的排列形状犹如红鲤鱼的鳞片，东、南入口处屋顶设三角形砖墙；西南角设八角形攒尖塔，门廊、2层露台和塔楼底层均设有简化了的仿古罗马陶立克式柱，门窗造型简洁，地坪为花色地砖镶拼而成，平面右侧有八角亭，宅前有庭院。这栋小洋楼里曾经住过身居汪伪要职的大汉奸梁鸿志。此人是清末巨儒梁章钜之子，从小诵读经史，擅长诗文，为人狂傲不羁，以东坡自诩。他的诗低徊多感，著有《爱居阁诗集》，蓝印本，凡十卷。梁鸿志曾将此书送给民国集邮巨擘周今觉，扉页题跋：梅泉诗老吟定，梁鸿志呈。他在政治上也一度春风得意，曾任北洋政府秘书长，日本入侵后，附逆任伪政权要职，抗战胜利后，梁鸿志以汉奸叛国罪被判处死刑。有文人感叹：卿本佳人，奈何作贼，惜也。从容就死，奇也。梁鸿志在此居住时，时任汪伪南京维新政府行政院长。宅子里“蝶恋花”的装饰曾深得这位“诗痴”的赞赏。梁鸿志离开后，这栋洋楼被侵华日军海军陆战队司令侵占。新中国成立后，这里成为纺织局老干部活动室。

多伦路12号是上海艺术剧社的遗址。上海艺术剧社成立于1929年秋，主要成员有夏衍、郑伯奇、阿英等，这是中国共产党领导的第一个无产阶级革命戏剧团体，它在中国第一次提出“无产阶级戏剧”的口号。剧社最初的工作是用法朗士的《堪克宾》一剧对社员进行演剧训练，并开办了戏剧讲习班，学员有社内外青年百余人。艺术剧社曾举行过两次公演，演出进步话剧和活报默剧，并于1930年3月16日创刊了由夏衍任主编的艺术剧社综合性月刊《艺术》，但很快被国民党查禁。4月29日夜，上海市公安局会同租界当局派出百余名武装警察查封了艺术剧社，逮捕社员5人，于是，中国作家联盟、上海剧团联合会和上海艺术剧社相继发表文章抗议。6月，剧社又编辑出版了《戏剧论文集》和《沙仑》月刊，又遭当局查禁，此后，剧社成员相继转入其他进步文艺团体。上海艺术剧社成立时间虽不长，但在中国戏剧运动史上却占有重要地位，为左翼戏剧家联盟的成立准备了条件。

多伦路201弄4号是新中国剧社旧址，这是典型的3层石库门弄堂房屋中的一幢。新中国剧社是1947年由田汉、欧阳予倩等戏剧家创办的进步话剧团体。弄内89号，是郭沫若居住过的房子。1927年8月，郭沫若参加南昌起义失败后，被蒋介石悬赏3万元缉拿。他于当年10月下旬辗转来到上海，内山完造帮助先期到上海的郭沫若妻子安娜及4个孩子租下了今多伦路201弄89号的一栋一楼一底的房子，让他潜伏下来。因为这幢房子周围都是日本侨民，便于隐藏。南昌起义失败后，郭沫若辗转来沪时就隐居于多伦路89号。怀着走上另一个战场的心情，他从箱子里翻出了夫人安娜为他保存的歌德的《浮士德》第一部译稿，开始整理和润色，花了10天时间在这里完成了补译。郭沫若在这里只住了3个多月，次年2月，就去了日本。

历史文化名里——景云里

在多伦路135弄的后面便是在中国现代文学史上具有纪念意义的景云里（今横浜路35弄）。这条建于1925年的弄堂，看上去貌不惊人，一式砖木结构的3层普通石库门房屋，房屋外形仿欧洲联排式条形状住宅，外墙立面红砖嵌灰缝，两坡顶屋面上覆盖着青色黏土平瓦，其简洁明快的风格颇具海派建筑特点。每户住宅围墙的大铁门装于一侧，有庭院可供植树种花。这条普通的平民化的弄堂因为曾居住过鲁迅、陈望道、茅盾、叶圣陶、冯雪峰、周建人、柔石等一大批30年代文化名人，他们在这里从事创作、编刊、领导和组织革命文学活动，故有历史文化名里之称。

景云里4号曾经有一家大江书铺，这家由陈望道与汪馥泉主办的书店创办于1928年9月，以出版进步书刊、宣传马克思主义著作、介绍先进的科学文艺理论为特点，成为推动当时左翼文艺运动的一个重要据点。当年许多著名作家的优秀文艺作品，大多是在大江书铺出版发行的。大江书铺于1929年6月迁往溧阳路973号，1930年出版鲁迅主编的《文艺研究》月刊，仅出一期即被国民党当局查禁。

1927年5月，任当时全国影响最大的《小说月报》主编的叶圣陶举家从上海斜桥天祥里迁入景云里11号，在此期间，他努力奖掖和推荐文化新人，沈雁冰的第一部小说《幻灭》、巴金的处女作《灭亡》、丁玲的处女作《梦珂》、戴望舒的代表作《雨巷》、施蛰存的处女作《绢子》、沈从文的《在私塾中》、朱自清那篇脍炙人口的散文《荷塘月色》等都是在这段时间经叶圣陶之手，先后在《小说月报》上发表的。编稿之余，叶圣陶还勤于笔耕，他在景云里创作了长篇小说《倪焕之》，于1929年出版，还出版了童话集《古代英雄的石像》，1931年出版了散文《脚步集》。在景云里的有段时间，叶圣陶还带领全家每天晚上挑灯夜战，分工合作编写了《十三经索引》一书。《十三经》指十三部儒家经典著作，卷帙浩繁。《十三经索引》是将十三经全文逐语分割，按语首字之笔画多寡排比，下注此语出自何经何篇何章，以资检索。叶圣陶和家人苦干了一年半，书才编成，给读者带来了极大的方便。叶圣陶寓居景云里时间最长，有4年8个月，他一直住到1932年“一·二八”事变，景云里被炸之后。

1927年8月，大革命失败后，茅盾秘密住在景云里11号甲，因遭通缉，他足不出户达10个月之久，对外则说是去了日本。在苦闷、彷徨中，茅盾在这里创作了《蚀》三部曲，其中包括《幻灭》《动摇》《追求》3部中篇小说。《幻灭》是茅盾的第一部小说，他的创作生涯就这样从景云里开始了，茅盾也就从此成了沈雁冰的笔名，而且比本名更为人熟知。茅盾写完《蚀》三部曲，已是1928年6月，7月初，茅盾化名方保宗，告别和他一起住在景云里的母亲、夫人和孩子们，独自乘船东渡日本。茅盾东渡日本后，夫人孔德沚就让冯雪峰住在空出来的3楼，叶圣陶也经常来照顾茅盾家人。冯雪峰1929年2月至1930年5月在此居住期间参与左联筹备，并编辑左联机关刊物《萌芽月刊》，1930年4月，茅盾从日本回到上海，一天晚上，他特地和叶圣陶一起去弄内17号看望了正在灯下翻译法捷耶夫的小说《毁灭》的鲁迅。为安全起见，当年5月，茅盾全家从景云里搬到静安寺附近，两个月后，又搬到愚园路树德里。长篇小说《子夜》就是这个时期创作的。

景云里23号，是鲁迅与许广平在1927年10月到上海后第一个同居的寓所，从此，他们开始了相濡以沫的共同生活。当时周建人的寓所在景云里10号，左邻是茅盾，右舍是叶圣陶。四位大师“鸡犬之声相闻”的恬淡生活，在风雨飘摇的年代弥足珍贵。1928年重阳节鲁迅又移居到景云里18号，并约周建人一家从10号搬来同住。周建人夫妇和快满一周岁的小女儿住底楼，鲁迅和许广平住2

楼，周建人的大女儿住3楼。在景云里18号，鲁迅住了5个多月，不久，隔壁17号空出，鲁迅喜欢它朝南又兼朝东，可以两面见到太阳，便在次年2月迁入17号。为方便两家往来，把17号与18号之间打通，并装了一扇木门，鲁迅一家仍从18号后门进出。1928年12月9日，冯雪峰由柔石陪同到景云里17号来看鲁迅，次年2月冯雪峰住到茅盾家3楼后，由于11号甲的后门斜对着鲁迅住的17号前门，所以，他去鲁迅家更勤了。他常常在晚饭后，到晒台上看一看，如果鲁迅家没有客人，他就会过去和鲁迅聊天。那段时间里，冯雪峰翻译了大量马克思主义的文艺理论，并和鲁迅合译了《科学的艺术论丛》一书。他还参加了鲁迅等发起的中国自由大同盟，参加左联筹备和编辑《萌芽》月刊。鲁迅在景云里住了将近3年，其间除了翻译作品外，还主编了《语丝》周刊、《萌芽》月刊、《文艺研究》等，并和柔石合编了《朝花旬刊》，与郁达夫合编了《奔流》月刊。同时，鲁迅在此居住期间，结识了冯雪峰、柔石、殷夫、内山完造和史沫特莱等，并在景云里参加发起和成立了“中国自由运动大同盟”和“中国左翼作家联盟”的活动。

景云里还是左联五烈士之一的柔石在上海的唯一寓所。1928年，身为宁海县教育局局长的柔石因与家乡农民暴动有牵连，只身逃亡上海，住在景云里。一次，他在景云里弄堂口见到了鲁迅，顿时惊喜万分，脱口叫出“周先生”，并说自己曾在北大听过先生的课。当得悉鲁迅住在弄内18号时，便提出想去拜访先生，鲁迅同意了。当天晚上他就去拜访了鲁迅。当时，鲁迅正在编文艺月刊《奔流》，柔石便把自己刚写的小说拿给鲁迅看，并经常前往请教。不久，柔石与另外两个文学青年，一起租下了鲁迅搬走后还空着的景云里23号。在鲁迅的帮助指导下，柔石担任了《语丝》编辑，还共同创办了《朝花》社。柔石有名的小说《二月》《为奴隶的母亲》就是在景云里23号写就的。柔石在此居住到1930年7月。

如今，景云里的石库门依旧，弄堂依旧，弄堂口“景云里”3个石刻字也许还是20世纪20年代保留下来的真迹。确实，那么多文化名人居住一处，不但在上海，即便在全国也是罕见的。

如今的多伦路口，矗立着一座造型别致的银灰色拱门式石“牌坊”，有着上海石库门建筑的造型特征，上面镌刻着“海上旧里”及“多伦路文化名人街”的字样。走在多伦路青石铺就的石板路上，一不小心就会邂逅那些曾经在这里生活过的20世纪30年代文化名人塑像。他们中有鲁迅、茅盾、郭沫若、内山完造、叶圣陶、丁玲、沈尹默等。多伦路文化街上另一个重要景观就是民间收藏馆，里面陈列的都是沪上知名个人收藏家的多年珍藏。它们开设在那些老旧的洋楼里，氤氲出了和这条街很相配的文化气息，这样的家庭收藏展览街在中国还只有多伦路一条。多伦路文化街的中心地带耸立着一座夕拾钟楼，高18.15米，名字来自鲁迅的散文集《朝花夕拾》，整幢钟楼椟体用花岗石砌成，钟楼里的古钟为青铜冶铸。暗红色的墙和悠然的钟声熏染着这条街独有的文化气息。

在多伦路你看不到摩肩接踵的人流，一切都是静静的，安详的，甚至有些清冷，仿佛所有的热闹都已经抛在了20世纪30年代。那时，这条小小的路曾经点燃了上海的自由精神，现今，这条“文化名人街”依然蕴涵着传统、知识、平实与自由。

亚细亚里李白烈士故居

这里有永不消逝的电波

亚细亚里是一条建于1935年的新式里弄，弄内坐落着一幢幢欧式花园别墅。走进弄内15号仿佛触摸到了历史的印痕，闻得到血雨腥风年月的气息，那是李白烈士一家住过的地方，当年党的地下秘密电台就设在3层小阁楼上。1948年12月30日凌晨，李白在这里镇定地发完情报、销毁密码、处置电台，从容就捕。烈士永远离开了，但他用生命铸就的红色电波却永远回荡在他故居的上空。

亚细亚里俯瞰

电影《永不消逝的电波》是20世纪50年代拍摄的一部几乎家喻户晓的电影，影片结尾，孙道临扮演的地下党员李侠面对敌人的枪口，用电码向党和同志们告别：“同志们，永别了，我想念你们！”这个场景感动了无数人。李侠的原型是被蒋介石亲自批示“处以极刑”的革命烈士，他的真实姓名是李白。

烈士虽然已离我们而去，但电影里这个场景的发生地还在，它就位于山阴路历史文化风貌区的一条小马路上。这条马

李白烈士故居.

李白烈士故居现已成为红色文化教育基地

路的名字是黄渡路，电影里李侠发送电报的地方就在黄渡路107弄15号。黄渡路是鲁迅公园对面的一条S形的小马路，短短的，但历史却有将近100年了。这是一条由公共租界于1925年前“越界筑路”的马路,窄窄的马路两边一幢幢花园洋房隐藏在绿树间，尖顶、券窗，清水红砖墙若隐若现，勾勒出一派异国风情，比起一旁喧哗的四川北路，自然显露出一种世家子弟的风范。黄渡路107弄有一个洋气的名字叫亚细亚里，这是一条建于1935年的新式里弄，弄堂不长，看上去不超过百米，弄堂两边的乔木在上面交叉合拢，夏日撒下一片怡人的绿荫。弄内房子为毗连行列式布局，一幢幢砖木结构的假3层欧式花园别墅坐落其间。这些房子有着孟沙式屋顶，两段坡度的上段平缓，下段则较陡峭，屋顶设置对称老虎窗，浅黄色干黏鹅卵石外墙面，底层为红砖清水墙台基，2层设挑出外阳台，有着欧洲乡村别墅的风味。弄堂围墙上有李白烈士生平介绍和烈士浮雕，引领着人们来到弄内15号的李白故居。1987年5月这所房子经修缮后对外开放，馆名“李白烈士故居”由陈云同志题写。

走进李白烈士故居就仿佛触摸到了历史的印痕，闻得到血雨腥风年月的气息，那是李白一家住过的地方，小小的3层房子温馨而雅致。楼前褐色木门上有木构架雨篷，门前3级青石台阶，门两侧沿墙设置小花台，花坛里种着树木花草，大树张开的枝叶仿佛在庇护着主人家的安宁。大门一边镌刻着“李白烈士故居——党的地下电台”等字；一边刻有李白烈士头像，头像左下方为无线电耳机，右上为延安宝塔山。这幢房子是李白生前在上海进行革命斗争时工作和居住的最后一个场所。1910年出生在湖南浏阳一个农民家庭的李白原名李华初，15岁加入中国共产党，20岁参加中国工农红军，经历二万五千里长征，接受组织安排学习发报技术，是中国工农红军最早的报务员。1937年抗日战争全面爆发，李白受党组织派遣来到上海，负责上海党的地下组织和党中央的秘密电台联络工作，第二年春在今黄陂南路148号3楼设立了第一个秘密电台。1939年4月，在绸厂工作的女工裘慧英接受组织安排与李白假扮夫妻，掩护其在上海的地下情报工作，裘慧英除了担任警戒工作外，还主动关心李白的生活，并帮助抄写电报内容，两人在朝夕相处中产生了纯洁的感情。1940年秋，经党组织同意，两人正式结为夫妻。1942年他们搬到建国西路384弄10号居住，中秋前夕，李白在发报时被日本宪兵逮捕，一个月后被秘密转移到梵皇渡路（今万航渡路）76号汪伪特工总部，1943年经党组织营救被释放。1947年上半年李白和夫人裘慧英带着他们的儿子迁到这幢房子的3楼居住，当时李白对外的公开身份是良友糖果店店员。

沿着木头扶梯拾级而上，登上3楼，朝南一间卧室外有落地钢窗，窗外有个小阳台。卧室里有茶几和3个单人沙发，墙边有一个铁制的壁炉，一侧设一张大床和一个大橱。隔着一扇移门是另一间卧室，放着一张铁架子单人床和一个矮柜，朝北有一扇窗户。不到两平方米的小阁楼上设置着党的地下秘密电台。小阁楼内临窗一张斑驳的老式写字桌，上面放着李白发报用的电台、发报机、电讯器材工具等，桌前有一只小方凳。桌子旁有一扇窗户，挂着黑色的布帘。在这里，李白每天深夜12时至次日凌晨4时通宵达旦地收发电报，在上海和延安之间架起一座空中桥梁。上海的抗战情况、抗日救亡运动的进展、党组织的运动情况和有关日、蒋、汪以及英、美、法等各方面动态随着电波飞向延安。

1948年12月30日凌晨，李白正在小阁楼上发送“国民党长江江防计划”，电台旁的小灯突然熄灭了。李白意识到敌人正在用分区停电侦测电台位置，自己已经暴露了。他揭开窗帘一角发现自家房子已被团团围住，便让夫人赶紧把儿子送到楼下邻居家，自己镇定地发完情报、销毁密码、处置电台，从容就捕。在黄渡路上的淞沪警备司令部刑讯室，敌人先对他进行了连续30多个小时的刑讯逼供，之后又将受尽酷刑的李白转移到南市蓬莱路警察局看守所关押。几个月后， 39岁的李白被敌人秘密杀害于浦东戚家庙。上海解放后，人民解放军军管会和裘慧英四处查找李白的下落，直到6月20日，才找到李白烈士的遗体。

1949年8月，上海为李白烈士召开了隆重的追悼大会。20世纪50年代，时任中央情报部部长的李克农上将向中央建议以李白的事迹为原型，拍摄一部中共隐蔽战线斗争的影片。这就是电影《永不消逝的电波》的由来。

现在李白烈士故居的1、2楼已辟为李白生平事迹陈列室，序厅放置着玻璃钢制的李白塑像。陈列图片以“投身革命洪流”“战斗在敌人心脏”“永不消失的电波”3部分系统地阐述了李白生平及战斗业绩。3楼则恢复了李白生前居室的原样。70多年的岁月弹指一挥间，但那看不见摸不着的红色电波依旧回荡在李白烈士故居的上空，那是革命脉搏的有力跳动，它诉说着英雄的故事，续写着人们革命信念的诗篇。

拉摩斯公寓

鲁迅在上海的第二个寓所

四川北路上的拉摩斯公寓已经很老了，将近百岁的高龄使这幢公寓在岁月的风霜浸染下显出一种神定气闲，当年，它在北区可算得上是首屈一指的住宅。鲁迅在拉摩斯公寓住过3年，在这里，他发表译著作品170多篇，其中脍炙人口的《为了忘却的纪念》《论第三种人》《中国无产阶级革命文学和前驱的血》《黑暗中国文艺界的现状》《“友邦惊诧”论》等都是在这里写就的。

四川北路上的拉摩斯公寓已经靠近四川北路底了，它的对面是山阴路和甜爱路，旁边就是多伦路文化街。公寓面朝着熙熙攘攘的四川北路，楼前是一个公交车站，车站上等车的人接连不断。公寓底层临街的一面分别是储蓄所、面包房、服装店、房屋中介等城市生活的日常，充满市井味和烟火气。如今，窄小的门洞里进进出出的已是寻常百姓。阳台上住户所种的花草，生气盎然，笑看着四周熙来攘往的行人，反倒映衬出一种令人羡慕的闲适生活情趣。

拉摩斯公寓已经很老了，从1928年建造至今已有了将近百年的时光，这幢公寓在岁月的风霜浸染下显出一种神定气闲，往日的风雨阴晴都已消解在弹指一挥间。建筑融合了最古老和最时尚的风格，也就是在西方古典主义建筑风格中糅合了当代装饰艺术派特色，这在当年是很时髦的一种建筑样式。横长方形的平面沿着四川北路舒缓地展开，古典三段式立面，竖线条构图显得庄重典雅。入口门洞有券饰，2—4层均挑出阳台，花式铸铁栏杆，4层顶部窗户设半圆券，和底层的穹形门洞对应，底层正门开启两道大门进出。灰色墙面有勾缝，平顶上面有一排围栏。室内楼梯栏杆螺旋式上升，转角立柱雕刻精致，楼内各室有总门，住户各自分门进出。这栋西式公寓大楼在当时的北区，算得上首屈一指。早期里面的住户大多是西方人，20世纪30年代初，随着附近华人住宅区的开发，拉摩斯公寓也渐渐有华人租客入住。“淞沪会战”爆发后，西侨及中产华人纷纷撤离越界筑路区，日侨开始入驻这些空置的店铺和住宅。那时，拉摩斯公寓除了少数白俄外，住客几乎全是日侨，公寓甚至也被改名

“白川公寓”，用以纪念在虹口公园被尹奉吉炸死的日本白川大将，而公寓的斜对面，出现了庞大的“日本海军陆战队总部”。1978年，公寓加盖了一层，现在成了5层，原檐下腰线倒成了一种装饰。

这幢楼的3楼4室是鲁迅在上海的第二个寓所。1930年，鲁迅因国民党的通缉，不能再居住在景云里。正好内山完造有个住在拉摩斯公寓3楼4室的朋友，因要去青岛海关工作，打算举家迁走，所以不仅打算把房子让出来，还准备把一套漂亮的西式家具也廉价出售，鲁迅看后当场就以内山完造的名义租下房子并买下家具。那年5月12日，鲁迅从景云里迁入，为了掩人耳目，这套公寓的总门上贴着的是内山完造的名片。隔壁住的是一个英国人，鲁迅和他素不交往。公寓面向四川北路的朝北一大间是鲁迅的会客室并兼书房，他的书桌斜对着日本海军陆战队司令部，可算是在敌人眼皮底下了。因为前窗临街，即便是炎夏，鲁迅也一直坐在临窗三尺远的里面，从不靠近窗户，以免被路人抬头看见。中间过道两侧两间是卧室，南向两边为天井，中间是餐厅，也是过道，连接东面和西面的厨房和浴室。厨房东侧，通后门扶梯，直至楼下后弄堂。

鲁迅入住后，每天工作到凌晨。在这里，鲁迅热情接待过日本友人增田涉，耐心地为他讲授《中国小说史略》，并以书信方式回答增田涉有关翻译此书遇到的问题。后来增田涉在他写的《鲁迅的印象》一书里，曾回忆说：“有一次，夜里两点钟的时候，我走过他所住的大楼下面，只有他的房间还亮着灯，那是青色的灯光……在漆黑的夜里，只一个窗门照耀着。”1931

拉摩斯公寓远景

年8月，暑期木刻讲习班结束的第三天，鲁迅约请了一部分讲习班学员在他拉摩斯公寓的寓所里讲演了一个小时，学员们一边听鲁迅讲解，一边看着他收藏的图片和画册，人人感觉收获丰厚。鲁迅在这里还曾秘密会见了从鄂豫皖根据地来沪治伤的陈赓将军。在谈话时，陈赓在一张棕色格子的稿纸上随手画了一张鄂豫皖根据地形势图，鲁迅视为珍宝，把这张图夹进一本刊物，一直妥为保存着。

拉摩斯公寓还记载着鲁迅和瞿秋白之间的一段高山流水之情。

1932年夏，鲁迅经冯雪峰引荐，在拉摩斯公寓第一次见到瞿秋白，两人一见如故，倾心交谈，至晚始别，之后两人书信唱和，彼此以敬爱的同志相称。1932年11月下旬，瞿秋白所在的紫霞路党中央秘密机关暴露，深夜无处可去，瞿秋白第一个就想到了鲁迅，恰巧鲁迅去北京看望母亲，许广平赶紧将主卧让了出来，热情地“收容”了瞿秋白夫妇。瞿秋白和夫人为躲避盯梢的叛徒，在拉摩斯公寓鲁迅家住了一个月左右。这段时间里，鲁迅和瞿秋白朝夕相处，无话不谈，瞿秋白还特意托人买了一盒积铁成象玩具送给鲁迅的孩子海婴。12月23日深夜，陈云受中央派遣前来鲁迅家，负责转移瞿秋白夫妇。鲁迅将他们送到门口，殷殷嘱咐“今晚上你平安到达那里以后，明天叫人告诉我一声，免得我担心”，目光中满是关切的神情。第二年2月，瞿秋白夫妇再次来到拉摩斯公寓鲁迅家避难。这时，恰逢

拉摩斯公寓近景

英国大文豪萧伯纳来到上海发表演讲。鲁迅和瞿秋白都想把这些文章辑录成册，以纪念中国文坛上的这件大事。他们很快投入工作，先由许广平到报摊上将相关的文章全部搜罗来，然后和杨之华共同剪贴，再由鲁迅和许广平编辑，鲁迅作序，瞿秋白写卷首语，由野草书屋出版，书名为《萧伯纳在上海》。鲁迅将所得稿费全部资助给瞿秋白。在鲁迅心中，已将瞿秋白视为肝胆相照的知己。一个月后，鲁迅设法为瞿秋白租下了山阴路东照里12号的亭子间。3月6日，鲁迅到瞿秋白新居祝贺，并送去了一盆花，还把自己在拉摩斯公寓里刚写下的清人何瓦琴的联句“人生得一知己足矣，斯世当以同怀视之”赠予瞿秋白，瞿秋白郑重地将条幅挂在了自己卧室的墙壁上，日日面对。

拉摩斯公寓的地下室是冯雪峰居住过的地方。就在鲁迅搬入这里的同一个月，冯雪峰也从景云里搬入这所公寓的地下室。所谓地下室只是比地面低了40厘米左右，大部分在地面上部。它位于鲁迅寓所西隔壁楼，今为四川北路2099号。整座拉摩斯大楼，只有这样一间地下室。这个地下室面积约15平方米，房间低矮，光线又暗，白天也要点灯。冯雪峰与妻子何爱玉以及他们的女儿在这个地下室里大约住了两年时间，其间，他和鲁迅的来往是十分密切的。他们两家的住所，也是他们商量工作的场所。那时，冯雪峰工作忙，常在晚上10时才回家，晚饭成了宵夜，吃完后还去隔壁楼上鲁迅寓所商量工作，有时谈到深夜，甚至凌晨。鲁迅有事，也必然去同冯雪峰联系、商量。“左联”5烈士被害后，鲁迅与冯雪峰在这里赶写纪念文章，并把原已准备出版的“左联”机关杂志《前哨》以“纪念战死者专号”作为《前哨》的创刊号。在白色恐怖下，印刷厂老板提出的印刷条件十分苛刻，不但要几倍的印刷费，而且不准印上报头和照片，同时，从排版到印刷还必须在一个晚上完成。那时，冯雪峰和楼适夷等就守在排字工人旁边，天未亮就把印好的刊物成捆地运到拉摩斯公寓地下室里，把木头刻好的《前哨》两字一份一份印到刊物上端空着的位置，5个烈士的照片也设法在别处印好后再一份一份贴到刊物上去。1931年4月20日，鲁迅与冯雪峰共同编完《前哨》“纪念战死者专号”后，他们两家一起去照相馆合影留念。《前哨》问世后，在国内外产生了巨大反响。他们还与美国进步记者史沫特莱等共同起草了《中国左翼作家联盟为国民党屠杀大批革命作家宣言》。史沫特莱后来在《记鲁迅》一文中说：“由于这一篇宣言，从国外传来了第一声抗议。五十多个美国的领袖作家，一致抗议对中国作家的屠杀。国民党当局很是吃惊，西洋各国也在非难他们了！”鲁迅在拉摩斯公寓寓居3年，在这里，他发表译著作品170多篇，其中脍炙人口的《为了忘却的纪念》《论第三种人》《中国无产阶级革命文学和前驱的血》《黑暗中国文艺界的现状》《“友邦惊诧”论》等就是在这里撰写的。在此期间，鲁迅还出版了《二心集》《伪自由书》《南腔北调集》和《竖琴》《十月》《一天的工作》等著译书籍。

而今，拉摩斯公寓丰姿依旧，只是里面已没有了鲁迅、瞿秋白和冯雪峰。过往行人或是慕名来造访者只能从门前的铭牌上读到这些令人高山仰止的名字了。但他们的故事还在这幢楼里传颂，默默地感动着前来的人们。

多伦路250号

绚烂迷人的阿拉伯风格住宅

这是一幢具有浓厚阿拉伯风情的建筑，其造型酷似西班牙的格林纳达阿尔罕布拉宫，独特的阿拉伯元素描述着岁月的传奇。据说，此宅最初的主人是创建了中国第一家电影院的西班牙人安东尼奥·雷玛斯，随着这幢建筑的建成，雷玛斯从此拥有了能与当时上海滩任何一位富豪相媲美的私家豪宅。

多伦路250号（原孔公馆）

在四川北路与多伦路的连接处，耸立着一座高高的具有石库门建筑风格的牌楼，牌楼上方是上海市老市长汪道涵亲笔题写的“多伦路文化街”6个大字，脚下一条几何形图案的弹硌路蜿蜒地把人们引向尘封许久的历史深处。穿过牌楼，左侧一座异国风情浓郁的住宅闯入眼帘。寻访过那么多的老建筑，还从来没有像这幢建筑这样让我目摇神迷，因为它的绚烂，它的与众不同，还因为它那令人心碎的残破。

这是一幢具有浓厚伊斯兰情调的阿拉伯风格的两层建筑，其造型酷似西班牙的格林纳达阿尔罕布拉宫。这幢建筑建于1924年，位于多伦路250号，它那“既艳丽又俗气”的风格，使之具有一种与众不同的艺术特征。圆顶、尖塔、马蹄形拱、石造花窗格、釉面砖镶嵌，独特的阿拉伯元素描述着岁月的传奇。由于建筑造在丁字路口的转角上，于是，设计师即以靠北四川路的北立面和今多伦路的西立面为主立面，中轴线就设计在两个主立面之中的转角上，以西北向转角处弧形立面为中心，向东南面延伸，呈扇形布局，体现了伊斯兰建筑设计中强调的平衡与对称美。灰白色大理石贴面，上部有马赛克贴面画装饰，正门上方挑出小阳台，石牛腿支撑，屋顶上有两座马蹄卷四方亭，原亭上有圆顶，可惜于20世纪60年代时被拆除了。正门的位置就设在转角上，入口门框和弧形外墙的朱红色门窗框均呈修长圆形，窗下有精美浮雕装饰，上部采用马蹄状连续拱券形式，配以伊斯兰式立柱，拱券内缘做成齿轮轮缘形的装饰。建筑立面对称两翼的马蹄形连拱窗、复叶形连拱内廊，随处映现出北非及西班牙伊斯兰建筑的艺术特征。券上部和柱以下部位的墙面满布阿拉伯纹案的雕刻，显得精致华丽。东侧屋檐下的墙壁分成两部分，下部为圆拱形窗和修长的立柱连续组合，上部为连续的直窗和假窗虚实并举，凹凸有致。圆柱及拱券不仅见诸门窗部分，而且为外壁装饰，壁面满缀细纹抽纱的阿拉伯纹案浮雕装饰，沿街一层立面券上方墙面原先装饰的阿拉伯纹案的彩色贴面，现已损坏，只剩下一些残存的痕迹，但依然美得令人惊叹。在2楼平台上还有一座伊斯兰式的“望亭”，它原是伊斯兰宗教建筑中信徒朝圣礼拜用的，这里只是作为一种非功能性的建筑装饰而已。

住宅正门门厅前面是3个连续的券柱廊组成的入口，见大门开着，我不由自主地闯了进去，进门的一刹那，我顿时有了一种喘不过气来的感觉，只见满壁都是绚烂的阿拉伯风格彩色贴面瓷砖，从地面一直延伸到天花板，楼梯、扶手上也处处都是精雕细刻的花纹，美轮美奂。室内装修中错综复杂的马赛克镶嵌和阿拉伯式植物图案、几何图形配以强烈色彩对比的面砖护壁图案，让人想起许多年代前波斯袖珍画卷中那些金光闪闪花园里的豪华内景。室内门窗都是圆形与拱形的完美结合。厅前有一露天小庭，三面壁立，拱券成行，从这里可以通向住宅的辅楼。当年主楼设置主人的卧室及办公用房，辅楼是工作人员及佣人住房。

在造访时我见到了里面的住户，一位严厉的老太太，对我的擅自闯入她显得很生气。可是待我说明了缘由她立即变得非常和蔼，我想也许是我的真诚打动了她。她是这里的住户，可以做得了主允许我参观她所居住的地盘，而不是像有些保护建筑的门卫，哪怕你说破了嘴皮子，也丝毫无法通融。当然，我也能理解，因为这原本就是他们的职责范围嘛！这位老太太告诉我她是部队家属，她居住的楼下房子是部队分的，她在这里已经住了几十年了。怪不得她看上去有几分威严，而且一口北方口音的普通话，想来当年能住上这样房子的人身份也不同一般。她带我在房子的前前后后转了一圈，让我充分饱了眼福，只是真像老太太所说的，房子确实已经陈旧得有点“老态龙钟”了，石墙上也有了细小的裂缝。天井里楼上住户伸出的铁架子晾衣竿粗暴地破坏了建筑的整体美感，而各式晾晒的衣衫也显得和这幢艳丽的建筑很不相称，楼梯下胡乱堆放着杂物，那些艳丽的花纹、精致的雕刻埋没在乱七八糟的杂物间，真好似俏眉眼做给瞎子看。什么时候能让它恢复原汁原味的本真面目呢？我期待着。

据说，此宅最初的主人是西班牙人安东尼奥·雷玛斯。20

世纪初，雷玛斯辗转来到上海，正值电影在全世界兴起，当初来乍到并略带些许“落魄”的雷玛斯敏锐地察觉到这一“新兴产业”极有可能会给自己带来无限商机后，他果断投身其中。1908年，雷玛斯用自己在上海滩淘金赚的钱买下了乍浦路的溜冰场，改建为一个活动影戏院，外面用铁皮简单围建，时人称为铁房子。1918年，雷玛斯投入巨资，将铁房子改建为虹口大戏院，成为中国第一家电影院，又先后在沪建造了维多利亚、万国、夏令配克、恩派亚、卡德等多家影院，雷玛斯取得成功后也与其他成功人士一样开始兴建属于自己的豪宅。1924年，他在多伦路250号建造了这幢与西班牙的格林纳达阿尔罕布拉宫相像的房子，设计师是同为西班牙人的Yrron Lafuete，随着这幢建筑的建成，雷玛斯从此拥有了能与当时上海滩任何一位富豪相媲美的私家豪宅。1930年，雷玛斯建造的影院已经占据全上海影院半数以上，并组建了雷玛斯游艺公司，由此成为当时沪上闻名一时的“电影大王”。也许是倦鸟思归，雷玛斯决定见好就收了。之后，他把资产全部卖出，其中就包括多伦路250号的他十分珍爱的住宅，荣归故里。后来这幢房子成了日本海军陆战队司令部总司令的府邸，抗战胜利后，这里成为中国四大家族之一的孔祥熙在沪上的豪宅之一，人称“孔公馆”，如今已成为普通民宅。现250号门口有孔公馆铭牌。

从这幢风格独特的建筑出来，穿过牌楼，走到四川北路上，抬头看到的便是建筑上方高高矗立的望亭，在绿树掩映下显得格外动人。

中国左翼作家联盟成立大会旧址

中国左翼文化的圣殿

这幢花园住宅在中国当代文学史上有着举足轻重的地位。中国左翼作家联盟成立大会在此召开，从此标志着以鲁迅为旗手的中国左翼文化运动的蓬勃开展，谱写了中国革命史和中国现代文学史的光辉篇章。小说《子夜》就诞生在左联时期，这部小说开创了茅盾文学生涯的新阶段，显示了左联的影响，在我国现代文学史上有着里程碑的意义。

每次去多伦路都会怀着朝圣般的心情去201弄2号的这幢房子看看，我喜欢在那扇带有3级台阶的石拱门前静静地站一会，想象鲁迅、茅盾、柔石、丁玲、殷夫等左翼作家们走进这幢楼的身影。

这里是左翼文化的圣殿。

这幢花园住宅在中国当代文学史上有着举足轻重的地位。1930年3月2日，中国左翼作家联盟成立大会在此召开，从此标志着以鲁迅为旗手的中国左翼文化运动的蓬勃开展，谱写了中国革命史和中国现代文学史的光辉篇章。

从外表看，这幢建于1924年的花园住宅显得严谨规整，有着19世纪英国新古典主义住宅的风范。住宅门前高高的围墙遮掩了浅浅的庭院，墙面以清水红砖和灰色砖夹杂，显出几分活泼。沿街东立面山墙呈曲线形，又染上了几丝柔媚。在细部装饰上，如窗楣设置平拱浮雕，入口的石拱门，额枋上巴洛克式卷涡、水草等曲线花纹，显出欧洲古典建筑的精致。楼梯、过道、客厅等部位采用柚木做护墙板，石膏平顶，底层地坪用马赛克、釉面砖铺设，华贵典雅。

这里是1925年12月28日由陈望道、陈抱一等人创办的中华艺术大学旧址，校址初设于青云路，后迁至江湾路三山里93号，又迁至多伦路201弄2号，陈望道任校长，陈抱一为校务委员会主席，夏衍任教务长。该校成立后，成为左翼文艺运动的中心。当时，鲁迅曾多次去中华艺术大学演讲，这里还是左翼美术活动的场所之一。中国左翼美术家联盟在上海成立后，它的总部就设在中华艺术大学的西洋画科。1929年，进步戏剧团体上海艺术剧社在此诞生，2楼中厅还曾举办过为期两个月的戏剧讲习班。

1930年3月2日中国左翼作家联盟成立大会在这里隆重召开，会场设在楼下靠左边的一间大约20平方米左右的教室里，黑板前的讲台下摆放着一只只凳子，有方凳，也有长凳，没有课桌。出席会议的有50余人，凳子不够，许多人不得不站着，甚至连门外也站满了人，会场周围还布置了警戒线。讲台前坐着由大会推举的鲁迅、沈端先（夏衍）和钱杏邨（阿英）的3人主席团。会上，由冯乃超报告筹备经过，潘汉年代表中共作了讲话。郑伯奇对“左联”纲领作了说明。穿着一袭布长衫的鲁迅作了《对于左翼作家联盟的意见》的讲话，第一次提出了文艺要为工农大众服务的方向，指出左翼文艺家一定要和实际的社会斗争接触。大会通过了“左联”理论纲领和行动纲领，通过了成立马克思主义文艺理论研究会、漫画研究会、国际文化研究会、文艺大众研究会等机构，创办联盟机关杂志及与各革命团体建立密切关系，组织中国自由运动大同盟分会、发动左翼艺术大同盟的组织、参加工农教育事业、与国际左翼文艺团体建立联系等17项提案。会上选举鲁迅、夏衍、冯乃超、钱杏邨、田汉、郑伯奇、洪灵菲7人为常务委员。“左联”的成立标志着中国现代文学进入了一个崭新的历史阶段。“左联”成立后，又在全国各重要地区建立了分部，并先后创办了《文学月报》《北斗》《拓荒者》《萌芽》《前哨》《世界文化》等“左联”机关文学刊物，盟员由最初50余人发展到300余人。参加“左联”的成员，不限于文化工作者，还扩大到教师、学生、职员、

中国左翼作家联盟成立大会旧址

工人等，并在北京、广州、日本东京等成立了分盟。

“左联”成立后，立即遭到国民党反动政府的破坏和镇压，“左联五烈士”柔石、胡也频、殷夫、冯铿、李伟森就是被反动派枪杀的，鲁迅的散文《为了忘却的纪念》写的就是此事。尽管如此，“左联”依然顽强地战斗了六年，谱写了中国现代文学史上的光辉篇章。茅盾的小说《子夜》就诞生在“左联”时期。当时，茅盾在“左联”担任行政书记，为集中精力创作《子夜》，向时任“左联”党、团书记的冯雪峰提出辞职。鲁迅听说十分赞同，但冯雪峰没有同意茅盾辞职，只准他请长假。《子夜》就这样问世了。这部小说开创了茅盾文学生涯的新阶段，显示了“左联”的实绩，在我国现代文学史上有着里程碑的意义。“左联”的成立使得中国现代文学在“五四”新文化运动之后进入了一个新的发展阶段，培养出大批文学青年投身革命之中。除了《子夜》，还有阿英的《夜航集》、叶紫的《丰收》等，从1930年到1936年，7年不到的时间，480多个盟员、上百部作品，显示出了“左联”在中国文学史和中国革命史上的分量。

1936年初，为建立文化界抗日民族统一战线，“左联”自动解散。

2001年12月，这幢建筑辟为中国左翼作家联盟成立大会会址纪念馆。纪念馆的拱形侧门边，醒目地挂着当年“左联”成员、后任上海市委书记的夏征农手书的“中国左翼作家联盟会址纪念馆”铭牌。

纪念馆的一楼有一间教室模样的房间，讲台、黑板、几个长条凳，这就是当年“左联”成立大会会场。从木头扶梯登上2楼，序厅顶部悬挂着一张张反映20世纪二三十年代上海的图片，数十张照片展现了“左联”在上海成立前的特殊历史背景。序厅顶部鲁迅、郭沫若、茅盾、夏衍、巴金等左翼作家的名字通过走字屏的形式不断向中间聚集，象征着一股红色文学狂潮的到来。序厅中最醒目的是“红色文化之旗”几个金色大字，这是展览的主题，寓意“左联”是20世纪30年代红色文化的一面旗帜。展览内容以“左联”发展为主轴，融入剧联、美联、社联以及电影小组、音乐小组等其他几个左翼文化团体的发展历程，构成一段左翼文艺运动史。2楼展厅还全面展示了左联和左翼文艺运动的发展历程。展览中随处可见的珍贵藏品及多媒体互动技术，让观众直观了解“左联”的历史风云。展厅中陈列了一个做工精致的公啡咖啡馆的建筑模型，这家咖啡馆位于北四川路（今四川北路）与窦乐安路（今多伦路）交叉口，当年，这里曾是上海滩上文化名人集会休闲的场所之一，也是左翼文化人的沙龙，鲁迅、田汉、茅盾、丁玲、夏衍、潘汉年等，都是“公啡”的常客。别人面前都是一杯咖啡，唯独鲁迅先生要一杯绿茶。这里还是中国左翼作家联盟诞生的摇篮。1929年2月16日，上海新文学运动讨论会在此召开。1929年秋，夏衍在这里召集左翼剧联党员筹备党团会，后来这里成为“左联”筹备会的固定活动地点，每周一次的“左联”筹备会就在此举行。

展厅中，还以上海警备司令部的门头造型结合多媒体投影营造出左翼文化人士被捕的画面。投影两侧刻录着国民党当局所迫害的左翼文化人士名单，共100多位。一个玻璃橱柜里摆放着一件布满弹孔的毛背心，这是“左联五烈士”之一的冯铿女士就义时穿的毛背心复制件。2楼的一个展厅很特别，没有任何图文，房间中摆放了一些桌子、椅子和柜子等生活用品。这些都是“左联”盟员曾经使用过的现存的家具，有茅盾夫妇居住在大陆新村使用过的桌子，瞿秋白在谢旦如家中避难时使用过的书桌等。

3楼展厅是左翼文化代表性成果展示，《呐喊》《子夜》《包身工》《阿Q正传》等近300本左翼相关书籍陈列于两侧山墙。展厅另一侧以部分“左联”电影的海报、版画等为装饰，充满了浓厚的左翼文化气息。展厅中央为观众提供了一处悠闲空间，大屏幕上滚动播放着左翼电影画面，《风云儿女》《桃李劫》《渔光曲》等一大批著名的左翼老电影定期向观众播放。

多伦路201弄2号犹如一枚文化镇纸般重重地落在多伦路上，显示出这个历史文化名街独一无二的魅力。

老电影咖啡馆

一个用胶片怀旧的地方

在老电影咖啡馆里，随便找一个角落坐下来都是一道风景。在迷离昏黄的灯影下，一边听着如水般轻轻流淌的绵软老歌，一边品味浓郁的苦咖啡，指尖划过《良友》画报的一页页泛黄的画页，瞄几眼正在播放的默片时代经典老电影，任由自己跌进过往的岁月，忘却今夕是何年。

上海的咖啡馆很多，开在老洋房里的也不少，可是开在一栋独立花园洋房里而且是一幢优秀历史建筑里的却是凤毛麟角。更为难得的是它开在历史文化名街多伦路上，名字是老电影咖啡馆。写下这些文字时我觉得自己像是在绕口令，而这口令还没绕完，还可以继续，因为这家老电影咖啡馆所在地还属于山阴路历史文化风貌区。

老电影咖啡馆所在的多伦路123号位置极佳，它正好是在一个转角处，于是门前就有了很开阔的空间。记得20多年前，多伦路文化街尚未开通时，我陪同一位想在上海买一栋老洋房的加拿大朋友到这里来过，他一眼就看中了这幢房子，当时，这栋楼挂出的价格是120万元，朋友犹豫了一下，最后没买。主要原因是他之前是住在华山路的，觉得这个地段太偏。几年后多伦路文化街开通后，这幢房子就成了老电影咖啡馆。后来，他来上海，我特意请他到那里面喝咖啡，他后悔地说：我当初怎么这么没眼光啊！我说，那是你和它没缘分。

在我看来，老电影咖啡馆是虹口文脉的传承，因为虹口是中国电影放映业的起步和振兴，上海最早的电影院就是在虹口诞生的。1908年，西班牙人雷玛斯在海宁路乍浦路口用铁皮搭建了一间可容纳250人的简易房子，取名为虹口活动影戏院，首映电影《龙巢》，成为中国第一家商业性的电影院。第二年，雷玛斯又在海宁路24号创办了上海第二家电影院——维多利亚活动影戏院，有750个座位，装饰华丽，附设豪华酒吧。其他的外国商人见有利可图，便纷纷仿效。一时间，今四川北路周边的虹口一带相继出现了多家影戏院。1910年，葡萄牙籍俄国人郝思倍在今四

老电影咖啡馆

川北路海宁路北首开设爱普庐活动影戏院，1913年，四川北路横浜桥北首的幻梳花园开设幻梳外国活动影戏院，同年，英国商人林发把海宁路江西北路东北侧的鸣盛梨园改建为爱伦活动影戏院，1914年，日商在武昌路租赁经营了东和活动影戏院，1917年第一家中国人自己投资建造的上海大戏院开业，同年，雷玛斯在东熙华德路投资建造万国大戏院。1918年，为了与周边新建的影戏院抗衡，雷玛斯把铁皮房改建为钢筋混凝土拱形结构，有710个座位，并设置观众休息室、会客室等，定名为虹口大戏院。这批中国最早的电影院，标志着中国电影放映业的起步和振兴。那时，许多上海人都选择去虹口观看新鲜影戏，追赶新潮娱乐，享受影像质感。以至上海人讲“到虹口去”，就意味着“看影戏去”。时人称：“谈上海生活的人，如果没有在北四川路（今四川北路）上用过钱，看过影戏，喝过咖啡，未免美中不足。”有了如此深厚的电影文脉，在毗邻四川北路的多伦路历史文化名街开设老电影主题咖啡馆，也就顺理成章了。

老电影咖啡馆是一幢建于20世纪20年代的独立式花园住宅，有着百年历史的厚重感，它属于早期殖民地外廊式建筑，立面青砖红砖并用，砖墙上依稀留着疏落的藤蔓影迹，2层有铸铁栏杆的阳台，屋顶设有老虎窗。这幢房子的东立面有连续的拱券，入口有拱形门廊，门前设平台，平台两侧有宝瓶式围栏，中间有3级台阶通往拱形门廊，门廊两侧的罗马柱托起一个穹形入口。一侧罗马柱旁有斜倚着的喜剧电影大师卓别林铜像，悄然点缀出这里的主题。见他左手拿着司的克，右手举在唇边，不论寒暑风霜都站在那里一脸“坏笑”地看着进店的客人。卓别林右手边的平台上撑起一把很大的遮阳伞，伞下是几张竹藤桌子，桌子周围有竹藤椅，围合出一个悠闲的空间，一侧的大树洒下一地光影，阳光透过树荫洒落在竹藤椅上，很有些欧洲露天咖啡馆的味道。

这是一家以电影为特色的主题咖啡吧，一个用胶片来怀旧的地方，里面的装饰充满老上海风情。门前几盏旧式的铁皮壳子路灯高高地垂下，似乎要把人拉回逝去的年代。推门入内，地上一大块马赛克地砖先是让我惊艳了一把，那是一整块马赛克组成的画面，中间拼出一大朵柔美的花纹，四角有同样花纹的小花朵。一大片米色上有红色咖啡色的花纹，温暖而雅致。抬眼间看到玄关处一块小黑板上用彩色粉笔写着今天放映的电影预告。一侧木制百叶窗隔出了一个暗淡的空间，墙上隐约可见阮玲玉、胡蝶等昨日美人。吧台旁有一台超大屏幕背投式电视，不间断地播放着旧上海经典黑白片子，客人还可以根据自己的爱好点播自己想看的经典电影，然后请服务生小哥在大屏幕上播放。一侧有一个窄窄的看上去旧旧的木头楼梯，楼梯的转角处有一个放满经典名著的大橱柜，楼梯旁的墙上挂着旧上海明星的照片，拾级而上便是同样可以播放黑白老电影的2楼。里面同样布置得精致典雅，桌子上堆着泛黄卷边的《良友》杂志和老《申报》影印本，陈列柜里静静地躺着1936年出版的电影杂志《艺声》，封面上的王人美正朝着你妩媚地浅笑。到处是咖啡店主人花了不少心思掏来的各种陈设，有旧电话机、手摇留声机、镁光灯、四叶铁骨台扇、白铜台灯、旧戏服等，甚至还有一架20世纪20年代德国产的电影放映机，至今还能放映

8毫米胶片。墙上的镜框里陈列着老牌影星赵丹的山水墨宝、顾也鲁回忆与周璇搭档拍戏的手稿，还有不少好莱坞电影封套如《泰坦尼克号》《阿甘正传》等。阳台边圈出一个独立的空间，桌子两旁深棕色牛皮沙发上放着鹅黄色靠垫，墨绿色的法式窗帘垂下柔美的流苏，透过高大的穹形窗户，可以看多伦路上来来往往的人群。3楼其实是个3层阁，裸露的木头脊梁、老虎窗、糊满老申报的墙壁和橄榄绿的色调让人沉静，墙上20世纪30年代电影明星的照片，默默地诠释着老上海的格调。一个低矮的大圆桌，由古老木轮车的木轱辘搭制而成，轻轻地顺着圆桌中心用手一推，它就会发出唧唧呀呀的声音，仿佛在倾诉它走过的沟沟坎坎和流年往事。

在老电影咖啡馆里，随便找一个角落坐下来都是一道风景，在迷离昏黄的灯影下，一边听着如水一般轻轻流淌的软软的老歌，一边品味浓郁的苦咖啡，指尖划过《良友》画报的一页页泛黄的画页，再瞄几眼正在播放的默片时代经典老电影，任由自己跌进过往的岁月，忘却今夕是何年。在咖啡馆里不乏老外的身影，他们一改平时喜欢坐在户外露天座的习惯，而是喜欢坐在咖啡馆逼仄的空间里，尽情享受里面特有的老上海风情。2001年4月，拍过电影《新桥恋人》的法国新浪潮电影代表人物雷奥斯·卡拉克斯第一次来到上海，便来多伦路寻找中国老电影，感受这里光与影交杂的时光。

点一杯咖啡，几块小蛋糕，坐在这老上海的“时空”里，品味老电影，也算是具有海派特色的下午茶了。传统和时尚就这样悄悄地在这幢有着百年历史的老房子里牵手。

鸿德堂

中国古代宫殿式基督教堂

鸿德堂是为纪念美国传教士费启鸿对中华基督教和中国文化事业的贡献，由美国北长老会资助和中国信徒捐款建造而成的。教堂建造时，中国人民的爱国运动正如火如荼开展，费启鸿主张中国基督教应该走“中华化”的道路，因此，鸿德堂首先在建筑样式上摆脱传统教堂的制约，是一幢完全“中华化”的建筑。

造型如此另类的基督教堂大概全世界也没有第二个，明明是西方的基督教堂看上去却像是一座中国殿堂，清水砖墙红柱黛瓦石绿色木构架，色彩艳而不俗，透出浓浓的传统中国建筑韵味。在中国风包裹下的内核却是正宗的西方教堂，这让这座坐落在多伦路文化街上的鸿德堂显得卓尔不群，引人瞩目。

这幢坐落在多伦路59号的建筑建成于1928年10月。有着近百年历史的老教堂自然是有自己的故事的，它是为纪念美国传教士费启鸿对中华基督教和中国文化事业的贡献，由美国北长老会资助和中国信徒捐款建造而成的。教堂之所以建成中国式外形，还和中国的出版机构商务印书馆有关。

鸿德堂原址是美国北长老会设立的美华书馆，这是近代上海规模较大的出版和印刷机构，1920年拟定在此建造教堂，1925年美国北长老会资助一万美元，其余款由中国教徒募捐，费启鸿是美国基督教北长老会传教士，1882年在上海北京路创办长老会教堂，并主持美华书馆的工作，书馆的员工与他们的家属都是基督徒，为方便员工及家属做礼拜，美国基督教长老会传教士费启鸿在书馆内创建了上海长老会第二会堂。第二会堂有17人，每周日上午有礼拜，下午有主日学。所有这些活动都在美华书馆小会堂举行，费启鸿也在此布道服务了26年。1925年，策划建造鸿德堂及牧师住宅时，美国长老会捐助3万美元，费启鸿的女儿女婿杜葛尔夫妇捐助3万美元，其余6万美元由中国教徒捐献，共计12万美元。当时，中国人民的爱国运动正如火如荼开展，基督教界也提倡本土化，主牧师陈金镛提议的“地处虹口区北部华人聚居处的教堂应选择采用中国传统建筑风格建造教堂”得到中国牧师的普遍认同并执行。设计工作由26岁的毕业于南洋大学（今上海交通大学）土木科的中国建筑师杨锡镠完成。商务印书馆的主要创始人鲍氏兄弟原来都是美华书馆的工人，后在费启鸿的资助和帮助下创办商务印书馆；费启鸿主张中国基督教应该走“中华化”的道路，因此，鸿德堂首先在建筑样式上摆脱传统教堂的制约，是一幢完全“中华化”的建筑。

站在多伦路文化街上远远看去，鸿德堂是一幢宏伟的中国宫殿式建筑，重檐式大屋顶，屋顶与墙体有斗拱相接，檐下绘有重彩画，具有飞檐挂角的传统风格，气势宏伟。房屋外墙青砖砌筑，20多根仿木构架的红色混凝土圆柱以双柱形式出现，围绕外墙一圈。墙间窗户有长方形、拱形和圆形。入口处为拱形门，有数级石阶通往。教堂正面4层，主体中厅3层，两边侧廊两层。入口上方有鸿德堂3个大字，上帝爱世人5个大字呈半圆状环绕着鸿德堂3字，建筑正中缀有一个硕大的红色十字架，上面是一个方形钟楼，钟楼顶部为楼阁式，覆盖重檐四方攒尖顶，楼阁之下有腰檐，门口设有一对中式传统石狮子，石狮子后面的奠基石上刻有《圣经》经文。这种外表采用中国传统建筑风格的西方宗教建筑极为罕见，它是国内唯一一座具有中国殿宇特色的基督教堂。教堂平面呈竖长方形，入门两侧为褐色木楼梯，楼梯栏杆中间有中式回字形花纹，楼梯间有圆窗。底层为小礼拜堂，设有修德小学、幼儿园和祷告会的房间等；2层为礼拜主堂，主堂高出两边侧廊，故教堂外观为3层。教堂内部流露出它的原乡气质：哥特式的高耸空间，拱形的教台，法国

上图：鸿德堂　　　下图：鸿德堂建筑局部

式的天窗，主堂两侧成对的罗马双柱构成的拱形走廊彰显了古罗马巴西利卡式风格，门廊洞口一部分也采用半圆券。3层为楼厅，可容纳近千人做礼拜。邻近还建有一座舒适的牧师住宅。

1928年10月7日礼拜天，正值金秋时节，这天下午多伦路热闹非凡，众多路人驻足观看这座新建的具有中国风格的鸿德堂的揭幕，1 000人参加的献堂典礼由鸿德堂长老、商务印书馆的经理和创办者之一的鲍咸昌主持。献堂典礼上，有闸北堂的管弦乐队的奏乐，闸北堂、清心堂和鸿德堂的唱诗班的献诗，既隆重又热闹。主持献堂典礼的是蒋时叙牧师。蒋时叙牧师是江苏江阴人，1915年毕业于杭州之江大学，之后就读于南京神学院，神学院毕业后在江阴牧会，后被邀请至鸿德堂牧会，主持了鸿德堂建造并成为建堂后的首任牧师。

1932年“一·二八”事变发生后，1月29日下午2点左右，闸北堂长老毛文吟带领全家和朋友约30人到鸿德堂避难。而原本打算暂时离开鸿德堂出去避难的蒋时叙牧师毅然率家人、书记等人留下，据其幸存孤女蒋丕恩回忆：“我的父亲和母亲当即本着基督徒爱人的精神安慰他们，并准备午饭给他们吃。”下午4点左右，约50名日本海军陆战队士兵敲打教堂铁门要求搜查，毛文吟的儿子、沪江大学学生毛宗豪开门后就被日军带走；日军搜查教堂后，问谁是教堂的主人，蒋时叙牧师和夫人回答后被打，日军当即把蒋时叙牧师及其夫人、儿子、侄儿以及书记和4个堂工带走并残忍地杀害了。蒋牧师女儿蒋丕恩当时正好外出，得以幸存。蒋丕恩今天仍健在，她已97岁高龄。退休前曾为音乐教师，还曾荣获徐汇区“三八红旗手”光荣称号。

如果说，上面这个故事令人伤感，那么下面这个故事却是带有几分神奇了。

1937年，“八一三”事变爆发，鸿德堂曾迁出虹口。抗战胜利后，在修复教堂时，一个工徒在屋顶发现了一颗大约200磅重的炸弹，他吓坏了，一边大叫，一边捡起炸弹就想往下扔，幸好被一位名叫张福全的老校工及时喝令阻止。两人撤离现场后，大家人心惶惶，不知该如何处置这枚炸弹。两天后，经高级警官、技工两人设法将这枚巨大的炸弹进行了安全移除。这颗炸弹乃是战争时日军所扔下的，当时竟没有发生爆炸，修堂时又被及时挽救。莫非是冥冥中的神灵在庇护？这让这座中国宫殿式的教堂染上了传奇色彩。

1958年，教会实行联合礼拜，鸿德堂是虹口区联合礼拜场所之一。1966年礼拜中断，1992年8月恢复礼拜。2004年圣诞前夕，原为苏州刺绣展览馆等用途的鸿德堂底楼重归教会，使鸿德堂楼上楼下成为一个整体。经过装修，2005年圣诞节举行了鸿德堂底楼献堂典礼，并正式对外开放，周一至周六里面还有福音电影播放。重铸的青铜大钟悬挂钟楼，每逢主日，礼拜前钟声悠扬，传及方圆数里。在鸿德堂的西边设有鸿德堂书房，也是青水墙拱形窗，红砖窗楣，不知道是不是当年的牧师住宅改建的，两侧有矮花坛，花坛西侧站立着内山完造的雕像，谦恭地拱手迎送游客。书房里有基督教期刊《天风》及神学书刊和用品等展示。里面还设有桌椅，逛累了，可以进去坐坐，小憩一会儿。

千爱里

樱花见证的友谊

每逢春天，千爱里密密匝匝的樱花开了，雪白浅红的花朵让整个千爱里弥漫在唯美而又略带感伤的气息之中。不过，因为樱花花期短，大多数到千爱里造访的人没有见到过弄内绽放的樱花。千爱里2弄3号，是内山书店老板、鲁迅的终身挚友内山完造先生的寓所。寓所庭院里的两棵水杉，如今已经长得高过屋顶了，紧闭的扉门仿佛锁着当年主人生活的岁月。

千爱里坐落在山阴路四川北路口，紧靠甜爱路。20世纪20年代初，有日本政府投资背景的日本东亚兴业株式会在上海投资房地产业，曾在虹口建设大量日式住宅，今山阴路周边是其建造房产的重点地区，千爱里就是其中之一。由于千爱里是日本人投资的房产，他们为这条新式里弄取了一个很日本的名字“千爱里”，日文原意为“樱花居”。同时，千爱乃英文cherry，即樱花树，“千爱里”就是樱花之里、樱花之乡的意思。樱花是日本国花，千爱里前后左右栽植着樱花，每年春天，千爱里密密匝匝的樱花开了，雪白浅红的樱花让整个千爱里弥漫在略带伤感的气息之中，那是日本人在借以寄托自己的乡愁。不过，因为樱花花期短，开完唯有满树绿叶，所以大多数到千爱里造访的人没有见到过绽放的樱花。这条弄堂一边是高高的围墙，把原本窄窄的弄堂衬托得很幽深。最难得的是千爱里的绿化，每家每户门前都有两个浅浅的花坛，上面种着冬青、黄杨等常绿植物，几乎所有的围墙上都爬满了藤本植物，深锁的庭院里露出高大的树枝。初夏时节，结满了累累硕果的枇杷树伸展着繁茂的枝叶，碧绿的水杉直冲天际。每一条支弄里的树叶两边相连成一条绿色的甬道，像这样情调浓郁的弄堂委实不多见，更难得的是它的静，只听见鸟声不绝于耳，还有风吹树叶的沙沙声，使人几疑误入桃花源中。

千爱里是上海目前唯一保存最完整的日本式新里。弄内都是砖木结构3层联排花园洋房，共有坐北朝南房屋5排，计45幢，建筑风格洗练简洁，小巧玲珑，每幢屋前都有低矮的围墙，门前有小铁门，墙内有小花园，当年种下的树木不谙人事

千爱里俯瞰

地长得高大浓密，墙脚下的花风情万种地开着，置身其间，犹如一脚踏进世外桃源。室内日式拉门，适宜铺榻榻米的柳桉木地板，煤卫齐全，当年居住者以日侨为主，除了日本商人及高级职员外，还有许多日本海军高级军官。岁月荏苒，如今的千爱里清幽依旧，反倒多了点历史积淀的韵味。

千爱里2弄3号，是内山书店老板、鲁迅的终身挚友内山完造先生的寓所。寓所庭院里的两棵水杉，如今已经长得高过屋顶了，紧闭的扉门仿佛锁着当年主人生活的岁月。当年，这里的房前设有木栅，庭院里植有红松和杉树，并种着各式花草，而今屋前的木栅已被砖砌的围墙代替。这是一幢红瓦拉毛灰墙，门口过道呈半圆形的坐北朝南的假3层砖木结构楼房,房顶的红瓦上有三角形天窗，所有门窗均配有穹形的木框。不过原先用卵石装饰的外墙面现已改为拉毛水泥装饰。大门上悬挂着内山完造寓所的牌子，只可惜物是人非，里面早已住进了毫不相干的居民了。那时，内山夫妇住在3号的底层，斜直对着临街的内山书店后门，内山完造从住所到书店非常方便。门前有个小花圃，中间过道两侧，有60余米高的竹篱。屋子前半部是内山先生的书房，后半部用作内室，中间用4扇中式落地长窗相隔。走道尽头是卫生间，里面有一只洗澡用的半人多高的大木桶。

1916年，内山完造结婚后，携同为基督徒的夫人井上美喜子到上海，居住在今四川北路1881号魏盛里，1917年，内山完造购买了一些基督教书籍，在家门口开了一个小书铺，由其夫人井上美喜子经营，上海内山书店由此诞生。1929年，内山完造将其书店迁至今四川北路2048号，内山完造和夫人就住在书店楼上，他利用自己日籍人士的身份，在书店里出售各类进步书籍，成为鲁迅等众多左翼作家作品发行的代理人。1931年，内山完造先生搬到书店旁的千爱里3号底层居住，寓所的前门斜对着内山书店的后门，离大陆新村鲁迅寓所只有百米之远。1933年4月，鲁迅迁入大陆新村9号后，前来这里的次数越来越多了。而且他每次去内山书店，几乎都从千爱里走，从内山书店后门再进入书店。

内山完造在充满日本生活气息的千爱里一直住到1942年，前后达十年之久。其间，鲁迅先生曾多次在这里会见日本友人，并摄影留念。

内山书店也是鲁迅与外界接触的中介点，由于鲁迅先生处在被通缉的状态，住处不便公开，一般都是在附近的内山书店与人约会，信件也是通过那里转交的。鲁迅到内山书店与人约会时，住在千爱里的内山夫妇总是在寓所内警惕着内山书店的周围，一旦发现情况，就及时把鲁迅从后门送走。1934年8月23日凌晨，内山书店两名中国店员因参加社会活动被捕。鲁迅在当天下午就应内山完造之邀避难到千爱里内山完造寓所。鲁迅在内山完造千爱里3号的寓所住了10天，他的房间就在会客室右边朝南的一间。鲁迅在千爱里避居的第二天，在这里会见了日本东京庆应大学图书馆职员、中国古社会研究者井上芳郎和日本友人尾崎秀实。29日，井上芳郎与上海东亚同文书院教授日本人林哲夫一起来内山家，鲁迅又与他们热情交谈，并在内山寓所前合影留念。9月18日，两名店员被释放后，鲁迅才回到大陆新村。

在鲁迅居住虹口的9年时间里，内山完造给了他许多帮助，

内山书店旧址（今四川北路2048号）

在白色恐怖笼罩下，鲁迅曾4次外出避难，全都是内山帮助找地方，或者就在千爱里他家寓所和书店避居。内山完造还营救过被捕的鲁迅夫人许广平、鲁迅弟弟周建人及其他文化人。战争期间，为帮助中国人顺利通过哨卡，他将印有“内山书店”的名片送给中国朋友，在名片上写道：“此人是我的熟人，我担保他的身份。”由于他热诚帮助中国人，多次受到日本军特机关的查询。鲁迅与内山完造相交10年，内山深刻理解了鲁迅，也深受鲁迅精神的感染。鲁迅也把内山作为可信赖的朋友，鲁迅逝世前一天，他还支撑着写了一封信给内山：“……老板，出乎意料之外，从半夜起，哮喘又发作起来了，拜托你，请你打个电话请须藤先生来。希望快点替我办！”许广平拿了信，急忙赶到书店交给内山。这封信竟成了鲁迅最后的绝笔，现存放在上海鲁迅纪念馆内。

在千爱里还留下了一些历史遗迹。当年鲁迅到上海后开始收集世界各国的版画作品，以期推动国内木刻艺术的发展。在内山完造建议下，两人合作举办了“世界版画展览会”。1933年10月14—15日，鲁迅和内山完造举办第二次“现代作家木刻画展览会”，会场就设在千爱里20号。展览会上展出德国、苏联、阿拉伯、荷兰、匈牙利等国木刻作品64幅，展览会的成功举办让鲁迅兴高采烈。他从自己住的大陆新村窗上望到隔墙的千爱里川流不息的人群，会喜不自禁地从寓所跑到会场中去照料一下。

1945年1月13日，内山完造先生夫人井上美喜子在上海病逝，其追思会就在书店不远的今多伦路鸿德堂举行，骨灰安葬于上海万国公墓。1945年8月日本战败后，内山书店被国民党当局接管后停业。1947年末，内山完造被强制遣返回日本。新中国成立后，内山完造先生在日本发起成立了日中友好协会，游说日本各界人士，宣传中日友好。1959年9月，他以日中友好协会副会长的身份，应邀前来中国参加新中国成立10周年庆祝活动。不幸的是，内山完造先生突发疾病在北京逝世。遵照内山完造先生遗愿，将他与在上海去世的妻子美喜子同葬在上海万国公墓。

留下内山足迹的千爱里至今犹在，它承载着一个普通的日本友人和中国作家的一段超越国界的真诚友谊，而弄内花开花落的樱花便是最好的见证。

鲁迅故居

大陆新村9号的且介亭

鲁迅先生一生辗转奔波，上海大陆新村9号是他最后的寓所，他在这里一直住到逝世。由于大陆新村所在地为“越界筑路”地区，具有半租界性质，鲁迅便以“租界”两字的一半命名自己的书斋为“且介亭”，并以此为名编了《且介亭杂文集》。

对于山阴路我是有着特殊的感情的，我的青少年时期就住在虹口区。那时，一有空我就喜欢到山阴路上去走走，我喜欢那条路上的氛围。记得第一次走进鲁迅故居，我只有14岁，却深深地被鲁迅先生的家迷住了。空气里有鲁迅先生的气息，我闻得到。以后我又来过无数次，也曾陪着外地的作家来过。每次我都说我们到鲁迅先生家去，好像是去看望先生似的。虽然那里已经没有了鲁迅先生。

大约10年前，对书店敏感的我在鲁迅故居斜对面突然发现了一家门面很小的书店，里面布置得十分温馨，花瓶里插着紫色的雏菊，红白格子布铺着的长桌上摆放着的书籍不多，却极有品位，那位中年女营业员气质很好，她只是在一边安安静静地坐着，绝不打扰你翻书，我在那里买了好几本一直想要的书。后来，我就隔三差五地去造访这家小书店。有一天，居然发现了自己写的关于上海的几本书也在桌子上躺着，见我拿起来翻阅，那位店员轻轻介绍说，这几本书挺好的，买的人很多。我感觉自己的脸刹那间发烫了，也许让我兴奋的是在鲁迅先生家门口的书店里竟摆着我写的书，还有人推荐，就从内心深处滋长出几分欢喜来。现在，这家小书店没有了，但我还是经常会去那里，有点魂牵梦萦的。我边走边痴痴地想，自己为什么不生在鲁迅先生那个年代呢？这样就可以在这条路上遇见鲁迅先生，说不定还可以像萧红、丁玲那样成为鲁迅先生家的常客，聆听他的教诲了。于是，脚步便不由自主地迈向大陆新村9号——鲁迅先生的故居。

建成于1932年的大陆新村是由原大陆银行上海信托部于

大陆新村

1931年投资建造的，故以“大陆”命名。大陆新村是上海典型的新式里弄房子，由6排坐北朝南、红砖红瓦的3层楼房组成。每排围墙上都有中英文“大陆新村”字样。每个单元有小庭院、矮墙，独门进出。大陆新村一共有62号，每弄平均有10幢联排房屋，弄堂宽约4米。住宅围墙房屋外墙立面采用清水红砖砌筑，底层前门有一个拱形雨棚，大约伸出去1米左右。每幢房子都筑有高度与2层窗台齐的青砖围墙，水泥门柱。鲁迅先生是在1933年4月11日，从四川北路上的拉摩斯公寓迁入山阴路大陆新村9号的，他在这里度过了人生最后的三年半时光。当时，鲁迅先生是通过内山完造以内山书店职员名义赁居大陆新村第一弄（今山阴路132弄）最后第二幢9号的，他也是这幢房子的第一位房客。鲁迅先生刚到大陆新村时，这里还很荒僻，鲁迅所住的屋前“有块空地，雨后蛙声大作，如在乡间”。

推开鲁迅故居的黑漆铁皮大门，迎面是一条宽约1米的水泥通道，通道左边有一块约4平方米的小花圃，鲁迅曾在此种植桃树、紫荆花和夹竹桃等，这些都是开起来很热闹的花儿，除桃花外，花期都很长，满树繁花似锦地陪伴着鲁迅先生一家，并送往迎来造访的客人们。走过通道，踏上台阶，进屋便是会客室，中间置有黑漆长方西式餐桌和靠背椅子，鲁迅常在此接待来访者。沿西墙放着一张设计特殊的西式书桌，是瞿秋白在

鲁迅故居弄堂口

上海养病时常用的。1934年，瞿秋白离开上海去江西瑞金革命根据地时，把这张心爱的书桌留存在鲁迅家中。1935年，瞿秋白在福建长汀被国民党当局杀害，鲁迅便把这张书桌作为亡友的纪念物保存了下来。室内还有书橱、缝纫机等家具。会客室后面是一间用嵌有压花玻璃的白色屏门隔开的小餐间，正中放有一张广漆八仙桌和4只圆座椅，西墙角放着双层碗橱，东墙放有衣帽架。由餐室向北经过通道是后门，通道两侧是厨房和卫生间。沿着木头楼梯拾级而上，2楼前间是鲁迅的卧室兼工作室，朝南的一面有一排6扇的窗户，窗下是书桌，东侧放有书橱和床，西侧是躺椅、梳妆台、两张藤椅、茶几和衣橱等。鲁迅书桌上放着绿罩灯、烟缸、砚台、稿纸，桌上笔架上搁着数支“金不换”毛笔。它们始终伴随着鲁迅，被称之为“桌面书斋”。梳妆台横头悬挂着旧日历，定格在鲁迅先生永远离去的日子：1936年10月19日。梳妆台上的小闹钟，指着鲁迅仙逝的时刻：上午5时25分。

与书房相对的2楼北间是储藏室，内有杂物橱和两箱举办版画展览用的玻璃镜框等物，以及瞿秋白留下的两只衣箱。在2楼与3楼之间的楼梯边，有一个不到6平方米的小亭子间。拾级而上3楼，南间是海婴和保姆的卧室，卧室落地窗外有个狭长的阳台，四周围有铁栅。许广平在回忆文章中说，一次，鲁迅和许广平怄气，就独自去躺在阳台上，小海婴以为这样躺着好玩，也挤过去躺在父亲旁边。鲁迅的气一下子没了，哼了一声，就下楼吃饭去了。这个画面生动形象地记录了鲁迅一家在大陆新村的生活场景。在海婴卧室的后面，有一间面积不大、仅能见到3楼晒台和天空的小客房，里面放着一张单人床、一套桌椅和书橱。在这间隐蔽的小房里，鲁迅曾冒着生命危险，掩护过好几位共产党人。瞿秋白第三次到鲁迅家避难及1936年党中央派来上海的冯雪峰住的都是这间客房。鲁迅还在这里接待过胡风、黄源、萧红、萧军等进步文化人士。鲁迅住在这里时，前门平时一般不开，进出一律从后门走。信件、邮件、报纸、杂志等也从后门投递。

由于大陆新村所在地为“越界筑路”地区，具有半租界性质，鲁迅便以“租界”两字的一半命名自己的书斋为“且介亭”，并以此为名编了《且介亭杂文集》。在这里，鲁迅每晚10时后开始写作至凌晨，上午睡觉休息，下午去内山书店或者接待客人等。3年多的时间里，鲁迅在大陆新村9号写下了280余篇杂文，编著了《伪自由书》《南腔北调集》《准风月谈》《花边文学》《且介亭杂文》《且介亭杂文二集》《且介亭杂文末编》7本杂文集以及历史小说《故事新编》，翻译了《表》《俄罗斯的童话》《死魂灵》等4部外国文学著作，编辑出版了《死魂灵百图》《木刻纪程》《引玉集》《凯绥·珂勒惠支版画选集》《苏联版画集》等中外版画，为瞿秋白编印了遗著《海上述林》（上下卷），还编辑了《译文》等刊物。

鲁迅逝世后不久，许广平迁居到了淮海中路淮海坊，顺便带走了各类家具。抗日战争期间，大陆新村9号被日本人占住。抗战胜利后，茶叶专家吴觉农曾将此地作为其私人寓所的一部分。1949年，大陆新村9号被民生实业公司投资的太平洋轮船公司作为职工宿舍。1950年春，华东军政委员会决定恢复鲁迅故居，于9月征用了大陆新村9号，在周恩来批准、许广平指导下，对其进行了原貌修复。许广平将收藏了14年的家居物品归置原位，基本恢复了鲁迅当年生活和工作的真实场景，于1951年1月7日正式对外开放。

在鲁迅故居底楼客厅里摆放着的那张瞿秋白送给鲁迅的写字台，是当年的进步人士谢旦如赠给瞿秋白的。1930年，谢旦如在武进路创办公道书店，在白色恐怖十分严重的情况下，他利用其父是钱庄老板的有利身份出版“左联”刊物，并精心保存了方志敏、瞿秋白文稿，为地下党和进步文艺界人士做联络等，人们称他为“红色小开”。他与鲁迅、瞿秋白、冯雪峰等都非常熟悉，还曾经让瞿秋白夫妇隐居在自己的住处。鲁迅家隔壁的132弄8号，上海解放后至今一直住着谢旦如一家及其后代。1957年5月，谢旦如担任鲁迅纪念馆副馆长直到逝世。

与鲁迅住处仅一弄之隔的大陆新村3弄9号（今山阴路156弄29号）是茅盾住过的地方。1933年4月，茅盾化名沈明甫住在这里，与鲁迅经常来往，共同领导左翼文化运动。茅盾在这里写下了小说《春蚕》《秋收》《残冬》农村三部曲。1946年5月，茅盾夫妇由重庆来沪，便住进山阴路132弄6号2楼，和鲁迅的住处在一条弄堂里，可惜此时鲁迅已经与世长辞了。同年12月，茅盾夫妇应邀访苏，大陆新村茅盾居住的2楼聚集了许多来送行的人，郭沫若、叶圣陶还一路送其到船上。

如今的大陆新村已成了山阴路上一道隽永的风景。在今山阴路132弄靠街的墙上有郭沫若题写的“鲁迅故居”4个大字。

溧阳路花园住宅群和鲁迅藏书室

街区上空的绕梁余音

溧阳路窄窄的马路上铺着颜色暗暗的红砖，一路上的林荫道伴着两侧古色古香的老洋房，仿佛一不小心跌入了旧日的传说里，一股优雅的怀旧风情就这样猝不及防地扑面而来。

从四川北路跨入溧阳路，蜿蜒曲折的马路上年代久远的梧桐树叶撑起一片绿荫，犹如城市森林，那种安静雅致的空间体验和前面繁华热闹的四川北路宛若两个截然不同的世界。溧阳路窄窄的马路上铺着颜色暗暗的红砖，一路上的林荫道伴着两侧古色古香的老洋房，仿佛一不小心跌入了旧日的传说里，一股优雅的怀旧风情就这样猝不及防地扑面而来。溧阳路上最灼人眼球的当数48幢长相酷似、彼此相连的花园洋房。它们是目前上海面积最大、最完整的双拼英式花园洋房群体。它们位于四川北路以东、四平路以西的溧阳路上。溧阳路上的48幢花园洋房群因旧时此路名为“狄斯威路”，故又称狄斯威花园公寓住宅，现已全部被列为上海市优秀历史建筑。这48幢花园洋房分为6排，溧阳路从第4与第5排之间穿过。由于道路关系，6排花园洋房的门牌号码比较特别：前4排在溧阳路南，为双号里弄：分别为1084弄（5幢）、1114弄（11幢）、1156弄（10幢）、1208弄（9幢，后门在溧阳路上）。后两排在溧阳路北，第5排前门口溧阳路上，单号，从1219号至1313号（7幢，有间隔）。第6排是1203弄（6幢）。

这些花园住宅建于1914年，具有英国维多利亚时代红砖建筑的特征，代表了早期上海近代居住建筑的典型风格。建筑沿溧阳路两侧排列，成双毗连式，规模宏大，建筑式样相同。复式四坡歇山屋顶，假3层红瓦屋面，上设棚式双坡老虎窗，清水清砖外墙，嵌红砖带饰，线脚装饰细腻，砖工精细考究，显示一代宗师匠心独到。四坡歇山顶，红瓦屋面上设双坡老虎窗，南立面采用拱券式外廊构图，使层间拱形窗排列整齐美观，檐口出挑，线脚挺拔。

从门口铁门进入后便是天井花园，花园中间一道围墙把整幢别墅一劈为二。所以每栋房子大多有两个门牌号，从中轴线划开，两户人家分享一栋花园别墅，类似于今天的“双拼连体别墅”。花园里树木扶疏，褪色见锈的窗棂被疯长的爬山虎层层包裹着，夏日，一片深深浅浅的绿，秋日，树叶红黄褐色相间，仿佛为这些老房子披上了一件斑斓的华服，春天的一片新绿更是把沧桑掩埋在勃勃生气之中。这些小洋楼分上下两层，加上屋顶阁楼也可算作3层。使用功能划分严格，底层由前至后分别是阳台、客厅、天井、厨房、卫生间、楼梯；2楼是阳台、卧室、书房等；3层阁为贮藏室或保姆房。这个花园洋房群之前是日本侨民居住的，1945年便空了出来。如今，这些高低错落的楼房轮廓在深深梧桐的掩映中透着一种低调的华丽，宁静中带着无限神秘，似乎每一幢里都藏着轻易不与人说的故事。这48幢花园别墅大多有着不凡的以往，不少有纪念意义的房子和名人故居悄无声息地潜伏在里面。如今这些旧居功能依然不改，只是里面已住着寻常人家。虽已有近一个世纪，但这些建筑却没多大变化，致使溧阳路始终保持着幽静、沉稳，成为历史见证与人文传承的载体。

溧阳路1156弄10号是曾任上海市副市长并兼任《文汇报》社社长等职的金仲华旧居。1945年，金仲华自重庆到上海后，就迁入此处定居。当年，金仲华的房间就在这幢花园洋房的3层阁楼里，没有床，只放了一张长沙发，金仲华就睡在沙发上。当时正是时事刊物《世界知识》复刊的时候，金仲华是主要负责人。在这个小房间里，他写下了许多著名文章，比如

溧阳路花园洋房具有英国维多利亚时代红砖建筑的特征

《战后国际问题研究大纲》系列文章。然而和平的日子相当短暂，短短3年，白色恐怖日趋严重，形势急转直下，金仲华被国民党列入黑名单，危在旦夕。他匆匆收拾了行李，就告别家人，离开上海避难，再没有回到这幢楼。

溧阳路1269号是郭沫若在上海的第二个寓所。1946年5月至1947年11月，郭沫若在此寓居。1946年5月8日，郭沫若和梁漱溟、章伯钧等同来上海，郭沫若在山阴路恒丰里77号暂住数天后即搬到这里居住。当年的围墙是竹子扎的墙篱笆，小庭院里有假山、金鱼池和花圃。室内装饰为日本风格，日式木窗、浴室、拉门、木地板上加垫“榻榻米”。郭沫若入住时把这幢房子的底层做成会客室，2楼作为卧室兼工作室。郭沫若居住期间，这里还是上海民主人士联络处之一。上海的进步文化人洪深、冯乃超、胡子婴、史东山、应云卫、赵丹、周璇、陈步高等人经常来此相聚，他们一来就有10余人，可以想见这幢房子里是何等热闹。屋里的融融灯光曾经温暖着这些进步文化人士的心。1946年8月，邓颖超等假此地招待文化界人士；11月，

鲁迅藏书室

进步文化人士又在此为朱德60寿辰举行庆祝会，屋子里的欢声笑语不绝于耳。中共参与“北平军调部”工作的同志向进步人士揭露美蒋假调处、真进攻罪行的招待会以及以宋庆龄名义主办的“募集贫病文化人救济基金的义卖游园会”发起人会议等也都是在这幢洋楼里举行的。郭沫若在这幢楼里住了一年多，他在此筹组创造社，编辑《创造季刊》，并完成了著名的译作《浮士德》。1947年11月，因白色恐怖的笼罩，郭沫若在叶以群的护送下离沪去了香港。岁月匆匆而过，这幢房子的外观依然和从前一样，里面却已住满了普通百姓。

溧阳路上不容错过的是离48幢花园洋房群不远的鲁迅秘密藏书室，它就位于溧阳路1359号，是一幢普通的砖木结构3层楼房。当年鲁迅到上海后，购买了许多社会科学、文艺理论、美术等方面的书籍。1931年“九一八”事变后，反动派强化法西斯统治，鲁迅的处境更加险恶。为了学习和妥善珍藏书籍，鲁迅通过内山完造，以内山书店日本职员镰田诚一的名义，在日本侨民聚居的狄思威路上租了一个房间，用来存放书籍。决定迁居大陆新村后，原住拉摩斯公寓所存的这些藏书，于1933年3月27日先移到这里。秘密藏书室位于这幢房子面向溧阳路的2楼，是一间24平方米的屋子，屋内有两扇门，朝北的门通向楼梯间，平时由此门出入；另一扇门通向2楼中间的阳台，这扇门常年紧闭。藏书室东南两面有窗，窗下有书桌和椅子，中间置一方桌，靠墙沿壁四周由下而上叠放着全是木板制成的书箱，几乎叠至屋顶。这些装满了书籍的箱子本色无漆，有活门，内分两格，可以加锁。这种书箱都是由鲁迅先生亲自设计，体积并不大，看上去有点像现在的小“集装箱”。里面分两格存放着鲁迅从寓所移来的马恩列斯著作及其他社会科学、文学、美术等方面的书籍约6 000册，不少是鲁迅从内山书店购买或托友人从国外购得的。这间藏书室里还珍藏着瞿秋白、柔石等鲁迅亡友的手稿和纪念物品。鲁迅曾对朋友说：“这些书架全部是木箱，里面装满了书。就这样，任何时候都可以装上卡车转移。”

因为藏书室里存书较多且整日拉着窗帘，光线较暗，不可能长时间待在里面看书，鲁迅到那里去，主要是拿要看的书，或者存放已经看过的书。鲁迅逝世后，许广平移居淮海中路淮海坊，并将这里的藏书等也带走了。新中国成立后，鲁迅绝大部分藏书由北京鲁迅故居保存，故上海鲁迅藏书室未曾恢复。藏书室现为民居。

溧阳路不是上海的时尚地带，吸引人们的是它安静内敛的气质，有着100多年历史的硕大的花园住宅群以及文化名人们在这条路上留下的足迹至今犹如绕梁的余音般轻轻回荡在这个街区的上空。

江湾历史文化风貌区

“大上海计划”的实施遗存

江湾历史文化风貌区是昔日上海特别市政府确定的“大上海计划”中的重要一环，这个计划是近代中国引进西方城市建设和规划理念的先驱之一，并对民族风格与现代风格的融合进行了有益的尝试，在中国和上海的城市建设史上占有重要地位。五角场地区的环形放射城市道路网和原中心区方格加半圆形道路网也反映了这一地区的风貌特色。

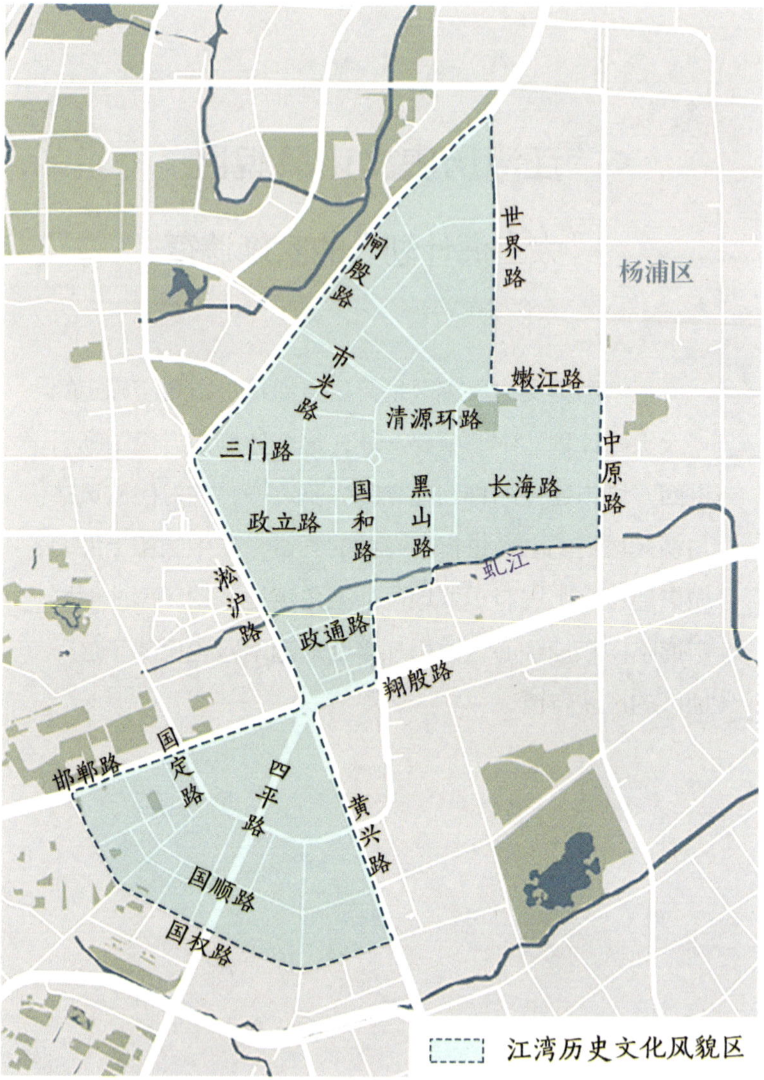

江湾历史文化风貌区示意图

江湾历史文化风貌区形成于20世纪三四十年代，是当时上海特别市政府制定的《大上海计划》的实施遗存。

20世纪20年代末、30年代初制订的“大上海都市计划”，将江湾地区确定为新的市政中心，在城市规划设计、功能布局、建筑设计和建筑艺术上，对现代化和民族化相结合进行了有益的探索。虽然大上海计划中途夭折，但这段历史却已成为上海近代史的重要一页。

以旧上海特别市政府大楼为代表的大型公共建筑群是这个风貌区的精华部分，保存下来的原市府大楼、原市博物馆、原市图书馆和原上海市体育场、飞机楼等都已被列为市级优秀历史建筑，并诞生了上海第一个具有5条辐射干道的副中心雏形。环状加放射状的干道系统和蛛网式、网格式的支路系统是其另一重要风貌特征，反映了近代上海的一段非常特别的历史。

计划建造能与租界媲美的新市区

江湾地区最早属于宝山，昔日宝山和上海两县的分界线就在今天虹口的海宁路上。这一带在清末年间为阡陌纵横的农村田野，境内分布着自然村，四周多为农田荒地、杂草丛生。由于当时黄浦江吃水浅，千吨以上的大轮船难以进入外滩，一些广东商人就把鸦片和其他走私货物从吴淞驳下后，运到江湾储藏，伺机再进入租界销售。江湾，就成了走私者的中转站。当年，江苏省政府竭力想把租界洋人这股“洪水猛兽”堵在上海县内，但工部局在海宁路以北、接续四川路，强行越界筑路，开出了北四川路；1903年又从北四川路北上，杀出了一条江湾路。这条北上的马路，如同一把长长的利剑，直插入宝山华界的腹地，成为中国官绅的心头之患。怎样赶在外国人之前把江湾和宝山开发起来，建成“新华界”，是许多江苏大员和宝山豪绅所关心的。

1927年4月18日，南京国民政府成立，宣布北洋政府统治时代结束，中国暂时进入一个新的统一和平年代。7月7日，上海正式宣布成立“上海特别市”，直辖南京国民政府行政院，国民党元老黄郛任第一任市长。南京和上海是国民政府确定为特别重点进行开发建设的都市，他们希冀将这两个城市建设为国内最优秀的城市。可是，上海有公共租界和法租界两个租界，租界占据了上海的市中心区，把华界即中国地界分割为南北两块，即南市和闸北，人们把当时上海行政割裂的局面称“三界四方”。由于原来的南市和闸北已没有太大的发展空间，同时，也为了摆脱租界对上海发展的影响和控制，上海特别市政府于1929年7月推出了一个雄心勃勃的“大上海计划”建设方案，又称“新上海计划”，决定以开发、建设华界，振兴上海，以此与外国租界抗衡。这一次规划有两大主要目的，一是另辟一个可以与租界抗衡、媲美的新市区，扼制租界的进一步发展；二是使这新市区有朝一日能够成为包括租界在内的整个上海的中心。当时，几经选址，圈定了上海东北角江湾区的一块荒僻之地作为新上海的中心区域，并进行了总体规划，构成了“大上海计划”，也称“大上海建设计划”或“新上海建设计划”。根据计划，在此规划了政治区、商业区和住宅区，新上海的市中心区域就设在今天的江湾五角场，因为这里“北邻吴淞，南接租界，东近黄浦，交通便利”。在农田中新建楼舍，也没有旧城改造的大量负担。于是，开发江湾，建设大上海新中心地域，成了当时的工作重心。

为了限定租界越界筑路的范围，也利于今后的交通发展，“新上海建设计划”首次在城区的外围修建、扩建和辟通了一些道路，形成一个略不规则、稍有间断的“环”，并在“环”的两侧预留绿化隔离带，以备日后的交通发展之需。这是当时的外环线，也就是今天中山环路的雏形，今天的内环线高架和轨道明珠线，都是依此发展而来。其最主要的是西侧道路，因为租界主要向西发展。西侧道路于1929年建成，在当时，这可算是世界上最宽阔、通畅的现代化道路之一。为了纪念孙中山先生，在盛大的落成典礼上，将它命名为中山路。1929年7月，北伐军占领上海后两年，国民政府通过了“大上海计划”，在这个计划中，体现着浓重的中国传统，甚至在计划中明确提出，所有重要建筑，必须体现中国固有形式，体现传统建筑风格，如旧上海特别市政府大楼、博物馆、图书馆，还有市医院、体育场、体育馆等一系列建筑都要反映中国的传统特色。

五条干道相交形成五角场

“大上海计划”于1929年8月开始实施，前后共7年。由于“新上海”位于上海市中心区东北约10公里处，必须开辟贯通原市区的交通道路，于是，在“新上海”的西南边缘建造了5条呈辐射状干道作为交通枢纽，这5条道路分别是翔殷路、黄兴路、其美路（今四平路）、翔殷西路（1947年以美国空军中国战区参谋长Wedemeyer之名命名为“魏德迈路”，即今邯郸路）、淞沪路（以吴淞通上海得名）。5条道路分别连接北面的吴淞港、东边的虬江码头、西部的铁路总站、南侧的公共租界和西南方向的外滩，5条干道相交的地方就叫五角场。这是当时的美国规划专家和中国设计师仿效芝加哥、华盛顿等欧美城市从市中心放射出若干直线形道路的格局，并在5条放射主道之间通过横向的马路加以联接，构成密度平均的中心道路网络，令更多的房子可以临街，同时形成权威中心的庄重感而设计的。“江湾五角场”的名称即缘于此。与此同时，又先后完成了旧上海特别市政府大楼、上海市立体育场、市立博物馆、市立图书馆等建筑。住宅是“大上海计划”的重要组成部分，当时由信托社在五角场镇中部的市光路、民府路建造了混合结构花园住宅36幢，人称“36宅”。

“大上海计划”以旧上海特别市政府大楼为市中心，有几条主干道即以这个中心为起讫点，以国民政府的政治策略作路名，如现在的三门路，原名三民路，取“三民主义”之义；今民星路原名五权路，五权即“五权宪法”，它是孙中山1906年在日本东京《民报》创刊周年纪念会上首先提出来的，即参照西方资本主义国家的立法、行政、司法三权，结合中国封建时代的考试、监察两权，试图建立一种新的“分权”制度；世界路则取义“世界大同”。而其他的道路原则上以“中华民国上海市政府”作为道路名称中的首字，按照计划，当时总共将构筑11条“中”字打头的马路，10条“华”字打头的马路，5条“民”字打头的马路，10条“国”字打头的马路，9条“上”字打头的马路，13条“海”字打头的马路，15条“市”字打头的马路，12条“政”字打头的马路和8条“府”字打头的马路，颇能体现“大上海计划”的良苦用心。同时，又初步确定，凡与南北向的淞沪路、黄兴路平行的道路名以“民”和“国”起首；而与翔殷路、翔殷西路平行的东西向道路路名则以“市”“政”起首。如今，“府”字起首的道路已没有了，原市政府大楼南面广场的黑山路原名府内右路和府前右路；长海路东段原名

江湾历史文化风貌区局部

府东外路；清源环路原名府西内路；恒仁路原名府西外路；盘山路原名府南路；西丰路原名府东内路和府北内路。而以民、国、市、政起首的道路在江湾五角场一带依然留存。

一个时代的光荣与梦想，全押在江湾五角场身上了。

“大上海都市计划”是上海历史上第一次全面的、大型的、综合性的都市发展总体规划，对上海（除租界以外）作出了宏观的、系统的、全方位的设计，规划了建设上海成为新的国际大都市的蓝图，在上海城市建设史上具有开创性的意义。

美好蓝图却成昙花一现

然而，日本人的炮火并不理会这一切。1932年，“一·二八”淞沪战争爆发，北上海沦为战区，包括杨浦在内的所有“新式事业”都遭遇了严重破坏，江湾的繁荣中断了。签订《淞沪停战协定》后，政府决定继续建设“大上海”，当时计划中的上海市政府新厦、江湾体育场、上海市图书馆、上海市博物馆等市政项目都是在这一时期落成的。颇具讽刺意义的是，正当《中央日报》大肆吹嘘一个新的世界级大都市将在江湾五角场兴起时，日本人卷土重来。1937年，“八一三”抗战爆发，市北再度成了主战场。

事变当天，当时的市政府就迁往徐家汇枫林桥原市府办公。日军侵占江湾市中心后，迅速造起了一个军用飞机场（今江湾机场），利用新建的虬江码头做储运物质的码头，掠夺我国资源，海运回国。新市中心的一些建筑物，部分毁于战火。日军对市府新厦、机关公寓、体育场、图书馆、博物馆以及一些金融单位、工商业主营造的洋房等建筑设施则加以保护，其目的是要予以利用。上海沦陷后，日本帝国主义策划成立的维新政府，第一任汉奸市长傅筱庵就在新造的市府大厦悬挂五色“国旗”，在此办公。

当时，从吴淞口进入上海的日本人，一贯偏爱住在虹口、闸北、杨浦、江湾地区，企图把日占区改造成“小东京”或“东洋乐园”。他们修复了五角场附近的旧建筑，不但打算迁移56万日本人到江湾五角场定居，还号召本土民众来此享受洋场繁华。一时间，五角场到处是点着灯笼的小酒铺，酒铺里满是身穿和服脚蹬木屐的东洋妓女。1941年12月，太平洋战争爆发，日军占领公共租界。然而这一切，最终都成了一枕黄粱。

抗战胜利后，因外国租界已收回，国民党当局将上海市政府设在旧市区的繁华地段，置当年计划于不顾。五角场地区沦为芦苇丛生、野兔出没之地。国民政府的“大上海计划”从此成为泡影，彻底被人遗忘了。不过，人们仍然可以从江湾的道路名称和道路系统，从江湾保存下来的那些复古主义的建筑中，感悟到“大上海计划”的规模，这些都已成了昔日昙花一现的“大上海计划”的无声见证者。

上海解放后，五角场地区重新获得建设发展，当年“大上海计划”中的主要建筑物已拂去岁月尘埃，以新的面貌矗立在那里。在发挥新的作用的同时，也让后人缅怀瞻仰，徘徊沉思。

住宅建设是“大上海计划”的重要组成部分，当年兴业信托社在五角场镇中部市光路、民府路建造了混合结构花园住宅36幢，人称“36宅”。建成后，这些住宅售给了当时的市府高官、工商人士以及大资本家居住。抗战胜利前夕，大上海计划建造的36幢花园住宅被美机炸毁了两幢。抗战胜利后，曾修复原貌。可惜后来随着“大上海计划”的销声匿迹，这36宅别墅群也就几乎沦为了农舍，往日的风华已了无踪影。

1945年，复旦公学也迁入江湾，建成了一所大型的一流综合性大学，20世纪50年代被称为“江南第一学府”。这一带由于空出的房舍较多，后来许多学校也被归并到这里，如同济大学、第二军医大学、上海财经大学等，成为上海高校最集中的学区。

早年大上海计划建造的江湾飞机场是一个即将淡出岁月记忆的上海老地名，它是1930年代国民政府、日寇侵略军先后建的远东最大机场，后来被人民解放军使用，长期来一直被作为军事禁区。1985年空军部队外迁，1994年机场停用，1997年春机场用地正式移交给上海地方政府。直到新世纪来临之前的约70年中，这片近10万平方公里的土地，一直只有极少部分用于建筑和人类活动，绝大多数的地方处于荒废状态，以至出现了大面积的生态复归现象：湿地连片，草木滋生，鱼虫生息，鸟兽繁衍。如今，昔日的江湾机场已被建造成新江湾城，那是一个绿色之区、生态之区、田园都市和休闲胜地。生态复归的现象也被很好地利用改造成被誉为“江湾绿宝石”的大绿岛。在新江湾城的中部，是一个供居民休闲娱乐、健身养性、文化交流的中央公园兼文化广场。整个大江湾又回到了新的起点，正被规划成一个新兴的科技园区，上海的“硅谷”“大上海”的文脉正在不断延伸。

昔日“大上海计划”中兴建的系列建筑都有一个明确的民族复兴主题，那些由中国本土建筑师创造的既有中国传统建筑的庄重典雅，又结合了西洋建筑的构图手法的中西合璧的建筑，充分体现出上海的近现代时代精神，成为值得保存的民族记忆和文化遗产。

江湾体育场

从远东第一体育场到时尚体育城

这个椭圆形体育场看上去像是一座气势宏伟的古罗马城堡，红砖清水的外墙却又连绵如中国古代城墙，120个通向看台的门洞则是一个个拱形，中西两种风格就这样无声无息地融合在一起。如今，一度落寞的体育场已拭去往日尘埃，靓丽转身为时尚体育城，在其西大门前还挖建了一个硕大的下沉式广场，更加突显了这座昔日远东第一体育场雄伟的视觉效果。

由淞沪路、政立路、国和路、走马塘河道环绕着的便是20世纪30年代的“远东第一体育场”—— 上海江湾体育场。这是当年“大上海计划”的重头戏之一，20世纪30年代一个野心勃勃的城市扩张计划的产物，它的建造者指望它与租界的体育馆“轧一轧苗头”。1933年7月，国民党上海市政府发行公债350万元，并指定100万元为专建体育场之款。1934年8月奠基开工，1935年10月初由工务局交付使用。

乍一看，江湾体育场不像体育场，倒像一座气势宏伟的大城堡，令人想起古罗马的竞技场，但又富有中国传统建筑特色。留美的中国建筑师董大酉将中西两种风格融入了这座椭圆形体育场的设计中。整个体育场由运动场、体育馆、游泳池三大建筑构成。正门门楼在淞沪路245号，中国古典红砖清水墙的外墙连绵如城墙，通向看台的门洞则是罗马式拱券形，而正中司令台的大厅由3座高8米的拱形大门导入，拱门上分别刻有“国家干城”“我武维扬”和“自强不息”3个匾额。如今中间一个拱门的上方镌刻着“上海江湾体育场”7个大字。门楼两侧顶部为空心圆柱，运动会召开时，熊熊燃烧的火炬就插在里面。正门前，有一个8 000平方米的沥青广场，用花坛、旗杆装饰。

由高8米的拱形大门进入大厅，空间高大、浑厚坚实。再由大厅内6个拱门进入内厅，内厅为红砖地，黄粉墙、花窗、宫灯等设施显出一派中国传统装饰风格。两侧为运动员休息室和贵宾室，2楼为首长休息室和外宾接见室，通过内回廊即达主席台，设有接待外宾的专座。步出1楼运动员休息室便是面向运动场的看台。两层的看台为钢筋混凝土建筑，看台外墙为红砖清水墙。中央田径场是参照欧美各国建筑之利弊和国际比赛规则的要求而设计的，设置500米环形跑道一条，分8道，东面直道长220米。跑道两侧设跳部，弯道为掷部与跳高区，中间为一大型草皮足球场，跑道外北部为网球场，南部为武术场。田径场大看台为体育场之主体，是长达千米的环形建筑，高11米，共两层，计22级台阶，座位4万个，立位2万个。底层有6米宽的回廊环场一周，全长870米，不但可以避雨，而且在此设立了商店、休息室、公厕等以方便观众，并以120个拱门组成外墙，4万观众皆可由回廊的34个入口进入看台，就近寻找自己的座位。比赛结束，只需5分钟即可全部离场。东西看台中央各设置一座高3层的用人造汉白玉砌就的主席台，当时被称作“东西司令台”，高20米，共3层，上刻吴铁城题字的“上海市运动场”，其左右顶部置古铜色大鼎各一尊。

国和路346号东大门内是可举行各项比赛的体育馆，看台有3500个座位，中央比赛场是长40米、宽23米的用柚木铺就的篮、排球场地。东南部是占地4600平方米的游泳池，池长50米，宽20米，深处达3.38米，池旁设看台，可容纳5000名观众。西北部有花园洋房式的招待所、教学大楼；东北部是五届全运会前修建的风景区，有半月形人工湖泊，有直通湖心亭的装着宫灯红漆栏杆的九曲桥，湖后有假山，山上绿树成荫，盆口粗的香樟、三四层楼高的雪松、虬枝老根的黄杨，这些老树名木仿佛是历史的见证人，衬托着白石红墙，有点私家豪华花园的情调。当年，这里是运动员的休憩之地，而体育场的北面，就是早年大上海计划建造的江湾飞机场。

江湾体育中心（原江湾体育场）全景

1935年10月10日，刚刚落成的上海市体育场上演了它的“处女秀”，旧中国体育史上规模空前的盛会——第六届全国运动会在此举行。2 700多名运动员和近万名观众从全国各地涌向新的上海市中心，让体育场上空的两柱火炬熊熊燃烧了11天。这届全运会召开时，正值东北五省遭日军强占建立伪满洲国，全运会开幕式当天，各省市运动员依照程序入场。当神色凝重、身穿白色孝服的东北运动员拖着沉重的脚步走过看台时，全场观众悄然起立，默哀3分钟，会场顿时陷入一片肃穆。其中还有运动员肩扛黑白各半旗帜，以表示不忘被日军野蛮践踏的东北黑山白水，引得在场观众义愤填膺，声泪俱下。在当时的特殊国情下，“运动竞技更需勿忘国耻”，成为近代中国

江湾体育中心主体建筑

体育史上颇值得纪念的时刻。

抗战期间，体育场被日军占为军火库。抗战胜利后，由国民党军队接管，仍用作兵营、军火库。1946年军火库爆炸，南部大看台被炸毁，其他建筑也遭到严重破坏。由于没有修复加固，1948年在此举行国民政府第七届全运会的开幕式当天，当近10万观众蜂拥而至，纷纷涌入会场、争先恐后地挤上两侧看台时，左右两侧用木杆支撑着的看台栏杆轰然倒塌，120余人在惊叫声中跌下看台，造成人员受伤的大祸。新中国成立后，人民政府于1952年至1954年间，对体育场进行全面整修，平整场地、种植树木，铺覆草坪10万余平方米。其连锁式布局和古堡式建筑得以保留，依然是庄严宏伟的气质。1954年8月竣工，陈毅市长为新落成的体育场亲笔题名为“上海江湾体育场”。以后，凡遇国内重要体育项目比赛或国际球类比赛，大都在这里举行。

江湾体育场是上海在建“八万人体育场”前，规模最大、设备最完善的一个综合性体育设施。每当有重大比赛在这里举行，整个江湾地区人山人海、车水马龙，比过节还热闹喜庆。20世纪70年代初，球王贝利兴致盎然地在这里踢了一场球，和容志行互换了湿漉漉的球衣。1983年9月17日第五届全国运动会开幕式在这里隆重举行。在开幕式上还表演了飞机特技跳伞和团体操。1993年，第一届东亚运动会的足球赛事；1996年，首届亚太区特殊奥林匹克运动会；1997年，第八届全运会足球赛事都是在这里举办的。这里还是上海申花足球队的第一个训练基地，球迷们在门口徘徊不去，为的是能一睹徐根宝、范志毅以及号称“申花三剑客”的申思、祁宏、吴承瑛的风采。江湾体育场让上海人牵挂，还因为那里有过一个游乐场，如瀑布般的七色彩虹滑坡池是孩子们夏天最喜欢的勇敢者道路。随着上海各区体育场的兴建，以及更大规模的八万人体育场的落成，江湾体育场也渐渐变得门庭冷落。

2006年12月23日，经过修旧如旧的改造，这个一度落寞的“远东第一体育场”拭去尘埃，迸发出新的生命异彩，并更名为“江湾体育中心”正式对外开放。江湾体育中心风景秀丽、环境优美，各类体育场地坐拥其间。修缮一新的江湾体育中心由足球场、综合体育馆、游泳馆、室外球场区、中式庭院等六大部分组成，在江湾体育场西大门前还挖建了一个下沉式广场，更加显现了这座历史建筑雄伟的视觉效果。运动场、游泳池、体育馆三大场馆的外墙则展现出当初建成时的风采。江湾体育中心还改变了原来单一竞技体育功能，集体育比赛、文体演出、餐饮娱乐于一体，导入更富活力和人情味的休闲体育，开创“休闲健身一站式服务先河”，创造了一个运动型的时尚休闲空间。改建完工的江湾体育场在2007年5月承办了亚洲极限运动锦标赛，并且成了2007年世界夏季特殊奥林匹克运动会的闭幕式场地。近年来，为大力倡导全民健身，为市民提供体育锻炼场所，五角场街道配合有关部门对江湾体育场再度整修改造，变身为休闲运动中心，辟有足球场、游泳馆、健身步道和羽毛球场，而体育场门前的下沉式广场，更成为这一区域的时尚中心。在这里，每一格台阶都被精心地绿化、美化、亮化了，历史感与现代感互相照应，传统和时尚在此交融，成为最时髦的体育城。

旧上海特别市政府大楼

体育学院内的绿瓦大楼

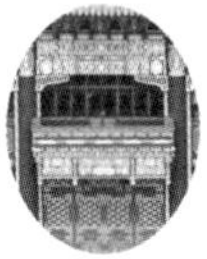

这座规模宏大的建筑为中国古代宫殿式，屋顶铺设绿色琉璃瓦，四角采用飞檐翘角，梁柱斗拱，浓墨重彩，十分华丽。楼内画栋雕梁、金碧辉煌，一派中国古代皇家风范。只是这里的设施比昔日皇宫更为先进，是中国古典文化与时代精神结合的成果，它开了中国古典复兴式建筑风格之先河。

上海体育学院行政楼（原旧上海特别市政府大楼）南面

走进位于五角场恒仁路、清源环路口的上海体育学院大门，迎面一幢宏伟的涂彩飞檐的仿清代宫殿式样的建筑让人惊艳。这幢国内少有的钢筋混凝土结构的中国宫殿式建筑就是建成于1933年的旧上海特别市政府大楼，如今这里是上海体育学院的行政大楼，也是学院的标志建筑物，人称“绿瓦大楼”。

旧上海特别市政府大楼设在五角场中心地区，也就是当时大上海计划中的市中心主区。它的西面是三民路，东面是五权路，北为世界路，南为大同路，以体现“三民主义、五权宪法”与“世界大同”之义。这座规模宏大的建筑高4层，坐北朝南，东西方向一字排开，为中国古代宫殿式建筑。屋顶铺设绿色琉璃瓦，四角采用飞檐翘角，梁柱斗拱，浓墨重彩，十分华丽。其造型为横竖三段式，横三段中部主体加两翼，竖三段下部为基座，中部是柱廊，上部设屋顶。建筑正面设宽大的台阶，两旁各有一只巨大的石狮子坐守，巨狮两侧有两个旗台，旗杆与大楼齐高。台阶下是一个可容10万人集会的大广场。

大楼第一层为平台，四周围着汉白玉般的石栏杆，可用作检阅、观礼台。其上3层为梁柱结构，画栋雕梁、金碧辉煌。中间主体部分的屋顶略高，为单檐歇山式，两翼屋顶略比中间低，用庑殿式。大楼入口处有十字形穿堂，南北东西各有一扇门。大楼正面有巨型桥式台阶直达2楼大礼堂。其下为正门，车辆可直达门前。大楼内设宽大扶梯两处和电梯两座，直达4楼。从1楼进入门厅，异常醒目的是一根根红色的圆柱，大理石地面上还有一幅没有字的上海版图，上面有个红色圆点，大概就是这栋楼所在的位置。木门上的雕花涂彩，顶棚上的绚丽花纹，无不散发着古典气息。东壁镶嵌着一块黑色大理石的《上海市政府新厦落成纪念碑》则永远向人们讲述着它的历史。

这幢大楼营建时是当时中国最先进的政府办公大楼。大楼内部布局为：底楼是传达室、保险库、接待室、食堂、厨房等；2楼为大礼堂、图书室及会议室；3楼中部为市长和高级职员办公室，两侧为各科室办公室；4楼为最高层，正好处在大屋顶下，光线不足，便设置了档案室、电话总机房、储藏室等，所有房间均沿中央走廊布置。楼内画栋雕梁、金碧辉煌，一派中国古代皇家风范。只是这里的设施比昔日皇宫远为先进，大楼内有热水汀、抽水马桶等现代设施，是中国古典文化与时代精神结合的结果。它开了中国古典复兴式建筑风格之先河。

旧上海特别市政府大楼于1933年10月10日，即辛亥革命

22周年纪念日落成。落成那天，上海全市休假一天，升旗志庆，数千名中外来宾及民众10万余人集会市府广场，以示庆祝。当时，还特派9架飞机由杭州起飞，来到上海市区上空翱翔盘旋，以示庆祝。落成典礼后，市长吴铁城检阅了保安队、警察大队、保密团、消防队和童子军。下午则由沪南区、沪北区的消防队表演精彩的“火窟救人”。最后，市长宣布市府新厦开放两天，市民均可前往参观。翌年元旦，市长吴铁城率各局官员正式迁入办公。1935年4月3日，上海首届集体结婚典礼在这里举行。2楼的大礼堂外，两边陈列了各种鲜花香草，礼堂内以红柱彩带围出一个礼台，大红地毯由此铺向大门。57对新人在结婚进行曲中登上铺满大红地毯的石梯步入礼堂，场面庄严神圣。市长吴铁城和市社会局长吴醒亚任证婚人。

在广场南面开凿了一条长方池，沿池设立一座5孔牌楼，为当年市府大楼的表门；在大楼的东西两侧又各开了一条小池，池端各设一座门楼，代表东西辕门；广场两旁，各设一条长廊，用来展示美术文化作品。大楼北侧，建造了一座中山纪念堂，纪念堂前的花木丛中安放着一尊由美术家江小鹣设计的高9英尺的孙中山先生棕色铜像，铜像上的孙中山穿着马褂长袍，左手持手杖，右手持呢帽，足登中式毡靴，神采奕奕。与此楼同时落成的还有社会、教育、卫生、土地、工务等5局的房屋。同年底，市政府和上述5局迁入新楼办公。于是，大上海中心区域行政区“新市区”正式形成。

旧上海特别市政府大楼落成后，广场上经常举行游艺活动，还举行过全市的提灯会和灯火表演等庆祝活动，一片歌

上海体育学院行政楼北面

舞升平，只有广场上不时响起的《义勇军进行曲》《前进歌》《自卫歌》《热血》《中华民族不会亡》等救亡歌声，才提醒人们北平卢沟桥燃起的烽火已逼近上海。果然，“八一三”事变爆发，接着抗日战争全面爆发，江湾市中心区成了战场。市府大楼东南一角，被日军炮击数十孔，孙中山铜像被日军推倒销毁并拆运日本，“大上海”的美梦彻底被埋在荒芜的草冢中。“八一三”事变当天，上海市政府就从这里迁往徐家汇枫林桥市政府旧址。随后上海防线全线崩溃，吴淞、江湾几乎全部摧毁。

上海沦陷后，市府大楼先后被日军、汪伪占为驻军地和伪市政府办公地。抗战胜利后，国民党市政府接收上海，也接收了租界，市政府设在南京路外滩。新中国成立后，市政府在此办过行政干部学校。1952年11月8日，在此创办了上海体育学院，上海体育学院由原南京大学、华东师范大学、南京金陵女子大学等院校的体育系、科合并而成，原名华东体育学院，是新中国成立后创建最早的体育高等学府。原直属国家体育总局领导，现由上海市人民政府与国家体育总局共建。2002年10月16日，由原上海体育学院、上海体育运动技术学院、上海市体育科学研究所共同组建成立新上海体育学院，实现了强强合作，优势互补，集教学、训练、科研“三位一体”的新的办学模式。

大楼北面原市政广场上的孙中山立像于1937年毁于战火。2009年由上海市文物管理委员会、杨浦区政府、上海体育学院在原址上重塑铜像，由雕塑家张海平制作，于2009年12月8日落成。

上海市立图书馆

杨浦图书馆的前世今生

图书馆2楼阅览室内一根根林立的朱红圆柱有褐色柱脚，天花板上的彩绘藻井色彩丰富而不俗艳，反倒显得沉静优雅，充满古典韵味。一侧通往另一个阅览空间的用4扇石绿色金属镂空铸铁孔雀门犹如隔断，透明的门扇上各有一只孔雀，铸铁弯成的羽毛玲珑剔透，门的上方是一只正在开屏的绿孔雀，整个空间因此而灵动鲜活。

杨浦图书馆（原上海市立图书馆）

5
128

在今恒仁路与黑山路之间的黑山路181号，坐落着建成于1936年的近代上海图书馆，10年前，我在写《花园洋房的下午茶》时，它还只是一座苍劲的犹如古城墙般的灰扑扑的建筑，我为它那犹如北京城钟楼般的建筑外貌所惊到。它美得苍凉，美得凄清，孤独地站立在街头，千般风流，难与人言。

我试图进去，却终究被挡在门外，只能远远地看着它。

10年后的2018年，它以崭新的面貌华丽变身为杨浦图书馆，我才能有机会进入里面，我在图书馆的大厅里开会，做讲座，在阅览室里看书，尽情地领略它美丽的身影，一步步走进它的前世今生。

这幢楼是大上海计划的遗物。虽然天生丽质却生不逢时，命运坎坷。

1932年“一·二八”事变中，当时上海最大的公共图书馆—— 东方图书馆以及江湾、吴淞一带公立和私立大学以及私家所藏书籍，全部毁于日寇炮火，激起全国民众极大愤慨。同年6月，上海一批文化教育界爱国人士联合工商界、政界有识之士，发起了一份铅印的筹筑上海图书馆的联名公启，呼吁社会各界“共促其成”。公启附有《筹备上海图书馆旨趣书》，将筹筑图书馆的必要性、规模、管理等一一列出。在这份公启上署名的各界人士达123名，几乎囊括了当时上海文化、教育、工商和政界的重要人物。然而，“一·二八”战争刚结束，闸北和江湾、吴淞一带遍地疮痍，国民党政府尚未缓过气来，哪有精力顾及图书馆？不过，这份公启的舆论作用毕竟不可小觑，一年后，图书馆、博物馆的建设又被提上了国民党政府的议事日程。1933年9月，继市政府大楼落成后，市长吴铁城提出组织“上海市图书馆博物馆体育场筹备委员会”，叶恭绰任设计组主任，著名留美建筑师董大酉为建筑工程主持人。这些建筑于1934年破土动工，至1935年下半年相继建成。图书馆位于上海特别市政府大楼右侧前，和原市立博物馆分立市政府大楼东西两翼，各相去1公里左右。这3幢建筑一起构成了气势雄伟的主体建筑群。钢筋混凝土的现代建筑，加上中国式的门楼和华丽装饰，显得庄严华贵。

由于经费的原因，董大酉为图书馆设计的蓝图并没有全部实现，“井”字形的建筑蓝图仅完成了“工”字形的部分，只占建筑体量一半，就于1936年9月投入使用。尽管这样，建成后的上海市立图书馆还是美得惊人。它仿北京钟楼造型，明黄色琉璃瓦，重檐歇山式屋顶，屋檐与蓝天相接，划出优美的弧线。精巧的彩绘，富丽堂皇的门楼，典雅庄重。门楼正面为3孔券门，四周围以仿石造望柱栏杆。建筑融西方古典建筑3段式风格与中国传统建筑风格于一体，是典型的近代中国传统复兴式建筑。平面为“工”字形，前部两端横展向前突出，与故宫午门相似。中央门楼高25米，外墙平均高12米，歇山式顶上覆盖琉璃瓦，两侧为简洁的平顶两层楼。主楼前面左右两端有两个凸出的建筑，成厢屋状，形成主楼大门前广场的“门”字形空间。图书馆外墙用人造石砌筑，大门入口也为圆拱形。大门前设水平平台，种植花木，四周围以铁栏杆。平台前两边各有旗杆，颇为壮观。从拱形大门入内，底层中间为一方形大厅，朱红色立柱底层包裹着黑色花岗岩，白墙红柱回廊，雕梁画栋，天花板上有彩画藻井，整个大厅显得富丽堂皇，充满中国古建筑韵味。大厅后为报纸杂志阅览室，再后面是可容书50万册的大型书库。大厅底层的左翼为办公室，右翼分别是儿童图书馆、善本书库和讲演厅。2层平台上细腻的栏杆，庄重而华美的顶灯，镂空格子窗，设计得刚好透出阳光照射的角度，尽显设计师的匠心。这第2层中间分为两部分，前面为展览厅，后面为借书处和目录厅，左右两翼分别为研究室和特别阅览室。在2楼两端各有一个很大的普通阅览室，室内朱红柱子，梁枋及天花、藻井均有彩绘，充满古典韵味。楼梯及过道为水磨石地面，阅览室楼面铺设软木地板，其余部分的地面及楼面用树胶块，几乎听不见脚步声，创造了安静的阅读环境。第2层中央前面部分有用作储藏室的夹层，由此可到后面平屋顶，也可登上露天楼梯到达顶层门楼。门楼四周设置平台，可登临眺望“大上海”风光。

图书馆建成后，于1936年5月1日开馆，阅览者日见增多，至当年11月已达9500人次。如此之多的读者跑到远离市区的江湾来看书，说明上海市民对第一座自己的市立图书馆的钟爱。1937年7月，在叶恭绰、柳亚子的发起下，上海第一个乡土文献展览会在新落成的市立博物馆举行，与此同时，市立图书馆内也有一个市政展览会在展出。陈列品包括10年来上海的各项建设图表、模型等，吸引了许多观众前来观看。1937年“八一三”事变爆发后，图书馆遭到日军破坏，开放未满一年的图书馆被迫关闭，一度沦为日军养马场。新中国成立后，图书馆建筑作为同济中学校舍使用，其中一部分成为同济中学图书馆，图书馆门前的广场则用作同济中学篮球场。一晃半个世纪过去了，图书馆的建筑披满岁月的风霜，百孔千疮。2007年同济中学迁出后，又空置多年，满目凄凉地蛰居一隅。

春风总度玉门关。2012年，杨浦区决定将曾经的“上海市立图书馆”改建为杨浦图书馆新馆，于2015年4月开工建设。在修缮扩建中，老图书馆的“工”字形建筑后端重新长出了“两翼”，历史性地实现了建筑师最初设计的“井”字型布局构想。这座连接着城市的历史记忆和现实未来的上海市立图书馆历经3年多的修缮扩建后重获新生，华丽回归了它最初的使命。修复后的杨浦图书馆新馆被上海市民亲切地称之为“小故宫”。

值得赞叹的是杨浦区图书馆新馆除了修缮上海市立图书馆3960平方米的老建筑，还依照董大酉原始设计图，扩建了10192平方米，补足成为最初设计的“井”字形结构。扩建部分与原有老建筑协调统一而又略有区别，老建筑外立面是方砖，而扩建部分颜色与老建筑统一，外立面采用如书籍侧面的竖条纹式砖纹。在室内与老建筑相接的扩建部分，还保留了老建筑的外墙及须弥座，使它既成为室内装饰的一部分，也成为新老建筑的分界线，从而充分体现了保护建筑的可识别性原则。修复后的黄色琉璃瓦屋面以及屋檐下的斗拱彩画，使门楼成了整个建筑的视觉中心，而入内就仿佛进入了一座中国宫殿。从杨浦区图书馆新馆的拱券大门进入，前厅砖红色的小方砖古朴精致，这些十几厘米见方的小砖块均是20世纪30年代上海市立图书馆建成时期的原物。大厅的天花彩绘图案也得以原样修复。由朝东的大门走进建筑的1楼和2楼，在相同位置各有一扇仿照孔雀仪态制作的石绿色金属镂空孔雀门，不过1楼的由于原先的门已遗失，这是仿制的。拾级而上，2楼大厅的铸铁孔雀门才是80多年前的原件，门扇上是两两相对的孔雀造型，上方是一只开屏的孔雀，几乎所有见到这两扇孔雀门的人都会从内心发出由衷的赞叹。图书馆2楼水磨石地板上的拼花，圆形图案中央是一本摊开的书，把图书馆的主题完美呈现。新造建筑与老建筑风格高度统一，整个图书馆的书架、座椅都采用深色实木，像是从老照片里拷贝而来。在最大程度修复还原老建筑原貌的同时，杨浦区图书馆新馆内，现代图书馆功能设施一应俱全。杨浦区图书馆新馆连接着城市的历史记忆、现实与未来。用馆方的话来概括，就是“过去未去，未来已来”。

上海市立博物馆和飞机楼

长海医院内藏着的遗珍

博物馆高高的外墙犹如城堡，中国古典式门楼上覆盖着黄色琉璃瓦，门厅以传统红色圆形立柱和藻井彩画装饰，内部设置却充满现代感。形如飞机展翼凌空欲飞的飞机楼，当年是航空协会的会所和陈列馆，成为爱国同胞捐资捐机以支持实现航空救国的标志。

创建于1949年7月的长海医院是一座历史底蕴丰厚的医院，它位于长海路174号。前往看病的人很少知道它里面还藏有两幢优秀历史建筑。因为所处的地方比较偏僻，又是医院，平常人不会轻易踏入里面。这两幢建筑一幢是曾经的上海市立博物馆，现在的长海医院影像楼，主要用于CT、核磁共振成像等影像医学操作。还有一幢是建于1935年的航空博物馆楼，俗称飞机楼，现在是上海第二军医大学校史馆。

作为曾经的上海市立博物馆，这幢楼有着厚重的历史。建造时，它的位置是在旧上海特别市政府大楼左侧前，与当年的“上海市立图书馆”分立东西两翼遥遥相对。这幢建筑建成于1936年，由沪上著名建筑师董大西设计。这幢上海历史上第一次由政府拨款筹建的博物馆于1937年元旦建成开放，叶恭绰为董事长，胡肇椿为馆长，上海市市长吴铁城等政界文化界知名人士担任董事。博物馆坐东朝西，平面呈工字形，建筑形状仿北京城鼓楼，建筑中部和前翼两侧均为两层。外墙高10.5米，用大石块砌筑，犹如城堡。另有门楼高4层，前面两翼的凸出部分和后面两翼则为单层。在前翼正中设有歇山二重檐中国古典式门楼，上面覆盖着黄色琉璃瓦，其他屋顶均为平屋顶。门楼梁柱外露，左右两翼凸出部分之前各设喷水池。由于功能上的需要，仅底层开窗，两翼为平房，门厅及陈列厅内有朱红色柱子和传统的彩画、梁枋及藻井。博物馆大门两侧各外伸一段，形成门字形广场。和它对面的上海市立图书馆一样，这也是一幢“拿西方格式做屋体，拿中国格式做屋顶”的建筑，里面充满着现代感。大门入口为圆拱形，镂空大门，底层为方形门厅，

长海医院影像楼（原上海市立博物馆）

水磨石地面，其中有楼梯、衣帽间、售品部等。由门厅入内，为一大厅，正前方有左右对称楼梯各一座。门厅朱红色的柱子、绿色栏杆和传统的彩画、梁枋及藻井非常漂亮。大厅两旁设过道，过道前部左右两翼为办公室、研究室、库房等。左翼凸出处为可供100人阅读的图书室；右翼凸出处为可容300人的讲演厅。第2层中央分设历史和艺术两部，历史部主要陈列与上海历史有关的文献和文物，艺术部以中国古代的青铜、绘画、陶瓷陈列为主。陈列室为檀木地面，采光用多束光线投射，两翼为上盖玻璃顶棚的陈列厅。由于陈列厅不设窗户，室内装有冷暖气自动调节设备。中央两层前面陈列厅之上有夹层，由此经露天楼梯可达顶层门楼。门楼四周设置平台，有仿石望柱围栏围护，可以远眺。门厅用传统的红色立柱和藻井彩画装饰，由当时北平（今北京）宫殿彩画的传统艺人绘制。

博物馆1936年2月建成后正式对外开放，首展中国建筑展览会，参观人数逾4万，盛况空前。后又举办了“上海文献展览会”和“古玉展览会”等，精品纷呈，参观者纷至沓来，为中国人拥有了自己的博物馆而感到振奋。博物馆内还开放金石、陶瓷、历史文献陈列室，创办了《上海市博物馆周刊》，出版了《上海市立博物馆藏印》《文物周刊》等文博类书籍，介绍中国传统文化和博物馆馆藏精品。

淞沪会战开始后，上海市立博物馆因为地处战区，遭到炮火严重损坏不得不被迫闭馆，馆藏文物迅速被转移到租界内，后转存震旦大学图书馆。

20世纪50年代起，这幢楼归属第二军医大学，目前此建筑是长海医院影像楼。

在长海医院内，还有一座优秀历史建筑，它就是建于1935年的航空博物馆楼，俗称“飞机楼”。20世纪30年代，为了加强航空力量，抵御列强的欺凌，贯彻孙中山提倡的“航空救国”思想，1933年元旦，上海成立了中国航空协会，提倡发展国民航空事业，研究航空技术，增强航空救国的民族意识，以抗御列强的欺凌，达到洗刷国耻的目的。协会曾先后两次发动民众捐资购机，以壮大空军建设。第一次募得捐款139万元，购机18架，第二次募得129余万元。这样，孙中山提出的“航空救国”思想逐渐深入人心。航空协会从民间集资10万元，在市立博物馆旁，征地10亩（约6666.7平方米），仍请来董大酉担纲设计，建造了形如飞机展翼凌空欲飞的飞机楼，作为航空协会的会所和陈列馆，成为当年爱国同胞捐资捐机以支持实现航空救国的标志。

1935年10月12日下午2时，飞机楼举行奠基典礼，上海各界领袖及该会理事、会员都热情参加，市长吴铁城发表了演说。这座造型别致的飞机楼建成于1936年春天，建筑以银白色为主色调，显得庄严飘逸，与传统的彩绘雕刻相得益彰。从高处俯视这幢低调地隐蔽在树丛中的楼宇，整幢大楼仿佛刚刚降落在草坪上的飞机，机首向南，前翼展翅，尾翼上翘，露天平台则形如座舱，整个造型犹如一架双翼战斗机。

飞机楼共分两部分。第一部分由机首和前翼组成，高3层。机首的底层为会客室，门上金色的装饰也全是“飞机”的形状，却是具有中国传统风格的图案形式，精致典雅。循扶梯盘旋而上可达顶层。顶层为纪念堂，纪念堂四周为镶嵌黑色大理石的圆形环墙，被设计成环形碑刻长廊，上面镌刻着一些国民党要人如张学良等的题词墨迹。中间是圆形3层祭台，祭台正中镶着一块蓝色玻璃，阳光透过玻璃，直射大厅，此即“皇穹宇”，再登高可达白石砌成的“圜丘宇”。坛分3层3围，用石倍数均依“九”增减，当时被誉为小天坛。前翼的1、2层，则为航空陈列馆和航空图书馆。飞机楼的第2部分高两层，由机身和尾翼组成，主要是航空协会的办公室。穿过机舱走道，便是两层高的尾翼。尾翼上镶嵌着“中国航空协会”字样。前后两座建筑以“机舱”为中轴线，形成舒展的双翼。

飞机楼建成后，成为中国航空协会及航空陈列室大楼，相继在这里举行过中国建筑展览会、航空简易展览会、中国航空购机纪念会等重大活动。当时，天原化工厂创始人吴蕴初曾购买战斗机及教练机各一架，捐赠给该协会。中国航空协会大力宣传孙中山先生提出的“航空救国”思想，增强民众抗日救国的民族意识。协会发动的集资和捐机活动不仅为中国空军建设提供了物质支持，同时，也在国民中广泛宣传了抗日救国的思想。飞机楼建成后一年，因“八一三”事变遭受了严重毁坏，此后飞机楼渐被时光的流沙湮没。新中国成立后，飞机楼在长海医院落户安家。该楼正门右侧的奠基石，记述了这座楼的历史。

和上海市立博物馆一样，飞机楼也从20世纪50年代开始归属第二军医大学。大楼开始被当作长海医院的病理科和实验室，用了30多年。20世纪90年代初，因为飞机楼特别的结构，内部设施很难变动，功能跟不上，两大科室都搬了出来。1991年，泰国南洋金龙企业有限公司董事长郑钟良，来长海医院康

上海第二军医大学校史馆（原飞机楼）

宾楼作体检和治疗，好奇地发现楼对面一座形似飞机的建筑，便择日前往参观，惊奇地发现了正门右侧的奠基石。于是，他专程去南京，查阅这座楼的有关史实，了解清楚后，便决定出资修缮。1993年12月18日，飞机楼举行修复落成典礼。修复后的飞机楼，由海协会会长汪道涵题写了“飞机楼”匾额。建筑以纯洁的银白色为主色调，突出其庄严与飘逸。原有的彩绘雕刻，也予以修复。飞机楼前后两组建筑，以机舱为中轴线，形成舒展的双翼。张学良等当年为飞机楼题词墨迹，也在3楼环形碑刻长廊中首次公之于世。

经历了80多年风风雨雨、记载着中国抗战时期“航空救国”历史的飞机楼，如今是第二军医大学校史馆的所在地，也是这所大学的新文化地标。

后记

2020年1月21日，我在虹桥路的广播大厦FM90.9东广新闻台节目中和听众聊英国的庄园文化，从电影《唐顿庄园》拍摄地海克利尔城堡说到电影《傲慢与偏见》中的达西庄园，庄园里的鸟语花香一路伴随。结束后，顺便去了东侧开放不久的程十发美术馆，这个美术馆我每次来东广做节目都看到它在建造，我几乎是看着它“成长”的。那天，阳光灿烂，岁月静好，谁也没有意识到一种危险的气氛，一种无法挥去的危机已经在我们身边虎视眈眈。

大概只隔了短短两天，我就和所有人一样禁足在家。

之前，我于2009年出版的《永不飘散的风情——上海的历史文化风貌区》和2010年出版的《花园洋房的下午茶——上海的保护建筑》虽已重印过，现基本售罄，许多读者想买却买不到，出版社已无库存，网上甚至有翻了四五倍售卖的。所以，当责任编辑戴欣倍老师和我商量这两本书的再版之事时，我自然非常乐意，但此两书已出版了10年之久，读者对老房子的认识也已今非昔比，10年前写的书很多内容都发生了变化。在戴编辑的策划下，我决定从一个个风貌区的角度去写一幢幢优秀历史建筑，之前上海的历史文化风貌区和上海的保护建筑是两本各自独立的书，现在变成了相互关联的一本厚重的书。我们把这本书按照上海的12个历史文化风貌区分为上下册，将每个风貌区内优秀历史建筑的前世今生呈现给读者。这本书也是我于2016年出版的《永不拓宽的上海马路》（全三册）的姐妹篇。这个发现令我非常兴奋，但2019年年底我因为忙于各类讲座，所以就没有动笔。突如其来的疫情给了我大把的时间，可以静下心来好好写书了。这也是我始料未及的。

这段时间可真是安静啊！我们每一个国人，自觉待在家里，最大限度地保护自己保护他人。没有外界的干扰，心灵少了许多浮躁。要不是疫情把大家阻隔，我还真喜欢这样的城市氛围。从1月24日开始，我几乎把所有的时间都花在了这本书的写作上。每天起来处理完琐事，我就开始了写作，从早到晚。这样的专注比较适合于我，我喜欢心无旁骛的状态。写书的过程中我等于把12个历史文化风貌区重新梳理了一遍，边走边审视这一幢幢优秀历史建筑。我突然发现，它们之间有着非常奇妙的契合，这些优秀历史建筑造就了风貌区，而它们与风貌区的特点是如此丝丝相扣，唇齿相依。这些是我十年前的写书过程中不曾发现的，那时，我的写作处于一种随意的状态，写的保护建筑基本上都在衡山路—复兴路历史文化风貌区一带，而且基本上都是花园洋房，而现在这本书的涉及面要广得多。

我的这本书并非建筑领域的专业著作，只是以作家的眼光去写上海的历史文化风貌区和风貌区内的优秀建筑，它们是上海版图中的重要肌理，这一点和《永不拓宽的上海马路》是一脉相承的。严格地说我的这些文章更像是主题散文，书里所有的感悟都融化在我对老房子的热爱和理解中，读者通过我的书能感悟到上海的美，感受到这座城市特有的风情，从字里行间能触摸到一个上海作家那一份对母亲城市的真挚的爱，这种爱是历久弥新的，它不会褪色，这也就是我二十年来执着于上海城市文化写作的原因。

我感谢读者对我的鼓励和厚爱。《永不拓宽的上海马路》一套三本出版后，读者的热情远远超出我的意料，好多人说，没想到上海的马路有这么美。许多读者对我说，他们把这套书视为必读书，他们带着这套书，沿着一条条马路去行走，去感受上海的文脉。我是一个比较被动的人，不太善于主动和人交往，但通过我写的一系列上海的书，却结识了许多朋友，他们都是上海老建筑的爱好者，而在一些被邀所作的讲座中，我更是深深感受到来自方方面面的读者对上海城市文化的热情。

感谢戴欣倍编辑为这本新书推荐的两位摄影师，郑宪章先生曾是《上海画报》杂志首席摄影师，也是一位以拍摄上海城市风光而出名的资深摄影师。早在20年前，我为上海城建档案馆的杂志写稿时，就看到过他发表的摄影作品，至今他的摄影作品仍是许多期刊的“座上客”。这次他能为本书摄影，看来也是缘分。还有一位是素昧平生的傅鼎先生，我只看过他在《环行星球》微信公众号上发表的摄影作品，很喜欢那种时尚前卫的摄影风格，有着强烈的视觉冲击力。为了便于读者阅读，傅鼎先生还以其人文地理学的专业背景为本书的12个历史文化风貌区画了示意图。谢谢两位摄影师，他们的作品为本书增色了不少，想来读者一定会喜欢的。当然我更应该感谢的是戴欣倍编辑，我的一系列关于上海的书大都是在她的助推下诞生的。她的执着、敬业，她为这些书的无私付出，我都铭记在心。

我还要感谢原徐汇区历史文化风貌区和优秀历史建筑保护委员会办公室主任朱志荣先生，衡复投资发展有限公司王莹书记和姚佳音副总经理，静安置业（集团）有限公司副总工程师、高级工程师、国家一级注册建筑师李振东先生，上海市房产经济学会学术部主任田汉雄先生给予我这本书写作的帮助。

写完这部书稿时正是春天，我书房外的露台上朵朵粉色的蔷薇在艳阳下盛开，红色粉色绿色紫色的4盆铁线莲也正次第绽放，还有芍药、天竺葵、三角梅、沙漠玫瑰等也都花开满枝。

但我最爱的还是那盆小树盆景，那是2019年岁末在虹桥古北为“老洋房阅读之旅”第二季志愿者作培训讲座时负责此次活动的范若嶷老师送我的，如今满树正盛开着一朵朵小小的粉紫色的花。这位来自北京的女孩是我在上海图书馆作讲座时认识的主持人，她美丽知性而灵动，当时就给我留下了深刻的印象。那天做完讲座她送我这盆小树时，我并没怎么在意，因为它看上去是那么不起眼，想不到在春天居然会开出那么美丽的花朵来。后来若嶷告诉我，这盆小树她养了六年，喜欢它小小的一株却有大树的姿态，所以就送我了。这是喜欢我的书的读者表示感情的一种方式，也是老洋房阅读之旅的志愿者送出的一份满满的心意，内敛而不张扬。

而今当我的新书完成之际它却绽放得如此热情。

感恩这来自春天的祝福。

惜珍

2020年5月

附 录

上海市中心城12个历史文化风貌区分布示意图

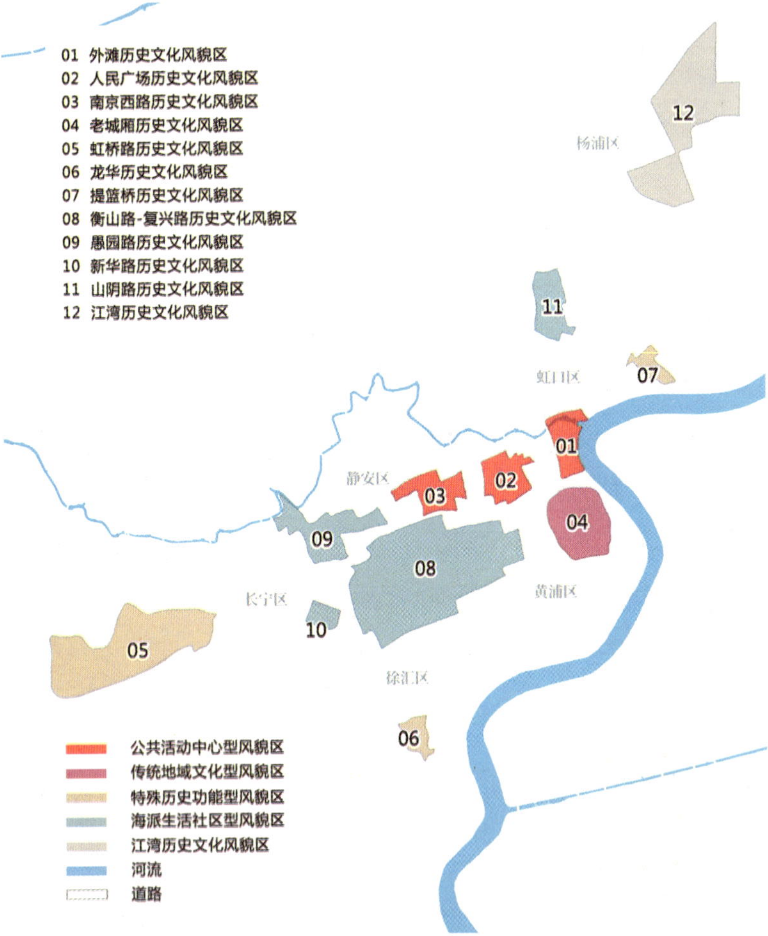

图书在版编目（CIP）数据

上海：精神的行走 / 惜珍著；郑宪章，傅鼎摄.
－上海：东方出版中心，2021.1
ISBN 978-7-5473-1698-6

Ⅰ.①上… Ⅱ.①惜… ②郑… ③傅… Ⅲ.①散文集
－中国－当代 Ⅳ.①I267

中国版本图书馆CIP数据核字(2020)第207619号

上海：精神的行走

著　　者　惜 珍
摄　　影　郑宪章、傅鼎

策划/责编　戴欣倍
装帧设计　陶雪华

出版发行　东方出版中心
地　　址　上海市仙霞路345号
邮政编码　200336
电　　话　021-62417400
印 刷 者　上海盛通时代印刷有限公司

开　　本　890mm × 1240mm　1/32
印　　张　36.375
字　　数　810千字
版　　次　2021年1月第1版
印　　次　2021年1月第1次印刷
定　　价　98.00元

上海：精神的行走

上册

惜珍 著
郑宪章 傅鼎 摄

中国出版集团
東方出版中心

目录

上册

序言

用文字为伟大的城市造像

赵丽宏

我在上海生活了60多年，见证了这座城市经历过的几个时代。苏东坡诗云：“不识庐山真面目，只缘身在此山中。”很有道理。要一个上海人介绍或者评说上海，有点困难，难免偏颇或者以偏概全。生活在这个大都市中，如一片落叶飘荡于森林，如一粒沙尘浮游于海滩，渺茫之中，有时不知自己身在何处。

我曾经写过一篇散文，题为《在我的书房怀想上海》，以我的地处市中心的书房为坐标，怀想附近的道路建筑，并辐射自己的想象，神游这座城市的各个角落，回溯想象曾经发生在上海的各种事件和人物的活动。然而，想在一篇文章说尽上海的风貌和历史，那几乎是痴心妄想。我也写过上海的几条马路，写过几幢建筑，那只是和我的生活或工作经历有关的一些记录和感叹。对于浩瀚的大上海，这些文字，只是小小的局部和瞬间。

最近读惜珍写上海的书，让我产生惊叹的感觉。为何惊叹？一是惊异于她眼界的丰融和阔大。她将整个城市的历史和现实收入自己的眼帘，然后从容地检阅、探索每一条经历曲折的马路，每一栋历史悠久的建筑，用文字描绘出一幅幅气韵生动的城市画卷。二是感叹她描述的深入和细致。惜珍的文章，不是蜻蜓点水式的介绍，不是浮光掠影的描述。她的文字，细腻如工笔画，生动如影视剧，读这些文章，仿佛是跟着她的脚步进入幽深的街巷，推门踏进历尽沧桑的高楼深院，去欣赏建筑的奇境，去探寻历史的隐秘，很多历史人物的身影和音容笑貌，会从她的文字中飘溢出来，让人有身临其境的感觉。

上海是一座伟大的城市，她的曲折辉煌的历史，她创造的独特文化，为世界留下了宝贵的财产。这财产，留存在城市的每个角落，也留存在人们的记忆中。对于一个城市历史文化的保存和传扬，文字的记录和表达尤其重要。惜珍是一位致力于研究传播上海历史文化的优秀写作者。多年来，她一直孜孜不倦地探寻研究上海的历史，以独特的眼光和角度，书写上海的前世今生，为这座城市的历史文化留下了极富价值的生动记录。惜珍的写作，态度是严肃的，不靠道听途说，不随意想象虚构。对文章中涉及的街巷和建筑，她都经过深入的考察，追根溯源，找到历史的源头，弄清来龙去脉，理出其中的脉络，然后再构思行文，娓娓道来。她的文章，可以把读者带入到现场，听她以一种优雅的、带有书卷气的态度，叙说历史，解释人们的疑惑。她的写作，兼有新闻记者的真实，有社会学者的知性，也有小说家委婉多变的叙述风格。她很成功地把准确严谨的学术态度和绮丽浪漫的文学情怀融合在一起。

对惜珍的采访风格，我有过亲身经历。她听说我的书房在静安区图书馆历史保护建筑海关楼中落户，便专门来海关楼采访我。在采访前，她做了充分的准备，不仅研究了海关楼的历史，也对我的人生经历和创作历史有了细致的了解，所以采访时话题看似随意，却毫无障碍，我们谈得非常顺畅，这是因为她事先精心做了功课的缘故。采访之后，她几易其稿，写成一篇情景交融的长篇散文：《海关楼里，有一间赵丽宏书房》。这篇文章发表后，很多和我熟悉的朋友都称赞她写得准确生动。我想，惜珍的文章，就是这样耗神费心一篇一篇写成的。这种执着、耐心和一丝不苟的态度，是她创作成功的秘诀。

《上海：精神的行走》是惜珍书写上海历史文化的新著，内容丰富，篇幅浩繁，是一部有分量的著作。这本书将上海市中心城区12个历史文化风貌区按照类型分为上下两册。全书既有对12个历史文化风貌区的全面介绍，又有对分布在这些风貌区内的130余栋优秀历史建筑的精心刻画。12篇关于风貌区的洋洋洒洒的长文，描绘阐述了12个风貌区的建筑风格和历史脉络，如一组上海百年历史的立体造像。风貌区内精挑细选出的优秀建筑或建筑群，辅以一篇篇美文，漫谈建筑艺术，追溯历史渊源，每篇都很耐读。书中写到的街巷和建筑，很多地方我都去过，也曾在一些散文中有所涉猎。但读惜珍的文章，还是让我有新鲜感，使我获得不少先前不了解的知识和史实。譬如书中写到的爱神花园，是上海作家协会所在地，我在那里流连进出将近40年，我的办公室就在邬达克设计的楼房中，我自以为对那里的一切了如指掌。但读惜珍的《爱神花园：寄托邬达克梦想的建筑》一文，还是让我看到了不少以前不知道的细节和故事。可见她的采访和研究花了多么深的功夫。惜珍否认自己是专家，她说："我只是一个城市文化的写作者，我是用作家的眼光去看待这座城市，去书写城市给予我的诗意的感受。"然而毋庸讳言，惜珍是作家，也是专家，对城市历史文化的探索梳理，对建筑的考察研究，由此而形成的创作成果，使她可以毫无愧色地承受专家的称号。

《上海：精神的行走》汇聚着惜珍多年的心血，也凝结着她对上海这座母亲之城的深厚感情。读这部书稿，眼前如有百年上海的历史画卷缓缓展开，长街曲折，小巷幽深，楼影绰约，人迹缤纷……这是一部引人入胜的上海历史文化的大书。作为同行，我真诚地祝贺惜珍，也乐意用这篇短文向读者推荐这本值得一读的新书。

2020年6月13日于四步斋

（本文作者系中国散文学会副会长、上海市作家协会副主席）

自序

在漫步中和城市幽会

世界上每一座城市都是独一无二的。你在这座城市里生活得越久，越会觉得自己对这座城市的依恋，它长在了你的生命里，融入了你的灵魂之中。不论是谁，你在上海停留的时间越长，就越是离不开她，无论你走到世界上任何一座城市，眼里都会飘过她的影子。

2018年6月，因为想写一本关于法国南部普罗旺斯风情的小说，我来到地中海边的尼斯。阳光十分炽烈，我戴着一顶宽边草帽，穿着长长的连衣裙，赤脚穿着凉鞋，沿着天使湾的英国人大道一路漫步到尼斯老城区。老城区内的小巷窄窄的，地上铺着鹅卵石，路两侧大多是风格各异的古老建筑，外墙是温暖明亮的土黄色、砖红色，斑驳的墙体配上暗绿色的百叶窗，让人似乎回到了中世纪的岁月。这些房屋的底层大多开出了一家家琳琅满目的特色小店、餐厅和酒吧，门前和楼上窗台上都摆放着一盆盆开得姹紫嫣红的花花草草，显示出现代生活的安逸和勃勃生机。老城区东侧是盘踞在一座小山丘之上的城堡遗址公园，它是划分尼斯新老城区的一道分界线。人们不一定知道，法国尼斯曾是意大利的殖民地，在1860年之前尼斯还是意大利人管辖的，所以尼斯老城区的建筑有着浓重的意大利风格。尽管是殖民时期的建筑，可依旧保存得如此完美，那是对历史的敬畏。我一边在老城区漫无目的地行走，一边想到了我的故乡上海，那也是有着殖民痕迹的城市。殖民时期的屈辱已经成为过往，而如今，我们的城市到处充满温情脉脉的色彩，“街区是适合漫步的，建筑是可以阅读的，城市是有温度的”。安东尼·斯托尔对创造性生活有过这样的描述：“以想象力为颜料，给外部世界染上温暖的颜色。”在我的城市漫步，我能时时体验到这种感觉。即便我在地中海边漫步，我眼里飘过的依然是我的故乡上海的影子。

作为历史文化名城，上海的魅力毋庸置疑。因而，人们把她称为魔都。那是因为她有着独一无二的城市风貌，那是上海的历史文化积淀而成的，而这种历史文化风貌正是上海近代乃至当代城市文化产生的重要舞台背景。2003年11月，上海市政府批准了《上海市中心城区历史文化风貌区范围》，共确定了12个历史文化风貌区，它们包括具有30年以上历史并极富时代特征的建筑、建筑群以及各有特色的城市空间。12个历史文化风貌区从各自不同的侧面展现了上海不同时期、不同地域、不同风格的城市与建筑风貌，共同构建起上海城市建设丰富而多姿的整体画面。这12个历史文化风貌区代表了上海历史上的繁荣，它们是经过历史风云的洗礼而保存下来的，是城市历史文脉的承载者。在那里，有一条源远流长的脉络，海上繁华梦随着这条脉络起起伏伏，忽暗忽明。

仔细想来，那些能够让我们漂洋过海远行的东西，如果近在眼前，就常会被忽视或遗忘，也许那就是所谓的“熟悉的地方没风景”吧。许多朋友问我缘何能对上海这座城市抱着永不衰退的新鲜感。那是因为很早以前，我就像对待其他城市那样去看待我的故乡上海，我把自己看作上海的一个游客，假装自己在这里只能停留有限的一段时间。以这样的心态游走在上海的中心城区，那里的一个个风貌区和建筑，在我眼前逐渐展开。我走得很慢，观察得很仔细，抱着寻访者和探宝者的心理去和我的城市幽会。我的画家朋友罗陵君说，他很欣赏并能读懂我说的“幽会”两个字的全部含义。为了在幽会时能读懂她，我开始阅读关于城市规划的书籍和杂志，尝试通过城市规划专家的角度来审视我的城市。同时，我还大量地收集研读了上海各个区的地方志以及专家们写的关于城市过往的书籍。

这一过程，从我第一本写上海的书《上海的马路》开始，缠绵了整整18年，还将继续缠绵下去。当时我并没有想到我决心要做城市文化的书写者时，也正是上海12个历史文化风貌区刚刚被确定之时。

我觉得这正是一种缘分。没有人逼着我写，我对此也从未怀抱任何功利之心，只是因为对这座城市刻骨铭心的爱，就这样锲而不舍地去行走去书写。在行走过程中，我带着一个小小的数码相机，独自徜徉在一个个历史文化风貌区，看着一幢幢美丽却又苍老的建筑，眼梢里飘过的是历史的影子。这些建筑和它们所处的风貌区，营造出来的特殊氛围犹如一首首城市散文诗，它们个性独特，绝不雷同。我漫步在这12个历史文化风貌区内，就好像在翻读一页页纸张业已泛黄的书籍，从中看到了姹紫嫣红，也看到了废井颓垣、流年暗转。这些历史文化风貌区内的一幢幢饱经沧桑的老房子是上海历史的一个个片段，蕴藏着一个个关于人世、命运的悲喜故事，透过它们，能感受到上海百年的风雨沧桑，它们是这座城市极其宝贵的历史文化遗产。保护这些老建筑，是对建筑所在时期的历史加以珍存，也是为这座城市留下可以念想的地标。

据说，每座城市的往事都有一个能被后人看到的秘密通道，而老上海的那条秘密通道就是那些散落在历史文化风貌区内的优秀历史建筑。石库门、新式里弄、各种洋房，红色、绿色、青黑色的屋顶在蓝天下勾勒出老上海那段渐行渐远的历史。上海丰富的建筑结构造就了丰富的生活形态，那些散发着市井气息的街巷即便到了今天依旧活色生香。建筑因人的居住而有生命，百姓的日常生活虽然朴素却有着雕饰不出的韵味。

在行走和阅读的过程中，上海越来越令我心醉神迷。

在一些专题会议上，人们介绍我时，有时会用“专家”这两个字，每次我都会纠正。因为我只是一个城市文化的写作者，我是用作家的眼光去看待这座城市，去书写城市给予我的诗意的感受。

这本上下两册的书，名为《上海：精神的行走》，很直观，很形象，仔细想想，似乎没有什么别的书名比这个更确切了。把优秀历史建筑放进风貌区里面写是《上海：精神的行走》这本书的特色，它和我十年前写的《永不飘散的风情》和《花园洋房的下午茶》两本书是完全不一样的，因为当初的两本书是各自独立的。在这本书的写作过程中，我突然感觉到了它们之间的不可分割和水乳交融的联系。因为这些建筑全都是依附于风貌区而生的，把这些建筑放进它们各自所处的风貌环境中，会有更多的惊喜和更加完美的体验。

我将上海中心城区12个历史文化风貌区按照类型加以罗列，上册中的外滩历史文化风貌区、人民广场历史文化风貌区和南京西路历史文化风貌区属于公共活动中心型风貌区，老城厢历史文化风貌区属于传统地域文化型风貌区，虹桥路历史文化风貌区、龙华历史文化风貌区、提篮桥历史文化风貌区属于特殊历史功能型风貌区。下册中的衡山路—复兴路历史文化风貌区、愚园路历史文化风貌区、新华路历史文化风貌区与山阴路历史文化风貌区则属于海派生活社区型风貌区，再加上江湾历史文化风貌区共同构成了本书的完整轮廓。需要提醒读者的是，本书中每个风貌区内的优秀历史建筑都是从上海市优秀历史建筑名单中选择的，而建筑名也参照了公示的名单（基本为原建筑名），比如先施公司大楼就是现在的时装公司大楼，同样大新公司大楼就是现在的第一百货公司大楼。年轻的读者可能会感觉陌生，但读了文章就会明白，这样写是为了更好地还原建筑本来面目，传承建筑本身所拥有的文脉。

写完这本书，一种失落感猝不及防地袭来。从去年岁末到今年夏初，我足不出户，每天从清早到深夜，整日伏案，陪伴我的是一杯杯冒着袅袅热气的清茶，唯一的休息就是到书房外的露台上看看花。我的生命已与这本书的写作混为一体，交出稿子，仿佛把婴儿剥离母体，有一种难以言说的疼痛感。

对我而言，写作是一种生命的常态，而最好的回报是读者的认同。我想象，当我的书静静地站在或是躺在书店里时，读者邂逅时把她拿起来翻阅，翻着翻着便舍不得放下，于是萌生想把手里翻阅着的书带回家的愿望。

我喜欢这个美丽的瞬间。

外滩历史文化风貌区

大都会的发祥地

外滩历史文化风貌区在上海12个历史文化风貌区中最具世界级知名度和影响力，它是标志性最强、优秀历史建筑最为集中、历史风貌特征最为显著、风貌价值最高的一个历史文化风貌区。绵延的黄浦江、蜿蜒的苏州河汇流于外滩一带，宽阔平静的江河为外滩平添了生动灵秀的韵味。

外滩历史文化风貌区示意图

外滩的出名更多是因为它的建筑

外滩历史文化风貌区浓缩了上海开埠的历史，可以说是对近代上海社会发展最有代表性的真实记录。站在外滩的黄浦边向东眺望是以东方明珠、金茂大厦、环球金融中心为代表的浦东新区，风貌区南面倚靠着以豫园为核心的具有中国传统风貌特色的老城厢地区，西侧的南京路则可领略繁华热闹的商业气息，这得天独厚的环境优势是其他风貌区所不具备的。

外滩迷人，中外闻名，它一边临水，一边是如同山脉般千姿百态的万国建筑群，然而另一个迷人的原因是外滩的黄金湾势，这条弧线将外滩的建筑群烘托得有形有款。外滩的建筑面貌基本形成于20世纪30年代，以金融贸易建筑为代表，由于这些建筑建造时正值西方盛行复古主义建筑风格，因此造成外滩建筑具有鲜明的欧洲新古典主义和折中主义风格，外观精致，细部优美，整体协调却又各具特色。中山东一路沿线各建筑的底部与中部的横向分割线基本位于同一水平线，而中部与上部的横向分隔线及顶部轮廓线则有规则地起伏，加上顶部风格多样的设计等，沿外滩形成标志性的天际轮廓线。汇丰银行大楼的圆顶、海关大楼的大钟、沙逊大厦犹如埃及方尖碑一样高高耸立的尖顶、中国银行大楼充满传统中国味道的蓝色琉璃瓦屋顶……构成了外滩不同凡响的天际线。不管走在外滩的哪一段堤岸上，都仿佛是被周边的建筑簇拥着，景随步移，这是在笔直街景中无法体会的温馨感觉，也使外滩的主旋律永远与浪漫结缘。

也许，外滩的出名主要是因为它的建筑。在北起外白渡桥、南至延安东路的约1.5公里的沿江地带奇迹般地保留下来的这组建筑群，汇集了哥特式、罗马式、巴洛克式和中西合璧式等风格各异的数十幢建筑，被称为万国建筑博览群，它们构成了人们认识上海城市的一个美丽的通道，同时，也让人们在这个东方的都市里联想到了伦敦、巴黎这样的欧洲城市。外滩的这些散发着独特魅力的建筑并非出自一位建筑师之手，却惊人地协调在一起，讲述着上海如歌的岁月，构成一道海派文化的史诗巨墙。更为难得的是外滩的每一幢被岁月刻画了风尘的老房子都有它自己的传奇故事，这些故事为外滩染上了一层淡玫瑰色的薄雾，神秘而又浪漫。外滩风貌区内一幢幢年岁久远的老楼，就仿佛是一个个通往旧时岁月的时光之门，讲述着上海如歌的岁月。

百余年来，外滩一直作为上海的象征出现在世人面前，几乎第一次来上海的海内外客人都会被带到外滩，而外滩也从不让人失望，每一次都会让初见它倩影的人有“惊艳”之感。外滩就像是上海客厅的“家底”，让人在无数次的凝眸中品赏昔日远东第一金融街的经典、尊贵与荣华，因其名闻遐迩的金融特色，被称为“远东华尔街”。

曾是江边堤岸上的小道

外滩的英文名字叫“The Bund”，意思是“江边堤岸上的小道”。那是一条被船夫和苦工用泥足在黄浦江边踏出的长约1.5公里沿江铺开的弧状纤道，又名黄浦滩，因其位于上海县城厢之外，后人图方便俗称为外滩。那一带最初是荒草萋萋、坟冢成堆、柳絮飘浮、野鸟纷飞之地，它北起外白渡桥，南至金陵东路。当时，上海的县城在现在的城隍庙附近，当英帝国的大炮将凋敝破败的清帝国的门户轰开后，上海被迫开埠通商，开始走上畸形的资本主义近代化进程，上海县城北部这一片泥滩之地——现今的外滩，便被划定为最初的租界，那是1845年。这是中国近代史上第一个租界，至此，上海的门户完全洞开，西方文明挟带着恶俗一起席卷而来，逐渐平静地、从容地、深层次地浸润着这块不大的土地。开埠之后的上海，失去了渔舟夕归、牧歌唱晚的宁静时日，猝不及防地掉入了一个贫富极端分化的资本主义涡流之中。

上海的租界一开，最先入驻的是洋行。在英领事馆的租地表中，打头阵的是怡和洋行，紧随其后的是和记、仁记洋行。它们建造的房舍连同货舱从北至南依次坐落在黄浦江边，外滩成为对华贸易的最大洋行的荟萃之地。随后银行也纷纷入驻，然后是外国人的生活区，俱乐部、夜总会等也就出现了。至20世纪初，由于外国银行大量进驻上海，各银行或财团为显示自己的实力，大兴土木，营建豪华大厦，经过近一个世纪的营建，形成了风格各异但格调

外滩夜景

统一、轮廓协调的万国建筑博览群。一个河口小镇，摇身一变成了国际通商大埠，注定了每幢打上岁月风尘印记的老房子都会有它自己的传奇故事。这些故事为外滩蒙上一层淡玫瑰色的薄雾，神秘浪漫，极具魅力。坐落在黄浦江西岸的一幢幢年岁久远的老楼，就仿佛是一个通往旧日的时光之门。

1865年，黄浦滩改名扬子路，1890年又改称黄浦滩路。外滩建筑群落的形成是在1910年至1920年，光看当时的建筑就可以看到当时上海的城市化发展到了什么程度。上海在20世纪二三十年代是亚洲的中心，比亚洲的任何城市都要发达、繁华。20世纪30年代初，上海的外国人达到了约7万人，经过工业时代的外国人聚居在这里，给上海嫁接了中国最早的都市生活方式。1945年为纪念孙中山先生，外滩改名为中山东一路。从此，中山东一路便成了外滩的代号。

从某种意义上说，外滩是西方文明跨越近半个地球在东方的登陆，是近代中国不管是主观情愿还是不情愿地“与国际接轨”的象征，是上海作为当时“远东第一大都市”的实物见证。上海的国际化由来已久，回溯海派文化的形成和演进，我们无法漠视外来文化的影响。而外滩正是上海本土文化与外来文化交汇的源头，是今天个性独特的海派文化的发源地。上海的发展有一过程，外滩自始至终经历了全过程。洋行的开设，银行的建立，海关的迁入，领馆的入驻，外报的创办，公园的开辟，皆始于外滩，然后再延及其周围地区。可以说，近代上海，正是从外滩逐渐走向繁荣，走向世界的。

宛若狄更斯笔下英伦街道的外滩源

在南苏州路圆明园路口一抬眼便可望见高高矗立着的“洛克·外滩源”标牌。所谓“洛克·外滩源”是一片广泛的区域，它东起圆明园路，西至虎丘路，北临南苏州路，南临北京东路，位于具有历史风貌的苏州河与黄浦江交汇处。这一区域承载着外滩诗意的源头，还藏着有关老上海商贸中心的尘封记忆。

相比于喧闹的中山东一路，外滩源的小路更像狄更斯笔下的英伦街道，狭窄的街道，高大方正的建筑，灰色调的围墙和百叶窗，尖尖的屋顶，层层叠叠载满历史风霜的每一栋楼都记载了一段曲折跌宕的故事，夕阳下的街景更是透出一种20世纪三四十年代特有的迷离和浪漫。外滩现存的最古老的建筑，就躲在这样一个苏州河边的角落里。

外白渡桥西端，苏州河出口处矗立着的一幢历史建筑名为划船俱乐部，它建于1903年，不大的两层楼房，红、黑相间的砖墙，斜斜的灰瓦屋顶上隆起一个小小的尖塔，重现了英国19世纪末期的维多利亚时代的建筑风格。划船俱乐部是早期进驻上海的外国使团的活动场所，内部设有游泳池，也是上海第一座室内泳池。上海解放初期，陈毅元帅在任上海市市长期间，曾多次在内游泳。1953年以后，它成为上海水上运动的摇篮，就在这个游泳池里和设在此的划船协会，培养出多个水上运动的全国和世界冠军。因此，它不仅是上海重要的历史地标，也是中国体育运动的纪念地。这个以划船为名的俱乐部随着苏州河航运日渐繁忙与污染严重，划船的名义早就消失了，但室内游泳池却始终对外开放着。现在划船俱乐部东侧的船库保存了下来，风貌依旧；西侧当年的室内游泳池

外滩源鸟瞰

尽管已拆除了外墙，但一根根马赛克泳道依然可见，原本泳道里的碧水已成历史，如今取而代之的是绿草如茵的“绿道”。位于南苏州路107号的新天安堂，正处于苏州河汇入黄浦江的河口段的南岸，与对面的划船俱乐部同属“外滩源”。新天安堂建于1886年，当年是上海著名的侨民教堂，又称联合礼拜堂。它由具有英国皇家建筑师身份的顶级设计师道大尔亲自设计，道大尔将新天安堂设计成哥特复兴式乡村教堂模样：外墙用红砖砌筑，中间是一座高约33米的钟塔，东西两侧各有一个小礼拜堂。穿过塔楼门即入可容200余人祈祷的礼堂。整幢建筑突出了堂与塔分离的做法，在堂的左侧附设一幢供教士起居使用的住宅。新天安堂不仅是英国侨民的礼拜之所，还是社交场所。当时大名鼎鼎的美国传教士丁韪良就曾在这里号召“英美联合”，要把慈禧赶下台，然后扶听话的光绪皇帝上台，恢复“和平与秩序”，这就是臭名昭著的“以华制华”方案。可见当时在新天安堂里坐着的均是英国首脑级人物。1906年，新天安堂的驻堂牧师写的《上海导览》是当时在上海出版的英文畅销书。他在书中建议，来上海的游客应该到江岸上去看风景。他认为那里是外滩最重要的观景点，能看到繁忙的江面上从世界各地来的船只和国旗，并感受到一个伟大都会的特殊气氛。那时的外滩还只是一个“滩头”的概念，岸上开阔的空地与江水连接，船只在码头靠稳，人可以直接走到岸上。

当时，新天安堂的钟塔是苏州河南岸的制高点，也是黄浦江与苏州河交汇处的地标式建筑物。新天安堂最辉煌的一页是1920年10月英国著名哲学家罗素和他的学生多拉小姐到上海访问时曾经到此礼拜，并即兴对中外教徒与信众作了近一个小时的演讲。5年后他的重要著作《我信仰什么》在英国出版，其中的精髓就是他在上海新天安堂酝酿的。这是罗素唯一一次访问中国，一年后，他和他上海之行的伴侣、他的学生多拉小姐结为夫妇。如今，经过整修后的新天安堂小巧玲珑，在外滩源众多宏伟建筑物里独具一格。

从新天安堂拐入圆明园路，路面铺设了深色九龙清花岗岩，成为一条充满欧陆风情的特色景观步行街。近绿地一侧栽种着北美鹅掌楸，不允许车辆通行的小路，显得特别安静和优雅。步入其间，可见一字排开的有着岁月风霜的老建筑：真光大楼、兰心大楼、协进大楼、哈密大楼、中华基督教女青年会大楼、圆明园公寓、安培洋行大楼等。1949年前，这里曾是慎昌、古孟等洋行，美商万泰，中元轮船局，旅馆商业同业公会，《新民报》社和新闻记者公会，中华全国基督教协进会和上海基督教公谊会，基督教女青年会全国协会，上海中华浸信会，基督教书店，民国政府外交部驻沪办事处、行政院侨务委员会上海侨务处等。

这些大楼体现了多姿多彩的建筑风格。安培洋行大楼、圆明园公寓重现了1900年至1910年的维多利亚建筑风貌。安培洋行大楼通体采用维多利亚风格的清水砖墙，砖砌弧形凸阳台和雕塑窗套十分精美；哈密大楼的立面丰富，装饰精致柔美，协进大楼的立面构图完整严谨，它们代表了1925年至1937年折中主义的建筑风格；女青年会大楼是上海现存极少的20世纪30年代中国传统复兴风格的代表性公共建筑。这些建筑不仅是上海东西文化交融的象征，更是亚洲建筑历史骄傲的集中呈现。

茂名南路57号那家驰名中外的兰心大戏院，源头也在圆明园路。圆明园路上的兰心大楼所在地正是中国新兴话剧的起源地。

圆明园公寓

俄罗斯领事馆

1843年上海开埠后，外国人猛增。当时的上海，文化娱乐很单调，只有跳舞和划船，于是一批爱好戏剧的侨民就聚在一起，开始排练西洋戏剧自娱自乐，在此基础上发展成为一个业余剧社。后来以英国人居多的这家剧社集资购买了英领馆西侧的这块土地，建造了第一个西式剧场，取名Lyceum Theatre。一开始，国人把它称为“外国戏院”或“西乐戏院”，以区别于当时租界初兴的茶园式戏园。后来，当年在上海墨海书馆任职的我国近代著名思想家、学者王韬按照Lyceum的发音，将其音译成了“兰心”，这座西式剧场就被命名为“兰心大戏院”。兰心大戏院初建时设施简陋，1871年的一场大火将其烧成了一片废墟。不过痴迷戏剧的外侨并未就此甘休，第二代“兰心大戏院”于1874年1月27日落成。重建后的兰心大戏院仿欧洲歌剧院风格，整个建筑金碧辉煌，气度不凡。我国早期话剧运动的一些重要人物，如徐半梅、郑正秋等都是在这里开始与话剧结下不解之缘的。进入20世纪20年代后，已有半个世纪历史的兰心大戏院外表已显出老态，破旧不堪了。1929年，剧场被拆除，在原址建起了一幢7层楼的诠释着意大利文艺复兴鼎盛时期建筑风格的大厦，就是现在的兰心大楼，成为外滩源的一幢商用建筑。

1949年前，有许多国家在上海设立领事馆，其中，美国、德国、俄国、日本的领事馆就长期设在外滩一带的黄浦路上，所以，民间习惯称黄浦路为“领事馆路”。只是这些领事馆后来有的撤销，有的迁移，保留下来的只有一座俄罗斯领事馆，虽历经100多年风云变幻，至今依然屹立在外白渡桥北堍的苏州河与黄浦江汇合处的黄浦路20号。如今这座上海早期领事馆建筑中保存最好的建筑与同在这条路上的百老汇大厦、礼查饭店一起构成了品字形布局。俄国驻上海总领事馆最初是设立于1860年的领事馆，1875年升格为总领事馆。馆址最初在圆明园路1号，1916年在现址兴建了这座临江的4层带阁楼的假5层建筑。这座楼的俄罗斯建筑风格并不明显，似乎更像德国文艺复兴式样，实质上，这是一座将西方建筑的古典构图、德国传统和巴洛克细部装饰集于一身的折中主义风格的建筑。建筑外墙为仿块石，西面是突出立面的大门门廊，大门两侧有西洋古典式双立柱，可三面凭栏眺望黄浦江和苏州河。屋顶为双折4坡4层式，屋面有弧线尖顶老虎窗，顶层的中间还有一座绿色铁皮穹顶的两层瞭望塔楼，上面竖有旗杆。这座楼沿江有一道堤岸，东侧建有一座六角形凉亭，可眺望黄浦江与苏州河合流处的全景，对岸就是黄浦公园。1927年12月广州起义后，国民政府发表绝俄令，该领事馆宣布停闭。“九一八”事变后，中苏复交。1933年5月2日，重新开馆。此后，领事馆每年都要举办一些活动，与上海的进步人士交往。1935年11月6日，为纪念十月革命，领事馆举办了招待会，邀请了宋庆龄、茅盾、鲁迅、许广平等出席，并在招待会上放映了电影《夏伯阳》。“二战”期间，苏军在欧洲战场节节胜利，领事馆就常常放映战争纪录电影来公布德军战败的消息。新中国成立后，苏联在上海第一个设立新的总领事馆。13年后，苏联驻沪总领事馆因中苏关系恶化而闭馆。1986年，中苏关系逐步正常化，领事馆恢复。20世纪90年代苏联解体，原苏联驻沪总领事馆由俄罗斯联邦政府接管，并更名为俄罗斯驻上海总领事馆。

恬淡如菊的外滩源，默默送走了几代载满繁华盛况的故人风景。曾经在这一带出入过的各式人等，犹如投入一场场轮回的生命，花开花落，日出日暮，都已陨落在岁月的滚滚红尘之中。而建筑还在，这是外滩源存在的现实标记。如今，沉睡已久的外滩源已被唤醒，正轻轻抖落身上的历史尘埃，在世人面前撩开层层面纱。

面朝黄浦江的石头房子

位于黄浦江畔的中山东一路，北起外白渡桥，南至金陵东路，全长约1.5公里，西侧矗立着一排被称为“万国建筑博览”的建筑群，恰似一道巍峨的屏风；东侧则是巨轮林立的黄浦江和宽阔的沿江大堤，历史的脉络在此一路蔓延。这里的每一块砖、每一堵墙都会述说历史，甚至已经拆去的20世纪70年代外滩的“情人墙”，也曾记录下那个物质匮乏年代的缠绵。情人墙在宁静的江水和气势雄伟的万国建筑群的包围中温柔着、甜蜜着、窃窃私语着，长长的江堤环抱着一对对恋人，静静的江水聆听着亲密的耳语，这一切是现代工业文明无法复制的文化。想起了海子的诗：“面朝大海，春暖花开。”是啊，当年，面朝黄浦江的情人们心底绽放的花四季都不会凋谢呢！如今，情人墙已被加高巩固成新的堤坝，那片巧妙地间隔着“万国建筑博览会”与情人们的树林已经荡然无存，那种情人墙下相依相偎的壮观场面也已不复存在了。

其实，外滩的建筑并不是一开始就“贵族化”的，最初在外滩建起的建筑是在东南亚十分流行的“买办风格”建筑。这是一种不中不西的正方形两层建筑，四面有骑楼、大窗户，没有想象力，更谈不上艺术。不过，它特别适合东南亚的热带气候，舒适凉快，满足了外商最简单的生存需要。一直到19世纪80年代，外滩的建筑才开始慢慢显露出贵族气质。而欧洲的老贵族们却轻蔑地认为，去东方做贸易的商人，许多并不是正宗的欧洲人。这些人力求建造最豪华的欧式大楼，不过是为了在外人面前强化自己的欧洲身份，掩饰自己并非欧洲正统血统的自卑感罢了。19世纪末到20世纪30年代，欧美各国建筑经历了由古典复兴、浪漫主义经折中主义、新艺术运动向现代建筑转轨的过程，而这些建筑风格都曾先后或交错地呈现在中国近代建筑设计活动中，外滩成了这种建筑革新运动登陆中国的滩头阵地和集中演示场。这些建筑分别采用古希腊式、古罗马式、拜占庭式、哥特式、文艺复兴式、巴洛克式、俄罗斯式等不同的风格，有的甚至在同一建筑上自由混合多种风格，形成了一股宏大的折中主义建筑风潮，同时又赢得了“高楼尽耸浦滩旁，万国风华一望奢”的美名。

今日外滩的建筑，有19世纪八九十年代建造的，也有20世纪二三十年代建造的。到20世纪30年代以后，外滩就未造过新楼，给我们留下了那个年代完整的风景线，可以说是历史的活化石。今天世界上不会有第二个城市有如此多样的建筑汇集一处，它们屹立在那儿，互相形成对照。每一幢石头房子都镌刻着历史的印痕，用手摸一摸那些旧楼的石头，那种冷冷硬硬、缄默而悲悯的忧伤，会顺着指尖渗入心扉。

外滩的建筑藏着城市的灵魂。19世纪的欧美，尽管以钢铁、玻璃和混凝土为代表的新建筑已先后问世，但复古主义风格仍然是建筑的躯壳，也就是在这一时期，求新求变的上海也为自己的商业空间找到了新款的外衣，这就是折中的复古，不拘于照搬某一种旧形式，而是在多种历史元素中选取，进行精到的叠合与创造。外滩

外滩每一幢石头房子都镌刻着历史的印痕

的建筑代表的是老上海，展现的是古典风格，属于石头文化系统。用建筑语汇说，外滩建筑有六大特性：古典、多样、艺术、雕刻、厚重、超越。任何一个路过外滩的人都不会对那一片万国建筑群无动于衷，那些融合了折中主义、巴洛克式、文艺复兴式、哥特式等各种风格的历史建筑，不是随随便便就能看到的。外滩建筑群是海派建筑风格最集中的体现，这一建筑群的特色是：从形态上看，建筑都是向上的，色彩都呈灰白色，显得淡雅可亲；材质上，都采用花岗石或钢筋混凝土，简约而朴实；高度上，都有一定的起点和限制；体量上，大小适度；外形上端庄华丽。每一幢建筑虽有着各自不同的样式，却都能融合在整体中，而决不哗众取宠，自我突出。这样，就使整个外滩建筑形成一个连续链，有统一的格调，轮廓线上又能高低起伏，富有韵律，显得既丰富多彩又统一、和谐。

当初的那些建筑师把在本土国家无法实现的梦想带到了中国，在上海这个“冒险家乐园”的舞台上肆意纵横。外滩的建筑没有纯粹正宗的风格，却都融入了建筑师自身的理想和创意，这使外滩成了万国建筑博览会。然而，外滩的建筑虽出自许多建筑设计名家之手，也并非建于同一时期，但它们的建筑色调却基本统一，整体轮廓线条的处理惊人地一致。无论是极目远眺，还是徜徉其间，都能感受到一种雍容华贵的气势。这些建筑多采用花岗石、高拱顶及对称结构。哥特式的尖顶、古希腊式的穹隆、巴洛克式的廊柱、西班牙式的阳台，处处散发着浓郁的异国情调。这些石头房子阐述的是古老的欧洲文明，欧洲建筑的美在近代中国被张扬到了极致。就建筑本身来看，其特色在于平稳中有变化，协调中有对比，形成了统一而又丰富的形象，流露出浪漫主义者的复杂心理和丰富的情感。1882年7月，夜幕下的外滩，15盏电灯一起点亮。从此，上海拉开了不夜城的帷幕。如今，每当夜幕降临时，外滩数十幢大厦在泛光灯的海洋里，犹如一座座晶莹剔透的水上宫殿，隔江望来，却是璀璨夺目，高低参差，令时光倒流百年。年代残存的芳华，经历一个世纪的风霜，仍旧美得不可思议。

在我真的深入去了解外滩这一幢幢大楼时，心底生出的是一丝丝苍凉，它让我想起圆明园。后者是被外国人破坏的中华文明，前者却是外国人在中国建造的乐园，这是中国人民付出了惨重的代价才得到的文明。事实上，外滩的建筑已经成为一种标签，来自他人的文化后来却完全代表了上海这座城市，如同自由女神对于美国。外滩的每一幢房子都是有故事的，这些故事并非一个家族的，而是一个国家、一座城市的，与时代风云变幻息息相关。殖民主义在中国由盛到衰在这一幢幢石头房子里都可读出。从某种意义上来说，它们是中华民族由弱小到强盛起来的活的教科书。所以，外滩作为上海的历史文化风貌区有着其不可取代的特殊价值，这些西洋风格的老建筑作为外滩风景线的组成部分，也时时在提醒后人，不要忘了那一段历史。

外滩背面的历史印痕

读者可能发现我在这里没有展开关于外滩面朝黄浦江的一幢幢石头房子的故事，那是因为关于它们我在《永不拓宽的上海马路（一）》一书里有着详细的叙述。如果说中山东一路万国建筑博览群是外滩精彩的前世今生，而外滩背面的建筑也同样精彩，它们也属于外滩风貌区，不同的是，它们更像是外滩的配角，默默地不动声色地烘托着外滩的美丽，而在外滩的历史中，它们又是不可或缺的一笔。

外滩风貌区的许多大楼都带有欧洲古典主义建筑风格，它们原先都是洋行大楼，如四川中路109号的黄浦区中心医院门诊部大楼原是美国美孚洋行于1920年建造的美孚大楼；四川中路133号上海商业储运有限公司和上海新华发行集团有限公司使用的大楼建成于1922年，原为英国卜内门洋行大楼；四川中路175号原为日本三井物产公司上海支店，于1903年建造，意大利文艺复兴府邸式，清水红砖墙，东立面有两组垂直的希腊式三角形山墙花与三联窗、双联窗的组合，檐下及门窗等部位有精致的雕饰；现由上海浦东国际机场公司使用的四川中路220号大楼建于1928年，原是汇丰银行大楼，为汇丰银行职员宿舍；四川中路261号上海银行使用的大楼原为四行储蓄会大楼，建于1926年，由邬达克设计，为英国乔治式折中主义风格；现残疾人联合会使用的四川中路268号大楼建于1908年，原由大清银行使用（中国银行前身）；延安东路34号为建成于1922年的大北电报大楼；延安东路260号的上海自然博物馆大楼建于1923年，原为华商纱布交易所大楼……

四川中路南京东路口的四川中路346号是工商银行上海市黄浦支行大楼，旧时叫迦陵大楼，是旧上海的大地产商、英籍犹太人哈同所建。1873年，22岁的哈同拎着只小皮箱来到上海，从老沙逊洋行的看门人做到新沙逊洋行的地产经理。后大量买进南京路地产，成为上海的地皮大王。到1930年，哈同拥有南京路“半条街”，成为上海首富。哈同和他美丽的妻子罗迦陵感情很好，1864年出生的罗迦陵，比哈同要小13岁。迦陵大楼是哈同以罗迦陵的名字命名的，这里原来是英商福利公司。1930年，哈同在他去世前一年买下了这块土地，原公司于1934年搬到马路对面的今南京东路114号。哈同洋行接着投资兴建该楼。迦陵大楼建成于1937年12月，为现代派风格建筑，立面简洁。大楼北低南高，呈台阶式。建筑风格简洁明朗，没有繁复的装饰和线条。该楼竣工后，底层由美国大通银行租用，其他楼层出租给洋行。1941年太平洋战争爆发后，被日军占领。1945年抗战胜利后由哈同的义子大卫·乔治·哈同收回，不久他将大楼出让给国民党政府中央银行总裁孔祥熙。孔祥熙在大楼内开设嘉陵股份有限公司。新中国成立后，大楼改名嘉陵大楼，现为工商银行上海市黄浦支行的办公地。在四川中路汉口路口矗立着的上海银行大楼原为上海四行储蓄会联合大楼，这幢邬达克设计的大楼外观为英国乔治式折中主义风格，外立面作竖向3段处理，不仅外形，而且色彩也分3段。1、2层墙面用汉白玉石，并有雕塑装饰，3—6层用深色面砖贴面，6层作挑檐，7、8两层及塔楼还原为汉白玉饰面。1、2层外墙竖立8根方柱和科林斯柱，塔楼为六面形，每面置梅花形窗，拱形大门前设置石台阶，门上方有汉白玉的弧形阳台。这幢建于1926年的大楼是邬达克自行开业初期的作品，虽仍为新古典主义造型，但不再局限于西方古典主义建筑形式的模仿与重现，开始展现自己独有的特色和创造空间，转角处带有巴洛克风格的塔楼据说是邬达克对匈牙利北部乡村式文艺复兴风格的追忆。

邻近中山东一路的福州路44号是一座英国乡村风格的花园洋房，平面凹形，两翼向后，南立面对称，中部架空为过街楼式主入口，墙面裸露粗犷的木构架。红色双坡屋面，屋顶耸立着砖砌的高烟囱。室内整修也以传统英式风格为主，如双坡顶木桁架，颇具特色的各式砖砌实用壁炉和装饰壁炉等，处处流淌着英伦风情。这幢洋楼原为正广和公司建于1936年的自用洋楼。正广和洋行总部设在英国伦敦，1874年开始在上海、香港开设分公司，取名广和洋行，主打产品正广和汽水，很快成为家喻户晓的饮料。福州路185号的上海市公安局大楼所在地最早是英租界的总巡捕房，1933年由当时的公共租界工部局投资，在原地翻建为中央巡捕房。大楼为现代派风格，主入口为过街楼式洞口，内为四合院。

外滩一带的里弄也是很有特色的。从外滩走进四川中路126弄的元芳弄，便见到这幢建成于1911年的气派的洋楼，其立面为券柱廊式，门窗洞口有细腻的英国安妮女王时期的装饰，墙面上细致的线脚用清水红砖砌筑、雕刻，檐部设三角形山墙，东南转角处设塔楼。这幢楼原为沪宁铁路局、安顺洋行办公地。1937年日军占领上海，大批难民涌入租界寻求庇佑。元芳弄这座外观气派的大楼正是在此时逐渐由避难的百姓所占据，开始向居住功能转变的。江西中路135弄为建于1914—1915年的恒业里，原为英国恒孚洋行建造的公寓式联排住宅，设计上兼顾商办和仓储，体量较一般民宅高大。单体平面呈回字形，立面为券廊式构图，清水青砖外墙嵌红砖带饰，层间有线脚装饰，四坡瓦屋面。至今，在宅内还能发现不少忠实记录岁月痕迹的细节，如木桁架、木板简梯、传统结构的仓库堆栈里留存的老式箩筐等。

如今，百年外滩，已抖落满身岁月尘埃，迎来自己的花样年华。在新辟筑的四面环水圆岛上，耸立起象征人民英雄浩气长存的纪念塔。沿江原先杂乱无章的码头现已悄然消失，取而代之的是能抵挡千年一遇大潮的防汛墙。防汛墙一侧宽敞的步行道是用14万块彩色地砖和花岗石铺砌而成的，沿堤摆放着的一个个碗形花坛里栽满了四时鲜花。江边有铸铁雕花栏杆的半圆形观景阳台在庭柱式方灯映照下给人带来梦幻般的感觉，比原先的情人墙更增添了几分浪漫的情致。一个个柱形方亭和六角亭以及造型各异的人造大理石椅子安静地伫立一边，等待着游人的随时休憩。江堤西侧，四季常青的绿化带犹如一道绿色的围栏，悄悄隔断了中山东一路上的车流和喧嚣，漫步江堤，只听得见江水拍岸有节奏的波涛声声。

就像塞纳河是巴黎的发祥地一样，黄浦江也是上海的发祥地。一条河带来城市的繁荣，然后建造催生了经典的建筑，建筑与水一起构成动人的景观。如果说上海是海，那么外滩就是这海的界面，将历史的沉淀和现代的繁华合而为一，是上海人骨子里的骄傲，也是外滩历史文化风貌区独一无二的魅力。

礼查饭店

老上海社会名流集聚之地

礼查饭店曾是远东地区的著名饭店之一，也曾是上海重要的国际文化交流场所、社会名流集聚之地。它是上海最早使用煤气、最早使用自来水、最早接通电话、最早放映有声电影、最早举行西式交谊舞会的地方。经历了170余年的历史变迁，礼查饭店仍然保持着其原有的建筑风貌和历史痕迹，犹如一座历史丰碑昂然屹立，叠印出上海变迁的缩影。

旧上海的美丽常常包裹在深深的忧郁与痛苦中，而历史赋予的屈辱与变异却鬼使神差地幻化出异样的繁荣。那种半殖民地城市特有的畸形气质在旧上海的租界上空弥漫，尤其是在中心城区的西式老饭店里更是尽情铺展，那种令人眼花缭乱的华美与精致，即便今天看来也依旧叫人惊讶和赞叹。

苏州河与黄浦江交汇处的黄浦路15号，坐落着上海开埠以来乃至全国第一家西式大饭店——礼查饭店，被誉为“上海著名的里程碑建筑”。它是由一位在海洋上漂泊了大半生的船长、美国人礼查于1846年创办的。初建时只是一座供膳公寓，其名字也来源于美国著名的纽约礼查饭店，饭店经理大部分由船长担任。有人说，旅馆是一座城市的手势，是社会活动和城市命脉搏动的聚点。假如用这句话来形容礼查饭店，倒也恰当。当时，进入上海的外国货轮大多停泊在虹口的黄浦江北岸，礼查饭店的主要客人就是海员。1860年，一位叫史密斯的房地产巨商接管了礼查饭店，将其重建为一幢19世纪中期英国维多利亚时期巴洛克风格的建筑。建筑北面达东百老汇路，即今天的东大名路，南临苏州河和黄浦江，整个建筑的平面分布呈凹字形，主建筑与两边副楼之间有一个宽阔的广场，马车或人力车可以将客人直接送入广场。20世纪初，史密斯打算退休回国，礼查饭店即被汇中洋行接盘。1903年，公共租界计划在上海开通有轨电车，有两条电车线路需经外白渡桥穿越苏州河，原来木头的外白渡桥不能承受，要改建成钢铁大桥，原先坐落在外白渡桥北堍的礼查饭店只能动迁。在获得了一笔可观的赔偿金后，业主同意将这座已经使用了40多年的饭店拆除，在原址的

原礼查饭店建筑

东北方向几十米处重建新楼，这就是如今我们看到的礼查饭店建筑。

这座大楼于1906年破土兴建，1907年落成开张，其外观为英国新古典主义样式，建筑主立面构筑了雄伟的爱奥尼克式廊柱和成排的拱形窗格，大门上有铁架大雨篷，2层以上均挑出阳台，底层门窗为拱形，3、4层以黄浦路15号的正大门为中轴线，两侧对称。这是新古典主义建筑保存的文艺复兴时期建筑最明显的特征。建筑分成横3段，以1、2层，3、4层和5层分别作为3个建筑层面。其中底层和3层为落地半拱窗，2、4及顶层为方窗，3、4层的中间贯以爱奥尼克式柱，形成丰富的凹凸面。大楼在黄浦路与北苏州路及与大名路的转角处均呈半圆形，有门。主立面的顶部有一座塔亭，底层还有对外营业的餐厅，也卖茶和西点。建筑四面临街，由长长的走廊连接在一起，房子中央是一块天井。那时，每天晚上都有交响乐团在天井里演奏。20世纪20年代，礼查饭店被总部设在香港的香港上海大酒店公司兼并，成了该公司的连锁店。1922年，底层大厅改建为宏大宽敞可容500余人的大厅，并对房间进行装修，成为标准的英国式旅馆。2—5层有客房500间，富丽堂皇的顶层大餐厅可容纳500人。

礼查饭店的孔雀厅是19世纪整个远东地区最具盛名的舞厅。孔雀厅美轮美奂，集纳了巴洛克、维多利亚等多种欧洲建筑风格，孔雀厅的主题自然是孔雀，触目皆有孔雀开屏的影像。沉稳的汉白玉罗马立柱和2楼包厢的扶栏上，均镶饰着细腻的浮雕，罗马立柱上有汉白玉烛台，穹形屋顶用彩色玻璃镶嵌成孔雀开屏图案。阳光泄下，厅内落下一地色彩，缤纷斑斓。地板的拼接很讲究，居然也拼出了一大幅孔雀开屏图。不过，它是高档的社交场所，并不提供舞女，每有舞会，出现在这里的是挽臂而入的绅士淑女。远东豪华爵士乐队当年经常在孔雀厅演奏。晚上，巨大的水晶灯亮起，外交使节、寡头巨商、军阀政要都以在这500多平方米的弹簧地板上起舞为荣。据记载，1897年11月5日，当时的上海道台蔡钧在礼查饭店孔雀厅举办大型交谊舞会，此后孔雀厅就被誉为中国交谊舞会的发祥地。

礼查饭店不但是远东地区的著名饭店之一，也曾是上海重要的国际文化交流场所、社会名流集聚之地。黄浦路曾是外国驻沪领事馆最集中的地方，每到接待重要客人或举行重要活动时，领事馆场地如果不够用，就借用礼查饭店。众多西方的各界名人纷纷把礼查饭店作为下榻的首选，美国第18任总统、五星上将格兰特退位后开始周游世界各国，1879年他途经印度、中国香港，应美国领事馆及工部局的邀请访问上海，美国领事馆包租了与领事馆隔街相望的礼查饭店作为格兰特的下榻之处。这是有史以来第一位外国总统访问中国。1879年5月17日格兰特抵沪，至23日离开上海赴天津与李鸿章会晤之前的几天内就住在礼查饭店410房间。科学伟人爱因斯坦、喜剧巨匠卓别林、著名哲学家及数学家罗素、著名作家斯诺等均于此住宿并进行交际活动，使得饭店具有超一流的文化品位。张爱玲的父亲与在段祺瑞执政时出任总理的孙宝琦的女儿订婚的场所也选在礼查饭店。而礼查饭店最传奇的故事却发生在一个拉门的门童身上，他叫周祥生，意外地捡到一大笔卢布，兑换成500

银元，买了一辆旧车操起了出租车的行业，后来成了上海滩赫赫有名的出租汽车大王，并因此成了“强生”出租车公司的老祖宗。现3楼中庭贯通4楼的两侧客房门口挂着的牌子上有里面曾经住过的名人的简短说明，上面分别写着：1879年美国前总统格兰特曾经住过礼查饭店410房间；1920年，英国哲学家、数学家罗素曾经住过礼查饭店310房间；1927年，周恩来和邓颖超曾经住过礼查饭店311房间；1931年，美国著名作家埃德加·斯诺夫妇曾经住过礼查饭店303房间；1931年和1936年卓别林曾经住过礼查饭店404房间。3楼中庭是一个类似天井的大空间，中庭上下两层的两侧都是客房。其中，304房间则是爱因斯坦曾经住过的。天气好的时候，阳光会安静地洒落在褐黄色的走廊上，斜斜地印出岁月的痕迹。走廊的墙壁是那种格子样的结构，门上的号码牌挂在一种极其精致的铁艺弧形支架上。中庭的顶部在建造之初是可以开启闭合的，后来为了防雨，改成了封闭式，仅仅保留了铁艺手柄作为装饰，留下的是历史的印痕。饭店里的雕花柱头、水磨石螺旋扶梯及铜制吊灯等细节都透露着巴洛克式的华贵，尤其是镶嵌着彩色玻璃的玻璃窗，天光通过色彩浓厚的玻璃窗照射进来，神秘、绚烂，就像美丽动人的眼神。

悠久的历史使礼查饭店在某种程度上也是19世纪末20世纪初西方和东方文化交流的一个重要场所。1882年英商成立了上海电光公司，于当年7月6日试燃电灯。被试燃的电灯总共才15盏，而礼查饭店就被安上了7盏——饭店内4盏，花园里3盏，这种电灯被称为奇异的“自来月”，此为上海有电灯之始。同时，礼查饭店也是上海最早使用煤气、最早使用自来水、最早接通电话、最早放映有声电影的地方，当年慈禧太后举办盛大的六十寿辰庆典也选择在礼查饭店。

抗战全面爆发后，英国人将饭店租给日本人，抗战胜利后又收回，并于1946年租给建华房地产公司，底层大厅改建分隔为23间，租给商店，并设有酒吧、咖啡馆。楼上房子分租给公司、行号等办公，其中大部分租给了美国海军俱乐部。1950年契约期满后，建华将房产还给英商。1959年饭店为上海市有关部门接管，改名为浦江饭店，专门接待外国客人和华侨。

1990年12月19日，一声锣响，礼查饭店孔雀厅震落了历史的尘土，成了上海证券交易所，标志着新中国证券市场的诞生。7年后的1997年12月18日，上海证券交易所迁出，港澳证券、中银证券先后进驻。14年来，礼查饭店孔雀厅一直是证券交易的市场。2004年4月30日下午，驻扎在孔雀厅的中银国际证券黄浦营业部敲响了最后一记铜锣，意味着它从这家老饭店里迁出。2018年8月12日，我应上海证券交易所副总经理张卫东先生之邀在礼查饭店维多利亚厅作关于上海老房子的讲座，并在有历史感的中庭为书友们签名。在张总陪同下，我得以仔细领略了礼查饭店至今犹存的绰约风姿。4个月后的2018年12月22日，中国证券博物馆在原礼查饭店揭牌成立，成为我国证券期货行业唯一一家国家级博物馆。

经历了170余年的历史变迁，礼查饭店仍然保持着其原有的建筑风貌和历史痕迹，犹如一座历史丰碑昂然屹立，叠印出上海变迁的缩影。

百老汇大厦

昔日浦江最佳观览地

百老汇大厦就是今天的上海大厦。这座咖啡色的高楼位于黄浦江畔的外白渡桥西北侧。在外白渡桥的陪伴下，数十年来以上海标志性建筑的风姿展现在人们眼前，在浦东东方明珠和金茂大厦建成之前，这里曾是上海最佳观景大楼。

位于北苏州路20号的百老汇大厦就是今天的上海大厦，旧时因位居百老汇路（今大名路），故称百老汇大厦。在上海历史上，它是与沙逊大厦、中国银行大楼齐名的外滩3幢高楼。在浦东东方明珠和金茂大厦建成之前，这里曾是上海最佳观景大楼。

位于外白渡桥西北侧的百老汇大厦在外滩是唯一一幢东西走向的大楼，走在外白渡桥上，很远就可以看到它古铜色调的独特而凝重的雄姿，在外滩的建筑群中有一种“坐断东南”的气势。大厦地皮原为英商业广地产公司所有，曾租给上海英商电车公司辟为停车场。20世纪30年代，上海地价猛涨，房地产商纷纷兴建高楼大厦。业广地产公司遂收回停车场地皮，于1930年夏破土兴建百老汇大厦，由公和洋行设计，业广地产公司的首席建筑师、英侨布赖特·弗雷泽作为派往公和洋行的设计监理，负责大厦的设计工作。由于地处苏州河边，土地松软，所以百老汇大厦造了整整4年，于1934年竣工，是外滩大楼中造得较晚的大楼之一。

这是一幢装饰艺术派与美国现代高层建筑风格相结合的建筑，三角形的庄重体态以及均衡的双翼式外观、正方形及长方形的几何块面造型，赋予了建筑以简洁而不失高贵的气质。建筑立面为中高两低跌落式构图，从11层起层层内收，整幢楼的轮廓线丰富，有一种节奏韵律。外墙底层用暗红色高级花岗石贴面，底层以上均用咖啡色泰山砖贴面，窗裙部分拼成图案，色调和谐统一。大厦整体没有繁复的古典装饰，仅在屋顶檐部用带形图案装饰收头，以体形本身显示建筑艺术特色。百老汇大厦建成后，其独特的造型达到了鹤立鸡群、“众目望之”的

外白渡桥西北侧的上海大厦（原百老汇大厦）

上海大厦被称为"浦江最佳观览地"

建筑环境效果。它是上海高层建筑趋向现代主义风格的早期代表作品，标志着上海的建筑文化乃至观念形态，在20世纪30年代已开始走向了国际化。

大厦高22层，地下室是锅炉间；1层是大堂、餐厅、理发厅等；2—16层为客房；17层为四面有窗的大餐厅,宾客用餐时，能欣赏全市的风光；18层有布置成中、英、美、法、日、阿拉伯等国家和地区风格的特别套房，还有宽敞的平台；19层以上为设备间。在大厦后部还有当时上海独一无二的4层楼高的停车房，里面筑有盘旋上下的车道，可以直达50米左右的最高处，上下能停100多辆车，是当年远东最大的汽车库。

百老汇大厦原为供来华外国人用的旅馆兼公寓，主要接待对象是英、美洋行老板、高级职员和新闻巨头等。当年英国友邦银行、美亚保险公司老板及《大美晚报》主编曾长包17、18层。百老汇大厦开张仅3年，就遭遇“八一三”淞沪抗战，大厦内原有的西侨住户纷纷逃离，大厦被日本人抢占，成为日本侵华的据点之一。当年汪伪特工总部76号魔窟的大头目李士群的暴死在全国影响很大，但很少人知道这桩谋杀案就发生在百老汇大厦内。在汪伪统治时期，重庆方面的军统头子戴笠，下密令要周佛海除掉李士群，而老奸巨猾的周佛海，却设计通过日本人的手在百老汇大厦将李士群送上了绝路。1943年9月6日晚，李士群应日本宪兵队特高课长冈村少佐之邀前去百老汇大厦其寓所赴宴，在冈村等人的“盛情款待”下，李士群吃下了掺有阿米巴菌的牛肉饼，9日便暴死在苏州。

抗战胜利后，百老汇大厦被国民政府接管，改为励志社第7

招待所。1949年5月解放上海的战役中，百老汇大厦成为被攻克的最后一个堡垒。上海解放那天，青天白日旗从大厦楼顶上飘落下去，五星红旗在此高高升起,这历史性的一幕已成为上海人心中永远难忘的记忆。

1949年6月，新组建的中共中央华东局统一战线工作部在百老汇大厦办公。统战部副部长潘汉年在部里设有办公室，因他主持上海市政府日常工作，故不常来，日常工作由秘书长、作家周而复主持。后来周而复结合在这里所作的统战工作构思创作了长篇小说《上海的早晨》，所以，这里可以说是《上海的早晨》诞生地。1951年5月1日，时任上海市市长陈毅决定将百老汇大厦改名为上海大厦，以突显大厦当时在上海的特殊性和重要性。之后，上海大厦成为市政府下属的宾馆。

1958年10月，郭沫若的早期夫人郭安娜住进了上海大厦1614室，那时郭安娜已经65岁了。在周恩来的亲切关怀下，郭安娜的晚年生活由统战部门负责照顾，她每年有半年时间在大连，到上海主要是冬、春季节。1962年，郭沫若为感谢上海大厦员工悉心照料郭安娜，创作书写了一首七绝诗："登上天梯十八重，汪洋上海鼓东风。春申水涨铺银浪，万顷楼台映日红。"此字幅原件现仍挂在18层的贵宾会客厅内。除了郭安娜外，宋庆龄也曾在上海大厦的1415室工作、居住达半年之久。上海大厦历史悠久，故拥有不少具有历史意义的物件。大堂东侧静立着的一架钢琴，是1932年从德国原装进口海运到上海的；英国酒吧里那张老式斯诺克台球桌，是1934年英国出产的；老式手摇的OTIS电梯，从1934年开始运行至今，保养得依旧完好。此三件物品已成为上海大厦三宝。

多年来上海大厦一直是上海的标志性建筑之一，它处在苏州河与黄浦江江河交汇处，又呈东西走向，是一个将外滩风光和浦东秀色尽收眼底的绝好位置，因此曾被称为“浦江最佳观览地”。在此远眺的最佳楼层是18层，上面有两个宽大的露天平台，在18层平台上俯瞰黄浦江，宽阔的江面巨龙摆尾般甩了几个弯道奔向东海，仿佛带动着整个城市奔涌的脉搏。在这条仅1.5公里长的弧线上，鳞次栉比地矗立着数十幢各种风格的大厦，站在18层平台上可将其尽收眼底。共和国的第一任总理周恩来对其情有独钟，他生前曾多次陪同外国元首和政府首脑登上上海大厦的18层平台，俯瞰上海全景，如西哈努克亲王、塞拉西皇帝、伏罗希洛夫主席等，给这座大厦增添了许多高端的人文色彩。

上海大厦这一南一北宽大的露天平台，有着咖啡色系的泰山砖面和简约的水泥雕花，不动声色地向来访者提醒着历史的厚重。即使今天已有东方明珠广播电视塔等上佳的观景地，但像上海大厦这样能回忆上海历史、见证都市变化的城市观景台却是凤毛麟角。古老的大厦、尘封的往事、流淌的江水，构成一幅壮美的历史画卷，使这座伫立在水边的古老大厦更加充满了迷人的魅力。百老汇大厦与外滩的许多楼宇都为同时代的建筑，它们有着“血缘般”的联系，是外滩建筑风景线不可分割的整体。百老汇和外白渡桥不离不弃地相伴了近百年，一起构成了最典型、最标志的上海城市形象。

外白渡桥

承载旧上海风貌的城市地标

外白渡桥之所以驰名，不仅是因为它处在黄浦江和苏州河的交汇处，更在于它周围的一些建筑，这些建筑在上海近代史的发展历程中有着举足轻重的作用，它们和外白渡桥一起，构成了外滩独一无二的经典景观，而外白渡桥恰恰又处于其中心位置。在许多旅居海外的上海人心中，外白渡桥的身影早已化成了一缕抹不去的乡愁。

外白渡桥是架在苏州河上的第一座桥梁。这座上海首座大型钢框架结构桥梁坐落在苏州河汇入黄浦江处西侧，苏州河与黄浦江在这里交汇。屹立在这个交汇处的外白渡桥既拥有了黄浦江的激情，同时也获得了苏州河的精致，这使它显得与众不同。

外白渡桥的建成有着特殊的意义。

1848年，虹口美租界开辟后，苏州河口两岸往来日益增多。1854年，英国商人威尔斯认准了在苏州河上造桥既可便利交通，又可从中获利，于是就发起组织了“苏州河桥梁建筑公司”，上海人习称“威尔斯公司”。威尔斯招募了12位股东，有英商宝顺洋行大班韦勃、兆丰洋行大班霍格等，向工部局申请建造苏州河桥梁。获准后，投资一万二千两白银，于1856年在苏州河流入黄浦江的交汇处的外摆渡口，即今上海大厦的西面，建造起了苏州河上的第一座桥，定名为威尔斯桥。

威尔斯桥是一座横跨苏州河的木桥,桥面用木板铺就。为便于较高船只通过，桥中央设有可以起吊的活动桥面，船只通过时就吊起来，过桥行人只得止步。威尔斯造桥是为了牟利，造好桥后，他就声称上海道台已特准其收取“过桥税”，且有“专利”25年的约定。凡是过桥的中国人，每人要付一文铜板的“过桥税”，车马加倍。1863年，虹口、杨浦的英、美租界合并成公共租界后，过桥税翻了一番，变成每人要付两文铜板。然而，外国侨民及其车辆过桥，则一概免缴过桥费。中国人向以造桥为义举。在中国造桥，却要让中国人“留下买路财”，这种歧视中国人的不合理的收税规定，自然引起上海华人市民的公愤，于是纷纷抵制。当时有个名叫詹若愚的广东商人先买了两只渡船，在盆汤弄（今山西北路）谦顺安茶叶庄码头设义务摆渡，免费接送两岸过往华人，后增至5艘。中国人则宁可费点时间，坐船过河。威尔斯桥上十分冷落。由于威尔斯公司急功近利，当年造桥时就有偷工减料行为，数年后桥梁出现了倾圮的险情，来往过客的安全没有保障。1871年，威尔斯等人在该桥近旁另建一新铁桥，由伦敦和上海两名工程师共同设计，桥的中间部分可以开合，便于较高船只通过。但铁桥尚未完工，部分桥柱及桥身突然塌陷，工程于是作罢。1873年，工部局将威尔斯桥和这座废铁桥一起估价收购后拆去。可叹这座名声不佳的威尔斯桥只有短短的17年寿命。同年，工部局在原威尔斯桥东首另行建造了一座木质浮桥，两边还有宽7英尺（约2.13米）的人行道，并提高了高度，中间不再设吊桥。因这座桥紧靠外滩公园，故定名为公园桥。外滩公园地处苏州河汇入黄浦江一带，面积虽不大，却是上海的第一个公园。外滩公园这块地方的成陆源于1860年，当年，有一艘载沙船在苏州河与黄浦江汇合处沉没，江水夹带的泥沙迅速淤积，形成一片涨滩。1865年工部局开始用廉价的中国劳力，挖掘洋泾浜河泥，来填平从外摆渡口到今北京东路一带泥滩，使之成为平地，并辟为公园。1868年8月8日，公园宣布开放，当时定名为公家花园。由于公园桥是一座不收费的桥，沪语经常把不付钱的享受称为“白”，如“白吃”“白拿”等，于是公园桥又被称为“白渡桥”。由于公园桥的位置在原来苏州河上最外面的一个摆渡口，于是，又称为外摆渡桥，或外白渡桥。

公园桥建成后，和公家花园同属19世纪70年代初期上海的

外白渡桥

特色景点，成为当时洋场一景。1874年发表在《申报》上，署名“云间逸士”的《洋场竹枝词》中就有“外国花园”一首：“行来将到大桥西，回首窥园碧草齐。树矮叶繁花异色，雨余石上锦鸡啼。”1884年，上海管可寿斋出版的《申江名胜图说》之“白大桥边乘凉步月”篇描述道：“‘空江浩荡景萧然，隐隐飞桥隔舒烟，到此诗情应更远，月光如水水如天。’我友谱箫生玩月绝句也。沪上为肥鱼大肉之乡，弦管喧天，萦花匝地求一消闲清

外白渡桥及其周围的建筑群构成了外滩独一无二的经典景观

旷之景，不可多得。忆昔年偕西吴侍史散步白大桥头时，则兔魄初升，蝉声罢噪，柳荫风过，飒飒凉生。侍史曳雾縠衣，携冰纨之扇，出袖中玉笛，吹水仙子一阕。水底游鱼，跳波泼刺，亦若闻而出听者。然下视灯火，六街犹车马喧阗红尘滚滚，而我两人徐步月中，大有飘飘欲仙之意，谓非热闹别开世界欤。”可见当年外白渡桥边是何等清幽自在之地。

1889年，工部局工务处主任梅恩上任，计划将已经破旧不堪的外白渡桥木桥改建成钢桥。于是，便在报纸上刊登广告征求新桥设计方案，结果，新桥设计采用了两跨钢桁架桥的方案。1907年年底，新的外白渡桥竣工，1908年1月20日举行通车典礼。它是我国第一座铁桥，也是上海首座大型钢框架结构桥梁，桥上的钢件全由英国的公司制造后运到沪上。

外白渡桥之所以驰名，不但是因为它所处的位置是在黄浦江和苏州河的交汇处，更在于它周围的一些建筑，这些建筑在上海近代史的发展历程中有着举足轻重的作用。从某种意义上说，它们是外白渡桥不可分割的组成部分。如礼查饭店、俄罗斯驻沪总领事馆、英国领事馆、百老汇大厦等，这些有着特殊意义的建筑和外白渡桥一起，构成了外滩独一无二的经典景观，而外白渡桥则正处于其中心位置上，自然成为万众瞩目的亮点。

经过一百多年风霜的外白渡桥至今仍雄健地矗立在苏州河上。大桥一侧的一块铜牌上镌刻着“外白渡桥”四个大字，另一侧桥身上两根灰白色罗马柱中间镶嵌着一块竖长条形的黑色花岗石，自上而下用白色镌刻着“外白渡桥”四个遒劲有力的魏碑大字，融异域风情和古朴庄重于一体，呈现出浓郁的海派特色。悠悠百年，外白渡桥始终是申城一处美丽如画的景观胜地，直到今天，它依旧是上海城市的标志性建筑，并成了很多人眼中的能够如实承载旧上海风貌的城市地标，散发着骨子里的精致和奢华。在许多旅居海外的上海人心中，外白渡桥的身影早已化成一缕抹不去的乡愁。

英国领事馆

外滩第一幢西洋建筑

英国领事馆是外滩第一幢西洋建筑，中山东一路鳞次栉比、气势恢宏的建筑群由此发端。同时，它也是租界时期上海出现的第一个外国领事馆，上海开埠后的城市化进程、外滩国际化社区的形成发展无不由此策源。

英国领事馆

外滩历史最悠久的建筑，是位于黄浦江、苏州河交汇处的原英国驻沪总领事馆，门牌号是中山东一路33号。这是上海外滩建筑群中最古老的也是唯一一座19世纪西洋建筑物。

英国领事馆是在上海最早开设的外国领事馆。1843年11月8日，英国首任驻沪领事巴富尔来到上海，先是按规定在城外租房办公。不久，他按照英方在上海开辟居留地的构想，决定自建领署。当时的外滩源还是一个名叫李家庄的小渔村。最初的圆明园路是一片田野，虎丘路则是一条小河。1846年，这位英国领事看中了老城墙外苏州河和黄浦江交接口的地方，在一片杂草泥滩上划下了李家庄的126亩（84000平方米）土地作为未来英国领事馆的用地。此后不久，巴富尔卸任回国，继任领事阿礼国得到英国政府对租地建造领事馆的批准，并利用因青浦教案发生的中英交涉，乘机扩充租界范围，1848年英租界扩张到苏州河边，李家庄遂被圈在内。当时黄浦江沿岸芦苇浩荡，没有高楼。曾有英国来沪的冒险家描述170多年前的外滩："不计其数的污水沟和小河纵横交错，到处是坟墩。低矮肮脏的茅屋，是竹子和干泥搭成的破棚子。"1849年7月21日，英国驻沪总领事馆正式迁入李家庄新馆，这就是后来的中山东一路33号。这幢领事馆，1852年翻建过一次，1870年毁于一场大火。1872年6月1日奠基重建，次年建成。如今坐落在中山东一路33号的建筑便是1872年重建的。

这座建成于1873年的建筑是外滩第一幢西洋建筑，也是外滩现存最早、保留最完整的建筑。中山东一路鳞次栉比、气度恢宏的建筑群由此发端。英国领事馆的兴建，开启一代之风，从这个意义上说，这是外滩第一楼。同时，它也是租界时期上海出现的第一个外国领事馆。上海开埠后的城市化进程、外滩国际化社区的形成发展，无不由此策源。这幢建筑集中体现了大英帝国黄金时代的特征：朴实庄重，韵味隽永。步入其中，更可体会大英帝国当年的威势：无论是大厅、楼梯、走道还是每间屋子，均气度不凡。

英国驻沪总领事馆是外滩唯一拥有大片花园绿地的建筑。领事馆由英国人罗斯曼与伯依斯设计，为两层砖木结构建筑。建筑整体外形具有英国文艺复兴时期风格，屋面为四坡式，使用中国的蝴蝶瓦，整个建筑平面近似正方形。由于外滩地势较低，故设计了较高的台基，底层有5孔券廊。其内是大厅，两侧窗框为平券，2层中间的窗框为平券，两侧窗框为拱券，这幢两层砖木结构建筑具有典型的文艺复兴时期外廊式建筑风格，它将东印度热带生活的经验直接搬到了亚热带的上海。屋顶是西式的四坡顶，但覆盖着中国蝴蝶小青瓦。建筑正立面底层中部有5孔券廊，有罗马式栏杆，其内是大厅，立面上下窗洞呈平券式拱券，装有硬百叶窗。考虑到上海的气候特点，建筑充分吸收了近似“东印度式”的建筑风格，底层和2层均建有宽畅的遮阳长廊，廊内侧才是房间。在炎热的夏季，内廊可以隔离阳光，避免阳光直晒房间。到了寒冬，将廊边的门窗关闭，可以保温。英国领事馆面对黄浦江，中山东一路的大门内是典型的英式花园，有宽阔的大草坪，这是远东最大的英式草坪，四周环绕着几十棵古树嘉木。庭院内种满了朴树，属于国家保护树木，已有百余年树龄。花园里27棵古树名木见证了英国领事馆建筑悠长的历史。当年从这里开始作为外滩的源头，一路就有了外滩绵延数里的壮观景致。据说，当时外滩几乎所有的建筑都是在这座楼里筹划的，里面还专门辟有房间供建筑师们规划和绘图之用。1875年，英国领事馆的花园里曾举行过西人赛花会，数百位绅士淑女穿着时尚华服在此聚会赏花。这一场景后来被清末小说家曾朴写进了他的小说《孽海花》里。后来，这个花园的草坪上曾放过铁炮、日晷等。在绿茵茵的大草坪北侧有一座建于1884年的两层砖木结构楼房，这就是原英国领事馆领事官邸。这幢楼的建筑风格与领事馆相近，底层采用券柱廊与主楼相连，领事上下班可以脚不沾泥，也不用担心刮风下雨，可谓想得周到。廊上有设置栏杆的平台，站在平台上，可以看见苏州河与黄浦江交汇处的三角地带以及外白渡桥的身影。中华人民共和国成立后，英国是最早与中国建立外交关系的西方国家之一，所以英国领事馆仍设在中山东一路33号原址。这一幢建筑物作为英国领事馆，一直使用到20世纪60年代。现在这里是一个名为外滩源壹号的豪华会所。

这座历经沧桑的建筑，如今基本保持原貌，整修后更加风姿绰约。英式花园里的树木都已长成了参天大树，其中有一棵广玉兰，树干焦黑，已被掏空，但在钢筋支撑下，依然绿叶葳蕤，春天一朵朵硕大的白花在绿叶间绽放，阵阵暗香袭人。据说，这棵广玉兰已有200余岁高龄，先由慈禧太后送给清朝重臣李鸿章，后由李鸿章转赠给英国领事栽种于此，所以它又被称为“慈禧树”。如今，主人们都已仙逝，树木却依旧生机勃勃地挺立在那里，犹如活化石般无言见证着上海开埠后的历史。

在老上海人的记忆里，英国领事馆旁边曾经有过一家友谊商店，在友谊商店还不对外的时候，它和英国领事馆同一扇大门进出。在物资匮乏的年代，作为一家涉外的零售商店，友谊商店可以用外汇券买到很多市面上见不到的东西和稀罕的洋货。那时候，其他大型百货商店里还没有统一的制服，友谊商店的员工却早已穿上灰色卡其布制服，打着笔挺的领带，神气地接待中外宾客了。2005年，友谊商店被夷为平地，2008年原址上拔地而起了上海半岛酒店。从1937年中国银行大楼建成以后，外滩就再没有建造过新建筑，因此，半岛酒店是70多年来外滩唯一的一幢新建筑。半岛酒店一侧的花园与原英国领事馆的后花园再次相连起来，于是，外滩最年迈的西式建筑和最年轻的半岛酒店隔着花园遥遥相对，而花园里有着百余年树龄的20多株古树名木则笑看着这里的沧桑巨变。

真光大楼和广学会大楼

和文化结缘的连体姐妹楼

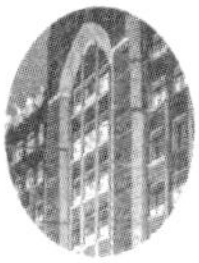

这两幢连体姐妹楼是邬达克迈向先锋设计师路上的探索，是一种大胆而美丽的创新。真光大楼是以《真光》月刊命名的，里面设置的沪江商学院走出过20世纪初中国土地上培养出来的商界白领和企业家。广学会大楼则是以广学会命名的，广学会是当时国内最大的教会出版机构，也是上海最早的西文报馆和出版机构。

20世纪二三十年代，外滩所造的楼宇以金融或商业功能为主，圆明园路209号的真光大楼和与其平行的虎丘路128号的广学会大楼却都是和文化有关的。

这两幢楼是邬达克于1930年至1932年设计完成的，它们是一对连体姐妹楼，它们被认为是极具邬达克个人风格的设计。尽管其形式是现代装饰艺术派风格，但深褐色面砖的外表仍能让人联想起邬达克从美国总会时就产生的偏好。两幢楼分别位于一条马路的东西两侧，在平面上贯通。真光大楼位于圆明园路香港路口，建筑坐西朝东，而广学会大楼位于虎丘路香港路口，建筑坐东朝西。两幢L形大楼完全连接，成为U字形，北面形成内院，在虎丘路和圆明园路设置各自入口，两个出入口的设计也明显不同。

真光大楼，原名浸信会大楼，是中华浸信会联合会办公楼。浸信会大楼是美国基督教中华浸信会的所在地，故以宗教机构名来命名。后来，该教会机构创办传道刊物《真光》，就将浸信会大楼改名为真光大楼。

真光大楼造型整体上呈方正轮廓，并采用了顶部层层后退，中间高起部分作几何形装饰的处理手法，使得整幢大楼既风格统一，又富于变化，反映出当时美国装饰艺术派摩天楼的特色。外墙深褐色与乳黄色相间，大片玻璃窗与凸出的墙体凹凸相间，使立面充满变化。窗间墙平面处理成锯齿形，在立面上形成强烈的锐角状竖线条。平拱窗与尖拱窗交错分布，而大片玻璃窗与方形玻璃灯柱具有十分强烈的时代感。室内公共空间的地面为水磨石或马赛克，流畅的天花板、墙体线脚及灯饰的处理，都散发着强烈的时代气息。建筑既有着现代主义的简洁大气，又有古典主义注重细微处装饰的特点，体现了从古典主义向现代主义过渡时期的设计风格。当时，邬达克的建筑设计正处于由古典主义向现代主义转变的探索时期，这幢建筑恰恰体现了勇于创新的邬达克的这一风格。

邬达克是上海20世纪二三十年代一位非常有影响力的建筑师。他设计的房子至今遍布在上海各个角落，成为上海城市人文景观的组成部分。邬达克在25岁那年流亡到上海，当时没有人认识他，他也不认识任何人。从这个意义上说，上海是青年邬达克的避难所。这时，他的建筑教育背景帮助了他。1918年起，他在美国人开的建筑公司克利洋行里做助手，其间学会了汉语。邬达克到上海这个新兴都市的最初计划是赚点钱，然后回家。然而，他感觉在克利洋行的忙碌工作很有意思，并很快得到了晋升。邬达克决定在上海住下去，他娶了一位在上海出生的德国商人的女儿吉赛拉为妻，并创建了自己的公司。他开始为外国人设计住宅和办公楼，很快，越来越多的中国商人和政客也成为青年邬达克的客户。1925年，32岁的邬达克在上海开设了自己的建筑设计事务所：邬达克洋行。独立开设事务所后，邬达克的建筑风格开始转变为完全的现代主义，被后来的学术界称为“现代的装饰艺术派”。真光大楼建成后，邬达克就把自己的洋行搬进了这幢楼顶层的801室。当年，邬达克的建筑设计事务所已拥有30名雇员，其中一半是中国人，俨然是个成熟的中等规模的建筑洋行。邬达克在这幢他自己设计的真光大楼里继续着他上海的建筑梦，他从原先流浪者、配角身份，

真光大楼

广学会大楼现已改名为“广学大楼”

转变为塑造这个城市灵魂的人物。有人说，邬达克对于上海，就像高迪对于巴塞罗那一样。我觉得从创造力方面来说，他不像鬼才高迪那样天马行空、随心所欲，但他设计的每一幢建筑都是独一无二的却是不争的事实。

当年的真光大楼是一处学术重镇,大楼内曾进驻过诸如福音书局、中华浸会书局、沪江大学等重要机构。沪江大学创办者在真光大楼里办起了沪江商学院。据说，20世纪30年代，圆明园路上行走的都是大学教授和大学生，他们腋下夹着厚厚的外文书，沿着圆明园路风度翩翩地拐进隔壁狭窄热闹的香港路。真光大楼里的沪江商学院走出了20世纪初中国土地上培养出来的商界白领和企业家。

和真光大楼以刊物为名不同，姐妹楼中的广学会大楼是以广学会命名的，该楼原名基督教文学楼。1887年英国长老会传教士创建同文书会，1894年更名为广学会，为当时国内最大的教会出版机构，也是上海最早的西文报馆和出版机构。其出版物除教科书外，还有《泰西新史揽要》《中东战纪本末》《万国通史》《格物探源》等，同时还有10余种刊物，影响最大的莫过于中文期刊《万国公报》。在商务印书馆、中华书局兴起之前的清末民初，广学会是中国最大的出版机构。广学会的书籍对清末维新运动和清末新政产生过很大影响。自1890年到1911年，出版书籍共约400种，初版、重印合计共达100多万册。戊戌变法时期，光绪皇帝为了了解西学和参考西法，找来阅读的129种新书中，其中89种为广学会出版。1927年，广学会决定把编辑出版重点转移到宗教灵修书籍方面，读者对象从非基督教徒知识分子和政界官员转移到信徒和与基督教有关的人士。

广学会开始时规模很小，先后在今东长治路25号、江西北路41号和塘沽路44号等处租屋办公。1908年，由英商汉壁礼出银2万两（约3000英镑）在四川北路143号建成一幢3层楼办公室，直至1933年，才在今虎丘路128号建成一幢9层的广学会大楼。广学会大楼几乎是美国20世纪20年代摩天楼的翻版，整幢建筑立面为锐角状竖线条装饰，出女儿墙收口，西立面入口处用人造石饰面，第2层至第8层有一通贯各层的墙面，中间为巨大的尖券造型，整个立面垂直高耸，气势宏伟。其深褐色外墙面砖和竖线条处理以及层层收进的顶部造型，无不反映出当时美国装饰艺术派摩天楼的特色。同时，外墙的深褐色面砖使整幢大楼显得文雅深沉，带有文化学术的气息。

抗战期间，广学会部分人员曾迁至重庆，参加基督教联合出版社，1946年这部分人员迁回上海。1949年以前，广学会大楼内及建楼前同一门牌号内，曾进驻过广学会、福音广播电台、伦敦会、中国征信所、苏格兰圣经会、青年协会书局、中国国民拒毒所等机构，还有一些电影公司和各类商行等。新中国成立后，该会的外国人撤离中国，停止活动。1956年广学会和中华浸会书局、中国主日学合会、青年协会书局4个基督教出版机构联合组成中国基督教联合书局，继续出版基督教书刊。1957年8月起广学会大楼长期为上海市文教体育用品进出口公司等单位使用，现改名为“广学大楼”。

光陆大楼

高冷艳极后的沉寂

光陆大戏院曾是老上海最奢侈的地方，在这里看一场好莱坞大片要比别的影院贵三分之一还多，去光陆大戏院看电影成了一种身份的象征。光陆大楼曾因光陆大戏院而名噪一时，但现在，光陆大戏院的辉煌早已随着那个纸醉金迷的老上海飘散在历史的尘埃中。

光陆大楼远景

这个地方如今看上去有点冷清，但当我站在街角看着这幢名为光陆大楼的建筑时，它的唯美依旧打动了我。它孤独地站在空空荡荡的街口，优雅得如一把缓缓展开的折扇，上面高高耸立在蓝天下的塔楼显出一种悲壮和凄清。眼前的落寞明明白白地摆在面前，90多年岁月的风霜使它显得苍老，很难想象当年它门前车水马龙、衣香鬓影的场景。光陆大楼曾因光陆大戏院而名噪一时，但现在，光陆大戏院的辉煌早已随着那个纸醉金迷的老上海飘散在历史的尘埃中，我无法想象它曾经有过风靡上海滩的颠倒众生岁月。

还是翻开那已经泛黄的历史画卷吧。

光陆大楼所在的虎丘路，初名博物院路，沿街有中国最早的博物馆之一的亚洲文会上海博物院。因此，博物院路是当时上海文化活动的中心，也是开风气之先的地方。1925年，英商斯文洋行出资，在乍浦路桥桥堍南苏州路转角处的虎丘路146号动工兴建一座集剧院、办公楼、公寓于一身的大楼，聘请沪上匈牙利籍建筑师鸿达设计。当时这种“巴黎式”的布局安排，在沪上乃至国内都十分少见，此楼也成为上海第一座将戏院设置在大楼内的建筑。1928年2月25日，命名为光陆大楼的大厦落成，设置在底层的新剧院也因此名为光陆大戏院。

这是一座装饰艺术派风格的大楼，9层，北端局部7层。平面为扇形，立面为直线条。长方形钢窗，下有浮雕图案。4层处勒腰线，顶层设檐脚，转角处为直线与弧线相交的尖角，顶部有一典型的装饰艺术风格的小塔楼，当时主要起消防联络和灯塔航标的作用。塔楼因其独特的风格成为光陆大楼的标志，也是外滩源历史上非常重要的一个标志。大楼上部为写字间和公寓，当时2楼是福斯影片公司，3楼是华纳影片公司和派拉蒙影片公司，4楼是太平贸易公司，5楼是裕盈企业公司等。西北部为占据两层的光陆大戏院，楼下有500个座位，楼上有230个座位，左右两侧设包厢。戏院内装修考究，顶部和四周墙面都雕刻着一系列艺术的、音乐的和舞蹈的寓言人物形象。上面的通风窗也安装了特别设计的艺术玻璃，有数种颜色混合起来的几何图形。观众厅顶部和四周墙壁用花纹图案、浮雕装饰，四壁墙面隔音效果良好，并有冷暖设施。光陆大戏院的观众厅很优雅，它两边延伸出去，与过道一样逐级下降，每边设置4个包厢，可坐16人，这是上海当时唯一的阶梯式电影观众厅。

光陆大戏院一开业就被认为不仅给上海带来了富有魅力的娱乐场所，更给远东建筑界带来了新的精神，可以同欧洲和美国的电影院媲美。光陆大戏院于1928年2月25日下午开业，首映由爱温麦斯鸠肯主演的欧洲电影《采花浪蝶》。这里主要放映欧洲影片，同时经常上演一些西洋歌剧，偶尔作为西人话剧演出场地，但是在当时欧洲片不及美国片受欢迎，上座率不高。

1929年6月美国远东游艺公司收购了光陆大戏院，增添了有声放映机，并且和美国派拉蒙影业公司签订协议，成为派拉蒙电影公司影片在沪上的首轮影院，果然剧场常常爆满。中国最早的两部有声电影之一的《歌场春色》便是于1931年10月10日在光陆大戏院首映的。由于这里位于英国领事馆附近，周围遍布外资洋行的高级职员宿舍和基督教青年会，里面的人文化程度和收入都比较高，他们的欣赏口味自然也比较高。所以，光陆大戏院一般选择一些艺术性较高的影片。当年的光陆大戏院是老上海最奢侈的地方，在这里看一场好莱坞大片要比别的影院贵三分之一还多。别的影院花费小洋6角就能看好莱坞大片，光陆大戏院却要花费1元。去光陆大戏院看电影成了一种身份的象征。因为这里离鲁迅住处不远，当年喜欢看电影的鲁迅也经常会去那里看电影。这里存留着鲁迅的儿子周海婴儿时的回忆："小时候，父亲经常带我去光陆看戏。"除了放映电影，1933年，英侨ADC业余剧社曾租场演出话剧。

新大光明电影院建成后，光陆大戏院面临竞争对手，两家均是派拉蒙公司影片的首轮影院，因大光明市口优于光陆，又压低票价，逼得光陆无法维持，于1933年8月宣告关闭。兰心大戏院老板将其收买后，改为兰心大戏院分院，兰心首映后的影片第二轮在这里放映。光陆大戏院虽然有点落魄，但光陆大楼却风光依旧。从20世纪30年代中期到1940年初至少有8家电影公司进驻该大楼。世界众多著名电影公司，如派拉蒙影片公司、福斯影片公司、华纳影片公司、哥伦比亚影片公司等均以光陆大楼为总部，这里曾是他们的黄金地，也曾是他们的发迹地。

1941年，太平洋战争爆发，光陆大戏院为汪伪政府的中华电影公司强行接收，更名为文化电影院。抗战胜利后又成了驻沪美军俱乐部。1951年1月由上海市文化局接管后剧影兼营，当年4—5月，配合镇反运动，由华东人民革命大学文工团演出3幕8场话剧《不拿枪的敌人》，33天连演60场，盛况空前。1954年2月10日改名为曙光剧场后于同年4月7日开业，话剧、京剧、越剧、豫剧、曲艺、杂技先后在此演出，1955年又成为专门放

光陆大楼近景

映新闻纪录片的曙光新闻电影院。1962年起划归上海市对外贸易局使用，现已成为外滩源的一部分。

剧场建在大楼里如今早已不是新鲜事，前提是它所处的位置必须是繁华热闹之地，比如赖声川的上剧场就建在徐家汇美罗城楼上，而九江路上的人民大舞台翻修后也安居在一幢硕大的写字楼里，但它的门面却面对着南京东路步行街。比较起来，光陆大戏院就有点养在深闺的味道，所以，它这么多年来一直命运坎坷，虽几经调整，却难免萧条没落，直至黯然谢幕。这高冷艳极后的悲凉令人伤怀，但这幢大楼作为外滩源文脉代表的历史却永远留存，那么是否应该有与它的身份相匹配的更好的定位呢？期待这幢美丽建筑的凤凰涅槃。

亚洲文会大楼

沪上文博之根

这里是近代中国最早向社会开放的博物馆。如今，这栋曾经集展览、文化活动以及知识传播于一身的大楼，以其独特的文化底蕴区别于这个城市街区中的其他建筑，正抖落一身风霜，以外滩美术馆的新形象傲立于外滩历史文化风貌区内，成为城市文脉的一个象征。

2010年5月，我来到修葺一新的虎丘路20号，这里正在进行为期两个半月的名为“蔡国强：农民达·芬奇”的展览，这是新成立的外滩美术馆的开馆展。广场上，由“达·芬奇”们手工制造的飞碟、飞机迎面袭来，大楼墙上书写着巨大的黑字“不知如何降下”，一边的围墙上用血红的大字写着“农民让城市更美好”。另一边围墙上，用农村常见的群青底白色书写着“重要的不在飞起来”，这些字写得很随意，甚至可以说拙，但气势超大，前卫的理念和创新的形式令人耳目一新。但我更关心的还是这幢建筑，美术馆赋予了它新生，也可以说是传承了这幢建筑的文脉，我想借展览之机进去好好看看。

这幢建筑原是亚洲文会大楼，曾是亚洲文会博物院，这是个由英国人建造的集大成的综合性博物院。亚洲文会大楼是19、20世纪中西建筑及学术文化交流的一个重要历史见证，这里也是近代中国最早向社会开放的博物馆。如今，这栋曾经集展览、文化活动以及知识传播于一身的大楼，以其独特的文化底蕴区别于这个城市街区中的其他建筑，抖落一身风霜，傲立在外滩历史文化风貌区内，成为城市文脉的一个象征。

这幢建筑的历史可以称得上“久远”两字。

1857年10月16日，裨治文等基督教传教士在上海成立“上海文理学会”，翌年，与设在香港的英国皇家亚洲文会联系，改名为皇家亚洲文会北中国支会，因立于香港的位置看上海，觉得上海是北方，所以名为北中国支会。这是英国侨民在上海建立的一个重要文化学术机构，主要开展对中国的自然生态和社会的广泛调查与深入研究。1868年2月，该会正式通过组建博物院的提案。1871年，由英租界当局在租界拨出一块地给该会，又在租界当局和外侨社会的资助下耗资3000两白银，于1874年2月在上圆明园路（今虎丘路）5号建成亚洲文会博物院，对外免费开放，这是上海最早的博物院。博物院建成后，以收藏、陈列上海周边地区及长江流域的动植物、矿物、古董及人类学标本为主，同时开展标本的采集和征购，并聘请专家开展各学科的研究。博物院建院初期，仅有两间陈列室，一间陈列兽类、背甲类、蛇类、鱼类等标本；一间陈列禽鸟类、昆虫类标本，博物院还设有亚洲文会北中国支会图书馆，当时堪称最好的东方学图书馆。里面藏有西文书籍15000余册，中文书籍逾千册，内容大多是历史、宗教、语言、科学、艺术等；还收藏有年代久远的杂志、报纸和文献资料，如《上海工部局年报》《北华捷报》《博医会报》等。亚洲文会博物院在当时上海的西洋人中影响日盛，上海工部局于1886年把路名改为博物院路。

由于岁月侵蚀，亚洲文会大楼逐渐老旧，1929年大楼发现白蚁后，被迫募款改建。1931年，亚洲文会北中国支会筹集到16万两白银重建大楼，大楼由英商公和洋行设计，于1932年冬天竣工，即如今的亚洲文会大楼。

新建成的亚洲文会大楼共5层，平面呈正方形，属欧洲装饰主义建筑风格，同时，糅合了一些中国传统的装饰元素。建筑外墙底层为石砌墙面，2层以上砌青砖清水墙。正立面处理以竖线条为主，顶上采用传统的中国图案进行装饰。入口上方设大型圆拱券，人造石饰面，拱券中间为凸出的阳台，两层栏杆、

亚洲文会大楼

压顶等采用了中国传统式样。底层入口有3道券门，入口铁门格栅作图案式寿字形，其两侧的八角窗、铁窗格作八卦形，也是中国传统装饰图案的延续，门前一对石狮子神态威武。2—5层中间墙面每层的窗旁用砖柱贯立，2层有石质栏杆。窄窄的楼梯扶手灵巧可爱，转弯处装饰艺术派风格的弧形线条设计，让人每登上一层楼，都有豁然开朗的感觉。新楼楼顶悬挂一块匾额，上书“R.A.S.”3个英文字母，3楼窗户下则悬挂标有中文“亚洲文会”的匾额。

博物院建成后，装修布置花了整整一年时间。于1933年11月15日由工部局总董贝尔主持重新开张的揭幕典礼，蔡元培、伍连德相继发表演说。新建成的亚洲文会大楼原来的5号门牌改为20号。亚洲文会博物院当年是远东地区中国标本和文物收藏最丰富、影响最大、功能最全的社会教育和文化交流机构，可以说从19世纪中期至20世纪中期，这里一直是上海乃至远东的公共文化中心和学术交流中心。半个多世纪中，亚洲文会博物院与当时国际上一些重要博物馆，如大英博物馆、纽约大都会博物馆、法国吉美博物馆等，都建立了藏品和业务合作关系，成为当时最大的东方学术研究中心，是国际东方学，尤其是汉学研究领域的著名学术机构之一，为各种学术机构、教育团体的大量成员提供了学术交流的平台。

七七事变爆发后，亚洲图书馆还接待了许多中国学者和流亡上海的学生。

太平洋战争爆发后，亚洲文会大楼被日军强占，日本投降后大楼仍由亚洲文会北中国支会使用。1952年，亚洲文会北中国支会关闭，这座在中国最早出现的博物馆停止对外接待后，其中的20 328件自然标本、6 663件历史文物和艺术藏品分别构成了今天上海自然博物馆、上海博物馆的典藏基础；14 000多册中西文藏书并入徐家汇藏书楼，成为上海图书馆的特藏。大楼由上海市人民政府接管，先后作为上海历史与建设博物馆筹备处、上海自然博物馆筹备处等，后由上海图书馆作为书库使用。

2005年，这幢楼进行了保护性修缮，在其原有的文化机构定位上注入当代艺术精神，成为当代美术馆。执掌建筑修缮和设计的是曾主持柏林“博物馆岛”设计的英国著名建筑师大卫·奇普菲尔德（David Chipperfield）。2010年5月，这幢楼揭幕成为外滩美术馆，其外形基本完好地保留了下来。设计师考虑当代美术馆的功能需求向东进行了扩建，创造出一个首层面向广场开放，顶层为室外露台的东立面。同时，通过屋顶天窗的设计，将最上部的3层空间贯通起来，不但加强了采光，也使展厅空间更加开阔。美术馆的顶楼是一个咖啡馆，透过玻璃窗能够俯瞰下面两层的展览。看完展览上去喝杯咖啡，在消解观展疲劳的同时，可以回味艺术带给自己的美妙感受。走廊尽头是一个大露台，喝完咖啡上露台吹吹风，顺便站在露台上眺望四周，可将整个外滩源尽收眼底。

中国银行大楼

民族银行业拼搏史的象征

中国银行大楼是外滩唯一由中国建筑师主持设计的高层建筑，也是继汇丰银行大楼之后外滩又一座气势恢宏的大楼，扑面而来的中国风使这幢楼显出一种与众不同的美。这是一种让华夏儿女感觉神圣的美。这幢建筑背后的故事比建筑本身更为精彩，因为它藏着一个秘密，一部中国民族银行业的拼搏史。

中国银行大楼

在外滩满是异国风情的建筑群里，有一幢大厦却凸显出浓浓的中国味道，这使它显得另类，但庄严、祥和、典雅的中国传统民族风格，使它毫不逊色地融入万国建筑群里，它就是位于滇池路与北京东路之间的外滩23号，名字叫中国银行大楼。这幢洋溢着中国风的建筑是中国民族银行业拼搏史的象征。

中国银行的前身是清朝户部办的户部银行，1905年开业，当年设上海分行，行址在四川中路汉口路口。1912年，民国建立，户部银行改组为中国银行。1921年，中国银行以63万银元的拍卖最高价购入外滩23号作为中国银行总行来沪的办公场所。这幢原德国总会大楼是建于1907年的3层巴洛克式建筑，楼顶有南北两个不同形状的塔楼，中间屋面上有山墙，2、3层有内阳台，门窗为券式。从1907年到1917年的10年间，它是在沪德国侨民娱乐、聚会的场所。第一次世界大战爆发后，北洋政府对德宣战，原德国总会大楼被没收，后被中国银行购入。1929年中国银行总行来沪后便在外滩23号的原德国总会大楼办公。到1934年，中国银行已是全国资力最雄厚的华资银行。1935年中国银行改组成为国民党国家垄断的金融体系的重要组成部分，位居国民党政府“四行两局”的第二位，由宋子文担任董事长。因业务发展，人员增加，大楼不敷使用。中国银行总行董事会决定拆除原德国总会大楼，另建新楼，由毕业于英国建筑学院的中国银行建筑部的建筑师陆谦受设计，英商公和洋行外国建筑师担任顾问，由当时第一流的陶馥记营造厂承建。但当年的建楼过程并非一帆风顺的，而是跌宕起伏的，甚至一度陷入山重水复疑无路的困境。

中国银行大楼原计划建34层，以成为当时外滩也是上海最高的建筑，借此显示中国人的力量和能力。旁边沙逊大厦的老板沙逊得到消息后出来干涉，居然蛮横地提出楼高不得超过沙逊大厦金字塔顶的无理要求。同时，沙逊又利用其公共租界高额纳税人的身份使得公共租界工部局工程处借口陶馥记的建筑力量不够，拒发34层楼的建造执照。时任中行副总经理贝祖诒前往交涉，据理力争，可惜无功而返。由于工部局始终将建造执照压着不批，大楼无法开工，最终中行不得不让步。

新大楼于1936年10月10日举行奠基典礼，宋子文主持了奠基典礼。新大楼于1937年底竣工，它是外滩所有建筑中体量最大的一栋。公和洋行设计的汇丰银行大楼面积2万多平方米，中国银行大楼后来居上，面积达4万多平方米。

中国银行大楼分东西两幢大楼。东大楼是主楼，地上15层，地下2层，共17层，底层层高较高。西大楼共4层。整幢大楼为米黄金山石外墙，显得温暖而明亮。底层勒脚类似于佛像须弥座的线脚，柔中带刚，遒劲厚重。外墙立面每层两侧均有镂空的“寿”字图样，栏杆花纹和窗格采用传统如意纹样雕饰，墙面上明显的“中”字形窗格，依沿着大楼扶摇直上，至屋顶又以仿石斗拱装饰檐口，挑起坡度平缓的四方攒尖形屋顶，顶上覆以暗绿色的琉璃瓦，檐下围以独特的凹凸对应的如意云纹。面向外滩的东立面，每一层两侧从高到低，有变形的钱币形镂空窗框。东大门外两侧各有一座中国古代传说中的神兽“貔貅”，通往大门的花岗石台阶设计成9级，蕴含“九为至阳”“财路无穷”之意。两扇雕饰着中国特有的“螭”纹图案的紫铜正门，彰显出中国银行的非凡气派，被称为“外滩第一大铜门”。底层高达10米的牌楼式石砌门框两侧各有一根刻有如意云纹的粗大方柱，托起上方镌刻约1.2米见方的“中国银行”4个柳体大字的石刻横匾，这几个字乃当年著名银行家、中国银行总稽核汪楞伯先生所题。横匾下有一方“孔子周游列国”卷式石雕，下部长约6米的条形花岗石上雕着30多个“百工之士”，为渔樵耕读、吹拉弹唱、航船打铁、裁衣补锅的各式栩栩如生的大小人物，形象地表述了“财富源于劳动，金融基于士工”的人文寓意，以孔子为核心人物，则突出了金融业必须讲究秩序和规则的精粹理念。门框两侧，各有一个硕大的中式石质花格窗。登上9级石阶从紫铜大门进入，过通道有一道转门，上26级台阶即进入2层营业大厅。大厅两边各有8根八角形厅柱，穹形天花板两侧有“八仙过海”雕饰，顶上置方形照明灯36盏，大厅地坪整体铺大面积淡黄色大理石，局部镶嵌黑色大理石，十分华丽典雅。室内大量使用竹纹图案，寓意“节节高”，于细节处体现出深厚的中国传统文化内涵。3层为办公室，4层为餐厅及礼堂，5层以上均为对外出租的写字间，各层装有子母钟。地下室有当时最先进的保险库。楼内装有新式电梯14部。新楼建成后，无论建筑规模还是设施，都堪称当时远东之冠。这座楼是民族资本的产物，它的落成是上海现代化的象征。

1937年大楼结构和外立面完工，中国银行总行与上海分行正着手装修入驻，大展身手之时，抗战全面爆发，上海沦陷，中国银行总部被迫迁往重庆，大楼被汪伪中央储备银行占用。抗战胜利后中国银行总部迁回上海，收回原中国银行资产，并接收战败的日本横滨正金银行、德国德华银行。上海分行于1946年元旦正式对外营业。新中国成立后，这幢楼作为官僚资本收归国有。从此，中国银行翻开了历史新篇章。1979年后，除中国银行上海分行外，中国银行大楼还迁入了中国农业银行上海分行、中国工商银行上海分行、中国人民保险公司上海分公司、国家外汇管理局上海分局等，成为上海金融业的一个集中点，与黄浦江对面上海新兴的国际金融中心所在地陆家嘴呼应，相得益彰。

沙逊大厦

从“远东第一楼”到世界著名酒店

沙逊大厦是外滩建筑中最具代表性的建筑，它是上海建造的第一座高层建筑，也是外滩终结复古主义样式的第一幢楼房，具有里程碑式的意义，在20世纪30年代就赢得了“远东第一楼”的美誉。1956年，沙逊大厦成为“和平饭店”，20世纪90年代，它又连续4年被戴上“世界最著名饭店”的桂冠，中国仅有一家获得过这个殊荣。

在上海的饭店中，和平饭店大概是最贵族的了。这座集奢华、传奇、荣耀于一身的饭店坐落的地方恰在外滩与南京路构成的T字形黄金地段，一边是面朝黄浦江的外滩，一边是俗称大马路的南京东路，那是到上海观光的中外人士一定会到的地方。从建筑本身而言，和平饭店是外滩建筑中最具代表性的建筑，它是上海造的第一座高层建筑，也是在外滩终结复古主义样式的第一幢楼房，具有里程碑式的意义，在20世纪30年代就赢得了“远东第一楼”的美誉。到了20世纪90年代，它又连续4年被戴上一顶 “世界著名饭店”的桂冠，中国仅有一家获得过这个殊荣。

这幢大厦还和老上海的一个冒险家有关，他就是维克多·沙逊，这个在老上海家喻户晓的犹太商人是大厦的投资建造者，所以和平饭店原先的名字是沙逊大厦。沙逊1881年出生在一个英国财阀家族中，世袭准男爵。他爱好航空，第一次世界大战时参加英国皇家空军，在空中作战时一只脚受伤并致残，因此人们又称他为“跷脚沙逊”。1918年沙逊在印度继承家产，取得新沙逊洋行的经营权。20世纪20年代，新沙逊洋行经营重点转移到上海。1923年，维克多·沙逊来到上海主持业务。沙逊大厦地皮原来属于美商琼记洋行，1877年，该地块被沙逊洋行以8万两白银收购，建起了3层维多利亚府邸式风格的楼房，成为沙逊洋行总部，此时外滩已成黄金地段。1925年，维克多·沙逊开始筹划在洋行原地翻造高层公寓，1926年拆除原建筑正式动工，1929年9月5日落成新楼。大厦由沙逊洋行下属的华懋地产公司开发，英商公和洋行威尔逊设计，华商新仁

室内墙面拼花图案与青铜灯具等都具有装饰艺术派风格

和平饭店北楼（原沙逊大厦）

看得见风景的房间

记营造厂承建。

沙逊大厦的造型具有美国芝加哥学派高层建筑风格，平面呈A字形，临黄浦江一面高13层，后面包括夹层共10层，另有地下1层。外墙除9层与顶层用泰山石面砖外，其余全部用花岗石面砖，这是外滩第一座用花岗石做外墙饰面的建筑，立面用垂直线条处理，简洁明朗。腰线及檐部饰有花纹雕塑，充分表现出美国芝加哥学派的设计手法。大厦以东面作为主立面，屋顶为金字塔形，四方攒尖顶，主屋顶部耸立一座19米高的方锥体瓦楞紫铜皮屋顶，在阳光下呈现古朴的墨绿色，屋顶坡度陡峭，高插云霄，十分壮观，金字塔顶的上下檐和四脊梁纵长楔形抹角均以红色刷饰，使塔面轮廓更加清晰。大厦建成后成为当时上海最高的建筑，享有“远东第一楼”的美誉。

沙逊大厦建成后开业，1—3层是商场，底层沿外滩的东大厅租给荷兰银行和华比银行，西部为服务部。3层是新沙逊洋行的写字间。大厦东南北三面都有出入口，主出入口面向南京东路，古老的转盘木门厚重得足以隔绝一个时代。沙逊大厦不仅在外部造型上属于典型的装饰艺术派风格，而且在室内造型上也都具有装饰艺术派风格。大厅地面以乳白色意大利人造大理石铺就。底层两条通道交叉，一条从外滩进入，一条从南京东路通滇池路，中间交叉点有一个八角亭式的内厅，有用彩色玻璃镶嵌着图案的美丽穹顶。玻璃镶嵌成黑色直线条几何图形，色彩淡雅、简单。墙面拼花图案、铁制栏杆、扶手、灯具等，也多以几何图形装饰。大厦落成时的底楼包括贯通整个大楼的3条拱廊和一个中央大厅，大厅和拱廊前均布置有时尚的商店。

底层大堂的东北角有一个厅堂，设有“马与猎犬”酒吧，这个酒吧已成为典型的英国乡村式酒吧，以老年爵士乐队演出而闻名。大厦内有5部奥迪斯电梯。

大厦其余部分则由另行成立的华懋饭店经营管理，4—9层为客房、餐厅和舞厅，10层以上为沙逊家族自用。饭店有着长长的甬道，被黄色的青铜壁灯照亮，温暖而安静。5层设德国、印度、西班牙和日本式客房，6层设法国、意大利、美国式客房，7层设中国、英国式客房。这些特色客房全部安排在饭店东端，面临黄浦江。8、9、10层为餐饮娱乐空间，其中第8层的和平厅是饭店中面积最大的宴会厅，可容纳250人，具有典型的巴洛克式英国古典宫廷建筑风格。1998 年 10 月，海峡两岸关系协会会长汪道涵和台湾海峡交流基金会董事长辜振甫的“汪辜会谈”就是在和平厅举行的。同样位于8层的龙凤厅是富有中国古代宫殿艺术特色的中餐厅，鲜红的大方立柱引人瞩目，框架式雕梁上装饰着中国传统图案，斗拱支撑的屋顶被巧妙地分割成若干块面，9对生动的金色龙凤浮雕傲居屋顶。龙凤厅所设的电话亭有着圆穹顶，采用了中国古建筑中的声波回音原理。龙凤厅的窗户为西式钢窗，把手却是精致的中式花纹。倚窗就餐，可以俯瞰黄浦江。8层外墙从檐口向后退入，形成开阔的面向外滩的休闲露台。9层为中式风格的餐厅九霄厅。九霄厅是沙逊最为偏爱的一处，外滩建筑中不乏露台，但孤悬在外的露台却只有华懋饭店9楼一处，它就在九霄厅外，其视野极为开阔，浦西、浦东全被收入视线中。九霄厅现已成为高级宴会厅，门饰为顶级拉利克艺术玻璃，餐厅外的露台是观赏外滩、黄浦江及浦东的最佳位置，曾多次接待国内外国家元首和政府首脑。10层原为沙逊私人卧室和书房，现为沙逊阁，用作高级宴会厅，属英国风格。沙逊阁主要有3间，中间是客厅，卧室和餐厅分列两旁，餐厅与客厅之间有大红色的丝绒幔帘相隔。沙逊阁内有宽大的英式壁炉，正对着半圆形的大玻璃窗，凭窗远眺，看得见阳光下波光粼粼的黄浦江，也看得见夜幕下闪烁的灯河。在金字塔屋顶下有座名副其实的屋顶花园，从那里的露台看下去，防汛堤上的游人变成一个个小人，融合在江水的波光中，给人一种梦幻之感。据说沙逊很喜欢叼着雪茄对着黄浦江出神。当年上海的很多大事就是沙逊及一帮大亨们在沙逊阁的壁炉旁商定的。

华懋饭店是当时上海最豪华最高档的饭店。据说同纽约的吴道夫亚斯多利旅馆、华盛顿的新威拉旅馆属于同一类型，专门接待世界各地的贵宾。它在设计及装潢上，都力图营造出一种欧洲古典宫廷艺术般的氛围。从外墙装饰到室内装饰，均有风格统一而又十分精美的设计。饭店落成以后，名噪上海，以豪华著称，主要接待金融界、商贸界和各国社会名流。1930年，英国剧作家诺埃尔·科澳德最有名的一部戏剧《私人生活》就是在华懋饭店濒临黄浦江的英国套房里写成的。1932年德裔美国歌星玛琳·黛德丽在拍摄电影《上海快车》时入住华懋饭店套房。1933年12月，享有“无线电之父”美誉并在1909年获得诺贝尔物理学奖的马可尼曾下榻华懋饭店。1936年3月，美国喜剧演员查理·卓别林入住印度套房，他的女友,《摩登时代》的女主角宝莲·高黛住在相邻的西班牙套房内。饭店的屋

沙逊大厦经修缮后改名为“和平饭店”

金字塔形屋顶在阳光下呈现古朴的墨绿色

和平饭店老年爵士乐团

顶花园曾是外滩一带最美的露台咖啡厅，曾是赫赫有名的金融家俱乐部。1945年12月，美国特使马歇尔上将来上海后，就下榻于当年沙逊的豪华套房里。1947年6月16日至25日，首届联合国亚洲暨远东经济委员会会议在华懋饭店8层举行,这是“二战”后首次在中国召开的大型国际会议，共有中国、美国、苏联、英国、印度、澳大利亚、菲律宾、泰国、法国、荷兰10个国家100多名来宾参加。在20世纪30年代，曾有“住在华懋饭店，如同身处世界的中心”的说法。作为当年上海首屈一指的政治和社交场所的华懋饭店，无数政要聚会于此，许多重大历史事件在此上演。

抗日战争期间，沙逊大厦被日伪强行接管。抗日战争胜利后，沙逊大厦虽然归还新沙逊洋行，但是心灰意冷的沙逊无意再留在中国，他将大量资金抽回英国，并把新沙逊洋行也迁往国外，因此在很长时间内，该大厦经营陷入困境，饭店生意清淡。1952年饭店不得不申请歇业，而拖欠的大笔房地产税、营业税、水电费和员工薪水已到了资不抵债的地步，最后由上海市人民政府接管出资收买。

1949年5月，中国人民解放军解放上海，为不扰民，解放军曾露宿沙逊大厦门前的人行道上，现在大厦门旁有碑记载此事。1956年3月8日，大厦经修缮后对外开放，改名为“和平饭店”。许多国家元首、著名人士都曾在此下榻，欧洲宫殿式的和平厅曾经见证了梦幻般的名流盛宴。在饭店的几个餐厅及会客室里镶嵌着若干块尺半见方的拉利克艺术玻璃饰品。有花鸟屏风，有飞鸽展翅，有鱼翔浅底，精妙绝伦。这是一种珍贵的特种玻璃艺术品，它含有特殊的色彩效果，远看是乳白色，近看则是暗蓝色，迎着光看则呈鲜红色，犹如一团火。它的创始人是法国人雷内·拉利克。数年前，拉利克家族曾来和平饭店领略祖辈作品的风韵，竟声称饭店现有的拉利克制品能抵得上饭店一半资产，可见其不菲身价。

和平饭店接待过英国女王伊丽莎白二世、美国总统克林顿等多国首脑，并见证了知名的“汪辜会谈”。1960年，英国蒙哥马利元帅在上海时入住英国套房；1972年，旅法华裔画家赵无极入住法国套房；1994年5月美国世界拳王穆罕默德·阿里携夫人来沪旅行，曾入住中国套房。底层的以老年爵士乐队演出而闻名的爵士酒吧是典型的英国乡村式酒吧。粗壮的石柱矗立吧内，每张木质的沙逊八角桌上都有一盏烛灯。木头吊灯上的老式吊扇不紧不慢地转动着，吧台的老式电话偶尔发出一连串的“怀旧铃”。1991年到1994年，和平饭店连续4个年度被评为“世界最著名饭店”。中国仅此一家饭店获此殊荣。和平饭店底层的爵士酒吧也于1996年被美国《新闻周刊》评为世界最佳酒吧之一。

2010年7月28日，历经3年修缮，耗资5亿港元的和平饭店正式恢复营业。翻新后的饭店虽然中文名称保留了“和平饭店”，但英文名称却更改为“Fairmont Peace Hotel”，翻译过来便是“费尔蒙和平饭店”。

和平饭店的传奇在继续。

这里的怀旧，不但属于上海,也属于世界。

汇中饭店

具有伦敦皇家宫殿遗风的西洋旅社

汇中饭店是近代上海最早的西洋旅社之一，曾是上海顶尖的奢华所在地。这里的圣诞派对完全是原汁原味的西方派，它让身处异乡的外国人有种“故乡”的感觉，而当时洋派的上海人想要体验正宗的西方圣诞派对风情，也只有去汇中饭店领略了。派对上满眼裙裾飞扬，名流云集，洋溢着浓浓的海派风情。

和平饭店南楼（原汇中饭店）

汇中饭店位于中山东一路19号，与原华懋饭店隔南京东路面对面而立，现统称为和平饭店，汇中饭店称为南楼。

汇中饭店对上海的城市发展史有着特殊的意义。它是近代上海最早的西洋旅社之一。之前，中国概念的旅社只提供住宿，而汇中饭店不仅提供住宿，还集餐饮、娱乐、社交和会议场所于一体，是西方在上海建造的第一家带餐饮娱乐，并设有咖啡廊的旅社。在对面的华懋饭店开业之前，汇中饭店就是上海的奢华所在、顶尖之地，是高官显贵、少爷小姐出入的豪华场所，这里的圣诞派对，从菜式到氛围，都是原汁原味的西方派，让身处异乡的外国人有种“故乡”的感觉，而当时洋派的上海人想要体会正宗的西方圣诞派对风情，也只有去汇中饭店领略了。派对上满眼裙裾飞扬，名流云集，洋溢着浓浓的海派风情。

汇中饭店所在地最早为1854年建成的3层中央饭店，是一座英国式3层楼房，是当时上海最豪华的旅馆。刚开业，英租界工部局就在这里召开了董事会会议。1865年香港汇丰银行在上海设立分行，就曾租借过中央饭店营业。1903年英商汇中洋行买下中央饭店产权后，改名为汇中饭店。1906年旧楼拆了重建，由英国香港上海饭店股份有限公司投资，英商玛礼逊洋行司高脱设计师设计，华商王发记营造厂承建，于1908年建成现在这座外观呈英国安妮女王时代样式的6层混合结构建筑，成为俗称大马路的南京东路上的第一座高楼，它还是外滩钢筋水泥大楼涌现之前的最后一幢古典风格的建筑。汇中饭店建成后，英文名为Palace Hotel，Palace即宫殿的意思，寓意皇宫饭店，中文名称仍沿用汇中饭店，是当时东亚最华贵的旅馆。因其设计于 1906 年，故门楣上方刻有“1906”字样。

建筑仿文艺复兴时期的均衡式公寓式样，平稳大气，庄重典雅。底层采用花岗石贴面，上部各层贴白色面砖，楼层之间和顶上两层的窗户间用红色清水砖装饰，红白相间，十分醒目，部分窗口上檐有三角形或弧状的窗楣，丰富了立面。由于汇中饭店的土地呈东西长、南北狭的长方形，设计师便将较长的靠南京路一面和较狭的靠外滩一面均设计为主立面。6层的顶上还造了上海第一个屋顶花园，屋顶花园上共有两座巴洛克风格的塔亭，花园内绿草如茵、花木扶疏，置身在此，赏月或眺望浦江美景，别有风味。可惜，在1914年时，住在6层的人因火烛不慎引发了一场大火，把屋顶花园及塔亭一并烧毁了。当时正值第一次世界大战，饭店生意一蹶不振，老板也无心再修复。如今的塔亭及屋顶，是1998年参照历史图样重新复原的。

汇中饭店内部装修极为豪华，饭店底层为餐厅、酒吧与咖啡廊，2—5层为客房，6层为员工宿舍。客房共有120间，皆备有舒适的家具。每间客房都带有浴室，装着现代化的卫生设施。饭店大门是柚木旋转门，进门一侧有雕刻精致的紫檀木色大扶梯，在南京路大门内还安装了两部美国进口的奥的斯电梯，这使汇中饭店成为上海乃至全国最早置有电梯的建筑。可容300余人同时用餐的大堂餐厅四周装饰柚木护壁，平顶上有石膏花饰，巨大的宫廷式吊灯从顶上垂下，厅内有可供奏乐的乐台，从中可以窥见伦敦皇家宫殿的遗风。在底层的墙壁后，还隐藏着一扇由蓝、绿、白色琉璃和铜丝镶嵌而成的窗，极其

和平饭店南楼门楣上方刻有“1906”字样

和平饭店南楼夜景

精美。5层有可供250人同时用餐的大餐厅，客人用餐时，饭店乐队会演奏起优美的乐曲助餐。在该楼里还设有会客厅与阅览室，另有一个环境优雅、食物精致的自助餐厅。

在20世纪初期的上海，汇中饭店是举办高级聚会和大型会议的理想场所。史上第一次国际禁毒大会，又叫“万国禁烟会”，就是在汇中饭店举行的。1909年2月1日，中国、美国、英国、法国、德国、日本、意大利、俄国、奥匈帝国、荷兰、葡萄牙、波斯（伊朗）、暹罗（泰国）13个国家41名代表与会，中国的首席代表是南洋大臣、两江总督端方。当时的《字林西报》报道:“总督大人的马车在印捕骑巡队和一小队中国骑警的护卫下，于10时45分抵达汇中饭店门口。从那时起直至11时，代表们陆续到达。饭店的两部电梯上下穿梭，将所有客人送到顶层。”11时，会议开幕式在汇中饭店5层会议厅正式开始。从2月1日至26日，各国代表在汇中饭店召开会议14次，就禁止鸦片的种植、吸食、运输、贩卖等问题进行反复讨论并形成9项决议，在世界禁烟史上写下了新的篇章。这是世界近代史上第一次全球性的禁毒会议，汇中饭店也因此被载入史册。80多年后，根据联合国禁毒署的建议，经国务院批准，由国家禁毒委员会和上海市政府在汇中饭店门口设置纪念标志铜牌“万国禁烟大会会址”。1996年11月25日，来自33个国家、地区和国际组织的代表，在上海举行国际反兴奋剂会议。与会期间，代表们参加了在汇中饭店举行的“万国禁烟会”纪念标志揭牌仪式。

1911年12月辛亥革命成功后，孙中山到上海，中国同盟会本部于29日下午3时在汇中饭店大厅开欢迎大会，孙中山在这里发表了演讲，就是在这次演讲中，孙中山提出了“革命尚未成功，同志仍须努力”的著名口号。或许是与汇中饭店有缘，12年后，孙中山再次从这里迈出革命生涯的重要一步。1923年1月26日，孙中山与苏联特使越飞在汇中饭店签署了《孙文越飞宣言》，“联俄、联共、扶助农工”三大政策由此确立，这也为第一次国共合作奠定了坚实的基础。当时中国政府与列强的谈判以及租界当局的许多重要会议也是借汇中饭店礼堂进行的，因此，它在上海及中国近代史上有一定的影响。

太平洋战争爆发后，汇中饭店被日军占领，1947年华商大庆公司购得产权，仍为饭店。1952年，饭店歇业，建筑由上海市建工局使用。1965年改为和平饭店南楼，成为和平饭店的一部分，饭店大门设在南京东路23号。

2008年，汇中饭店进行了重新修葺。自2011年以来，现有的3层客房改造成为斯沃琪和平饭店艺术中心，邀请世界各地的艺术家在这里住宿，激发创意、相互交流，探索全球当代艺术的丰富样貌，并在此进行艺术创作和展示。受邀的艺术家可以在这里免费住宿几个月进行艺术创作，来自世界各地的舞蹈家，音乐家、摄影师、电影人、作家、画家以及创意艺术家们在上海这座极具魅力的城市汲取现代艺术灵感，并在斯沃琪和平饭店艺术中心留下了他们的作品。

海关大楼

默默见证上海滩的百年风云

海关大楼建筑风格的3次演变其实微缩了一段上海城市发展史，而其钟声则伴随着上海人将近一个世纪的生活。海关大楼目睹了这座城市的历史变迁，默默见证了上海滩的百年风云。

海关大楼是外滩最为引人注目的建筑

汉口路与福州路之间的中山东一路13号是外滩最为引人注目的建筑“海关大楼”，旧时被称为“江海关大厦”。它与一旁的汇丰银行大楼并肩而立，被称为外滩的“姐妹楼”。

历史上的海关有早期、中期和后期3个不同时期的建筑。

1686年，清康熙皇帝打开海禁，在今奉贤漴缺设海关。两年后迁到上海县城黄浦江畔，时称江海大关。1842年上海实行对外通商，外国商船停泊在外滩，洋人抱怨去江海关不方便，上海道于1843年11月17日在今延安东路外滩设“盘验所”，标志上海口岸这一天正式被辟为对外商埠。1846年，海关关署搬到今汉口路外滩，称北关，俗称新关。1853年小刀会起义，江海关被捣毁。1857年，清政府选址汉口路外滩重建海关，关署是一幢重檐歇山顶的中式木结构房子，门前建有牌坊一座，书“上海海关”4个大字，这就是上海早期的江海关。因房屋不够，1891年拆除旧屋，1893年由英国建筑师设计、浦东川沙匠人杨斯盛主持建造的红瓦砖墙、透着浓浓英伦风情的楼房落成，其5层高的哥特式正方形钟楼为海关的标识，顶端有小型海关大钟一座，钟鸣之声全市可闻，此为中期江海关。此后，中国海关实际上被英、美、法三国领事馆参与的税务委员会所控制。1925年海关又拆除旧屋，在原址上用430万两白银建成一座大型建筑，于1927年12月落成，即现海关大楼，与雍容典雅的汇丰银行大楼齐肩并列，相得益彰，被称为汇丰银行的“姐妹楼”。海关大楼与汇丰银行大楼都出自

海关大楼细部

“上海海关”铜牌

英国设计师威尔逊的手笔，作为两座大楼的设计师，威尔逊悉心考虑了它们相邻而建的视觉效果。海关大楼的竖线条突出其高度，与汇丰银行大楼的横线条展示其宽度，成了有趣对比。一横一竖，两座建筑的构图皆走简约风，所以看起来十分和谐。海关大楼的正立面也许没有汇丰银行大楼宏伟，但是矗立在海关大楼上的海关大钟的声势却足以压倒外滩建筑群中所有的大楼。

威尔逊设计的海关大楼落成于1927年12月，是在1857年建造的海关原址上翻造的，它是继汇丰银行大楼之后上海又一座巨型的钢框架结构大楼，也是上海建筑风格由传统的古典形式向现代的装饰艺术派形式转变的开端。海关大楼采用现代主义手法并结合欧洲古典主义、文艺复兴时期建筑的优点，看上去既庄重典雅，又充满现代感。建筑1—2层用花岗石作为基座，采用的是地道的复古主义手法。4根多立克柱子给人以神圣不可侵犯的感觉，被认为是全上海做得最正宗的古典柱子。第3层作为过渡，以一条正面饰有回纹的腰线将上下两部分明显区分。上面的建筑主体部分用红褐色机砖，并在3—6层贯以石砌立柱，采用了强调高度感的垂直线条，还使用了铜制的窗裙饰板，这些都是装饰艺术派建筑的特征。整幢楼分东西两部分，面朝黄浦江的东部高11层，主体建筑为8层，上面有3层高的四面钟楼；西部高5层，直达四川中路。东部门口的巨柱前有6扇铁拉门，上面是由世界通用的金钥匙和铁锚组成的海关标志，大门中间有一块刻有“上海海关”的铜牌。进门为海关大厅，有贴金花纹的天然大理石立柱，上面的石膏平顶，用中国最传统的青红色彩勾勒出沙船等中国船只形状。近大门中央上部为八角斗形穹顶，凹进部分的八面各有一幅历代帆船战舰图画，均以小粒五彩马赛克拼成，金碧辉煌，十分精美。海关大楼顶部是钟楼，钟楼里有中国最大、建造最早的海关大钟。除了伦敦的大本钟和莫斯科的红场大钟，这是英国惠特彻奇公司在全世界设计制造的第三座大钟。外国人模拟伦敦大本钟的名字将海关大钟称为大清钟。钟楼完全按照当时英国威斯敏斯特宫（现英国国会大厦）钟楼构造，报时音乐也与之相仿，为“威斯敏斯特和声”。钟楼旗杆的位置是20世纪20年代外滩天际线的标志点。钟楼自1927年落成后，在很长一段时间里一直是外滩最高的建筑，至今仍是亚洲第一、世界第三高的钟楼。新海关大楼建成后，对外滩建筑的整体轮廓线起了重要的构图作用，如果说汇丰银行大楼的建成意味着开始了对外滩城市轮廓线的改画，那么只有在海关大楼建成后，那映衬在天际的一圆一方、高低错落的建筑外廓才使得外滩城市轮廓线趋于完美。

海关大钟是仿英国国会大厦的大本钟式样建造的，先在英国制造后运到上海组装，大钟有4个钟面，每面用12角菱形图案相拼，直径5米多。当时，被称为“亚洲第一大钟”。紧挨着大铜钟的是一个重达135公斤的大锤子，每逢整点，它就敲击大铜钟，发出雄壮的当当声，通过四面安装的几十个扩音喇叭，把钟声传出去。1928年1月1日凌晨1点，在浓浓夜色中，海关大钟正式敲响了它的第一声，报时的前奏曲是英国名曲《威斯敏斯特》。从此，悠扬的钟声每天在黄浦江上空回荡。几十年前，海关钟声可以传达到吴淞码头，全上海都听得到。现在上海的高楼大厦多了，钟声被层层建筑挡住，城市的发展，就这

海关大楼八角斗形穹顶

海关大楼的标志性大钟

悠扬的钟声回荡在黄浦江上空，激荡着上海市民的心

样把过往岁月里的生活细节渐渐遮盖了。不过，就像海关大楼岿然不动地屹立在黄浦江畔一样，钟声还是一年又一年地不断敲响。只是，报时乐曲已几经变更，原先一直是英国名曲《威斯敏斯特》，从1966年开始改为《东方红》。1986年10月英国女王伊丽莎白二世访问上海，经批准，上海海关决定将被破坏的钟楼恢复原状，又从国外进口了相同的玻璃。沪东造船厂特地赶制了大钟里面的铁框架，专供拼装一块块玻璃之用。钟面恢复了原状，机械打点也恢复了，1966年使用的电子打点终止，海关大钟又响起了《威斯敏斯特》乐曲。到了1997年，一些华侨和旅游者，出于爱国主义感情，写信给有关部门要求海关大钟停放《威斯敏斯特》乐曲，上海海关按有关部门通知，从1997年6月30日零时起停奏《威斯敏斯特》乐曲，海关大钟照常机械运转，钟声仍准点响起，但无乐曲伴奏。2003年5月1日起海关大钟恢复播放《东方红》报时音乐。当雄浑悠长的钟声奏响《东方红》乐曲的时候，一种神圣庄严的感觉回荡在黄浦江上空，声声激荡着上海市民的心。

汇丰银行大楼

一片诺亚的橄榄叶

汇丰银行大楼奠基时，《远东时报》将其形容为“一片诺亚的橄榄叶”。圣经故事里记载：诺亚把鸽子从方舟中放了出去，鸽子飞回来后，叼来了一片橄榄叶，说明地上的洪水退了。于是，鸽子衔橄榄叶就象征着和平。报纸写道：“大楼奠基，象征着经济衰退的潮水正在退去。对于挨过了最困难时光的人们来说，未来是光明的。”汇丰银行大楼便是在这样美好的寓意中开始营建的，建成后成为外滩占地最广、门面最宽、体量最大的楼宇，被誉为“从苏伊士运河到远东白令海峡最豪华的建筑”。

汇丰银行大楼正面

在黄浦江畔的外滩建筑群中有一座占地最多、门面最宽、气势最为宏伟壮丽的建筑，它就是汇丰银行大楼。

汇丰银行由苏格兰人萨瑟兰德于1864年创办于香港，一年后，在外滩南京路口即今天的和平饭店南楼建立上海分行。开业次年伦敦就爆发了一场金融风暴，其他在上海的英资银行都受到了不同程度的打击，但汇丰银行避开了这场风暴，以后的业务一直顺利地发展。1874年因业务量渐大，楼房不够用，汇丰银行购买了海关南面西人俱乐部的房子和大草坪，即今天的福州路外滩，造了一座3层楼房。1921年又以每亩4 000两白银的价格买下了今中山东一路12号一带14亩（约9 333平方米）土地建造新的汇丰银行大楼，委托英商公和洋行设计，英商德罗·可尔洋行承建。1921年5月5日，外滩12号汇丰银行新大楼奠基仪式隆重举行，英文报纸《远东时报》将其形容为“一片诺亚的橄榄叶”。诺亚的橄榄叶有着美丽的寓意，来自圣经故事：耶和华神后悔造人在地上，想用洪水毁灭天下。在洪水

汇丰银行大楼侧面

到来之前，亚当的后代诺亚得到了耶和华的信任，按照神的旨意，造方舟一只，把自己的家人和一些成双成对的活物都放进方舟。洪水泛滥150天，地上所有生命除灭。又过了47天，诺亚把鸽子从方舟中放了出去，鸽子飞回来后，叼来了一片橄榄叶，说明地上的洪水退了。于是，鸽子衔橄榄叶就象征着和平。报纸写道："大楼奠基，象征着经济衰退的潮水正在退去。对于挨过了最困难时光的人们来说，未来是光明的。"

汇丰银行大楼便是在这样美好的寓意中开始营建的。

当时，汇丰银行已成为远东第一大银行，建造新大楼意在显示实力，重塑信心。由此汇丰银行为造楼定下基调，"无论要经历多少困难、痛苦或是麻烦，只要有适合这座大楼使用的材料，都必须想办法弄到"。现在，我们看到的大厅中那8根由整块意大利大理石制作的奢华圆柱，便是不惜工本弄到的建材之一。工程历时25个月，于1923年6月23日竣工。当时造价为1000万两白银，这笔庞大的建造费用几乎是汇丰银行两年的盈利，占当时外滩所有建筑造价总和的一半以上。汇丰银行大楼是外滩占地最广、门面最宽、体量最大的建筑，被公认为是外滩建筑群中最漂亮的建筑，是中国近代西方古典主义建筑的最高杰作，当时被誉为“从苏伊士运河到远东白令海峡最豪华的建筑”。同时它也是远东最大的银行建筑和世界第二大银行建筑，仅次于英国的苏格兰银行大楼。

汇丰银行大楼是典型的新古典主义——希腊式巨厦。大楼主体高5层，中央部分高7层，另有地下室一层半。其正面中间有6根高10多米的贯通3层的爱奥尼克石柱，建筑主体采用西洋建筑的纵横各3段处理，中段3层以上还有3层希腊式的宏伟穹顶，让人联想起古罗马的万神庙，横3段中的底段采用粗犷的大块花岗石和3座恢宏的石砌拱门，3座拱门中央顶部的锁石塑有3个头像：中间的头像代表农业，其含义为财富之源；两边的头像分别代表着工业和航运，这是托起现代经济繁荣的两大助推器。6扇庄重的紫铜色大门为罗马石拱券样式，门上铸有精美的图案。外滩12号正门口长达62英尺（约19米）的台阶两旁匍卧着两只青铜狮子，这两只狮子是当时向英国订购的，作为镇兽。两尊铜狮分别以当时汇丰银行总行总经理和上海分行总经理命名。狮子的造型十分生动，其中一只正在吼叫，另一只则安静地蹲在那里，它们是由英格兰著名艺术家亨利·普勒创作的，含有守望和护卫之意。不过，现在门口的两尊铜狮是复制品。1941年日本占领上海公共租界，原来的两尊铜狮遭日军锯割，但没有被拆走。1966年这两尊铜狮被上海市文管会移至上海滑稽剧团仓库，20世纪80年代转交上海博物馆。1997年上海浦东发展银行获得汇丰银行大楼的使用权后，曾希望将原狮移回银行大门前，后经协商，由上海浦东发展银行出资仿照原样铸造了两尊新铜狮。铸造过程中，出于对历史的尊重，原日军破坏的锯痕也一并呈现。

从外面的门廊穿过3扇青铜框的玻璃旋转门进入门厅，见门厅平面呈八角形，其对角线长达52英尺（约16米），上面有一个奇特的穹顶。这个穹顶由8根独立的赭色大理石圆柱支撑，圆柱的基座和柱头则是青铜的。门厅上层壁面及穹顶均有大型彩色马赛克镶嵌壁画，壁面的8幅画分别是汇丰银行上海、香港、伦敦、巴黎、纽约、东京、曼谷、加尔各答8座城市分行的建筑与背景，画面主体是象征每个城市的女神。上海的画面背景是汇丰银行大楼和海关大楼，主体是航海女神，还有象征长江与海洋的女神及上海商旗。穹顶的大型镶嵌画内容取材自神话故事，画面中心是巨大的太阳和月亮，并有太阳神、谷物神、月神陪伴。画面外圈的12个星座则分别对准穹顶下的8幅壁画。门厅的下半部是由8个圆拱形门洞构成的，圆拱的拱肩上镶嵌有16个古希腊风格的人物造像，下面有拉丁文名词，分别代表作为现代银行家必须具备的16种品质、知识或素养，其含义分别是公正、镇静、平衡、哲理、精明、劳作、忠实、真理、历史、智慧、经验、坚韧、正直、谨慎、知识、秩序。

八角形门厅有5个拱券通向主营业大厅，两层高的大厅富丽堂皇，厅内40根联排的爱奥尼克大理石柱，支撑着希腊式的格子顶天花板，造型古雅的青铜灯具散发出柔和的光。用赭色大理石装饰的墙面贯穿了左侧整个西墙，西墙上开着7个高大的券窗。大厅正中央的穹形玻璃天棚长120英尺（约36米）、跨度33英尺（约10米），大厅北端则有巨大的青铜窗户，这些保证了整个大厅的采光需要。在主营业大厅南端有一座双向可行的大理石楼梯，通向夹层楼面，北端也有一个类似的夹层楼面，南端的大理石楼梯下，是银行的另一个出入口，出了门就是福州路。

无论是从福州路的西南门进入，还是从主营业大厅西南角的大理石拱道进入当年的华人营业大厅，参观者都会被眼前金碧辉煌的中国式装潢所吸引，那种绚丽的色彩让人想起北京的故宫。设计师在20世纪的西式建筑里巧妙地融入了15世纪中国最好的艺术传统。

汇丰银行大楼所处的位置恰好是外滩黄浦江弧形岸线的底端，欧洲人曾把这条弧形曲线看作一个聚宝盆。汇丰银行当年的董事们则相信，滔滔不绝的江水带来的财富将会不断地积淀在这个盆底。中华人民共和国成立后，汇丰银行遵照中国政府法令和有关金融管理办法继续经营外汇业务，但行址迁往圆明园路185号。该建筑1955年4月起成为上海市人民政府办公地，更名为市府大楼。1995年为恢复外滩金融功能，上海市政府作出外滩房屋置换的重大举措，当年7月1日上海市政府迁往人民大道200号。1997年大楼由成功竞标置换的上海浦东发展银行入驻，在修缮中发现了被奶黄色涂料覆盖着的精美绝伦的马赛克镶嵌壁画，并使之重见天日，令所有见到的人惊艳。

圣三一基督教堂

梧桐掩映间的哥特式红楼

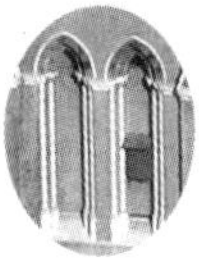

坐落在一片绿树浓荫的街心花园中的“圣三一基督教堂”，俗称“红礼拜堂”。它曾是远东最高级别的基督教堂，也是上海现存最早的基督教堂。其高耸的哥特式钟楼成为外滩天际线上最醒目的地标，有人说，看见它就像《达·芬奇密码》中兰登在繁闹的舰队街商业区转角看见圣殿教堂一样。

圣三一基督教堂位于九江路201号，曾是远东最高级别的基督教堂，也是上海现存最早的基督教堂。这座上海早期最大最华丽的基督教堂坐落在汉口路、江西中路、九江路之间，塔楼临九江路，东侧有大片绿地。自19世纪中期建成后，其高耸的哥特式钟楼成为外滩天际线上最醒目的地标，有人说，看见它就像《达·芬奇密码》中兰登在繁闹的舰队街商业区转角看见圣殿教堂一样。

“圣三一”的英文为Holy Trinity。Holy即神圣的，Trinity的中文为“三位一体”。基督教把圣父、圣子、圣灵称为“三位一体”。这是基督教的基本信条之一，基督教认为上帝只有一个，但包括圣父、圣子、圣灵（圣神）3个位格，所以往往用三角形来象征上帝。这三者同为一个本体，不是3个神。上海的圣三一基督教堂，是英国基督教安立甘宗圣公会（又称“规矩会”）建造的专供英国侨民进行圣公会礼拜仪式的一座教堂。

开埠初期的上海，并没有太多的外国人在他们的房子上多费心，尤其是商人。早期的洋行办公楼、外侨住宅多由业主自己画图建造，最多在样式上反映出西方特色，其设计与西方正统建筑学相去甚远，只有那些传教士一开始就对他们的教堂建筑倾注了较多的心思，这使得那些教堂建筑成为早期上海吸收西方正统文化的最重要内容。它们或是由熟悉西方建筑学的传教士自己设计，或是由教会聘请欧洲本土的设计师来设计，建造者和设计者都力图将他们在上海的教堂建成真正的欧式建筑，而非大多数洋行办公楼那样的殖民地式建筑。有时甚至直接模仿欧洲的某一座教堂来建造，这就使得上海的教堂大多带有原汁原味的欧式风味。圣三一基督教堂就是由教会聘请的英国本土的著名建筑师设计的。

上海开埠后，英国人纷纷来到上海，其中有百余名基督教信徒。他们每周做礼拜，都要到英国领事馆举行礼拜仪式，很不方便。1847年，宝顺洋行的苏格兰裔商人托马斯·查伊·贝尔以公司的名义在江西路与汉口路交叉的地方买了一块地皮，并资助一大笔资金建造起一座教堂捐献给教会。因教堂临近英国海外传道会，故堂前街道也称为教会街，直到1865年才改名为江西路。原普通规模的教堂质量欠佳，在1850—1851年间大修过一次。在这期间，该教堂接二连三地发生不幸：第一任牧师溺水而死，第二任牧师从房顶上摔下来致伤，第三年教堂又遭暴风袭击。一连串的祸事使大家认为此教堂不吉利，于是，1862年拆去重建。动工前举行了盛大的安放基石仪式。新教堂是由著名的英国建筑大师史浩特和凯德纳设计的。史浩特是当时英国著名建筑师，设计过伦敦爱尔伯特纪念塔和格拉斯哥大学等著名哥特复兴式建筑，在英国享有盛誉。他在英国完成设计并将图纸带到上海，由当时上海唯一具有英国皇家建筑学会会员身份的正统建筑师凯德纳予以实施。这座上海现存最古老的基督教堂建成于1869年，坐落在一片绿树浓荫的街心花园中，是一座红色的圆顶清水砖楼，因为它室内外均为清水红砖墙面，故俗称“红礼拜堂”。

设计师史浩特为圣三一基督教堂设计的外观属于新哥特式，又称哥特复兴式，兼有罗马风。设计师采用了许多带有哥

圣三一基督教堂

特风格的元素，如遍布教堂各处的尖券，只是在入口门廊处采用了半圆券柱和石板屋面。教堂内外两侧皆为尖券排柱长廊，不过并未采用哥特式教堂中常见的束柱，而是上端有显著柱帽的单根矮柱，柱帽上面顶住连续尖券拱廊。教堂面朝西方，即朝向基督教圣地耶路撒冷。一个主堂，两个耳堂，拉丁十字平面清晰可见。教堂内至圣所为半穹顶结构，拼花大理石地面，设有拉丁礼祭台、阶梯讲道台、鹰形读经台，东北角设置洗礼池、圣坛，都精雕细刻。窗户镶嵌精致的彩色玻璃组成的圣画，座席为靠背穿藤的长椅，窗框和椅背都钉着捐献者姓氏的铭牌，一如欧洲古教堂遗风。厅内立柱粗大而敦实，使人联想起意大利中世纪的比萨大教堂的立柱。教堂空间布局紧凑，不似哥特式教堂那般辉煌，教堂内光线幽暗，也颇似罗马风教堂幽静昏暗的室内景象。

1875年英国维多利亚女王把红礼拜堂升格为英国圣公会主教座堂。1893年，在圣三一基督教堂的左侧，增建了一座四方形平面、尖锥形屋顶的塔楼，塔楼中间一个大尖顶，四角为四个小尖顶，高耸入云。这个塔楼外形与法国12世纪的夏特尔大教堂西南角的塔楼非常相似。塔楼内安装了八音大钟，能按圣诗的音韵敲打出浑厚优美的音乐。整个教区为之气势更加宏伟，以此闻名远东地区。圣三一基督教堂很有色彩感，也非常华丽。教堂内的圣坛、讲台、洗礼池等都饰以精致的雕刻，连走廊壁画也装饰得灿烂多姿。清末著名画家吴友如作过《红礼拜堂》画卷，并为之配了一首调寄菩萨蛮词，词中写道："红墙隐隐云中见，琉璃作栋金为殿，生怕断人肠，鲸钟历乱撞。风吹花片片，绣院盈芳甸，礼拜是今朝，纷然各见招。"可见这座教堂之华美。教堂前的街道，曾被称为教堂街，后来才改名为江西路。1908年全教堂改用电灯照明，1914年又安装了电动鼓风的大型管风琴，这曾是远东最大也是第一个使用电鼓风的管风琴。圣三一基督教堂在社会活动方面甚为活跃，不仅开办学校，还经常举行各种社会公共性质的救济募捐活动、娱乐联谊活动、体育健身活动、演讲会以及各类讲座，以增强信徒的团契精神与凝聚力。

在20世纪30年代10层以上高层建筑在上海出现以前，圣三一基督教堂的塔楼曾经长期是这个城市的制高点和最醒目的地标，尤其是对于乘坐轮船进出上海的乘客而言。当年，圣三一基督教堂除了做礼拜外，还有许多外国人和上海富豪来此举行婚礼。1935年11月23日，27岁的电影明星胡蝶和上海实业家潘有声在圣三一基督教堂举办了轰动一时的婚礼。婚礼女傧相有袁美云、顾兰君，男傧相有周愚、李祖冰，花童有黎铿、陈娟娟。上午先在圣三一基督教教堂由牧师证婚，晚7时再在大东酒楼办酒席，亲友及电影界的同行纷至沓来，成为传诵一时的话题。

1950年该教堂因无力负担地产税等将堂产交给中国政府，人民政府将它移交给中国基督教三自爱国运动委员会筹委会，三自爱国会又将它交给中华圣公会使用。1958年全市基督教实行联合礼拜，该教堂遂成为黄浦区联合礼拜的场所，仍名“圣三一基督教堂”，沿用圣公会的崇拜仪式。1966年教堂严重被毁，东面草地也被改建成街心花园。之后，该教堂一直由黄浦区人民政府作为政府办公和会议场所使用。直到2005年6月6日，中国基督教两会收回该教堂，成为其全国的总部。

如今，这座上海最古老的基督教堂已经修葺完成，在礼拜时间向教徒开放。历经百余年风雨，圣三一基督教堂依旧华美神圣，令人惊艳。

上海邮政总局大楼

远东邮政史上最奢华的建筑

站在苏州河边，可以完整地观赏到上海邮政总局大楼美丽的倩影。阳光下闪烁着粼粼波光的苏州河里映出建筑的倒影，旁边是优美典雅、具有欧陆风味的四川路桥，融成一幅具有浓厚海派风情的画面，不知道倾倒了多少画家和摄影师。

上图：苏州河畔上海邮政总局大楼　　下图：上海邮政总局大楼为英国古典主义风格建筑

在四川路桥堍的北苏州路276号，矗立着一座巍峨的建筑，它就是著名的上海邮政总局大楼。

上海邮政总局大楼是我国仍在使用的建筑最早、规模最大的邮政标志性建筑，也是上海邮政史的见证。

驿寄梅花，鱼传尺素。在上海，近代邮政创办以前，官办的“邮驿”“铺递”与民办的“信局”主宰了所有的邮政业务。1861年，英国当局于上海英租界设立邮政局，时称“英国驿务署”或“大英书信馆”，办理英国在沪侨民的邮件往来业务，同时也承接租界内华人交付的国际往来邮件。此后，各国驻沪领事馆都设立了直属于本国驻沪领事馆或相关的租界当局。1878年，时任海关总税务司的赫德提议设立官方的近代邮政局，北洋通商大臣李鸿章决定于上海、北京、天津、烟台和牛庄5处试办邮政业务，并且委托赫德进行管理。翌年，5处邮政办事处以“海关拨驷达书信馆”的名称开始营业，上海的邮政办事处名为“江海关拨驷达书信馆”，两年后更名为“江海关拨驷达局”，办公地址位于江海关大楼后院。1896年3月20日，光绪帝下旨正式开办国家邮政，设立总邮政司，上海海关税务司赫德受命兼任总邮政司，负责管理大清邮政事宜。一年后江海关拨驷达局正式更名为“上海大清邮政局”，办公地点仍为原址。同时在吴淞海关处开设下属的第一个邮政分局，此后城市乡村各处陆续增设邮局和代办所，建立起上海地区一整套完整的邮政网点。1899年，“上海大清邮政局”改名为“上海邮政总局”，8年后邮政总局的办公地点由原址迁入北京路9号的“新厦”。上海邮政总局当时仍属海关管辖，直到1911年

5月清政府成立邮传部，正式接替海关管理全国邮政，从此邮局才与海关脱离，独立经营，同时上海邮政总局改名为上海邮政局。1911年底，上海邮政局向英国订购了100辆兰令牌自行车，这是上海使用自行车投递的开端。辛亥革命后，上海邮政局改称上海邮务管理局。1914年3月1日，中国加入万国邮会，上海邮务管理局被指定为国际邮件互换局，成为当时中国邮政国际通信的主要经办机构。

随着上海邮政业务的发展，原先位于北京路的办公用房已不敷使用，上海邮政部门决定选择离北火车站和轮船码头都比较近，邮件水陆运输便利的四川路桥北堍作为邮政枢纽。1922年11月，上海邮政部门自筹资金购得四川路桥北堍9.727亩（约6 485平方米）土地，同时拆除购得土地内的旧屋集美里，建造了一幢邮政大楼。大楼由当时的上海邮务管理局负责人希乐思主持建造，英商思九生建筑设计事务所设计，华商余洪记营造厂承建，于1922年12月正式开工建造，1924年落成。

这是一幢呈马蹄形的英国古典主义风格建筑，它三面沿街，正面沿马路对着苏州河，离外滩不远。航船开进黄浦江，在苏州河口边就可看到这幢大楼。建筑平面沿着北苏州路、四川北路、天潼路作周边式布局，基座采用花岗石砌筑，主立面墙面为细粒水刷石粉面，邻天潼路的北墙则为经典的机制红砖墙。大楼整体风格为19世纪上半叶到20世纪初流行于欧美国家的折中主义风格，建筑主体为英国古典主义风格，同时融合了罗马式的大型科林斯立柱和巴洛克风格的钟塔。建筑地上4层，地下1层。大楼主立面即南面和东面以及东北转角处共设有19根高数十米的贯通上下3层的科林斯式立柱，它是古罗马巨柱式的模仿，显得器宇轩昂，表现出邮政的公正和庄严。最为标志性的是耸立于东南角正门处的具有17世纪意大利巴洛克风格的钟楼和塔楼。其中钟楼高13米，钟楼正面镶嵌一直径为3米的罗马数字大钟，钟楼基座东西两旁各有一座水刷石粉面的火炬台雕塑，作为邮政为人类带来希望的文化象征。钟楼上面是17米高的巴洛克式圆顶塔楼，塔楼下方设方形基座，四角为双柱，顶端另设置高8.2米的旗杆，塔楼基座两旁各有一组希腊人物青铜雕塑群像，这是上海邮政总局大楼的标志之一。一组是分别手持早期火车头、轮船铁锚和通信电缆的3个人物，象征中国交通和通信正处于发展期；另一组也是3个人物，居中者为希腊神话中的通信之神赫尔墨斯，左右则为爱神厄洛斯和阿佛洛迪忒，象征邮政是上帝的信使，为人间沟通情愫。可惜雕塑的原件毁于1966年，幸好当时有一位美术学校的学生偷偷地为雕塑做了石膏模型。20世纪90年代，工人师傅们根据这些石膏模型用青铜复制出了这组雕塑，重新安装在塔楼基座两侧。

建筑外貌如此壮观，内部装潢设计也极典雅。打蜡地板、大型钢窗、取暖壁炉、镶嵌金刚砂的楼梯踏步、黄铜栏杆，令人步步惊艳。从钟楼下的正门拾级而上，进入一个圆形门厅，两面设置大理石铺筑的双旋转楼梯，从楼梯上去便是享有“远东第一大厅”美誉的2层营业大厅。大厅沿苏州河边一直抵达大楼西端，足见其宽敞。大厅屋顶装有宫廷式弯曲吊灯，地面铺设马赛克，两边为大理石柜台，柜台上装着精致的雕花紫铜栏杆，四壁采用大理石装潢，华丽悦目，在当时国内邮政建筑中

塔楼基座旁的希腊人物青铜雕塑群像

堪称第一。楼内共有大小房间187间，地下室、底层和2层分别用于邮件分发、转运和对外营业，3层为内廊式写字间，4层为外廊式职员宿舍。地下室是包裹分拣分发部门，中庭天井为装卸往来邮件包裹的场地。大楼内还装有螺旋形邮件滑道、木板链轨传送机、货运升降电梯等20世纪二三十年代先进的邮政设施。1924年12月1日，上海邮务管理局正式由北京路迁入华美的北苏州路大楼办公，市局直属营业厅亦同时开门营业，成为远东最大的邮政营业厅。

上海邮政总局大楼建成后成为远东邮政史上最奢华的建筑，以其独特的风情屹立在苏州河畔，与外滩建筑群遥相呼应。

2005年，经过大修后的上海邮政总局大楼内的一层中庭、天台和靠天潼路一侧2层的原办公用房改建成上海邮政博

大理石铺筑的双旋转楼梯

物馆。2006年元旦，全国第一个邮政博物馆——上海邮政博物馆正式开馆。里面通过多媒体展示了中国邮政的发展历程，展现了自古代邮驿以来到现代邮政制度的变化历程。在这里还可以看到自清朝以来的信箱模型和原件以及相关交通工具模型，其中有大清邮政时期的铁质绿色邮筒、中华邮政时期来往于上海与南京之间的白色特别邮筒以及各个国家的邮筒。中庭天井里陈列着邮政交通工具等比例模型，主要是大清邮政、中华邮政两个时期的。中庭中央放置着上海邮政总局在1909年时用来运输邮件租用的马车模型；中庭最南侧放置着1917年春上海邮务管理局购置的两辆用于运输邮件的法国克莱门特·贝亚特汽车的其中一辆的等比例模型，其车身为绿色，箱体上有“中华邮政”字样；中庭北侧放置着1946年11月上海邮政总局在沪京（南京）铁路上设置的火车行动邮局的火车车厢模型，车体通身为传统的邮政绿，内部陈设完全按照当时模样布置。抬眼可见中庭西侧天花板上悬挂着1929年7月8日上海首条定期航空邮路——沪蓉航空线沪宁段开航的那架飞机模型。邮政博物馆内还有邮船，早期邮筒，光绪皇帝批准开办国家邮政的奏折，《大清邮政章程》及各种封、戳等珍贵的实物展品，再现了邮政的历史和变化。坐电梯可直达大楼的屋顶花园，U字形屋顶上建有观景平台、四季常绿的花园等。在屋顶花园还可以尽情观赏苏州河及浦江两岸的美丽景色。

将近百年的历史把这座有着“远东第一大厅”盛誉的上海邮政总局大楼打磨得更为动人，其绰约的风姿和外滩的经典建筑一起构成了外滩历史风貌区的一道永不褪色的风景。

人民广场历史文化风貌区

百年上海商业繁华史的象征

人民广场历史文化风貌区形成于20世纪上半叶，是上海市中心的标志，它以近代建筑围绕巨大的开放空间构成主要的风貌特征。作为旧上海最热闹、最繁华的梦幻商圈，以南京路为核心的人民广场历史文化风貌区记录着百年上海的商业繁华史，曾经闻名全国的先施、永安、新新和大新等四大公司在这里上演老上海的流金岁月，跃动着东方巴黎的繁华魅力。

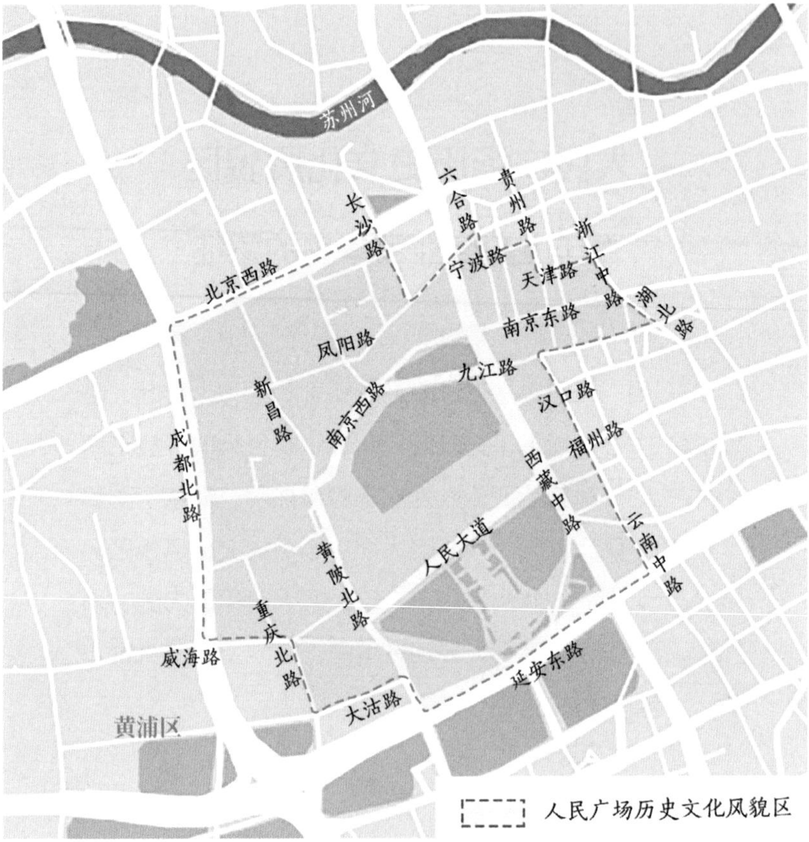

人民广场历史文化风貌区示意图

人民广场鸟瞰

全世界所有的城市都有广场，广场之于城市是心脏，是中枢，也是首脑，就像罗马的假日广场、巴黎的凯旋广场、纽约的时代广场，而上海的人民广场则是我国最著名的城市广场之一，也是一座在世界上颇具影响的城市广场。它不仅具有一般城市广场的功能，而且因为它在上海历史上有过的特殊经历而更具有纪念意义。

人民广场历史文化风貌区形成于20世纪上半叶，是上海市中心的标志，历史上曾是公共租界的中区，也是中心城内百货商业、旅馆、文化娱乐建筑分布最为集中的区域，体现了这些行业近一个世纪的发展轨迹和繁荣辉煌，以近代建筑围绕巨大的开放空间构成其主要的风貌特征。作为旧上海最热闹、最繁华的梦幻商圈，以南京路为核心的人民广场历史文化风貌区记录着百年上海的商业繁华史，曾经闻名全国的先施、永安、新新和大新等四大公司在这里上演老上海的流金岁月，跃动着东方巴黎的繁华魅力。风貌区内近代商业、旅馆、文化娱乐等公共建筑数量众多，风格多样，造型优美，这些建筑围绕人民广场和人民公园规模宏大的开放空间分布，在风貌区的北侧和西侧，则分布有集中成片、质量较好、富有特色、环境整洁的里弄住宅，体现了中西合璧居住文化的演变发展进程和海派都市风情。

人民广场曾是远东第一跑马厅

跑马是西方人喜欢的娱乐和博彩业，在旧上海曾风行一时。上海的跑马始于1850年，麒瑞洋行的英国大班霍格等组成了上海最早的跑马总会。上海最早的跑马场设于南京东路河南中路口，后因地价上涨被卖掉。此后在今湖北路、北海路、西藏中路和芝罘路圈内又辟建了第二个跑马场，1860年该处地价又涨，于是，跑马总会再次将其卖掉，得银49 425两，又以12 500两银子的低价购进泥城浜（今西藏中路）以西、静安寺路（今南京西路）以南、芦花荡（今黄陂北路）以东430余亩（约29万平方米）土地，强行拆毁该土地上的居民房屋和坟墓，开辟第三跑马场，即“上海跑马厅”。

跑马厅是椭圆形的，东西长，南北狭窄。场地的西北部分，后来建有两座钢筋混凝土的梯形看台，分别为会员看台和非会员看台，上面盖有瓦楞白铁屋面，看台围住的便是驰道。用短栅栏分成外圈和内圈。外圈为草地跑道，内圈为硬木跑道。比赛之前，骑士须在起点上向全场观众鞠躬致谢，而后牵出坐骑，向下彩的主人亮相后，再牵回栏内。比赛开始后，先是循内圈硬地跑道跑，3圈后转入外圈草地跑道。外圈驰道上，挖了1丈（约3.3米）多深的壕沟，还设有2米高的障碍物。每逢赛马之日，这里的看台上就挤满了赌马和观看的人群。平时，这里也常举办马球等比赛，吸引了不少洋人和华人前来观看。跑马厅还开辟了新的公共运动场，内有游泳池，高尔夫球、棒球、网球、足球场地。在场地上还造了马房、弹子房、酒吧等。赛事结束后，赛手们和观众们涌进周围的酒馆，狂饮高歌。

不久，在跑马厅四周逐步修筑起四通八达的交通干道，其中有静安寺路、坟山路（今武胜路）、恺自尔路（今金陵中路）；还在周围修建了首批欧美风格的里弄住宅。在四周的道路和娱乐场所的烘托下，跑马厅的地理优势非常突出，其规模堪称远东第一。

到20世纪20年代，跑马厅四周建起了大批道路和石库门住宅，众多的商业、公共设施，包括当时最豪华的金门大饭店、“远东第一高楼”国际饭店、“艳冠中华”的大光明电影院、四大公司等，跑马厅一带俨然成了上海滩最繁华的商业中心。太平洋战争开始之后，日军占领公共租界。百年租界既已不存，跑马总会和跑马厅就失去了基础。日军将跑马厅用作军营，自此跑马厅停业并解散。

蜕变为人民广场和人民公园

新中国成立后的1951年8月27日，上海市军管会下令收回跑马厅。10天后，上海人民在原跑马厅旧址隆重举行了人民广场辟建典礼。会上宣布原跑马厅北部辟建为人民公园，于次年10月1日对外开放。面向南京西路的大门上的“人民公园”4个大字，由时任上

人民广场与南京路

海市市长的陈毅题写。原跑马厅南部辟建为人民广场，其东起西藏中路，西至黄陂北路，南沿武胜路，北连人民公园，近似半圆形。人民广场与人民公园之间是人民大道，现已成为上海市中心东西向主要干道之一。在黄陂北路威海路东北转角处的跑马厅司令台和旁边的看台先是变成了培养举重运动员的上海体育馆，后来又开辟了上海最大的室外溜冰场，再后来又改为上海市群众艺术馆，一直到20世纪末建上海大剧院时拆掉。

初建时，人民广场布局是根据举行集会、游行等活动的需要而设计的。北部正中是上海市人大常委会办公楼，原主楼为6层，两翼辅楼各为3层，坐北朝南。主楼前设检阅台，辅楼两侧设6个观礼台，可容纳800人观礼。检阅台、观礼台前就是平坦宽广的人民大道，可容纳10万人集会，周围有6个出入口。广场西北隅有原上海图书馆、市体育宫，东北一侧沿西藏中路南京路置有劳模、先进人物、科普、体育等题材的画廊，周边有繁华的南京路、西藏路、延安东路以及市百一店、国际饭店、工人文化宫等著名的商业、文化企事业单位，是市中心最繁华地区之一。

除了许多优秀历史建筑外，在这个风貌区还留存着一些值得记忆的地带。

在南京东路766号泰康食品商店门前有一块“五卅惨案”纪念碑，90多年前，这里曾发生过震惊中外的五卅惨案。1925年2月，因抗议日本工头殴打12岁童工，4万华工举行抗议罢工并取得胜利。5月15日，日商撕毁“二月罢工”时与工人签订的协议、枪杀进厂交涉的共产党员顾正红、打伤十余名工人的罪恶行径激起了上海人民的愤怒。5月30日，上海学生2 000余人在租界内声援工人斗争，租界巡捕逮捕学生100多人，随后万余群众集会强烈要求释放被捕者。英国巡捕开枪屠杀，群众死10余人，伤数十人，酿成五卅惨案。由此，上海工人、学生、商人举行了声势浩大的罢工、罢课、罢市，并迅速形成全国规模的反帝高潮。五卅运动是近代中国首次发生在上海的全国性爱国运动。现人民公园附近设有五卅运动纪念雕塑，为人民广场地带增添了一种凝重感。

在国际饭店后面的黄河路65号有一幢城堡般的大楼，淡褐色的扇形建筑犹如一钩新月砌在黄河路和凤阳路的街口。它就是长江公寓，以前叫卡尔登公寓，因为它邻近卡尔登大戏院。这是一幢大型的英国风格的房子，是维克多 · 沙逊在上海建造的又一杰作。长江公寓由两幢高低错落的建筑组成，沿街的建筑高7层，里面的建筑高14层，两幢建筑中间是个花园。公寓里设有铰链式电梯，并有4道楼梯，供人员进出，每层有25个套房。张爱玲和姑姑是在1950年搬到这里的301室的，那是一套两室户，隐在走廊的尽头，边上有一道楼梯，直接通向绿树成荫的花园。据说花园里原本有口井，居民家里有专用龙头，打开就是井水，冬暖夏凉。在长江公寓居住期间，张爱玲在《亦报》上连载了她的长篇小说《十八春》和中篇小说《小艾》。当年，公寓旁边是起士林咖啡馆，那里面的方角德国面包是张爱玲的最爱。不过，张爱玲在这里没有再次邂逅浪漫，也没有回复到抗战前的风光。1952年，32岁的张爱玲向香港大学申请复学获准；同年7月，她即以继续完成学业为由申请出境，从长江公寓的阳台上苍凉转身，离开伤心地上海，形单影只地赴香港定居。1955年，又离开香港去了美国，从此再也没有回来。

上海的电影史离不开大上海电影院，它曾经的辉煌让许多上海人记忆犹新。因西藏中路一带的大改建，大上海电影院被拆除了。大上海电影院的旧址在西藏中路凤阳路口，它建于1933年，原名为大上海大戏院。设计者是当时中国著名建筑师陈植，他是美国宾夕法尼亚大学硕士。和大光明电影院一样，大上海电影院设计走的也是现代主义线路。7层钢筋混凝土结构的建筑富有立体感，外立面底层入口处用黑色磨光大理石贴面，中部门厅上部有贯通到顶的8根蓝色霓虹灯玻璃柱，华灯绽放时显得格外雄伟、瑰丽，两端用横窗，使垂直线与水平线交相出现，丰富了立面造型。当时院内地板全部用橡皮铺成，走上去悄然无声。观众厅有地下室。内部用流线型装饰，并配合灯光，形成线条和块面相结合的现代主义构图，与建于1928年的德国柏林宇宙电影院的室内效果有异曲同工之妙。大上海大戏院于1933年12月6日揭幕，首映西片《女性的追逐》。影院以巨款获得美国20世纪福克斯和雷巴华两家影片公司在上海的首映权，是当时远东一流的电影院之一。1956年正式更名为大上海电影院。如今，原大上海电影院的原址上是一家五星级的电影院，名为世纪大上海电影院，它就在第一百货商店新楼8楼，是一家融电影和时尚生活为一体的影院，似乎要让人在怀旧中惊觉，原来电影院可以让你如此享受休闲的生活。在大上海电影院的旧址上，人们清晰地看见了昔日的灯箱招牌，当年饰有8根长玻璃霓虹灯方柱形象的外墙，门柱上的电影海报，宽敞明亮的售票大厅，恍惚又将人们带回了当年的大上海电影院。

一夜东风花满枝

20世纪90年代以后，上海加快了改革开放的进程，人民广场的功能定位由过去的政治性功能转向实用性功能。改建后的人民广场为广大市民和中外游客提供了一个优美的休闲场所，并成为上海新形象的标志之一。恍如“一夜东风花满枝”，饱经历史沧桑的人民广场如今已是真正意义上的市民中心，成为融行政、文化、商业、交通、园林于一体的世界一流的开放式、多功能的城市中心广场。广场中部是用花岗石铺设的人民大道，人民大道北面是堪与世界一流剧场媲美的上海大剧院，庄重规整的上海市政府大厦和展示上海过去、现在与明天的上海城市规划展示馆；人民大道南面是和平鸽乐园、下沉式中心广场和上海城市文明重要象征的上海博物馆，组合出一种强烈的开放式的现代文化氛围。广场西南的绿茵草

和平鸽乐园

地上，栖息着广场鸽。广场的中心是圆形喷水池，泉眼被巧妙设计成一幅上海地图，喷泉台阶为海派风味浓郁的彩色玻璃灯，而且全部靠太阳能供电。每逢整点，喷泉和着音乐喷出水花，水花喷射高度达20米。人民广场旗杆与上海博物馆的中轴线位置的人行道上设有上海市公路零公里标志，它采用青铜等材料打造，以圆形作为主要的设计元素，图案为秦汉时期的龙纹花饰，中间的白玉兰图案作了抽象化的加工，东、西、南、北4个方向的圆形与中间的白玉兰标志都略带突出，象征着中华民族悠久的文化，并体现了上海特色。在它们的地下，是大片的商铺和地铁枢纽。人们可以在广场上与象征和平的鸽子亲密相处，可以在广场的喷水池四周流连，仔细品味上海的文化，也可以转入地下自由地购物，再从这里散往上海的四面八方。

人民广场开放的空间与周边历史建筑的组合起到了很好的相互衬托作用，如以位于南京东路上的先施、永安、新新、大新等原四大公司为代表的百货商业建筑，以国际饭店、金门大酒店、东方饭店、东亚饭店、扬子饭店等为代表的旅馆建筑，以大光明电影院、上海市工人文化宫为代表的文化娱乐建筑。这些建筑围绕人民广场规模宏大的开放空间分布，已形成上海最富有标志性的建筑轮廓线。

先施公司大楼

中华百货第一楼

先施公司敢为天下先，破天荒地招聘女营业员。老板夫人主动担任化妆品部售货员，还带动两个小姑和她一起站柜台。一时间，“三个女人站柜台”的新闻犹如一声炸雷震动了申城，从此，女营业员成了先施公司的特色之一。先施公司还很注重商业文化，每个销售部都用诗歌介绍商品，既推销了商品又让顾客获得了文学享受，为商场染上了浓浓的书卷气。

中国现代公司是由上海南京路开始的已成为不争的事实，而标志大都市商业现代公司时代到来的，是南京路上先施、永安、新新、大新四大公司的诞生。这四家中国人经营的环球百货公司的规模远大于英资百货公司，且顾客基本以国人为主，店址都集中在浙江路以西路段。随着这四家中资百货公司营业的日趋红火，原有的惠罗、福利、泰兴、汇司四家英国人开设的大型百货公司逐渐衰落，被人们淡忘。20世纪二三十年代，四大公司竞相装潢，橱窗陈设争奇斗艳，加上异彩纷呈的霓虹灯，使南京路有了“小巴黎”的美称。四大公司历尽将近一个世纪的沧桑风雨，至今独具风韵的欧式建筑仍然屹立在南京东路步行街上，风采依旧。

四大公司中先声夺人的先施公司，是上海第一家由中国人经营环球百货的大型商店，此楼坐落在南京东路浙江中路口，有“中华百货第一楼”之称。

先施公司之名取自《四书》中庸篇“先施以诚”，包含了讲究诚信的经营之道。关于先施公司选址还有一个传说：一天，南京路上驶来一辆高级轿车，车上坐着旅居澳大利亚的华侨马应彪，他敏锐的目光在南京路上四处搜寻，最后他让车子停在易安居旁，看着周围熙来攘往的人流，一拍车座，当即决定选择这里作为回国投资之地。易安居是一家广东人开设的带卖粤式点心的两层茶楼，地处南京东路浙江中路西北侧的十字路口，北通火车站，南是富人区，在这里开设以卖洋货为主的大型百货公司再合适不过了。而易安居所在地是南北交通要道，地价相对较低，可以说是最佳选址。于是，马应彪委托善

上海时装商店（原先施公司大楼）

于经营百货业、熟悉市场行情的黄焕南等到沪筹办上海先施公司，因先施公司发轫地在香港，他们以香港总公司为后援，借鉴了创办香港总公司及广州分公司的经验。1914年，马应彪以每年租金3万两白银、租期30年的条件向英商雷士德洋行租下了易安居茶楼的地皮，并请英商德和洋行设计，顾兰记营造厂承建。1917年10月20日，这家由中国人自己创办的、被誉为世界市场的大型百货公司在南京路上正式开业，揭牌仪式上嘉宾济济，现场观看揭牌仪式的群众超过万人，盛况空前，所有的人都对其华美的建筑和宏大的规模叹为观止。先施公司大楼为文艺复兴后期巴洛克风格的经典三段式大楼，原为5层，后又加两层，共7层。大楼立面作横向处理。底层设大玻璃橱窗，2、3层用爱奥尼克立柱支托弧形断檐山花。2层挑出的阳台用石头栏杆，4层以上装镂花铁栏杆。后来，为与永安公司竞争，在南京路浙江路口转角处的6层顶部加建了一座摩星塔，意为与天上星星齐高。基座装有圆面自鸣钟，上部3层，以塔什干式柱支撑，落成后成为南京路商业街景标志之一。

针对上海人喜欢新奇、好轧闹猛的特点，黄焕南等对先施公司作了精心布局，建筑底层和2、3层为商场，4、5层为东亚饭店和东亚又一楼酒家。东亚饭店是一流旅馆，其设备条件堪比远东饭店、一品香饭店，房间内都是上等家具，并有汽车往返火车站接送客人。东亚又一楼酒家内有一流厨师烹饪的美味佳肴。6—7层为先施乐园，乐园内设有京剧、地方戏、杂技、魔术、电影等专场，园中的娱乐设施足可与当时著名的楼外楼、天外天、大世界等场所媲美。屋面为屋顶游乐场，每年夏季在此举行纳凉晚会。先施公司还开创了上海乃至中国商业历史上的许多第一。除了它是第一家由中国人开办和经营的现代化百货公司以外，还改变了讨价还价的习惯，它以“始创不二价，统办全球货”为口号，在上海首创了商品明码标价的先例，并实施售货开具发票制度；它的屋顶游乐场也开创了上海大型商场开办娱乐业的先河，从这以后，上海滩上兴起了露天花园风潮，很多百货公司和游乐场都在屋顶开辟了露天酒吧等，迅速成为都市人生活的一大时髦。

先施公司建立时尚属民国初期，受封建礼教影响，那时的女性不可抛头露面。先施公司敢为天下先，破天荒地贴出招聘女营业员的启事。招聘启事贴出月余，却无人上门应聘。马应彪正想打退堂鼓时，马太太霍庆棠却主动请缨担任化妆品部的售货员，还带动两个小姑和她一起站柜台。这位马太太仪态端庄，伶牙俐齿，对货品又十分熟悉，周旋于顾客之间，深受欢迎。一时间，“三个女人站柜台”的新闻犹如一声炸雷震动了申城，许多人都想亲眼看看这位马太太，纷纷来到先施公司，人气顿时大增，这动人的活广告迅速带动了先施公司生意。马太太首开风气之先后，慢慢地就有女性来应聘了。从此，女营业员成了先施公司的特色之一。先施公司还很注重商业文化，比如每个销售部都用诗歌介绍商品，既介绍商品特色，也蕴含历史故事，同时，又以美妙的诗句突出商品精工自制及讲究卫生的品质，这就为商场染上了浓浓的文化氛围。如金银首饰部的商品介绍为:“金银首饰特辟工场慎聘名匠制作超常，巧心独运取合时妆琼钗珠珥翠羽明珰，火齐翡翠来自遐荒钻石约指炫目飞光，尽汰瑕类克存圭璋刻镂尽致金碧辉煌。”酒水部的商品介绍是这样的:“饮者留名李白至论夏日饮水诗肠可润，方樽十万兀然充韧设厂自制中西名震，最合卫生排忧解忿果子香露春醪夕引，红泥火炉流风余韵扬觯传觞劝君更进。”香水部的介绍更是别具一格:“水浣蔷薇汤熏豆蔻惜玉怜香人情同有，伟哉斯部芗泽之薮香水香油馥郁能久，牙膏香粉各种发售白兰为霜雪花去垢，化妆自制虎牌为首俱合卫生曾加考究。”每个销售部都以诗的语言介绍各自的商品，这些介绍饱含书卷气，写作者的古典文化功底非同一般，既推销了商品又让人获得了文学享受，高雅脱俗的商品介绍比起赤裸裸的广告语不知好上多少。别开生面的经营使公司日进斗金，被称为十里洋场的“销金窟”，为中国人在上海开办大型百货商场打响了第一炮。

1937年，先施公司遭遇了一场空前浩劫：那年的8月23日下午1时左右，日军在获得国民党将领白崇禧等人这天午饭后将在东亚饭店召开军事会议的情报，悍然派出飞机在闹市区的先施公司上空投下一颗重磅炸弹，在大楼东南角的马路上爆炸，大楼2、3层楼面及东南角大门以及东亚又一楼酒家西餐部被炸毁，并殃及周边的十余家商铺。当时，正在路上行驶的一辆双层公共汽车当场被炸毁，乘客全部罹难。此次爆炸共造成250人死亡，570人受伤，全是无辜市民，一时震惊中外。先施公司大楼在轰炸后进行了修建，但其东南部已与原建时不同了。新中国成立后，因南京东路浙江中路口至西藏中路口段行人拥挤，20世纪50年代将先施公司大楼底层沿南京东路的橱窗改为宽敞的骑楼式外廊，作为人行道，橱窗后退，有廊柱、弧形券洞和平券洞衔接马路，廊内列有玻璃橱窗，游人行走其间，可随意浏览橱窗内陈列的商品，即便下雨刮风也无碍。1952年起，上海时装公司取代了先施公司，入驻大楼的还有东亚饭店和黄浦区文化馆等。屋顶花园的纳凉晚会保存了下来，20世纪60年代在先施公司大楼屋顶花园举办的戏曲大家唱吸引了许多戏曲爱好者。

如今先施公司原先的建筑依旧风姿绰约，入夜，大楼外墙上亮起的灯光为这座建筑渲染了一股浓厚的海派风情。

新老永安公司大楼

两座封闭式天桥连接的建筑

老永安大楼是一座高7层的英国古典主义兼折中主义风格的米黄色建筑，新永安大楼为高达22层的仿美国现代摩天楼式建筑。在老永安与新永安之间的浙江路上空架有两座封闭式天桥，形成一个由人行交通相互连通的整体，其绝无仅有的形式曾在上海滩引起轰动。上海最早的电视台设在新永安大楼，第一个电视演播室就设在13楼。

南京路历史上的四大百货公司，虽然先施公司开张最早，但永安公司的筹建却最早。永安公司由侨商广东籍人郭乐创办，与先施公司一样，永安公司也是以香港总公司为后援。早在1907年香港永安公司开张后不久郭乐就到上海四川中路设置办事处，以了解上海商情，以便适时拓展公司业务。

1915年7月，郭乐派弟弟郭泉、郭葵来到上海南京路为将要建造的永安公司选址，两兄弟多次来回漫步于南京东路街头，反复调查观察，最后看中了今南京东路浙江中路口。当时，这里南北行驶直达火车站的电车已接通，繁荣景象指日可待。那么究竟把商场设在南京路南侧还是北侧呢？为测定两边行人流量，他们特地雇用了两个人，每人左右肩各背一个布袋，一个口袋是空的，另一个则装有黄豆，两人分别站在浙江路南京路的南北两侧，从清晨站起，一直站到夜深戏院散场，路上走过一个人就取一粒黄豆放到空袋子里。经过多天的测定，统计出南京路南侧的行人流量较多，同时，还发现上海富余人家大多住在南京路以南的法租界高级住宅区，他们到南京路购买物品大多是从西南方向过来。于是，郭乐拍板把永安公司大楼建在南京路沿浙江路的南侧，即先施公司的对面马路一边。当时，这里是广东南海人冼冠生开设的一家名为陶陶居的著名茶馆，这家小店不仅卖茶，还自制糖果、橄榄和陈皮梅等零食，四周也都是些店面参差不齐的吃食摊、小杂货店等，小本经营的陶陶居自然敌不过财大气粗的郭氏集团，只能让位。郭乐选定的这块地皮是“上海地皮大王”哈同的产业，1916年郭乐以每年5万两白银，租期30年，期满后土地归还哈同，地面上的房屋、装修和一切建筑物都无条件归哈同所有的苛刻条件，从哈同手中租下了这块地皮建造永安公司大楼。由英商公和洋行设计，1916年4月动工，两年后建成。这座后来被叫做“老永安”的大楼位于南京东路635号，是一座清新的米黄色建筑。永安老楼高6层，局部7层，在英式古典主义风格中融入折中主义。水磨石饰面外墙用圆柱与贴壁方柱修饰，东北部沿马路呈弧形。位于南京东路浙江路转角是大门，呈弧线状。在南京路一侧还有3座爱奥尼克双柱式拱形大门，有大片玻璃橱窗，开创了上海大玻璃橱窗的先例。2层及6层均有长廊挑出，外面设有镂空铸铁栏杆。底层铺面为马赛克地坪，楼上均铺打蜡地板。铺面至4楼为百货商场，5楼为办公室、会客室、食堂等，大东旅社、大东舞厅、酒楼、弹子房、茶座、戏院、游乐场分布在2—5楼，6楼顶上有精美的浮雕和“永安”字样。西北端的转角入口设3层高巴洛克式塔楼，呈现出永恒的庄严与和谐之美，名为“倚云阁”，设有天韵楼游艺场和屋顶花园，上演苏滩、时尚大鼓、文武戏法、宁波滩簧、欧西幻术、女子新剧、滑稽新曲，还有女大力士武技等，并在《申报》等新闻媒体上刊登演出广告。

1918年9月5日，永安百货公司正式开张营业，开幕当日永安公司大厦张灯结彩，洋号洋鼓吹吹打打，鞭炮凌空炸响，门前舞狮子耍龙灯，热闹非凡，人山人海，成千上万的顾客涌进商场。报纸上纷纷刊出特讯，配以大幅照片，记载上海滩这一盛事。

永安公司把“顾客是上帝”奉为经营宝典，顾客选购时，营业员必须彬彬有礼、不厌其烦地回答顾客提出的各种问题。

现为永安百货的老永安公司大楼

公司开张初期，从香港永安公司调来一批广东籍职工，因他们听不懂上海方言，无法和顾客交谈，郭乐便特地聘请了一名会上海话的广东籍教师给他们上课，教授沪语。郭乐还聘请了一名英语教师，利用工余时间教授职工英语，所以永安公司的职工一般都能用英语接待外国顾客。永安公司顾客的定位是社会上层人士，经营的也大都是迎合富绅豪门需要的高档商品。在永安公司经营的将近万种商品中，进口货就达到了80%。整个商场犹如环球商品陈列馆，任何名牌商品，只要顾客叫得出，在永安公司里几乎都可以买到。到了圣诞节，这里更是一片异国风光，外国顾客和所谓的高等华人，携带妻儿，大件小包地专拣价格昂贵的贵重商品买，永安生意好得不得了，营业额激增，超过了对面先开张的先施公司。

永安公司还把“顾客永远是对的！”这句话作为公司职工的律令，并用霓虹灯制成英文标语，高悬在商场显眼处。营业员要拉得住顾客，必须熟悉商品的性能、特点、使用方法以至调试安装，并不厌其烦、和颜悦色地为顾客挑选货物。永安公司规定，营业员若得罪顾客，轻则警告、记过，重则开除。为了扩大营业额，固定买主，郭乐想出了顾客可凭“折子”购货的赊销办法，拿到折子的人到永安公司购买东西，可不必当场付钱，只需在折子上记笔账，到一定的时候总付。因其方便又体面，当时，社会上的上层人士都争着到永安公司来开户。就这样，永安公司通过放账的办法拉来了一大笔生意。针对当年十里洋场盛行送礼的习惯，永安公司还特设专供送礼用的商品。针对国人喜欢讨口彩的心理，将“永安”两字标在贵重礼品上，深受顾客欢迎。公司还备有送货车，一些腰缠万贯的富户，每逢年节都会给永安公司开出一份清单，上面写明礼品名称，受礼人的姓名、地址等，让永安公司派人送去，有时一送就是几十份，甚至上百份。永安公司在代客送礼的过程中发现，送礼人指定的礼品，受礼人不一定喜欢，他们就发行礼券。这样，受礼人可凭礼券到永安公司任意选购自己满意的商品。永安的礼券备货充足，品种齐全，而且礼券上还印有“永安”两字，口彩好，惹人喜爱，深受顾客欢迎，故特别好售，公司也由此得到一笔为数可观且不用付利息的社会资金。为扩大影响，吸引顾客，郭乐还从上海、苏州、杭州等地买进大批丝绸，陈列在二楼橱窗，并在二楼搭建舞台式台阶，用黑丝绒制作了一幅幕布，看上去像是一座剧院。然后挑选了10名年轻、漂亮的公司女职员，用鲜艳的绸缎，为每人做了5件式样各异的旗袍，作为表演时更换的服装，还有乐队伴奏，使人有耳目一新之感。顾客观看完时装表演后，不少人会到外面柜台上去剪绸缎，营业额大增。到1930年，公司的资本总额由开张时的200万元增至1 070万元，一跃成为上海百货行业的老大。

永安公司的房产，根据协议1941年应全部归还哈同，为了不让几十年苦心经营的事业付诸东流，1930年永安公司以高价收购了永安公司大楼东边相邻的“楼外楼”茶楼产权，拆除旧楼后于1933年建成新永安公司。永安新楼位于浙江中路东侧的南京东路627号，郭乐请美商哈沙德洋行将新永安大楼设计成一幢仿美国现代摩天楼式，建筑师根据三角形地形因地制宜设计：北部高达22层，南部有8层，7层以下为梯形状，以上是长方形，大楼还建有地下室。新永安大楼1—5层作为新永安公司的营业部和商场，沿街安装大面积橱窗，并以绿色花岗石铺砌，上面为浅黄色面砖饰面，简洁明快。大楼顶尖上装置了别致的灯光设施，夜间大放异彩，引人注目。整个建筑高耸挺拔，呈现出现代高层风姿。6层至大面积的屋顶为电影院、茶园及露天散步场所，即闻名的“七重天”，内有舞池，一度成为上海滩娱乐业的代名词之一。为了与永安公司老楼联系方便，郭乐还别出心裁地在老永安与新永安之间的浙江路上空架设了两座封闭式天桥，将新楼和老楼连接起来。这两座天桥一座在5楼，一座在7楼，其中南端的一座为单层，高3.65米；北端的一座为双层，高6.10米。在每层的两侧上部均开有天窗，外墙面贴与新永安大楼外墙面一致的浅米色面砖。新老永安4、5层楼面的商场及新永安“七重天”与老永安“天韵楼”等游乐设施之间，取得密切联系，形成一个由人行交通相互连通的整体。建成后，轰动了整个上海滩。抗战全面爆发后的1937年9月1日，郭琳爽在永安新楼开设了国货商场。

1941年哈同的遗孀罗迦陵去世后，又逢太平洋战争爆发，哈同洋行没有收回永安公司产权，1946年郭家以112.5万美元赎还永安公司产权。1949年5月25日倚云阁顶上升起了全市第一面五星红旗。20世纪50年代，在永安底楼开设骑楼式走廊作为人行道以缓解南京路上汹涌的人流。公私合营后，新永安公司商场改为上海第一医药公司。1958年上海最早的电视台在新永安大楼5—19楼安营扎寨，楼下几层后来成了华侨商店。最初的电视演播室设在新永安大楼13楼。上海第一根发射天线矗立在新永安大楼的顶端，上海自行研制的第一台图像功率500瓦黑白电视发射机，安装在新永安大楼19楼。那年10月1日晚，新建成的上海电视台在新永安大楼举行试播，电视节目内容丰富多彩，最后还放映了故事片《钢人铁马》。16年来，这里接待过海内外广播电视名流，为电台、电视台举办过大型酒会，曾是历届上海国际广播音乐节、上海国际电影节、上海电视节指定的接待单位，上海电视台直至1974年12月才从新永安大楼迁至南京西路651号。如今，永安新楼由七重天宾馆、老上海餐厅和Giordano（佐丹奴）服饰专卖店等入驻。

1987年老永安公司改组为“华联商厦”，2005年4月28日恢复原名——永安公司。身为南京路四大百货公司之一，永安公司是最坚持老上海风格的一家。即使商场引进了国际大品牌产品，在建筑内部装修和外部装修都依旧保留了老上海的风格。商场内部的步行楼梯和楼梯间的镜面设计也是沿用当时的设计。来这里购物的顾客不妨去走走楼梯，感受老上海的“转角”特有的味道。

新新公司大楼

以“玻璃电台”驰名的百货大厦

新新公司6楼大厅内的新新电台四周用玻璃隔断，俗称“玻璃电台”。原先神秘的播音过程可让顾客一览无余，并可一睹播音者的“庐山真面目”。于是，去新新公司看“玻璃电台”成了风靡一时的时尚新宠，新新公司的营业额也借以步步攀升。

新新公司是南京路“四大公司”中第三家开业的公司。其大楼坐落在今天的南京东路720号,也就是先施公司大楼的西侧。

新新公司的创始人是李敏周和刘锡基，他们是广东中山人，来自澳大利亚悉尼。在澳洲李敏周夫妻一开始经营杂货店，后发展成一家小百货商场，既零售也兼营进出口。这一切，为李敏周日后经营新新公司积累了宝贵的经验。1914年第一次世界大战爆发后，澳大利亚地价狂跌。李敏周低价购进大量土地。不久，战局趋稳，地价猛涨，大获厚利。1922年，有了资金积累的李敏周准备到上海发展。他那在上海先施公司当总监督的舅父黄焕南向他透露上海先施公司经理刘锡基等部分领导因在权和利上不满，正想脱离先施而另立门户，只是苦于缺乏资金。李敏周与刘锡基打小熟识，两人一拍即合。刘锡基说：要办一家百货公司，起码要筹足资本300万元银元。于是，刘锡基在上海、香港两地招股，从在沪粤商领袖陈炳谦、陈雪佳等人以及广东银行创始人李煜堂、东亚银行股东李星衢那里募集到100余万港元，但至少还需要200万。李敏周随即动身前往悉尼，以“推销中华国货”为宗旨向澳洲华侨招股，成功招股150余万，并自掏腰包，一共筹集180万港元，后来又从上海民间散户募股，终于凑齐300万启动资金。资金落实后，就开始选址。最后选定在广西路与南京路交叉口西北角，面向南京路，与先施大楼仅一街之遥的地块。这块地当时同样也归哈同所有，新新公司以每年8万两白银的价格租下，租期30年，计划修建一座7层高的大楼。

这幢建筑由匈牙利商鸿达洋行设计，建筑平面呈矩形，沿马路转角处作抹角。大楼简化了古典主义建筑繁复的线条和装饰，趋于简洁明朗的折中主义风格，立面采用直线条、方柱、长方形门窗，只在1、2楼间设置水平腰线。6楼挑出沿建筑周边的长阳台，铸铁栏杆，使立面显得丰富。面临南京路的楼顶中部设一座方形2层空心塔亭，是新新公司标志性建筑物，在高度及霓虹灯的设置上与“先施”“永安”争奇斗艳。屋顶东北、西北转角处建有巴洛克风格的圆顶塔楼各一座。全楼分前后部分，从2层往上中空，两翼相连成为一个整体。面朝南京路的前部1—3楼为商场，4楼为办公区，5楼货仓，6、7楼建造游乐场和饭店、餐厅等；后部一直延伸到天津路，一层与前部相连为商场大厅，2层为酒楼，3—5层为旅店，其余楼层设置茶楼、剧场。整栋建筑用了近两年时间建造，1925年底竣工，1926年1月正式开门营业。新新公司大楼设计前卫、结构新颖，内部也大胆采用最新技术与产品，它是上海第一家装置冷气空调的百货大楼，7楼西餐厅特地聘请来法国大厨主厨。底层辟有新新美发厅，是当年上海最高级的理发店之一，在屋顶花园还开出了新新游乐场。

新新百货公司落成后取名“新新”，其意“日新又新”。该词出自《礼记·大学》：“汤之盘铭曰：‘苟日新，日日新，又日新。’”据后任公司总经理的李敏周之子李承基理解：“我们的事业随着新时代而进展，日日都有新的改善，日日都有更新的成就。”在经营上，他们采取差异化竞争的策略，避开先施、永安领先的洋货业务，主营国货精品，打出“提倡

第一食品商店（原新新公司大楼）

国货”口号。

1926年1月23日上午，筹建3年的新新公司正式开业。华丽亮相的新新公司大楼在朝阳的照耀下熠熠生辉，1、2层之间的外墙上横挂着数十面彩旗，上面写着各式标语“远胜舶来”“推广国货”“薄利多销”等。店堂的楼梯两旁用成匹的丝绸各扎着一条巨龙，左右相对，双龙间高悬一颗龙珠，双龙体内不断喷吐出由香亚公司提供的香水，在空中氤氲成一片芬芳的香雾。从楼梯拾级而上，两旁摆满了各种盆花。揭幕式放在5楼礼堂，礼堂两旁摆满鲜花和红绿丝绸扎成的各种花束。礼堂两旁是茶会处及礼品领取处。先到的客人可在礼品处领到华商烟公司赠送的香烟及新新印制的开业特刊。开门仅两小时，闻讯而来的市民就把新新公司大门口挤得满满当当，总经理刘锡基不得不下令采取每隔10分钟放行一批顾客的限制措施。因来的市民太多，门口道路几乎为之堵塞。这样的广告效应既不用支付广告费，又获得了大量的人气。公司抓住了上海市民的猎奇心理，发明了“猜豆得奖”“当场摸奖”“房屋奖券”等促进消费的方式来吸引顾客，开业后一连几天的日子里，新新公司从早到晚人流不息，构成了南京路上一条风景线。但刘锡基总认为这些做法缺乏新意，他想独辟蹊径走出一条与众不同的路来。

刘锡基曾经听过外商电台的广播，其内容除去新闻、音乐等节目外，商业广告占到相当比例。他从中受到启发，寻思“既然洋人可以自办电台，我们何不也利用电台来做广告宣传呢？”刘经理想得不错，无线广播在20世纪20年代确实是一桩新鲜事。1923年1月，中国境内第一家无线电台——《大陆报》暨中国无线电公司广播电台，俗称“奥斯邦电台”才在上海开播。此后上海虽接连出现的数家电台均为外资背景，华商在这一领域还完全是空白。这一设想令刘锡基自己都感动了，他当即付诸行动。开办电台少不了广播发射机，恰巧，曾在旧金山学过无线电技术的新新公司技师邝赞得知他的想法后，自告奋勇承担了设计和制造电台设备的任务，在新都饭店大厅内自行设计、自行装备了一个广播电台。

1927年3月18日，从新新公司6楼传出了悦耳的乐声，上海的广播听众首次收听到呼号为XGX（后改为XLHA）的新新广播电台的节目。也许连刘锡基自己也未曾料到，新新电台刚刚诞生就一举创造了两项第一：上海第一家由华人创办的广播电台、中国第一座民营电台。新新电台每日广播6小时，大半节目用以介绍公司的各种商品和商业促销活动。戏剧栏目主要是转播屋顶花园游艺场演出的京剧、广东戏、申曲、苏滩、滑稽戏等，并邀请上海闻人王晓籁、袁履登等致辞，沪上戏剧界名角、名票也经常应邀到此演播，使新新公司的生意蒸蒸日上。许多商场也随之仿效，随着沪上同类电台越开越多，市民对新新电台的新鲜感不免逐渐消退。此时，聪明的刘锡基又想出了与众不同的一招。他一改“只闻其声，不见其人”的广播特色，别出心裁地把设在6楼新都饭店大厅内的新新电台的播音室改为全透明的，四周用玻璃隔断，故俗称“玻璃电台”，并从美国引进了全新的播音设备。如此一来，原先神秘的播音过程便可让来新新公司的顾客一览无余，并可一睹播音者的“庐山真面目”。于是，去新新公司看“玻璃电台”成了风靡一时的时尚新宠，新新公司的营业额也借以步步攀升。后来，在历次“国货运动”中，新新公司利用玻璃电台大肆宣传“提倡国货”，新新也因提倡国货而获得迅猛发展，最终与先施、永安形成三足鼎立之势。

天有不测风云。抗战爆发后的1941年10月，玻璃电台突然遭遇火灾，抗战胜利后重建，故取名“凯旋电台”。1949年5月25日上海解放前夕，新新公司的玻璃电台最早向全市人民广播了这个重要消息，并播放了人民解放军的约法三章和革命歌曲。20世纪50年代新新公司底层沿街开辟了骑楼走廊，人们可以在走廊里行走，缓解了南京路人流拥挤的问题。1952年，新新公司大楼改为上海市土产公司第一门市部，1957年起命名为上海第一食品商店至今。半个多世纪以来，一直是老上海人最为钟爱的食品商店。每逢过年过节，里面的人流摩肩接踵，成为南京路一道特殊的风景。

大新公司大楼

沪上自动扶梯的诞生地

作为南京路四大公司的“小弟弟”，大新公司最吸引人的是一部美国进口的奥的斯自动扶梯，这部今人早已司空见惯的自动扶梯在当年可是稀罕之物，不仅在上海，就是远东地区也是第一家。当时上海滩男女老少皆以到大新公司乘自动扶梯为摩登时尚，外地人到上海来“白相南京路”，也必定要到大新公司乘一乘自动扶梯。大新公司于是名声大振，生意兴隆。

大新公司大楼位于南京路步行街西入口处的南京东路830号，大新公司是南京路“四大公司”的小弟弟，于1936年1月10日开业，比1917年开业的先施公司、1918年开设的永安公司晚了近20年，比1926年开设的新新公司也晚了10年。但它却是规模最大、设备最新的一家。一开业便打破了原来三家百货公司三足鼎立的局面。

1932年澳大利亚华侨蔡昌来沪，见广东同乡开的“先施”“永安”“新新”三大公司都很红火，便决定也在这一带开一家百货公司。他选中了位于新新公司西南面的今南京东路西藏北路和六合路之间的一块土地开设自己的公司。这个地块原是20世纪初建造的联排式里弄住宅“忆鑫里”，十字路口转角处则是英美烟草公司代销店“荣昌祥”，蔡昌以高价买下该处地皮，于1934年11月19日破土动工，1936年1月10日建成开业。公司命名为大新，寓“旭日初升、大展新猷”之意，英文名“The Sun”。

在四大公司中，其他三家都是外籍建筑师设计，只有大新公司是中国泰基建筑事务所设计的，当时中国工程界著名建筑设计师关颂声、朱彬、杨廷宝、杨宽麟参加了设计。建筑体型壮观，立面简洁，以竖线条构图为主，平面呈方形，沿转角处作弧形处理。建筑外貌是装饰艺术派风格，但采用了中国传统韵味的细部与装饰，如顶层以简化的中国式栏杆和挂落装饰，室内采用磨石子地坪，装饰花纹多采用中国传统形式，外墙全部用奶黄色釉瓷饰面，外墙底层采用青岛产的黑色大理石做护壁，建筑共10层，1、2层之间的大遮篷下部是用国产黑闪石装饰的环绕3面的18扇玻璃大橱窗，东南西3面设玻璃大门7处。楼内柱间距较大，铺面设计高敞宽畅，空气流畅，采光良好，地下室至3层是宽敞的商场，4层南部为大新写字楼，西部为货仓，东部设茶馆，中部作商品陈所，供购物指导及国货厂家宣传之用，并特设书画部，作为书画展览场地。5层为大新舞厅和酒家，6—10层为布置精巧的大新游乐场，有戏马台、罗跨亭、藏春坞、银河桥、御风楼、来青馆、螺丝谷、溪山小筑、剪松亭、青云路、袖潮楼、鱼俪轩、万花棚、凌云阁、垂虹径、五福亭“天台十六景”，同时开辟京剧、话剧、电影、滑稽、魔术的演出。为方便游客，在六合路及西藏中路专设楼梯及电梯4部，不与商场连通。楼内还有冷暖气设备，是上海最早全天空调开放的百货公司，一年四季温煦如春。

不过，大新公司最吸引人的是一部美国进口的奥的斯自动扶梯，这部今人早已司空见惯的自动扶梯在当年可是绝无仅有的稀罕之物，当年不仅在上海，就是在远东地区也是第一家，经当时申报记者一宣传，越发引起市民好奇。大新公司首度开门迎客的当天，广大市民兴冲冲地赶来，有的甚至是全家出动，几乎所有的人都是冲着上海第一部自动扶梯而去尝鲜的。南京路上人山人海，公司大门一打开，只见人头攒动，黑压压一片，商场内被挤得水泄不通，面对潮水般涌来的观光者，公司只得临时买起门票，4角钱可以上下乘坐一回，乘完电梯后，凭票在商场里购物还能现场抵扣。这部奥的斯扶梯每小时可供4000人上下，以一天营业12个小时计算，开幕那天估计有4.8万人来到大新公司。自动扶梯无形之中成了最好的广告，当时上海滩男女老少皆以到大新公司乘自动扶梯为摩登时尚，连上海郊区四乡八镇的农民也扶老携幼前来，自动扶梯为大新公司带来了源源不断的顾客。外地人到上海来“白相南京路”必定要到大新公司乘一乘自动扶梯。大新公司于是名声大振，生意兴隆。至此，上海南京路遂有了“四大公司”之称。

大新公司的出现，让其余三家公司感到了威胁。他们决定联合行动，大新开业前夕，先施、永安、新新联手通知国货厂商，以停止采购为威胁，禁止它们向大新供货。在大新公司开业一月后的2月24日，三家公司联合举行了“春季大减价”，企图给大新一个下马威。面对三大百货联手绞杀，大新多方组织货源，采取“薄利多销”的策略避开锋芒，并且别出心裁地向生产商订购特制“大新牌”香皂、衬衫、雪茄等商品，在地下一层开辟面向普通大众的廉价商品部，一时间上海市民蜂拥而至，由于人数众多，只能凭票入场，赚足了人气与名气。不仅如此，大新公司还在商场推出函购、电话购、送货上门以及修理、设计、安装等服务。有两项措施备受顾客欢迎：一是退换他货，对已购商品不满意，可以调换其他商品；二是余货退回，顾客批量购买香烟、洋酒之类，可在节庆宴会等使用后将剩余商品退回结算，令人耳目一新。大新公司还注重在商场内营造文化氛围，4楼书画厅出租给文化团体和个人举办各种展览和义卖募捐活动，吸引了众多艺术家前来设展，如画家丰子恺、王亚尘、关山月，摄影家郎静山等。第一届全国漫画展览，第二、第三、第四届全国木刻展览曾在这里举办。1938年，海派书画家唐云、白蕉、邓散木、若瓢举办《杯水画展》，以支持抗战、救济难民为主旨，展品全部售

第一百货商店（原大新公司大楼）

完，还不断重画。

1937年11月，日军入侵，上海租界成为孤岛，市民纷纷携款避入租界，给南京路各百货公司带来商机。大新公司营业额由1937年的379.5万元上升到1941年的3 925.97万元，位于永安公司之后而名列南京路四大百货公司第二。可惜好景不长，1942年太平洋战争后，其经营管理权落入日本人之手，已无法正常营业了。抗战胜利后，曾出现过短暂繁荣景象，之后又遭重创，元气大伤。1947年蔡昌携全家定居香港，逐渐将上海大新资金转移到香港，上海大新公司继续艰难维持。难得的是它依旧坚守着自己的文化品位。1949年4月，张乐平在大新公司4楼书画厅举办“三毛生活展览会”，为流浪儿募集善款，各界人士纷纷捐款捐物，成为轰动一时的社会新闻。

1953年，历经风雨坎坷的大新公司大楼改建为上海第一家大型国营百货商店，称为上海市第一百货商店，上海人喜欢叫它“中百公司”。20世纪80年代前，这里一直是全国最大的百货商店，也是各地游客到上海必逛的商场。

华丽转身为上海第一百货商店的大新公司大楼在熙熙攘攘的南京东路屹立了80多个春秋，在上海人心里早就成了上海的经典地标建筑之一，它旁边的南京路已成为南京东路步行街的起点，人们进入步行街首先看到的就是大新公司大楼巍峨的身影。2017年底，重新整修后的上海第一百货商店以全新面貌回归南京东路商圈，更名为第一百货商业中心，并打出了标语“老地方，新体验”，浓浓的海派风情吸引了无数海内外游客纷至沓来。

慕尔堂

老上海的社交学堂

这座闹市中心的基督教堂是邬达克设计的，其外立面采取美国学院派哥特式风格，局部处理有罗马风，使之既有强烈的视觉冲击力，又超越了世俗审美空间，显得神圣而空灵。教堂的钟楼顶部安装了一座5米高的旋转霓虹灯十字架，夜晚，闪闪发光的十字架和近在咫尺的南京路上的霓虹招牌交相辉映，光影笼罩下的慕尔堂显得格外幽深神秘。

在上海的教堂中，慕尔堂所处的位置大概是最热闹的，这座有着哥特式高耸塔楼的基督教教堂挺立在车水马龙的西藏中路316号，长长的影子影影绰绰地落在对面的人民广场上。从1931年建成至今已有将近90年的历史，教堂犹如一位白发绅士始终微笑地俯视着门前熙来攘往的俗世人群。

教堂建在如此热闹的万丈红尘间其实是不得已而为之。说来话长。慕尔堂的前身之一是美国监理会传教士蓝柏于1847年建于今福建南路延安东路的“三一堂”，这是监理会在上海活动的开始。1887年，美国基督教监理公会传教士李德又在云南路汉口路附近建立了“监理会堂”。1900年，美国堪萨斯州捐款人慕尔为纪念死去的女儿，捐了一笔钱给监理会，监理会堂遂改名慕尔堂。后来，又将三一堂归并慕尔堂内。20世纪20年代末，慕尔堂的信徒已超过了1 000人，旧堂不敷使用，遂筹款在该地建造新堂。新教堂筹建时，有一位香港商人看中了今汉口路西藏中路转角处的中西女塾房地产，意欲购买下来建扬子饭店。中西女塾也是监理会人士办的，由美国女教士海淑德创设，得到监理会会督墨梯帮助，故它的英文名叫作“墨梯学校”。慕尔堂筹建新堂时中西女塾已购到了今江苏路53亩土地并已改名为中西女中，此时需要一大笔钱修屋扩建，当然愿意把中西女塾的房产卖给港商，条件是“必须将原校址与筹建中的慕尔堂对调”，也就是新建的教堂必须建造在原中西女塾的地皮上。在监理会的协调下，港商在慕尔堂旧址即云南路汉口路租地建扬子饭店，慕尔堂新堂就在原中西女塾的地块上兴建起来了，大门面向喧闹的西藏中路，而原该热闹的扬子饭店倒是

沐恩堂（原名慕尔堂）

藏到了相对偏僻的汉口路上了。这似乎有点阴差阳错。

这座上海最高的基督教教堂是由匈牙利建筑师邬达克设计的，有着浓厚宗教情结的邬达克是以对宗教的深深敬畏设计这座教堂的，为此，这位天才的设计师投入了巨大的激情。邬达克运用了当时世界上最流行的视觉审美方式，其外立面采取了美国学院派哥特式风格，局部处理亦有罗马风，使之既有强烈的视觉冲击力，又超越了世俗审美空间，显得神圣而空灵。整个教堂建筑包括大堂及西南角的一座钟楼、4层楼附屋等。当年，邬达克在设计时，外墙以凹凸红砖相拼，形成独特的肌理，是上海建筑中唯一使用这种手法的建筑，建筑墙角及窗口镶有深灰色隅石，大堂入口、侧面和塔楼采用火焰式尖拱窗，是典型的哥特复兴式，显得古朴神秘。慕尔堂有宽大的门厅，门厅上层是一间小礼堂，为木结构尖拱屋顶。经过门厅可进入中间大堂，大堂为三跨空间，其中中央跨度特大，三面围有挑台，总共能容纳1 000人。其中正厅560人，楼座380人，唱诗班处60人。大堂的西北、西南、东南三面均为4层楼建筑，分别用作牧师办公室、幼儿园、中小学教室、宿舍等，设计者把东北角原有的一幢建筑纳入新的建筑群中，利用5个单体建筑围合成4个半封闭的院落，分别作为主要入口。这样的布局突出了礼拜堂在功能及精神意义上的中心地位，充分体现了西方文化以宗教为中心的特点。大礼堂的南北两侧有着宽阔的走廊，除了连接建筑各部分以外还提供了一个怡人的室外过渡空间。礼拜堂内长方形的柱子和楼座栏杆都用斩假石饰面，顶部外露水泥幔尖拱顶，中间讲经台亦用斩假石做成，地面则为水磨石的。

建筑多处采用尖拱门窗和束柱，显示出哥特式建筑的典型特征，靠外廊两侧尖券形的彩绘玻璃花窗以黄色调为主，内容是圣经故事，奇幻的色彩映照出教堂空间的圣洁和神秘的宗教氛围。礼拜堂内采用了类似西方古典歌剧院的布局，东端设唱诗班座席，2层楼三面围合，顶部作肋骨拱顶形式，外侧有扶壁。东边的门厅虽进深较浅，但由于南北长，故显得宽敞，可兼作休息厅。门厅的上部利用屋架空间辟出一间小礼拜堂，其顶部也是木构尖拱屋。西南角的大楼梯一角有一个独特的西班牙螺旋柱支撑，楼梯顶部便是高达42.1米的钟楼。教堂建成时其“建筑雄伟，居全国各堂之首”。1936年，一位美国加州的教徒前来参观时，捐资在教堂的钟楼顶部安装了一座5米高的旋转霓虹灯十字架，四面转动，到了夜晚，十字架闪闪发光，和近在咫尺的南京路上的霓虹招牌交相辉映，光影笼罩下的慕尔堂显得格外幽深神秘，令人向往，无形中成为当年上海滩一座时髦的教堂。

慕尔堂因其优越的地理位置和完善的功能，受到教徒们的喜爱。慕尔堂创办的中西女塾、女子宿舍等慈善教育事业也相当出名。当年，宋耀如曾是监理会牧师，他的女儿们宋氏三姐妹就全部在中西女塾求学。因此，慕尔堂素有“社交学堂”的美誉，此社交指的是为大城市提供社会交谊服务的教堂，内设社会教育、慈善、医药、救济、体育等事业办事处。1932年，为中国抗日而牺牲的美国飞行员罗伯特·肖特（Robert Short）的葬礼，便是在慕尔堂中举行。当天，上海各界下半旗志哀，整座教堂被围得水泄不通，最后竟然还有一千多位来宾没能进入教堂。各界人士所送的花圈用了四十多辆卡车才全部装下，其中也包括了蒋介石和宋美龄献的花圈。在“一·二八”和“八一三”事变期间，慕尔堂收留了千余名难民，组织他们以擦皮鞋、理发等手段谋生自救。1935年美国教会援华会总部设在慕尔堂，将大批物质转分到全国各教会团体，慕尔堂也接受了一批救济物质，分给贫困信徒。

太平洋战争爆发后，慕尔堂被日军占领，成为宪兵司令部，骄横的日本军人竟然将慕尔堂神圣的大堂改成了马厩，庄严的祷告之处，成了马匹的居住之所，群马身上散发出来的难闻气息充塞着神圣的空间。抗战胜利后，教堂被归还，但里面的座椅大多已被破坏，又从美国定做了一批新的座椅。

新中国成立后，慕尔堂迎来了新生。1958年，黄浦区各教派实行联合礼拜，将慕尔堂改名为沐恩堂，意为沐浴于主恩之中。沐恩堂地处上海繁华热闹之地，来上海观光的外宾一定会到南京路、人民广场逛逛，顺道会拐进这座美丽的教堂，因此沐恩堂也承担着繁重的接待任务。每逢基督教的节日，沐恩堂有各种特殊礼拜，如圣诞节有隆重热烈的音乐崇拜，还表演圣剧；受难节有耶稣受难音乐崇拜；复活节有耶稣复活音乐崇拜。此外还有敬老礼拜、感恩礼拜，还经常有信徒来此举行结婚礼拜、追思礼拜等，全国或上海基督教界重大会议和典礼，也会选在沐恩堂里举办，如1988—1998年的历届华东神学院学生毕业典礼就是在沐恩堂举办的。上海市基督教三自爱国运动委员会和上海市基督教教务委员会会址也都设在沐恩堂内。

沐恩堂建筑多处采用尖拱门窗

扬子饭店

“玫瑰玫瑰我爱你”的首唱地

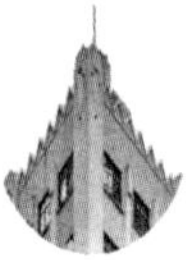

有“银嗓子”美名的歌星姚莉曾在扬子舞厅常驻演唱，风靡海内外的经典老歌《玫瑰玫瑰我爱你》就是由姚莉在扬子饭店首唱的。姚莉当年不但在扬子饭店唱红，同时也收获了自己的爱情。扬子饭店经理黄志坚的儿子黄保罗疯狂地爱上了她，两人相恋成婚，成为当年上海滩轰动一时的新闻。现在，扬子精品酒店还特意保留了这首歌作为客房的背景音乐，大堂里到处缀满着玫瑰元素的装饰品，淡雅的玫瑰香气飘散在空间。

在汉口路云南南路口的汉口路740号坐落着的扬子精品酒店是一栋有着近80年历史的建筑，它的建立有着特殊的意义。

20世纪二三十年代，上海被称为东方巴黎，由于和外国通商以及文化交流频繁，成为当年亚洲高级酒店最为密集的城市，但其中大多数豪华饭店都是由洋人投资经营的，如礼查饭店、汇中饭店、大华饭店、华懋饭店等。1932年6月，由华商出资成立的扬子饭店股份有限公司向当时在沪设立的美国教会监理公会总布道会妇女协会租地，决定建造一家决不能输给外商的华资高级饭店。公司不惜花费重金聘请了当年刚刚从法国留学归来的华人建筑师李蟠操刀设计，李蟠亦将扬子饭店设计定调为当年法国特别流行的装饰艺术派建筑风格。建筑为9层，立面简洁富有韵律感。大楼采用沿路周边布置，中央留有天井。大楼面向九江路的9—8—6—5层呈台阶形，面向云南中路的8—6—5—4层，则逐层跌落，由于建筑体形采用台阶形组合设计，因而沿街客房都有室外的生活阳台且视野也更为开阔。米灰色的外墙色彩、丰富的纵向直线条装饰和逐层退缩的结构轮廓，使整体外观显得华丽而富有个性。底楼除饭店办公场所外，设有中西餐厅、酒吧，还有一个带弹簧地板的精致跳舞厅。2楼至8楼是客房，共200余间房间，裱以色彩各异的墙纸，家具款式也不一样。9楼是餐厅，顶上是平台，上面建造过3间小房子，供经理休憩。其余空地上设置花草树木和凉亭，犹如屋顶花园。在酒店内部装饰设计中最多的是放射状和菱形的几何图案以及金色和粉色的装饰色彩，这些色彩娇媚而内敛，犹如大家闺秀。大堂立柱表面刻有斜形线条，并均匀向上延伸，每个立柱上均雕有嵌入式组合图形，图形由菱形与波浪图案对称分布，和墙壁上的蜡烛形壁灯共同营造出一种扑朔迷离的神秘氛围，让来宾感受到一种独特魅力。建筑的这些特色符合彼时上海滩对于现代摩登的需求，有着浓浓的海派风情。

1933年11月6日，扬子饭店落成开业。揭幕当日即备受上海新闻媒体和社会名流的关注，不仅《申报》等沪上知名报纸纷纷以“华资高级饭店叫板外商酒店”为热门话题做宣传，更有国际建筑刊物将扬子饭店誉为“远东第三大饭店”，受到了全上海甚至全世界的瞩目。开业当月就吸引了胡蝶、徐来等上海演艺界明星捧场，而阮玲玉、“金嗓子”周璇、“银嗓子”姚莉等名媛日后也很快成为扬子饭店的熟客。扬子饭店底层设有风格独特的舞厅，舞厅隔成3层，底层为可供100对舞者同时翩翩起舞的大舞池，舞池周围地板内有镶入玻璃框中的彩灯，当年有上海滩“弹簧舞池”美誉，号称全中国都找不出第二家。舞厅第二层外圈高出大舞池15厘米处摆放着一个个小圆桌，每个小圆桌可供四人喝茶，最外一圈又在高出中间层15厘米的四周设置包房，供贵宾使用。舞厅顶部四周镶嵌彩色灯泡，可随舞曲变化闪现时明时暗的灯光，显得如梦如幻、扑朔迷离。扬子舞厅还聘请了十几个人的外国人乐队为舞会伴奏，诸多海内外歌手当年亦都以在扬子舞厅演出为荣，使得扬子舞厅很快跻身于上海一流舞厅之列，其名声不下于当时的“百乐门”“仙乐”“丽都”以及“大都会”等老牌舞厅。阮玲玉的情人、上海滩大亨唐季珊是扬子饭店股份有限公司的大股东之一，加上阮玲玉喜欢跳舞，唐阮两人一有空便会在扬子舞厅内

扬子精品酒店

翩翩起舞，这段浪漫情史在当年的上海滩几乎家喻户晓。据上海王开照相馆创始人王炽开的侄子、“百岁老人”王振寰回忆，除了阮玲玉外，周璇、胡蝶等上海名媛也经常出入扬子舞厅，王开照相馆的摄影师当年也经常被召唤去为这些名人的聚会照相。然而繁华散尽却归凄凉，1935年3月7日凌晨，25岁的阮玲玉在新闸路沁园村的寓所内吞服大量安眠药自杀，次日与世长辞，红消香断，留下“人言可畏”四字。阮玲玉自杀轰动海内外，出殡时全上海有几十万民众相送，当年《纽约时报》驻沪记者还专门为阮玲玉自杀写专题报道，将她的去世比作“当今世界上最伟大的哀礼”。令人唏嘘的是阮玲玉把自己年轻生命的最后几个小时留给了扬子饭店，在这里阮玲玉陪她的情人、上海滩大亨唐季珊在扬子饭店的舞池里跳完了属于他们的最后一支舞……

姚莉是民国时期著名歌手，有“银嗓子”“百代唱片女王”的美名，她也是演唱国语流行曲资格最老、中国流行音乐史上最具代表性的歌星之一。 据说，这位当年红遍上海滩的歌星从1942年至1946年曾在扬子舞厅常驻演唱，风靡海内外的经典老歌《玫瑰玫瑰我爱你》就是由姚莉在扬子饭店首唱的。姚莉当年不但在扬子饭店唱红，同时也收获了自己的爱情，扬子饭店经理黄志坚的儿子黄保罗疯狂地爱上了她，两人相恋成婚，成为当年上海滩轰动一时的新闻，也被当年沪上的大小媒体争相报道。现在，扬子精品酒店还特意保留了这首歌作为每间客房的背景音乐，此外，酒店还专门以“玫瑰”之名命名了一间套房，这间套房也成为酒店标志性的套房之一，受到很多客人的青睐。

当年，扬子饭店的服务员都能讲一口软糯的上海话，扬子饭店师傅做出来的西点也丝毫不逊色于南京路上其他外资西餐馆，再加上扬子饭店的华资背景，致使沪上诸多本地商人和政府高官乐于出入其中消费。20世纪40年代初，很多上海资本家开始纷纷移民香港，不少达官贵人在临行前都喜欢选择在扬子饭店设宴告别，许多社会名媛都在扬子饭店的西餐厅依依惜别，甚至有名媛在上海报纸上写专栏感叹“去了香港，以后可能再也吃不到那么好吃的奶油蛋糕了”。新中国成立后，扬子饭店收归国有。由于扬子饭店地理位置优越，离上海市中心人民广场和外滩都仅需步行就可抵达。登楼远眺，更可见人民公园全景，因此扬子饭店在很长一段时间内成为上海市政府接待重要外宾的一个主要餐饮场所。

2009年扬子饭店进行了更新改造，华丽转身为“上海扬子精品酒店”，酒店原汁原味地保留了原有的装饰艺术派特色。进入大堂抬头便可见巨大的玻璃镶嵌着装饰艺术元素图案的顶，其原型是从扬子饭店时代保存下来的，经过后期的修缮后足足放大了3倍，在灯光照射下绚丽梦幻，是酒店Art Deco风格的充分诠释。黑色钢琴背后是通往2楼的旋转楼梯，楼梯造型呈波浪形蜿蜒，楼梯的扶手上雕刻着简洁的金色几何图形，略显夸张地向外延伸，楼梯上铺设着黑底红纹的地毯，整体色调华丽又不失典雅。大堂里到处缀满着玫瑰元素的装饰品，粉色玫瑰鲜花与周围融为一体，淡雅的玫瑰香气悄无声息地飘散在空间。楼层走廊墙上展示着富有老上海特色的收藏品，一侧墙上

展示着富有老上海特色的收藏品，一侧墙上展示着与扬子饭店有关的传奇人物的图片和介绍，除了设计师李蟠，歌星姚莉，影星阮玲玉、胡蝶、徐来等，还有当年首任业主潘尚林。2019年12月1日，我应上海联劝公益基金会250爱心专项基金创始人王倩蔚女士之邀，在扬子精品酒店9楼的珍珠厅做公益分享活动，活动当天潘尚林的孙女、旅居上海的作家潘翎女士也来到了分享会现场，扬子饭店总经理杨熠女士还陪同她到2楼参观。潘女士既感动又惊讶。她说自己知道爷爷当年在上海滩有很多产业包括拆掉的跑狗场，但是没想到现在爷爷的照片还挂在酒店里。时代真是越来越尊重和保护历史了。

改建后的扬子饭店每个房间的格局和布置都是独一无二的，客房内独立的阳台可以尽揽城市中心美景。客房里电视开机音乐是“玫瑰玫瑰我爱你”，令宾客仿佛又回到了昔日上海。设在底层的Chelae·旗西餐厅，高级灰的墙布，地中海风情的地坪、海派壁画、轻轻播放着“玫瑰玫瑰我爱你”歌曲的复古留声机。二楼的1933Rose中餐厅，无论是玫瑰主题的装饰元素，还是桌上玫瑰花的布置，都呼应着“玫瑰传奇”的主题，把浪漫的玫瑰风情演绎到了极致。而9楼的无柱式宴会厅，大型金色浮雕装饰壁画和华美的水晶吊灯尽显典雅华贵。浓郁的海派味道，扑面而来的老上海浪漫风情让人迷醉。那天，活动结束，我站在珍珠厅外的露天平台上，看着夕阳一点一点如胭脂般染红了人民广场和南京路的天空，恍惚间仿若穿越到了20世纪30年代的流金岁月，而那一抹越来越浓的残阳又似乎幻化成了殷红的玫瑰……

东方饭店

面朝人民广场的一头“雄狮”

远远看去，东方饭店犹如一头蹲在那里昂起头颅的雄狮，由于建筑面对着空旷的人民广场，显得格外醒目。当年，这里是有钱人享乐休闲的地方。新中国成立后，东方饭店变身为上海市工人文化宫，半个多世纪以来，各种各样的群众文化艺术团体活跃其中，许多工人艺术家从这里脱颖而出，话剧《于无声处》就是在这里诞生的。

在北海路和广东路交叉口的西藏中路120号坐落着一幢体量庞大看上去十分壮观的大厦，大厦细部装饰华丽，融合了文艺复兴式、巴洛克式和新古典主义形式等折中风格。顶上镌刻着1929字样，这是它的诞生年代。

当时的西藏中路120号属于公共租界，周围有众多旅馆、饭店、娱乐场所等，因其拥有便捷的交通而成为上海的一条旅馆街。西藏中路上自北向南有一品香、爵禄、大中华、东方、大陆、远东等，都叫“饭店”，全都是4层或5层的高楼，而东方饭店是这条旅馆街上规模较大的一幢。东方饭店土地原属沙逊洋行名下的一条里弄，名“永定坊”。1926年，拆除原有建筑开始筹建东方饭店，由建筑师乌鲁恩设计，华商久记营造厂承建，竣工于1929年。

这幢建筑整体包括两个部分，主楼7层，辅楼5层，虽然大楼不算高，但由于这里的地形前宽后窄，却给人一种高大的感觉，远远看去，犹如一头蹲在那里昂起头颅的雄狮，可见设计师的匠心。同时，由于建筑面对着空旷的人民广场，显得分外醒目和突出。建筑平面倚道路成楔形，楔端主入口处为立面构图中心。其主、副楼为两块长方体合成结构，主楼为立式长方体，副楼为卧式长方体，主副楼一体。大厦的檐、角、顶为直线，直线间形成大大小小的矩形平面，在平面间设置或凹或凸的半圆形窗和方窗，高高的圆柱、弧形的黑色铸铁栏杆阳台，直线与曲线、方与圆的融合，使得整个建筑既庄严华贵又活泼多姿。硕大的半圆拱形窗下是面向人民广场的方阔深邃的双重式大门，大门两侧及周边的1、2层墙面用花岗石贴面勾勒粗缝砌成，副楼2层以上墙面为红釉砖清水墙面。主楼正门上方3—5层之间和两侧前部的3—5层之间各贯以两根爱奥尼克式巨柱，尤其是正门上方两根石柱华丽精美的柱头显得十分壮观，极具古希腊风格。饭店3—5层配置方窗，窗外都有半弧形阳台伸出楼面，客人可以站在阳台上看周围的景色。上面一层有宽大的水平檐口，檐下有齿式，具有文艺复兴时期的建筑特色。在水平檐部之上还有一层顶层，顶层之上有高高的女儿墙装饰。7层上为平台，临街牌楼式的楼顶渗进了中国建筑元素，楼顶上的水泥屏上可以插旗杆，节日时彩旗飘飘，引人注目。中间大门设置浅雨篷，上有半圆拱。进入门内是个高达两层的圆厅，中间有6根圆柱支撑，呈圆形排列，高至2楼的平顶，增加了大厅空间的层次感。

东方饭店竣工后于1930年11月开业，饭店创办者陈杏春、徐孟园、严蓉卿和沈永康等人，都是沪上旅馆业界的佼佼者。早在1923年，陈杏春、徐孟园等就在汉口路666号创办了东方旅社，东方饭店堪称东方旅社的“升级版”，这里既是商业处所，又是文化娱乐的会所，还是当时有钱人享乐休闲的地方。东方饭店有近300间客房，饭店内附设餐厅、舞厅、弹子房，还有创办于1932年的东方广播电台，播放评弹、沪剧、滑稽以及话剧等戏剧节目，很受听众喜爱。楼下设有东方书场，开上海在旅馆里设书场之先河。书场有座位400个，冬铺皮垫，夏铺凉席，是20世纪30年代上海最大的书场，档次超过一般的茶楼书场和小书场。东方书场说的大多是我国古典章回小说，如《三侠五义》《三国演义》《水浒传》《隋唐演义》等，一些清末

工人文化宫夜景

的奇案，也被说书人加工后搬进了书场，吸引了很多人前来听书，每天门庭若市。东方饭店后来还设了东方剧场，上演沪剧等。饭店面向当年的跑马厅，尽享地段优势，昔日来看跑马的游客自然会选择在这里下榻。抗战胜利后，民营无线电播音同业公会也设在东方饭店内。

东方饭店还是著名戏剧家洪深最青睐的一家饭店。从1930年开张直到1937年“八一三”事变爆发之时，洪深陆陆续续在这里“开房间”，短则几天，长则几周乃至数月，东方饭店一度成为他的临时寓所。据作家于伶回忆，洪深常订的客房是“四楼北部的那间狭小的房间”。在这里他日间会朋友，讨论剧本，夜里埋头写作。东方饭店“那间狭小的房间”见证了上海戏剧工作者抗日救亡的激情，难怪于伶感慨道，“洪老这一间旅馆房间对于活跃与推动戏剧工作的作用有多大啊”。1955年6月，自知来日无多的洪深从北京来到上海，除了看望老朋友外，还要走访两个地方：一是江湾五角场的复旦大学；另一个便是西藏中路上的东方饭店，虽然那里已不是饭店，他还是想要在里面“开个房间”，以寄托怀旧之情。

在我国第一个国庆纪念日来临前夕，东方饭店改为上海市工人文化宫。1950年9月30日揭牌时的盛况人们记忆犹新。那天从清晨起，文化宫内外张灯结彩，每一个窗口上悬挂着的红旗迎风飞舞。门前锣鼓喧天，两头舞狮欢蹦乱跳，一派喜气洋洋景象。上午8时，高举火把的火炬队伍浩浩荡荡地从新世界金谷饭店出发，经南京西路、黄陂北路、延安东路、大世界进入西藏中路，到达工人文化宫，并把门口象征胜利之火的火盆点燃。开幕典礼上，陈毅市长为文化宫题写了“面向生产，学习文化”的题词，并赠送了“工人的学校和乐园”的横匾，悬挂在进门圆厅的墙上。工人文化宫设施齐全，娱乐中心、大型活动制作中心、培训中心、艺术中心、电视制作中心等分布在各层楼面，并有展览厅、图书馆、咖啡厅、餐厅、旅行社、健身房及活动室等。半个多世纪以来，各种各样的群众文化艺术团体活跃其中，许多工人艺术家从这里脱颖而出，话剧《于无声处》就是在这里诞生的。

20世纪90年代，文化宫6楼恢复了东方饭店的功能，成了上海市工人文化宫东方宾馆。在东方饭店楼顶还藏着一个空中花园。乘电梯抵达6楼，从左手楼梯上去，便见一个长长的以一长圈罗马柱围合的回廊，回廊的尽头是餐厅。回廊旁的花木丛中一截粉墙上镌刻着金灿灿的“空中花园”4个大字。循迹而去，走过又一段楼梯后，空中花园才显现在面前。首先让人惊艳的是8根罗马柱围成的一个半圆形建筑，神似古希腊剧院的舞台，半圆形舞台背后还有一长长的平台，那是刚才走过的回廊的廊顶，是通往空中花园另一半的通道。在空中花园，向西可俯瞰大半个人民广场，远看，是林立的高楼大厦，中景高架公路蜿蜒曲折，近景则是满眼绿色，探头又可见西藏路上的车水马龙，端的是一幅美妙无比的大都市立体画。入夜，璀璨的灯光把周围衬托得犹如人间仙境，一片流光溢彩，你会觉得自己仿佛在云中漫步。21世纪初，我曾经有大约七八年的时间受聘在这幢楼里编一本文学刊物，每周要在5楼的办公室里开一次选题会。会议间隙，我喜欢站在办公室外的阳台上眺望车水马龙

上海市工人文化宫（原为东方饭店）

的人民广场，主编宋老师在阳台花盆里种着一大丛越长越密的落地生根，他切了一丛送给我，至今它们依然在我的露台上恣意地生长着，令我情不自禁地想起那段在昔日东方饭店编杂志的岁月。

跑马总会大楼

上海滩跑马的最后遗址

英式古典主义风格的跑马总会大楼当年是供跑马总会会员享乐的高级俱乐部，大楼西北转角处8层高的钟楼建成至今始终是浦西的地标性建筑。如今，在昔日跑马厅顶楼还设有空中花园和餐厅，站在平台上钟楼仿佛触手可及，俯首可见南京西路和人民广场的美景。上海历史的沧桑扑面而来，却怎么也找不到80多年前跑马场喧腾的余音。

左、右图：白昼与夜幕下的上海历史博物馆（原跑马总会）

靠近黄陂北路路口的南京西路325号坐落着原跑马总会大楼。它是距今100多年前上海跑马的最后“遗址”。一旁绿树成荫的人民公园和花团锦簇的人民广场，过去都是这个跑马场的跑道。

跑马是西方人喜欢的娱乐和博彩业，在旧上海曾风行一时。上海的跑马始于1850年，麒瑞洋行的英国大班霍格等组成了上海最早的跑马总会。上海最早的跑马场设于南京东路河南中路路口，后因地价上涨被卖掉。后在今湖北路、北海路、西藏中路和芝罘路圈内又辟建了第二个跑马场，1860年，该处地价又涨，于是，跑马总会再次将其高价卖掉。在清政府同意下，霍格用低价强征了今西藏中路、南京西路、黄陂南路、武胜路围起的农田466亩（约310 667平方米），当时场地中间还有一个70余座房子的村庄，最终用这块土地开辟椭圆形的第三跑马场，习称跑马厅，有草地跑道和硬跑道两个跑圈。随后，跑马场还开辟新的公共运动场，公共运动场内有游泳池、高尔夫球、棒球、网球、足球场地。跑马总会在场地上造了看台、马房、弹子房、酒吧等。不久，在跑马厅四周逐步修筑起四通八达的交通干道，还在周围修建了首批欧美风格的里弄住宅。在四周的道路和娱乐场所的烘托下，跑马厅的地理优势非常突出，其规模堪称远东第一。起初，跑马厅每年举办赛马、开彩，起先都规定不向中国人开放，只有上海道台、知县等官员每逢春秋赛马时，得到特邀才能前往观光，因此赚钱不多。一直到1909年，中国人才可以买票进场参与赌马，跑马厅向中国人开放后获利惊人。最初，国人出于好奇，花几块钱进去见识一下什么是跑马，进去后不由自主就睹起马来。此后，总会干脆发行称作“香槟票”的彩票，香槟票的来历是因马场开始时赛马并无彩金，胜者仅获一瓶香槟酒，故后来的彩票以香槟命名。香槟票在全国各地委托香烟店、彩票行代销。举行赛马开彩后，号码在报纸上公布，不在上海的人也可以参与。香槟票每张售价10元，设头彩、二彩、三彩等不同彩金，头彩最初可得10万元，后涨至15万元，最后加码至22.4万元。以20世纪30年代计，每张赛马门票5元，一场售数千张，加上各种彩票每天净收入数以10万元计。据史料记载，赛马会的门票收入每年有10万银元以上，马票的收入更多了。那时，几乎每星期都要赛马，不知有多少想要发财的中国人为此输得倾家荡产，而跑马总会却坐收巨利，跑马厅成为上海滩最大的赌场和销金窟。

1925年跑马总会沿着西南面黄陂北路上建起了具有英国早期近代建筑风格的3层楼红砖墙房子，1楼作为马厩，2、3楼作为行政办公室及会员配套午餐间。1933年发了大财的上海跑马总会拿出200万两银子，开始在今南京西路、黄陂南路路口建造跑马总会大楼作为供跑马总会会员享乐的高级俱乐部。跑马总会大楼由英商马海洋行设计，建筑为英式古典主义风格兼具新折中主义特色。大楼东面面向跑马场（今人民公园），当年大楼面朝跑马马道的一面底层建有大型露天看台。建筑外墙用红褐色面砖和石块交织砌筑，底部砌有花岗石；东西向立面具有横三段、竖五段的古典主义构图，西侧立面贯通2、3层的由8根巨型塔什干式柱形成的柱廊十分醒目，西北转角处有一座8层高的钟楼，高达53.3米。钟楼最上部是四面三角形坡形顶，顶

上海历史博物馆空中花园的平台上铺着草坪

与大钟之间是瞭望台。钟塔上的巴洛克涡卷雕饰十分华美。钟楼四面镶装着圆形的大钟，钟面上的数字为罗马文，主入口就位于塔楼所在的主立面。这座大钟楼是当时浦西的地标性建筑之一，老上海的市民距离很远就能看见。每逢整点报时，钟声向西可以传达至今天的静安寺附近。室内装修豪华，细节设计精致，有不少巴洛克风格的细部装饰。楼上面朝跑马场的楼厅均有伸出的阳台，宽敞的落地门窗典雅而富有流线美，这是为跑马总会会员观赏赛马而设置的包厢。整座建筑气势壮观，造型独特，形态比例和谐，庄重简洁，室内端庄的大厅，凝重的梁柱，宽敞的楼梯黑色铸铁栏杆上雕刻着一个个低垂着的铜铸马头，形成好看的涡卷。当年底层设售票处、领奖处，1、2层间有夹层，为滚球场。2楼是会员俱乐部，有咖啡室、游戏室、弹子房、阅览室等，3楼有会员包房、餐厅，会员看赛马就在可以向外清楚看到跑马赛道的3楼敞开的长廊中。建筑设备也很先进，有客梯、货梯，供暖的锅炉房，电气设备等。这幢大厦建成后被称为“远东第一跑马厅”并成为上海的标志性建筑。

1934年建成后的跑马总会大楼和原先的三层楼红砖房子之间的庭院作为赛前围场，比赛前，马匹会在这里进行展示，观众可以通过总会大楼西侧外廊和红砖房子2、3层东侧阳台进行围观品评，为投注做准备。以小博大的机会带给市民无数希望，人人都希望买个发财梦。虽然它有引人赌博的事实，但因为跑马寓有体育、尚武之意，带给市民更多的是都会生活中的新奇、有趣、娱乐及刺激，所以它在上海持续了将近百年。跑马的终止，在太平洋战争开始之后，日本占领租界。百年租界既已不存，跑马总会和跑马厅就失去了基础。日军将跑马厅用作军营，自此跑马厅停业并解散。日本投降后，跑马厅又被美军使用。

1950年8月27日，上海市人民政府取缔了跑马厅，昔日吞金夺银的赌场大楼变成了上海博物馆，1959年博物馆迁出，这里又改为上海图书馆。我是那里的常客，周末总是带着面包和水一大早赶到门口排队等开门，为的是能拥有图书馆里的一个座位。1996年上海图书馆迁往新馆后，这里成为上海美术馆，两年一届的双年展吸引了不少人前往，底楼的美术书籍售品部更是我心仪的去处，那里可以买到别处见不到的画册。2012年上海美术馆在此落幕闭馆，迁至原上海世博会中国馆，改称中华艺术宫，让我感觉到些许惆怅。每次经过那里都会抬眼望几眼那标志性钟楼，想象里面曾经给予我的快乐。经过一段时间的整修后，2018年3月25日，这栋见证上海历史的建筑重新打开大门迎接四方来客，新入驻的是上海市历史博物馆。在昔日跑马厅顶楼还设有空中花园和餐厅，空中花园的平台上铺着草坪和防腐地板，红色的坡顶后是钟楼。站在平台上看得见南京西路和人民广场的美景，扑面而来的是上海历史的沧桑，却怎么也找不到80多年前喧腾的余音。经历了世代的轮回，如今，这座拥有沉重厚石墙的建筑承载的是上海的过去、现在和未来。

金门大酒店

民族寿险兴起的标志

这幢意大利文艺复兴风格的宫殿式建筑被誉为“文艺复兴建筑中的精品”，其外貌类似于菲律宾国会大厦。它最早的名字叫华安大楼，是民族寿险兴起的标志，记载着中国寿险业一段不平凡的历史。1933年香港华侨租下华安，改名金门大酒店。一时间，上海滩显贵为之潮涌，堪称十里洋场尽人皆知的著名饭店。

金门大酒店位于南京西路108号。这幢意大利文艺复兴风格的宫殿式建筑被许多建筑师和建筑评论家誉为“文艺复兴建筑中的精品”，其外貌类似于菲律宾国会大厦。它最早的名字叫华安大楼，由华人创办的人寿保险公司——华安合群保险公司创建。这幢雄踞于南京西路钻石地段的华美大楼是民族寿险兴起的标志，记载着中国寿险业一段不平凡的历史。

上海滩保险业开端于1846年英商在沪开办的永福公司和大东方两家，1873年轮船招商局正式营运后诞生了中国人自办的产险公司，先后有保险招商局、济和、仁和等保险公司设立。当时的外商人寿保险公司不承保华人寿险，只承保在华外侨的寿险。但一直到1900年，上海公共租界的英籍和美籍外侨加在一起也不过3000余人，所以寿险公司承保华人客户是必然的趋势。20世纪初，华资寿险曾一度兴起，先后有华兴、华通、福安几家华商保险公司，但由于经营不善，停业者居多。1912年，吕岳泉总结以前华资寿险公司的经验教训，征得当时政界要人、工商巨绅的支持，在上海创办华安合群保寿公司。公司以维护民族权益为宗旨，而且与外商寿险公司相抗衡。华安合群的创立成为民族寿险兴起的标志。

华安合群保险公司的创办人吕岳泉，1877年出生在上海浦东川沙的一个穷苦船家，12岁时被带到上海一个英国人家里去当仆人。这家主人就是当时英国永年人寿保险公司总经理摩尔。吕岳泉聪明勤快，学会了英语，就随摩尔到永年公司里当翻译兼营业助手，后又进入永年人寿保险公司当营业员。后来永年公司把业务扩展到南京，他又当上了南京分公司的经理，此间结识了两江总督端方等达官贵人。后来，端方不仅自己投保了寿险，还下令僚属一律投保，迅速打开了南京业务。吕岳泉不仅通过当地的商会积极介绍国内外寿险业现状和前景，也结交了张謇、虞洽卿、朱葆三等一批商界巨头。辛亥年秋末，吕岳泉毅然辞去在永年保险公司的职务，跑到上海，拜访原江浙联军总司令徐绍桢。两人谈得十分投机，商定由徐出面，约请王人文、吕天民、朱葆三、桑铁珊等国内政界、商界名流，集资规银20万两，发起组织一家中国人寿保险公司，名为华安合群保险公司。1912年6月1日，华安合群保险公司在上海外滩30号开幕。徐绍桢任董事长，吕岳泉任总经理。开张之日，孙中山、黄兴等开国元勋都派人前来致贺。

华安经过了十年艰苦创业期，随着业务的不断递增需要一幢自己的大楼。1922年，吕岳泉购进了今南京西路104号一带的土地，开始兴建“华安”大楼。大楼由美商哈沙德洋行设计，江裕记营造厂承建，1924年底破土动工，1926年5月落成，公司迁此营业，名曰“华安大楼”。

大楼面朝南京西路，原高8层，平面呈H形。其立面分主体和塔楼两部分。主体按三段式设计，对称中轴线布局。基座2层为一体化圆拱券窗，外墙砌花岗石，左右楼层突出，形成竖三段。横三段的构成是：基座1、2层中部入口处之间有6根多立克柱，支撑起一根装饰性横梁，横梁上设6只造型别致的装饰性石雕花瓶。正立面左右3扇圆拱券窗之间各有两根爱奥尼圆柱。3—7层为中段，平框窗，左右楼层和中间楼层的7楼中间各有一座挑出阳台。7、8层之间有突出挑檐。处于中轴线上的是高耸的巴洛克风格的9米双层环柱式塔楼，下层为柯林斯环柱，上层为塔什干环柱，中间有一圆形大钟，顶部冠以金碧辉煌的鎏金圆顶，成为建筑的亮点，从而也使整幢建筑“活”了起来。通过大楼正入口的对称双抱花岗石楼梯进入2层大厅，迎面是两扇大铜门，从旋转门进入，迎面是电梯，两边18根方形支柱均采用意大利原色云白大理石砌成，表面雕刻着精美的花朵藤蔓图案。2楼大厅井字棋盘格天花板中每一格都有色彩鲜艳的石膏雕花花卉图案，横梁上面有金色回字花纹。东西大会议室顶部的廊檐和雕花装饰，绚丽端庄，金碧辉煌，充分展现了庄重华丽的贵族气质。室内装饰的每一个细节，如雕花壁柱、粗大牛腿、古典盾形和兽形饰品等，无不流露出浓郁的历史韵味。地上黑白相间拼成的大理石菱形格子地坪与天花板井字棋盘格相映成趣，在大吊灯暖色光的映照下格外光彩夺目。在中轴线底层大门的两侧各设计一环形扶梯，客人可以通过扶梯直接进入营业大厅。2楼门厅中4根两人合抱的乳黄色大理石云纹石柱，是在意大利加工建成，由海轮运抵上海后安装上去的，这在整个上海建筑中是独一无二的。华安大楼原设计底层作为商铺出租，所以门窗设计比较宽敞与开阔；第2层为保险公司的营业大厅和自用办公楼，3—8层是华安饭店，3—7层的外观设计没有非功能性的装饰物，但流畅而明快的线条使建筑显得有现代时尚气息。饭店8楼的罗马厅，穹顶的壁画显示出高度的艺术水平，令人称奇。整幢大楼外形华丽气派。

华安大楼一建成，就以其精美的构思，豪华的设施，轰动了大上海。由中国人独资经营管理的华安大楼地处南京路十里

金门大酒店（原华安大楼）

洋场租界区域，人们相信在这个地段拥有如此气派大厦的公司是可靠的。真正令华安公司享有盛名的还是因为华安公司做了两件大长中国人志气，令国人扬眉吐气的事情。一件发生在1927年4月，国民革命军出师北伐进入上海，华安公司将中国国旗高高地挂在华安大楼的顶楼上，人们纷至沓来，见了都拍手鼓掌。这时，租界当局派人想要降下国旗，华安公司全体员工一致抵制，派来的人只好灰溜溜地走了。事后人们纷纷称赞华安公司此举是“举国人称快之行动”。另一件事发生在1931年，那年，日本发动“九一八”事变，武装占领中国东北，国际联盟组织派调查团来华。这时，日本侵略者公开嘲笑中国没有能力和水平接待国际大型调查团。华安公司闻讯后，当即将该幢大楼最好层面全部重新装修一番，并且以纯欧洲式的各种服务设施和规范服务接待了调查团。当那些调查团官员离开时，都以赞赏的口吻说：“华安是可以信赖的。”从此，华安公司名声大振。1930年5月29日，“左联”在华安大楼里召开了第二次全体会员大会，鲁迅、茅盾等出席，鲁迅还在会上作了演讲。1932年12月30日，蔡元培在此举行的中外记者招待会上，宣布中国现代史上的一个重要组织——中国民权保障同盟正式成立，宋庆龄任同盟中央临时执行委员会主席.

抗战爆发后，保险业陷入困境。1933年香港华侨租下华安大楼，改名金门大酒店。一时间，上海滩显贵为之潮涌，堪称十里洋场尽人皆知的著名饭店。1934年，张爱玲的父亲与后母在里面举行了婚礼，张爱玲的姑姑及舅舅等一些亲戚都来参加了，张爱玲与弟弟自然也去了。这年张爱玲14岁，而其生母出国已远在欧洲，张爱玲是带着满腹委屈出席这个婚宴的，她不喜欢自己有后母。1945年，抗战胜利后，金门大酒店在楼下辟设芷江厅，以纪念日本侵华军人在湘西小城芷江向中国军队呈投降书。新中国成立后，中国人民保险公司收购了华安合众人寿保险公司，华安大楼一度由上海纺织管理局租用，1958年改名为华侨饭店，成为提供海外华侨旅居上海的典雅舒适场所。1992年恢复“金门大酒店”老招牌。

今天，“金门大酒店”的招牌高高挂在华安大楼上，金灿灿的整体感觉和不凡的气势依然如初。途经大楼，我们依然能感受到它散发出的傲骨嶙峋之气。也许是源于曾经的华侨大楼情结，许多港澳台同胞和海外侨胞来上海依旧喜欢投宿于此。

西侨青年会大楼

现代体育发展的见证地

西侨青年会大楼是仿美国芝加哥瑞莱斯大厦风格的建筑，20世纪30年代它是上海西侨青年的活动中心，每年举办篮球、排球邀请赛，也曾是上海篮球比赛的中心场地。里面建有沪上最早的温水游泳池，上海的奥运冠军杨文意曾在那里接受启蒙训练，2楼的体育博物馆陈列室展现了体育史上一幕幕动人时刻。

这幢具有美国芝加哥瑞莱斯大厦风格的建筑坐落在南京西路与黄河路交会处的南京西路150号，门楣上镌刻着醒目的“体育大厦”四个大字。建筑西邻国际饭店，与人民公园隔南京西路相望。这幢气派的大楼是上海近代竞技体育开展较早的地方，见证了上海现代体育发展的风风雨雨，它的原名叫西侨青年会大楼。

19世纪中叶，随着租界不断扩大，外国侨民日益增多，国外流行的近代体育运动逐渐在侨民中开展。1848年，上海已出现了室内保龄球和室内墙手球活动，以后陆续开展了划船、赛马、板球、健身体操、网球、足球、田径、游泳、棒球、高尔夫球、帆船等运动项目。各种体育组织也纷纷出现，最早是1850年建立的跑马总会，以后有划船总会、板球总会、运动事业基金董事会、草地滚球会、棒球总会、游泳总会、网球联合会、足球联合会、西侨青年会等组织出现。这些体育组织很少接纳中国人加入，尤其是影响较大的几个组织，主要成员都是英国侨民。外侨建立的体育场，多数建立在租界以外地价很低的农田间。之后，当这些地皮被扩入租

体育大厦（原为西侨青年会大楼）

界，地价升值后，他们则将场地出卖以获得高额利润，再去圈租界以外的土地造新场，跑马厅的3次迁移就是典型的例子。当时外侨使用的运动场主要在租界之外，上海租界外侨体育活动的条件非常优越，就连租界的《字林星期周刊》在光绪八年（1882年）也载文称“爱好体育的西侨青年在上海可选择的户外活动要比在伦敦或英国其他城市多得多，他们可在保养得完美的草坪打网球；在超等板球场打板球；在离办公室5分钟路程的划船总会去划船；他们也可有自己的马”。从工部局统计数字看，外侨参加体育活动的人数极为广泛，夏季跑马厅及公共运动场划出近百片网球场，虹口公园也划出85片网球场，其他各公园大多开设网球场，但场地仍然供不应求。1924年工部局年报称“打网球的地方名字都登记满了，用不到场地的只能隔天轮流使用”。

为了让西侨青年有一所以体育为主、兼具娱乐的场所，20世纪20年代，美国人菲奇和洛克菲勒决定筹款建造一个西侨青年会，并选中了南京西路150号地块。地皮由美国教会和在沪西方侨民共同捐款购买，名字中的西侨指的就是西方侨民，主持设计的是美国著名的教会建筑师安铎生。1928年5月，体育馆率先建成，共3层，底层设室内游泳池，2层为篮球房；3层为体操房。体育馆建成后，每年都在此举办篮球、排球的邀请赛或公开赛，除西方侨民外，华人球队也能组队参赛。1932年扩建成9层大楼，约有250个房间，并重新安排楼层功能。底层设置滚球室、酒吧间、理发室、淋浴室等，2、3层有舞厅、台球室、餐厅、会议厅等，此外，2楼另设供儿童游戏的童子部。4—9楼是宿舍。

建成后的西侨青年会大楼造型非常漂亮，采用美国工艺美术派风格，仿芝加哥瑞莱斯大厦。大楼俯瞰似马蹄形，外形及装饰略带古典式样，外立面采用横三段竖三段的形式，平顶，大理石墙面。外墙底层砌深棕色面砖，墙面浅黄底色上嵌深棕色砖，构成菱形图案。大楼的中部贯通2、3层的6根巨柱分隔成3扇穹形大长窗，建筑立面线条异常流畅气派。3层以上的中间部分后退，形成平面凹凸感。凹退部分的左右两边是骨牌式的楼宇，共6层。大门口竖立两米多高的金属灯柱，柱基和柱上均饰有植物图案浮雕，灯柱下有4个小狮子头，底层中间3扇褐色木门有雕刻精致的白色石材方框勾勒，两侧各有3扇壁龛式双穹形窗，上面都设有精致的雨篷。4层以上墙面呈直线凸凹状，左右各凸出4柱，凹进窗户，钢窗下的窗肚墙上饰浅色花饰。顶层钢窗外采用与2—3层相同风格的穹形窗框，使整个建筑上下呼应。

西侨青年会建成后，成为上海西侨青年的活动中心，每年举办篮球、排球的西侨青年会邀请赛或公开赛，由西侨组队参赛，华人球队也可参加，20世纪30年代成了上海篮球比赛中心场地。更有各种演讲会、讨论会和社交活动也都在这里举行，还建立了西侨学习华语学校。1937年“八一三”事变后，日军占领了上海大部分地区，沦陷区的体育活动几乎全部停止，但在租界这块“孤岛”上，体育活动未受太大影响，除史考托杯足球赛和国际杯足球赛等规模明显缩小外，增加了一些赈济难民名义的慈善赛、赈济赛等小型赛事。太平洋战争爆发后，这里被日军接管，改名为东亚体育馆。“二战”结束后，西侨青年会一度成为美国红十字会所属的士兵俱乐部。新中国成立后，上海市人民政府接收大楼，1954年后西侨青年会改为上海市体育俱乐部，成为上海市的一个体育中心，是沪上体育比赛、全民健身和体育界交往的重要场所。里面设施齐全，囊括了球类、游泳、打弹子、健美、棋牌等各类体育项目，尤其是这里的游泳池，1928年大楼竣工时就有了，是沪上最早的温水游泳池。上海的奥运冠军杨文意曾在这里接受启蒙训练，许多业余游泳爱好者在这里学会游泳，爱上游泳。体育俱乐部通过开展游泳、水球、跳水、排球、篮球、体操、技巧、象棋和拳击等项目的业余训练，为中国体育事业输送了一批优秀运动员。

现在，上海体育大厦由上海市体育局、上海银行和上海真丝商厦等共同使用。中间正门进门长廊两侧是一个个栩栩如生的运动员雕塑像，每一个塑像代表了一个运动项目。穿过底楼的长廊，上到大厦2楼，就到了体育博物馆陈列室。里面由“上海与NBA”专题展和“铸就辉煌——中国奥运之路”主题展两部分组成。历届奥运会火炬、奖牌、吉祥物以及世界各国和地区奥运会徽章等近500余件珍贵实物和近千张图片带着我们穿越历史，重温体育史上一幕幕动人时刻。

国际饭店

邬达克在上海的成名之作

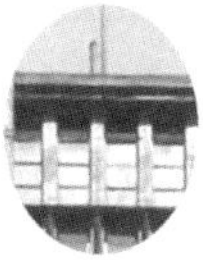

国际饭店曾是中外名人、军政要员及名流雅士的重要社交场所，其前卫的设计理念，使它在今天依然呈现出毫不陈旧的优雅的现代感，大堂内厚重的桌椅和静谧的气氛营造着老上海特有的情调，饭店里昏暗的色调似乎能让人生出时光荏苒倒转的错觉。

黄河路路口的南京西路170号坐落着的国际饭店在将近半个世纪以来是上海第一高楼，曾被誉为“东半球之杰作”“巍峨雄伟汇现代建筑之精华”。这幢高83.6米的大楼是匈牙利设计师邬达克在上海的成名之作，它采用了当时世界上最先进的钢框架结构和钢筋混凝土楼板，造型高耸挺拔，是当时亚洲最高的建筑物，堪称美国摩天大楼的翻版，被称为“远东第一楼”，它保持“申城第一高”纪录长达近半个世纪，不但在上海家喻户晓，而且名扬海内外。在外省市的游客眼里，国际饭店就是大上海的标志。他们到上海来都要瞻仰一下它的尊容。而上海本地人更是把国际饭店引以为傲，当年我外祖父外祖母的寿宴就设在国际饭店。后来，我母亲的70大寿寿宴也是在国际饭店摩天厅举办的。

国际饭店是1931年由金城、盐业、大陆、中南4家银行的储蓄会联合投资兴建，故又称上海“四行储蓄会”大厦，还曾以所在路名被称为“派克饭店”。国际饭店外形仿照早期美国摩天大楼，外立面采用直线条，为现代派表现主义风格与装饰艺术派风格混合，简洁而流畅。建筑共24层，其中地下两层，地面以上22层，建筑在15层以上四面逐层收进呈阶梯状，从地面到塔楼显得挺拔秀美，是典型的装饰艺术派造型。建筑底层至3层镶贴青岛崂山黑花岗岩，色泽晶莹透亮，4层以上镶贴棕色泰山面砖，端庄典雅。在第2、3层和14层以巨型圆角玻璃镶贴，显示出强烈的通透感和现代感，这种玻璃幕墙在当时尚无先例。那时楼里的人可以边喝香槟，边一览无余地观看眼前的跑马比赛；入夜，外面的人则可以看到灯火通明下的红男绿女们，可谓摩登之极。国际饭店大堂地坪由山东玉沸石铺砌，大厅柱子与墙面也采用国产大理石，有的是淡黄色，有的是浅绿色，显得高贵典雅，其钢丝网花平顶为上海首创。它还是世界上第一个安装了自动喷淋灭火装置的大楼，共有2 000个喷淋头安装在不同的房间里。

国际饭店承载着老上海人的太多记忆。据说国际饭店建造时，不少市民都兴致勃勃地前去观看，其中有一位从苏州来沪的17岁的翩翩少年简直看得入了迷。每逢周末，他都要跑到跑马厅边去看国际饭店是如何一层一层升高的，并对此惊讶不已，这促成了他日后去美国宾州大学专门攻读建筑学，若干年后又因成功地设计了巴黎卢浮宫的金字塔而名震海外。他就是著名的大建筑师贝聿铭。国际饭店的诞生成全了一位世界级的建筑大师，也是一段难得的佳话。1934年12月1日，在国际饭店首任董事长钱新之的陪同下，当时的上海市市长吴铁城以一把“金质剪刀”剪彩，从此开启了这座“远东第一高楼”的精彩历程。

大厦落成后，大楼的地下两层由四行储蓄会自用，包括保险库等银行设施，底层是营业大厅。1楼出租给中兴轮船公司和光艺照相馆。2楼为著名京帮餐厅“丰泽楼”，可容纳四五百人同时进餐，室内全部用橡木装饰，整个空间的3面均为落地玻璃幕墙，上海人以前很喜欢把喜酒摆在这里。3楼的孔雀厅是咖啡厅，设有简易西餐，厅内墙壁是用乌檀木和黑大理石镶嵌而成的，厚实的地毯上摆放着法国制造的青铜圈椅，颇有海派情调，最适合三两知己把盏小酌，那里也能看到跑马场。4—12

国际饭店

楼为客房。14楼“摩天厅”以其高空间、与星云为伍而闻名沪上，当时称为“云厅”，是浪漫的西餐厅兼咖啡廊，墙面饰奥地利胡桃木面板，银线镶嵌，红漆的柱子，丝织的天鹅绒帷幔，刷成金色的天花板，豪华之极。摩天楼内设有大型西餐厅，供应的是香港人所称的国际式西餐，即英美德法意等各个国家的菜式都有。由于半个楼面的玻璃屋顶可以移动开启，外面便是屋顶花园，因此，夏天晚上可以在这里举办纳凉餐会。当时，每晚在那里举行的娱乐表演一直延续到晚上10点以后。15—19楼是公寓式客房。15楼的庐山厅主要承办粤菜筵席。24层楼是巨厦的顶峰，是宾客观赏夜空和俯瞰风景的场所。饭店还拥有一本《帆声月刊》，这是中国饭店业最早创办的专业性杂志。

国际饭店18和19楼两层相通的云楼曾是当时上海最高的餐厅，供应正宗的法式西餐。这里的欧式陈设和餐具极其讲究。刀叉和羹匙是银质的，器皿是英国瓷器。18楼供应的是套餐，倘若要点菜，就得上19楼。由盘旋的木梯拾级而上，楼梯两边的壁上全部镶嵌上对剖开的连树皮的原木，装饰得犹如外国电影中的林间木屋，但到了楼上却是一道宽阔的走廊，上面放着仿路易十四时代的木头茶几，几上放着涂珐琅彩的大花瓶，壁上挂着临摹的欧洲古典风景名画。餐桌都放在西南的长窗边，就餐者俯视下面有居高临下之感。云楼在20世纪50年代停业，18楼和19楼改为高级客房。饭店内共有大小7部电梯，最大的可以用来装载汽车。由于饭店门前马路较窄，停车困难，因此在饭店裙房的2楼，设立了一个室内停车场，汽车经过这部电梯输送进入停车场。最小的电梯是用来为客人送饭菜的食品梯，如客人需要，侍应生可用食品梯将饭菜直接送入客人房间。为住客服务的3部电梯，直达18层只需20秒。职工上下楼和进货都有专门的电梯。

国际饭店的揭幕，极大地提升了四行储蓄会的形象，高耸入云的摩天大楼是对储户最有吸引力的广告，为储蓄会带来了充足的人气和高涨存款，成为金融业涉足上海房地产业的一个成功案例。同时，国际饭店也成为中外名人、军政要员及名流雅士的重要社交场所。上海的高层社会活动，包括宴会、招待会以及富家子女的婚嫁都在2楼举行。1935年2月18日，京剧艺术大师梅兰芳、电影明星胡蝶前往苏联，苏联驻华大使馆代办、国民党要人以及外交界、影视界、金融界人士在2楼举行盛大欢送会。1936年3月9日，梅兰芳、胡蝶等文艺界名人在这里设宴，款待卓别林，在场的还有徐悲鸿、刘海粟等名家。1937年5月19日，中美国际长途电话开通典礼也在这里举行，宋美龄也来参加并在15楼的套房里发表谈话，还在饭店与美国总统罗斯福的夫人通了越洋电话。抗日战争胜利后，宋美龄又在饭店举行欢庆集会。1947年冬，陈纳德与陈香梅在14楼举行订婚仪式。1947年8月30日，钱学森和蒋英在国际饭店举行了婚礼。蒋经国也曾数次入住国际饭店905号房。国际饭店的旋转门和电梯都是有故事的。张爱玲与胡兰成见的最后一面就是在国际饭店，逃亡中的胡兰成就是从这里的旋转门出去的。国际饭店原来的那种老式电梯也曾经发生过一件轰动上海滩的悲剧。一天，电影明星白鹭匆匆进了电梯，是去赴一个约会，电梯铁门没有来得及关上，她一脚踩空掉了下去，就此红消香断。老上海风华正茂的女明星英茵的男友因参加抗日活动，被日军逮捕遇害。英茵悲愤难抑，在卡尔登剧场演出最后一场后，在相邻的国际饭店的旅客登记簿上填写了“干净”两字后，吞鸦片自杀，成为轰动一时的新闻。

1949年5月，饱览人间沧桑的国际饭店迎来了上海解放。6月初，陈毅在国际饭店宴请所有解放大上海的功臣名将。1950年11月，为统一上海的平面坐标系统，当时的上海市地政局对全市进行测量。测量以国际饭店楼顶中心旗杆为原点，由此确立了上海城市平面坐标系。1997年，国际饭店在进行内部改造时，在大堂设立“上海城市坐标原点”标志，供游人参观，为国际饭店乃至整个上海的历史，添上了有趣的一笔。

国际饭店前卫的设计理念，使它在今天依然呈现出毫不陈旧的优雅的现代感，而里面厚重的桌椅和静谧的气氛营造着老上海特有的情调，饭店里昏暗的色调似乎能让人生出时光荏苒倒转的错觉。对周遭业已崛起的新型广厦而言，国际饭店确已显得矮小，尽管其辉煌时日已去，却仍在平静中孕育着高贵之气，透出一股庄严典雅的气氛，不负它曾拥有的“远东第一楼”美誉。

大光明影戏院

中国电影发展历程的活样本

大光明影戏院宣告了一个时代摩登的开始，成为当时沪上青年男女趋之若鹜的休闲场所，去大光明看电影成为身份和品位的象征。当时著名女式洋装店鸿翔公司的服装师为了能捕捉最新的时装流行样式，经常到大光明观察时髦女郎的穿戴。张爱玲当年也是大光明的常客，她在文章里这样描写大光明："那地方整个像一只黄色玻璃杯放大了千万倍，特别有那样一种光闪闪的幻丽洁净。"

大光明电影院原名大光明影戏院，坐落在南京西路216号。在20世纪30—40年代，它曾是赫赫有名的远东第一影院。大光明电影院是上海近代建筑史上的一个重要标志，是建筑师邬达克在上海的代表作之一。堪称国内现存最古老的影院之一的大光明电影院不仅目睹了近百年来中国电影的兴衰，更是中国电影发展历程的活样本。

1928年，电影《火烧红莲寺》一把大火烧热了刚刚兴起的中国电影业，上海滩万人空巷的观看场景让一位来自潮州的商人高永清看到了商机。针对当时上海的电影院多集中在虹口一带，上海市中心缺少影院的现实，高永清与美国投资商合作，以每月6000两银子的价格租下原属于西班牙籍天主教神甫塞内查产业的现南京西路216号4亩(约2667平方米)多土地，并耗资20万两银子将原土地上刚停业不久的卡尔登舞厅改建成一座新式影院，取名“大光明影戏院”，于1928年12月23日开张。时任大光明影戏院广告部主任与《申报·自由谈》主编双重身份的周瘦鹃撰写《梅开光明记》一文，详细记叙开幕日志。文中说：“午前假座雪园宴请新闻记者百余人，席间郑正秋、张春帆、包天笑、周瘦鹃等文化名人竞相演说。傍晚，中外各界人士千余人齐聚影戏院大厅，开幕典礼于晚9时准点举行，大光明特邀京剧名伶梅兰芳主持，一曲《十面埋伏》后，梅兰芳与投资人高永清、周瘦鹃、《新闻报》副主编严独鹤一同登台，在一片经久不息的掌声中，梅兰芳为大光明的诞生徐徐揭开帷幕。”戏院里数千余人济济一堂，人人争睹梅郎风采，盛况空前。开幕首场上映美国寰球影片公司出品，根据法国作家雨果经典小说《笑面人》改编的美国影片《笑声鸳影》。

开张后的大光明经常上映美国的武打片、爱情片，开始还很吸引人，但早期大光明的辉煌很快结束在1930年。那一年，大光明影戏院上映美国滑稽明星罗克主演的电影《不怕死》，里面有耻笑唐人街的华人是盗贼、鸦片贩子，个个贪财怕死的内容。当时著名剧作家、复旦大学教授洪深愤而上台提出抗议，遭到电影院英籍经理粗暴对待，还被拘押巡捕房多时，舆论一片哗然，民众为之愤慨，引起声势浩大的上海学生、文化团体、侨胞群众抗议。致使大光明声誉扫地，卖座率一落千丈，从此一蹶不振，终于在1931年11月宣告停业。1932年，英籍广东人卢根与美国国际抵押银公司经理合资组成联合电影公司，收购宣布停业的大光明影戏院，为了消除原大光明的不良影响，就把旧戏院建筑推倒重建，并请来了当时沪上知名的匈牙利籍建筑师邬达克设计。

邬达克一改之前严谨、唯美的仿古典主义建筑风格，在设计上表现出罕见的先锋倾向，也许连他自己也没想到，新大光明影戏院的设计居然成了他建筑风格的转折点。邬达克大胆采用立体式设计，将现代主义的建筑风格在新大光明影戏院里表现得淋漓尽致。建筑立面造型为美国近代式，具有美国摩登艺术派风格。建筑外墙采用纵横交错的板片、粗细平直的线条和大面积玻璃作强烈对比处理，以方形半透明灯塔形成不对称的重心。东边为风帆形的玻璃板片，下面是半透明的玻璃箱，大门西侧上方标志性方形玻璃灯塔，高达16米，塔内安装了3座大型500瓦反射灯，晚上灯火通明，灯光透过乳白色的玻璃映射出来，光彩夺目，数里之外一眼就能望见，成为大光明影戏院的标志。面向南京路的大门装有12扇铬合金钢框玻璃门，两边门墙镶嵌黑色大理石。大门上方有大片乳白色玻璃雨棚，雨棚上大块立体方形玻璃墙面不仅颇有现代感，还十分适宜张贴巨幅电影海报，具有强烈的视觉冲击效果。进入宽敞明亮的底层门厅，地面是铺嵌铜条的彩色磨石子，加上室外光线透过大面积玻璃长窗，使门厅显得分外明亮。流畅的圆弧曲线从大厅顶部环绕整个电影院，意大利大理石砌成抽象的图案，荷花形渐叠屋顶装饰别具一格。宽敞的门厅内，西侧设售票处，东边设观众服务处。左右两侧倚墙各设一个2.5米宽的大楼梯通向2楼，成对称状，楼梯两边墙上做大理石护壁，并有装饰艺术派风格的装饰。1层两个楼梯之间的通道通往1层休息厅，顺楼梯登上2楼腰果形休息厅，戏院上下共有3个宽敞的休息厅，地面全部使用意大利进口轻质人造大理石，色彩鲜艳美观。1楼大厅和2楼休息厅各建有一个圆形喷水池，建有飞溅式水柱喷泉，池中不断喷射出白色水柱，照以彩色灯光，五彩缤纷，艳丽夺目。观众厅分上下两层，共设置1961个座位，观众厅的屋顶为奶黄色平顶，镶嵌以金黄色的波浪形嵌槽暗灯，墙面采用绿色砖石嵌于墙壁，并配有暗槽灯照明。墙壁的下半部，是精美的黑色大理石，强烈的色彩对比让观众一进场就在视觉上获得很大的享受。圆弧形舞台宽16米，深9.8米，高8米，可供大型乐队演出使用，宽大的银幕给观影带来完美的视觉享受。1933年6月14日晚上9点45分新大光明影戏院揭幕，首映美国米高梅影片公司出品的海军故事新片《热血雄心》，从此开始了大光明最

大光明电影院（原大光明影戏院）

辉煌的时代。影院门口有身穿工作服、头戴圆筒形平顶帽子的门童拉门，入场由白俄女郎领票，还有一个由欧美乐师组成的乐队，并在上海戏院首次使用冷气，这在当时引起轰动，号称“远东第一影院”诞生了。

大光明影戏院是上海首轮影院，专映美国影片，主要放映美国20世纪福克斯、米高扬、好莱坞的原版片，直至1935年2月3日23点30分的午夜场，才第一次放映了国产影片《红羊豪侠传》。1939年“大光明”推出了美国厂商为其专制的“译意风”耳机，观众另付一角钱就可戴上它，有专人讲解剧情对白。在没有配音和字幕的年代，这算是开了电影院同声翻译的先河，著名华裔演员卢燕就曾是当年译意风小姐。

大光明不仅仅是纯粹欢乐的电影时光，它同时也是一个举办各种文艺演出、公众活动的公共空间。1933年6月，大光明影戏院刚一竣工，即被工部局乐队选为常驻演出地，著名的海顿清唱剧《创世纪》在此献演，气势恢宏的贝多芬第九交响曲中国首演也在此进行。1936年，世界男低音之王夏里亚宾来华巡演时，就把演出地定在大光明。1942年，俄籍音乐家阿甫夏洛莫夫的中国舞剧《古刹惊梦》也选择在大光明上演。1936年，柏林奥运会召开前，上海市市长吴铁成在大光明召开会议欢送中国奥运会代表团。

大光明影戏院宣告了一个时代摩登的开始，它被塑造成了一座高级社交场所，影院门厅西部为咖啡馆、舞厅，后部为弹子房，各种休闲娱乐活动一应俱全，虽然票价不菲，观影人潮还是络绎不绝，成为当时沪上青年男女趋之若鹜的休闲场所，去大光明看电影成为身份和品位的象征。当时著名女式洋装店鸿翔公司的服装师为了能捕捉最新的时装流行样式，经常到大光明观察时髦女郎的穿戴。张爱玲当年也是大光明的常客，她在文章里这样描写大光明：“那地方整个像一只黄色玻璃杯放大了千万倍，特别有那样一种光闪闪的幻丽洁净。”

这个远东第一影院也是命运多蹇。1937年因业主债台高筑，将大光明房产抵押给浙江实业银行，以后又经过多次转让，1942年被日伪强占，后又转租给中华电影公司，1948年该公司解散，大光明又归国光电影公司。1953年改为大光明电影院。1958年大光明电影院率先向当时的民主德国和捷克斯洛伐克引进新型放映、音响设备和银幕，改装成为上海第一座宽银幕电影院。20世纪70年代大光明电影院最轰动的一次是在1978年上映了越剧戏曲片《红楼梦》，观众通宵排队买票，晚上放映完电影清场时，排队买明天票的观众已经来了。1985年又首先引进使用光学四声道立体声电影设备，成为上海第一座立体声电影院。1989—1999年，大光明曾创下连续11年全国票房第一的纪录。

2009年1月20日，淡出人们视线一年多的大光明电影院，经整体改造后重新亮相，修复后的大光明电影院依旧是乳白色莲花造型，原先的放映大厅格局全部保留，大楼的楼梯扶柱也都是原物，同时利用先前收购的人民饭店和中国照相馆，开发出若干小厅。荷花形叠层屋顶还开设露天花园咖啡座，坐在上面，可将对面人民公园美景尽收眼底。而底层原本作为疏散通道的空间，已装修为展示影院历史文化的展廊，以简洁、素雅的灰白两色，烘托影院历史文物的辉煌。随着邬达克在上海的越来越被关注，更多的新老上海人包括海内外游客慕名走进大光明电影院，除了看电影还要仔细欣赏一下这座邬达克留在上海的经典建筑的魅力。80多年的历史积淀赋予大光明电影院丰富的文化内涵，留给我们的是弥足珍贵的城市记忆。

南京西路历史文化风貌区

流金岁月的摩登

南京西路是老上海十里洋场的向西延伸段，海上繁华梦在这一带以低调高贵的奢华面貌呈现。这个风貌区以经营高档商品为主的公共建筑和富有特色的住宅建筑为风貌特征。如今，这些老建筑悄悄地藏在现代化大厦旁的绿荫中，静静地诉说着上海摩登。在这个风貌区内漫步，几乎是移步换景，每一步都会给人带来意外的惊喜。

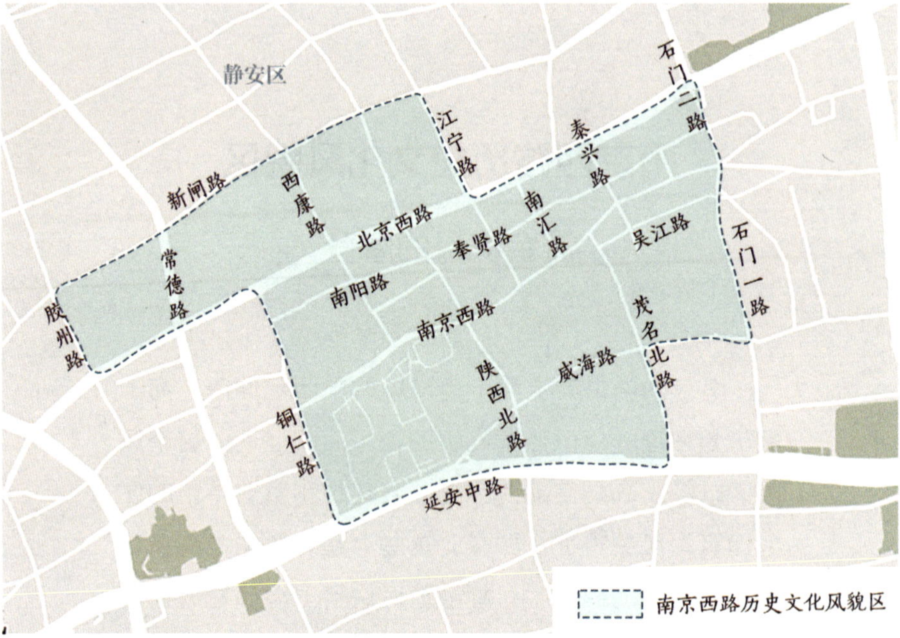

南京西路历史文化风貌区示意图

南京西路风貌区历史上中部南京西路（原静安寺路）沿线以经营高档商品为主的公共建筑居多，南部和北部以风格多样，富有特色的住宅建筑和为住宅配套的宗教、娱乐、医院等公共建筑为风貌特征。风貌区内街道尺度宜人，环境雅致，建筑类型多样，包罗了从花园住宅、公寓、新式里弄到旧式里弄等各种类型的住宅建筑，其中花园住宅和公寓为当时中上层人士居住，不乏著名设计师的作品或名人居所。建筑风格多样，统一协调又不乏细节变化，体现了较高的建筑艺术水准。

如今，那些老房子、老弄堂悄悄地藏在现代化大厦旁的绿荫中，静静地诉说着上海摩登。在这个风貌区内漫步，几乎是移步换景，每一步都会给人带来意外的惊喜。

十里洋场的向西延伸段

南京西路的前身是静安寺路，它是上海东西走向中一条非常重要的路，也是租界当局越界筑路的重要一笔，它的修筑使租界当局的管理势力向西大大扩张，同时也客观上推动了上海城区中西地区的发展。1888年，宁波张姓巨商在今久光百货和机场城市航站楼位置建造私家园林愚园，于1890年7月对外开放。1899年，静安寺路划入公共租界，20世纪初，静安寺路随着租界的建立和市政建设的发展，洋人、买办和富商纷纷在道路两旁争购土地，营造私家园林、住宅和娱乐场所。如1900年在今锦沧文华大酒店位置建造沧州饭店、1906年在今南京西路西康路口建造英国汇丰银行大班住宅等。1908年，英商铺设有轨电车从静安寺至外滩，交通更加便利，人口也越来越多。1912年前后，在今南京西路华山路两侧先后建成新式里弄敬义坊、西庙弄、联吉里，在今南京西路铜仁路口建成旧式里弄慈厚北里，在今南京西路乌鲁木齐北路口建成致德坊。沿途陆续开出逾百家店铺，宁静的马路迅速向繁华商街演变。汇丰银行大班豪宅在20世纪40年代后期曾是苏联驻华商务代表处上海办事处，后来还曾经是新华社驻上海分社的办公地点。此后拆除，建成现今的地标建筑上海商城。

在这个风貌区里，现已随风而去的夏令配克影戏院有着特殊的历史价值。1914年，西班牙商人雷玛斯在今南京西路石门二路口投资建造夏令配克影戏院，它是上海中心城区的第一家电影院，地段优势明显。该影院首映片为法国无声影片《何等英雄》，中国第一部故事长片《阎瑞生》是在夏令配克首映的。1929年2月9日，中国第一次公映有声电影也是在夏令配克，播放影片为美国故事片《飞行将军》。1937年以后，戏院一度成为难民收容所。1939年，由新资方拆除重建，当年年底开张，更名为大华大戏院，1951年2月，改名为新华电影院，直至1994年市政改造拆除。

娱乐业在这个风貌区里是相当发达的。1930年，南京西路江宁路口建造大华饭店露天影戏院开张，1939年2月，平安大戏院由美商雷华影片公司在今南京西路陕西北路口建成开业。1941年，被誉为远东最新型的艺术影宫“美琪大戏院”筹建。20世纪30年代这个风貌区内舞厅业发展迅速。继大华舞厅后，先后开业的有大都会舞厅、维也纳舞厅等。从娱乐业聚集的现象可以看出，静安寺路已经成为诸多商人投资的热土，从20世纪20年代开始，静安寺路沿线的房地产业也开始猛增，而最具代表性的就是大量出现的公寓类建筑。从20世纪20年代到40年代的20年间，先后落成平安大楼、花园公寓、静安别墅、德义大楼、泰兴大楼、同孚大楼、常德公寓、重华公寓等，这些公寓大楼的成片崛起，启动了商业的全面繁荣。这些公寓建筑和新式里弄是昔日静安寺路发展鼎盛时期的写照，也为商街拓展带来难得的历史机遇。这段时期，南京西路沿街陆续开设出不少著名商号，如亨生西服店、南京理发店、开开百货商店、绿杨邨酒家、屈臣氏药房、雷允上药店、梅龙镇酒家以及四明、新华、金城等银行，成为老上海十里洋场向西延伸的重要组成部分。

斜桥总会和张家花园

位于南京西路青海路口的上海电视台所在地最早是老上海有名的斜桥总会。当年在石家浜（今吴江路）与慈浜（今慈溪路）之间有一座斜桥，因水清树密，景色宜人而闻名。上海开埠后，这里成为外侨情侣花前月下的热门去处，也因此有了个罗曼蒂克的名字：LOVE LANE，意即爱情弄。清光绪年间，公共租界兴起填浜筑路的风潮，石家浜也在那场浪潮中被填，由一条碎石子铺就的小路取而代之。小路取名为斜桥路，也叫斜桥弄，这就是今天吴江路的雏形。

1879年，寓居沪上的英国人福布斯在斜桥弄内创办了这条路上最早的游乐场所“英国乡村总会”，中国人则以其附近地名称之为“斜桥总会”。总会四周植树为篱，里面绿草如茵，花木扶疏，还有一个池塘，环境典雅幽静。北部主体建筑为两层砖木结构楼房，侧屋设置舞厅、台球房、阅览室、酒吧、棋牌室等。树丛间的草地上建有12个网球场，以及小型的高尔夫球场，是寓沪英侨社交

南京西路历史文化风貌区内的公寓建筑和新式里弄

和休闲的主要场所。太平洋战争爆发后，这里被日军侵占，抗战胜利后，成为美国俱乐部。新中国成立后，这里作为上海体工队的斜桥游泳池。1974年，上海电视台迁址于此。

清末有三家气焰很炽的名门望族，一是民族资本家盛宣怀家，其次是李鸿章的五弟李凤章家，再次即曾任上海道台的邵友濂家。这3户人家都邻近斜桥总会，因此也就有了“斜桥盛府”“斜桥李府”“斜桥邵府”之称。其中，“斜桥邵家”可称得上上海第一豪门。三家之间互为联姻，互为呼应，一损俱损，一荣俱荣，活脱脱一部近代版本的上海《红楼梦》。20世纪30年代的唯美诗人邵洵美就是在这个大观园式的家族中成长的，他后来成了盛宣怀的孙女婿。1916年，盛宣怀辞世后，斜桥老公馆就开始分家。后来此地因为要修路，所有的公馆都被拆除改建为弄堂民宅了。20世纪30年代和张爱玲齐名的女作家苏青就曾寓居于此。盛公馆旧址的残留部分一度成为建承中学和大陆游泳池（后改名为新成游泳池）。20世纪90年代成都路南北高架开始建造，这些残余的老宅就全被拆除了。

老上海都知道旧时在威海路590弄有一座张家花园，北达吴江路，东西介于石门一路和茂名北路之间，占地70余亩。张家花园历史地名源于1882年，张叔和购得此园，将其命名为“张氏味莼园”，该园作为当时晚清第一公共空间，以展览、演说、游乐设施、西式下午茶等众多公共活动独步上海，成为地标性场所。张园不但是当时上海的私家园林之首，而也是近代上海的时尚之源。当年张园不收门票，游客可以从中午一直玩到深夜。1915年、1917年更专业化的大型游乐场“新世界”和“大世界”建成后，张园逐渐荒废。1919年，张园地块被分割拍卖易主，逐步改建为石库门里弄住宅，唯张家花园之名沿袭至今。张家花园采用了老式石库门的基本格局，但在此基础上，又增加了汰石子墙面以及外挑的阳台，并大量采用了彩色花玻璃和西洋装饰，表现了当时建筑潮流中折中主义的时髦，也成了那个时代的一种象征。弄堂西北一角，因辟建地铁二号线车站的需要，已拆去包括独立式大住宅一所和勤德新村里弄楼房多座。如今的张园地处南京西路历史风貌保护区的核心区域，东至石门一路，南至威海路，西至茂名北路，北至南京西路，张园不但是上海最大的中后期石库门建筑群，也是上海规模最大、保存最完整、建筑形态最丰富的历史建筑群。2018年9月30日，张园开始了保护性征收，保持历史风貌不变，完整保存街坊肌理和里弄肌理，并将以历史保护建筑的活化利用为核心，使张园重历史文化与强沉浸体验的项目特质成为上海未来城市更新的名片。这两年，我曾带着依恋的心情一次次走进张园，抚摸着那斑斓的石墙，黑漆的大门，我还一步步爬上幽暗的曲里拐弯的楼梯来到亮晃晃的毫无遮拦的楼顶晒台，看张园的屋顶和弄堂全景，我看到居民搬迁后留下的残破的花盆，里面的宝石花和仙人掌长得恣意疯狂，似乎拼命要证明它们存在的价值。是的，它们也是张园的一部分，经受过张园主人的万千宠爱。

现在的吴江路80号，在1939年左右是一家名叫仙乐大戏院的戏院，也就是1947年后的美华大戏院，不少话剧、越剧、昆剧的名角，如徐玉兰、范瑞娟、傅全香等都曾在这里演出过。而吴江路60号，则是苏商时代书报出版社的旧址。

演绎老上海风情的咖啡馆

20世纪30年代的咖啡馆，演绎了老上海的万种风情。当时，静安寺路上曾汇集了无数的咖啡馆，名气最响的便是现泰兴路口的沙利文。当时的沙利文分上下两层，以小壶现煮咖啡和西式甜点著称，楼下有车厢座，楼上全部是环境优雅的小圆桌和临街的落地玻璃，曾被视为上流社会的高雅沙龙。沙利文（今鸿翔公司所在地）对面的DDS则是严谨的英伦风格，只有沿街一个店面，上面是公寓。南京西路铜仁路口的CPC就是后来的上海咖啡店，它可以说是中国咖啡业的鼻祖，CPC即创始人张宝存的英文名缩写。作为收费较低廉的咖啡馆，这里曾吸引来不少当时并不富裕的文人作家，CPC后改名为上海咖啡馆。此外还有飞达、维多利、凯司令、皇家等。服务小姐大多是白俄人，音乐松松懒懒地在空气中浮沉，上海的许多文字就在这样的环境中淌出。文如其境，上海的文章也因此在世俗中带着一份空灵，飘逸里又难免狭隘。如今，这些咖啡馆大多已随风而去，留下来的只有创建于1928年的“凯司令”了。凯司令是一家地地道道的有欧洲格调的经典老店，开在静安别墅的沿街铺面，几十年不变。凯司令是3个上海西厨合资8根大金条（每条10两）创建的，当时静安寺路上的沿街门面不是出了钱就可以拿下的，幸亏一名下野军阀的鼎力相助，以他的名义才得以把门面拿下。本欲以该将军名字命名，但将军坚决不允，便起名“凯司令”以致感谢，寓意常胜将军，也希望自己的店铺在商战中胜出。这是一家综合西点、蛋糕、西餐、咖啡的德式风味的西餐馆。凯司令原为两个门面上下两层，铺面一个门面做门市，一个门面做快餐式的堂吃生意，正如《色戒》中所写“只装着寥寥几个卡位”。楼上情调要好一点，“装有柚木护壁板，但小小的，没几张座”。当年凯司令的栗子蛋糕、芝士鸡丝焗面及自制曲奇饼干堪称镇店之宝。这里是当年电影演员、作家等文艺圈中人常光顾的场所，张爱玲及好友炎樱也常去。

时间流逝70余年，如今的凯司令仍旧在南京西路原址，沿马路的玻璃幕墙十分现代，门面扩大了几倍，咖啡座移到了3层。原先的圆桌变成了长方形桌子，先前的封闭式木质结构变成了现在的大玻璃落地窗。2层变成了3层，照例楼下做门市，2楼是一家餐厅，楼上是凯司令西餐咖啡厅。仔细品味，这里还依稀留存着建店初年的韵味，典雅、幽静的浅棕色基调，古老的欧式氛围，温馨柔和的灯光，伴着满室芬芳的咖啡香气，营造着一种怀旧之感。而天花板下缓缓转动的金黄色吊扇让人觅得几分老上海的味道。

梅龙镇酒家和重华新村

南京西路1081弄的重华新村是3层楼的新式里弄房子，上海著名的老字号餐厅梅龙镇酒家就藏在弄内20号，给人的感觉是仿佛收敛了所有的锋芒，只求在喧闹中保持一份宁静。梅龙镇酒家的房子是建于清末民初的英国式3层建筑，原是大买办虞洽卿的宅第。暗暗的红砖墙，木制百叶窗和护墙板，幽玄的结构，好像是把江南的园林和北京的四合院缩小了糅合在这里了。梅龙镇是一家历史悠久的老字号餐馆，和所有的老字号一样，它也有着自己的开创典故。

20世纪30年代的上海有一个职业青年的文化团体——蚁社，它对推进抗日救亡运动，发展新文化运动作出了一定的贡献。新中国的不少高级干部都曾是蚁社社员，如沙千里、赵朴初、章乃器等。当时，蚁社属下的文化部是社员最感兴趣的部门，而又以“蚂蚁”剧团最受欢迎，它不仅在抗日救亡运动中激励起民众抗日斗志，而且为中国培养了一大批戏剧家，如夏衍、田汉、张庚、应云卫、曹禺、欧阳予倩、黄宗英等。蚁社社员大多为中下层的职业青年，他们热情、豪爽、浪漫，喜欢谈天说地。为了让社员有一个聚会的地方，他们决定集资开一家小餐馆，规定凡是蚁社社员，只需出很少的资金入股就可以成为股东，享有吃饭优待的权利，因此入股的股东多达100多人，已故世界船王董浩云先生当年也是股东之一。这个小餐馆的经理是有名的电影演员吴湄，常务董事是李伯龙，于是就取名为梅（湄的谐音）龙镇。后来社会上流传“梅龙镇”是因明代正德皇帝“私访梅龙镇上酒家”的传说而得名，也许是因为这种说法更迎合大众消费心理，于是一传再传，真正的名字典故反倒鲜为人知了。最早的梅龙镇开在静安别墅，以家常小吃为主，价格公道，其经营的梅家菜源于川菜，后又引入淮扬菜系的清鲜醇浓，成为沪上风格独特的“海派川菜”，颇受欢迎。不久，便扩大门面。1942年迁至重华新村20号，还在门前造了个纯粹中国古典式的牌坊，画栋雕梁，金碧辉煌。宽阔的半圆形台阶通向正门，6扇高大的落地长窗一字排开，红色的六角形柱子与白色的微微外凸的阳台，在豪华中显示出一股霸气。饭店里面全是华丽的中式装修，摆着色彩凝重的八仙桌、太师椅、仿红木案几等，十足的中国古典味道。由于蚁社是文化团体，所有的股东都是文化艺术界人士，因此梅龙镇很自然地便成为文艺沙龙。当年越剧十姐妹的结拜盛宴就在此举行，这里一度也成为中共地下组织和文化界人士举行秘密活动的场所。李安将电影《色戒》中易先生夫妇宴请几位太太吃饭的一场戏安排在梅龙镇2楼最里面的一个包厢里拍摄，多半是看中了这里的古典与宁静，吴侬软语、二胡声声，把旧上海的味道渲染得浓浓的。

这幢房子原来四周都是大花园，在“八一三”事变之后，上海老城区和周围城镇的居民大批涌入租界避难，使租界的房价、房租大幅上涨。虞洽卿立即抓住时机，从自己住宅的花园中划出大部分面积，在前半部建造了数十幢3层新式里弄住宅，定名为重华新村；后半部沿街部分造了10余幢底层为店面、楼上为住家的小型公寓房。1947年6月，张爱玲告别了常德公寓和胡兰成，与姑姑迁居重华新村2楼。这个区域当年是上海的时髦地段，满街的洋气洋味。住在这里时张爱玲摆脱了离婚的阴影，先后完成了电影剧本《不了情》和《太太万岁》，由文华影片公司拍成电影上映，好评如潮；与此同时，她还编辑出版了《传奇》增订本，并将《不了情》剧本改写成《多少恨》在《大家》杂志上发表。这一年，张爱玲27岁。

南京西路的后街风情

在这个风貌区内还包括和南京西路相交的铜仁路以及与之平行的北京西路、新闸路等，我把它们称之为南京西路的后街，那里也留存着许多城市的宝贵记忆。

和南京西路相交的铜仁路是又短又窄的，它从延安中路起，穿过南京西路，到北京西路就结束了，全长仅1 000米。因为犹太人哈同在此建有哈同花园，因此，这条路当时曾被称为哈同路，新中国成立后才改名为铜仁路。南京西路靠近铜仁路一带离市中心有些偏远，可是，这一带恰恰是南京西路的华彩所在，爱俪园、绿房子、兄弟楼等无不阐释着曾经的绝代风华。穿过北京西路就是新闸路了，这条与南京西路平行的路，也是从西藏中路一直延伸到静安寺。一些市井故事，在这里留下浓浓淡淡的影子，让人去细细回味。因为阮玲玉让人们记住了这条藏在南京西路后面的路，并让这条长长的路染上了一丝淡淡的忧伤。

阮玲玉曾经的家就在新闸路1124弄沁园村里，沁园村是由多排3层楼组成的大型新式里弄，建于1932年，弄堂两侧的60余幢房子结构大致相同。和大多数新式里弄中西结合的风格相比，以小围墙包围的沁园村是典型的西班牙式的连体公寓房，3层，方正的外形。推开极大的玻璃门窗，是方形圆角的大阳台，铺着小花砖；黑瓦平坡顶，外墙刷成了一种奶红色；下面有一个小天井，黑色的铁门。曾经入住沁园村的名人很多，有赵四小姐、邹韬奋，还有时任上海轮船招商总局董事长的李国志。沁园村22号是中共地下组织的活动点，“晓钟剧团”和秘密电台的聚集地。唐季珊当年用10根金条顶下了沁园村9号的房子。1933年8月，阮玲玉带着母亲和养女小玉搬入这里，是在弄内第2排房子的中间。进门后就是一个大约十四五平方米的小院子，可种些花花草草。1楼是24平方米的客厅，往里走是上楼的木楼梯，再里面靠近后门处是灶披间。2楼是唐季珊和阮玲玉的住房，落地窗外是一个有盘花栏杆铺着瓷面的阳台。2楼还有一个仆人睡的9平方米的亭子间，阮母带着小玉住在3楼，主人房都有独立的卫生间，楼顶还有视野开阔的平台。屋里格局至今未变，门窗依旧，尤其是1楼靠院子的一排门。1934年的《良友画报》的封面上，短发的阮玲玉一身斜格子旗袍，就站在天井里，靠

南京西路后街一隅

在那扇方格子落地钢窗上，笑得甜甜的，不过，眼神里却还是隐藏着一丝忧郁。搬到沁园村不久，唐季珊和阮玲玉的旧情人张达民为了争夺她而打起了那场轰动上海滩的官司，更不堪的是唐季珊还背叛了她，与舞女梁赛珍暗度陈仓，而且偏偏也安置在了沁园村里。这栋曾经给了阮玲玉无限遐想的房子，却成了她痛苦的梦魇。

在沁园村，阮玲玉住了不到两年，却体验了所有的人间冷暖，感受了所有的世态炎凉。1935年3月8日，处于事业巅峰期的一代影星将自己的生命结束在一句“人言可畏”中，那一年，她才25岁。阮玲玉死后，这3层小楼的下一任主人便是球星谢晖的曾祖父，时任华东医院外科主任的谢瑞英医生。谢家后来把1楼2楼转给画家张德怡，1楼被改作画室。后来，张家又把1楼转给了他人。几经转手后，现在的主人与阮非亲非故，阳台上种着花，体现着一种对生活的悠然态度。

犹太人总会大楼

老樟树下的狂欢乐园

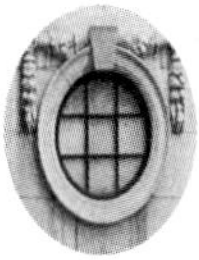

这里曾是上海犹太人的乐园。每逢节日，来自四面八方的犹太人相聚在这里，彻夜狂欢。花园里灯火璀璨，那株巨大的老樟树散开四周的树冠温柔地把人们呵护在它浓密葳蕤的枝叶间，同时洒下满地浓荫，把环境衬托得无比幽静，和外面繁华喧闹的南京西路仿佛两个截然不同的世界。

南京西路722号坐落着一幢典型的仿文艺复兴式府邸，建于1911年，虽经受了100多年的风霜雨雪，却美丽依旧地屹立着，四周高高的浅褐色石墙如忠诚的卫士般守护着它，不安分地伸出围墙的青枝绿叶悄悄透出里面遮不住的风情。门前两扇宽敞而又蕴涵霸气的大铁门把南京西路的万丈红尘和车水马龙稳稳地挡在门外。在它东侧的南京西路702号是一幢西班牙伊斯兰式与新古典主义风格相结合的建筑，立面3层均采用马蹄形连续拱柱廊构图，白色的外墙，红褐色的窗户，在南京西路上显得十分醒目。该楼建于1916年，据说是中国第一座电影院——虹口活动影戏院的创建者、西班牙商人安东尼奥·雷玛斯的私宅。一年后，雷玛斯将这栋房子转卖给了主营汽车销售、维修兼营汽车配件以及多家汽车公司售后服务的飞星公司，后来一度成了南京西路旧货调剂商店、上海友谊商店古玩分店、黄河皮鞋厂等。这幢特别的建筑和旁边的南京西路722号一样，都是来自西班牙的建筑大师阿拉贝多·拉富恩特留给上海的建筑精品。不同的是一个是抛头露面地站在马路上，一个却是悠悠地藏在深闺。

进入大铁门，迎面便见一株巨大的参天老樟树，坚挺地站在正中门厅前的凸圆形大花坛中，四周环绕着茂盛的花花草草，老樟树散开四周的树冠，温柔地把建筑中间及两侧的大部分遮掩在它浓密葳蕤的枝叶间，犹如一道绿色屏风，这就有了半卷湘帘半掩门的美感。宽敞的庭院里满地浓荫，显得无比幽静，和外面繁华喧闹的南京西路仿佛两个世界。

站在铺设着平整小石块的整洁清净的院子里仔细观望着这

幢两层建筑，见它平面呈长方形，立面对称异常均衡，是那种典型的欧洲古典主义三段式。四坡低坡度红瓦复折式屋面，虎皮清水墙，底层用斩假石饰面，钢制矩形门窗，石质窗框，窗户分格细致。建筑主立面以外挑式门廊为构图中心，正中门厅凸出，有精致繁复的弧形雕饰。两侧底层连续的塔司干式拱券柱廊和落地长窗向两翼展开，转角处再处理成六边形前凸状，使得整个立面分成5段，对称而工整。门廊以仿石砌的方柱支承，门廊、长廊上方为露台，设汰石子花瓶栏杆。主入口有双柱拱券门廊，地坪用汉白玉和黑色大理石拼花。整幢建筑给人的感觉古朴、庄重、典雅。有人说西班牙的建筑师都不是普通人，他们是上帝派来创造艺术的。此言不差，这个100年前的建筑即便在今天看来依旧令人惊艳。

南京西路722号原系上海巨贾、著名的爱国人士叶澄衷之子叶贻铨的私宅，叶澄衷曾独家经营美孚火油，又投资房地产、钱庄和经销船舶业，并独资开办上海最早的火柴厂，燮昌火柴公司，还创办了澄衷学堂等。其子叶贻铨从圣约翰大学毕业后，于1910年在五角场创办江湾跑马厅，所获利润办了两件事，一是在五角场附近建造叶家花园，二是在南京西路722号建造万国体育会和赛马总会俱乐部。原拟造公寓大楼，但洋人以建筑高度超过上海跑马厅为由，横加阻拦，故只造了两层就停顿。建筑楼层内设有舞厅、小剧场、酒吧、餐厅等。舞厅的地板是考究的弹簧地板，室内采用柚木墙裙。底层走道设置哥特式平顶，镶嵌工艺精湛的彩色玻璃。后来叶家在江湾的跑马厅被夷为废墟，资本一时匮缺，此时汇丰银行又逼其偿还借款，

犹太人总会大楼

叶贻铨无奈只好将南京西路722号出售给上海犹太人总会。

犹太人是一个喜欢群居的民族，他们每迁居一个地方，只要有20户以上的人群，他们就会立即组织自己的社团，推选出自己社区的领袖，联系和团结大家，协调彼此之间的关系，协助或管理教育、工作、婚姻以至生老病死的一切活动。这是犹太民族的特点，也是他们的一种优良传统。正是这种社团组织才把散居在世界各地的犹太人联系和组织起来，才使多灾多难的犹太民族没有因为大流散、大迫害而消失或者被异族融合同化掉。而犹太教是他们无形的精神纽带，也是使犹太民族几千年来得以生存和发展的最为重要的因素。犹太社团的具体名称尽管各不一样，如宗教公会、犹太总会、犹太商会等，但其实质都是犹太人聚集在一起，赖以开展各种活动的不可缺少的组织形式。犹太人总会会长是上海富豪嘉道理，他还是1938年发起集体救援涌入上海的大批犹太难民的带头人。犹太人总会买下南京西路722号后，就把原先设置在延安西路64号嘉道理私宅内的办公处搬了过来。受民族感情支配，侨居于上海的犹太人不论其国籍是否相同，也不管是否有无国籍，都以上海犹太人总会为集聚、娱乐、消闲的场所，其中不乏工商、金融、科技、教育界知名人士。从此，这里成为当年上海犹太人的乐园。每逢节日，来自四面八方的上海犹太人相聚在这里，彻夜狂欢，南京西路722号门前的广场上排满了车辆，花园里灯火璀璨，和对面的斜桥总会（现上海电视台所在地）交相辉映，把这一带的南京西路衬托得分外妖娆动人。1942年7月10日、18日、19日和25日，犹太人木偶剧艺人高天伦在南京西路722号礼堂演出《木偶天堂》，这是一部长达两小时的三幕木偶剧，演出轰动一时。1943年5月5日至5月8日，犹太画家白绿黑和其他13位同道在这里举行了“犹太画家在上海”的首次联合画展，前往观展的络绎不绝。今天，仍有很多犹太人到这里来寻找当年的踪迹，许多犹太老人至今仍能说一口流利的上海话，把这里视作他们的第二故乡。

1947年，这里被美国海军俱乐部驻扎。1948年9月，上海犹太人总会把南京西路722号的房产出卖给“联记”，即上海庆丰、永安等六家纺织厂所共有，在大门口曾挂出棉纺织业同业公会的招牌。1961年，该建筑由上海市纺织管理局接管，曾作为上海市政协办公大楼、上海市联谊俱乐部。20世纪90年代，我曾多次进入其间，参加一些联谊活动，还在里面跳过舞，更多的是坐在2楼的平台上听听音乐，聊聊天，看着花园里扑面而来的葱茏绿色，感觉自然十分惬意，只是当时并不知道它的故事。现在想来，当初多少有点轻慢了它。1998年这里转由江苏春兰集团管理使用，一般人就很难有机会进去了。

德义大楼

留存洋场阔少体育梦的大楼

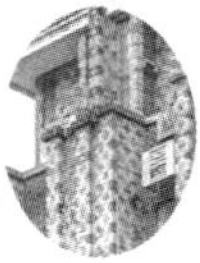

这位痴情体育事业的洋场阔少梦想有朝一日能亲自发起组织大规模的国际赛事，他还专为自己未来的国际比赛设计了“丹尼斯奖杯”，其造型是以德义大楼外立面的希腊女神石雕立像为原型，并配上底座。现德义大楼建筑外墙上保留着的若干几何图案拼接而成的石雕，据说就是“丹尼斯程”当年为奖杯设计的底座造型。

上海早期公寓最集中的地带大概非南京西路莫属了。从石门二路开始，一路上都是建于20世纪三四十年代的公寓建筑。在南京西路北侧，近石门二路转角处的南京西路770—790号坐落着德义大楼，其中还包括石门二路15弄弄口的街面房子。

这是一幢10层公寓大楼，这幢堪称近代上海公寓大楼经典作品的德义大楼由当年号称“中国哈同”“中国地皮大王”的房地产大业主程谨轩投资建造，英商克明洋行设计，丹麦康益洋行承建，1930年建成。德义大楼沿南京西路呈弧形状，那时正是装饰艺术派在工业和建筑设计中最流行之时，建筑具有现代建筑兼近代西欧装饰艺术派风格。外墙立面采用不同的泰山毛面砖镶贴拼成几何图案。底层与2层之间有花岗石环饰，2层转角处窗洞上方作局部花岗石饰带处理。沿街部分窗间墙凸出，形成立面竖线条构图。沿街3层窗间墙处有凸出的石雕花座，其中4个像台上，原有4座希腊女神石雕立像，现已不存。

建筑平面为周边式，底层为商铺用房，以上楼层为公寓。公寓由3个内廊式住宅单元和1个内廊式宿舍单元组成，为上海较早设有单身宿舍的公寓。室内装饰用料标准较高，走廊铺设湖绿色马赛克地坪，室内钢窗蜡地，水晶铜把手、雕花线条花篮梁以及胡桃木小地板、雕花的木门等尽显品质。入口门厅内凹，门两边有壁柱，柱顶饰有简洁的几何图案，顶部有繁体的“德义大楼”字样。原先电梯是那种带铁栅栏的，人站在电梯里面可以看见外面的楼层，现已改成封闭式。德义大楼顶层是宽敞的平台，有和外墙一样耐火砖砌筑的两个小房子，想来是放设备的，平台上还放着一些花花草草。站在平台上，南京西

德义大楼

路及周围的风景一览无余。

德义大楼是程谨轩投资建造的，实际继承人是程谨轩的次子程霖生。但该大楼由程霖生的嫂嫂和胞侄程贻泽管理业务并收租。程贻泽年轻好胜，乐善好施，兴之所至，千金不吝，虽酷爱体育，但技艺不精，其寡母以球场如战球，坚决不允许他外出练球，球友们便拥戴他担任领队，他则以捐赠球衣、球裤，担负球队一切费用，热情款待球友相酬答。他曾组建了一个足球队，取名为三育队，并在今南京西路常德路东首自家产业的土地上，修建了上海第一个私人足球场。为了增加球队实力，他还邀请了当年足球名将饶惠生、哈元贞、朱璆以及有“铁门”之称的何春辉，有“铁头”之称的香港名将黄瑞华，以及有“飞毛腿”之称的左边锋曹桂成。程贻泽千金不吝，慷慨解囊，足球队球员的吃喝、住宿、工资津贴及一切费用均由他承担。他泰兴路的住宅除保持豪华的居住条件外，还配有舞池、篮球房、弹子房、练球场和游泳池等，兼有体育俱乐部的特色。在正宅东侧另有一所附属小洋房，楼下做程贻泽经租账房，楼上做球友宿舍。1924年，他又资助上海中华全国体育协进会取得了坐落在上海法租界今合肥路南端的一片方形大空地的使用权，协进会得以在上海棒球场内附设篮球房，定名为中华篮球房，扩建了400米的田径场和办公楼，总称为中华棒球场。以后，上海的各项重大体育比赛都在这里举行。1927年的第八届远东运动会也曾在这里举行。

1926年11月7日，程贻泽组织的三育队和上海营造商谭臣干之子谭敬组建的东华队在上海第三届中华足球联赛决赛，这两支当年上海最强球队的比赛轰动了全上海，各报体育版大肆宣传，观众人山人海。最终比分4比4，未分伯仲。后来程贻泽又把球场移到泰兴路306号自己家门前的一个小型足球场，并将三育队改名为优游体育会，组织优游足球队和强华篮球队，聘请著名教练舒鸿等担任教练，在他领队的足球球员中，曾出现过足球名将李宁和号称“铁腿”的孙锦顺，一跃成为第一流水平的足球队，还被邀请参加俗称西联会的西人足球协会参加比赛，成为上海第一个参加西联会的足球队。1929年他出资率领优游足球队远征日本，战绩两负两胜。优游足球队在上海取得盛名以后，作为领队的程贻泽在体育界顿成风云人物，他不时组织球队与旅沪外侨和外国驻军的球队作友谊比赛，也邀请马来西亚、菲律宾的华侨球队来沪比赛，热情招待，临别还送礼品。为炫耀其身份，取西名丹尼斯程（Dennis Chen），还把1930年建成的德义大楼称为“丹尼斯大楼”，他自誉慷慨好客，千金万金不吝，故德义大楼又寓有“我丹尼斯程‘讲道德、尚义气’”的意思。这位痴情体育事业的阔少梦想着有朝一日能亲自发起组织大规模的国际赛事，他还专为自己未来的国际比赛设计了“丹尼斯奖杯”，其造型是以德义大楼外立面的希腊女神石雕立像为原型，并配上底座。现德义大楼建筑外墙上保留着的若干几何图案拼接而成的石雕，据说就是“丹尼斯程”当年为奖杯设计的底座造型，而上面的希腊女神石雕立像已被毁。这座旅馆式的公寓大楼，在程贻泽的安排下，经常保留相当一部分空房，用以接待外省市应邀来沪作友谊赛的外地客队球员住用。

程贻泽虽与叔叔程霖生分宅而居，但并未分割遗产。程贻泽只知一味豪奢，花钱如水，只要有钱可花，他就不问盈亏。程霖生喜欢自命风雅，结交三教九流，终有万贯家财，也难填其欲壑。1931年，程霖生因经营黄金投机买卖，亏空到不可收拾的地步。由于德义大楼产证由程霖生掌握且已被他抵押给中国银行，根据当时有关规定，这些产业用于抵偿欠债。除了德义大楼，还包括程贻泽泰兴路的住宅也都被作价抵债了。

无可奈何花落去。程贻泽的宏大的足球梦想随着叔叔投资失败而终成泡影。德义大楼在程家破产后辗转归入中国银行名下，成为银行职员的宿舍。作家程乃珊的祖父是中国银行高管，原住万航渡路中行别业，1940年后举家搬迁到德义大楼5楼居住。现德义大楼居住的也大都是金融系统的职员和他们的子女。

当年德义大楼底层商铺多为奢侈品专卖店,其中的绿屋夫人时装沙龙最为阔太太们所青睐。这个店的名字听起来有点隐晦的奢靡，却是当时上海最顶尖的高级女装店，店主是一个白俄女人，里面不仅专为人度身订制高级洋装礼服，还供应各种精美配饰，但由于其价格昂贵和过于洋气，只有一部分达官豪富的太太小姐们才消费得起。底楼还有一家南京理发店，里面的座椅都是德国制造的皮椅子，可以调节高低，还可以360度自由转动。理发师都戴黑领带，穿着浆得笔挺的白西装黑裤子；女理发师则化淡妆，身穿浅蓝色的修身工作服，脚蹬平底白皮鞋。每位理发师胸前都挂着一块圆形的写着工号的金属铜牌，且都能讲几句常用英语。那时候风尘仆仆来往于京沪道上的国民政府新贵，都是南京理发店的常客。底层的“绿屋夫人”早已随风而去，南京理发店倒是传存了下来，由程十发题写了店名。20世纪60年代拍摄的电影《女理发师》女主角的扮演者王丹凤就是在南京理发店实习的，部分内景也是在这里拍摄的。现在南京理发店成了南京美发厅，旁边分别是上海照相馆和真丝大王商厦。南京理发店的隔壁曾开过上海最大的一家少年儿童书店，德义大楼3层与4层交接处的墙上还挂着宋庆龄于1959年亲笔题写的“少年儿童书店”白色招牌和宋庆龄的签名。那是我小时候最爱的去处，后来少年儿童书店搬迁到了马路对面的南京西路新华书店楼上，再后来那家新华书店也消失了。德义大楼楼上有宋庆龄题词的招牌，也不见了踪影，唯有记忆还在，每次我经过那里，会走进现已成为面包店的原少年儿童书店买一袋法式长棍，然后去隔壁的全家超市逛逛，想着当年在这里买书的场景，权作一种纪念吧。

静安别墅

闹市中心的居住净土

张爱玲在小说《色戒》里写到的“印度珠宝店”“西比利亚皮货店”和“凯司令咖啡馆”当年就开在静安别墅弄口沿街处两侧，尤其是老字号凯司令设在这里的西饼店更是几十年从未挪过地方。有别于马路对面梅龙镇、中信泰富和恒隆广场的奢华，静安别墅更多地保留了海派生活风味。

弄堂，是上海的世界性记忆，它不动声色地招摇在许多人的梦里，成为人们心中难以抹去的关于上海的回忆。前联合国教科文组织特派中国的专员拉奎尔教授曾说，上海的里弄是上海最迷人的部分。20世纪20年代起，从新式石库门里弄住宅中演变出一种新的住宅类型——新式里弄住宅，它是适应当时崇尚西欧生活习惯的富裕阶层小型家庭一栋独住需求的住宅。这种新式里弄住宅的外观呈近代建筑形式，在平面开间上较石库门住宅更加多样化，使用功能划分明确，静安别墅就是其中的典型。

静安别墅所处地块曾是上海潮州会馆所有，后承包给了英国人作为养马的场所，设有马厩。20世纪20年代末，马车已经被汽车代替，因而马厩在上海已经没有继续存在的必要，地块几经流转后于1928年被南浔四大豪门之一的张静江家族购得了所有权后开工建造，1932年竣工。因其地处静安寺路，故名静安别墅，迄今为止，静安别墅仍然是上海最大的一条新式里弄，弄内共有198个单元。据说，开盘时的租金是用金条来付的，因此第一批居民大多是上海各个洋行里上班的中外高级白领。其中也有一部分特别富有的就直接将房子顶（买）了下来。当时都是独门独户，以别墅冠名，迎合了居住者的心理。静安别墅弄口“南京西路1025弄”的门牌正对着梅龙镇伊势丹的门，南端则通向威海路传媒街。现南北出入口各有两扇镂空铸铁大门，上面设置两根透空黑色弧形铁框，几何花纹间镌刻着“静安别墅”4个大字，不动声色地俯视着来来往往的行人。

静安别墅不但所处地段极佳，而且建筑风格中西合璧，内部设施齐全。总体布局由12列坐北朝南的住宅和一列朝北的住宅组成，除沿南京西路和威海路为店铺房外，弄内皆为居民住宅。张爱玲在小说《色戒》里写到的“印度珠宝店”“西比利亚皮货店”和“凯司令咖啡馆”当年就开在弄口沿街处两侧。尤其是老字号凯司令设在这里的西饼店更是几十年从未挪过地方，只是如今的2楼、3楼已租给别家另做他用。当年，李安拍《色戒》就是在这里取的景。有别于马路对面梅龙镇、中信泰富和恒隆广场的奢华，静安别墅更多地保留了海派生活风味。这是一条长长的、一眼望得到底的弄堂，两边整整齐齐排列着红砖洋房，门框窗框采用西欧式风格，水泥阳台下巴洛克式涡卷纹牛腿上的纹饰和底楼窗框上部的拱券砖饰，透露出当年的流行风格。每一幢住宅前都有可植树种花的朝南小庭院，取消了石库门，代之以矮围墙和小铁门。2层主卧室南侧有阳台，北侧亭子间上层设置晒台，出入口设在后天井，天井的围墙也较传统石库门低，是具有西洋住宅风格的里弄住宅。

即便在旧上海时期，静安别墅周围也是有名的繁华地带，大华、美琪、平安电影院近在咫尺，大都会、丽都、圣爱娜等舞厅围绕左右，由于地理环境的优越，静安别墅的房租也较同类型、同在公共租界的房租要高出数成，甚至一倍多。据说，当年静安别墅的租金要用金条来付，但求租者仍络绎不绝。往昔，这里是银行职员的聚居地，还有长期租赁做事务所的律师、做诊所的医师，有走红的电影演员和歌女、舞女等，20世纪三四十年代，诸多名门望族和社会名流也曾居住于此，如静安别墅52号曾是学界泰斗蔡元培先生一家的寓所，号称太平老人

静安别墅

的书法家于右任离开大陆前也曾寓居于静安别墅，在此研究编辑了《两陋木简汇编》《标准草书》等名著。111号曾是我国西医界泰斗、著名内科专家、中国第一所国立医科大学——上海医学院的创建人之一乐文照教授的寓所。1949年9月初，著名出版家张元济先生经由乐文照医师作了体检后才赴京参加9月21日全国政协第一次会议和10月1日的开国大典。中医名家丁季峰也曾居住于弄内125号。静安别墅182号是著名演员、导演郑小秋的旧居，郑小秋幼时随其父郑正秋登台演出，成为中国著名童星，曾在明星影片公司任职，主演《姐妹花》等影片，1938年后任导演，主要作品有《二百五小传》《七十二家房客》《中国武术》等。1936年他26岁起在静安别墅居住，直至1989年逝世，在静安别墅住了半个多世纪。1942年，旧中国四大家族中的“财神”孔祥熙在得知静安别墅的业主有意把该产业出售的消息时，便立即授意盛宣怀的子女盛关颐、盛重颐为他购买，可惜下手晚了点，只购得一部分静安别墅的产业，后委托美商中国营业公司经租。

静安别墅174号曾是东方图书馆的临时书库。东方图书馆是上海商务印书馆附设的图书馆，其所在地原在宝山路商务印书馆对面，是一幢高5层的钢筋混凝土建筑。馆内藏书有两大特色，一是珍贵古籍收藏丰富，二是地方志书齐全。此外，国内凡具有较大影响的报刊大多有完整收藏。外国人研究中国与东亚的报刊也相当丰富，当时已绝版的《中国汇报》《哲学评论》和《爱丁堡评论》等均为世所罕见的珍本。还有自然科学刊物德文初版全套《化学药物年鉴》更是东亚地区绝无仅有的藏本。1932年一·二八事变，商务印书馆总厂毁于日军燃烧弹，东方图书馆也被日军纵火焚毁。除移藏在银行保险库中部分古籍542种、5370册善本精品得以幸免外，其余包括大量善本均化为灰烬。后经数年努力，至全面抗战前，东方图书馆复兴委员会已筹得资金10万余元，拥有书刊20万册左右。在没有馆舍的情况下，地方图书馆向美国道奇公司定制了一辆图书阅览车，于1935年6月起在市区及近郊进行巡回阅览服务。抗战全面爆发后的“孤岛”时期，商务印书馆租赁了静安别墅174号作为图书馆暂存书库。当年存放静安别墅的图书，约有12万册。1952年，东方图书馆解散后藏书捐献市人民政府，转交公共图书馆使用。

几十年风雨变迁，和上海所有的老房子一样，传奇般的静安别墅也老去了，褪去了当年的浮华，恢复到它原本的闲适从容。漫步其间，发现长居于此的人们表情中有着由来已久的自在和清闲，楼与楼之间宽敞的公共空间绿意葱茏，住宅之间保持着恰如其分的距离，却又是温暖的、触手可及的。

美琪大戏院

大华饭店涅槃重生之作

20世纪30年代，享尽上海滩奢华风光的大华饭店不幸遭遇一场火灾，就此毁于一旦。之后，亚洲影片公司利用大华饭店原址的一部分，建造了美琪大戏院。这幢由中国建筑师范文照设计的戏院融合了现代美与古典美之精华，代表了当时建筑设计的最高水平，有“亚洲第一戏院”以及“远东最先进艺术影宫”的美称。抗战胜利后，梅兰芳将自己蓄须明志后的首场演出定在了美琪大戏院，轰动一时，美琪名声由此大振。

距南京西路仅100来米的美琪大戏院是李安的电影《色戒》的内景拍摄地，因为平安大戏院不复存在，便借助了美琪。其实美琪大戏院并不比平安大戏院逊色，况且它也是有历史的。美琪大戏院的具体地址在江宁路66号，它的原址最早是一个洋务局官员的府邸，俗称“道台花园”。辛亥革命后，洋务局解散了，而当时的上海护军都督府资金极为短缺，于是，便将道台花园出售给英国商人麦边（McBain），此地便成了麦边花园，今天的奉贤路旧名麦边路就是因该花园而得名。

数年后，麦边花园易主，新主人也是商人，他看中了麦边花园优越的地理位置，将其改建为大华饭店。建成后的大华饭店是20世纪20年代末上海豪华的旅馆，其特点是占地广，视野开阔，草坪大树木多，环境闹中取静，出门没几步就是繁华热闹的静安寺路。其建筑仅一层平房，里面设有日本、英国、法国、意大利、荷兰等国风格的特色套房，并设有对外开放的西餐厅，价格是沙利文的3倍。大华饭店内还设有一个当时少见的豪华、宽敞的舞厅，大批居住在法租界的俄国侨民每年都要在那里举办一场大型舞会。1927年，蒋介石和宋美龄的世俗婚礼就是在大华饭店举办的。1930年梅兰芳赴美国考察前，上海各界人士曾于1月14日在大华饭店举行盛大欢送会，18日梅氏启程。所谓天有不测风云，享尽上海滩奢华风光的大华饭店不幸遭遇一场突如其来的火灾，盛极一时的大华饭店就此毁于一旦。后来园地中间被工部局开了一条直接通往静安寺路的小路，定名大华路，1943年改名南汇路。旧时江宁路叫戈登路，是以镇压太平天国运动的外国洋枪队首领的名字戈登命名的。

美琪大戏院

20世纪30年代后期，亚洲影片公司买下大华饭店旧址后，就利用大华饭店原址的一部分，即现江宁路南汇路处建造一座华丽宽敞的戏院，由联怡股份有限公司集资创建，这是该公司继北京大戏院、南京大戏院后，所建的第三家戏院，于1941年建成。

因为戏院建立在原大华饭店旧址，一开始打算起名“大华大戏院”，但因当时附近静安寺路上的夏令配克大戏院中文名字就叫大华大戏院，才不得不放弃。之后，亚洲影院公司开始向社会征求电影院的中文名称，短短一周即收到2 000多封应征信，最后选定“美琪”为戏院名，“美琪”两字取自“美轮美奂，琪玉无瑕”之意。

美琪大戏院由中国近代著名建筑师范文照设计，范文照1917年毕业于圣约翰大学土木工程系，后又赴美深造，1921年毕业于美国宾夕法尼亚大学，获建筑学士学位。范文照学成归国后，在上海从事建筑设计工作。1927年开设私人建筑事务所，曾应邀与上海基督教青年会建筑师李锦沛合作设计了八仙桥青年会大楼。范文照早期作品亦为“全然复古”，并喜欢以折中主义的思路在西式建筑中融入中国传统建筑的局部。1933年开始转向积极提倡现代主义建筑思想，赞成“首先科学化而后美化”。美琪大戏院就是在此理念下设计而成的，建筑既体现了近代美国式建筑风格，又体现了当时世界流行的装饰艺术派风格，造型简洁优美，线条明快。因戏院两面临街，入口设在今江宁路、奉贤路转角处，门前的空间显得格外宽敞。门上挑出弧形雨棚，其上之立面为气势磅礴的圆形巨塔，突出直贯到顶的4根圆柱，柱间设有垂直线条状的长窗，屋檐处有一圈典雅的花纹，运用平直凹凸的处理方式，使圆弧形的建筑中心更为瞩目。

戏院内部布局简约流畅，富于变化的空间功能转换自然明快。进入大门便是圆形门厅，5扇垂直长窗的玻璃都刻有形状各异的几何图案。左右各有过厅，左过厅通入19米高的观众大厅，右过厅有宽敞的穿廊通入富丽庄重的观众休息厅，厅内盘旋而下的大型水晶吊灯明亮灿烂，配上大小两座灯光喷泉显得流光溢彩，青铜艺术雕塑造型优雅灵动，整个观众休息厅凝重典雅、宏伟壮观。其一端为盘旋形楼梯，至2楼的穿廊，也兼作观众休息厅之用，并设卖品部，楼梯和地面均采用奶油色磨花石。整个布局既有气势，亦具特色。美琪大戏院的建筑融合了现代美与古典美之精华，当年10月15日惊艳亮相，被海内外人士誉为“亚洲第一戏院”。

落成后的美琪大戏院主要放映电影，有时也穿插演戏，观众厅内设置1597个座位，视听效果极佳，为沪上首轮影院。影院营业的第一天，放映的是美国20世纪福克斯影片公司的歌舞片《美月琪华》，影片名字和美琪的名称暗合。观众踏进美琪大戏院不但看电影，还领略了建筑的美轮美奂，很快又获得了“远东最先进艺术影宫”的美称。当时沪上市民为能拥有一张美琪大戏院的电影票为荣，去美琪大戏院看电影成了一件时髦事。

上海沦陷期间，京剧表演艺术大师梅兰芳蓄须明志，坚决不登台演戏。抗战胜利后，梅兰芳将自己的首场正式演出定在了典雅美观的美琪大戏院。从1945年12月28日至次年1月7日梅兰芳在此演出了《刺虎》《思凡》《断桥》《奇双会》等剧目，轰动一时。自梅兰芳演出后，美琪名声大振，许多档次较高的歌舞戏剧都首选美琪演出。新中国成立后，苏联世界著名芭蕾舞大师乌兰诺娃也在美琪大戏院演出她的经典剧目。

美琪大戏院在上海近代建筑中拥有突出的地位，代表了当时建筑设计的最高水平。它不仅是上海第一流影剧场，也是当年最好的会场。1954年5月，上海市第一届人民代表大会就在此召开。1957年秋，在这里拍摄京、昆剧折子戏。1964年，上海人民沪剧团的《芦荡火种》在美琪大戏院连演半年，一共演了284场。1999年2月至10月，为迎接首届中国上海国际艺术节，美琪大戏院进行了戏院历史上最大规模的舞台、后台改扩建工程，座位全部更换为无噪音的软座，共1328席，改建后的美琪大戏院变得更加美轮美奂了。如今这个享有盛名的老戏院已成为上海国际艺术节的主要演出剧场，2005年1月，莫斯科音乐剧院芭蕾舞团在美琪大戏院演出《巴黎圣母院》，舞台上搭出了多年前北京人民大会堂舞台出现过的8米高的教堂钟楼布景，令沪上观众叹为观止。

美琪大戏院是从老上海名噪一时的大华饭店涅槃重生的，除了本身拥有的辉煌外，它还承载着老上海的一段历史，这使它又有了自己不可复制的文脉。

观渡庐

清末民初外交家伍廷芳故居

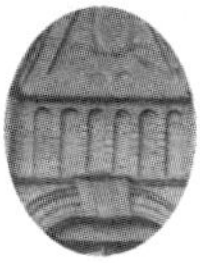

1910年，伍廷芳辞去驻美公使职务，退居上海，自号观渡老人，在亲自营建的观渡庐内过起了半隐居的退休生活。他本想从此归隐林下，但没想到一年后发生的辛亥革命又把他重新推上了历史舞台。伍廷芳作为南方议和代表与北方代表唐绍仪在上海进行了南北和谈，这场影响了中国历史今后走向的和谈进行了数月，期间，观渡庐中出入过不少民主人士，观渡庐见证了这场具有划时代意义的风云际会。

在陕西北路与江宁路之间的北京西路1094弄2号，坐落着一幢英式洋楼。这幢英式建筑却有一个中国传统文化味道很浓的名字：观渡庐。那是因为这里最早的主人是清末民初著名外交家、法学家和书法家伍廷芳，他晚年自号“观渡老人”，就把这幢为自己建造的寓所称之为观渡庐了。

伍廷芳把自己寓所的建造设计交给了新瑞和洋行。这是一家老牌英商建筑设计事务所，其主要成员均为英国皇家建筑师学会会员，整个设计团队阵容堪称豪华，这家建筑事务所在沪留下过众多工艺精湛的建筑作品，其中比较知名且保留至今的就有：中山东二路的太古洋行大楼、江西中路232号华洋德律风公司大楼、黄浦路15号礼查饭店、老成都北路7弄原辅德里、延安东路34号大北电报公司大楼、南京西路934号麦特赫斯脱公寓等。其品质自然不俗。只是相对于其他建筑的名闻遐迩，观渡庐因为主人为人的低调和北京西路的相对清冷，这幢建筑多少有点养在深闺人未识的落寞。但无论是建筑本身还是建造者的传奇身份，它都能跻身于上海滩的名宅而毫不逊色。

这是一幢假3层外廊式建筑，清水红砖墙，具有英国安妮女王时期建筑风格。立面分布对称，为竖向的5段式划分，但外凸的东西两侧造型各异。主立面采用连续的外廊，西侧为三角形的挂瓦陡坡人字形屋顶，东端则呈六边形，顶端带有围边，有点像中世纪城堡的塔楼造型。中央部分也相应突出，在2层上方有三角形石雕图案和三角形牌坊。窗口带有拱形窗楣，窗框等处有细雕的石柱子。整个南立面的2层上方有一个石雕花纹女儿带。建筑主入口位于东侧，门口带外挑式的门廊，门呈拱券形并有花纹装饰和细长石柱，彩色拼花地坪。步入雕花大门，便见一座宽敞大气的雕花木楼梯，楼梯边的窗玻璃上镶着彩色玻璃，在阳光照射下带有梦幻色彩，拾级而上，顿生穿越之感。走廊里、房间内，一色的硬木地板，西面还有通向附楼的小扶梯。

观渡庐的首任主人伍廷芳是个不凡的人物。他1842年出生在新加坡，3岁时随父母来到广州，8岁进入私塾，14岁时到香港，先后在圣保罗书院和皇后大书院就读，读书期间还曾主持创办了中国第一份中文报纸《中外新报》，成为我国在报业领域的先行者之一。伍廷芳1861年毕业后被香港高等审判庭录用并担任翻译一职，大约10年后又被调任港府巡理署译员。为在事业上更上层楼，伍廷芳在他32岁时放弃了优越的工作，自费远赴英国伦敦林肯法律学院攻读法律并于3年后获得博士学位和大律师资格，返港后成为香港法庭执业律师，1880年起出任香港立法局议员。1882年受晚清洋务派重臣李鸿章的邀请，伍廷芳来到天津任法律顾问，由此正式成为李鸿章的幕僚，长达14年之久。其间参与过中法谈判、马关谈判等中外一系列条约与事件的商议处理。1896年起历任驻美国、墨西哥、古巴、秘鲁等国公使。在此期间他对清政府忠心耿耿，希望清政府加快立宪步伐，摆脱民族危机，但是清廷的一系列做法令伍廷芳极度失望，心灰意冷。

1910年，68岁的伍廷芳称病辞去驻美公使职务，退居上海，自号观渡老人，在亲自营建的观渡庐内过起了半隐居的退休生活。之所以选择上海，大概是因为此时的上海已经开埠，

观渡庐（原伍廷芳故居）

有着相对自由的都市氛围，其生活方式比较适合在国外接受了新思想的伍廷芳。他本想从此在上海赋闲，归隐林下，但没想到辛亥革命又把他重新推上历史舞台。1911年在中国近代史上是具有里程碑式的一年，那一年的10月10日，为清王朝敲响丧钟的“武昌起义”爆发了，清王朝在此后的数月中时刻处在风雨飘摇苟延残喘的境遇之中。同年11月初“上海光复”后，起义重心开始逐步由武昌转向南京与上海，清政府此时虽在军事实力上仍占有极大优势，但鉴于全国多省已纷纷“独立”及财政吃紧等窘境主动开启“南北议和”，反对帝制、赞同共和的伍廷芳与张謇等人组织了共和统一会，伍廷芳被南方各省推为民军方面议和的全权代表，与袁世凯派出的代表唐绍仪在上海进行了南北和谈。这场影响了中国历史今后走向的和谈进行了数月，期间，伍廷芳的观渡庐中应该出入过不少民主人士，双方在未来中国走“民主共和道路”的观点在和谈中达成一致。观渡庐在结束中国封建王朝统治，开创民主共和的历程中见证了这场具有划时代意义的风云际会，里面许多激荡人心的时刻和细节虽已淹没在时间的尘埃中，却足以为后人留下无限的想象。

南京政府成立后，伍廷芳任立法总长。不久南下追随孙中山先生的革命事业，担任护法军政府外交总长兼财政总长等职。1922年4月，他兼任广东省省长。1922年6月16日，陈炯明炮轰总统府，孙中山避入永丰舰。时年已80岁的伍廷芳不惧危险上舰看望孙中山，共商大计。数天后的6月23日，身染肺炎的伍廷芳因悲愤病逝于广州。伍廷芳逝世后，孙中山颁布总统令为他举哀，国民政府为其举行国葬并塑造铜像，以纪念他对民国政治的贡献。

1943年，观渡庐被刚建立的大新烟草股份有限公司购入作为公司办公用房，大新烟草是一家小型烟草企业，主要生产万寿、大都会、红万寿、大吉庆等牌子的香烟，曾在老上海掀起一股集水浒108将香烟牌子的风潮，盛极一时，老上海人应该有记忆。但大新烟草公司在观渡庐驻扎的时间并不长，20世纪40年代中后期观渡庐又卖给上海汇明电筒厂老板丁熊照，这位丁老板是爱国实业家，他开办的上海汇明电筒电池制造厂，所生产的国货品牌“大无畏牌”驰名中外，这让观渡庐又烙上了民族实业发奋图强的印痕。

用现在的话说，丁熊照是新上海人。他1903年生，无锡人。为谋生计15岁到上海一家绸缎洋布庄做学徒，1919年后到上海大东电池厂当推销员。不久该厂因生产的电筒、电池敌不过舶来品而宣告歇业。也许就是在这时，年轻的丁熊照萌发了提倡国货、振兴民族工业的宏愿。1925年，他投资自办汇明电池厂，聘请曾在大东电池厂工作过的8名老工人，并把出产的电池命名为“大无畏”。这个名字本身就包含了不畏艰难，与洋商竞争的意愿。数年后，由汇明电池厂生产的“大无畏”牌电池在上海已能与以美商“永备”牌电池为代表的外商知名电池品牌并驾齐驱，成为中国名牌产品。大无畏电池不但行销全国，还远销英国、南美、非洲和东南亚各国，经过几年努力，终于使“大无畏”电池成为中国名牌产品。与此同时，丁熊照又在小南门开设永明电筒厂，生产“虎头”牌和“大无畏”牌电筒。1931年，他将汇明、永明两厂合并为上海汇明电筒电池制造厂，所生产的电池、电筒等产品不仅行销全国，而且远销欧美和东南亚地区。日军侵占上海后，工厂迁入租界，继续生产，供应市场，并通过各种渠道将“大无畏”牌电筒、电池输入抗日游击根据地和大后方，以供军需民用。日军进入租界后，日商松下电池厂要丁老板与日方合作生产电筒、电池，丁熊照严词拒绝，被日军逮捕关押。抗日战争胜利后，他竭尽全力恢复大无畏电筒、电池的生产。1948年，丁熊照携眷去香港，主持他在那里创办的开达实业有限公司。丁老板去了香港后，这里成为汇明电筒厂的职工宿舍。

如今，观渡庐依旧安详地矗立在这片承载着厚重历史的土地上，整栋楼现已成为民居，其中仍有不少汇明厂的员工及员工后代。我踏访那里时，一位坐在门口晒太阳的老先生告诉我他是汇明厂的职工，说起这幢房子的过往，脸上露出满足和骄傲的神情。他说观渡庐前原本有一个很大的花园，现在已成了新盖的房子。我看到建筑一侧有一片种满花草树木的绿地，北京西路上有4级台阶通往，上面还用竹木搭建了个很大的葡萄架，不知道算不算原先花园的遗存。出于对这幢留存太多故事的建筑的敬慕，每次经过那里我都会站在面朝观渡庐的小花园里看它一眼。前年冬日一个下雪天，我去观渡庐隔壁的一幢高层建筑里为白领做分享，从18楼看下去，得以窥见它的全貌，在白雪掩盖下，褪尽寻常生活烟火气的观渡庐，显出一种超凡脱俗的空灵之美，干净得不染一丝尘俗味。

荣宗敬公馆

面粉大王的上海豪宅

在接受拍摄陕西北路电视纪录片的编导采访时，编导金嘉楠小姐问我从这幢建筑是否能解读出主人的性格，看出荣宗敬是一个怎样的人？写了那么多老建筑的故事，类似的问题还从没有人问过我，但我觉得她问得很好，因为这幢建筑里边确实藏着主人内心不为人言的秘密。

在陕西北路186号门前有一排长长的厚实坚固的石砌矮墙，雕花的线条简约柔软，显示着一种低调与显赫。墙头伸出婆娑的樟树枝叶，围墙里绿荫掩映下有一幢建于1918年的具有法国古典主义建筑特征的城堡式3层洋楼，它堪称陕西北路上最美的大花园洋房。建筑非常大气，而且卓尔不群，转角处呈六角形突出，上覆浅红色圆形穹顶，就像钟塔。站在陕西北路远远望去，钟塔般的楼角似乎是站在绿树丛中。这幢洋楼是当年上海滩为数不多的顶级豪宅之一，也是如今上海滩保存最完好的最为高雅的花园洋房之一。它是旧上海棉纱、面粉大王荣宗敬的故居，人称荣氏老宅，又称荣家老公馆。荣氏家族，是以荣毅仁为代表的中国民族资本家族，他们靠实业兴国、护国、荣国，在中国乃至世界写下了一段辉煌的历史。20 世纪初期这幢豪宅里商政名流出入频繁，歌舞宴会不断，当年，荣宗敬在里面呼风唤雨，屡创民族资本神话。建筑包含的人文价值决定了它独一无二的历史地位。

用现在的话来说，荣宗敬是新上海人。他出生于江苏无锡，距今一百多年前，14岁的荣宗敬一肩行李来到上海，他最初只是南市一家铁锚厂的打工仔，后来又进了上海永街豫源钱庄当学徒，1896年荣宗敬和弟弟荣德生在鸿生码头与人合股开设了一家广生钱庄。一年后，开始独资经营，1899年，荣家的广生钱庄赚了7 000余两银子，给荣宗敬兄弟带来了资本积累的第一桶金。

荣宗敬与荣德生兄弟从各方面调查后确信，面粉工业是潜在发展的新兴事业。于是，4年后，荣家第一个企业保兴面粉诞生了。1909年荣宗敬向美国恒丰洋行协商以分期付款的方法购进美国最新式面粉机18台，并扩建厂房，每天日夜班可产3 000包至3 800包。商标改用“兵船”，表示可以与舶来品媲美，终于闯出了中国面粉名牌产品——兵船牌面粉。在1914年至1922年期间，即第一次世界大战及其稍后一段时期，中国民族工业有了迅速发展。因为第一次世界大战期间，英、法、德、俄等国忙于战争，致使外国来华商品和资本输入的总额显著减少，而出口总额大量增加，从而有力地刺激了中国民族工业的发展，其中又以纺织业和面粉业最为突出。从1912年到1921年间，荣家建有4个茂新厂、8个福新厂，共计12个面粉厂，占全国民族资本面粉厂生产能力的31.4%，荣宗敬被誉为“面粉大王”。从1915年自上海建立棉纺申新一厂到1931年的申新九厂，荣氏共拥有9家棉纺织厂，申新系统各厂的棉纱、棉布生产能力，占全国同业的28.6%，荣宗敬又被戴上了“棉纱大王”的桂冠。

这幢大花园洋房就是荣家在事业发展势头最强时置办的。

从陕西北路矮墙尽头的两扇镂花大铁门进入，是一条甬道，甬道右侧有太湖石、灌木丛、小亭子，甬道尽头是一个小门厅，门厅上部是罗马柱支起的半圆形阳台，这个门厅是荣宅日常进出之处。住宅中间是由平台和4扇玻璃大铁门组成的正门，面对一大片草坪和郁郁葱葱的树木。大楼的各个侧面由圆柱、圆弧形和凹凹凸凸带槽的块面构成，带有浮雕和纹饰的窗棂镶嵌其间，底层有宽敞的门廊和高大的廊柱。窗户的造型各具特色，主立面设两层列柱敞廊，在空间效果和装饰上有强烈的巴洛克风格。住宅南侧面楼上楼下都是整齐的立柱，侧门也有漂亮的巨柱和石阶。南侧门前罗马柱的围廊面向一片碧绿的大草坪，有石阶通往花园。

走进荣宅，你会感觉到它低调内敛的外表下隐藏着令人惊叹的美。这幢豪宅的门楣和窗沿上有精美的木制雕花，窗户镶嵌着彩色拼花玻璃，灯光下折射出奇异的光彩。从小门厅进入，左边护壁板上有一排挂衣钩，挂衣钩正中镶嵌着一面镜子。楼内几道楼梯勾连着参差起落的层面，甬道尽头通向宽敞豪华的大厅，楼下其余部分是花厅、餐厅和几个阔大的描金绘彩的客厅。顺着精致的雕花柚木楼梯上到2楼，可谓步步惊艳。许多房间甚至楼梯的顶棚上都由彩色拼花玻璃镶拼而成，天光透过色彩浓厚的玻璃顶棚照射进来，氛围灿烂神秘。有着彩色玻璃天顶的宴会厅是当年荣宗敬宴请贵宾的地方，这个连通3个卧室的宴会厅餐厅四壁呈暗色调，拥有华丽的壁炉以及具有历史感的装饰，顶上的天花板是由69块色彩不一的玻璃拼接而成，足足有45平方米，而中心是盛放的花朵，整块玻璃就像剪辑在一起的彩色片段，在阳光下呈现出特殊的立体感，美不胜收。这个华美的空间适合为宾客举行正式晚宴，但荣宗敬和家人偏好在邻近的房间用餐，木质古典浮雕与室内的镶金工艺结合的护墙板，带流苏的窗帷装饰，带有明显的意大利文艺复兴时期建筑特征。

鹅黄色的日光室是主人休息、小憩、侍弄花草、修养身心之处，有多面窗户吸收阳光，彩绘玻璃窗上的复古和抽象的几何图案在荣宅中随处可见，但带有具象场景的面板却只有此处，这些图案的内容与其生活息息相关，既包括私人生活，也包括事业。一块面板上的图案为两艘小舟驰过一座高塔，可能暗指某个具有特殊意义的真实地点。1930年，荣宗敬在故乡无锡的太湖梅园修建了一座塔，用以纪念他的母亲。另一块面板上，岸边的西式城堡和大风车象征着权力和工业，河流可能代表从无锡流向上海的苏州河。20世纪早期，荣宗敬在苏州河两岸兴建了多家面粉厂和棉纺厂，因此，这个图像是他从商起家的最佳写照。

在接受拍摄陕西北路电视纪录片的编导采访时，编导金嘉楠小姐问我从这幢建筑是否能解读出主人的性格，看出荣宗敬是一个怎样的人？写了那么多老建筑的故事，类似的问题还从没有人问过我，但我觉得她问得很好，因为建筑里边其实藏着主人内心不为人言的秘密。当我在华美的荣宅徜徉时，深切感觉到这是一个事业性强，追求完美，内心又十分温柔的成功男人，他的审美能力非常强，内心又十分浪漫，这从他对色彩的偏好以及对光的偏爱中可见一斑，而他对母亲的感情也从玻璃彩绘的图案中表现出来。这幢花园住宅厚重得像一座城堡，很适合喜欢宏大浑厚的荣宗敬的心意，他称心如意地率领全家住在里面，运筹他的事业。荣宗敬把自己的家营造得如此美轮美奂，温馨怡人，是想有一个港湾。商场如战场，但他在这个自己精心营造的美丽港湾里可以获得片刻安宁。

然而，现实却是严酷的，他依然没有躲过风刀霜剑。

1937年8月13日，日军侵犯上海，荣氏集团企业在中日战争中损失巨大。这时，日本侵略者在占领区成立伪政权，并派

荣宗敬公馆

汉奸胁迫荣宗敬出任伪职，他觉察到自己处境险恶，决定避居香港。1938年1月4日深夜，荣宗敬从陕西北路寓所后门出走，乘上他的朋友、英商通和洋行经理薛克的轿车直驶黄浦江码头，然后通过加拿大的轮船远赴香港，离开了这幢大花园洋房。到香港后突患肺炎，加上心忧家事国事，于2月9日在香港养和医院去世，走完了他艰难创业的65年人生之路。一个月后，荣家的后人搭乘加拿大皇后号，将其灵柩运回上海。那年的3月19日，荣宗敬算是又回到了西摩路（陕西北路）上的老家。

2003年11月26日，是荣宗敬诞生130周年纪念日，这一天，在陕西北路186号举行了“荣宗敬故居”揭牌仪式，银底红字的牌子十分庄严，荣宗敬的三儿子荣鸿庆等祖孙四代亲临现场揭牌。

新中国成立后，这里曾是民盟创办的《展望》杂志社办公地，1956年4月，杂志社搬离荣宅。很长一段时期，荣宅成为民主党派办公地，2002年，这里成了星空传媒的办公基地。10年后，租约到期，星空传媒从这里搬出。院门紧闭，一关就是6年。6年时间，世界知名奢侈品品牌Prada集团邀请了顶级修复团队驻扎其中，进行了整体修复，基本恢复了建筑的历史原貌。修复完成后，2017年底向市民开放参观，普通百姓由此能进入这幢豪宅一窥其昔日的艳丽。

华业公寓

西班牙城堡式大楼

这幢漂亮的西班牙城堡式公寓静静地隐藏在恒隆广场对面的一条普通弄堂内，这一带南京西路的贵族气仿佛和它没有任何关系。不过，它也并非一味地低调，开车经过延安西路高架桥时可以清晰地看见它的巍峨身影，和旁边的俄罗斯宫殿式建筑上海展览中心一样抢眼，这就显得有点高调了。不管是低调还是高调，都改变不了它与生俱来的不凡。

2009 年，在上海生活的瑞典电影人彼得·艾尔登等拍摄了一部名为《上海·173号楼》的记录上海老房子的纪录片，影片中的“Building 173”，就是位于陕西北路173号的华业公寓。导演以冷峻的旁观者角度呈现了这座公寓自1934年建成至今所经历的历史变革，时间跨度长达70年。这部纪录片在英国、波兰、法国等电影节上展出，获得高度评价。

华业公寓的历史变革其实代表了我们这座城市的变化，而吸引异国他乡电影人目光的也许正是它那卓尔不群的形象。

在老上海众多的高层公寓里，华业公寓可谓独树一帜，因为其余的高层公寓均出自外国设计师之手，而华业公寓却是出自中国建筑师李锦沛的手笔，这是旧上海为数不多的由华人建筑师自行设计的公寓。

这是一幢漂亮的西班牙城堡式公寓大楼，它静静地隐藏在南京西路恒隆广场对面的南京西路1213弄内，这一带南京西路的贵族气仿佛和它没有任何关系，华业公寓的另一个出口位于陕西北路173号，不过，它也并非一味地低调，开车经过延安西路高架桥时可以清晰地看见它的巍峨身影，和旁边的俄罗斯宫殿式建筑上海展览中心一样抢眼，这就显得有点高调了。不管是低调还是高调，都改变不了它与生俱来的不凡。

华业公寓是老上海著名的营造巨商、谭同兴营造厂厂主谭干臣投资建造的，建成于1934年。谭干臣祖上是清朝广东十三行之一，京中第一代买办，做的是洋务生意。父亲早年来上海，在汉口路街心花园附近开设谭同兴营造厂，经数十年经营，成为上海滩的富翁，谭干臣排行第三，人称谭老三。谭干

华业公寓

臣曾留学英国，他于20世纪初通过承包外滩一带外商银行、洋行大楼和仓库建筑工程发家，后投身于地产业，开始投资购地营建房屋，成为上海房地产的大业主。当时上海高层公寓大楼的设计者几乎都是外国人，而华业公寓却出自中国建筑师李锦沛之手。那么，为什么有建筑营造经验的谭老板竟会选中他呢？

我们不妨先来看看这位李锦沛是怎样的一位设计师。

说起来，这位李锦沛也是建筑科班出身，他祖籍广东台山，1900年生于美国纽约，1920年毕业于普赖特学院建筑科。1921—1922年，于麻省理工学院和哥伦比亚大学进修建筑，1923年获纽约州立大学建筑师文凭。在美期间，曾在芝加哥和纽约的建筑事务所任职，设计新泽西城基督教青年会、纽约时报馆等大楼。他的建筑作品融合近代建筑与中国传统建筑，宝塔一般层叠出挑的屋顶、朱红的柱子成为鲜明的建筑符号，使得“中国风格”第一次进入美国人视线，是第一位将中国元素播种到美国土壤的华人建筑师。1923年李锦沛和家人搬到中国居住，在上海他与一位茶商的女儿结婚，育有3个女儿。当时基督教青年会在中国发展迅速，李锦沛受聘为基督教青年会的建筑师。在青年会任职期间，设计了长沙、保定、宁波、济南、厦门、南昌、武昌等地的青年会会堂。1927年中国建筑师协会在上海成立，他也在上海拿下执业执照，独立开设了自己的建筑师事务所，独立开业后，负责设计了八仙桥青年会（与范文照、赵深合作）、全国青年协会、广肇公学、旅沪广东浸信会教堂、清心女子中学、盲童学校、岭南中学、昆山基督教青年会、宁波路广东银行大楼、新都大戏院、南京聚兴诚银行、杭州建业银行等中西合璧的作品，在20世纪20—30年代，他的中西结合的建筑设计风格也开始显现，他的设计作品不仅多产，而且多样化。

看来，这位谭老板也真有眼光，李锦沛设计的华业公寓建筑风格十分独特，可以说是折中主义向现代建筑过渡时期的典型作品，不但引领了当时的世界建筑潮流，即便在今天，这座高层公寓依旧引人瞩目。

华业公寓呈三合院形式，由一幢10层高的主楼和两幢4层高的配楼组成。主楼居中，正面向东，立面线条古朴，平面为H形，设方形角楼，呈现西班牙城堡式建筑遗风。依次形成4层、8层、9层，直至中央主楼10层的跌落状的阶梯式。顶部为多面锥形，有点像中国亭子的攒尖顶，屋顶采用西班牙红筒瓦压顶，檐下设置一排西班牙连续拱券饰带，入口处设置挑出大雨棚，并曾有华丽的门头装饰，现已不存。入口楼梯前有绞形罗马柱撑起的拱廊。公寓共有220余间房，主楼底层为公共服务层，铺设地砖，设有门厅、访客厅、儿童游戏室、图书馆等。门厅后部设置3部电梯，13部楼梯，楼梯表面为水磨石。2—8层为居住层，室内配柳桉木地板和钢窗，由起居室、卧室、餐厅、厨房、卫生间、仆人房等组成，9层和10层为电梯机房与蓄水箱房。楼后设置汽车库、配电间、锅炉房和水泵房。主楼南北各有一幢配楼，高4层。配楼与主楼以车库、拱廊相通，天棚镶嵌着玻璃砖，利用天然采光，属于折中主义向现代建筑过渡时期的作品。主楼和配楼的每户都有大阳台，室内阳光充足，顶层设有很大的平台，站在平台上，看得见南京西路的街景，上海展览中心的金顶仿佛触手可及，大上海的繁华盛景尽收眼底，公寓前有草坪绿地，周围绿树环绕，花木繁茂。

谭干臣对于这幢公寓也非常喜欢，建成后，他率全家搬进了华业公寓的8楼。华业公寓设施齐全，品质不俗，租金自然不菲。建成后，里面住的大都是达官贵人、富商或是富裕阶层的侨民。抗战胜利后，作家、戏剧家李健吾从内地归来后，一度找不到住所，便花了一笔很大的费用，租下华业公寓一套房间。1947年，著名表演艺术家金山和张瑞芳从长春来到上海，暂时寄居在李健吾家，李健吾感到租金昂贵，打算迁居，金山便转租了下来，但两人不久也搬出迁居别处居住。可见，当时的华业公寓绝非一般人可以“涉足”。据说，著名电影演员王丹凤、昆剧大师俞振飞也在此居住过。报业巨子史量才的如夫人沈秋水也曾在华业公寓住过一段时间。1934年11月13日下午，史量才在沪杭公路上惨遭暗杀，11月16日在铜仁路史公馆举行大殓，合棺前沈秋水形容憔悴、步履蹒跚地来到史量才遗体前，弹奏了一曲千古绝唱以作永诀。办完丧事后，沈秋水离开铜仁路史公馆，独自一人住进了华业公寓的一个单间，终日垂下窗帘，焚香念经。她在华业公寓一住就是20多年，直至1956年逝世。

新中国成立后，华业公寓的主楼和副楼都住进了普通的上海人家，底楼成了社区活动中心，大花园缩小了，空地盖起新公房。其中不少房间或租或卖给了在上海商城上班的老外。公寓顶楼一度还曾被作为单身男宿舍，住在里边的当事人曾如此回忆：“麻将、火锅、单身汉的不羁和华业的秀丽风格形成鲜明对比……”——这恐怕是建造者始料未及的吧。

宋家花园

宋美龄出阁前的上海寓所

陕西北路上这座英国乡村式别墅是宋美龄出阁前的家，那时，待字闺中的宋美龄就和母亲宋太夫人与宋美龄的两个弟弟一起住在里面，老上海称之为“宋家老宅”。宋庆龄以及当年蒋、宋、孔、陈四大家族中的三家都与这座花园住宅有着密切联系，里面演绎了将近半个世纪的传奇故事。

陕西北路369号坐落着一座英国乡村式别墅风格的建筑，外边用黑色竹篱笆墙围护，透着欧洲乡村的韵味。经过风雨的侵蚀，竹篱笆上黑色的沥青有些剥落，裸露出竹子的本色，颇显凋敝和沧桑，编织着久远的历史纹路。这里是宋美龄出阁前的家，那时，待字闺中的宋美龄就和母亲宋太夫人与宋美龄的两个弟弟一起住在里面，老上海称之为“宋家老宅”。这幢花园住宅建于1908年，最初它是一个名叫约翰逊·伊索的外国人的别墅，1918年5月，宋耀如不幸患心血管病在上海逝世，宋氏姐妹为安慰老母，共同出资买下这幢别墅，宋夫人倪桂珍从虹口郊区寓所携子女迁居于此，成了当时社会最瞩目的家庭。宋庆龄以及当年蒋、宋、孔、陈四大家族中的三家都与这座花园住宅有着密切联系，给这个花园带来了将近半个世纪的传奇故事。

369号那扇大门始终紧闭，门前的铁门严丝合缝，不透半点春光。我有幸入内，得以见到这幢花园住宅的庐山真面目。推开两扇厚重的大铁门，眼前是一幢3层楼的花园别墅，3楼为尖顶半层。进门一侧是一间小小的门卫室，一株大树掩映着，浓荫的光影洒在镶一圈绿边的黑瓦屋顶上。入内，东面一条不长的水泥甬道通向楼房，从门前的几级石阶拾级而上便进入楼内。1楼是客厅，地上铺着老式嵌木地板。朝南是一排8扇玻璃长窗，每两扇间有墙面隔开。这长窗的褐色窗框造型有点类似西式古典家具，勾勒出一种欧陆风情。长窗前隔着几个平方是几根白色罗马柱，罗马柱左侧是一个壁炉，壁炉前放着一张大桌子，桌子两边分别放了5张米白色法式椅子，感觉有点像餐厅的格局，现在这里是一个会议室。客厅东边的拱形内室是接待亲友的会客室，中间有活络门与大厅隔开。如果主人举行派对，可以拉开活络门，成为一个宽敞的大厅。客厅一侧有通往花园的室外楼梯，楼梯下是一大块铺着木板的地方，上面撑出了几把遮阳伞，下面有两张户外沙发椅围着的圆桌，两张围着长椅的长方桌，有点像咖啡吧。面向一个大草坪，四周摆满了海棠花。草坪上有一口六角青石井，有石头铺成的小道可以通往，那石头小道开始是黑白卵石铺就，间夹着棕色镶红砖边的长条石块，再往前是六角形的一块，外圈是白色的，里圈是灰色的，衬托着这口用十字铁丝网盖着井口的井。周围簇拥着一圈海棠花。再往外是一圈黑色卵石。这口井维护得如此细致，不知道有什么来历。

从宽敞精致的褐色柚木楼梯登上2楼，楼梯一侧有整排的玻璃窗，十分通透明亮。正对楼梯的大房间是倪桂珍的卧室，卧室外朝南的有白色围栏的阳台面向花园，花园里树木苍翠，芳草如茵，沿着篱笆墙，种满了雪松、桂花、香樟、龙柏、杜鹃等。花园东边有一棵100多年的玉兰树，花开时节，满树盛开着洁白的玉兰花，花枝一直伸到篱笆墙外。左手朝东的小房间就是当年尚未出阁的宋美龄的闺房，外面的小阳台面向车水马龙的西摩路（今陕西北路），可眺望马路上来往行人和车辆，阳台上部有米白色拱形拉毛墙，下部是雕刻精致的深褐色木头栏杆，栏杆前有铸铁镂空花架，里面是粉红色海棠花，阳台地面铺设绿色回字形花纹镶边的马赛克地砖。我站在阳台上感觉花园里的绿色扑面而来，而陕西北路上的车水马龙被挡在这满园

宋家花园

绿荫之外。宋美龄的卧室有门与母亲的房间相通，平时关闭，互不干扰，需要时可随时打开。

倪桂珍入住后，感到住房不够使用，就在住宅的西边扩建与正楼相连接的2层楼房，建筑风格完全一样。底层是地下室，1楼是大厅，2楼的两间朝南房间拥有一个大阳台，两间房就分别成了宋美龄的两个弟弟宋子安和宋子良的卧室。当时，宋霭龄的寓所在西爱咸斯路（今永嘉路），宋庆龄住在莫利哀路（今香山路），宋子文则住在祁齐路（今岳阳路）。西摩路宋家花园不仅是宋家兄弟姐妹与母亲的聚会之处，而且还留下了当初一些风云人物的足迹。

1922年12月初，时年35岁的蒋介石参加宋子文在莫里哀路孙中山先生住宅举办的晚会时，宋子文把自己25岁的小妹宋美龄介绍给蒋介石，聪颖、美貌、受过高等教育的宋美龄让蒋介石怦然心动。1927年5月初，蒋介石到宋家花园拜访了宋夫人倪桂珍，在宋家住宅会见了宋家三小姐宋美龄，正式向她求婚。一开始，宋夫人反对这门婚事，理由是蒋介石已婚，而且他不是基督教徒。蒋介石为表达诚意，表示可尝试做基督教徒，并与发妻离了婚。就这样，宋夫人接受了蒋介石送给宋美龄的订婚戒指，回送给蒋介石一部《圣经》。1927年12月1日，宋美龄与蒋介石在上海举行了婚礼。当日下午他们在宋家花园的底楼首先举行了盛大的西式婚礼。接着，蒋介石和宋美龄乘上一辆花车到大华饭店举行了举世瞩目的中式婚礼。证婚人为蔡元培、谭延闿等。婚礼结束后，蒋介石又偕宋美龄乘车返回西摩路上的宋家花园。晚上，宋家花园设宴款待亲友。蒋宋联姻后，宋家花园不仅是宋家兄弟姐妹与母亲聚会的场所，也是宋家与外界频繁社交的重要场所。各路新军阀、政客、大买办、商界头面人物也纷纷出没于西摩路的宋宅，这里一度成为蒋介石在沪探讨国家大事、设谋定计之处。宋家花园还有一件大事就是倪桂珍认张学良之妻于凤至为“干女儿”的拜母仪式也在这里举行，那是1930年的事。

而宋宅的门庭冷落则是源于1931年的夏天。那年7月23日，在青岛避暑的倪桂珍不幸病逝，遗体从青岛运回上海，停柩宋家花园。当时远在德国的宋庆龄接到噩耗，日夜兼程赶回上海，为母亲送行。宋氏兄弟姐妹日夜守护在母亲灵前，每天前来西摩路宋宅致祭的亲友、国民政府政要和各界知名人士络绎不绝。8月18日清晨在宋宅花园草坪上举行了隆重的宗教告别仪式，仪式结束后，随即出殡，葬于万国公墓宋耀如墓西侧。昔日宾客盈门的宋宅从此人去楼空，庭院寂寥。

1949年7月24日，宋庆龄在这里创办了上海解放后第一个新型的托儿所——中国福利基金会托儿所，收托2—5岁的幼儿30名。这天，邓颖超、许广平、胡子婴、廖梦醒等冒雨到宋宅参加托儿所的揭幕仪式。同年11月15日，中国福利会托儿所迁至五原路，12月这里又作为中国福利基金会办公地点，成为中国福利会与海外友人交往叙谈的场所。

在宋宅上下徜徉，可见屋子里依旧留存着不少当年宋家居住时的家具。雕花的深褐色柚木大橱是典型的老上海家具，同样风格的矮柜上镶嵌着镜子，两侧放着橘红色老式电话机。每间房间都有壁炉，壁炉里的黄铜炉膛还在，壁炉上部设置带镜面的雕花梳妆台。白色雕花木头做边的布艺沙发，小小的白色雕花圆茶几。洗手间里放着一张有很大圆镜子的柚木梳妆台，乳白色台面下是绿色百叶柜。铸铁的带脚浴缸，一侧铜质的水龙头上有英文的冷热水标记，浴室窗户的下两格漆成果绿色，以障人眼目。我饶有兴趣地发现一间屋子里的圆形茶几两边摆放着的一对沙发很有味道，低低的棕色木头靠背，上面各一个对称的梯形垫子，两位闺蜜相对坐着聊天是再合适不过了，想来是当年宋氏姐妹促膝谈心之地。2楼客厅里米白色木框雕花法式布艺双人沙发，同样的米白色雕花茶几，沙发旁的立灯也是老上海款式的，棕色的色调和沙发罩颜色一致。屋子里还有一架钢琴，琴凳和钢琴颜色与护壁窗框、屋顶颜色一致，都为暗褐色，家具则是乳白色，昔日宋家主人不俗的审美品位可见一斑。

何东公馆

英国爵士的上海豪宅

这是一幢仿文艺复兴时期建筑风格，有着典型西方新古典主义建筑特色的花园住宅，其最早的主人是英国爵士罗伯特·何东。第一次世界大战期间，何东加大在上海的投资，成为上海多家公司的主要股东和上海房地产巨商。何东与孙中山的关系极为密切，辛亥革命期间，孙中山来沪多次借宿在何东公馆。

陕西北路457号有一幢仿文艺复兴时期欧洲建筑风格的花园住宅，建于1928年。该住宅东墙沿陕西北路，南墙沿北京西路。从陕西北路正门进入，迎面便是一座大花园，花园中央有一幢砖石结构3层住宅。面向陕西北路便是朝东的主入口，左右各设置两根贯通2层的爱奥尼克式壁柱，中间有两级双抱台阶通往门厅，门厅两侧有丰富的墙饰。2层柱间为阳台，由两对巨大的牛腿支撑，阳台前有带花纹的铸铁栏杆，阳台通往由两侧带花纹的壁柱托起的拱形入口，顶部围以葫芦式栏杆。从门厅进入，过厅右侧是铺设大理石台阶的弧形楼梯，地面由黑白马赛克铺成菱形，透空的铸铁栏杆镶嵌着柔美的花纹，蜿蜒至3楼，楼梯间有Art Deco风格的圆形窗户。通过一个穹形是铺设柚木地板的长长的过厅走廊，高高的连续的白色穹顶带给人一种神秘感，下部墙面为浅黄色，显得异常华贵明快。走廊左侧有门通往南面高敞的主厅，主厅内铺设柚木拼花地板，墙面有雕花护壁和精美的壁炉，这是当年主人举行宴会和舞会的场所，朝南3扇拱形落地长窗通往大花园，东侧是客厅，西侧为餐厅，均有气派的落地长窗通往花园。从花园看到的南立面才是建筑的主立面。南立面呈半圆形，门廊由4根柱身修长的带有凹槽贯通两层的爱奥尼克柱托起，柱头雕刻着精巧柔和的涡卷，柱脚带有复合曲面的线条，大气中透着柔美。门廊两侧饰有西洋风格的壁龛，壁龛上有雕刻精致华美的花纹，并有花盆状底座，门窗两侧都饰有精致的石雕。顺着柱身抬头看去，屋顶被女儿墙环绕，两层柱间为弧形内阳台，铸铁的栏杆有着柔美的花纹，可以想见当年主人家的亲眷朋友在此凭栏远眺的景象。阳台中间和两侧分别有落地门通往室内，3层平屋顶四周围有葫芦形栏杆，栏杆上饰有雕刻望柱，与下面的爱奥尼克柱对应。住宅西南侧为圆弧形，有贯通两层的爱奥尼克柱，1、2层均有落地窗，门前设置略带弧形的台阶，丰富了建筑的立面。有意思的是这幢西式住宅却有一个很大的中式花园，曲径山石之间点缀着小桥流水，园内一株近百年的古藤蜿蜒遒劲，还有两棵粗壮挺拔的百年香樟，浓荫蔽天，执着地守护着这座名宅，使这幢身处闹市的住宅显得异常清幽。

这幢花园豪宅最早的主人是英国爵士罗伯特·何东(Robert Hotung)，中文名字叫何晓生。何东的父亲是英国人，母亲是苏州人，因此他有着一张外国面孔和一个中文名字。上海开埠后不久，何东的父亲就从英国来到了上海，结婚后又去了香港，1862年生了何东，并将他送进一家私塾读书。因为家境拮据，母亲给他的饭钱还不够吃一顿饱饭，这也同时养成了他吃苦耐劳、勤奋节俭的品格。何东12岁时进了香港中央书院，17岁进了广州海关，两年后又被怡和洋行看中被委任为华行副经理，因其工作出色，又被广东保险公司聘为经理。6年后，何东辞职开始直接经商，这个勤俭刻苦的混血儿后来成为香港首富，孙中山、康有为和蒋介石都是他的朋友。他是汇丰银行和上海黄浦船坞公司的大股东，投资和担任董事的企业有数十家。何东热心于公益和慈善事业，曾在香港设立儿童幸福会、儿童工艺学校、九龙英文学校等。1914年欧洲爆发第一次世界大战，何东捐给英国政府的钱款数达百余万元。1915年英国皇家授予他爵士头衔，中国北洋政府也向他颁发了勋章。

何东公馆

第一次世界大战期间，上海民族工业发展迅速，何东加大在上海的投资，成为上海多家公司的主要股东和上海房地产巨商，如今北外滩的大名路、塘沽路、南浔路、峨嵋路一带的房地产，几乎全是何东的产业。1926年，他购得西摩路爱文义路（今陕西北路北京西路）地皮，兴建了自己的住宅，人称何东公馆。何东与孙中山的关系极为密切，辛亥革命期间，孙中山来沪多次借宿在何东公馆。

随着在上海投资的增加，何东让他长期在香港从事证券交易事业的儿子何世俭（英文名爱德华·何东）也到上海帮他一起打理生意。何世俭不但精通英语，还会讲一口流利的广东话和上海话，他到上海后开办的证券事务所迅速成为与嘉道理事务所并驾齐驱的两家证券经纪人事务所。何世俭还把妻子和年仅3岁的儿子何鸿章一起带到了上海。何公馆处在西摩路上西班牙人最为集中的地带，因此他家经常资助天主教会学校，何世俭也担任了多家教会学校的校董，他儿子何鸿章就读的学校就是坐落在虹口的圣芳济中学，一直到1947年赴美国留学。1949年后，何东家族举家迁往香港，何东公馆由上海房地产部门接收。

从小在上海长大的何鸿章继承了家族的优良秉性，从美国留学回到香港后投身实业，成了香港著名的实业家。何鸿章虽然长着一张蓝眼睛高鼻梁的西洋脸，却钟情于中国传统文化，还会讲一口地道的上海话，他是中国古玩的爱好者和收藏家。1995年底，他把自己从香港拍卖行里买下的一只流失海外的精美绝伦的吴王夫差盉无偿捐赠给了上海博物馆，为此，上海博物馆还特地举办了隆重的捐赠仪式。现这件珍贵的吴王夫差盉陈列于上海博物馆青铜器展馆，供世人观赏。

后来，何东公馆成了中华书局辞海编辑所，上海的许多文化精英集中在这里办公。之后，这个编辑所改组为上海辞书出版社，并于1979年正式出版了《辞海》。上海辞书出版社是中国最大的专业辞书出版社，业务量很大，由于原有的房子不够使用，便在原来的花园里增建了不少新的现代楼宇。不过，当你走进花园，最为显眼的还是那幢已有90多岁高龄的何东公馆，虽已披上岁月的风霜，但依旧风姿绰约，在绿树环绕的花园里独树一帜。我好多次走进里面，看到花园里有年轻人在打网球，他们矫健活泼的身影为这幢老建筑增添了勃勃生机。

贝公馆

颜料大王传人的海派住宅

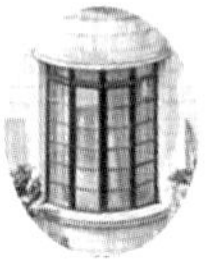

低调地藏在南阳路上的贝宅是中西结合建筑的代表作品之一，中国传统理念在这幢西洋建筑中得到很好的表现。墙面上大幅照壁上镶嵌了用面砖烧制的100个字形各异的篆体“寿”字，犹如一幅大型书法，既蕴涵吉祥又雅俗共赏。住宅南面的花园为典型的苏州园林，但里面却伫立着一座伊斯兰风格的石质凉亭，优雅别致的造型为别处所罕见。

作为优秀历史建筑，贝公馆似乎有些特殊。这幢中西合璧的海派住宅的主人是上海滩门庭显赫的贝氏家族传人——贝义奎。贝义奎是昔日上海滩人人皆知的颜料大王贝润生的小儿子，这幢房子是贝润生送给贝义奎的。贝润生还是著名建筑设计师贝聿铭的叔祖父，而贝聿铭的父亲贝祖贻也是昔日上海滩的大人物，他曾任中国银行行长、中央银行总裁。这个门庭显赫的豪宅不像马勒别墅、上海展览中心那样矗立在城市中心人流密集的主干道上，而是低调地藏在连上海人也未必知道的一条小马路——南阳路上。这条路悄悄夹在南京西路和北京西路之间，也不像那两条路那么长，只是短短的一截，很难引起人们的注意。因为少了繁华喧嚣，倒反而显示出与众不同的淡定和安详。

贝润生原名贝仁元，他1870年生于苏州，16岁时，经姐夫介绍进了上海瑞康颜料行当学徒，拜店主奚润如为师。奚润如共有两个徒弟，除贝仁元外，还有一个便是日后的“海上闻人”虞洽卿。为人忠厚、勤奋敬业的贝仁元深得老板欢喜。1898年，年事已高的奚老板决定退出商界，他让时年28岁的贝仁元接替了瑞康行经理。从此，贝仁元踏上了经商之路。为了表示对奚润如视己如亲子的感激，他便取字润生，并用此名字在社会上闯荡，而贝仁元的名字倒反而渐渐淡出了。中日甲午战争后是中国纺织工业初兴和发展时期，棉纱和布匹需用大量颜料，当时德国拜耳公司生产的化工合成颜料“阴丹士林”垄断了中国的颜料市场，而贝润生掌管的瑞康号在他师兄虞洽卿帮助下获得拜耳公司在华的经销权，仅几年时间就成了上海颜

贝公馆（北侧）

贝公馆（南侧）

料业的巨头。第一次世界大战爆发后，北洋政府最终决定参加以英、法、美、日等国组织的协约国阵线，对德宣战。这时，德商前德孚洋行的大班已属敌国侨民，亟待返国。在撤离上海前，他把大批颜料现货折价卖给了贝润生。随着战事的延长，远东颜料市场货源奇缺，贝润生遂得以涨至数倍乃至数十数百倍的高价出售获得暴利。第一次世界大战结束后，德国很快恢复了生产，贝润生又以与德商的老关系获得经营中的垄断地位，成为沪上首屈一指的“颜料大王”。功成名就后的贝润生没有忘记恩师的大恩大德，他将瑞康颜料行还给了奚润如的儿子，帮助和指点他如何做颜料生意，自己则转入上海的房地产投资。

很快，贝润生又成为上海滩尽人皆知的地王。1909年，贝润生购进了当时法租界华格臬路、贝勒路（今宁海西路、黄陂南路）的地块，兴建了自己的豪宅（该住宅在2001年秋建造延中绿地时被拆除）。1917年贝润生又在故乡苏州买下了苏州园林中著名的狮子林和附近的大片基地。狮子林在1859年毁于战乱，贝润生先后投资银元80万，历时9年改筑恢复了狮子林。狮子林修缮一新后，归全体族人享用。他在园子里还设立了贝氏祠堂，并在旁边捐资建立了贝氏承训义庄，用来赡养、救济族人，以报答族人对他少年贫寒时的资助。贝润生还与贝聿铭的祖父贝哉安共同捐资在苏州城开办了中国第一个新式幼稚园，两人对苏州的公益事业和慈善事业作出了巨大贡献。

20世纪20年代开始贝润生几乎把所能利用的资金全部投入了房地产经营。他于1932年在霞飞路（今淮海中路）468号至

494号建造的康绥公寓，因设施先进盈利可观。至20世纪50年代，他在上海市区已拥有各类房屋近千幢，其中包括金陵东路四川路口的金陵大楼等高层建筑，成为房地产后起大业主中首席。贝润生有两个儿子，长子生于1896年，名贝义堃；次子生于1904年，名贝义奎。兄弟俩都成家后，贝润生就把自己的产业分几次分给了他们，按中国传统，主要继承人是长子，故分得的财产多得多。分家后，长子仍与父亲住在老宅里，次子则搬出另住。长子义堃生有3个儿子，而义奎则生育6个儿子。所以，义奎常在父亲面前抱怨财产分配不公。为了安抚小儿子，1939年，贝润生拿出了属于自己名下的位于南洋路（今南阳路）的土地，再造一幢房子给他，算是补偿。这就是这幢位于南阳路170号的贝公馆。

贝公馆是中西结合建筑的代表作品之一，中国传统理念在这幢西洋建筑中得到很好的表现。经过与南阳路平行的那段北京西路1301号时，可见一个拱形门廊，门廊镶有一圈中国传统的花纹，周围的石墙显示出不凡的气概，这就是贝公馆的北门，现已封掉，但那种豪门气势依旧从紧闭的墙门间散发出来，令路人驻足。转到南阳路上的170号，便可见这幢楼的庐山真面目。

贝公馆建成于1940年，由主楼、副楼、花园组成。这是一幢中西合璧的海派花园住宅。主楼为3间两厢传统式平面，以正中为中轴线，两侧对称，立面呈凹字形，中间部位的2层与3层均设计为内阳台，两侧外凸的部分均设置宽大的方格子玻璃窗。外墙采用乳白色泰山砖贴面，拼贴成考究的横竖相间图案，简洁的立面很少有线脚装饰。楼梯间采用西洋式圆形平面。楼层南向是两室两厅两卫，大平台可连通。南立面层间阳台栏杆用砖砌成北向传统的回纹形图案，大理石台阶通往底层门廊，入内是大客厅，立面均用柚木护墙板，平顶为简洁石膏线脚，天花板上垂下水晶吊灯，庄重而华贵。这间大会客厅可以举行小型的私人宴请或舞会，还设有弹子房、健身房和一个回力球房，北向是全家人用餐的大餐厅。东厅后小间置有柚木穹隆顶，上面饰有“双龙戏珠”的彩色浮雕；西厅内侧有橡木制作的护墙板，移门上雕有中国传统的福禄寿吉祥图案。客厅东侧是儿童游戏室，后面是西洋式圆形楼梯间，玻璃穹隆顶和东墙竖向统长玻璃窗的光线将楼梯间照得通亮。楼梯底层大理石扶手上雕刻着龙身虎爪，显示出主人崇尚中国传统伦理道德的思想。楼梯间门厅直通骑楼，自备汽车可避开风雨直接来此接送主人。当年，贝义奎私人拥有轿车6辆，其中两辆是凯迪拉克。西侧是书房和小餐厅，相互分隔又可连通，直至卫生间。该宅居室的特点是卧室大起居室小，沿西边还有3间主人子女的卧室，其中一间通过卫生间可以连通，便于照顾幼小孩子。宅内还配有电梯。

住宅副楼沿北京西路方向布置，通过一个锅炉房和南侧主楼连接，还有汽车库，2层为事务室和工作人员卧室。副楼高4层，属于现代派建筑风格。立面的勒脚部分用大理石贴面，部分用奶白色泰山面砖，底层北大门和窗户均为铜制。4楼大厅中央有3个玻璃穹隆顶，四周立面用水刷石饰面，带有装饰艺术派的特征。主副楼之间有门廊，东侧入口墙面上有大幅照壁，上面镶嵌了用面砖烧制的100个字形各异的篆体“寿”字，犹如一幅大型书法，既蕴涵吉祥又雅俗共赏。住宅奠基那天，恰好是贝润生70华诞，想来是儿子给父亲的祝寿礼物吧！在建筑的北立面，可以看到两排圆窗，圆形的窗洞和中间的正方形窗框，恰好形成铜钱的形状,设计师的匠心可见一斑。贝宅南面的花园为典型的苏州园林，布局随地形起伏，内有小桥、池塘、凉亭、花圃、葡萄藤架等，湖石、假山等乃用土和石铸成，虽非天然之山，但每一块嶙峋的青石、突起的孤峰，均由贝老先生亲自挑选，别有一番闲情逸致。非常有趣的是，花园里伫立着一座伊斯兰风格的石质凉亭，其优雅别致的造型为别处所罕见，这座雕刻精致的石头亭子矗立于园林正中，三面临水，四周环绕着草木，风姿绰约，又带着几分妖娆，十分抢眼。

作为中西结合建筑的代表作品之一，贝宅在上海滩曾风光一时。

如今，昔日名流云集的贝公馆已成了上海的一座城市文化遗产古典酒店——贝轩大公馆。无论是大堂陈列的各式古董、天花板上闪烁着的流光溢彩的琉璃，还是这部最早出现在上海的OTIS电梯，以及雕刻着龙形的大理石楼梯栏杆，无不阐述着当年的奢华。

西摩会堂

希腊神殿般的犹太教会堂

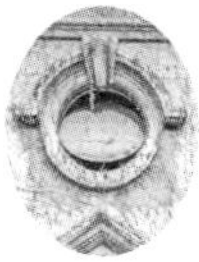

西摩会堂是上海现存时间最早也是远东地区最大的犹太教会堂，教堂的墙上攀满了密密麻麻的爬山虎，里面藏着的故事仿佛要透过繁密的藤蔓伸张开去，却又缓缓地缩了回来，似乎不想轻易地示人，这让教堂看上去像是一个幽深的中世纪古堡。藤蔓间透出希腊神庙式屋顶，两侧各一根爱奥尼克式柱，两根柱子中间精致的壁龛里有石雕花盆，藤蔓缠绕着的圆形气窗看上去像是挂了很久的圣诞花环。

2001年10月，世界纪念性建筑基金会宣布，中国有4个著名的建筑点入选2002年世界纪念性建筑遗产保护名录，它们分别是：云南剑川沙溪寺登街区、长城、陕西大秦宝塔和上海欧黑尔·雷切尔犹太教会堂，又名拉希尔或拉结会堂，因位于陕西北路500号，陕西北路旧名西摩路，故俗称西摩会堂。这个犹太教堂后来还兼为上海犹太侨民协会会堂及犹太社区犹太人子弟学校校舍，是目前在上海现存时间最早、远东地区规模较大的犹太教会堂，更是上海较早的一幢具有犹太建筑风格的犹太教会堂。

西摩会堂是沙逊家族中的第三代沙逊大班亚可布·沙逊为纪念亡妻于1917年捐资建造，1920年建成的一幢具有希腊神殿式的呈长方形的3层砖木结构建筑，在局部的门饰、窗洞、过厅、四跑楼、束柱等建筑细部上，呈现出浓厚的犹太民族建筑特色。红瓦斜坡屋顶，女儿墙中间有一段透空的，用宝瓶形石头栏杆做装饰，顶层平台四周也设置宝瓶式栏杆。建筑立面3段划分，结构精美，气象恢宏，土灰色的外墙上攀满了密密麻麻的爬山虎，像是一件穿越百年的迷彩服，将教堂裹了个严严实实。里面藏着的故事仿佛要透过繁密的藤蔓伸张开去，却又缓缓地缩了回来，似乎不想轻易地示人，这让教堂看上去像是一个幽深的中世纪古堡。藤蔓间透出希腊神庙式屋顶，两侧各一根爱奥尼克式柱，两根柱子中间有璎珞加“束棍”的装饰，下有精致的壁龛，里面有石雕花盆，藤蔓缠绕着的圆形气窗看上去像是挂了很久的圣诞花环。

我曾怀着朝圣般的心情走进这个神秘的所在地。从陕西北路大门进去后绕到一侧主入口，便见以通贯两层的一对爱奥尼克式柱和一对方形壁柱形成的门廊，门廊顶端镌刻着犹太人的语言——希伯来文：欧黑尔·雷切尔。走进门廊，内有3个拱券门，走进去便是穹形花式拱顶和大理石地坪的会堂正厅，两侧为双层柱廊，柱间的小拱顶与教堂拱顶垂直相交，线条简洁流畅。1楼大厅是圣殿，内由10根廊柱，空间近600平方米，加上2楼的廊道，共近1 000平方米。在进行宗教活动或聚会时，会堂可容纳五六百人，大厅里面正前方设立着汉白玉祭坛，犹太教禁止偶像崇拜，所以祭坛上没有神像，只有一个“约柜”，柜子里放的是“摩西五经”。祭坛下面设置高高的底座，两侧分别有3级台阶，祭坛上有类似门厅的建筑物，两侧各有两根高大的多立克柱，柱子下方有柱墩，中间是一扇长方形的门，门上方也镌刻着希伯来文，四周有一圈纹饰，下面有两级台阶通往用帘布隔起来的约柜门，约柜内放有约30套托拉经卷。约柜是《圣经》中古代犹太人存放上帝的约法和诫命的地方，也是犹太教堂的圣物，如此围护，可见其神圣。祭坛下摆放着一排排黑色的椅子，四周窗户都由5扇组成，寓意不忘“摩西五经”。从外面看西摩会堂是斜坡顶，但是内部却是由5道内凹的弧形拱支撑起来的拱顶，每一道弧形对应着两侧外墙的一个大窗，这5道拱和一边各5个大窗正好对应着摩西的五经。弧形的拱不但造型优美，还可以支撑起整个房顶的重量，20米的大跨度却不需要在中间增加支撑柱。因此，内部空间十分完整而开阔，可以保证所有做礼拜的人都能看到祭坛，而不被中间的柱子遮挡住视线。从屋顶垂直而下的铁链和电线连接着倒圆锥体

西摩会堂

的白色玻璃灯罩，衬托着教堂神圣的氛围。2楼是专供女教徒祈祷的场所，3楼则是犹太人社区神职人员的起居室。建筑里的管道板还是原物，从上面依然可以看到刻有犹太人的标记。

我在会堂正厅里上上下下独自徘徊良久，又在祭坛前默默站了好长时间，那一刻，我似乎能感受到当年这里弥漫着的浓重忧伤。顿时，眼里心里满是这个不屈民族的令人唏嘘的往事。

第二次世界大战期间，那个令犹太人永难忘怀的可怕的“水晶之夜”后，无数犹太教堂被付诸一炬，欧洲上万犹太人被关进死亡集中营，在纳粹分子的残酷迫害下，一大批德国、奥地利、波兰等欧洲国家的犹太人在走投无路的情况下被迫离乡背井，漂流四方。其间，先后有3万多人逃到上海，约有近3万人在上海居住了下来。他们选择上海的原因之一是当时上海是世界上唯一不需要任何护照、签证、经济担保和品德证明文件就可以接受无国籍犹太人的城市。还有一个原因是，上海本来就是一个移民城市，一个能接纳世界各国文化的国际港口，有着宽容和自由的城市氛围。早在19世纪末，以沙逊、嘉道理、哈同等为代表的一批商人就来到上海，有的还成了当年上海滩的大富豪。于是，上海便很快成了这些如惊弓之鸟般的犹太难民的理想避风港。

犹太教是犹太民族唯一信仰的宗教，他们对其极度虔诚与遵从，始终坚持着自己的信仰，绝不与任何异教混同。犹太人来到上海后，仍然执着于自己的信仰，他们先后在上海建立过7座犹太教堂，至今留存的有2座，除了西摩会堂外，还有虹口长阳路62号的摩西会堂。这些教会堂成为当年生活在上海的犹太人宗教信仰活动的中心，可以看出海纳百川的上海对外来宗教文化的尊重和包容。当年，西摩会堂是那些逃难到上海的犹太难民进行宗教活动、学习开会及学术讨论之地，并成为第二次世界大战时上海犹太社区的聚会中心。那些苦难的犹太人虽然失去了祖国，却依旧执着地坚守着自己的宗教传统，这是他们在艰苦环境里依旧顽强生存的精神支柱。那些忧伤的犹太人在他们自己的教堂里获得了灵魂的抚慰。当时西摩会堂既是教堂，又是上海犹太学校，开设圣经、希伯来语和文化课，住在隔壁太平花园里的犹太人都把他们的孩子送到里面去读书。现西摩会堂后面的一排房子就是当年的犹太学校。西摩教会堂记载着当年犹太人在上海留下的生活印记。其中，原上海工部局乐队著名小提琴家兼指挥家、犹太裔意大利人富华，1924年与他的同乡蒂娜·博尔贾就在西摩会堂举行的婚礼。

如今，这里是犹太人经常拜会的地方，据说克林顿夫妇来沪时曾来此拜谒，因为希拉里的父亲年少时就读于此，而美国前国务卿奥尔布赖特、以色列前总理拉宾及内塔尼亚胡等都曾来此瞻仰过这座上一代犹太人背井离乡时的灵魂避难所。他们对上海在“二战”期间对犹太难民的救助表示感谢，对经历了这么多年历史变迁后的上海还能保持这样完整的犹太教原物表示钦佩，对中国政府保护文化遗产的举措十分赞赏。2005年11月10日，时年79岁的美国前财政部长、柏林犹太博物馆馆长麦可·布鲁门赛尔参观西摩会堂时感慨万千地说：“60多年前，我和父辈来到上海避难，在西摩会堂隔壁的一所学校学会了英语，今天才能够与大家交流，感谢中国上海敞开她博大的胸怀接纳了我们。”

那天，走出西摩会堂，已近黄昏，夕阳晃得我有点睁不开眼，阳光照在面朝大门两旁分别挂着的“上海科技教育工会”和“上海市教育委员会教育研究室”的牌子上，红红的，艳艳的。

上海展览中心

宏伟瑰丽的俄罗斯宫殿建筑

这幢大厦是上海建筑中的另类，它为上海带来了俄罗斯古典主义的美学趣味，复活了我们在托尔斯泰和普希金的作品中读到的叶卡捷琳娜女皇的圣彼得堡宫殿场景。即便在它被周围的现代建筑新贵们包围的今天，其壮观华丽的风格所营造出来的那份无可匹敌的美感依然使之傲然地屹立在南京西路上，从骨子里透出一种君临一切的贵族气。

上海展览中心坐落在延安中路与南京西路之间，它的南门位于延安中路1000号，北门位于南京西路1333号，南北贯通，北面隔着南京西路，面对上海商城、恒隆广场。它是新中国成立后上海第一幢展览馆。

这是一座金碧辉煌、宏伟瑰丽的俄罗斯巴洛克式古典建筑，老上海人还是习惯性地称之为中苏友好大厦，那宫殿般的建筑曾在我童年的记忆里留下过极其深刻的印象。门前的一排圆球状的欧式路灯在孩提时的我看来犹如一个个滚圆的月亮，走到那里，我曾经傻乎乎地昂起小脑袋问牵着我的手去看联谊演出的母亲：“姆妈，哪能有噶许多月亮？”那时，我印象最为深刻的演出是3个10岁左右的小女孩演的越剧《断桥》。在宫殿般的礼堂里看江南古典戏曲的演出，对我而言还是第一次，唯美的舞台，同龄人的精彩演出，让我看完回家后足足兴奋了一个月。从此，这座宫殿般的大厦就成了我记忆中最美丽的房子了。

上海展览中心所在地曾是昔日上海滩最大、最豪华的私家花园爱俪园，有“海上红楼”之誉，俗称哈同花园，当年是沪上一大盛景。爱俪园是哈同夫妇长期居住的地方，也是上海社会名流和政界要人经常聚会的地方。徐悲鸿早年到上海，曾被介绍到此画仓颉像，并在此与蒋碧微相识，由哈同资助出国留学；护国运动的功臣蔡锷将军在东渡日本就医之前曾在园中养病，蔡元培等人也在园中小憩过。1911年12月25日上午，孙中山先生从海外返国，哈同夫妇在得知孙中山将回国担任临时大总统的消息后，便让乌目山僧请来了孙中山，当日中午哈同在爱俪园举行盛大的宴会欢迎孙中山，并在园内与之合影留念。

上图：上海展览中心远眺　　下图：上海展览中心主楼及广场

1912年4月3日，孙中山让位，由南京抵达上海提倡民主主义和著书立说，应哈同夫妇之邀，入住爱俪园侍秋吟馆，当时，爱俪园几乎成为革命党人的聚会场所。1931年哈同死后，墓葬于爱俪园的大草地。抗战期间，爱俪园被日军占领作为营地，风景破坏殆尽，其间又遭火灾，唯有一角小楼至今尚存。这座矮小的3层小楼在上海展览中心北部，浅色的外表毫不起眼，实在无法和当年沪上房产大亨的豪宅联系起来。我进去看过，感觉唯一可以让人想起昔日辉煌的是教堂式的圆拱形大窗。

新中国成立后不久，中央为介绍世界上第一个社会主义国家——苏联的经济和文化建设成就，要在上海举办一个关于苏联的大型展览，并决定造一幢与之相适应的展览馆，根据多方分析比较，最终选择了在爱俪园废址上建立大型展览场馆，于1954年5月4日奠基开工，于1955年3月15日竣工，建成占地8万平方米的具有俄罗斯风情的大厦，大厦建好后正式命名为中苏友好大厦。

这座上海解放以后修建的第一幢展览馆，是由苏联科学院院士、斯大林奖获得者安德列耶夫、建筑结构工程师郭赫曼、建筑师吉斯诺娃等专家和苏联、中国工作人员70多人参与设计的，呈现出完美的俄罗斯古典艺术风格。大厦坐北朝南，正南为广场，广场中央砌筑一座喷水池，并设置了音乐喷泉，随着音乐的变化，喷泉水也不断变幻出不同的形象。展览中心外墙为雍容华贵的乳黄色，整个建筑群由中央大厅、序馆（原工业馆）、东一馆（原文化馆）、西一馆（原农业馆）、友谊会堂（原友谊电影院）和东二西二两馆（两馆为20世纪80年代补建）组成，并附有东西两个角亭，分别由200多个硕大的廊柱和长廊连接起来，形成一个建筑群，廊柱上的石膏花饰繁复精致，整个建筑气势宏伟。院内有一条环形马路及6处广场。威严的拱门、硕大的廊柱处处令人惊艳。主楼为逐级收缩的正方形，包括夹层共17层，称之为中央大厅，其顶端的主钢塔用钢板制成，外覆压花紫铜皮，再以鎏金处理。塔身呈八角形，底座安装在13楼的楼面上，塔身穿出14楼，直指高空，上面再焊接一颗直径为3.5米的红五星。周围有4个鎏金小亭，金碧辉煌。这幢建筑是海派建筑中的另类，它为上海带来了俄罗斯古典主义的美学趣味，复活了我们在托尔斯泰和普希金作品中读到的叶卡捷琳娜女皇的圣彼得堡宫殿场景，即便在它被周围的现代建筑新贵们包围的今天，那和谐的比例、雄伟的体量以及壮观华丽的风格所营造出来的那份无可匹敌的美感依然使之傲然地屹立在南京西路上，从骨子里透出一种君临一切的贵族气。只是在那份骄矜中多少显露出一种漂泊天涯的落寞和无奈。因为，半个多世纪以来，这种俄罗斯古典主义风格建筑在上海几乎成了一种绝响。前无古人是肯定的，而到目前为止还尚无来者。与残存在这个城市各个角落的花团锦簇的欧美建筑相比，孤孤单单的它怎么能不寂寞呢?

中苏友好大厦建成后，这幢宫殿式建筑成了上海市中心著名的人文景点。1956年起，这里成为上海重要的会议和展览中心。中共上海市第一次党代表大会就在这里召开。半个世纪以来，这里举办过许许多多重大的政治、外事活动，接待过党的三代领导人以及数十位外国国家元首、政府首脑，组织了上千场国内外展览和会议。1956年1月9日，毛泽东主席在陈毅同志

被现代建筑新贵们包围的展览中心依然透出傲然之气

的陪同下，在这里与苏步青教授等举行了座谈会。毛主席对苏步青说："我们欢迎数学，社会主义需要数学。"1957年12月14日，周恩来总理在这里观看了绍剧《大闹天宫》，接见了六小龄童等演员。1972年周恩来总理在这里宴请美国总统尼克松；1996年，中、俄、哈、吉、塔五国元首在这里举行《关于在边境地区加强军事领域信任的协议》的签字仪式，上海市每年的"两会"也多次将会场设在这里。1968年，中苏友好大厦改名为上海展览馆，1984年改称现名——上海展览中心。每年举行的数不胜数的行业展览则使平常百姓也有机会走进这座华美的宫殿建筑。

从2001年夏到2002年1月，上海展览中心进行了有史以来规模最大的一次整修，使这座宫殿般的建筑在新世纪焕发出了新的光彩。2002年2月，撩开面纱的上海展览中心以崭新的面貌迎来了上海市人大和市政协"两会"的召开。如今的展览中心，南京西路一侧，正门是友谊会堂，在前边临街的草坪上有一座"飞跃的马"铜雕，是1987年由法国尼斯的一位艺术家阿曼创作的。2004年7月28日—8月2日，第一届上海书展在上海展览中心举办，海量的图书，开放宽松的购书环境，优惠的价格，把众多上海市民参与的热情凝聚了起来。从2004年开始，上海展览中心成为每年8月上海书展的举办地。上海题材的图书成了书展中颇受欢迎的书，一些出版社不约而同地主推"上海题材"的图书，突出上海这个城市的文化特色。2006年的上海书展正式提出了"我爱读书，我爱生活"这一定位明确、更具吸引力的办展口号，以鲁迅手写体集成的“上海书展”4个字沿用至今。

从2004年到2019年，上海书展举办了16届书展，成为文明上海一道最美的风景。它精心打造“市民文化客厅”，营造市民的书香节日，已成为上海文化品牌不可或缺的重要组成部分，也已成为上海人民文化生活中不可或缺的一道风景。书展，让上海展览中心这座美丽的俄罗斯建筑充溢着浓浓的书香味。我是书展的常客，每年夏天都会冒着酷暑兴致勃勃地走进这个宫殿般的建筑，选购一大堆书。从2009年开始，我几乎每年都有幸在书展现场为读者签售自己写的书，坐在中央大厅临时搭建的舞台上，望着如织的人流，看着读者从中央大厅的楼梯蜿蜒排上2楼平台，手里捧着书等候签名，我的心里萌生出满满的感动。尤为难忘的是2018年8月17日，那天，风雨交加，但挡不住读者奔赴书展的热情。上午，由共青团上海市委、少先队上海工作委员会、上海新闻出版局、上海图书馆、上海人民出版社共同主办的老洋房阅读之旅地图在上海书展中央大厅发布。我走上铺着红地毯的舞台做了分享，当中央大厅两侧的大屏幕上出现我的《花园洋房的下午茶》和《永不拓宽的上海马路》等书籍的图像时，我的感动难以言说。那天，我还有幸于上海人民广播电台在书展内所设的展台和年轻的媒体人对谈，聊上海老建筑的故事。

美丽的上海展览中心已经融入我的生命，它承载了我生命中许多与书有关的美好时光，并感受到作为一名写作者的幸福。

郭乐、郭顺“兄弟楼”

永安集团创始人的花园住宅

上海滩造房固有“哥东弟西”之俗，南京西路1418号的郭氏兄弟楼东侧一幢由兄长郭乐所住，西侧一幢由弟弟郭顺所居。两幢楼风格基本一致，细部存有差异。在同一幢房子相连的3层内廊使用3种不同的柱，这在上海近代建筑中比较罕见。兄弟楼建成后引起轰动，人人意欲一睹为快。

铜仁路路口东北面的南京西路1418号如今是上海市人民政府外事办公室和对外友好协会、港澳事务办公室的所在地。绿树环抱的花园里坐落着两幢呈东、西向分布的法国文艺复兴时期建筑风格的3层建筑。这是上海滩独一无二的兄弟楼。兄弟楼的得名不仅仅是因为院内的两幢建筑体貌相似，风格一致，而且建造这两幢建筑的是鼎鼎大名的永安公司创始人郭乐和他的六弟郭顺。

中国现代公司是由上海南京路开始的已是不争的事实，而标志大都市商业现代化与现代公司时代到来的，是南京路上先施、永安、新新、大新四大公司的诞生。南京路因四大公司而成为上海最繁华的商业区。四大公司的形成、拓展及壮大，显然是一个将世界眼光和理念与中国特色有机地融合在一起的过程，这四家公司中论规模、实力、盈利和海外知名度，当首推永安公司。在当年十里洋场的南京路上，永安公司无论从名气还是商业业绩，都是首屈一指的。

南京西路上的兄弟楼便是郭氏兄弟在事业鼎盛时期建造的，它记载着上海滩的一段商业传奇。兄弟楼所在的南京西路，当时还被称之为静安寺路。而永安公司所在地，如今已成为名扬中外的南京东路步行街了。

郭氏兄弟是从广东中山秀园村辗转来到上海的移民，用时下的话来说，他们是当年的新上海人。郭氏家族世代务农，1890年，家乡遭遇累月暴雨，洪水泛滥，带来饥荒。年届16岁的郭乐便前往澳大利亚谋生，他在悉尼当了两年菜园工人，之后买上一辆手推车，做起了沿街叫卖菜瓜的生意。悉尼有一

上图：郭乐、郭顺兄弟楼　　　　下图：兄弟楼的建筑风格基本一致

家华侨开设的永安栈果栏，因经营不善，连月亏本，店主招贴告示：“招人接盘。”郭乐邀集在悉尼的同乡好友马祖星、梁创等7人集资接盘了永安栈，大家一致推选郭乐任司理即企业负责人。

1897年8月1日永乐栈果栏正式开张，以后这一天就成为永安集团公司的纪念日。果栏除水果生意外，还兼营土特产、杂货业务，做批发兼零售。郭乐经营有方，赚了不少钱，接连开出了3家分店，并先后把四弟郭葵、五弟郭浩、六弟郭顺从家乡接来澳大利亚悉尼分掌店务。

1903年，郭乐与当地永生、泰生两家华侨果栏合作，在斐济开设生安泰公司，进行一条龙的垄断经营，拥有7个大香蕉园和18个中小香蕉园，蕉工1200人，公司有自备拖带木船的小货轮。生安泰公司投资最多的大股东是永安果栏，司理（总经理）由郭乐兼任。当永安果栏的批发业务扩展到一定程度后，郭氏兄弟又将眼光瞄准了现代化大型百货公司。1907年8月28日，香港永安环球百货公司在皇后大道开张了，1912年，永安增资为港币60万元，由合伙组织改为股份有限公司，永安公司开始向多元化商业发展，并经营房地产业，由此带来巨额财富。

1914年，澳大利亚华侨富商马应彪投资60万元港币在南京东路浙江路口建立了先施公司，眼光敏锐的郭乐也看准了这块商业宝地，决定到南京东路上开设永安公司。1916年，上海永安公司大楼破土兴建，不到两年，一座英吉利式钢筋混凝土结构的6层大楼矗立在先施公司对面的南京东路上。1918年9月5日永安百货公司正式开张营业，郭乐以总监督身份常驻上海。经受过英、法、美等西方国家大公司经营理念熏陶的郭乐把

“顾客是上帝”奉为永安公司的经营宝典。他还经常亲自巡视商场，看到有顾客空着手出去，就要向营业员寻根刨底地探究买卖未成交的原因。为扩大影响，吸引顾客，郭乐还从上海、苏州、杭州等地买进大批能制作旗袍的丝绸，陈列在2楼橱窗，并在2楼搭建舞台式台阶，挑选了10名年轻、漂亮的公司女职员，用鲜艳的绸缎，为每人做了5件各种式样的旗袍更换，表演时还有乐队伴奏。顾客观看完时装表演后，不少人会到外面柜台上去剪绸缎，营业额一下子增加了10倍。在郭乐的精心经营下，到1930年，公司的资本总额由开张时的200万元增至1170万元，郭乐成为中国的“百货大王”。

郭氏兄弟到上海创业时，曾栖身于四川路三和里内的一座老式石库门房子，这里既是香港永安公司的驻沪办事处，又是他们的住家。1920年郭氏购得法租界居而典路（今湖南路）的一块十几亩的土地，兴建了一幢洋房，旅沪的郭氏家族全居于此。但毕竟不便，于是又找到哈同商议购地事宜。早在1910年，哈同就在静安寺路（今南京西路）和长浜路（今延安西路）之间建造了爱俪园，当时还留有一块位于静安寺路北、哈同路（今铜仁路）东，时称“夏家宅”的8亩多土地，由于被静安寺路分割而未划入哈同花园，于是，哈同就将这块土地卖给了郭乐。1926年，郭乐、郭顺兄弟就在这块土地上兴建了自己的住宅。

兄弟楼的设计者公和洋行（Palmer&Turner）1891年前创办于香港，20世纪初进入上海。1916年前，他们设计、监造的外滩4号联合大楼和汉口路193号工部局大楼，留下了极佳的口碑。永安公司即由该行设计。永安公司老板郭乐与公和洋行的威尔逊关系密切，于是“兄弟楼”也委托威尔逊设计，于1926年建成。

具有敏锐商业眼光的郭乐兄弟没有选错人，设计师和营造商没有辜负他们的重托。这幢房子建成后，不但在当年轰动，而且如今已成为老上海花园住宅的经典。

当时上海造房有“哥东弟西”之俗，故东侧的一幢由兄郭乐所住，西侧的一幢由弟郭顺所居。如何做到风格一致却又不雷同呢？这对设计师是个考验。我想当初威尔逊肯定绞尽脑汁，画了无数草图。现在我们看到的这两幢建筑风格基本一致，立面对称，细部存有差异。在同一幢房子相连的3层内廊使用3种不同的柱，这在上海近代建筑中比较罕见。东西两楼两幢建筑虽属西洋式，但因业主、营造商是中国人，故多少还带有中国传统风格，室内格局有点类似于中国传统建筑的三间二厢房平面布局。

兄弟楼两幢房子一律面向南侧花园，从南京西路花园前大铁门到住宅门口有一条宽广的水泥混凝土通道，轿车可以直达住宅门口。主楼南面是一个占地1700平方米的共用大花园，这在寸土寸金的南京西路实属难得。园内树木葱茏，花草遍植。园中地形起伏，筑有假山、小桥、亭台等，尽显中式园林的曲径通幽之美。在绿树掩映下有一个古典雅致的用进口意大利白色大理石砌筑成的塔状喷水池，清澈的池中塑有一座古希腊神像作眺望蓝天状，这就又有了西式园林的特色。四周围有高墙，隔绝了外面的车水马龙，幽静而又隐秘。郭乐兄弟闲时可在花园内散步，家眷和孩子们也可在园内嬉戏，尽享天伦之乐。

两幢住宅都为3层楼，外墙使用汰石子，屋面有较陡的坡度，壁炉烟囱凸出屋面。住宅南立面正中设塔司干柱式门廊和台阶，2、3层楼两侧对称设置外挑阳台，2层阳台是爱奥尼克柱式，3层阳台是科林斯柱式，门廊上部2、3层中间设置外凸于东西两侧的阳台，尽情吐露出希腊柱式语言。住宅顶部的女儿墙做成古典的宝瓶透空栏杆，与正中的门廊和阳台浑然一体，显示出讲究立面平衡对称的欧洲古典式建筑特点。两幢住宅略有不同的是西楼门廊和阳台为圆弧形，稍显活泼，以区别于东楼。而哥哥居住的东楼门前还卧着一对石狮子，造型却是西方风味的，内涵深远。

室内装修追求法国古典主义建筑的豪华气派，采用高级柚木。住宅内部空间处理活泼且富于变化，门廊顶部的平顶石膏花式精致，在花纹中心装置吊灯。底层的门厅及大小客厅全用柚木作护墙板和嵌花地板，室内门框也采用出檐和立柱做装饰，有很强的立体效果。天花板上饰有彩绘浮雕，每间房间的浮雕图案各不相同，而大量使用水果、花草经重组后的图案，表明主人并没有忘记当年以永安果栏起家时的艰辛。主楼梯设在底层北面中央，楼梯宽阔并带有转角平台，扶手及护栏花纹精致。2、3层楼原是主人的卧室、起居室和卫生间等用房，房内皆设壁炉，且色彩、造型各异，具有纯正的法国古典风格。

兄弟楼建成后，郭乐因业务关系，频繁往来于沪港两地，断断续续在里面住了10年左右，而郭顺主要负责上海方面的业务，他在这幢楼里住了20来年。1956年10月，郭乐在美国病逝，郭顺晚年寓居中国香港。

史量才故居

铜仁路上的《申报》记忆

这里是《申报》总经理史量才的故居。当年，史先生经常在这里接待社会各界来访人士。史量才被暗杀后，灵堂就设在里面。合棺前白衣素服的红颜知己沈秋水来到史量才遗体前，弹奏了一曲千古绝唱《广陵散》，曲尽弦断，琴投火中。

史量才是我国报业巨子——《申报》的总经理。“人有人格，报有报格，国有国格。三格不存，人将非人，报将非报，国将非国。”这是史量才掷地有声的宣言。由于史量才抨击时弊，揭露当局黑暗，被国民党军统特务暗杀，年仅54岁。

史量才故居位于铜仁路257号，人称史公馆，建于1913年至1920年。建筑为中西结合式花园住宅，院内两棵枝繁叶茂的槐树，就是史先生当年亲手栽下的。公馆是由一幢欧式3层楼的洋房、一幢古色古香的红楼和一幢水泥砖木结构的小楼组成，四周原是高高的院墙。大门有铜制SLZ（史量才姓名的英译字首）巨字。主楼洋房在大门入口处，为法国乡村别墅风格并融入中式设计。主立面构图对称，比例和谐。2层有粗大的多立克壁柱，柱顶端有石膏花纹精雕。廊厅显得很宽敞，敞廊栏板和1层平台栏板图案精美，具有中国传统装饰特征。墙侧置有壁炉，整幢房子的廊厅地面和楼梯及扶手都采用米色花纹的大理石，廊厅正中悬挂着造型别致的吊灯。底楼为客厅、书房和衣帽间。宽敞的客厅内布置豪华，在这里，他经常接待各界来访人士，商谈抗战事宜。2楼是史量才的卧室，兼作办公室。3楼是孩子的房间。这里是史量才和原配夫人庞明德、二夫人沈秋水和儿子史咏赓一家四口居住。一侧坐落着的一幢古色古香的红楼是史公馆的亲戚住的，当时，居住的亲戚人数比主人家还要多。内眷的经堂及祖先的牌位也安放在这里。砖木小楼则是连接洋房与红楼的纽带，里面设置餐厅、厨房、浴室、仆人宿舍和汽车库。在屋舍前面是一座栽满奇花异草的花园，还布置了小假山和喷泉，墙一侧有一个葡萄棚，春夏之间，上面挂满

史量才故居

了一串串葡萄。花园尽头是一片小杉树林，杉树前便是空旷的练身场地。绕过花园、小树林，右边还有一方游泳池。洋房大平台正对花园，大平台前还有个莲花池，池里养着金鱼。平台台阶两旁原先各站着一只造型可爱的小石狮子。

史量才的一生充满传奇色彩。

史量才原名史家修，他于1880年1月2日出生在江苏江宁杨板桥村。他7岁丧母，跟随父亲迁居松江泗泾镇。父亲与邻村庞家桥村上的庞品三合伙在泗泾镇开了家泰和堂中药铺。庞品三有个女儿明德比史量才小两岁，和史量才一样，她也在7岁丧母，庞品三只得带着庞明德和小女儿回到庞家桥村，让她从小念书识字。明德长大后为减轻家庭负担，当起了私塾先生。庞品三有心将女儿许配给史量才。天资聪颖的史量才于1901年考入杭州蚕学馆，这所新式学堂学以致用、振兴国家的清新风气激发了他的报国理想。史量才在蚕学馆毕业后到了上海，在育才学堂任教并协助校长接待前来观摩的各校校长。史的精明能干令众校长赞赏不已。其中，金山民强中学校长黄公续打算日后请他去振兴自己的学校，便执意赠送他2 000元庄票，一开始史量才不收，在黄校长的一再坚持下，他才接过了这意外的馈赠。后来，史量才又到务本女校、兵工学堂兼课。这3所学堂都是当时著名的新式学堂。这时，他萌生了创办一所女子桑蚕职业学校的念头。那珍藏着的2 000元庄票正好派上用场。正好高昌庙桂墅里有所旧校舍要出让，他问明价钱，便毅然买下。为方便女校工作，他修书一封给家乡老父，言明自己要完婚，由夫人协办女学。史量才24岁生日刚过，就用船从水路将庞明德吹吹打打地迎娶到上海。在新婚之夜，便将要办女校的事告诉了他的新娘子，请妻子助他一臂之力。庞明德高兴地答应了，决定从此夫唱妇随，办好女子桑蚕学校。女子桑蚕学校于1904年早春正式开学，史量才任校长，庞明德任校务，另外请了位校工王尧钦。

1908年，史量才兼任了《时报》主笔，并积极参加以状元张謇为首的南洋劝业博览会、宪政运动、保路运动，他在保路运动中一马当先，深得张謇赏识。当时曾有人问张謇何以如此看重史家修？张謇答："我是量才录用。"从此"史量才"一名取代了史家修。不久，因庞明德怀孕，史量才便将蚕校盘给了杭州蚕学馆的同窗好友，自己做了纯粹的《时报》编辑。1912年，他获知望平街上申报馆要卖掉的消息，兴奋万分，这可是上海滩第一大报啊！这份报纸原是英国人创办的，后来，席子佩盘下，经营了两年多，因难以为继，不得不抛售了。史量才当即直奔申报馆，找到席老板，最后以12万元成交，史量才与张謇等5人共同买下《申报》产权，合股经营。史量才认为唯有新闻才能救中国，他决心以报写史，从此便开始了他的报业生涯。后张謇等退出，由史量才独资经营，自任总经理。在史量才主持下，至民国初年，《申报》已成为全国性的一张大报，

“申报纸”一词，在一个长时期内，几乎成为所有报纸的代名词，连当年上海滩收旧货的小贩穿行里弄也不时喊着：“洋瓶申报纸有吗？”可见其影响之大。1927年，史量才买下《时事新报》的全部产权，1929年买下美商福开森在《新闻报》的80%股权，1932年创办《申报月刊》，编印《申报年鉴》。史量才成为当时上海最大的报业巨子。

有人说，谈中国报业必谈《申报》，谈《申报》必谈史量才，谈史量才必谈秋水夫人。秋水夫人是史量才的红颜知己，原名沈慧芝，少时擅长鼓琴度曲，后被一皇室贝勒看中，从上海带回京城。不料没过几年，贝勒病故，慧芝回到上海，在一位朋友家与史量才邂逅，两人气场暗合，情愫相通，由相知到相爱，只可惜相逢太晚，佳人空自叹息“君生我未生，我生君已婚”，但已难分难舍，慧芝就屈尊成了史量才的二夫人，搬进了铜仁路上的史公馆。史量才为她改名为秋水，取庄子“秋水时至，百川灌河”之意，也暗喻“半野枯藤缠作梦，秋水文章不染尘”的意境。1929年7月15日，史公馆里举行了盛大而精彩的报界活动——上海日报公会招待美国记者团。在宾主双方互致言论自由等庄严迎答词后，有美酒佳肴招待，由主人史量才等舞剑、史二夫人沈秋水率8个男女琴童演奏七弦古琴，悠扬的琴声犹如天籁之音。1932年，史量才为沈秋水在杭州傍着何庄面向西湖处仿照《红楼梦》中怡红院的格局，兴建了两人的爱巢，命名为秋水山庄，并亲自书写了匾额。山庄落成后，沈秋水搬到杭州定居。

史量才是一位有着强烈爱国心的文化实业家。1931年11

月邓演达被蒋介石杀害后，宋庆龄写了一篇谴责文章，杨杏佛拿着这篇文章拜访了几家报社，都被拒绝，只有史量才当场决定第二天见报。1931年“九一八”事变后两天，《申报》要闻版就以大字标题报道了这一事件。1932年1月，史量才在铜仁路寓所中组织了“壬申俱乐部”，参加者主要是民族资本家和上层知识分子，经常集会商讨应付日本侵略者的对策。2月10日，史量才再次在铜仁路宅邸召开了他组织发起的市民地方维持会理事会，并邀请十九路军军长蔡廷锴参加，宋庆龄、何香凝等也闻讯赶来与会。会后，他们共赴前线慰问前方将士，还在《申报》上刊出“前方将士无衣御寒”的消息，发动市民捐赠衣物，5天内就收到市民捐赠的全新棉衣裤3万多条、旧丝绵背心和绒线裤等2 000余件，出动了大小百余辆车送到前线，盛况空前。在史量才的主持下，《申报》在1932至1933年间，还创办了几项社会文化事业，诸如创办了申报业余补习学校、申报新闻函授学校、申报妇女补习学校和申报流动图书馆。《申报》副刊“自由谈”也一改往昔的休闲文字特色成为左翼作家的共同阵地，在群众中产生了巨大影响。蒋介石恼羞成怒，写下“申报禁止邮递”6个字，使《申报》蒙受了35天的巨大损失。国民党当局还责令史量才撤换《自由谈》主编，史量才却冷冷地抵制道：“《申报》是我个人产业，从未领取政府分文津贴，用人的事我自有主张，不劳外人操心。”1934年10月中旬，史量才到南京接受蒋介石召见时，又当面顶撞了蒋介石，蒋介石说：“我手下有几百万军队，激怒他们是不好办的。”史量才针锋相对地回答“我们《申报》发行十几万，读者总有数十万吧！我也不敢得罪他们”，引起蒋介石嫉恨，下决心要除掉史量才。11月13口下午3时许，史量才由杭州返沪途经翁家埠时惨遭国民党特务暗杀。

两天后，史量才遗体运送到沪，16日下午举行大殓。大门口搭起素色牌楼，灵堂就设在红楼底层正厅。从铜仁路257号大门起直至正厅，搭成一个很大的芦席棚走廊。灵堂台阶上下堆满花圈，门前挂满各界送来的挽对、祭幛，进门处是电灯大字“奠”，灵位置于厅堂正中。因史量才生前是上海市临时参议会议长，市府及所属机关一律下半旗志哀。当局在史宅周围布置军警戒备森严，并派广慈院童子军全班乐队、公安局乐队轮流奏哀乐，气氛极为肃穆庄严，各界群众自发前往吊唁者2 000余人，外地各方的唁电如雪片般飞来。吴铁城市长亲自率队循序绕遗体一周，瞻仰遗容。灵堂内铺天盖地挂满了社会各界送来的悼词、挽文、挽联。在合棺前白衣素服的沈秋水形容憔悴、步履蹒跚地来到遗体前，弹奏了一曲千古绝唱《广陵散》，曲尽弦断，便将琴投入火中。之后，她将杭州的秋水山庄捐给了慈善机构，自己独自一人住进了华业公寓的一个单间，吃斋念佛，直至终老。

绿房子

那一抹烟笼寒翠暗自伫立

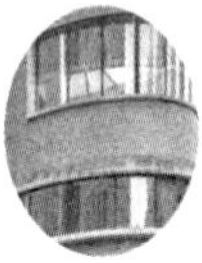

这幢现代感十足的装饰艺术派建筑是匈牙利建筑师邬达克在上海20年中的最后一件作品，当时号称“远东第一豪宅”。由于墙面贴满了绿色小条形马赛克，所以被称为“绿房子”。远远望去，那一抹烟笼寒翠在都市的尘嚣中有一种别样清新脱俗的韵致，在周遭高楼的烘托下显出几分不合流俗的孤傲。

这幢颇具现代感的装饰艺术派建筑是匈牙利建筑师邬达克在上海20年中的最后一件作品，当时号称“远东第一豪宅”。由于墙面贴满了绿色小条形马赛克，所以被称为“绿房子”。那种绿不是碧绿，也不算浅绿，而是略带灰色的绿，就像我在法国南部看到的橄榄树的颜色，沉稳高贵。远远望去，那一抹烟笼寒翠在都市的尘嚣中有一种别样清新脱俗的韵致，在周遭高楼的烘托下显出几分不合流俗的孤傲。

绿房子坐落在北京西路口的铜仁路333号，建于1936年至1938年间。这是一幢地上4层，局部地下1层的西方现代派建筑，流线型外观简洁而有动感。建筑的主立面全部使用绿色釉面砖作贴面，于是，这幢建筑便有了“绿房子”的美誉。住宅四周设有绿色釉面砖砌筑的高高围墙，围墙上部有装饰着几何图形的白色镂空铁栏。住宅大门设在铜仁路和北京西路相交的东首转角上，从大门进入，从一侧拐进位于住宅南面的大花园，大花园里有占地将近1400平方米的大草坪，周围种植着冬青铁树等常绿树木，几乎没有园艺布置，更加显出草坪的宽敞气派。站在草坪上看去，整幢建筑像是一艘停泊在港湾的大游轮，东侧转角设计为圆弧形，像是船头，西侧2、3、4层为长长的露台，上有铁制围栏，犹如船上的甲板。站在上面看楼下一大片草坪就有了面朝绿色海洋的感觉。底层朝南3间为客房，北面西端一大间为舞厅，落地长窗，并仿百乐门舞厅的设计，配以弹簧地板，还有专供小乐队演奏的乐池。门厅一侧是一座可以一直通向4楼的主楼梯，门厅的柱子、楼梯两侧墙面，2楼的过道等由赭石色的进口洞石装饰，楼梯间有明亮的窗户看得

绿房子（南面）

见户外的风景，在1—2楼的楼梯侧墙上镶嵌有两扇磨砂玻璃钢窗，用金属条拼成的窗花在玻璃的衬托下格外醒目。窗花由一组奇特图案组成，玻璃内侧的卫生间照明打开后，衬托出强烈的光影效果。这些用直线、圆形等组成的奇特图案在绿房子的电梯厢顶、地板、暖气管盖板以及围墙上部的镂空铁栏等许多地方都有出现，这种图案既强化了装饰感，又因为无法说清楚其中的具体含义，散发出一丝历史的神秘感，似乎是一道留给后人去解答的谜题——“邬达克符号”。

绿房子2楼的起居客厅、餐厅等房间向内收进，前面朝南处留有大约70平方米的露台，厅前装有一排落地长窗，使室外露台和下面的庭院融为一体，满目美景尽收眼底。露台外侧的西首，有一座宽大的直接通往庭院的用意大利进口大理石铺砌的大型流线型室外旋梯，铸铜扶手，玻璃贴面做的楼梯护栏，分成两段，一段连通1、2楼，另一段连通3、4楼，两段楼梯并不相连，既便于客人在一楼的娱乐和2楼的聚会餐饮之间上下，也保留了主人居家的私密性。3楼是主卧室，建筑再向内收进，外面是一个约40平方米的露台。露台上部由设在顶层的卧室前的露台覆盖。顶层露台一部分有半圆形的雨棚形成半室内半室外的空间，这种空间在建筑艺术上称为灰空间，很有情趣。各层的露台都铺设着窄条地板，犹如轮船上的甲板。由于形成露台的层层跌落状，更能与花园自然空间有机结合，构成室内外的情景统一。4楼东南角卧室与一个直径5.4米、层高4米的整圆阳光屋连通，阳光屋半圆临街，半圆内收，其内侧沿着圆形采用飘窗设计。绿房子朝南一面，无论是圆形的阳光屋还是其他房间，几乎无一例外地大量使用了玻璃窗和玻璃移门，墙体所占比例较少，不仅视野开阔，而且能更多地利用自然采光，与阳光亲密接触。在房内靠北侧还设有较为狭窄的楼梯，供仆人上下。

虽然绿房子楼高仅4层，然而屋主为求现代，在楼内安装了奥的斯电梯，成为上海滩第一幢在私宅内安装电梯的房子。这个电梯位于楼梯的左侧，打开电梯外的弧形木门，拉开金属条的移门，里面木料装修的轿厢呈荷叶形，与全屋弧形外形相呼应，电梯内壁与电梯门均装饰柚木，两侧还分别装有镜子。电梯内装有自动发光电灯，人进就亮，人离则灭。至今仍能安全工作。电梯的面积只有半个平方米，可以一次乘坐3个人。电梯内两侧还分别装有镜子，方便乘坐电梯的人利用短暂的时间整理衣冠。这座古董电梯当年名噪一时，如今是全国最老并具备良好原始性能的可用电梯。绿房子室内设施豪华，大部分装饰材料都是从海外订购的。屋子里虽已装上中央空调，但依旧装有装饰性壁炉，现室内仅存的两台壁炉，一台外壁为青玉大理石，另一台为洞石砌成。炉膛里有设计成劈柴形的灯光，看上去像是正在燃烧的木柴，这在1938年已是十分先进了。3楼女主人的化妆间，四周都是镜子，香水就装在梳妆镜上端，轻轻一按，香雾就会如花洒般轻轻撒下。绿房子是邬达克设计的最具现代感的建筑，是他将自己所倾心的现代派风格表现于小住宅设计的一个成功的实例，也是邬达克1938年在上海设计的最后一件作品。当年邬达克设计完绿房子后曾口吐豪言："我可以保证，即使再过50年，这幢房子的现代感仍是超前的，哪怕再过100年，我相信它仍不会过时！它应该属于经典之列。”邬达克没有说大话，1939年上海的英文报纸《中国日报》曾将此建筑誉为“远东第一豪宅”。据说，当年为保证这幢绿房子为世上独一无二的珍品，绿屋的主人连设计图纸也一并买断了锁在保险箱里，这样，绿房子就成了绝代佳人。

绿房子最早的主人是前德商德孚洋行买办兼房地产大业主、旧上海颜料大王贝润生的女婿吴同文。这个吴同文可以称得上是海上传奇人物，身世扑朔迷离，传言他在襁褓中被一对贫苦船民遗弃在黄陂路、嵩山路相交处吴善卿住宅的大门口，襁褓内有他的生辰：生于1908年端午。吴家当时已为海上颜料富商，可惜只有女儿没有儿子，就将这个孩子收养了下来作为吴家公子，取名吴同文。后来，贝润生把自己的女儿嫁给了吴同文。贝家的嫁妆十分丰厚，贝润生还拿出哈同路爱文义路（今铜仁路北京西路）路口的一块土地作为女儿的陪嫁，而吴同文就在这块土地上兴建新居。因哈同路中嵌一“同”字，爱文义路中嵌一“文”字，“同文”恰为吴同文的名字，这一偶然的巧合使之欣喜不已。其实，吴同文是有绿色情结的。在抗日战争时期，国民党大力扩张军队，急需军绿色颜料，吴同文及时抓住机会，推出军绿色颜料，很快在颜料市场坐上第一把交椅，靠经营绿色染料发了大财。所以，他一直认为绿色是他的幸运色，他自己开的就是一辆绿色宝马。从此，他视绿色为自己的幸运色，上海滩上也有人称他为“绿色老板”。因为这绿色情缘，他把自己铜仁路的新建住宅外墙定为绿色，绿房子的门牌号为铜仁路333号，据说这是为了表示这幢住宅占地3亩3

绿房子（北面）

分3厘。当年，为了这333号的门牌，吴同文不惜破财，花了10两黄金，打通了英租界工部局的关节，而这幢房子的建成也不多不少恰恰用了333天。

绿房子竣工后，好客的吴同文在里面大宴宾客，夜夜笙歌，贝家小姐贝娟琳身着华贵的旗袍，傍着夫君，风姿绰约地款款迎客，优雅美丽得犹如一只频频开屏的绿孔雀，和绿房子一起成为上海滩一道美丽的风景。为一睹这座超现代的远东第一豪宅的风采，当时的燕京大学校长司徒雷登特地登门造访，并应吴同文之邀在吴宅2楼鸭蛋形的大理石餐桌旁共进晚餐且合影留念。贝小姐的幸福生活并未维持多久，后来，吴同文遇到一位令他心仪的女子，居然任性地带了回来，成了他的如夫人。备受冷落的女主人便做了中国的娜拉，毅然离开了绿房子。

1948年圣诞前夕，曾有某国外交官愿以一艘万吨邮轮再加50万美元的代价试图买下这幢绿房子做领事馆。适逢吴家二公子刚从圣约翰大学无线电系毕业不久，雄心勃勃想大有作为，而此时的蒋家王朝已岌岌可危，这位二公子便竭力怂恿父亲卖掉房子南下香港再展宏图。吴同文丝毫没有心动，因为在他的心中，绿房子不但是他和家人的栖身之所，更是他心中的伊甸园。他让儿子死了卖绿房子的心，并且说："就是死，我也要死在绿房子里。"谁能想到，这句话竟会一语成谶。1966年8月，"文革"开始后不久，58岁的吴同文晚饭后，与如夫人坐在两张紧靠的安乐椅上，各自慢慢饮下一杯香浓的咖啡，只是咖啡里已混入了整整一瓶的安眠药，然后两人手拉手沉沉睡去，再也没有醒来。这对情侣虽无夫妻名分，却恩爱一生，虽不同年同月同日生，却做到了同年同月同日死，也算是绿房子的浪漫故事了。吴同文的太太，那位从年轻时就遭丈夫冷落的贝家小姐从绿房子搬出后去了香港，回来后一直住在与绿房子一箭之遥的常德新村新式里弄房子里，悠悠然过着精致的生活，与小儿子、小媳妇、孙子享受着天伦之乐。1996年的一天早晨，已步入高龄的吴太太端坐在朝南房间的藤椅上，在一片明媚的阳光里安然驾鹤西去。

经历了数不清的风风雨雨，当年这座现代感十足的私人别墅如今已印上了岁月的斑驳痕迹，发生在里面的所有恩恩怨怨都已随风而去。绿房子经历过曾经的辉煌，也忍受过衰败，所有的景象旖旎如梦，不过在外人看来这饱经沧桑的绿房子优雅依旧，而建筑师邬达克的名字也伴随着这幢他倾注了无数心血的建筑得以永存，并为他在上海的建筑事业画上了一个美丽圆满的句号。

爱林登公寓

承载张爱玲痴情岁月的住宅

因为张爱玲住过，这幢默默地站在上海最繁华的南京西路常德路口的建筑就无声无息地静默成了一尊朝圣者的神龛。一拨接一拨的张迷们前来朝拜它，因为这里融合了这位旷世才女的痴情与记忆，收藏起了时间带不走的风花雪月。

从南京西路进入常德路，恍惚感觉这条婉约内敛的路上隐隐约约地透着一些上海的旧影，一如张爱玲带给这个城市的青涩却又不失风情的味道。距离南京西路不到10米的常德路195号是常德公寓，原名爱林登公寓（Eddington House），因为张爱玲住过，这幢默默地站在上海最繁华的南京西路常德路岔道口的建筑就无声无息地静默成了一尊朝圣者的神龛，这里融合了这位旷世才女的性情与记忆，收藏起了时间带不走的风花雪月。张爱玲的魅力好比存放已久的女儿红，时间越长越发香醇，她的气息回旋在常德路的那间屋子里，冷冷地看着俗世里的人们把她一波又一波地推到时尚的前沿。几乎没有一个张迷不会背诵这幢房子里发生的一幕幕如戏一般生活的台词，那个张爱玲黄昏时分眺望风景的阳台成了人们痴迷的胜迹。一拨接一拨的张迷们前来朝拜常德公寓，大多被无情地挡在门外，她们默默地看着公寓门头上镌刻着的“常德公寓”4个黄铜字，带着遗憾和满满的不舍离去。好在如今楼下开出了一家装饰得很文艺的千彩咖啡书坊，咖啡香混合着书香飘散开来，那是张爱

常德公寓（原爱林登公寓）

玲喜欢的气味。张迷们可以到里边坐坐，感受一下张爱玲曾经生活过的气息。

爱林登公寓由意大利律师拉乌尔·斐斯于1933年出资建造，1936年建成，因其稳重典雅地矗立在繁华的路口，显得鹤立鸡群。建筑平面呈凹形，两翼后收。东立面两侧长条状外挑式阳台同中部竖线条横竖对比，形成强烈的阴影效果，顶部两层退台收进，远远看去，仿佛积木搭出的一座城堡，深米黄色的墙面主体交叠镶咖啡色的几何线条与色块，流线形阳台拼接组合成一个偏白的“凹”字，赋予建筑平面格外丰富的层次感，具有现代装饰艺术派风格和典型的海派味道。这座公寓共8层，第8层是电梯房、蓄水箱等。底层4套是跃层式，层高约两层。2—7层是每层各3套，左右两套为三室户，居中一套为两室户。每套卧室带有浴室，利用暗角布置壁橱，有长阳台和平面三角形的内阳台，客厅设有壁炉。站在宽阔的阳台上，向东看就是沪上三大经营性私家园林之首的张园遗址，向西可以看到静安古寺，向南就是今静安公园了。在20世纪30年代，这里居住者多为洋人及受过西方教育的专门人士。1939年，张爱玲与母亲和姑姑搬进公寓的5楼51室，当年，张爱玲以远东地区第一名的成绩考取英国伦敦大学，后因欧洲战事就读于香港大学。不久，张爱玲母亲独自去了法国，姑姑张茂渊一个人住在这里。姑姑在一家洋行里任高级职员，有一辆白色的汽车，还雇了一个白俄司机，一个法国大菜师傅，十分阔气。1941年12月8日太平洋战争爆发，香港被日军围困，张爱玲面对飞机的轰炸和战争所带来的恐惧，书没读完，就在一个月后从香港回到了上海，与已经50多岁依旧孑然一身的姑姑张茂渊一起迁居到该公寓的6楼65室（现为60室）。65室房子很大，有一个大客厅，两个大房间，两个大卫生间，一个大厨房，两个阳台外加一个小卫生间和备菜间，客厅装有壁炉，姑姑还自己设计家具和地毯。张爱玲和姑姑的感情非比寻常，她在《姑姑语录》中形容“我姑姑说话有一种清平的机智见识”，她的很多小说就是姑姑说给她听后写出来的。张爱玲和姑姑之所以偏爱公寓房子，是因为公寓不同于被高墙包裹着的老洋房，也不同于海派文化酝酿出来的石库门建筑，更不同于新式里弄。在当时的十里洋场，公寓是另一种身价的象征。公寓生活没有弄堂房子的喧嚣，独门独户的格局使外人无法窥探到里面的个人隐私，符合居住里边的主人优雅却不张扬，安静却不守旧的特点。

张爱玲十分喜欢爱林登公寓的居住环境，她说：“公寓是最合理想的逃世的地方。”还专门写下了《公寓生活记趣》的散文。她喜欢公寓的“居家过日子”方式：找个清洁公司每隔两星期来大扫除一下，也就用不着打杂的，声称没有佣人也是人生一件快乐的事，这确实符合她平生独往独来，不愿意被人打扰的天性。爱林登公寓的阳台是意大利式的，它利用转角处理了建筑的光线变化。孤僻、不喜欢应酬的张爱玲交友不多，她在学校里从不参加什么活动，与同学也很少往来，却常常站在阳台上看周围的风景，阳台是她窥视世间百态的窗口，是她与世界联系的最清雅的方式。她在这里和俗世相连，别人却看不到她。和大多数作家一样，她其实也是喜欢猎奇，喜欢窥看人间百态的。孤傲的张爱玲站在爱林登公寓的阳台上，用自己的视野注视着人世间的芸芸众生，她在她的阳台上冷眼看着对面房产大王程霖生破产，程公馆和里边的古玩字画被四明银行没收，看着下午4点的阳光斜斜地射进起士林咖啡馆的玻璃窗，看着里面附庸风雅的男男女女，看着周遭走来走去的时髦人士，心里面为他们编织着一个个故事。在爱林登公寓6年多的时间里，是张爱玲一生创作的鼎盛时期。她习惯于每天中午起床，夜归的人几乎每天深夜都可以抬头看到公寓6楼一角一盏孤灯在黑夜里亮着幽幽的光，一直照到天亮。在爱林登公寓的第二年1月，张爱玲就在一份名为《二十世纪》的英文刊物上用英文写了一篇散文，题目是《中国人的生活与服饰》，这篇文章让上海文坛领略到她的超人才华，杂志的主编梅涅特在编者按中称她是一位“极有前途的青年天才”。与这篇文章一起发表的还有张爱玲自己画的12幅服饰与服装的插图。这年暮春，张爱玲又在周瘦鹃主办的《紫罗兰》第二期上发表了《沉香屑——第一炉香》，这是张爱玲首次公开发表小说。以后又在这幢公寓里相继完成了《倾城之恋》《沉香屑——第二炉香》《金锁记》《红玫瑰与白玫瑰》《封锁》《心经》《茉莉香片》《琉璃瓦》等小说，而且都配有她亲手画的线条简洁、构思新颖的插图。与此同时，她还发表了散文《余烬集》《私语》以及影评《婆媳之间》《中国的家庭教育》等，很快便成为当时最负盛名的作家。连她自己也说没想到在这两年内“一出发即踏上顶峰，一出手即成经典”了。我们可以想象这位特立独行的女作家是如何在公寓里独自享受着自己对漫漫浮世冷酷剖析的快意，而这，当是比她所获得的成功更令她感觉惬意的。

在张爱玲眼里有轨电车是一道独特的风景。她常常站在阳台上看着有轨电车慢腾腾地驶到终点站，她喜欢听有轨电车的声音，在电车铃声伴随中入梦。深夜的时候，她会听到百乐门飘来尖细的女声唱着“蔷薇蔷薇处处开”。 现在，有轨电车没了，西边的阳台望出去，百乐门早已被“久光百货”挡住了它妖媚的身影。

爱林登公寓流存着张爱玲用一生写下的痴情岁月。在这里，23岁的张爱玲和38岁的胡兰成相恋相爱，她爱得如梦如醉，如火如荼，甚至顾不上胡兰成正在为日本人做事。她爱得伤心、伤情，以至胡兰成逃离她的感情世界时仍无力自拔。她曾对胡兰成说：“我将只是萎谢了。”这是一个女子痴情的话，在这幢业已古旧的老公寓内，幽幽地从历史的隧道里传来回声。

张爱玲和姑姑在这里一直住到1947年9月。如今，房子还是那栋房子，其他的已经全变了。所有有幸进入公寓参观的人几乎都被挡在了一扇防盗门外，那就在门外的走廊里站一站吧。当年，胡兰成就是在这里求见张爱玲，通常不见生人的张爱玲没有开门，胡兰成敲门不应，便从门缝里塞进了一张纸条。

爱林登公寓运行着30年代的奥斯汀电梯，装着人字图案的铜栅栏，在起落之间开合有声。张爱玲在电梯里进进出出，那个开电梯的人自然也成了这位女作家关注的对象，她写道：“我们开电梯的是个人物，知书达理，有涵养，对于公寓里的每一家的起居他都是一本清账。再热的天，任凭人家将铃揿得震天响，他也得在汗衫背心外加上一件熨得溜平的纺绸小褂，方肯出现。他拒绝替不修边幅的客人开电梯……电梯上升，人字图案的铜栅栏外面，一重重的黑暗往下移，棕色的黑暗，红棕色的黑暗，黑色的黑暗，衬着交替的黑暗，你看见开电梯人的花白的头。”那种观察的细致，以及字里行间所流露出的苍凉感，是唯张爱玲才写得出的。时至今日，爱林登公寓里那座老式电梯门框上楼层显示器的刻度还在，和同时代造的国际饭店里的一样，可惜指针已经不见了。电梯已经换成了自动化的新梯，安安静静的，没有发出老奥斯汀那种“咯噔”的声音，也不见两层的栅栏式拉门了。进门的门厅左侧隔出一个小小的门卫收发室，右侧墙壁上的深棕色木头信箱还是没有换过的民国货，地面是黑白马赛克铺成的，门厅中间有两级扶梯通往电梯和一侧楼梯。当年张爱玲欣赏月色的阳台虽在，却已不见了当年模样。好在，张爱玲所留下的气场还在，张爱玲的爱，她的痴情，她的绝望，在这幢楼里兀自散发着幽怨，轻轻地随风而去，散尽，又被造访者一再重拾。可是有谁真正走进她的世界呢？寻访者只是试图把这里变成属于自己的一个怀旧标签罢了。而张爱玲，就这样变成了爱林登公寓的一个具有某些默认意义的符号，一切都已犹如春梦了无痕迹，唯有楼前摇曳的银杏树叶在秋风中洒落下怀旧的丝丝幽情……

大理石大厦

醉意朦胧中构想的梦幻宫殿

设计这幢大厦的建筑师是个有名的酒徒，常常在喝足了白兰地后对着建筑图纸肆意发挥，据说这座公馆就是他在一次酒醉后的杰作。大厦落成后，主人嘉道理在这里宴请了印度诗人泰戈尔，徐志摩、陆小曼等沪上众多名流应邀作陪，泰戈尔的光临使这座美轮美奂的大理石宫殿迅速闻名世界。

邻近静安寺的延安西路64号中国福利会少年宫大院内，一片绿茸茸的大草坪旁横卧着一幢通体洁白的大厦，因建筑用了许多大理石作为贴面和装饰，故俗称“大理石大厦”。这幢美艳绝伦的宫殿建筑是中国福利会少年宫的标志性建筑，它的前身是英籍犹太商人埃里·西拉斯·嘉道理爵士的私人寓所，故又名“嘉道理公馆”。和哈同一样，嘉道理也是19世纪后期来到上海的，他在上海投资建筑、公用事业、地产、橡胶、金融等，是与哈同、沙逊齐名的旧上海三大犹太裔富商之一。

嘉道理于1867年出生在时属英国殖民地的伊拉克巴格达。1881年，年仅14岁的嘉道理离开故乡，投奔在香港新沙逊洋行做事的哥哥摩西，成为该洋行的一名书记员。此后被派往宁波办事处任职。当时宁波城里发生瘟疫，嘉道理因私自从仓库里提取了一桶消毒剂被洋行开除。事后，哥哥给了他500港元，他便与人合开了一家商行，做起了经纪人生意。1897年，嘉道理在英国娶了同为犹太人的劳拉·摩卡塔为妻，生了两个儿子。民国初年，嘉道理来到上海，当时上海大批橡胶公司濒临倒闭，汇丰银行经理史蒂文斯请他帮忙重振橡胶业，于是，嘉道理留了下来，工作颇见成效。随后，他便将嘉道理洋行总部从香港迁至上海，又在沪港两地开设了多家公司，除橡胶外，还经营自来水、煤气等，成为拥有相当资产的大老板，跨入了上海巨富的行列。

嘉道理一家原住在今黄陂南路上的一座大花园洋房内，1919年房屋失火，嘉道理的妻子劳拉因通知家庭教师逃生而自己不幸葬身火海。经历丧妻之痛的嘉道理离开上海，带着两

中国福利会少年宫（原大理石大厦）

个儿子到伦敦居住。临行前，嘉道理委托沙逊为他购进沪西大西路（今延安西路）14 600平方米的土地，打算在上海重建家园。他把新屋交给马海洋行设计后便不问此事，谁知负责设计的建筑师格莱姆·布朗是个有名的酒徒，常常在喝足了白兰地后对着建筑图纸肆意发挥，据说这座公馆就是他在一次酒醉后设计的。他把仅需四五人居住的宅院造成了一座大理石宫殿。1924年新屋落成，嘉道理一家从英国回到上海看到了这幢大理石宫殿时瞬间惊艳，更让他吃惊的是承包商寄来的账单竟然有100万两白银，比豪华的哈同花园还要多出3万两。按当时的米价折算，可以买5 000万斤大米，供14万人吃上一年。面对巨额账单，嘉道理惊得目瞪口呆，但木已成舟，何况新居确实堪称美轮美奂，嘉道理也就默认了。

规模宏伟的大理石大厦采用法国文艺复兴时期端庄华丽的西洋宫殿式样，主屋为假3层，正面朝南，底层以中央大门为轴心，向左右两翼伸出了长长的柱廊，排列整齐的雕花廊柱和挑檐上优美的纹饰，烘托出浓浓的欧洲古典建筑风情。面对花园中央大门的入口处有仿爱奥尼克式券柱廊，正门门楣上装饰着精雕细刻、漆成古铜色的花纹。门前设置大平台，大平台下设3层台阶。每层台阶两侧各设置铁塔形灯具一座，中间一层台阶两侧的石墩上原有石狮子一对，今为英姿勃发、吹着队号的少先队员塑像。门的两侧有4个大理石墩子，原来上面各有直径约15厘米、高约1.8米的玻璃灯座一架，可惜，已在“文革”中失落了。该建筑主体采用砖、木、石混合结构，内部装饰以18世纪欧洲皇宫为样式，内有功能各不相同的大小房间20余间，每个房间的装修都不一样。建筑底层层高近20米，以面积近400平方米的多功能大厅为中心，顶部以大理石砌出穹隆，穹顶上设精美浮雕，四壁饰有巨型大理石雕刻，地面四周也铺设大理石，中间为柚木花纹地板，顶上悬挂着8盏玻璃珠子吊灯，成3、2、3排列，打开时放射出的璀璨光芒令这个大厅弥散着极为华丽的气息。大厅东西两侧设置可供近百人用餐的宴会厅以及酒吧、桌球室、阅览室等，每一间的颜色和装修都不相同。2层为主人卧室及起居室，2层南面为带精致栏杆的室外大露台。3层为储藏室和保姆卧室等。主楼内部装饰仿18世纪欧洲古代皇宫式样，极为富丽堂皇。室内墙面多以金箔贴饰，房顶装饰色彩花纹各异的石膏图案。楼梯的梯级、栏杆全部用大理石砌就，嵌以铜质花纹的柚木扶手也焕发出古典风情。建筑内外墙面及室内地坪、壁炉、楼梯、浴室的陈设以及石壁上的雕刻等全部采用意大利大理石装修，并且是上海第一家装空调的房子。大厦前设有大花园，花园大草坪四周植有冬青、雪松、龙柏等树木花卉，花园内还凿有池塘，架设小桥，南面的草坪上曾建有马厩、鹿厩和网球场、温室花房等，草坪四周围有铁栅栏。

嘉道理是上海犹太总会会长，大理石大厦建成后，他除了自己居住，还把总会机关设在里面，并专门调出几间房间作为总会办公室。1924年6月，嘉道理在刚建成的大理石大厦宴请印度著名诗人泰戈尔，徐志摩、陆小曼等沪上众多名流应邀作陪。泰戈尔的光临使大理石大厦迅速闻名世界，谁都想一睹其风采，无形中为嘉道理扬了名。

嘉道理热衷于慈善事业，他曾在上海捐资创办上海首座肺结核病医院，他还热衷于教育事业，今山海关路445号的育才中学前身“工部局立育才公学”就是嘉道理出资建造的。鉴于嘉道理在世界各地兴办了许多慈善事业，1926年被英王授予爵士称号。每逢犹太人节日或圣诞新年，大理石大厦总要举行盛大舞会，届时，楼下大厅里灯火辉煌，上海滩的中外人士都以能受邀到大理石大厦做客为荣。1938年，大批犹太难民为逃避纳粹迫害从欧洲涌入上海，上海成了犹太难民的避难所。嘉道理的小儿子霍瑞斯首先出面召集救助会议，他们把上海所有的犹太社团和社会救济组织都聚集在大理石大厦，决定建立上海救助欧洲难民委员会，并采取联合行动帮助难民。1939年，大批欧洲犹太人流落上海街头，霍瑞斯在今东长治路91弄内出资兴办了上海犹太人青年会附属学校，设置两所幼儿园和9个班级，专收欧洲犹太难民子女，使这些正在逃难中的青年及时受到良好的教育。1942年1月，学校迁入东有恒路（今东余杭路）627号新址，这就是人们常说的“嘉道理学校”，该校出来的学生在1946年的剑桥考试中成绩优秀，成为上海犹太难民区的骄傲。

太平洋战争爆发后，日本人把嘉道理一家赶出了大理石大厦，关进集中营，其所有财产被没收，这座大理石大厦被侵占为日军的军事指挥机构。1944年2月8日，嘉道理在贫病交加中谢世，终年77岁。日本投降后，大理石大厦又曾为美国驻沪空军做招待所用。1948年11月20日，宋庆龄借大理石大厦举行劝募儿童福利基金的盛大舞会，同时有瓷器、茶具、工艺品、烛台等物品的义卖，义卖品中有不少是宋庆龄自己捐献的，800多位中外名流参加了义卖舞会，儿童剧团还在义卖舞会上演出了活报剧《乞儿》，共筹得款项15万元。

新中国成立后，嘉道理家族结束了在上海的业务，转至香港经营，大理石大厦自此空置了多年。因宋庆龄曾多次在大理石大厦参加和举办各类慈善活动，故提议将此宫殿留给广大少年儿童参加课外活动用。后经与热衷慈善事业的嘉道理家族联系，并征得许可后，宋庆龄于1953年6月在此创办了中国最早的少年宫——中国福利会少年宫，毛泽东主席应宋庆龄之邀为少年宫亲笔题写了“少年宫”三字。当年“六一”儿童节前夕，上海市有关领导在庆祝“六一”国际儿童节联欢会上宣布：中国福利会少年宫正式揭幕了！随后，又在园内修建了科技楼、游艺楼、小剧场和天象馆等。从此，这幢大理石大厦成为全国首家面向少年儿童的综合性校外教育机构，被定为全国首届一级一类优秀少年宫，一代又一代少年儿童在这里愉悦身心，获得教益，度过了他们金色的童年。

小校经阁

银行家的私人藏书楼

这座楼阁式私家藏书楼的主人是民国时代著名的银行家刘晦之，他曾担任中国实业银行上海分行总经理。刘晦之1935年从银行淡出后，在小校经阁里优哉游哉地过起了私人收藏家生活，并注重研究和著述。其身后不留一石一木，唯“诗书传家”精神在刘氏子孙后代中生生不息。

在新闸路陕西北路路口的新闸路1321号，有一处十分僻静的庭院，庭院分里外两进。迎着大门有4株高大的广玉兰，枝肥叶大，青翠欲滴，浓绿的树叶遮掩了一半院子。春夏时节，绿叶丛中开出一朵朵碗口大的雪白肥厚的花朵，香气袭人。穿过前院的林木和草坪折向院子东面，原先那里有一道由太湖石垒成的假山屏障，假山后面是一道竹篱笆墙，由假山向西，迎面便是一道镶嵌着绿色漏窗的花墙，墙顶覆盖着琉璃瓦，花墙中部有一道雅致的月洞门。走进月洞门，便见一个花圃，里面种植着半人高的茶花，花圃尽头是一条连接南北、贯穿整个花园的绿色雨廊，雨廊两端矗立着两幢风格迥异的建筑。北侧是一幢假4层花园洋房，外立面为简约的新古典主义风格，朝南的正门有壁柱和雕花，有4级台阶通往门厅，当年底层是配有全套西式家具的会客室、书房、中西餐厅和备餐厅，室内楼梯的铸铁护栏有几何图形雕饰，2楼和3楼是主人的卧室。这是刘晦之建于1933年的私人寓所。寓所南侧对应着一座标准的中国式两层砖木结构的八角飞檐式楼阁，楼阁墙面装饰花纹类似中国古代窗花并有如意形花纹。八角顶上覆盖绿色琉璃瓦，顶上还曾蹲着一只石狮子，每只屋角上原来饰以各种吉祥小动物，现在虽然吉祥小动物和飞檐上的琉璃瓦都已随风而去，但四周的石阶和台基护栏却安然无恙。台基护栏上的立柱柱头可见精致的祥云雕花图案。底层屋檐起翘，下有斗拱，台基的铺面镶拼精致的黑白两色马赛克，它就是老上海私人藏书阁旧址——小校经阁，原先旧居和藏书楼之间的连廊已被拆除。

这个住宅楼与藏书阁的主人是民国时代著名的银行家刘晦

新闻路上的刘晦之旧居（原小校经阁）

八角飞檐式楼阁

之。他出身于晚清一位重臣之家，其父是清朝末年淮军重要将领、四川总督刘秉璋，由于父亲和李鸿章是至交，两家前前后后又结了好多门亲，所以，刘晦之从小就在天津李鸿章家的私塾和李家的孩子们一起读书，并有幸饱览了李家许多秘不示人的典籍和收藏品，这为他日后经营银行和收藏奠定了扎实的基础。1896年，刘晦之进京与清廷大学士孙家鼐的女儿完婚，在晚清朝廷中，他历任户部郎中和大清银行安徽总办。1919年，刘晦之出任中国银行上海分行总经理。这之前，刘晦之全家已迁到上海，住在老北站的安庆路。十几年后，他当上了中国实业银行的总经理，总行也随即迁到了上海，在现今北京东路虎丘路路口，造起了雄伟的中实银行大厦。任职不久，刘晦之就一手创办了“特别有奖储蓄”，公告一出，全国轰动，中实银行在全国各地有二十几个分行和办事处，各分行每天都能收入大量现金，银行的流动资金曾经达到4 000万元，超过交通银行和中央银行。不少银行界人士向财政部部长宋子文告状，说刘晦之抢了大家的生意，宋子文借机大敲竹杠，让中实银行年交60万法币，否则就停办。刘晦之抵挡不住官方压力，只能停办。就这样，作为民间银行的中实银行，最终未能逃脱被宋子文吞并的厄运。心灰意冷的刘晦之干脆辞去银行职务，躲进了新闸路上的小校经阁，经营自己的另一方小天地去了。

刘晦之毕生爱好读书与收藏，他的收藏最著名的是甲骨文，一共收藏了28 000片，占了我国大陆总共9万余片龟甲骨片的将近三分之一。他收藏的青铜器（包括古钱币）达四五千件，是民国以来收藏青铜器最多的国人。刘晦之藏书达10万册之巨，书实在多得放不下，就在1912年造了这个小校经阁。大约1920年，刘晦之又在小校经阁对面造了一间4层洋楼，作为自己的住宅，用一条绿色的雨廊连接两座建筑，可以方便他随时去藏书楼看书。周围是绿树葱茏的花园。当年刘晦之的内兄、李鸿章的大儿子李经方从安庆路寓所移居大连时，将自家花园里的树木和假山都送到刘晦之的花园里。后来，假山被搬进静安公园造景，只有4株高大的广玉兰至今依然挺拔地站在刘家院子里，默默地守护着藏书楼。

刘晦之1935年从银行淡出后，全身心投入私人收藏，他在这个花园里优哉游哉地过起了私人收藏家生活，并屡有收获，真可说是“塞翁失马，安知非福”。1936年郭沫若亡命日本，刘晦之深知其博学多才，便将自己历年收藏的龟甲骨片，请人拓出其文字，集为《书契丛编》，分装成20册，托中国书店的金祖同带到日本，亲手交给郭沫若，供其研究、著书。郭沫若见后叹为观止，从中挑选出1 595片，先期研读考释，并据此著成了甲骨学上有重要意义的巨著《殷契粹编》，并在日本出版。这是一部甲骨学研究方面的开山巨作，郭沫若在书的序言中提及此事，对刘氏的无私帮助，深表感激，他写道：“刘氏体智所藏甲骨之多而未见，殆为海内外之冠……更允其选辑若干，先行景布，如此高谊，世所罕遇。”此后，两人的友谊保持了二三十年。

其实，刘家祖上就有藏书传统，在安徽老家有个远碧楼，专门用于藏书，储书四五万卷，有《远碧楼书目》10卷。刘晦之到上海后仍旧乐在藏书，书目增至32卷，著录图书2 400余部，版本以明版为多，间或有数十部宋、元珍籍。至1949年时，尚有宋版9部，各地方志1 000余部，善本达1 928册。这些古籍线装书分装在500只书箱里，每只书箱箱盖上面还罩了一层细细的铁丝网，这是为了在暴晒时防止老鼠钻进去而特别设计的，足见其对书的钟爱。到新中国成立前夕，刘晦之的藏书已接近10万册。刘晦之藏书是有“野心”的，他除了积累宋元善本还立志要以一己之力，编修中国第八部《四库全书》。乾隆年间纪昀主编的《四库全书》不收丛书，刘晦之计划在自己编的书中不仅要列出存目的书，还要把丛书也收进去，并且把那些根据朝廷意图篡改过的书改回原来的样子。这种对历史巨著的挑战充分显示了刘晦之的魄力和胆识。为此，他委托旧书店的老板帮他广泛收集善本，他的小校经阁内，常年雇佣着十几名抄书、校书的秀才，整天忙碌不停。除此之外，小校经阁里还藏有各式古墨上万锭，古代兵器130件，唐代乐器大小忽雷两具，以及无数名人字画、瓷器等等，真可谓藏宝楼。

1951年，刘晦之把自己所有的藏书连同那500只箱子以及上古三代及秦汉时期的兵器130件分装在20个箱子里，全部捐给了上海市文管会。为此，陈毅市长曾颁发嘉奖令，表彰他的爱国精神。1953年，刘晦之将全部龟甲骨片捐献给国家文物局，同时捐献的还有两具千余年的唐代乐器大小忽雷，后转藏故宫博物院。中国科学院考古研究所将这些甲骨片又重新墨拓了一遍，因刘晦之自号善斋老人，故拓本题名为《善斋所藏甲骨拓本》。

由于刘晦之没有工作收入，生活难免困窘。他的一个朋友

如今的小校经阁已成为民居，
其典雅的风范犹存

便模仿他的手迹向广州的古文字学家容庚先生借钱，乐善好施的容庚先生先是汇出100元人民币，接着，又把刘晦之的生活窘况告诉了郭沫若。郭沫若当即写信给上海市人民政府推荐刘晦之到上海文史馆工作。就这样，刘晦之有了一份固定的工作；此后，他在文史馆领取薪水直到1962年冬季在其太原路寓所去世，走完了自己83年的人生旅途。生前，他把自己所有的藏品都捐献了出来。还有一批古墨古砚捐献给了自己的家乡——安徽省博物馆，该馆为之特辟“中国历代古墨陈列室”。

刘晦之身后不留一石一木，这在私家收藏史上是不多见的。他一生不仅重收藏，还注重研究和著述，著有《尚书传笺》《僻园史学四种》《说文切韵》《说文谐声》《礼记注疏》等9部著作手稿。只可惜他的关于《四库全书》的宏伟计划始终未能实现，不能不说是一件遗憾的事。

如今的小校经阁虽已成了二十几户普通人家分享的民居，但其典雅的风范犹存，院子里透着灵性的广玉兰根深叶茂，似乎象征着小校经阁“诗书传家”的精神在刘氏子孙后代中生生不息。

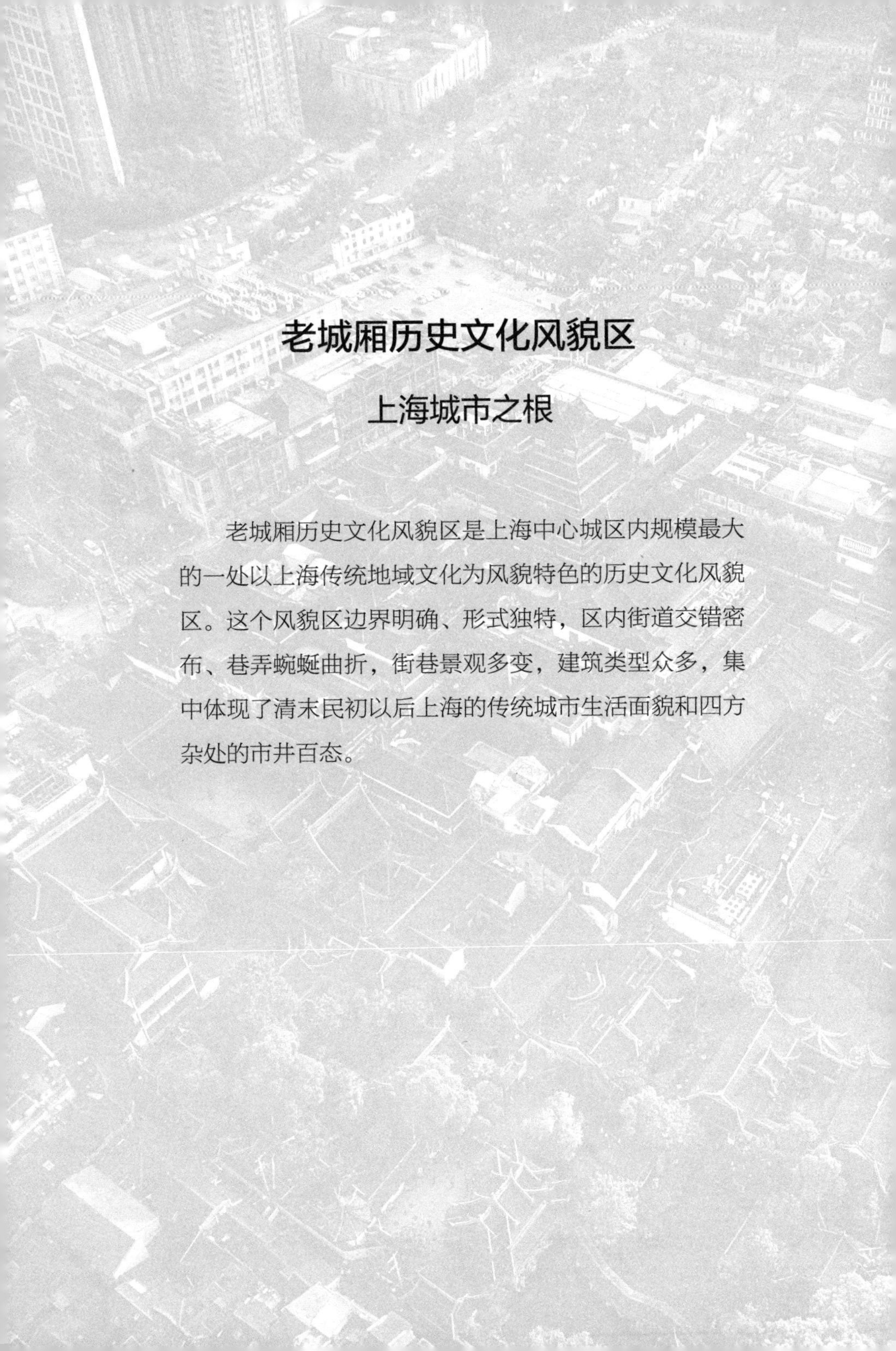

老城厢历史文化风貌区

上海城市之根

老城厢历史文化风貌区是上海中心城区内规模最大的一处以上海传统地域文化为风貌特色的历史文化风貌区。这个风貌区边界明确、形式独特，区内街道交错密布、巷弄蜿蜒曲折，街巷景观多变，建筑类型众多，集中体现了清末民初以后上海的传统城市生活面貌和四方杂处的市井百态。

老城厢历史文化风貌区示意图

在12个历史文化风貌区中，老城厢乃硕果仅存的呈现“本土文化”历史风貌的建筑聚集地。老城厢留存有上海700多年城市发展的历史痕迹，蕴藏着城市各个发展时期丰富的物质与非物质的历史遗存，集中体现了清末民初以后上海的传统城市生活面貌和四方杂处的市井百态。这是一片最上海，却越来越不像上海的古老城垣。在上海城市化的进程中，老城厢的市井文化是唯一的传承。区内既有中国传统特色的宗教建筑、民居和商业街市，也有近代中西合璧风格的各类建筑物。迷宫般的老城厢是近代上海的发源地，是申城的“根”，是上海作为一座大都市的起点和基石。

上海老城厢有着深厚的历史人文底蕴和独特的城市风貌。这里是上海的腹地，也是上海人最早开辟的生存空间。战国时期，上海地区为吴越分疆处，楚灭吴和越后，上海地区是楚公子春申君黄歇的封地。秦始皇统一中国，上海属会稽郡。唐天宝十年（751）正式置华亭县，县治即今松江，这是上海地区设县之始。凭借其襟海带江得天独厚的地理优势，在宋代已成为人烟浩穰、海舶辐辏、番商云集之地。元至元二十八年（1291）分华亭东境立上海县，今老城厢就是县治所在地，并成为上海的政治经济文化中心。此后，这里成为元、明、清三代富豪之家聚集的场所，曾经商船如织，颇为繁华。明嘉靖二十八年（1549），中国沿海倭寇严重，仅当年上半年倭寇3次袭扰上海县城，因此，在1553年时3个月内上海县城就建成了环城墙，城墙内称“城”，城墙外热闹处称“厢”，这便是“老城厢”的由来。老城厢的城垣位置介于今黄浦区中华路与人民路俗称环城圆路的两条互相连接的柏油马路之间，全长4 500米。这路的前身是环绕老上海县城墙外围的一条护城河，串起了东南西北四座城门，公交11路（双环）环行在这一地块，今天偌大的一座国际化都市就是在这面积仅区区2.2平方公里的基础上发展衍化而来的。那8座不复存在的城门，化作了11路站牌上的8个站名。

老城厢的街巷路名是有着书卷气的：梦花街、松雪街、吾园街、望云路、紫华路、昼锦路等，不经意间就昭示着岁月的风霜，念起来也是韵味十足的。老建筑、老街区、老街巷、老弄堂、老路名、老地段、老场所、老环境，都是老城厢内具有本土结构和肌理的特征，反映了地域特有的环境风貌——这些都是老城厢的支撑。换言之，老城厢的历史积淀、文化内涵、风貌特征等都留存在这些具有悠长年代的有价值的老环境里，融汇在久居此地的平民百姓的寻常生活中。

从泽国演变而来的城厢格局

上海在元至元二十八年（1291）批准建县，当时上海镇只有几条街，东南隅居住的多是以航海为生的船户，为了便利，不赞成筑城，官府因库藏空虚，无法筹集经费，就此耽搁。经过漫长的261年，一直到明嘉靖三十二年（1553），由于居民大增，经济繁荣，加上倭寇常侵袭县治，烧毁民房，人死无数，因此，在3个月内就将城墙建成。从此，将城墙内及城墙外围热闹处统称为老城厢。

明清时代，上海依托黄浦江的优势，内外贸易不断发展。清代中期，上海十六铺一带就成为万商云集、贸易兴盛之地。1553年，上海城厢人民为抵抗倭寇，筑起了城墙，并沿墙掘护城河，防止倭寇的骚扰，城墙内外统称为老城厢。城内河浜交叉，水流纵横，与护城河沟通，水门与黄浦江相连，素有“有舟无车泽国”之称。河浜两岸有南北、东西走向的街巷，浜上有众多桥梁。城墙给人带来安全感，一些达官贵人纷纷迁入城内居住，带动了老城厢经济文化的繁荣。鸦片战争以后，中国沦为半殖民地、半封建社会，在上海北城出现“租界”，城厢内外大批富户纷纷迁往租界，往返城厢与租界人流量剧增，城墙已成为城厢经济发展的阻碍。1912年—1914年（民国初年）城墙被拆除，护城河被填没，干支浜道先后填筑为马路，主要浜身成为交通干道，并构筑环城圆路，建成北半圈850丈（约2 833米）的民国路，即今人民路，南半圈800丈（约2 667米）的中华路，并由其围合而成现今的上海老城厢地区。

老城厢最初的骨架以东（今大东门）西（今老西门）为轴线，以县衙门（今县左街、县后街一带）为中心，东建文庙（原在小东门聚奎街，后迁小西门），西设武庙（即关帝庙），大体定下城市规模。以后由东而西，由北而南扩展，逐步形成了现在老城厢所特有的城市格局——“中华门—人民路环路”以及豫园、老西门商业区。由于老城厢的道路网络主要以昔日一些旧河浜填浜筑路而成，其尺度宜人，蜿蜒曲折的街道成为老城厢所特有的、有别于上海中心城其他地区的独特的城市风貌。路网密度大、路幅狭窄是老城厢街巷空间系统所呈现出的特点。老城厢道路有300多条，道路密度居上海市之冠。老城厢的道路网错综复杂，但其许多道路路名都有一定的来由，在一定程度上反映了老城厢的历史、人文气息。

老城厢的建筑风格可分为两大类。一类是中国特色建筑，大多是20世纪中期以前未受西方影响的中国传统历史建筑，殿宇巍峨、飞檐翘角，展现了明清时期的建筑风貌，如豫园、文庙等建

老城厢风貌区局部俯瞰

筑。另一类为中西合璧式的建筑，拥有欧式山花和柱式等西方建筑元素与建筑符号、由中国传统建筑演变而来的历史建筑，主要为20世纪20年代后期以后建成的里弄建筑、砖木结构的连排式房屋。房屋排列吸取了欧洲联立式住宅形式，建筑间距狭小，建筑密度高，呈现典型的里弄空间特征。它们由不同的线型空间连接成网络，形成对内交通灵活、四通八达、层次清晰，对外由总弄与马路相连的街巷空间，而每一建筑单体则脱胎于传统的四合院、三合院住宅，如龙门村、集贤村、方浜路沿街建筑等。

在纵横交错的街巷内，依旧残存着不少年代久远的历史遗迹，它们散落在老城厢的小巷深处，混杂在喧嚣的街市中，被日常的炊烟慢慢地侵蚀着，默默地湮没在人间烟火中。漫步其间，你会发现，一些看上去不起眼的小弄堂里，往往会藏着一座深宅大院，让人惊艳。

乔家路曾是高档住宅区

老城厢的乔家路在明清时期是一条河浜，因明末名将乔一琦世代居此，浜因乔家而得名，称乔家浜，河两岸是名门望族的深宅大院，河道旁还有寺庙、善堂、衙门、商号等。辛亥革命后填浜筑路，改为现名。在明清时代直至民国初年，这一带曾是具有本土特色的老上海“高档住宅区”、名人聚集地。在这条老街上，有明清建筑，也有洋房、石库门、新式里弄，以及酒坊、南货店、糕团店、布店、米行、铜匠铺等商铺建筑。如今那些建筑上的雕花、门楣已成了岁月的皱纹，诉说着曾经的生活点滴。踏过那些苍苔小路，一定要小心翼翼，否则不经意间就会踩到一串故事。

乔家路与巡道街相交处的乔家路77号，曾是老城厢大名鼎鼎的沙船世家、清代船王郁松年（1800—1866）在150多年前造的宜稼堂。家资巨万的郁松年（号泰峰）于咸丰五年（1855），把上海县南半城加固修葺并加高3尺，因此，人称“郁半城”。郁泰峰老宅始建于清道光初年，为“三进九庭心”式的创新建制。其宅坐北朝南，坐落于乔家浜北岸，前为一排六开间上下两层的大门楼，底层中间两大间为出入通道，称“墙门间”，内置“肃静”“回避”警示牌。墙门间楼上并排六大间，为灯楼，每间有6扇花格明亮窗，中间都挂一盏大红灯笼。入夜，六灯齐放，将楼前的乔家浜水映得通红。穿过墙门间，便是沿门，其木制的门槛特高，人们进出需将上层木槛卸下，才能跨槛而进出。门后为第一进，东西为两层楼厢房。当年东厢房为郁泰峰的外书房，内悬“肆雅书庐”匾额。厢楼北正中为宽大高爽的正方形大厅，厅中4根柱子有两人合抱那么粗。大厅屏门上方的横枋上雕有立体感很强的戏文图案，正中雕有镂空花纹，嵌有八卦图案。此处原悬有一块“田耕堂”匾额。正梁上原悬有一个金色蟠龙龛，龛内珍藏着清咸丰皇帝赐封郁泰峰为“从二品顶戴”的圣旨。此龛正对面原悬有一块钦赐“功襄保赤”匾额。大厅后面为第二进内宅，其格局呈五开间带东西两层楼厢房。前原有沿门，门楣上镌刻着“竹苞松茂”四字，今沿门已废。此进楼上楼下共14间房，当年名闻大江南北的“宜稼堂藏书楼”就设在这一进的客堂楼上。再往后为第三进，建筑格局同第二进。原客堂楼上悬有“述训堂”匾额。在第二、第三进楼，楼与楼之间都是相通的，在建筑上叫走马楼，即在第二、第三进楼房的小天井上都建有连接后进的过道，便于郁氏家眷互相走动，不必上下楼梯穿庭过院。第一、第二、第三进的东西厢楼共有6幢，为更好地采光通风，每幢厢楼都设有一个从底层到两层的小天井，共计6个，加上三进的3个大天井，总计为9个，故称为“三进九庭心”，体现了江南古代建筑的传统特色。在这住宅的三进房屋间，各建有甬道通向宅旁的备弄，备弄一头通向“墙门间”，另一头通向宅后。原来在此宅的东西两侧还建有东厅，郁家举行喜庆婚丧时为宾客作休息场所。东厅前有小戏台，东厅后有小假山、书斋，当年为郁泰峰与文人雅士谈诗论艺之处，如今都已荡然无存了。

郁泰峰“三进九庭心”住宅，在当年上海县城内可以说是一座引人注目的豪宅。进出这座豪宅的不是大官、巨贾就是文人雅士。

当年红顶商人胡雪岩将女儿续弦给郁松年儿子时，那场盛况空前的婚礼就是在这里举办的，清廷高官李鸿章、左宗棠都前去贺喜。到“宜稼堂藏书楼”寻觅珍本的名人士绅也很多，时任江苏巡抚的李鸿章，每次来沪总要到该藏书楼寻觅新购珍本，时任上海候补道的丁汝昌也经常来藏书楼看书、借书。上海名士、洋务派学者王韬等也常来此拜会郁泰峰。这座住宅还掩护、培养过革命志士。当年邹韬奋为躲避蒋介石特务搜捕，秘密来此躲藏；郁氏后裔郁鸿顺也是从这座住宅走出投身革命，后成为东北新闻界领导人；郁氏后裔郁树铨在这座住宅中为地下共产党印制宣传文件；学者于光远（原名郁钟正）乃郁家第六代子孙。

充满传奇色彩的郁宅为墙门重重、结构紧凑的典型清代住宅建筑，虽历经晚清战火损坏和长期风雨侵蚀，但旧址基本保持了完整的江南宅院风貌，水石地面、木雕斗拱、水磨石门框、石柱、石刻门脚、砖雕门楣等犹在，从中不难想见昔日的风华，进门处墙上挂有“宜稼堂遗址”铭牌。

乔家路西端的凝和路口曾是乔家路的发祥地乔家大院和清代沪上三大名园之一的也是园。1937年“八一三”事变中，被日军炮火炸毁。今豫园东部积玉廊旁有块被称为“积玉峰”的太湖石，据说是也是园遗物，系20世纪50年代被陈从周先生在也是园旧址附近路边发现而移入豫园，可算是也是园的余脉吧。

乔家路113号是海上名园王一亭故居“梓园”所在地。王一亭是清末民国期间上海一个非常特殊的人物。他是上海最大的买办之一，又是上海商会会长。为人乐善好施，且一生醉心于书画，他是海上画派重要的画家，曾从任伯年习画，与吴昌硕亦师亦友，鼎力推介吴昌硕的艺术，在推动海上画派方面有卓越贡献。

梓园原是清康熙二十一年（1682）由进士周金然构筑的中式园林宜园，内有假山、凉亭、荷花池等，并设置乐山堂、吟诗月满楼、寒香阁、青玉航、快雪时晴、琴台、归云岫、宜亭等诸多胜景，显示出清代园林艺术的风情。乾隆年间，归乔光烈所有，咸丰年间又归富商郁氏，改名借园。清末民初时，又成了王一亭的家，他在这里一直住到1938年。因园中有棵百年古梓树，便改名梓园，王一亭还将自己的新住宅建于其侧。他在梓园里饲养了各种鸟类及白鹤一只，供绘画写生之用。1922年，应王一亭的邀请，著名物理学家阿尔伯特·爱因斯坦和夫人来到中国，曾在梓园作短暂停留。爱因斯坦回国后，第二年便发表了著名的《相对论的基本思想和问题》，为世界科学打开新的篇章。抗日战争期间，侵沪日军铁蹄踏入梓园，乐山堂、寒香阁、琴台、宜亭、假山等玉碎一片，清代精美园林毁于战火，小园从此春色不再，原址只残存气派的门楼、两层塔式洋房和有着高大飞檐的佛阁，还有门楼下一棵倾斜而孤单的夹竹桃和边上的一棵梓树。如今，走过那里，人们可以看到梓园的沿街两层西式骑门楼上的罗马柱浮雕、穹形的门窗。大门门楣上面苍劲的“梓园”两字，据说是吴昌硕手笔。在房子的西侧依稀可以看见当时的长廊，与门口的牌楼相连在一起。顺着长廊走到牌楼下，夹竹桃在夏日里盛开着一簇簇白花，仿佛无视人间的变迁。门楼下的过道顶部雕有花纹，清晰可见。经过走道，进入园内，一幢中西风格合璧的塔式洋楼就出现在眼前，高高的屋顶，精致的雕花，华丽中透着威严。屋顶的日式菱形瓦，结合了欧洲古典主义和东方神秘色彩，构造罕见。老式百叶长窗充满了古典味道，精致的木制百叶窗和大理石砌成的雕花阳台，在一层层被涂上的油漆后面默默数说着当年的荣耀。在洋楼的后面有一座保存完好的两层佛阁，风格融合中西，十分罕见，佛阁内仍然保留着令人叹为观止的高花浮雕横梁，佛阁后便是一排五开间的宽敞古雅的明代中式平房书斋，也有着大大的斜坡屋顶，高高的廊柱，雕花的落地门窗。那排平房过去是王一亭的客厅、书房、画室和举办各种雅集之处，吴昌硕、张大千等画坛名流曾常聚会于此。而梓园最风光的应是1936年12月的一天。那天，蔡元培、梅兰芳、吴铁成、刘海粟、戴季陶、张静江、黄金荣、杜月笙等各界名流都来梓园庆贺王一亭七十大寿。今日梓园几乎被淹没在一层层的旧房之中，里面早已住满了普通人家。宅底还有一棵冠盖如云的大梓树，一度度春风中，那株古梓树依旧郁郁葱葱。

乔家路143号据传为明末将领乔一琦故居遗址，西侧药局弄口墙上钉着“最乐堂遗址”牌子。乔一琦诞生于官宦世家，他天资聪颖，年轻时就喜好驰马击剑，能驯服狂野烈马，而且刻苦练习书法，专攻篆籀笔法、二王笔法，人称“乔公子”。万历三十一年（1603），33岁的乔一琦得中武举，开始了用刀剑建功立业的生涯。万历四十六年（1618）被提升为镇江游击都司，驻守辽东鸭绿江边的镇江堡。次年初，明军四路攻打后金，乔一琦率500人破后金军十寨，斩努尔哈赤第三子阿都和女婿火胡里奴，血战四昼夜，挺进150公里。因主力全军覆没，遂成孤军，陷入重围，因不肯投降，自尽于滴水崖。清乾隆四十年（1775），清廷赐谥“忠烈”，入祀忠义祠。晚清秦荣光的《上海县竹枝词》有云：英雄无命佐皇廷，滴水崖头坠将星。天不欲延明国祚，乔公子技枉精灵。

乔一琦不但武功高强，其诗作和书法也属上品，在当时就有“儒将”之称。今上海博物馆藏有他著书的18首诗的草书帖和他在上海法华寺所书《金刚经》石刻。随着岁月推移，“最乐堂”仅有遗迹可寻。如今，在乔家路143号门前，尚存一块方形花岗岩旗杆石，正面刻着三支戟，民间传说寓意“连升三级”。

在老城厢内，明代就有“徐一角潘半城”之说。“徐一角”是明代著名科学家徐光启的故居，即今日地处乔家路上的九间楼。徐光居成名之后，不改门庭，依然偏居城内一角，清贫一生。在中国科学史和文化史中，徐光启地位崇高，老城厢至今留存着徐光启的故居和祠堂，这是上海可贵的历史遗产。

徐光启故居在乔家路234—246号，这一排楼房原来共有上下各9间屋，故俗称九间楼，它是明代大科学家徐光启诞生和长期生活的地方。徐光启出生于上海城南太卿坊祖宅，自幼勤奋攻读，努力进取。明万历三十二年（1604），他中进士，官至礼部尚书、文渊阁大学士。他廉洁奉公，生活简朴，“通籍四十年，室庐不改”。他毕生潜心于农学、水利、数学、历法、军事等科学范畴的研究和实践，成果颇丰。徐光启的祖父曾经商，得以在城南太卿坊购地建造自家宅院。太卿坊原为纪念明代太常寺少卿沈瑜的牌坊，后街坊以此命名，太卿坊即今光启路一带。明万历三十六年（1608）徐光启祖父在此所建宅院共三进，100余间房屋，宅内原有后乐堂、尊训楼等建筑。后天井北面楼阁外便是乔家浜，沿岸筑有篱笆墙，并在水面造廊桥。徐光启生前藏书万卷，均藏于太卿坊祖宅“尊训楼”。清顺治二年，即1645年秋，清军南下时，住宅遭遇兵火，今天留存的仅是当年徐宅最后一进“后乐堂”的一部分。它面阔9间，俗称“九间楼”，民国初期，乔家浜填平筑路，居民遂沿乔家路辟门出入。徐光启信奉天主教后，回故居经过南京时特邀意大利人郭居静来沪传教。郭刚到上海时，就寓居九间楼。翌年，徐光启在宅旁建第一天主堂，委郭氏主持堂务，从此，老城厢便成为上海和中国天主教的发源地。后徐光启辞官归故里后便寓居在九间楼里，写出了中国历史上影响甚巨的《农政全书》。“八一三”时，九间楼遭遇日寇轰炸，被毁两间，后屡经修葺，现仅存上下各7间，但人们仍称其为九间楼。九间楼为木构架结构两层建筑，小青瓦双坡出檐屋顶，一层为坡檐。建筑正面为木板墙壁和门窗。新中国成立初期，九间楼内尚有明代古井3口及房内斗拱等饰物。因房屋屡经修缮，已失原貌，但明代楠木梁柱依然完好，柱础、斗拱、雀替亦是明代旧物，节点的斗拱和部分梁与枨上的卷水云花纹尚存，宽厚的楼板也是明代遗物。1956年文物普查时，居住在这幢楼里的徐氏后人朱二媛老太将徐家珍藏的徐光启绢质画像及明代崇祯皇帝赏赐给徐光启的“诰命”两件，捐献给市文物保管委员会。由于九间楼具有特殊的历史意义，1959年这幢上海市区稀有的明代老屋九间楼被列为市级文物保护单位。1983年11月7日，为纪念徐光启逝世350周年，九间楼被列为上海市纪念地点，在其故居前竖了一块上书“明徐光启故居”的石碑，以纪念他在早期科学事业上的贡献。

如今，经过乔家路、永泰街口时，抬头可见一株700多岁的珍贵古银杏，历经岁月风霜，依旧枝繁叶茂，郁郁葱葱，犹如一位睿智的老人，默默见证着这一带不凡的过往。

天灯弄内的清朝建筑“书隐楼”

“小隐隐陵薮，大隐隐朝市”，在老城厢还真有一位建筑“隐士”呢，它就是书隐楼。建于清乾隆二十八年（1763）的书隐楼位于乔家路往东至小南门的竹素堂街77号，距今已有200多年的历史。市民曾惊为“天灯”的路灯引入上海，最早就安装在这条小街上，于是改名天灯弄。书隐楼是目前上海市区内仅存的较为完整的大型清代建筑，也是我国古建筑中最为别致的藏书兼住宅的楼宇，与宁波天一阁、南浔嘉业堂并称“明清江南三大藏书楼”，曾是沪城一绝。

书隐楼俗称“九十九间楼”。楼共5进，房70余间，为三合院型，共分前后两部分。前部三进有轿厅、七梁正厅、话雨轩、十字墙、船厅和戏台及池沼、假山、花圃，其中第二进大厅的正厅悬“毓瑞堂”匾额；第三进船厅三面临水，上设船篷轩。第四进为藏书楼，当年楼上置有“书隐楼”匾额；第五进是宅居楼，是房主人生活起居之所。楼后为天井，四周有大青砖砌起的厚二尺、高三丈六尺的封火墙围合，比上海老城墙还高出一丈二尺，足见其防火措施之严密。画栋雕梁的书隐楼最为珍贵的是精美的砖木雕刻艺术。花厅旁有花墙洞门，门上有砖雕“凤穿牡丹”，门框边刻“松鼠葡萄”。墙上有漏窗，窗上图案中心部分为骑马逐鹿，另有“二仙游山”，都是立体镂雕。书隐楼前的仪门头有“周文王访贤”长卷砖。正中门枋上置有一块刻着“古训是式”的匾额，左右侧砖雕分别刻有“老子骑青牛出函谷关”和“周穆王朝觐西王母”的砖雕，人物形态栩栩如生。楼前东西两侧厅与厢房之间各置一块一人多高的双面镂空砖雕屏风墙，东侧为三星祝寿图，西侧为八仙游山图，图中11位神仙均雕刻得惟妙惟肖；两面屏风墙背面均刻有缭绕的祥云以及在云中飞翔的蝙蝠，周围刻有福寿图案的边框，顶部正中刻有双龙戏珠，底部正中刻有鸾凤和鸣。其砖雕艺术为国内罕见，被誉为“中国砖雕艺术之王”。书隐楼庭院周围的落地隔扇长窗的上半部为富有艺术图案的木质窗隔，下半部的裙板上则雕刻着“雄狮吼日”“太狮少狮嬉戏”及长桥卧波、垂柳风帆、鸾凤和鸣、五福同庆等图案。在正厅、船厅等的梁枋、斗拱、垂莲柱上，也雕有各种精美的花纹，在正梁上还有五彩漆画，真可谓美不胜收。船厅梁间的垂柱上雕刻的花篮，篮中花卉簇簇，雕工极为细腻。船厅檐枋上雕刻的“七月七日长生殿，夜半无人私语时”的浮雕更富诗情画意。

书隐楼这座市中心仅存的大型清代民居珍品，是唯一属私产性质的上海文物保护单位。书隐楼原址是明刑部员外郎陈所蕴的私家花园——日涉园旧址中的一小部分。日涉园位于小南门梅家弄、中大夫坊南，与陈所蕴住宅对门，门前之街名为竹素堂街。其实，街名就来自日涉园，因竹素堂是园中主厅。当年，在这条街上，远远可见园中的奇峰凸出于墙头。全园有三十六景，以泉石取胜。入门即榆柳夹道，园内仿效自然风光，环山抱水，蜿蜒曲折，步移景异，有“海上名园”之誉。陈所蕴在日涉园建成后，邀请上海及周边的社会名流来此做客，并请人将花园中的三十六景绘成画，画上配有主人与客人的唱吟诗，合称“日涉园三十六景图”。明朝末年，上海名绅陆明允把日涉园连同“三十六景图”一起买下，并为收藏“三十六景图”建造了一幢藏书楼，后将其题名为书隐楼。到光绪七年，书隐楼和小部分旧园遗址被清代著名船业巨子“郭万丰船号”买下，归现今的主人郭氏。后郭氏家道中落，仅留书隐楼作为家居之宅，这幢昔日的藏书楼渐渐陷入老城厢巡道街天灯弄嘈杂纷乱的民居之中。经200多年的风雨侵蚀，书隐楼早已不是原貌，只可叹昔日风姿终被雨打风吹去了。进入院内，见树木葱茏，风火墙上攀满的藤蔓生机勃勃，昔日美景依稀可辨，不由感叹深深庭院，草木有情。

上海道教协会所在的“海上白云观”，始建于清代。最早位于北门外，后迁至西林后路100弄8号，2005年因市政建设需要，迁建到大境路239号，在大境阁的东侧，与同属道教的大境阁结伴为邻。就道教而言，白云观被称为“十方丛林”，是近代上海全真派较有影响的一座道观。1882年，道教全真派道士徐至成在上海仁济善堂资助下兴建雷祖殿。1888年徐至成进京，在“北京白云观”方丈高仁峒协助下，以白云观下院的名义，请得明版《正统道藏》8000余卷，增建藏经阁。以后，又扩建三清殿、玉皇阁及东厢厅。为嗣法京师白云观，遂改名为“海上白云观”，徐至成担任白云观第一任监院，从而确立了白云观“十方丛林”的地位及上海道观的领导地位。1893年，道观增建三清殿、吕祖殿、丘祖殿、第山殿、客堂和斋房等，1894年从海关移得明代铸造的道教神像7尊，供于观内，遂成为全国有较大影响的全真道观之一。1902年又先后扩建了玉皇殿、太乙殿和甲子殿等，此时，这座全真道观拥有160余间房屋，成为上海规模最大的道观。新中国成立后，白云观得到保护和维修，逐步恢复了道教丛林的纯洁面貌。1984年，白云观又请回一尊清乾隆时铜铸的玉皇大帝坐像。现白云观拥有的明、清时期文物，居全国各地道观之首。

上海市民文化的代表地带——城隍庙

从松雪街插到方浜中路，眼前呈现的是典型的上海老城厢风貌，窄窄的街道，小小的门首，路边还有一个开面的小店，空气里弥漫着一种不一样的味道，那是原汁原味的老上海。老街区所反映的小街、小巷、小弄堂、老建筑、小天井、小庭院、灰砖墙、两坡顶、骑楼、石库门、木门帘、裙板等建筑元素和符号，充满了老与旧的气息，体现了特定年代的生存状态、居住形态、生活方式，以往岁月的沧桑化作灰黑，斑驳的痕迹铺在了路上、墙上和门上。

方浜中路原是一条贯穿老城厢东西的水道，方浜之由来，是因其一支名侯家浜流经中香花桥北，北折而东，过北香花桥、安仁桥至福佑桥而形成的一个方块，故名。方浜两岸乃大上海的发祥地。北宋熙宁十年（1077）就有上海酒务设方浜畔征收酒税。南宋咸淳年间（1265—1274），上海镇就在这一带形成。跨浜两岸，有管理海外贸易的市舶司，检验进出口货物的栈货场，也有米仓、酒务、管理治安的巡检司，还有寺观，如广福寺和城隍庙的前身金山神庙，以及学塾、衙署等。100年前，方浜的东段率先开始筑路，10年左右的时间，上海老城中那条淤塞的河最后全被填筑成了一条弯弯曲曲的马路，也就有了今天全长1 903米的方浜路。一个多世纪来，它一直是连接小东门、十六铺和城隍庙、豫园地区的人流走廊，尤其是方浜中路一段，有上海最早的钱庄、金店银楼、茶馆、戏楼、商行，是历史上最繁荣的商业街市之一。近百年来，除旧校场路至河南南路的一段在修复上海老街时被拓宽外，方浜路基本保持了当年初筑时的面貌。路通市兴，很快在小东门至城隍庙的方浜路两旁出现了一幢幢2、3层楼的市房，中间还夹杂着几栋欧式楼

城隍庙

房，各种商铺林立，方浜路的中段成为城厢内最繁华的一条商业街市。因其位于城隍庙前，故称之为庙前大街。1996年修复后命名为“上海老街”。

位于方浜中路249号的城隍庙是上海正一派主要道观之一。于明永乐年间（1403—1424）在始建于元代的金山庙的基础上改建而成。最初奉汉代将军霍光为城隍；至1373年，秦裕伯被奉为上海县城隍神；1710年，邑人集资于庙左造起东园，由于来往游人日多，庙才成了城中的名胜处所。乾隆中叶，潘氏豫园售归城隍庙作为西园并重加修葺后，商人在园中设店铺，于是又出现了市集。20世纪初，本地民众把民族英雄陈化成的塑像请入庙内。之后，“三城隍”同列城隍庙主神位，接受世人进香膜拜。城隍庙于民国前，曾先后遭受两次大火及3次兵劫，庙宇时毁时复。民国后又遭3次火焚，至1926年始修建成一座钢筋水泥结构的庙宇，殿高4丈8尺，深6丈3尺余，以水泥为材料，不用一砖一木，而彩椽画栋，翠瓦朱檐，建筑异常壮观。新中国成立后，城隍庙几次对各殿修缮清理，恢复正规道观面貌。“文革”中宗教活动停止，1988年落实宗教政策，城隍庙产权重新归还上海市道教协会。1995年1月，大殿再次整修竣工，新塑城隍和夫人塑像升座，并对外恢复宗教活动。现从方浜中路247号头门牌坊入内，两旁石狮、碑刻都是明代的遗物。新修的城隍庙沿袭了传统寺庙的建筑风格。大殿、二殿虽是钢筋水泥结构，但外观仍为古庙形式，歇山顶、飞檐高脊、画栋雕梁，枋上绘有三国故事、人物。庙前设牌坊，石柱木结构。额上有永嘉幼童题“保障海隅”四字。寺庙里随处可见体现中国传统文化的细节，如正殿柱间两侧的藤茎挂落、作为装饰的大算盘、正脊之上的“福禄寿”雕像等。大殿前有庭院、碑亭、盘龙石柱，碑为明代天顺年间（1457）知县李纹所刻。另有清顺治四年（1647）所铸铜香炉，称为“通天永保彝”，并有颂文104字。大殿与二殿为工字殿，中有过道。二殿祀秦裕伯，后为寝宫，寝宫墙基尚有明代石刻。

19世纪中叶上海开埠后，由于商贾辐辏、百业荟萃，城隍庙周围遂成了著名的小商品、土特产和特色商品市场，素有“购物天堂”与“小商品王国”之美誉，人们统称这里为城隍庙。俚语说：“不白相（玩）城隍庙等于没到过上海。”这里的城隍庙其实是包括庙宇在内的整个小商品市场。20世纪60年代城隍庙改称豫园商场。我们常说豫园一带是上海的根，大抵因为上海开埠以来，四方行会云集豫园，使整个豫园外围一时成为上海商贾文化的肇始，渐而形成了上海市民社会的基本面貌。

在城隍庙附近的福佑路378号还坐落着一座清真寺，它是上海第一座略具规模的清真寺。1870年由居住上海北城的穆斯林捐募和集资所建。从一个不起眼的门洞里走进去，可见3层楼房一座，楼房内侧为三进殿，轩敞宽大，气象辉煌，其建筑纯系中国古典庙堂格式，这在全市清真寺中是绝无仅有的。礼拜大殿坐东朝西，呈长方形，殿上春冬铺以骆驼绒毯，夏秋铺以草席。二殿、三殿平时作为聚会、接待之用，置红木桌椅；若逢斋月节日，为更多老乡们来寺聚礼，则加铺地毯。1990年在3层楼屋顶增建四方月亭一座，更添伊斯兰风情。

豫园主人潘恩的旧宅世春堂

从豫园商城出来，顺着豫园边门的安顺街拐进梧桐路，小路两旁都是简陋的民国期间老房子，但在梧桐路137号的梧桐路第二小学里却藏着一栋不寻常的古宅——世春堂，它是构筑豫园的上海名人潘恩的旧宅。世春堂属中国传统殿宇式建筑，雕墙峻宇，重轩复道。大屋顶，飞檐戗角斗拱尚在，柱础为鼓形，牌楼式仪门。正堂横排五楹，正中3间为大厅，两侧各一间花厅。正堂前左右对峙建2层楼厢房。正堂中间有6根高约9米的楠木圆柱，柱础为明代石刻青石鼓墩。梁、坊、斗拱等均镂以精致雕刻，梁架和斗拱上还鎏金染彩。堂前设檐廊，并置落地长窗，中嵌红黄绿色玻璃，地面铺防潮的特制空方砖。世春堂巍峨的气势，高大的构架，雕梁画栋，巨大立柱，仍然可见当年的规模之大。当年潘恩的儿子潘允端在世春堂西面买了一块农地，把它修建成一座气派的园林以供父亲养老，这座园林就是豫园，所以说先有世春堂后有豫园。

1640年，徐光启的曾孙女嫁给潘恩的曾孙潘充庵，徐潘两大家族同信天主教。就在这一年，潘家把世春堂交给意大利传教士潘国光，改成天主教堂，取名“敬一堂”，于是世春堂便成为上海最早的天主堂。清雍正八年（1730）大清政府下令取缔天主教，世春堂被改建为申江书院，1770年申江书院改名为“敬业书院”。1923年获美国哈佛大学博士学位、中国近代物理学奠基人之一、一代师表叶企孙早年就毕业于敬业书院。1860年太平军东进期间，清廷为了与租界建立联合防御，于1861年2月19日将原本在产权上归属中国政府的老天主堂拱手送给了法国天主教，敬业书院被迫迁出。法国天主教收回了老天主堂产权后，就在这里重新修葺并恢复了宗教活动，还在这里创办了教会上智小学，即后来的梧桐路小学。当时，天主教在教堂的空地上种植了梧桐树，夏秋季节，梧

豫园商城俯瞰

桐树枝越过围墙延伸到街上，梧桐叶遮蔽了街道，于是，这天主堂外的街道就被叫做梧桐街，就是今天的梧桐路。不过，如今，梧桐路上连一棵梧桐也看不到了。1959年老天主堂停止宗教活动仪式，堂址等产业归属梧桐路小学。如今，全部楠木构架的明代古建筑世春堂早就没有了当年的奢华，大屋顶两端的飞檐在后来旁边兴建房屋时已被截断了，就像是被折去了双翅的巨鹰。然而，大厅高大巍峨依旧，巨大的梁拱，一人无法合抱的巨柱，在阳光下依旧醒目的楠木垂莲柱上雕刻的鎏金莲花，仍在顽强地显示着建筑本身的不凡。

横亘在方浜中路中段的榛岭街路口15号坐落着一座慈修庵，原是黄氏家族女眷念佛修行的家庵，也称黄氏家庵，俗称新庵。慈修庵创建于同治九年（1870），同治末年，迎清比丘尼胜愿入庵主持，家庵改名为慈修庵。该庵20世纪初毁于火灾后重建。建筑为江南民居四合院式建筑，大门朝西，额枋厚重，有砖雕花饰和“慈修庵”3字。1983年2月，慈修庵全面修复后重新开放，如今是本市比丘尼的主要宗教活动场所之一。

从方浜中路右拐，到旧校场路左手拐弯，走到底便是位于沉香阁路29号的沉香阁。沉香阁是尼姑庵，别名慈云禅寺。始建于明万历二十八年（1600），原为豫园主人的家庙。据《上海县志》记载，当时有沉香观音像浮至淮口，时潘允端督漕淮上，奉归建阁，名为沉香阁。后于清嘉庆年间重建，1801年迁今址。沉香阁在清代为邑城官员祈神求天保佑风调雨顺的场所，寺院曾几经变迁，现基本重现了明清时期的建筑风貌。寺院内殿宇巍峨，飞角重檐，楼阁相连，黄墙青瓦，雕梁画栋。门前一道木栅栏，隔断了外面繁华喧闹的街市。步入正门，便见一座石牌坊，上有著名书法家沙孟海题写的“沉香阁”匾额。穿过前院即是大雄宝殿，殿内供奉的如来佛头顶上方的藻井有348尊佛像，尊尊精雕细刻。大殿后又是一个庭院，禅堂、寮房分列两旁，最后便是沉香阁观音楼。站在庭院向上看，正中4根立柱架起一重飞檐，檐上一个悬空亭阁，东南西全部为落地窗，这就是沉香阁的阁，阁的后面就是供奉沉香观音的观音殿。观音殿上有赵朴初居士题写的“南海飞渡观音大士宝阁”匾额，沉香观音像采用由香港佛门信士所献的泰国沉香古木，特聘苏州佛像雕刻高手按照原像雕琢，全身贴金，头戴璎珞佛冠，慈眼俯视众生，善才、龙女侍立左右。如今的沉香阁，广结善缘，佛事兴旺，已成为我国最大的一座比丘尼寺院。

散落在老城厢的会馆公所

清初，上海已是商业中心和南北贸易之枢纽，各地商人从水陆两路运来货物，在上海经商定居。为了便于旅沪同乡间的交往和同行联络，便建立了一种集体组织，同乡相聚之处称会馆，同业会集之处称公所。在清代和民国时期，上海老城厢地区先后建造了会馆和公所147座，占上海全市会馆和公所248座的二分之一还多。这些有着100多年历史的老会馆和公所的建筑豪华恢宏，精雕细刻，既有各地方的地方色彩，又有各行业的行业特色，一砖一柱都是艺术精品。上海在开埠前以南市老城厢为市中心，所以早在1883年，南市钱庄大同行就于大东门外北施家弄133号组织成立了南市钱业公所，即沪南钱业公所。因南市公所由县城内钱庄组成，故采取了中国传统建筑样式，砖木结构，粉墙黛瓦，具有江南民居特色。主入口为3个厚重门洞，上方有精致的石雕雀替和垂花柱，屋角起翘，在稳重中加入了灵动。公所内部完全是中式的庭院，典雅的门楼，古意盎然的室内装饰，无不展现了中国传统建筑的独特魅力。现钱业公所于人民路安仁街古城公园内按原样重建。

在上海的会馆建筑中，四明公所有着特殊的纪念意义。现在的人民路852号，依然保存着四明公所的遗址。四明公所俗称宁波会馆，是旅沪宁波、绍兴地区同乡人会馆，清嘉庆二年（1797）由旅沪宁波商人发起，集资建造会馆，成为在上海经商的宁波商人和手工业者的行会组织。1802年建正殿及办事用房，以宁波四明山命名为四明公所。1853年，小刀会起义时被毁，后又重建，并扩大了规模。有正殿、后殿、土地祠，还另建了济元堂，有20间房间作寄柜用，外设义冢，成为沪上规模最大的旅沪同乡人会馆。清同治十三年（1874）5月3日，法租界当局以“开筑马路”为借口，妄图强占四明公所来扩大其租界地盘，当即遭到上海人民的愤怒反抗，法租界巡警竟在四明公所门口开枪打死打伤我国群众多人，激起公愤，上海人民掀起了广泛的罢工罢市斗争，慑于中国人民斗争的威力，法租界当局被迫暂时放弃“开筑马路”。清光绪二十四年（1898）7月16日，法租界当局再一次想侵占四明公所，致使上海人民发起了全市性的罢工罢市斗争，迫使法租界当局最后放弃侵占四明公所的企图。四明公所成为上海人民反对帝国主义扩张的历史见证。现人民路852号旧址，保存着当年四明公所红砖清水墙门枋一座，并有碑铭文纪念。人们刻意留下的这段老墙立面，犹如一座丰碑，无言地记载着一段外乡人的创业史和民族抗争史。

老城厢几乎每条弄堂都有历史，每座民居都有故事。这个历经沧桑的昔日“华界”所在，太像一个故事中老祖母最后留下的昏暗厨房。而如今，它正炊烟散去。老城厢往昔辉煌的历史在空中不断飘散，越来越远，似乎要随着老房子的一排排倒去而消失殆尽。所幸的是，如今它已被列入历史文化风貌保护区，那些代表上海历史文化风貌的老建筑也将被原汁原味地修复并保存。

文庙

融于市井的庙学合一古建筑群

从河南路口进入文庙路到文庙去，梦花街是必经之道，扑面而来的是一股嘈杂而热烈的市井生活味。据传梦花街在鼎盛时期时，曾建有许多小客栈，举子们在秋闱赴考前必先到此来借住一宿，以求“梦笔生花”，然后再到文庙拜谒孔子，并在心愿树上系上灵签。据称就能梦想成真，如愿以偿。于是梦花街声名大振，成了学子顺遂心愿、实现梦想之地了。和梦花街交叉的是仪凤弄，有凤来仪、梦笔生花，多少文人的梦想就在这里圆了。

文庙是封建时代祭祀孔子的场所，所以也称为孔庙、孔子庙，因唐玄宗加封孔丘为文宣王，故元明以后，人们便称孔庙为文庙。上海市区的文庙位于老城厢，已有700余年的历史，是上海著名的名胜古迹之一，也是源远流长的儒教文化圣地。如果说城隍庙代表了上海的市民文化，那么文庙代表的就是上海的士大夫文化了。

文庙坐落在老城厢的文庙路上，这是一条窄窄的弯弯曲曲的路。这里的路和街目睹了文庙的兴衰，故蕴含着宠辱不惊的滋味。1936年国民党市政府将文庙改建为民众教育馆，添植树木，重修泮桥、假山、池塘等，并附设市立明伦小学，习称文庙公园。新中国成立后，人民政府先后拨款重修明伦堂、大成殿和魁星阁。从1983年起，文庙又进行了一次次的修复，如今基本上重现了当年的庙容庙貌，成为布局严谨，气势宏伟，极具民族特色的古建筑群。

文庙路两旁是居民住家，路边有各式小摊，甚至还有一些很潮的店铺。一路上有卖木梳头饰的，有卖皮夹小镜子的，有卖电子打火机的，也有卖臭豆腐茶叶蛋、油豆腐粉丝汤、酒酿圆子、老虎脚爪、麻辣烫、糖炒栗子、棉花糖以及各种各样琳琅满目小玩具的，还有不少卖旧书的，一辆黄鱼车便是一个书摊了，或者干脆就把书摊在地上卖，倒也吸引了不少嗜书之人。这条街真正的是雅俗共赏，整天热闹非凡，熙来攘往。文庙就坐落在这条市井味浓浓的街上，它的具体地址是文庙路215号。庄重的文庙置身于烧烤烟雾混浊的空气和喧闹的人流之中，反倒显出了一种与世无争的气度。

文庙的正门即棂星门为文庙的第一座石牌坊式的大门。古代传说，天上有个天镇星，即棂星。古人认为棂星是天上文星，故以此命名，意味着孔子为天上星宿下凡。上海文庙棂星门建于1856年，其华表石是明代遗物，此门原在泮水桥后，如今移前至文庙路边。牌坊共有3扇木质直棂门，门两旁有柱子，共6根，中间两柱高于侧柱，柱上端雕有片片云纹状，门前有一对石狮，整座石牌坊给人以古朴浑厚之感。

文庙的主体建筑为大成殿，大成殿是文庙祭孔主殿，始建于元至元三十一年（1294），历史上，唐代称文宣王殿，宋徽宗尊崇孔子“集古先贤之大成”，赐名大成殿，此殿重建于清咸丰五年（1855）。大成门一排5扇红漆大门，是赞颂孔子达到了集先贤之大成的至高境界之意。宋崇宁初，孔子被皇帝封为文宣王并“辟雍文宣王殿以大成为名”，孟子称孔子为“圣之时者也，孔子之为集大成”，故大成殿内悬有“圣集大成”“大成至圣先师”等匾额。殿内正中供奉用香樟木雕刻的孔子、颜子、曾子“三圣像”，大殿屋脊上置有清代大臣林则徐手书的“海滨邹鲁”4字砖刻；屋面重檐正高处置有直匾“大成殿”3字，为清雍正皇帝御笔。

如今，在大成殿东、西、北三面壁间，安置了全本《论语》碑刻，为国内外孔庙之最。东侧置有文庙出土的清同治年铸的编钟，西侧置有大鼓一只；大成殿前梁坊上置有“万世师表”匾额，其下前方石露台上置有“孔子佩剑铜像”一尊，其东南角置有大成钟一口。大成殿前东西两侧两排青瓦长廊、红柱隔扇的房子叫两庑，原是后世供奉先贤先儒的地方，现东西

文庙全景

庑殿壁间置有明清文人自撰自书的对联碑刻300副，充溢着儒学文化的氛围。大成殿后有崇圣祠，内有孟子神龛。

大成殿东南为明伦堂，堂前置有大青铜方鼎。明伦堂历史上为书院讲堂所在地，是传播儒家思想的学府殿堂，古称“正学之门”。现在杏廊壁间置有《上海县学记碑》等10余块元、明、清记载文庙和县学历史的碑刻。2007年又恢复了“文庙讲堂”，以古代书院的形式予以展示。文庙讲堂匾额由当代著名国学大师文怀沙先生题写。

明伦堂后为2层尊经阁。尊经阁即藏书楼，是贮六经、御制诸书及百家子史之地。始建于明成化二十年（1484），民国二十

文庙正门

年（1931）重建，为上海第一家市立图书馆。现尊经阁2楼正中置有画家戴敦邦创作的巨幅“孔子问道图”以及明清红木家具；楼下置有巨型老红木大理石图案屏风及陈列“名石、奇石、赏石”展；阁前院中置灵璧巨石“玉麒麟”；宣廊内壁间置有《上海县籍进士名录碑刻》。

文庙东园内，儒学署、魁星阁、天光云影池连成一片。儒学署始建于清咸丰五年（1855），历史上是掌管文庙祭祀和学员教学之地，儒学署官员称教谕，上海县学第一任教谕是上海镇学创办人，教育家唐时措。东园内亭台楼阁，错落有致；小桥流水，绿树掩映，具有浓厚的江南园林风格。天光云影池中置有灵壁巨石“龙吟虎啸”，此石产于安徽灵璧县群山中，重5.6吨。石峰仰天处虎啸震天，近水处龙吟细细，妙在似与不似之间。

在文庙的东南隅，坐落着的魁星阁面拥一池清水，有天光云影池南岸的诗意。在古代，文庙不仅是祭祀中国儒学大师孔子的庙宇，还是一个县境内的最高学府，是培养秀才进而参加乡试考举人的学宫。文庙中建魁星阁，源于东汉时，因那时就有“魁主文章”的信仰，魁星原是中国古代天文学中二十八宿之一，科举高第称魁，形成“魁星点斗，独占鳌头”的吉语，后被称为主宰文章兴衰的神，魁星阁正是文庙中学宫的象征之一，也是读书人在应试前寄托愿望之处。

魁星阁平面呈六角形，共3层，高17.5米，各层屋面飞檐起翘较大，逐层收进。阁为砖木结构，用6根长12.65米、直径0.30米的金丝楠木作“通天柱”构成，由底层直达3层，每层外有走廊、栏杆，整个阁体全用木榫固定，不用一根铁钉。底层门朝向面北，底层墙上开有8扇八角橄榄形的漏窗，入内有一座木刻魁星像，右手执笔，左手执斗，作愉快跳跃状。阁中南向壁旁有一人上下的木扶梯，盘旋而上至第2层，这一层门朝南，上至3层，门又朝北。第2、3层壁间仍开有8扇小方格形漏窗，使阁内空气对流新鲜。登上高处，可环视老城厢风貌。阁顶为莲花座，上置葫芦形阁尖。每层角脊部位用红、绿、黄和黑等颜色画有花草、果木，十分醒目，在每层垂檐起翘部，还置以各种泥塑图形。小巧玲珑，精致婀娜的魁星阁，在上海古阁建筑中最富有艺术性，阁外还安装了反射灯光，入夜，犹如天上琼楼玉宇落地，美不胜收。

在文庙大成殿前有一棵许愿树，据说，在高考、中考前，在文庙的许愿树上挂一条红丝带，在丝带下的小纸片上写下自己的愿望，乃至想考取的学校，就能让自己金榜题名。于是，许愿树上便飘动着红丝带结着的各种许愿牌，有中文的、英文的、日文的，等等，形成了一道独特的风景，这是全世界读书人的共同心愿，倒也合了文庙原本的气脉。每逢周日在文庙内开设的旧书刊交易市场是文庙人气最旺的活动，旧书市集就摆在大成殿广场上。一个个摊位渐次摆开，呈四长条，两侧廊坊也充分利用，铺天盖地地堆满了书。每本旧书都带有时间的痕迹，从过去的年代风尘仆仆而来。摊主多是爱书懂书之人，好书多摆在摊位内侧，有的用塑料纸规整地包着，破损处则仔细包好。随意扔在地上的，大多打折贱卖，不过要是你眼光厉害的话，说不定也能用小钱买到好东西呢！这里还有很多旧时的报纸、照片、笔记本和陌生人间的书信卖，大多价格不菲。在文庙二手书市，不仅能淘到大量各式版本的书籍，也有《美国国家地理》《最小说》等时尚杂志以及各种动漫书等，价钱自然比外面要便宜很多，所以，这个二手书市不但是“书虫”们的最爱，也吸引了不少时尚年轻人。因为有了这些从四面八方赶来的爱书人，平日清冷的文庙显得分外热闹起来。不知道站在大成殿前的孔老夫子看着眼前犹如读书人的节日般的盛况，是不是会感到欣慰呢？

在写此文时，听说文庙周日旧书集市将暂停开放，这让我很是不舍，因为我的无数周日就是在那里消磨的，每一次几乎都是买书买到手软，拎书拎到手酸。摊主都是些善良的好

文庙内部

心人，记得我在一位摊主那里买了一本老南市的书，花了200多元，这在文庙旧书市场是个天价了，但我却很开心，因为那时的南市区已经成为黄浦区了，这样的书以后不会再有，可摊主卖给我后似乎于心不忍，硬是送了我一本厚厚的精致画册，原价要比我买的书还贵很多。卖书的和买书的因为书而惺惺相惜，那是文庙的气息所感染的。文庙书市关闭后，到哪里再去寻找这样的购书氛围呢？

古城墙和大境道观

“江皋霁雪”的遗迹

古城墙上的大境阁是明清“沪城八景”之一的“江皋霁雪”景点。由于城外是空旷田野，遇冬日雪至，放眼望去，是一片银装素裹的白色世界。上海竹枝词中有诗云：“昨夜天公剪鹅毛，北风吹散遍江皋。垆头买得双蒸酒，同上楼头劈蟹螯。”足见当年“江皋霁雪”的景况之盛。

人民路大境路口，保留着上海市区唯一幸存的古城墙——大境阁城墙。这座城墙始建于明嘉靖三十二年(1553），迄今为止已经历了460余年的沧桑。

上海在元代建县，那时并未筑城，到了明朝，由于遭倭寇侵袭，于1553年仅花了3个月时间，赶筑了一座高达两丈四尺（约8米），堞三千六百有奇，长达4.5千米的环形城墙。嗣后又在城墙上建箭台20座，北城有万军、制胜、振武、大境4座。箭台呈方形，凸出于城墙之外，战时供瞭望作战之用。随着倭寇平息，筑城时建在城墙上的箭台也失去了军事作用，逐渐废弃，移做他用。先是利用箭台旁的石阶步上城墙和箭台，登高望远。至明万历年间（1573—1619）废台改建为庙，上海县人集资在大境台上建造了一座关帝庙。初建时只有几间房，以大境阁为主体，内主祀关羽，两侧附设财神殿、月老殿，香火很旺。明万历二十五年（1597）和四十六年（1618）重修时，将城墙先后加高1.6米和1.3米，遂高至8米。外有长533米有余的城濠，设有6座城门，东为朝宗，今称大东门；南名跨龙，今大南门；北叫晏海，今老北门；西称仪凤，今老西门；为通往黄浦江沿岸方便，又辟朝阳门，今小南门以及宝带门，今小东门。

至嘉庆年间邑人再次集资，将原关帝庙拆除重建，于嘉庆二十年（1815）建造了一座3层庙宇式楼阁。此楼阁为抱厦式，底层紧倚城墙，2、3层筑在城楼上，颇为壮观。它的东面有一大片空地（今白云观所在地），竹林、荷花池和菜田散落其间，一片田园风光。关帝庙是上海道教的重要宗教场所，因位于大境阁，故又名大境道观。主建筑为3层关帝大殿，飞檐翘角、花格门窗，因其雄踞于城墙之上，成为当时上海县城最高和最壮观的建筑。关帝塑像位于2楼中间大殿，面西，朝向城外。2、3层设有供人行走的抱厦，并将一段明代城墙围于楼内。关帝殿前是一座古戏台，俗称打唱台，可演戏酬神。南首是财神殿，西侧是月老殿，故当时的大境道观又称“月下老人庙”。大境道观建成后，因其视野开阔，田园如画，故吸引了游人纷纷前往。王韬在《瀛壖杂志》中描述：城下“槿篱茅屋，古树丛篁”，“小涧平桥，迂回始达。旷土数亩，间杂桃柳，暮春花开，朱碧相映时当祓禊，士女如云”，成为沪上踏青胜地。大境道观还是明清“沪城八景”之一的“江皋霁雪”。由于城外是空旷田野，遇冬日雪至，放眼望去，一片银装素裹的白色世界。上海竹枝词中有诗云：“昨夜天公剪鹅毛，北风吹散遍江皋。垆头买得双蒸酒，同上楼头劈蟹螯。”可见当年上海人也喜欢登此处城楼，持蟹饮热酒，邀友共赏雪景。大境阁能够列为“沪城八景”之一，足见当年“江皋霁雪”的景况之盛。1826年，两江总督陶澍，为此阁题“旷观”两字；1836年，总督陈銮，在其东首建牌坊一座，题“大千胜境”坊额。两旁坊联为：千江有水千江月，万里无云万里天；仙径别开云一线，世天此生阁三层。自此被称为“大境关帝庙”，以别于当年西门的关帝庙。

1843年，英人麦都思在此2楼开设了上海最早用铅字印刷书刊的“墨海书馆”，这也是沪上最早的出版机构，由王韬主持编辑工作。两年后，又在大境道观旁增建了熙春台，熙春，意为和煦的春天，语出潘岳《闲居赋》：“于是凛秋暑退，熙春寒

上图：大境阁城墙　　下图：大境道观

往。”意为观看熙春台上的演出，会感到愉悦和满足。站在熙春台上，大境阁尽收眼帘。飞檐黛瓦，朱栏高阁，颇为壮观。然而在1853年的小刀会战火中，大境道观受到严重损坏，后道士诸锦涛募捐重建，故现在残存的古城墙留有咸丰年间的城砖。太平军东进后，此地一度作为洋枪队的兵营，再遭破坏。1865年和1892年又两次重修。到了1909年3月，上海城厢自治公所又重修大境道观，并将原“大千胜景”坊名易名为“大境”至今。这座石坊保留至今，成为老城厢最古老的一座石坊。

由于大境阁得天独厚的环境，近代更得到文人墨客的青睐。晚清至民国初年，大境阁3层楼曾是著名画家任伯年、朱屺瞻等以画会友的聚集地，他们在这里泼墨挥毫，为后人留下了传世墨宝。有诗云：“六龙寒急光徘徊，风卷沙汀玉作堆；闲上高楼时一望，了然便见画图开。”

上海开埠后，城墙作为安全的屏障作用已基本丧失，而且由于年代久远，城基砖泥不断垒积，城门低矮，仅一丈四五尺高了，经常拥堵不堪，城墙已成为县域经济发展的阻碍。1909年，又新辟尚文门（小西门）、拱辰门（小北门）、福佑门（新东门），并增高拓宽宝带、朝阳、晏海3座城门，至此上海共有10座城门，但此举并未改变拥挤闭塞的局面。1912年，上海拆城，改筑中华路和今人民路，大境道观一度作为拆城的指挥机构得以保存，之后得以重修。20世纪40年代，大境道观香火渐趋冷落。1949年后，沪南区道士以该庙为茶会处，每天上午道士在此聚会。20世纪60年代又改做工厂车间。1995年10月，大境道观和城墙终于被修复一新。

如今，古城墙和大境道观巍然屹立于人民路、大境路口，近50米长的城墙是上海唯一保留下来的古城墙遗迹，在已变成灰白色的城砖上，不少当年镌刻的字样还清晰可见，如“咸丰五年，上海城砖”等，在4块覆于墙面、边角磨损不太严重的小石碑上，详详细细地记载着明嘉靖年间上海为抵抗倭寇、破土修筑城墙时捐资者的名录。现城墙上的大境道观内供奉着关帝和月老，此地也是上海市道教协会所在地。拾级登上城楼，但见飞翼之阁矗立，雉堞成排，旗杆基柱上刻着的“同治七年”字迹犹在。漫步其间，仿佛看到上海人民抗倭时的金戈铁马。走进底楼暗廊，似乎穿越时光隧道，回到了“沪城八景”的年代，只可惜，周围已高楼林立，江皋霁雪之景已难觅影踪了，但老城厢的厚重历史依旧存留在曾经守护了一代又一代上海人的古老城墙潮湿的青苔间，那是上海历史的见证。

豫园

老城隍庙里的江南古典园林

豫园是我国最著名的江南古典园林之一，它与苏州拙政园、留园和无锡寄畅园并称为江南四大名园。豫园既有江南园林之美，又有上海园林之奇，并糅合了明清两代园林的艺术，素有“奇秀甲江南”和“城市山林”之誉。

龙墙

在上海的园林中，豫园是唯一一座处于繁华闹市中心的具有江南特色的古典园林。豫园不但名列现存的上海五大古典名园之首，而且是我国最著名的江南古典园林之一。豫园以布局紧凑、变化繁多、美中有奇而著称，园内山石错列，具涧岭洞壑之胜，潺潺流水，有岛滩梁渡之趣。

明代，上海老城厢梧桐巷、安仁里（现梧桐路、安仁街）一带居住着上海城里的名门望族潘恩家族。潘恩为嘉靖二年（1523）进士，曾官至刑部侍郎、刑部尚书、都察院左都御史，现梧桐路上的明代建筑世春堂就是昔日潘家残存的旧居。嘉靖三十八年（1559），潘恩的次子潘允端科场失意落榜归来，在自家住宅西面数畦蔬圃之上，聚石凿池，植树建亭，营造了一处私家小园，这便是最初的豫园。3年后，潘允端金榜题名，高中进士，此后宦海浮沉，将近20年，直至万历五年（1577），才从四川布政使任上辞归，开始一门心思地修建自己的园林。13年后的万历十八年（1590），终于建成一座设计精巧、布局细腻、清幽秀丽、玲珑剔透，小中见大的私家园林，素有“奇秀甲江南”和“城市山林”之誉。潘允端为这座自己精心营造的园林取名豫园，即“愉悦老亲”之意。

经过400多年的变更，豫园现占地2万余平方米，园内亭阁参差，山石嵯峨，溪流蜿蜒，景色旖旎。豫园还保存着相当数量的古树名木及明清家具、名人字画、泥塑砖雕、额匾楹联等文物珍品，凝聚着丰富的中国传统文化艺术的精华。

从荷花池边九曲桥步入豫园大门，便见一座高敞轩昂的厅堂，名曰三穗堂，紧贴在三穗堂后面的是一座两层楼厅，隔荷花池与大假山遥相对望。与三穗堂“勾心斗角”，精美绝伦。底层的厅堂叫仰山堂，楼则称卷雨楼。卷雨楼之名源自唐代王勃的《滕王阁序》中句：“画栋朝飞南浦云，珠帘暮卷西山雨”之意。仰山取意于《诗经》中的“高山仰止，景行行止”句，旧时文人常于此聚会。仰山堂东有一座半跨于水上的游廊，廊前蹲伏两只铸工精致的元代铁狮，左雌右雄，神态威严。这是至元二十七年（1290）铸造的，为古都安阳遗物，是抗战胜利后日寇归还的被掠夺文物之一。这座大假山乃明代遗物，由明代沪上叠石名家张南阳亲自设计建造，大假山所用的数千吨石料全部取自浙江武康黄石，叠造时讲究“虽由人造，宛自天开”。江南许多名园内的假山都是张南阳的作品，但唯一存世的只有豫园这座。这是江南地区现存最古老、最精美也是最大的黄石山，山间石壁森严，飞梁临涧，平桥缘水，皆因山势而作层次，高低相间，错落有致。游人登临，恍如置身崇山峻岭之中，且山路泉流迂曲，有引人入胜之感。

由大假山向东，过石桥，又有一座湖石假山，逶迤于萃秀堂前。萃秀堂位于山的东麓，系面山而筑，是这一景区的结景建筑，“萃秀”为美景汇集之意。堂面临假山峭壁，开门见山，更显山之高峻。面阔三间的萃秀堂藏于山石峭壁之间，构造精粹，具有“山野深藏，峰高树古”的恬逸意境。出萃秀堂，过花墙，向东南行，可见横跨于溪上的“鱼乐榭”。“鱼乐”出典于庄子《秋水篇》，蕴涵着园主人对庄子的仰慕和避世隐逸的心情。榭的周围古木丛生，绿荫如盖，凭栏可以观赏把玩池中红鱼。抬眼望去，右面一带峰石连绵，曲径通幽，左面是曲廊，中间一泓狭长清流，蜿蜒向东，溪上隔以花墙漏窗，从荷花池分出之水自墙下半圆形月洞门中穿过，显得深远不知其终。此隔水花墙是园中富有特色的景点，体现了江南园林小中见大的特点和含蓄之美。记得年少时，我的画画老师带我们到豫园写生，选取的便是这个景点，至今记忆犹新。鱼乐榭东有一条曲折别致的复廊，所谓复廊，就是通道中间用墙分隔为二，两边皆可行走。墙上设有花式漏窗，从窗洞中左顾楼台掩映，右望溪流峰石，宛若小幅图画。复廊西面连以方亭，亭中有“会心不远”匾，东端有一小轩，面山傍水而筑，有古人“观山观水两相宜”的情趣，故名“两宜轩”。两宜轩内有一联：“闲秀秋水心无事，静得天和兴自浓。”

穿过复廊，左侧便是重建于清道光二十三年（1843）的万花楼，这里是明代花神阁遗址，现存建筑为清代重建，原义出自“万花深处”。万花楼东有一道龙墙，以瓦片组成龙身鳞片，龙头造型精致，栩栩如生。穿过龙墙，眼前出现一组古建筑群，主建筑便是点春堂。堂名取自苏东坡“翠点春妍”词意，有勾勒春天美景之意。清咸丰三年（1853），上海小刀会起义时，这里是义军的城北指挥部，称“点春堂公馆”。与点春堂大厅相对的是一个三面临水的小戏台，俗称“打唱台”，戏台的一半架在池上，显得非常幽雅。戏台名为“凤舞鸾吟”，镂金烁彩，台前垂檐精丽工巧。台面台柱皆为石构。由于台小，只能清唱曲子或演奏丝竹，因其台口正对点春堂的明间，旧时乡绅文人常于点春堂内饮酒看戏。戏台后面有水池，水池之南为“和煦堂”，这是一座方厅，四面皆窗门，面山背水，夏凉冬

元代铁狮组图

温。“和煦”常用来形容春日阳光明媚，取名和煦，与“点春”之名互为呼应。和煦堂与戏台东面是座太湖石假山，山下贯穿两条深邃曲折的山洞，山上屹立一座双层高阁，下层名延爽阁，上层名快楼。登楼可望见几垛花墙之西的大假山与豫园全景，令人胸襟爽快，快楼之名由此而来。快楼北面，用石叠成险峰，名抱云岩。快楼之南，花墙缭绕，自成小院，墙内筑有静宜轩、听鹂亭，坐在轩中，漏窗之外的景物隐约可见。

在打唱台之西有个双龙戏珠门洞，入门洞西面是南北狭长的一个大池。池东是建于清同治九年（1870）的会景楼，为两层楼阁，面南背北，其三面环水，林木葱茏，登楼可望全园景色，故名。会景楼周围山石嶙峋，流水潺潺，花木扶疏。会景楼东是一条临池的长廊，因廊侧有一座外形清秀、曲线优美的奇石“积玉峰”而名为积玉廊。积玉廊一面沿园之围墙，长100米，是江南古典园林中最长的一条水廊。积玉水廊东是听涛阁。听涛阁是两层建筑，其顶上塑一单腿独立的仙鹤，隔池南望涵碧楼。听涛之名源于此处邻近黄浦江，涛声似可闻之意。与听涛阁隔池相望的是上下两层的涵碧楼。“涵碧”两字取自宋朱熹“一水方涵碧，千林已变红”之意，因其全部木构材质为缅甸上品楠木，且藻饰精美，梁坊上雕刻了牡丹、梅花、百合、水仙、月季等花卉图案和40幅全本《西厢记》故事图案，故又称“楠木雕花楼”。楼中陈列着31件清代楠木雕花厅堂家具，有长条案桌、五狮座圆大理石落地屏、松鼠葡萄纹落地镜、圆桌和束腰圆凳等，都是弥足珍贵的古典家具精品。涵碧楼北楼悬挂着清雍正年邑人钱学洙所书“鸢飞鱼跃”匾。

会景楼西北是半跨池上的九狮轩，面阔3间，周绕回廊，前置月台，面临大池，登台临水，爽气沁人，可观荷赏月。轩西有一片高耸挺拔的杉林，轩东有甬道通往月洞门，两侧修竹万竿，满目青翠，绕有野趣。大池南端，与会景楼相对处有一两面临水的亭子，名曰流觞亭，取《兰亭序》“流觞曲水”之意。此亭原供古时上海诗人墨客每年阴历三月三日以“修禊”古俗，流觞赋诗之用。亭旁有贴水而筑的三曲板桥，走在桥上，如凌绿波，周围景色倒映池中。过三曲板桥，进“引玉”洞门，迎面便见名闻遐迩的奇石“玉玲珑”，这是一块3米多高的太湖石峰。

玉玲珑的对面便是华美的玉华堂。玉华堂原为园主人潘允端的书斋，是专为能朝夕欣赏堂南的玉玲珑而建，并以玉玲珑石上的“玉华”两字命名。潘允端把自己撰写的日记也称为《玉华堂日记》。匾额上的“玉华”两字系集明代书画家文徵明的墨迹，清秀镌逸，富有书卷气。匾额下有联云：“清妙含天机，水色山光相上下；玲珑开胜景，云轩月榭互参差”，绝妙地点出了玉华堂周围的环境。玉华堂面对玉玲珑，东傍积玉廊，背临曲池，环境优雅。堂前栽植的两株白玉兰已有130余年树龄。

玉玲珑西有“衬玉玲珑”圆洞门，进入洞门就是一个长方形庭院，庭院中有石桌石凳，立着3块太湖石峰，状如福禄寿三星。庭院东端的廊上悬有“人境壶天”大匾，字迹飘逸洒脱，是近代著名文学家苏曼殊的手笔。据潘允端《豫园记》中说：“潘氏豫园，在环龙桥南有一小坊，叫做‘人境壶天’。”这块匾是苏曼殊根据豫园旧境而写的。其意取古诗“结庐在人境，而无车马喧”，以及“袖里乾坤大，壶中日月长”之意。天井内矗立一座两层高楼，楼两面临水，取旧诗句“近水楼台先得月”之义名得月楼。下层大厅也根据风景格局“楼台近水，水风东来，水波如绮，藻采纷披”取名绮藻堂。堂内宽阔高敞，外有回廊，廊间檐下有100个不同写法的木雕“寿”字，称为百寿廊。得月楼北檐下悬一大匾“海天一览”，南檐下则为“皓月千里”大匾。“海天一览”匾为清代名家高邕手笔，笔法苍劲，字体圆润。得月楼内园廊墙上嵌有一块光绪二十年（1894）刻的《重建布业得月楼绮藻堂碑》，记录了得月楼200年的历史，是研究上海纺织史、商业史的宝贵史料。东登楼处廊间壁上有一块广寒宫砖刻，上刻嫦娥奔月、玉兔捣药、吴刚砍桂、刘海戏蟾等故事。得月楼西临荷花池，楼内有陈从周教授撰写的楹联：近水楼台先得月，临流泉石最宜人。玉玲珑背后是一座大照壁，砖制，用此衬托玉玲珑，照壁上4个篆字为“寰中大快”。照壁南有小溪，溪上跨式样古朴的青石单孔拱形石桥一座，名环龙桥，此桥原建于明嘉靖年间。

豫园还是海上文化的一条根脉。1909年，书画善会在豫园得月楼成立。其时的书画名家任伯年、虚谷、吴昌硕、高邕、蒲作英、钱慧安等人常常在此集会，展出并售卖作品，成为海上画派的发源地。当时，上海已有多个书画组织，外国的绘画理念也开始流入，书画善会借豫园之宝地，在沪上迅速发展，影响力日盛。书画善会在抗日战争前即告终结，但海上画派却得以留存。得月楼近旁不仅有海上画派的旧影，也有海上画派的新作，南面藏书楼上的“绿杨春榭”便是当代海派书画大师程十发的笔墨。上海书画名家沈尹默、吴湖帆、刘海粟和谢稚柳等人多次到豫园书画楼中雅集，临池挥毫。

上海电话局南市总局

沪上电话发展史的见证

这幢西方新古典主义风格的市政建筑，在几乎全是中式传统建筑的老城厢显得分外引人注目，它见证了上海电话业的发展史，是上海市民最早享受电话便捷的原点。1933年电话已进入人们的日常生活，像小说《子夜》中冯云卿那样的小股民都用电话打听“消息”，这座晚清创办的上海电话局终于迎来了自己的黄金时代。

电话对于现代人而言是再平凡不过的大众通信工具，移动电话的诞生更是极大地开拓了人们的社交空间。然而，上海电话局的诞生之初，却是充满着艰辛。上海市民最早能享受电话便捷的原点便在老城厢。这座位于老城厢大南门的标志性建筑，见证了上海电话业的发展史。

中华路734号坐落着建于1920年的原上海电话局南市总局，那是一幢3层楼西式建筑，属于新古典主义风格，立面对称，该楼带有半地下室，底层墙壁上刻有横槽，入口两侧开半圆形窗户，2、3层开矩形窗，3层正中开大半圆券窗，窗套上有浮雕装饰，每层之间用腰线划分，层次感清晰。屋顶正中建有一座钟楼，上面覆以四面坡穹顶。大钟两侧用壁柱装饰，四角有科林斯式组柱。底层入口高高的台阶两侧饰有巴洛克浮雕装饰。这幢建于1920年的西方新古典主义风格的市政建筑，在几乎全是中式传统建筑的老城厢显得分外引人注目。

1876年，英国人贝尔在美国发明了电话，电话这一用语音传递信息的新兴通信方式很快在西方世界流行，不久便传入在上海的租界，中国人最初称电话为“德律风”。1877年，上海轮船招商局为了保持总局与金利源码头的联系，从海外买了一台单线双向通话机，拉起了从外滩到十六铺码头的电话线，这是上海出现的第一部电话。1882年，英国人皮晓浦从十六铺到正丰街（今广东路中段）铺设了一根电话线，两端各设一个通话室。一些赶时髦的上海人在付了36文制钱后，相约在两端相互说说笑笑，感到十分有趣。时人作《竹枝词》道：“两地情怀一线通，有声无影妙邮筒。高呼狂笑呈憨态，独立倾听德律风。”同年2月21日，丹麦大北电报公司在外滩7号公司内设置电话交换所，开通公共租界与法租界用户25家，每户话机年租费150元大洋，并装有一部公用电话。这是电话发明6年后，上海第一个经营性的电话交换所，而它的成立只比在美国设立的世界第一家电话公司晚了一年。于是上海滩有了第一批电话用户，基本是租界里的外资银行、饭店和洋行，至年底，扩展到68户。电话技术信息传输能力之高，对商业、人民生活诸方面的促进作用是不言而喻的，以及它们带来的相当可观的经济效益，迅速刺激着中国官商，电话已被人们广泛接受，人们用巧夺天工等词语来形容：“东西遥隔语言通，此器名称德律风。沪上巨商装设广，及如面话一堂中。”到了1890年，该交换所转由英商上海华洋德律风公司经营。当时的华界地区尚未建立官办电话局，华洋德律风公司乘虚而入，恣意越出租界范围，侵入南市、闸北、浦东等地区，擅自架设电话杆线，安装电话，发展用户，许多开设在华界的商店、公司为了保持与租界商界的联系，也无视政府禁令，接通租界，激起上海民众的愤慨。许多华人开明人士上书清政府，建议建立由中国政府经营的电话局，以制止外商的蚕食。清政府鉴于民众的呼吁和确有需要，遂决定自建电话局。因受丧权辱国的不平等条约限制，中国政府不能在租界内建电话局，便选定南市作为建局地址。

为筹办电话局，邮传部上海电政局在1906年至1907年间陆续拨款近3万元，由上海电报局主持筹建上海电话局。1906年，上海第一个由中国政府经办的上海电话局在南市东门外新码头里街建成。这个电话局设立于南市东门外，经营由中国政府管

原上海电话局南市总局

辖的华界的电话业务，习称“华界电话局”。该局租民屋3间，作为局房，共有员工19人，局内安装磁石式交换设备，第二年10月，实现了电话通话。1909年，上海第二家华界电话局在闸北开业，南市电话局被称为上海电话局南市总局，闸北电话局称为分局。上海电话局在南市初办时，经营范围仅限南市一隅，申请安装电话的用户很少。为鼓励安装，电话局采取对用户免收租费的优惠政策，直至闸北分局建成，南市、闸北两局能互相通话后，电话局才从1909年8月起，开始向用户收取每月2元的月租费。英商上海华洋德律风公司认为上海电话总局的成立，势必限制该公司在租界外地区任意扩充营业，因此百般阻挠，想方设法不让上海电话局的中继线通过租界，也不出租该公司的电话线路给上海电话局作为中继线，还在沪西、沪北越界筑路地区大量扩展电话用户。因此，上海电话局的经营范围受到极大限制。更麻烦的是上海电话局自开办以来，一直采取低资费招揽用户，并规定华界商民裝置租界电话的同时必须安装华界电话等措施，由于受制于华界电话用户与租界电话用户不能互通，因而华界商民申请安装华界电话的极少。当时租界电话用户已逾千户，华界电话不及百户，举步维艰之下，上海电话总局多次向英商上海德律风公司提出协商，希望华界电话与租界并线，但该公司始终拒绝合作。

1914年2月，上海电话局设局长职务，隶属江苏电政管理局。1917年7月，上海电话局划归交通部。1920年，国民政府交通部在南市中华路大南门处购得地基一块，兴建上海电话局大厦。翌年7月，位于中华路734号的新厦落成。1922年5月29日，上海电话局南市总局由新码头里街租赁的民房迁入中华路自建新厦，并改称上海电话局南市总局，是年末，上海电话局用户发展至681家。到1925年，英商上海德律风公司的越界电话已分布于包括南市在内的各华界区域，迁址于中华路新厦的上海电话局南市总局电话用户也已从最初的97户飙升至2000户，双方的营业差距已逐步减少。1926年，双方最终达成协议，两个电话网实现人工转接，租界电话用户和华界用户实现了互通电话。同年5月，上海电话局南市总局内设立长途电话。1933年，上海电话局的用户达到3123户，电话已进入人们的日常生活，像小说《子夜》中冯云卿那样的小股民都用电话打听“消息”，晚清创办的上海电话局终于迎来了自己的黄金时代。

1955年5月，上海市市内电话局成立，此处改为上海市市内电话局中华路分局。

小南门火警钟楼

近代消防建筑唯一遗存

上海有关辛亥革命的文物古迹不少，但敲响辛亥革命上海起义第一下钟声的小南门火警钟楼无疑是其中最独特的、也是最有纪念意义和历史价值的。当年这个警钟楼不但忠实地守望着一方平安，而且还惊动了如同雄狮般沉睡的中国。

中华路579号，老城厢一个不起眼的院落里，矗立着高达36米的混凝土钢结构井架式建筑，远远看去，就像巴黎的埃菲尔铁塔。这座建筑已经有100多岁了，它就是有名的小南门火警钟楼。它那独特的建筑结构和沐浴过风雨的沧桑气息，令每一位经过的路人都不禁抬头凝视。

小南门钟楼是上海迄今仅存的近代消防建筑。早在明清时期，老城厢一带就成为繁华地区。这里人口稠密，屋舍毗连，且多为竹木或茅草简屋，一旦发生火患，顷刻便成燎原之势。1882年，在老城厢地区出现了最早从事消防的民间组织——北城九铺众安社，此后，以街区、行业为基础结成的民间救火组织不断涌现，达到39家之多。但这些冠以地名、行业名的救火会或救火社往往各自为政，有时一处失火，各社同往救援，冲突时有发生。

1907年，在上海城厢内外总工程局总董李平书与万家公益会总董毛子坚等热心公益人士联名倡议下，将已有的多家救火会联合起来，成立上海救火联合会。着眼于维护主权的救火联合会成立后，开始整顿华界消防，其中，最大的一项举措，就是仿效租界样式，建造一座警钟楼。1908年，联合会向县当局申请拨给用地，上海知县李超琼很快拨出小南门内旧粮仓废址2.5亩用于建救火联合会总部。有了土地，便开始向上海各界发出募金呼吁。没想到道台、知县和巡警总局等总办等地方官员捐款的消息起到不小的宣传效果。老城厢的会馆、公所、救火会、善堂及其他团体纷纷响应，老城厢内主要商号几乎都捐了款，500余家商号捐款额占捐款总额一半，甚至还有来自天

小南门火警钟楼外观

小南门火警钟楼内部

津、福州、汉口商号的捐款。1910年9月，救火联合会在小南门内建造的火警钟楼竣工，它是20世纪初期上海华界最早的火警瞭望塔，也是当时城内最高的建筑。钟楼由求新机器轮船制造厂承建，钟楼为全钢架结构，4柱6层，呈上窄下宽的梯形井架状，高35.2米，以铁扶梯相通，每层相距百级，共设3个小平台和1个大平台。中间设螺旋梯，可拾级回环而上，直通顶层。第四层置铜钟一口，用纯响铜铸成，用机器锤敲击，钟声响彻云霄，传数里之外。顶层为瞭望台，四面有窗，视线极佳，登高远眺，城厢内外一览无余。当年老城厢大多为低矮平房，因此，这个瞭望台足以看到老城厢的每一角落。1910年10月30日，救火联合会举行会所和警钟楼落成大会及试钟典礼。参加落成典礼的有来自救火会的会员1000余人，这一天成了老城厢的节日。一周后，钟楼开放5天，市民竞相登楼参观游览，盛况空前。

钟楼有瞭望警昼夜轮流驻守，由机器操纵铁槌敲钟。钟楼仿照租界的警钟办法，把老城厢划分为几个救火区，一旦发现火情，先击钟25响，稍停顿后，再以击钟次数代表是哪个区发生火情。如现在的复兴东路以前曾是肇嘉浜河道，敲钟一下表示浜北火警、敲钟两下表示浜南火警……围绕着钟楼的是当时上海消防局的营房以及“上海救火联合会”的平房。

高高矗立的火警钟楼日夜监视着四周的火警，忠实地守望着一方平安，然而令创立者们未曾料到的是它居然成了辛亥革命上海起义的见证者。1911年辛亥革命爆发，上海革命党人群起响应，陈其美、李平书、李燮和等议定11月3日举事，南市、闸北联动，南市以小南门警钟为起义信号。当时，上海分为华界地区和租界地区，清政府控制的主要是老城，也就是华界地区。因此，上海革命党人的行动就从位于老城险要位置的小南门钟楼开始，约定11月3日晚以小南门救火联合会钟楼钟声为信号，上海商团各部、敢死队等聚集南市，宣布上海起义。因为这一天是农历九月十三日，所以约定先击钟9响，稍停顿后再击13响作为起义信号。当天钟声敲响后，驻守上海的清军初以为是火警报警，细听后发现是在敲乱钟，一时摸不着头脑。接警后的革命党人向江南制造局、上海道台和县衙门发起猛烈进攻，清政府其实已不堪一击，战斗到次日，大获全胜，上海实现了光复。上海小南门钟楼的钟声，惊动了如同雄狮般沉睡的中国。上海的光复，不仅有力策应了武昌起义，而且对奠定东南大局起了决定性作用。孙中山曾作出高度评价："时响应之最有力，而影响全国最大者，厥为上海。"可以说，警钟楼敲响了清王朝的丧钟，小南门钟楼由此成为标志性的辛亥革命遗址之一。上海有关辛亥革命的文物古迹不少，但敲响辛亥革命上海起义第一下钟声的小南门火警钟楼无疑是其中最独特的、也是最有纪念意义和历史价值的。

1927年，历史又一次将革命使命赋予小南门警钟楼。3月20日，北伐军抵达龙华。次日上午，南市工人在以周恩来为首的中共中央军事特别委员会的领导下，举行第三次武装起义。中午12时，警钟楼又以洪亮的声音，发出革命信号，宣布实行总罢工，开始进行武装斗争。当时，法电、华电工人喊出了"救火钟声响，车子开进厂"意即"钟声一响，便把电车驶进车场”的罢工口号。南市工人纠察队在指定地点集中，听到钟声后，兵分三路攻打反动军警的据点。下午5时，南市工人起义率先取得了胜利。

随着通信事业的发展，小南门警钟楼的报警功能逐渐丧失，巨大的铜钟也不知去向。我曾经循着一百多级台阶拾级而上，再攀着一座小小的木梯，登上钟楼最高处，极目远眺，发现在四周高楼的包围下警钟楼已经失去了昔日傲视四野的优势，远处的黄浦江也被鳞次栉比的摩天楼遮蔽，但我依旧感到了一种震撼，因为我站立的这个有着百年沧桑的警钟楼不仅是老城厢步入近代市政的标志，而且它是上海历史的一个见证。作为一个革命遗迹，它所承载的故事不会在岁月流逝中消失。

小桃园清真寺

闻名海内外的伊斯兰教寺院

“小桃园”3个字是很令人遐想的，总觉得那里应该有一片桃树林，春天开花的时候，满树粉色的桃花，艳丽极了。而那座阿拉伯建筑风格与中国传统建筑风格合璧的伊斯兰教寺院就坐落在一片桃林中，幽深宁静，走进去宛若走入桃花源中，该是怎样的一种意境啊！

小桃园清真寺

小桃园清真寺为阿拉伯建筑风格与中国传统建筑风格合璧的建筑群,它是国内外闻名的伊斯兰教寺院，也是近代传播伊斯兰文化、进行中外文化交流的圣洁之地。

“小桃园”3个字是很令人遐想的，总觉得那里应该有一片桃树林，春天开花的时候，满树粉色的桃花，艳丽极了。而那座伊斯兰教的建筑就坐落在一片桃林中，幽深宁静，走进去宛若走入桃花源中，该是怎样的一种意境啊！当我寻迹而至这座清真寺所在的小桃园街52号时，却发现周围连一棵树也没有，但是环境倒是出乎意外地安静，前面的一大片绿地隔断了尘嚣，使这条小小的街道显得分外清静。清真寺所在的那条路就叫小桃园街，短短的，路的尽头便是清真寺。小桃园清真寺是国内外闻名的伊斯兰教寺院，也是上海最著名的清真寺。因为它位于老城厢的西面，所以人称清真西寺、上海西城回教堂，俗名叫做“西寺”。从外面看进去，红色的外墙，圆形的穹顶，颇为古朴传统的伊斯兰味道，安静而凝重。

小桃园清真寺的建成和一位虔诚的伊斯兰教徒金子云有关。金子云是江苏省南京市人，回族。当年，他随父亲来到上海后，先是经营古玩玉器，后又以此行颇多欺诈不合伊斯兰教规而改为经营南北海味和华洋杂货的元利商行，所经营之海味多来自日本，数量大，销路广，获利颇丰。1931年九一八事变后，他愤然断绝与日商往来，改为从四川等地贩运牛皮，销往欧洲，也获得较丰厚的利润。以前这里确实有过一大片桃花林，那是金子云的私家花园。1917年，金子云出资1.2万余银元，购入南市西仓桥街117号的潘姓绅士的花园住宅，捐作清真寺。该花园虽系私家花园，但桃花盛开时，往往接纳一般市民入内参观。花园无名，因多栽桃树，参观者称之为“小桃园”。日子长了，这一段路名也被称为小桃园街了，在该街设立的清真寺因而也称为小桃园清真寺。捐献之初，金子云特地邀请了清真董事会协董哈少夫到寺作证，舍产入公，勒石声明金氏子孙日后不得对此房产有权利主张。此石现仍嵌在寺内墙体中。6年后，金子云又觉得老式花园住宅不能完全符合清真寺要求，又拿出一万元银元，并请建筑设计单位绘就具有阿拉伯建筑风格的图纸，送请清真董事会协助办理恰当的改建工程。他的建议受到广大穆斯林的拥护和赞助。至今在礼拜大殿的东壁上还嵌着用楠木制成的8块“征信录”，上面详细刊列了数百位捐款人的姓名和所捐金额。工程费用尚欠白银1.01万两，全部由金子云一人补足。工程历时3年，于1925年建成。

新建成的小桃园清真寺为阿拉伯建筑风格与中国传统建筑风格合璧的建筑群。清真寺北向大门为拱形花格铁门，上面门额嵌金色“清真寺”三字。门头横嵌着《古兰经》经文一节：“真主所喜悦的宗教，确是伊斯兰教。”建筑东立面设塔什干柱式门廊，尖拱门窗，屋顶中央与四角设阿拉伯式拱形圆顶，中央大穹顶上筑有望月亭。伊斯兰教发源于西亚，那里气候干燥炎热，所以人们多向往阴凉的绿洲、甘洌的清泉以及夜晚的明月。月亮在他们心目中有神圣的地位。所以，伊斯兰教教历对昼夜的计算以日落为一天之始，到次日之日落算作一天，即夜间在前白天在后。弯弯的新月是伊斯兰教的一个标记，这与它的宗教活动也有密切关系。每年伊斯兰教教历的9月，即莱麦丹月，是穆斯林的斋戒月。斋戒月开始和结束的具体日期，以见到新月的出现为准，即“见月封斋，见月开斋”。所以一般在大的清真寺，都建有望月亭或望月楼，在伊斯兰教教历的8月29日傍晚，由有威望的人登楼望月，看见新月出现，便立即以翌日（即教历的9月1日）为斋月开始，到了9月29日傍晚，再登楼望月，看见新月再出现时，便宣布次日（即教历的10月1日）为开斋节。望月亭是小桃园清真寺中的一个神圣的建筑，穹形亭顶之上竖有高耸入云的星月杆，成为伊斯兰教寺院的重要标志。

跨进小桃园清真寺的大门，迎面便是一个长方形的宽敞庭院。庭院西侧是具有伊斯兰教建筑风格的两层正方形礼拜大殿，宏伟典雅，颇有气势，其大跨拱顶结构为国内伊斯兰教建筑中所罕见。楼下为净高4.7米的正殿，楼上为净高5.7米的二殿，可同时接纳穆斯林1 000人参加礼拜。底层门额悬着刻有“显扬正教”4字的一方匾额，门间镶有两块红木阿拉伯经文对联，上额砌有《古兰经》文一节。在底层和上层之间的西侧，留有一长形缺口，围以铜质栏杆。当时无传音设备，教长率众礼拜，在底层朗诵《古兰经》时，通过此缺口，上层人士也能听到。大殿有3扇正门，12扇各配有25块花纹的玻璃钢窗，4根八角圆柱，中央挂有吊灯，大门之间镶有红木的阿拉伯文对联。大殿的屋顶部分为石子浇灌的平台，平台中央便是四角形望月亭。正中有穹隆大圆顶口，在上层的人士同样也能听到诵经声。殿下底层架空深两米，以防潮，防蛀，防变形。大殿顶上中央便是望月亭，四角还有4座阿拉伯式的拱形圆顶小亭，内各制石方台一块，长凳4条，专供虔诚的穆斯林在此诵念《古兰经》和休息之用。庭院东侧，是一幢中式厅堂结构的3层楼房。2、3层现为图书室、阅览室，里面藏着中外各种版本的《古兰经》和伊斯兰教珍贵文物；底层为讲经堂，内存有清代木刻《古兰经》、乌尔都文注释及印度版巨型《古兰经》，墙上挂有中堂和条幅，以及经文香炉、香案、花瓶等陈设。庭院尽头有五开间的两层楼房一幢，内有教长室、会客室和水房浴室等，所用材料，如柚木大门、钢窗等均自美国进口。建寺以来，寺内曾经举办过各类学校，1928年为上海伊斯兰师范学校建校初期的校址，以后又创办过经堂教育和伊斯兰文经学班。

圆顶楼上现时的图书室、阅览室等，在20世纪30年代曾经作为接待全国各地去沙特阿拉伯麦加朝觐人士的接待处。众所周知，赴沙特阿拉伯的麦加朝觐素为伊斯兰教徒的功修之一，过去主要是走海路前往。朝觐人员先到上海，由上海乘船启程，到达香港，由香港回教博爱社接待，并代购去新加坡的船票。到新加坡后，住三卡夫清真寺，再由新加坡乘船去沙特阿拉伯的吉达港。登岸后，乘汽车去麦加。金子云朝觐期间亲历其旅途之苦。归国途中，在新加坡三卡夫清真寺英籍教长支持下，与在新加坡的英商蓝烟囱轮船公司挂钩，回到上海后，又与上海商业储蓄银行辐射的中国旅行社和太古轮船公司磋商搭乘协议：自1930年起，每年穆斯林朝觐期间，蓝烟囱轮船公司特放一艘专轮，由上海直达沙特阿拉伯的吉达港，大大方便了朝觐教友。于是，陕西、甘肃、青海、宁夏等地准备朝觐的穆斯林群集上海，下榻于小桃园清真寺，由寺中提供膳宿，代为预订船票、舱位，代办出国护照，并由金子云开办的元利商号担保，向海关请准出、进国门免检手续。同时，联系海关检疫所派来医生种牛痘，打预防针，给朝觐人员提供了极大的方便。开船之日，寺中派专车送大家登轮。至1937年抗战全面爆发为止，8年中小桃园清真寺先后接待了1000余朝觐人次。

小桃园清真寺是近代传播伊斯兰文化、进行中外文化交流的圣洁之地。新中国成立后，上海伊斯兰教协会设在这里，小桃园清真寺成为上海伊斯兰教的主要寺院。阿訇买俊三、马儆吾、马宜亭等曾在此主持教务，并传播“尊经革俗”的伊赫瓦尼派思想以及适应潮流的宗教教育思想，来沪参观的兄弟民族穆斯林几乎都要到此瞻仰、访问和礼拜。新中国成立初期，陈毅市长亲赴小桃园清真寺视察，并拨款修缮。改革开放以来，历届政府落实宗教政策，多次资助修缮。逢主麻和重大节日，众多中外穆斯林来寺参加聚礼；许多伊斯兰教国家政要和知名人士也络绎来访瞻礼。小桃园清真寺已成为上海穆斯林与海内外穆斯林深厚友谊的象征。

龙门邨

绵延一个半世纪书香的弄堂

龙门邨是上海最有书卷气的所在，这里曾是清朝著名龙门书院所在地，龙门邨之名就源于此。这里也是名闻遐迩的上海中学诞生地，上海中学迁到上海南校新校舍后，为了表示它与龙门书院的渊源，学校的主教学楼就叫做“龙门楼”，一直延续到今天。

龙门邨门楼

在老西门西侧的尚文路133弄坐落着一座中国古典牌坊式的门楼，高大的弄门挑高足有两层半，四角飞檐的屋顶，气势不凡，下有拱形入口，上面用繁体字书写着“龙门邨”三个大字，再上面还有“1935”字样。龙门邨是上海最有书卷气的所在，这里曾是清朝著名龙门书院所在地，龙门邨之名就源于此，这里也是名闻遐迩的上海中学诞生地，上海中学迁到上海南校新校舍后，为了表示它与龙门书院的渊源，学校的主教学楼就叫做“龙门楼”，一直延续到今天。也许正是因为有这样的文化底蕴作铺垫，步入其间，你会感觉到绵延了一个半世纪的书香至今在空气中氤氲弥漫，挥之不去。

龙门邨的历史悠久，却始终离不开“风雅”两字。这块土地原为上海名绅毛祥麟外祖母家邢氏的桃园，春天桃花盛开时，满园花开如锦，美不胜收。嘉庆四年（1799）春，由光禄寺典簿李筠嘉购得，建为私家花园别墅，名为吾园。园内有带锄山馆、红雨楼、潇湘临溪屋、清气轩等，绿波池上有鹤巢，常有仙鹤出入其间。园内植竹千竿，池中有鱼数千尾。李氏后得露香园桃种，在园中种植桃树百株，并遍植奇花异草，成为一所景色宜人的名园。擅长书法的李筠嘉，在嘉庆八年（1803）创立吾园书画会，先后有113位书画家，在吾园挥毫泼墨，共作有书画作品251件，李氏以《春雪集》辑其精华出版，广为流传。李氏还为他母亲请得诰命，在园内建造了一座石牌坊。1826年，江苏巡抚陶澍因公来沪，计划在城内扩建先棉祠，即黄道婆祠。于是，他收买了吾园一部分，作为祠址。1853年，小刀会起义时，吾园大部分被毁，但先棉祠依然存在。1865年，热心洋务的道台丁日昌创建龙门书院，院址设在当时的上海县城南园原蕊珠书院湛华堂内，即今凝和路乔家路口。1867年，巡道应宝时从道库中拨出一万两银子在吾园旧址即今尚文路河南南路兴建龙门书院院舍，落成后有讲堂、楼廊舍宇共41间，还从薛家浜路引水向北回环书院，当时的龙门书院宛如建在浜中央，周围溪流环绕，柳树成行，环境十分清幽。龙门书院初创时，由应宝时亲自出题，让苏州、松江、太仓三府举人、贡生、童生等应答，从290份答卷中评选出20名作龙门书院首期学生。之后，每年录取住读生30名，由道台亲自选定。书院礼聘名师主讲，以程朱理学为尚，提倡躬行实践。对每个入学者，发生活补贴费以解后顾之忧。龙门书院第一任院长是当时江南名士顾长誉。这是个知识渊博、德高望重的文化名人，他呕心沥血为书院发展打下了良好的基础。1876年，道台冯焌光拨款增建校舍10间。书院屏壁上有题词曰："读书先要会疑，学须于无疑中寻找疑处，方为有得。"对当时龙门书院的学风，胡适曾撰文称："上海龙门书院学生，无一不有自由研究的态度，虽旧有山长（指老师），不过为学问上之顾问，至于研究发明，仍视平日自修的程度如何。"在书院发展史上贡献最大，影响最深的是第三任院长刘熙载。他是清朝著名的国子监司业，清皇室诸王子的老师。他主张弘扬"为学要不疑处有疑，才是进步"的中国传统文明书院精神。刘熙载是龙门书院任期最长（13年）、成就最卓越、学生最信服的院长，赢得了各界人士的敬重。在他精心管理下，龙门书院得到空前的发展，培养了一大批在近代史上很有影响的优秀学子，如黄旭、张焕纶、李平书等。

1905年，科举废除，龙门书院改组为苏松太道立龙门师范学堂，并增建中式楼房24幢，西式楼房7幢。辛亥革命后，学堂改名为江苏省立第二师范学校，办学成绩卓著，为江苏全省师范之冠。1927年6月，改组为江苏省立上海中学。1932年标卖原校旧基，在上海县吴家巷建造新校舍（即今上海中学所在地），1934年底落成后迁入新校。1935年，内地地产股份有限公司将原校基地规划成53块土地出售，由业主各自建房。当年，大小老板蜂拥而至这块风水宝地，他们先买土地，再各自请建筑师设计、建造。因此，和其他上海弄堂整齐划一的建筑式样不同，弄内房屋各种建筑风格争奇斗艳，异彩纷呈。主弄两侧分布着6幢独立花园住宅、68幢新式里弄住宅和两幢石库门住宅，每幢建筑式样都不雷同，有的为中式，有的为西式，有的采用西方古典主义风格，也有的为当时西方流行的装饰艺术派风格，房屋之间的间距宽敞。建成后成为老城厢里难得一见的整洁优雅的里弄，弄口高大巍峨的牌坊式门楼上“龙门邨”3个大字由皖南休宁书法家、曾任上海文史馆馆员的朱曙先生在1935年题写。

从尚文路有着飞檐顶饰的南门进去，眼前豁然开朗，只见宽阔的弄内遍植花草树木，住户阳台窗前的夹竹桃开着一大片红艳艳的花，把整条弄堂烘托得热热闹闹，生机盎然。离弄口不远的10号是一幢3层独立西式花园住宅，门楣上有当时名人墨客伊立勋的题名“仁庐”两字。建筑式样为中西融合，并设置高高的清水青砖围墙。见乌漆实心的厚木大门敞开着，我便信步走了进去，原来里面是一家画廊。这家画廊占了仁庐的一半面积，一道竹篱笆把这间对称结构的房子分成了两半，一半是画廊，另一半还住着居民。黑漆大门里是青石板铺就的小庭院，庭院里沿墙种着竹子，中间一条甬道，两侧是各种花草树木。初夏时节，绣球花正在绽放，水缸里养着的睡莲荷花，刚露出尖尖角，一边是回字形图案的石拱门。进入画廊，可看到天花板上的石膏吊顶上精致的花纹图案，嵌在马赛克地坪上的风水铜钱当是旧物，依旧完好保留着。楼顶晒台的烟囱上，围砌的青砖刻着工匠的名字。走出10号大门，一路看去，见弄内名称为“庐”的大宅还真不少。30号是比较典型的石库门，宽敞的两厢一堂三开间门面，石库门门楣上方的穹形下雕刻着狮子戏球图案，下有“厚德载福”匾额，里面天井里可看见1、2楼的红色木格子窗间石墙上雕刻着装饰艺术派风格的图案。在71号的石库门黑漆大门两侧的门框上居然刻了两串铜钱，大有招财进宝之意。弄堂里其他房子也都气势不凡，它们大多有着精美的门楼、敦实的大门、漂亮的门环以及精致的铁艺阳台和木制落地花格窗，怪不得这条弄堂又有微缩的万国民居群之誉。唯其如此，龙门邨吸引了不少老外和时尚人士前来居住，我发现这些新主人大多把它们装修得颇具老上海风情。

龙门邨东邻迎勋北路，这条路在1964年前称为龙门书院路，之前吾园主人为他母亲建造的石牌坊曾移到此处，1973年被拆除，原地建造起一幢简陋的新公房。一路走去，看到龙门邨的民居前散落着几组老上海儿童嬉戏的雕塑，有踢毽子、斗鸡等，造型生动有趣，颇具海派风味。在龙门邨弄堂拐弯处

龙门邨内雕塑

的一面绿色常春藤掩映着的墙下有一座雕塑，雕塑一边是一个宽阔的石台，石台立面上镌刻着“龙门邨的历史沿革1865—1935”字样。石台上安放着一本石砌的打开的书籍，上面刻写着龙门邨的历史。旁边站立着两尊铜铸雕塑，一位是身着长衫，手握书卷的长者，长者背后站着一位穿西装戴领带的年轻人，这组雕塑形象地表达了龙门邨传承的中西相融的历史文脉。弄堂底的出口在先棉祠街，不过，如今在先棉祠街已经见不到先棉祠了。

虹桥路历史文化风貌区

绿荫深处的欧式乡村别墅群

虹桥路历史文化风貌区以成片的欧式乡村别墅为特色。风貌区内建筑密度低，植被茂盛，环境幽雅。作为1901年所筑的自然生态良好的越界道路，100多年来虹桥路经历了从传统的自然乡村到西方人周末度假别墅区，再到20世纪上半叶产生的成片豪华花园住宅，逐渐形成了上海罕见的被参天树木和大片绿茵包围的乡村别墅群，有着犹如世外桃源般的风貌特征。

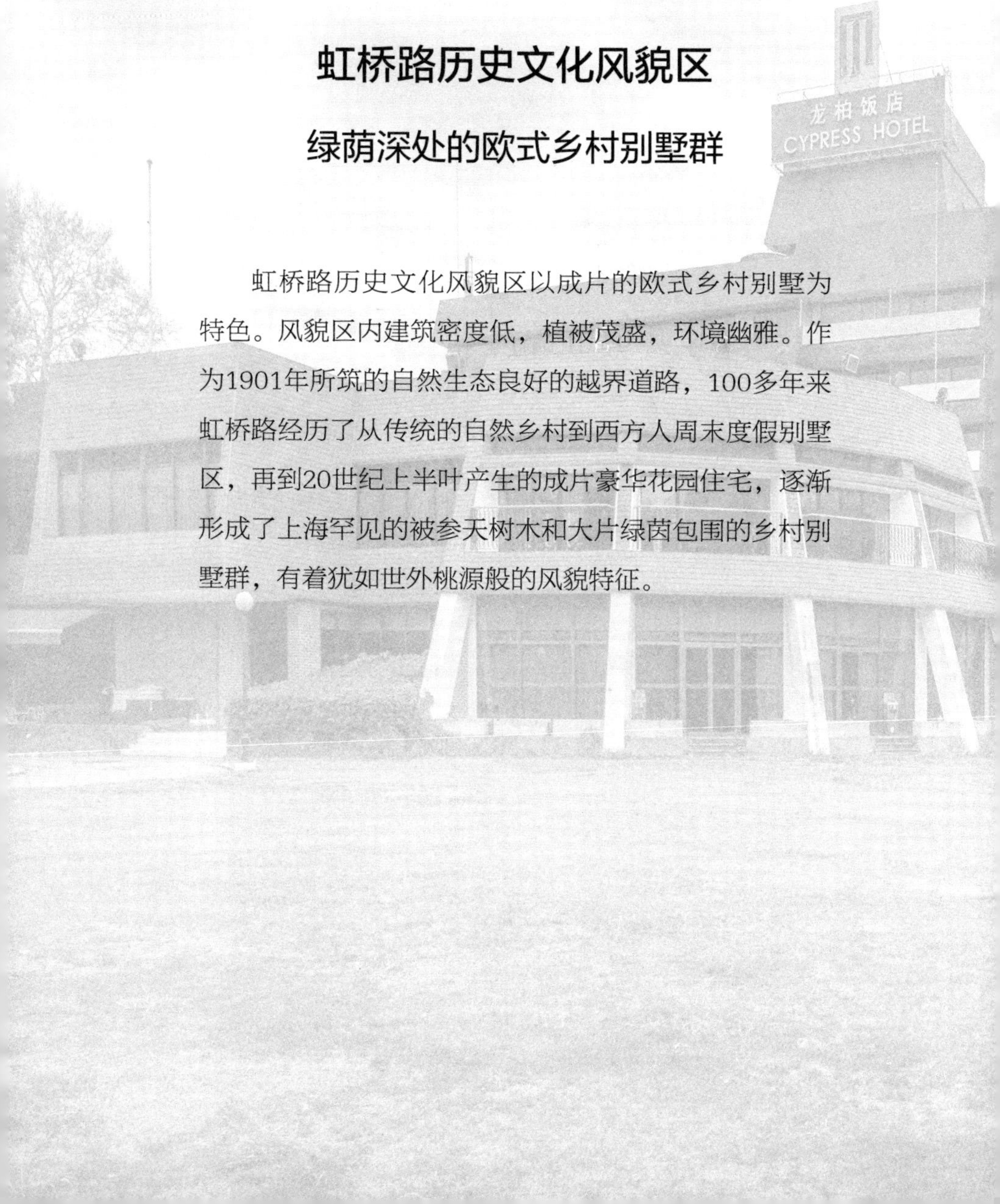

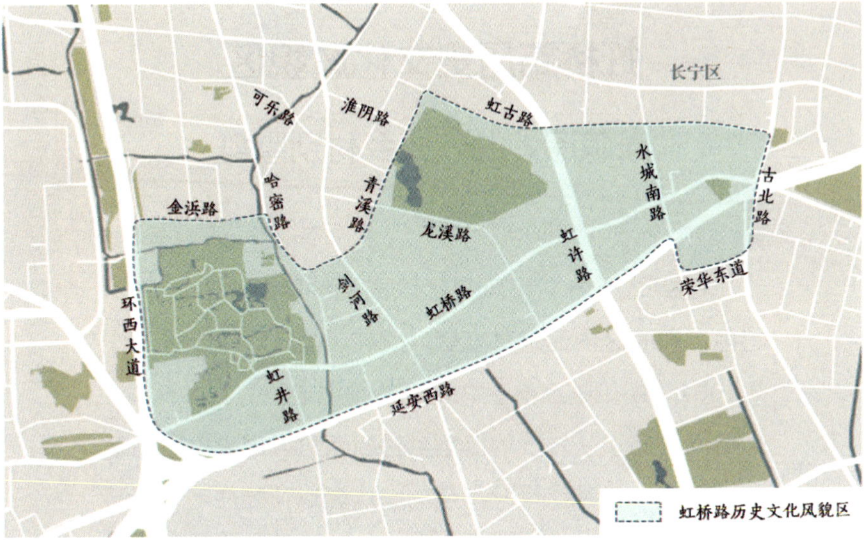

虹桥路历史文化风貌区示意图

在虹桥路历史文化风貌区坐落着成片的有着田园风味的乡村别墅，它们散落在高楼大厦的阴影之中，悄然隐匿在幽幽绿荫之下，一如既往地不事张扬，浑身上下弥漫着神秘的气息，就像一个个世家子弟，带着以往岁月积淀起来的骄矜和遗世独立的孤傲。

虹桥路是虹桥国际机场到市中心的主要交通干道，如今沿线分布着一幢幢风格不同、异国风情浓郁的独立式花园住宅，这些住宅大都隐匿在大面积的庭院绿化之中，路人很难窥见它们动人的风姿，但只要深入其间，无不令人惊艳。现在这里的花园住宅大多被改建为宾馆、疗养院，如西郊宾馆、龙柏饭店、市工人疗养院等。

昔日富豪的度假别墅

电影《唐顿庄园》让我们得以一窥古老的英式庄园，庄园里边际遥远的碧绿草坪和点缀其间的百年老树、花园里盛开着的玫瑰等生动展现了英国乡村别墅古朴宁静的田园风光，而室内维多利亚时期的装饰、火光熊熊的壁炉、精致的英伦下午茶以及餐桌上摆放的蜡烛、花朵等奢华场景则可以一瞥已经没落甚至消亡的神秘老派的英式贵族生活。英国作家杰里米·帕克斯曼认为“在英国人的脑海里，英国的灵魂在乡村”。帕克斯曼说：英国人坚持认为他们不属于近在咫尺的城市，而属于相对远离自己的乡村，真正的英国人是个乡下人。一个真正的英国绅士，一定是热爱乡村野趣的。因此英国的很多私家庄园都坐落在远离尘嚣的乡村地带，周围有大片的青草地和精美的园林建筑。住在乡下，拥有一座庄园，是英国人最理想的生活方式。部分英国人的心里，最理想的生活是赚到足够的钱去乡下买一座庄园，坐在洒满阳光的小客厅里喝茶、看书，等待访客按铃。

不知道是不是受英国人影响，老上海的一些有钱人也都是向往田园生活的。20世纪30年代，地处西郊农村的虹桥路还是一片清幽的乡野风光，四周遍布农田，绿树成荫，空气新鲜，那里是商贾、官僚们假日跑马和度假之地，此后便兴起了一股建造度假别墅之风。诚如张爱玲所说，有人发了财，就到虹桥路上买地盖别墅，如今虹桥路两旁散落着的异国风情浓郁的欧式别墅大都是那时建造的。别墅的主人除外籍地产商人外，大多是官宦显贵、富商买办之类，如怡和洋行、美孚石油公司等外籍企业，孔祥熙、白崇禧等官僚政客以及民族资本家荣鸿元、郭琳爽等。虹桥路上的别墅也是张爱玲小说《半生缘》的一个重要景点，曼祯姐姐的家“祝公馆”就在那里，这座公馆没有左邻右舍，前后都是荒地和菜园。当然，那只是张爱玲为小说设计的一个场景而已，真要去考证，那是一定要失望的。不过，你可以由现在的古北路起，沿着虹桥路往西走，一路上你会发现许多藏在绿荫深处的花园住宅，管自低调地美丽着。

虹桥路古北路口原来也有几座洋楼，现在只有一座伫立在延虹绿地的东头，那是一座仿城堡式的西欧别墅。屋顶如头盔，有挑出老虎窗，正面有露台、门廊，西侧是个圆形碉楼。淡黄的墙赭红的瓦，在绿地里十分醒目。新中国成立前沪上达官贵人、外籍侨民的疗养胜地就在现虹桥路伊犁路口的上海市血液中心内，这里原是防痨专家丁惠康于1934年出资建造开办的肺结核疗养院，后成为虹桥疗养院。里面有罕见的百年大阪松等名贵花木，景色宜人，空气清新，的确是一处疗养胜地。

虹桥路1430号别墅，曾是中国四大家族之一宋子文的公馆。这是一幢建于20世纪30年代左右的假两层英国乡村式别墅，红瓦白墙，局部贴有泰山面砖，顶坡斜长，建筑平面呈曲折形，东面的配楼1层，整个建筑高低错落有致。建筑南立面有两个块面的屋面层，露出两个三角形山墙木构架老虎窗，分别有4扇窗户。整个南立面2楼为平板瓦屋面覆盖，底层用砖石砌筑并围以清水红砖柱廊，北立面成双重板瓦屋面，两处三角形山墙木构架和窗户水平拉通，白色山墙黑色木构架外露，室内木质大梁相互交错，颇有英国乡村原始质朴的建筑田园风味。这幢建筑在不同平面位置有4座附墙烟囱，主建筑的3座烟囱都是4排出烟口，配楼也有3个出烟口穿出屋面，且造型独特，犹如一座难得的艺术作品。原先它的东侧是农田，有一条20多米的水泥小路通向侧门。南北分别有几千平方米的花园。别墅正南是一个略近长方形的大花园，内有池塘小桥，南端是一条清澈的小河，园内绿树葱茏，芳草萋萋，四季花香，春夏鸟鸣，十分优美雅静。现北面因虹桥路几次拓宽，花园已消失。

离宋子文公馆不远的虹桥路1440号，名为申康宾馆，里面坐落着11幢西班牙式别墅，每一幢别墅都拥有自己独立的花园，四周用冬青树围着，若隐若现地露出当年精心侍弄过的草坪。这些花园别墅建于1925—1935年间，当年它是旧上海民族工商业者、外籍人士等社会名流居住的花园别墅区。花园里广栽松、柏、棕榈等树木，并有大草坪、扇形花坛和组合盆景等，一条东西向的道路将它分成南北两个区。穹形的窗户、砖红色的筒瓦、窗户间的罗马柱传递着西班牙建筑的风情，一切都是静静的，带点儿慵懒，那是老上海特有的遗韵。这些别墅间距开阔，相互疏离，这不仅为建筑物提供了呼吸的空间，也使别墅主人的隐私得到了很好的保护。

虹桥路历史文化风貌区局部鸟瞰

都市里的神秘芳园“美华邨”

虹桥路中山西路口坐落着的美华邨，始建于20世纪30年代，由18幢花园别墅组成，曾是昔日虹桥路上最大的花园别墅区，被描绘为都市中“神秘的芳园”。走进美华邨，最让人惊艳的是这里的绿，它们大片大片极奢侈而炫耀地释放着，十几幢或红或黄、或红白相间的小楼就这样散落在这肆无忌惮的绿色里。除了茂密的树林，花园里还有人工池塘，上面覆盖着浮萍，幽静中透着苍凉，显得落寞，只有鸟儿在树丛间鸣叫，营造出几分怀旧、几分清新的氛围。

美华邨9号别墅是陈纳德将军和夫人陈香梅的寓所。1944年，刚从香港岭南大学毕业的陈香梅加入国民党中央通讯社昆明分社，成为中央社有史以来的第一位女记者。抗战结束后，她调往上海中央通讯社工作，凭着熟练的英语和深厚的文学功底，赶赴抗战一线，采访援华空军“飞虎队”总指挥陈纳德将军，一段旷世奇缘从此拉开帷幕。陈纳德将军是美国人，第二次世界大战期间他在美国召集100多名飞行员和300余名机械人员、文职人员组成有名的“飞虎队”（原名美国空军志愿队）来中国协助训练中国空军。中日正式宣战后，空军志愿队改为14航空队，与中国空军并肩作战，帮助中国人民打击日本侵略者，击落了2 000多架敌机。他还开辟“驼峰航线”，飞越喜马拉雅山，将重要的战略物资从印度运送到中国，建立了举世皆知的功勋。初次见面，陈香梅就被这位少将的风采深深吸引。她称陈纳德为将军，而将军则唤她“小东西”。两人的相爱始于两年后的上海，但这段感情开始并不顺利，陈纳德比陈香梅大30多岁，甚至比她的父亲陈应荣（国民政府外交官）还大1岁；他们的宗教信仰也不同，陈纳德是基督教，陈香梅是天主教。陈香梅的外祖父廖凤舒（廖仲恺胞兄、曾任国民政府驻日本、古巴等国大使）很喜欢打桥牌，陈纳德是桥牌高手，于是，他每个周末都设法到陈香梅外祖父家里跟他打桥牌、聊天。渐渐地，这个中国家庭接纳了这位美国女婿。

美华邨里的陈纳德寓所是一幢英国都铎式假3层别墅，建于1935年。建筑屋面陡峭，檐口大幅度外挑，墙面木结构外露，建筑的窗子大多是方形的，窗框周围有凹凸的竹节状线脚装饰。屋顶有伸出屋面的烟囱，屋架下还有锤状装饰，这幢黄墙红顶的别墅在绿树的掩映中显得格外醒目。门厅前有绿荫棚架，室内盘旋而上的楼梯上方各式造型古典的吊灯成串垂下，显得豪华气派。屋前是中国式的大庭院，绿茸茸的草坪四周嘉木成林。1947年12月21日，陈纳德将军与陈香梅的结婚典礼就在这座别墅里举行。那天，别墅里所有的壁灯都点缀着青翠的松柏枝叶，由1 000朵白色菊花装饰的大花钟垂悬于天花板下，厅堂和走廊里摆满了亲友们送的花篮花束。披上了雪白婚纱的陈香梅与她的将军在大花钟下互相许诺终身相守。婚礼上，小型管弦乐队奏起了《允诺》《你是我的阳光》《你的眼睛是甜酒》等欢快的乐曲。新郎用缴获的日本军刀切开了大蛋糕，宾客们纷纷举杯庆贺，新郎新娘在大厅中翩翩起舞。曲终人散后，陈纳德拿出一个用红丝带系着的淡黄色绸子做的小盒子，陈香梅以为是首饰，可打开一看，居然是一把金钥匙，那是美华邨5号的大门钥匙，上面附着的一张小卡片上写着：“送给我亲爱的小东西，连同我完整的爱。”

陈香梅回忆与陈将军在美华邨生活的时光时写道：“该处境地清幽，无市声之扰，屋后有园地，植瓜蔬，种花果。三月春花放，九月鸣蝉，自有一番幽趣……清晨起来，到楼东看日出；晚间无事，在月影下散步；有时邀二三密友到家里玩纸牌，听听音乐，逸兴横飞……”陈纳德夫妇在这里一直住到他们1949年春天离开上海。现在，房屋依旧，不知游走其间的人知不知道这里曾经的风华？

美华邨1号别墅是上海黑人牙膏厂老板严伯林于1937年建造的，这是一幢两层西班牙风格与中国民居样式相结合的中西混搭别墅。西班牙风格主要表现在红圆筒瓦缓坡屋面和细部处理，面向草坪南面2楼的木结构挑台则有着典型的中国民居风格。建筑南面有宽敞的大草坪，周围种有各种植物以及高大的樟树、梧桐等。据说，宋美龄曾在此居住过。后来，这幢房子的主人又成了上海金融和实业巨子李咏裳的侄女婿俞开龄，俞开龄是上海圣约翰大学的高才生，后留学美国。在美华邨居住时是他事业鼎盛期，家中高朋满座，宋子文、梅兰芳都是他家常客。陈纳德和陈香梅住在美华邨时，同俞家也常有往来。

绿荫丛中的花园别墅群

古北路到虹梅路一段，有好几十座小楼隐身在路边的绿树之后。虹桥路1518号是一幢造型别致的假3层砖木结构德国式花园住宅，约建于1930年代。建筑立面丰富，层次分明。平面布局呈H形，中间低，两边高，屋面上散落着5座烟囱。东西两处3层建筑为三坡屋面，折线檐口，上有三角形双坡老虎窗，山墙面裸露绛红色交叉式木构架，其余墙面均为淡黄色水泥拉毛粉刷，东侧2层处有凸窗。西侧山墙外原为覆盖三坡屋面的一层平房，20世纪90年代改建为3层圆形攒顶建筑，中间两层为二坡屋面。南面中间面向

龙柏饭店

花园草坪处设八字形7级石阶可直达底层平台，平台上有矮栏贯通围护，经平台过门廊便是大厅，大厅东侧为会客厅，西侧为餐厅、厨房。2、3层为卧室、书房、起居室等。东侧山墙也有门廊和2楼平台，这里是建筑的主入口。这幢建筑原本有一个很大的花园，后因在此增建了几幢建筑，花园已缩得很小，在花园西南角上，有一座大理石喷水石雕。这里原本是一外国人的房产，1941年太平洋战争后被日伪强占，抗战胜利后成为蒋介石的战将白崇禧的别墅。

在虹桥路1704号坐落着一幢3层花园别墅，外墙为红机砖清水墙面，跌破式折坡屋面，折线形檐口，上面覆盖着红色平瓦，纵横交错的屋面高低起伏，屋面上散落着好几座砖砌烟囱。新中国成立前，这幢花园别墅里住着一位时任国民党空军军事顾问的德国将军，上海解放前夕，德国顾问离沪回国，后该别墅由原南京军区空军接管。虹桥路2260号是民国四大家族之一孔祥熙的旧居，建于1935年以后，为东西两幢两层楼的西方现代派建筑。四坡屋面覆盖红色机制平瓦，有一双坡老虎窗。精致的罗马柱、雕花的阳台围栏和雕花玻璃显出一丝西洋古典主义风格。东侧的一座北立面主入口正对虹桥路，入口大门前有一个很大的门廊，上为带混凝土栏杆的平台。南立面中央底层为双柱门廊，两侧为带栏杆的平台。两侧大块墙面凸出，分作四坡屋面，墙角饰以隅石，门廊下是通向花园的5级石阶。进门即是大客厅，左右两侧分别为会客厅、起居室、卧室、书房等，2楼中间是敞廊，入内为起居室、卧室、书房等。西侧的一幢洋楼更为精致，四坡屋面挑出大檐口，中间为半圆形门厅，外挑的门廊饰有4根科林斯柱，2楼阳台也有两根科林斯柱支撑，并有精致的白色铸铁栏杆。底层两侧窗户上方饰有一组中间大两边小的半圆形窗楣板，2楼则为斜板窗楣板，都有漩涡式牛腿支撑，显得十分灵动。东侧山墙有凸窗，上面覆盖着三坡屋面，西侧山墙有进门和双柱雨篷，覆盖三坡屋面。原先两幢别墅中央有一个大草坪，草坪中的六角亭采用中国传统式样。东边的一座建筑在虹桥路拓宽时，为了保持建筑的完整性，不得已将门廊平台的一部分留在了虹桥路野奴泾附近的人行道上，看上去有点怪怪的。孔祥熙1948年离开中国定居美国纽约的里弗代尔，直至1967年逝世，没有回来过。现这里为上海警备区第三招待所——云峰宾馆。

新中国成立后，西邻的高尔夫总会改建为西郊公园。20世纪80年代沙逊别墅扩充改建为一所园林别墅式现代宾馆，因院内遍栽龙柏，故名龙柏饭店。基地环境建筑与庭院结合布局，其主入口设在主楼西侧，留出南面和东南的大片绿地延伸融合原有绿地。除沙逊别墅外，这座花园式饭店里面还包容了英国古典乡村式、西班牙式及其他欧美式和日本现代式别墅共71座。

如果说，虹桥路上的老房子是这条路的魂，那么这条路上新建的高级住宅则是它的血脉，它们与老房子交相辉映，为虹桥路历史文化风貌区增添了一些时尚与华丽的元素，使之重新焕发出勃勃生机。

上海盲童学校

一个英国人对中国的报答

盲童学校的创办人是英国人傅兰雅，他被誉为“传科技之火于华夏的普罗米修斯”。这位操着一口纯正汉语的英国人，几十年在上海生活，他喜欢骑马，喜欢读古典话本小说，喜爱和中国文人们一起饮酒作乐。为了报答中国，傅兰雅在晚年倾自己数十年积蓄创办了上海盲童学校，并让他在美国留学的儿子毕业后来沪主持盲童学校校务。

在虹桥路历史文化风貌区里有一所盲童学校，这是上海唯一一所教育培养视力障碍儿童、青少年成长的学校，也是上海特殊教育历史最早的学校。它就坐落在虹桥路1850号。

虹桥路上的盲童学校很美，很宁静。有着近百年树龄的大树冠盖如云地护佑着学校的安详，校内绿叶葱茏，大片碧绿的草坪如茵，中间坐落着一组英伦风情的建筑群。12幢英式传统建筑统一的黛瓦陡坡屋面，檐下装饰精致的线脚，窗前设置白色宝瓶状围栏，清水红砖墙面，白色窗框，立面简洁，色彩明朗。12幢建筑围绕中央草坪布置，以白色栏杆连廊连接，下雨天穿越校园可做到脚不沾泥，可谓周到。这组建筑群中以位于中心的行知楼造型最美，这幢楼坐北朝南正对大操场，红砖墙面，转角处为仿石处理，三角形山墙开设圆形窗，北面中部二层凸出形成一入口门廊，屋顶老虎窗及烟囱对称布置。周围建筑围绕四周，一派祥和氛围。

这所盲童学校创办于1912年，已经有100多年历史了。学校的创办人是传教士英国人傅兰雅。他被誉为“传科技之火于华夏的普罗米修斯”。

傅兰雅1839年8月6日出生于英国肯特郡海斯小城的一个牧师家庭，他从小喜欢阅读有关中国的书籍，喜欢听人讲述在中国的见闻，年少的傅兰雅最大的梦想就是去中国，同学们因此给他取了个绰号“中国迷”。1861年，22岁的傅兰雅从伦敦海伯雷师范大学毕业后，马上申请到香港的一所教会小学——圣保罗书院任教。在中国的最初几年里，傅兰雅很快显示了自己的语言天赋，他不仅掌握了汉语，而且学会了说广东方言；为了学习中国上流社会使用的官话，他到北京同文馆做了一年英文教习。1865年，他又去上海，在英华书院教20个商人的儿子学习基础英语，这为他今后踏入中国上层社会，积累了人脉。

不久，他应邀担任《中国教会新报》的主编。傅兰雅在这份报纸上介绍西方的科学、教育和新闻，亲自撰写文章和社论，对中国对上海发表评议，并向清政府建议：让大部分中国学生花3年时间学习外语，然后送他们到欧洲的大学留学。这下子，引起了中国官员的极度不满：你一个外国人，凭什么成天在一份教会报纸上对中国事务指手画脚？这下他的主编位置坐不下去了。1868年，傅兰雅被迫离开了这家报社。但傅兰雅是不会自甘寂寞的，这年春天，清朝重臣曾国藩在上海创办了近代工业企业江南制造局，在制造局里建立了一个翻译馆，邀请中国科学家徐寿、华蘅芳、李善兰等译书，并高薪聘请在华的外国人。江南制造局总管徐寿给傅兰雅签发了一份聘书，傅兰雅收到聘书后，就辞去了英华书院之职，去上海制造局翻译馆从事西方科技著作的翻译工作。傅兰雅在高昌庙附近租了一所中国式的院落，每天乘坐轿子前往翻译馆上班。下班后，他经常约上几个好友乘马车进城，参加各种社交活动。这位操着一口纯正汉语的英国人，喜欢骑马，喜欢读古典话本小说，喜爱和中国文人们一起饮酒作乐。就这样度过了长达28年的翻译科技书籍生涯。在艰苦而寂寞的译书工作之余，傅兰雅于1874年创办了旨在普及和推广自然科学的格致书院，格致书院就是如今格致中学的前身。现格致中学校园里还竖立着徐寿和傅兰雅的全身铜像。创办格致书院两年后，傅兰雅又自费创办了《格致汇编》刊物——这本创刊于1876年2月9日的刊物是中国近代最早的一份科技杂志。1879年，傅兰雅被推举为上海益智书会总编辑，他主持编译了50余种科学教科书和数十种教学挂图，其中他亲自挂帅编译了《格物图说》10种和《格致须知》（27种）科学入门书。傅兰雅和《格致须知》《格物图说》和他在江南制造局的译书，组成了由浅入深的科学译著系列，成为中国人了解和学习西方科学知识的窗口。由于在中国传播西学成就卓越，傅兰雅获得了清政府的嘉奖，授予他三品官衔。

1896年6月，傅兰雅回美国度假。他原计划在美国住5个月，可是加利福尼亚大学聘请他担任东方语言文学教授，他欣然应聘，就此结束了在上海长达35年的生活。从1897年至1903年，傅兰雅每年都要回上海译书，并会见老朋友。一次，著名教育家黄炎培先生到美国访问，在朋友介绍下来到加利福尼亚傅兰雅家中。“我叫傅兰雅，在中国担任翻译物理、化学几十年了。”傅兰雅用汉语流利地说。“哦，我读过你译的书。”黄炎培高兴地说。傅兰雅说：“我几十年生活在上海，全靠中国人民养我，我必须想一个办法报答中国人民。我看，中国学校种类已经很多了，有一种学校中国还没有，就是盲童学校，因此我已经让我的儿子专门学习盲童教育，现在他已毕业了，先生能否帮助带他到中国去办一所盲童学校？”傅兰雅诚恳地说。黄炎培很感动，回国后就为傅兰雅托付的事情到处奔忙。1911年，在黄炎培的帮助下，傅兰雅倾数十年积蓄创办了上海盲童学校，1912年11月，傅兰雅之子傅步兰在美国结束学业来沪，主持盲童学校校务。当时，盲童学校租赁四川路

上海市盲童学校

176号民居作为临时校舍，学校开设教盲童习字、手工的课程。1913年，选址今江苏路约12亩地建造校舍，为购置此地，傅兰雅又捐白银1万两。1915年秋迁入新校舍。学校分设文化、音乐、工艺等科，并开设了幼稚园和小学部。那些已具有小学毕业程度，并有能力升学的盲生，可升入圣约翰大学附中及大学部，与非盲生共同学习中学、大学的文化课程。随着盲校的发展，校舍日趋拥挤，而江苏路地价高涨，难以扩张。为筹集办校经费，傅兰雅曾5次回国向各界募捐。终于于1928年在今虹桥路1850号购地建造英式校舍。因劳累过度，这一年的7月2

日，傅兰雅在美国加利福尼亚州奥克兰城家中病故，走完了他89年的人生旅途。

3年后的1931年年末，虹桥路盲童学校校舍正式启用。

校长傅步兰主持上海盲童学校工作历时38年，于1949年9月30日退休，1950年4月离沪回国。1952年6月，该校被上海市人民政府接管。

傅兰雅把一生中最好的年华全部献给了上海。他促进了西方文化在上海在中国的传播，推动了上海和世界文明的接轨，中国人永远记得他为中国作出的贡献。如今，傅兰雅和他的儿子傅步兰创建的上海盲童学校也已成为虹桥路历史文化风貌区的一道隽永的风景。

姚家花园

深藏在西郊宾馆里的“怪屋”

姚家花园看上去像是一座石头房子，室内布置小桥流水，假山坡地，营造出一种“曲院深几许，春意浓满庭”的野趣。在这里可以卧看月缺月圆，细数漫天星星；观赏聆听芭蕉夜雨，竹叶敲窗；静候姹紫嫣红的花朵盛开，何等浪漫！尤其是冬日，室外纷飞的大雪触手可及，室内壁炉里火光熊熊，饮酒品茗，堪称人生快事。

虹桥路1921号坐落着的西郊宾馆是海派园林式宾馆的代表，宾馆门前一道绵延数百米的围墙挡住了人们的目光，也使得这座花园别墅式国宾馆显得格外神秘莫测，围墙里高大茂密的树木忠诚地守护着这片幽静的所在。英国女王伊丽莎白二世、日本明仁天皇、美国前总统布什、美国前总统奥巴马、德国前总理科尔、苏联前领导人戈尔巴乔夫等国内外名人政要都曾在此下榻。进了宾馆大门，路两侧林木森森，郁郁葱葱的大树把四周染成一片浓得化不开的绿，清新的空气扑面而来。突然间有小松鼠从脚下呼啦窜出，而头顶又有不知名的鸟儿扑啦啦飞过，端的是一派恬静的田园风光。除了一年四季花香不断，在西郊宾馆里还可以看到一棵有着300余年历史的紫藤以及隋炀帝为之不惜修凿大运河下扬州的珍贵的琼花。独特的香榧园也是西郊宾馆所特有的。园内湖池清流、丘陵平冈以及成片的风景林和大草坪，形成了中西结合的具有海派风格的园林。其浓郁的自然气息达到了明代计成在《园治》里提及的造园最高境界，即“虽由人做，宛自天开”。

4号楼又名“紫竹楼”，这是西郊宾馆里最著名的一栋楼。4号楼是个谜，一个被朱德称为怪屋的地方，因为这幢楼太特别了，当时在全国堪称独一无二。要进入4号楼，必须通过一条小路，小路不长，但两边茂密的植物将小路夹成了一条窄窄的小巷，就显得有些悠长了。曲径通幽处有一片长满了水莲的池塘，池塘上一座小桥通向对岸的一座掩映在绿树丛中的小楼。过了小桥慢慢走近小楼，只见屋檐下“紫竹楼”3个竖写的行书金字在刷成浅灰色的横条木板墙上比较醒目，用虎皮石砌成的一楼

西郊宾馆正门

外墙颇具野趣，门前有简洁的雨棚，那是这栋楼的后门。沿着小路向前，绕过去便是正门。

这幢楼原是位于淮阴路上的姚家花园。姚家花园的主人叫姚乃炽，新中国成立前是中国水泥厂的总经理，这个厂生产的泰山牌水泥曾用于钱塘江大桥、中山陵等工程，还远销中国香港和东南亚地区，是与日货抗衡的著名国货品牌。说起姚乃炽先要说说他的父亲姚锡舟，姚锡舟是姚新记营造厂的创始人，上海第一幢钢筋混凝土结构的大楼、德律风电话公司的大楼就是姚新记建造的。外白渡桥、中央银行大楼、上海造币厂、法国总会等当时结构要求非常高的建筑营造工程中都有姚锡舟的参与或是领导。最让姚锡舟名扬四方的是南京中山陵的一期工程，当时采取竞标，姚新记中标，虽然因时局原因他亏了14万两规元银，但他抱着“国父坟再蚀本也要做，质量绝对保证”的原则，保质保量完成了工程。这件事为他赢得了诚信的声誉，很快成为上海滩有名的水泥大王。1921年，姚锡舟和协盛营造厂创始人张继光合办了中国水泥公司，由长子姚乃炽出任总经理。

1938年，姚乃炽决定在淮阴路200号建造一幢他向往已久的花园住宅。姚公子是位新潮人物，他喜欢标新立异。他在一本美国杂志上看到了一幢名为流水别墅的建筑，被建筑的美深深震撼，决定要为自己建造一所类似的别墅。姚公子看中的流水别墅是由现代主义建筑设计四大师之一的美国著名设计师弗兰克·劳埃德·赖特设计的富商私宅，坐落在溪流的上游，是山溪旁的一个峭壁的延伸，生活空间靠着几层平台凌空在溪水之上，仿佛从那里飞出来一样，与自然环境巧妙地融为一体，这幢别墅于1938年建成后即成为美国近代建筑史上的经典之作。姚乃炽在西郊自然水系的旁边选择了建造未来别墅的场地，聘请了姚家世家汪敏信工程师、汪敏庸结构师合组的协泰建筑事务所，实际设计出自建筑师鲍立克之手，圣约翰大学建筑系第一批毕业生、同济大学李德华教授和王吉螽教授参加了设计。他们参照姚乃炽从国外带来的杂志照片，融入他所要求的审美理念，设计、承建了这栋具有超前理念的现代式建筑。

姚家花园于1938年设计，到1948年才建成，从设计到建成化了整整10年时间，建成后名为姚氏花园住宅。其占地约7公顷（70 000平方米），建筑面积仅930平方米，可见花园之庞大。这幢建筑采用了西方现代建筑“流动空间”的原理，强调平面的自由和空间的灵活。同流水别墅一样，姚宅也将毛石作为装修的主调。外墙采用色彩斑斓的虎皮石砌筑。进门正对一片火烧石墙面，延续至大起居室，同样也延展到大起居室边上的一个小一些的起居室。火烧石的表面上了一层清漆，消解了石头表面粗糙的触感，长久下来，这些石块已被引入室内的流水的水汽滋润得溜光水滑了。整个建筑看上去就像是一座石屋，故有“石头房子”之称，也被人们称之为“怪楼”。

楼前有宽广的大草坪和花园，园内古树参天，四季花卉争奇斗艳，花园四周砌筑了高高的围墙。住宅平面为套间布置，极少走廊，立面采用不同的层高将主楼各层功能分开。设计师巧妙利用地形，将别墅建在前后起伏的坡地上，形成高低错落的效果。看似一层，实为两层。下层为半地下室的餐厅、大厅，上层中部是客厅，南面挑出阳台，西侧为起居室、卧室。室外的流水流入起居室内，滋养着花花草草，充满天然野趣之美。

由门厅进入起居大厅后，可沿着开敞式楼梯上楼，也可去往旁边的大餐厅。楼梯护栏是用毛竹做成的，平添几分山野之趣，楼梯中间还有个过渡的平台，平台上用毛竹搭了座亭榭式的小酒吧，茅草覆顶，富有农舍情调。大厅内设小型电影银幕，还设有专用厕所。厨房、保姆房设在东西向辅楼内，由走廊连接在一起。2楼平面布置环绕中央的大起居室，安置了壁炉的一面墙用乱石砌成，使人感觉仿佛进入了深山老林；南向为大玻璃棚，外挑阳台，东西两侧为起居室、卧房。一楼起居室内布置小桥流水，假山坡地，奇花异草点缀其间，各式喷泉亦散置其中，充满自然情趣，大有“曲院深几许，春意浓满庭”之意境。当时大型钢结构玻璃幕墙的建筑在上海还很少见，用于住宅更是绝无仅有，姚宅的这个起居室上面整个是玻璃顶棚，一直延伸到地面，仿佛是个小水晶宫，室内室外景致互相交融。玻璃顶棚上方有可以滑动启闭遮光帘，能够挡住夏日的炎热。室外的绿荫透过贯通到地面的玻璃引入室内。坐在起居室里可以卧看月缺月圆，细数漫天星星；观赏聆听芭蕉夜雨，竹叶敲窗；静候姹紫嫣红的花朵盛开，何等浪漫的雅趣！起居室两侧为两组卧室，一组由一间卧室、一间梳妆室和一间卫生间组成；另一组由3间卧室和一间卫生间组成，起居室北面是通向底层大厅的楼梯和书房。别墅室外小丘上还设有游泳池，游泳池顺着地形起伏，下水口处垒有巨型石块，倚石而栽的紫薇，花枝横斜池内。精心设计的室内庭院空间与室外自然环境融为一体，体现了人与居住空间、居住建筑与环境的和谐共存。

姚家要造这样一座与众不同的豪宅，和主人姚乃炽的个性和兴趣爱好不无关系。这位子承父业的姚公子酷爱爵士乐，他在自己家里组织了一个爵士乐团，当年乐团常常在这个石头房子里排练。姚夫人是位混血儿，她的父亲郎德山是当时大名鼎鼎的中国魔术大师，曾在欧洲巡演并大获成功，还娶了个匈牙利籍妻子，姚夫人是他第二个女儿，除了貌美，还会吹拉弹唱走钢丝。有道是主雅客来勤，有了这样一个宽敞舒适又别致的别墅，平时姚家花园别墅里派对不断。与别家不同，这里不用出门，就可赏花听雨，尤其是冬日，室外纷飞的大雪触手可及，室内壁炉里火光熊熊，饮酒品茗，其乐无穷。这让姚家花园的名气越来越响。

20世纪60年代，姚宅被纳入西郊宾馆，成为接待国家领导人的地方。朱德、叶剑英等都是这里的常客，还有很多重要的国际会议也在此召开，如2001年上海合作组织成员国六国元首的非正式会晤；APEC会议期间中美最高领导人之间进行的“中美峰会”；2011年的亚太经济合作组织第九次会议等。2014年5月，亚信会议第四次峰会在上海召开，习近平主席欢迎各国元首和施放礼炮的仪式，也在此举行。

罗别根花园

地产大亨沙逊的私人别墅

作为一个超级富豪，沙逊在上海的生活是惬意的，也是放荡不羁的，世人称他为花花公子。当年罗别根别墅里有英国管家和各司其职的仆人，和同在虹桥路的伊甸园不一样，单身的沙逊只在这里接待自己最私密的朋友，包括他喜欢的女人。只是一生拥有无数情人的沙逊直到耄耋之年才新婚，在第一次世界大战中因左脚负伤而致残的沙逊解释自己一直不结婚时，说："我会妒忌自己健康漂亮的孩子"。

虹桥路2310号坐落着一幢经典的英国乡村式别墅，它就是罗别根花园，因为靠近罗别根路（今哈密路）而得名，这是老上海地产大亨沙逊的私人别墅。根据当时中国政府与外国列强签订的各种条约，外国人不得在上海租界以外拥有土地权，因此，罗别根别墅是由沙逊洋行在1930年以大中实业公司的名义购置的。

沙逊的这幢别墅由沪上著名的建筑设计单位英商公和洋行设计，从英国进口橡木和其他材料，于1932年建成。按照沙逊的要求，公和洋行建筑师完全按照英国乡村别墅的风格设计建造。罗别根别墅建筑平面采用不规则布局，外形分割而整体相连，主体建筑横向置于北部，下人卧室、厨房、炉子间位于主屋后部，车库、马厩、花房置于西侧。别墅主楼以中间为轴线，两侧不严格对称，东西两端各设计一尖角顶架，外露粗大的木构架涂以灰黑色，屋顶为斜陡的坡顶，上盖红褐色瓦片，与粉墙相辉映，底层外墙红砖清水勾缝，对比强烈的色彩增加了建筑的立体感。长方形的钢门、钢窗多为落地式，底层的窗户还用隅石作窗套，于是就有了一点古典主义色彩。底层的中轴线两侧设计为用砖砌成的蔟柱支撑的敞廊，面对花园，低低的踏步体现了建筑与大自然的贴近。夏日在廊下消暑，可以避雨，也可以遮挡烈日，敞廊上面是阳台，花园的北端紧靠虹桥路，建筑北立面两侧是以当时非常新颖的高岭土耐火砖砌成的外墙和烟囱，显示出现代气息。主屋两侧种植了芭蕉、罗汉松、盘槐等树木以及四时花草，南面为大草坪，草坪西北角种有两株并列的悬铃木，下置秋千荡椅，在北面铁门进口花园的左侧花坛里，有一个赤足站在花座上的大理石欧洲女孩塑像，姿态曼妙地站在绿树下，烘托出英国乡村田园的闲适风情。整幢建筑在颇具自然野区的大面积绿地衬托下，显得格外古朴典雅。

主楼坐北朝南，东部为2层，中部和西部为一层。南入口处有一大平台，门后设有走廊，穿过走廊是200平方米的宽敞大厅，大厅东首为宽敞的餐厅，餐厅往后是书房，2层朝南有两间主人卧房和起居室，北面是储藏室，西面是卫生间和小楼梯及一条小小的长走廊，建筑内部共有大小房间12间。室内家具大都采用橡木和柚木制作，门窗选用带有疖疤的木料，并保留粗糙的斧凿痕迹，细微之处亦透出古朴的乡土气息。2层与屋顶天花粗大的木构架全部外露，白粉墙上屋架梁柱和墙壁衔接处用黄铜雕花包边装饰，壁灯嵌入墙内，外面有铜制罩面，暖气水汀片外有精美的铸铁雕花围栏，所有的窗框、门套都有螺旋式木纹雕刻，壁炉却是用水泥和清砖砌筑的，没有任何装饰，显得古朴而厚实。

维克多·沙逊1881年出生于英国的一个犹太贵族家庭，中学在哈罗公学，大学是剑桥三一学院。沙逊青年时代爱好航空，第一次世界大战中他曾参加英国皇家空军，作战时因左脚负伤而致残，人称“跷脚沙逊”，又因其为世袭准男爵，人称沙逊爵士。1923年，沙逊来到上海，作为一名天生的赌徒，沙逊把毕生赌注都押在了当时号称冒险家乐园的上海。靠着鸦片和银行贸易，他迅速聚敛钱财，成为上海滩首富，很快便造起了沙逊大厦、汉弥尔登大楼等十几幢高楼。20世纪30年代，地处西郊农村的虹桥路还是一片清幽的乡野风光，四周遍布农

上图：罗别根花园侧面　　　下图：罗别根花园正面

田，绿树成荫，空气新鲜，那里是商贾、官僚们假日跑马和度假之地，随之便兴起了一股建造度假别墅之风。1930年，喜欢跑马的沙逊购得程家桥一带共104亩土地，兴建起了两处别墅，一座是位于今虹桥路2409号的“伊甸园”，另一处就是罗别根花园，伊甸园主要用于招待客人，而罗别根花园才是沙逊自用的花园别墅。作为一个超级富豪，维克多·沙逊在上海的生活是惬意的，随心所欲的，也是放荡不羁的，世人称他为花花公子。沙逊热衷赛马和狩猎，沙逊在罗别根别墅的马厩颇为壮观，每逢周末，他经常出外遛马，他开设的第一家酒吧就命名为“马与猎犬”。他还喜欢派对和舞会，引进了欧洲下午茶的传统到上海。作为一个狂热的摄影师，他使用上海滩第一台禄来福来相机拍下这座城市的照片以及他所感兴趣的东西，如帆船、情人和赛马。沙逊还喜爱漂亮的女演员，只要有轻歌剧团到上海演出，总会有一两个合唱队女队员被他选中，作为维克多爵士秘书处的临时成员出现在薪金发放名册上。他对待任何让他动心甚至隐约动心的女人，喜欢赠送给她们当初稀有的法国玻璃丝袜，一出手就是两打，而对于自己真正喜欢的女人，沙逊出手更是慷慨大方，比如他遇见美国作家项美丽后，送给她的礼物就是一辆新式雪佛兰轿车。当年出现在赛马会上的沙逊身边少不了打扮时尚的漂亮女人挽住他的手臂，在众目睽睽下款款而行。

作为英国籍的犹太人，沙逊保持着英国人的生活习惯。平时，他除了住在外滩的沙逊阁外，还经常会住到这里。当年罗别根别墅里有英国管家，各司其职的仆人，包括花匠和中西餐厨师。沙逊家宽敞的餐厅里放置着一张特别长的餐桌，这张餐桌至少可容纳20人同时用餐，也可用作自助餐的餐台。别墅前的大草坪是喝下午茶的极佳场地，碧绿的草坪上摆放着铺着雪白桌布的圆桌，圆桌上有刚刚从花园里采摘下来的带露水的鲜花，有着英国庄园的风范，不过，这里的下午茶派对沙逊只邀请小范围的朋友来聚聚。罗别根花园是沙逊心灵的港湾，安放他乡愁的地方。和同在虹桥路的伊甸园不一样，单身的沙逊只在这里接待自己最私密的朋友，当然包括他喜欢的女人。只是一生拥有无数情人的沙逊直到耄耋之年才新婚。沙逊解释自己一直不结婚时说：“我会妒忌自己健康漂亮的孩子”。

悄然隐于虹桥一隅的罗别根花园，命运却颇多波折。1941年太平洋战争爆发，日军进驻公共租界，沙逊的全部财产归日伪所有，罗别根花园亦被侵占。因日伪急需用钱，便将租界外的这份财产卖给了一个叫做赵志模的人，而后者又将其转卖给了金兆海，金又将它转卖给了上海寅丰毛纺织公司，成为公司老板的私宅。1948年后，国民党军队为了防御和抵抗即将南下的中国人民解放军，征用了罗别根花园的若干土地，在这里建造碉堡等军事防御工事，所以到上海解放初，罗别根花园的实际面积只剩下近百亩了。1956年，寅丰公司老板举家迁往香港，罗别根花园遂归上海纺织局所有，长期作为纺织系统的疗养院。20世纪90年代，纺织局又将该别墅租给了海南置地集团上海总部。因为沙逊别墅典型的英国乡村别墅风格，有多部影视剧在里面拍摄，其中就有张国荣拍摄的电影《红色恋人》。

伊甸园

沙逊的度假和避暑之地

伊甸园是当年沙逊和他的部下周末度假和夏日避暑之处，并用于招待客人，类似于今天的私人会所。“伊甸园”的名字富于诗意，可见沙逊这位成功的商人也不乏浪漫情怀。这幢别墅里的楼梯、家具、壁炉和所做的装饰都是英国乡村住宅的古老式样，沙逊深深的思乡情结不难窥见。

沙逊别墅院门

沙逊别墅简介标志

很少有地方会像虹桥路2409号的伊甸园一样，先后两位主人都是老上海呼风唤雨的商业巨鳄。这让这幢上海滩最大的私人别墅充满传奇色彩。

这幢别墅的首任主人是英籍犹太人维克多·沙逊，他是外国人在沪最大的房地产商，在外滩、南京路、福州路等上海滩黄金地段拥有10多栋高层建筑，在20世纪30年代，这个英籍犹太人可谓执上海房地产业之牛耳。那时，在沪外国人争向西区发展，他们有了钱，就到虹桥去造别墅，形成了在虹桥路周围大肆购地建造别墅的高潮。沙逊仗着财大气粗，一下子在虹桥路一带圈进了上百亩土地，于1932年在虹桥路上建造了两幢别墅：一幢是位于今虹桥路2310号的罗别根花园，一幢是位于今虹桥路2409号的伊甸园，世人称之为“姐妹花园别墅”。两幢别墅距离不远，罗别根花园是沙逊的私宅，与高尔夫球场相邻的伊甸园是当年沙逊和他的部下周末度假和夏日避暑之处，并用于招待客人，类似于今天的私人会所。

“伊甸园”的名字富于诗意，可见沙逊这位成功的商人也不乏浪漫情怀。商场如战场，战斗时间长了自然要有地方卸下盔甲，放松身心，当时的西郊一带人烟稀少，还是一派乡野风光，是理想的休闲之地。英国人都是喜欢田园生活的，英国籍的沙逊自然也不例外，他的这两幢豪宅就是典型的英国乡村古典别墅风格，别墅里的楼梯、家具、壁炉和所做的装饰都是英国的古老式样。据说当年沙逊建造这座别墅时，曾不惜工本地从英国运来了橡木和其他建筑材料，这座小楼的门窗一律采用带有疖疤的木料，以突出英国乡村别墅的古朴风味。沙逊深深的怀乡情结可见一斑。

伊甸园的平面采用不规则布局，东部2层，中部和西部均为1层。底层基础采用砖石砌筑，楼层建筑为砖木结构，在山墙和正背面外墙上都有半露木构架作装饰，红砖勒脚，屋顶为红瓦陡坡，屋檐平面悬挑于山墙之外，粉黄色外墙。加上周围一片的绿荫绿草，红、黄、绿3种色彩融合在一起，给人以格外清新明朗的感觉。这幢建筑的门窗非常有特色，它们一律选用带有疖疤的木材制作，并保留其粗糙的斧凿痕迹，显示古朴、原始的乡村气息。建筑坐北面南，南入口处设置7个石阶高的宽敞大平台，正门设在主楼与辅楼连接处。由台阶拾级而上进入门厅，门厅的南面是起居室和餐厅，北面是会客室兼书房。起居室内高高的木构架完全裸露在墙面，充满田园风味。其西南角凸出，设置木壁和木窗围护，同样凸出的西北角设有取暖的大壁炉。餐厅竖向布置与起居室连通，并连通大平台出口。东部2楼为卧室。别墅辅楼平面为Y形，这样可以形成3个对外的空间，西南面空间形成广场，中间设喷水池，周围是供主人出入的回车道。东南面空间面向庭院绿化。北面空间为汽车库、厨房工作间。

别墅坐落在一大片绿色的草坪中间，四周环绕着高大茂密的绿树和奇花异草，园内龙柏成林，还有雪松、香樟等，各种异国风情的雕塑点缀其间。园中还有可供垂钓的池塘，池塘上架有一座石板小桥通往别墅，是典型的英国式园林布局。草坪一端还设有一间玻璃花房，四时花卉可赏可取。花园深处还设有马槽和饮水池。这个占地60亩的古朴典雅的英国乡村庄园风情的别墅，建成后成为上海最大的私人花园豪宅。外滩沙逊大厦内，每天需要鲜花，专门有人驱车几十里路，到伊甸园来取花。每逢周末，沙逊便到这里度假，或到贴邻的高尔夫球场打球，在空地上遛马，尽情享受他的闲居生活。沙逊好客，经常会在这里举办盛大的宴会，届时，伊甸园周围总要张灯结彩，彩灯从花园里一直延伸到虹桥路上。宴会酒菜一般由华懋饭店承包，唯时令蔬菜一直要到下锅前半小时，才到附近沙逊开辟的一个菜园内采摘，以保持鲜嫩欲滴。伊甸园的极尽奢华浪漫，成为当时上海人口口相传的传奇。

天下无不散之筵席，伊甸园的安宁欢乐也终将随风而逝。不过，沙逊没有想到，他在伊甸园里的好日子连区区10年都不到。

1941年的太平洋战争爆发后，伊甸园和罗别根花园一样被日本人强占，由于它靠近虹桥飞机场，便成了接待日本军政人员进出飞机场的招待所。日本投降后，心灰意冷的沙逊以12万美元的低价卖给了当年上海金融业的巨子、宁波人厉树雄。在老上海工商界享有举足轻重地位的厉树雄，1891年出生于上海的一户书香官宦之家。他18岁时就在上海房地产业中初显身手，在今淮海中路、常熟路口建造了上海的第一幢公寓大楼“厉氏大厦”。24岁时随北洋政府工商总长张謇所率商务考察团赴美参加庆祝巴拿马运河通航活动，美国总统威尔逊在白宫还接见了他。1915年到1925年期间，厉树雄在江苏、浙江、安徽开办了多家电厂、电话公司和自来水公司，将江西景德镇的瓷窑改为电力照明，继而又在20世纪30年代创办了上海毛纺织厂、信和纱厂、纶昌纱厂和印染厂，拥有“多面能手”的美誉。沙逊与厉树雄是老相识，他很欣赏厉树雄诚实端正的作风。同样是中国商人，厉树雄讲信用，重名节，加上他还讲得一口流利的英语，两人很快成了朋友。沙逊曾对厉树雄说：“假如有朝一日我要给这栋别墅找买家，你是首选。”后来，他找到了厉树雄，向他说明了自己要以12万美元出售这栋别墅的意图。厉树雄当然知道，12万美金买这样一栋豪宅是太便宜了，但以厉树雄当初的财力却无法一下子拿出这笔钱，但两人还是想到一个折中的办法：分三期付款，最后一期必须在1949年底付清。后来厉树雄用他的实际行动证明了他的信用并非浪得虚名，在1949年底之前果然付清了所有的欠款。

“沙逊别墅”从此成为“厉树雄别墅”。1946年，厉树雄在自己的这座别墅里成立起“虹桥俱乐部”，俱乐部实行会员制，会费每人500美元。吸收的会员绝大多数是上海和南京财政金融界中的头面人物，如各大私营银行和信托公司的董事长、总经理、监事长等，也包括国家金融机构的要员，此外，还有开设在上海的外资银行如汇丰、麦加利、花旗、大通、华比等银行中的“洋大班”们。因此，当年曾有位会员开玩笑地说道：“假如在某个星期天中午有一枚炸弹落在俱乐部的房顶上，第二天中国的金融就会出现一片混乱。”虹桥俱乐部有个英文名称Country Club，意译是乡村俱乐部。每到星期天中午，一部部各种型号的私家车便陆续驶进俱乐部大门，下车的那些绅士、淑女们大多是刚从西邻的高尔夫球场中打过了球到这里来午餐的。若是风和日丽，他们一边在遮阳伞下摆出的铺着洁白桌布的圆桌旁坐下，一边欣赏着园内美景边优雅地品尝着由这里的厨师精心制作的法式大餐。草坪上衣香鬓影，嘉宾如云，宛若沙逊当年的伊甸园盛况。据说，因为蒋介石与厉树雄是同乡，当年蒋介石外出时，常借虹桥俱乐部候机。

厉树雄于1948年末离开上海去了香港，这所俱乐部也随之关闭。上海解放前夕，陈毅率军进入上海市区前，曾将这里作为临时指挥部。全国解放前夕，厉树雄举家迁往香港，此处因无人管理被房管部门接收，一度作为机场招待所使用。20世纪80年代末，上海建造龙柏饭店时把这幢有传奇色彩的别墅保留下来，如今此地仍由厉氏后人居住。

美丰银行别墅和泰晤士报别墅

它们在魔都花样年华的见证

上海美丰银行和《上海泰晤士报》在老上海分别有过一段辉煌的日子，只可惜都是昙花一现，不久就随风飘逝。在它们多舛且短暂的生命里，这两栋在其全盛时期创建的别墅是它们在魔都曾经花样年华的见证。

虹桥路2419号的龙柏饭店是一座有着大型森林花园的饭店，有着世外桃源般的景致。里边坐落着两幢优秀历史建筑，它们承载着老上海十里洋场的一段历史。

这两幢建筑分别是龙柏饭店2号楼和3号楼。

从虹桥路进入龙柏饭店，在进门处东侧可见一幢两层砖木结构的西班牙别墅建筑，现为龙柏饭店3号楼，这里曾是雷文住宅，雷文的名字如今已被淹没在历史的尘埃中，知道的人不多，在20世纪30年代，他是上海美丰银行的创办人和董事长，所以这幢别墅又称为美丰银行别墅。

上海开埠后，外商纷至沓来。1904年1月，一个叫雷文的美国人从芝加哥来到上海滩，毕业于加利福尼亚大学的雷文进入工部局工务处任东北区工务监督。1907年脱离工部局自组中国营业公司任经理，他利用在工部局工作时获得的有关道路扩展的信息，进行地产投机。1914年，作为中国营业公司常务董事的雷文审时度势，在深入研究了上海的特点和需要后，便与《大陆日报》编辑C.H.Homer、礼明律师事务所合伙人William S.Fleming等发起创办普益信托公司，雷文任董事长。这是上海成立的第一家信托公司，营业处所设在江西路，不久迁至最繁华的南京路。为了更有利于自己在上海的发达和巩固自己的地位，雷文决定首先成立一家银行，专门从事金融业务，以谋求美商在华贸易的便利。1917年，雷文在美国康涅狄格州注册，1918年美丰银行总行在南京路29号开业，雷文自任董事长。雷文很会做生意。譬如在招揽存款方面，美丰银行在上海大做广告："本行地处繁盛住居中心，为商贾仕女所必经之地，存

龙柏饭店3号楼(原美丰银行别墅)

支款项极属便利”“能赚不能积，一生徒劳力”“世事变迁风驰电掣，唯储蓄足以抵制也”等，这些广告语颇有含金量，顾客曾多达8 000余户，其中以旅沪美国侨民居多，俄国侨民次之，而中国人相对较少。可见上海美丰银行在外国侨民中有较大影响。它的口号是“打造属于你的银行”。这家规模不大的银行，在进入20世纪30年代，它的实收资本突飞猛进，很快进入了全盛期。1930年，雷文想在虹桥的高尔夫球场即今天的上海动物园附近购地造一个自己的乡村度假别墅，他请了邬达克为他的别墅设计。雷文看中邬达克不是没有理由的，早在1920年，邬达克就为他在今四川北路河南中路上设计了一幢美丰银行大楼，设计这幢大楼时，邬达克刚到上海两年，他还只是克利洋行的一名普通设计师。美丰银行大楼朴实无华，简单的功能主义表达，却已显示出这位天才设计师的才华。10年后，雷文把自己位于今虹桥路2419号的度假别墅放心地交给了已成立五年、口碑不俗的邬达克打样行。

邬达克为雷文设计的别墅是一幢两层砖木结构的西班牙式建筑。这幢别墅在继承西班牙传统的基础上将传统建筑中的可发展的细部和符号进一步强化，形成鲜明的建筑特色，如阳台是花式钢栏杆，由螺旋牛腿支托，主入口做白色荷叶形门套等设计手法，都使得建筑具有非常独特的可识别性。同时，在建筑造型上又巧妙地融入西班牙城堡建筑特色，如淡黄色鱼鳞纹水泥砂浆外墙、缓坡红色圆筒瓦屋面、实木板门、出屋面的烟囱用连续尖拱、钢窗及花式钢栏杆等。颇为引人注目的是火焰形券主入口大门，荷叶形白色门套为别墅增添了几分柔美。大门上方牛腿支撑着的阳台竖立着花式钢栏杆，竖线条中夹杂着心形，浪漫而别致。一侧2楼窗间是螺旋形柱饰隔开的穹形窗。这幢别墅还有一个特别之处，其上2楼由室外楼梯直接进入，这个楼梯立面造型好似一只杯子的手柄，曲线流畅，楼梯下面还有一个圆拱。高出屋面的烟囱用连续尖拱，这也是西班牙建筑的特色。建筑周围原有较大花园，因龙柏饭店开设虹桥路通道和虹桥路拓宽，现花园很小，别墅也成了虹桥路上的临街建筑。好在这里周围都是绿树，这幢别墅仍然具有较好的环境。

1931年“九一八”事变后，普益集团在各地经营的房地产失利，美丰银行也受冲击，于1935年宣布破产，这幢别墅卖给旧上海著名的“面粉大王”和“棉纱大王”荣德生。新中国成立后，别墅由市政府接收，改为内部招待所。现属龙柏饭店3号楼。

经过90年的风风雨雨，美丰银行别墅虽稍显落寞，但昔日风采未减。邬达克与一般建筑师不同，他设计的每一件作品都是独一无二的，它们散落在上海的各个角落，不张扬却又执拗地坚持着自己与众不同的个性。正如建筑大师贝聿铭先生所说：邬达克的建筑过去是，现在是，并将永远是上海城市轮廓的一抹亮色。他设计的一幢幢建筑构建起来就是那个记忆中的老上海。

龙柏饭店进门东侧的深深庭院里还藏着一座英国式乡村别墅，它就是原泰晤士报别墅。1785年在伦敦创刊出版的《泰晤士报》历史悠久，是世界上最有影响的报纸之一，原名《每日天下纪闻》，1788年改用现名，属汤姆森报业集团，它基本反映英国官方对重大内政、外交政策的观点，被认为是英国的第一主流大报，并被誉为“英国社会的忠实记录者”。1843年，随着上海开埠，在众多外国资本涌入的同时，《泰晤士报》也没有错过这个走进中国的好时机，在上海设立了派驻机构，美国传教士李佳白还曾是该报记者。1901年，《上海泰晤士报》创刊，此报又译为《泰晤士报申报》，是一份在上海出版的英文报纸，发行量曾一度达到行业第三的位置。

这幢假3层别墅建成于1932年，红色平瓦陡坡屋面，屋顶变化丰富，层次分明，立面2层以上绛红色木构架外露。朝南屋面东侧还建有个单坡老虎窗，除木构架和清水红砖墙体外，其余刷成白色。南面挑出几何形水泥栏杆阳台，底层形成都铎式3扇连续拱形长窗，中间一扇为落地窗，有3级红砖砌筑的台阶，台阶下是一大片宽阔的大草坪。上部露台前设置连续都铎式拱券栏杆，露台通往有3扇落地钢窗的室内。北面有一设计精致的入口门厅，一侧有红白相间的墙体，上饰木格子墙，覆“人”字屋架，门厅屋面盖红色机制平瓦，下设3格红砖台阶。进门为客厅，后面是楼梯间和附属用房，底层设有会客厅、起居室、餐厅、厨房等。2楼为卧室、书房。整幢别墅掩映在茂密的绿树丛中，住宅门前有一条小溪潺潺流过，小河岸边还设置着太湖石驳砌而成的河岸，院子里古木参天，其中一棵200年树龄的白皮松，分外苍劲古朴。现在这里属于龙柏饭店2号楼。

1941年，日军曾一度占领这幢别墅，抗战胜利后仍归还给《上海泰晤士报》，该报于1949年停刊。新中国成立后，这里由人民政府接管，作为内部招待所使用，20世纪80年代后归龙

龙柏饭店2号楼（原泰晤士报别墅）

柏饭店使用。在《上海泰晤士报》多舛且短暂的生命里，虹桥路2419号的这栋英国乡村别墅式住宅可谓是个见证者。

这座别墅如今藏在龙柏饭店深深的庭院里，假如没有人指引，不容易找到，我当初便是以探险的心情去寻觅的，当你蓦然和它相遇时，一定会有惊艳的感觉，寻找的疲惫顷刻之间便烟消云散了。

息焉堂

虹桥深处的拜占庭教堂

息焉堂是上海唯一一座拜占庭风格的教堂，也是邬达克在上海留下的最具神秘色彩的作品。这种中世纪保留下来的融合欧亚文明的拜占庭建筑风格似乎只有在遥远的土耳其才能见到，一旦在上海邂逅便会有惊艳的感觉。

在上海西区虹桥路往西，有一条可乐路。这条路的路名有点匪夷所思，它好像和可口可乐没有任何关系，而为什么叫可乐路至今仍是一团迷雾。长期以来，可乐路就好像深藏在上海动物园后面的一个神秘世界，高高的围墙、稀疏的住宅、式样奇特的教堂、老虎的啸声构成了一种诡异的氛围。那种氛围多数是因为那座拜占庭风格的息焉堂，它就坐落在新泾港西岸的哈密路剑河路交界处西侧的可乐路上。

息焉堂是上海唯一一座拜占庭风格的教堂，也是邬达克在上海留下的最具神秘色彩的作品。息焉堂的设计完全沿用了拜占庭建筑的大气沉稳，使得整座教堂处处透露着神圣的感觉。

从哈密路一拐弯，迎面便见一座高高的方形钟楼和翡翠色的圆形穹顶，高耸的窗在主楼上划出两道优雅的弧线，这种中世纪保留下来的融合欧亚文明的拜占庭建筑风格似乎只有在遥远的土耳其才能见到，一旦在上海看见就有一种惊艳的感觉，它就是息焉堂。息焉堂全称为“息焉公墓圣母升天礼拜堂”，或称为“罗别根路西人公墓礼拜堂”，原为天主教息焉公墓建筑的一部分，为信徒举行安葬仪式祈祷时使用，故亦称安息堂。“息焉”意为“息于此”，顾名思义，这里是信徒去世以后安葬安息的地方。公墓是复旦大学创始人马相伯与天主教会著名人士何理忠、彰显庭等发起筹建的，1925年竣工，用以安葬家人和其他教徒。由哈密路进入墓区要过公墓桥越过新泾港，公墓大门在公墓桥东堍，门首有“息焉公墓”拱额，系马相伯先生亲自题写，桥西堍有“上天之门”的横额。1966年，坟墓和建筑顶上的十字架均被捣毁，拱额等也不见了踪影，空留下一座凝固着历史沧桑的教堂和钟楼无言地述说着过往，展露着一种苍凉的美。

息焉堂是邬达克从1929年开始为公墓建造的教堂，于1931年建成。由于考虑到教堂的特殊用途，所以他并没有发挥自己擅长的装饰艺术派风格，而是完全沿用了拜占庭建筑的大气沉稳，使得整座教堂处处透露着神圣的感觉。教堂主楼仿拜占庭建筑样式，强调拱、券、穹隆等形式特征，外形敦厚稳重，高10米的圆形穹顶覆盖在建筑立方体的上方，上列14只尖券组成圆顶，呈现着奇特的曲波形。穹顶外表饰以铜板，年久氧化后呈独特的铜绿色，看上去更为古朴。底层平面附有半圆球面建筑，形态十分精美，所有墙面上都呈现出典型的哥特式建筑风格。与教堂分设的钟楼立于堂北，钟塔带有罗马风，四方形的大钟楼内有4只巨大的铜钟，敲起来声闻十里。现在因为年代久远，钟楼的结构已经有了松动，为了安全起见，通往钟楼的通道被封闭了，很多年都没有人进去过，让人更觉神秘。不知道里面是不是曾经有过像巴黎圣母院里善良的卡西莫多那样的敲钟人。

岁月给这座恢宏的建筑留下了说不尽的沧桑，息焉堂的鱼鳞状纹饰外墙早已没有了当年的黄金色彩，成了令人伤感的土黄色。轻轻推开拜占庭风格的尖顶拱形木门进入开阔的大堂，室内米黄色基调带给人安宁的感觉。教堂平面呈十字形，四角有4根束柱，上承帆拱与穹顶，穹顶底部密排16个尖券窗洞，光线漫入时形成幻影，使大穹隆仿佛飘浮在空中，随时准备引领逝者的灵魂飞往神秘幽深的天堂，这也许正是邬达克要的

息焉堂

息焉堂穹顶和钟楼

那种神圣的感觉。大堂里放着许多排长条椅子，明显不是当年旧物。唯有地砖的彩色花岗岩花纹仍清晰可见，花纹精致中透出大气，是地道的拜占庭风格。大堂中央端放着十字架，十字架上有受难的耶稣像，正中的圣母升天堂石台为教徒举行安葬仪式祈祷所用，正面墙壁的高处有一排玻璃窗，想来原先应该是饰有花玻璃的。息焉堂里留下过无数虔诚的天主教信徒的足迹，来到这里，他们内心一定充满着敬畏，他们默默倾听着天上神明的声音，塔楼上传来的钟鸣，悠长地鸣响着，激荡着信徒们的内心，并抚慰着他们在万丈红尘中疲惫不堪的心灵。

息焉堂堂外原是息焉公墓，1968年用作新泾中学校舍，其余部分于1974年改作上海动物园繁殖场物料仓库，那时，动物园里的动物妈妈们一旦怀了孕，就被转移到这里接受饲养人员的特殊照顾。2007年夏上海市天主教区对其进行正式修缮，2008年春起恢复宗教活动，可乐路于2008年6月底开始全面整修，而那幢神秘到令人窒息的拜占庭风格的息焉堂也终于恢复了它的原貌。

息焉堂是邬达克在上海设计的三座教堂中的一座。另外两座分别是位于人民广场的基督教慕尔堂和位于华山路延安西路口的新福音堂，新福音堂现已拆除，只剩下慕尔堂和息焉堂。慕尔堂位于闹市中心，息焉堂却地处偏僻的西郊，却同样倾注了邬达克的深情，从中也可窥见这位天才的建筑设计师内心深处的宗教情结。这座上海罕见的拜占庭风格的教堂，反映出邬达克对不同风格建筑的准确把握，并流露出他个人设计的偏好以及地域情结。匈牙利曾被马扎尔人征服后带来的东方特色文化所浸染，有许多拜占庭风格的建筑，同时匈牙利也是欧洲哥特艺术及早期浪漫主义艺术中心之一，想来邬达克的乡愁在这座教堂的设计中获得了某种程度的释放。

龙华历史文化风貌区

千年历史铸就的珍品

龙华历史文化风貌区是上海中心城区历史悠久、文化类型多样的历史文化风貌区。这个风貌区内的物质遗存体现了上海历史上宗教文化、传统民俗文化、红色革命文化以及近代工业文明的风貌特征。风貌区内历史人文荟萃，寺庙建筑宏伟，空间环境优美。

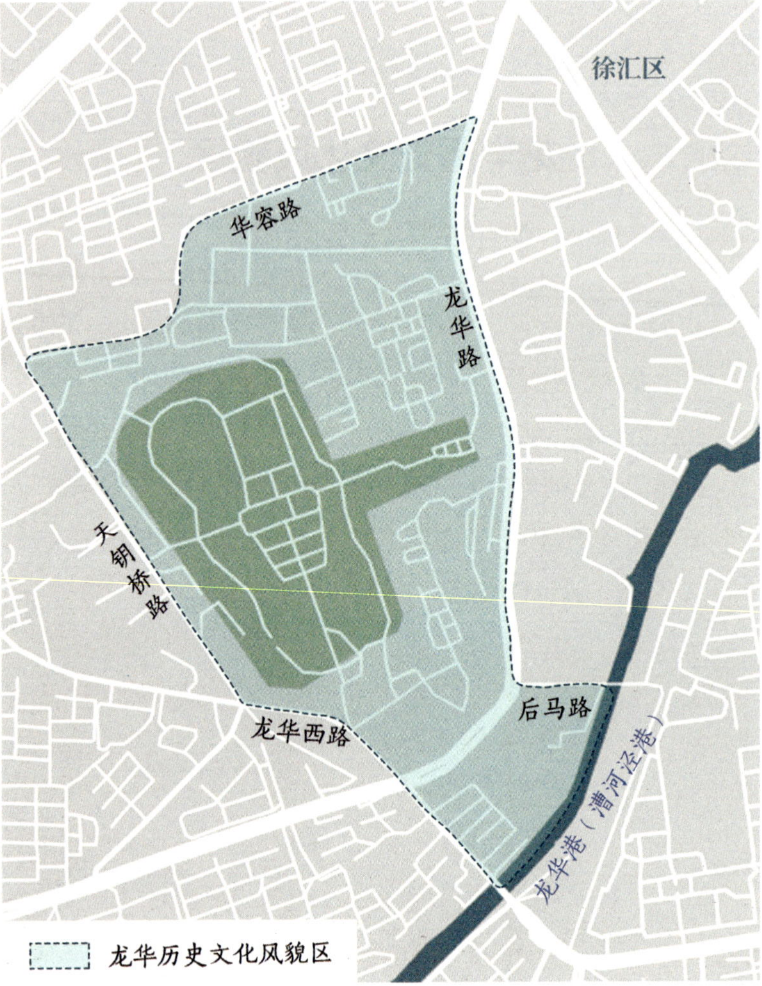

龙华历史文化风貌区示意图

塔下满桃花

“龙华”源出佛经中弥勒菩萨于龙华树下成佛的记载。佛经上说，释迦牟尼涅槃之后，由他指定的弥勒佛接班。弥勒是未来佛，需在兜率天修行四千年，约合人间五十六亿七千万年才能出世，于华林园内“华枝似龙头”的龙华树下举行集会，接班成佛，普度众生，称为“龙华会”。龙华寺和龙华塔之名，由此而来。在上海文化版图上，龙华集古刹进香、郊游览胜、庙会集市、凭吊先烈等于一身。龙华之名源于龙华寺和龙华塔，明清时期成镇，是典型的因宗教场所之盛名而形成的地名。

龙华是有几分书生气的，那是历史文化积淀的结果。1700余年的历史使龙华成为当之无愧的上海古董。上海是近代崛起的大都市，没有秦砖汉瓦，缺少晋祠唐柏，这使龙华历史文化风貌区成为上海历史资源中绝无仅有的稀世珍品。

龙华庙会曾是上海的狂欢节

龙华位于上海市区的西南，东临黄浦江。它曾是有名的江南古镇，龙华寺和龙华塔雄踞于镇中，成为龙华的标志性建筑。上海市中心寺、塔兼而有之的此处最早。对于喧闹的十里洋场而言，龙华代表着上海悠久的历史文化传统，是一处依然保留着浓浓江南乡土情味的地方，具有古典中国的审美意趣。

19世纪以来，当地农户盛行种桃，寺庙四周多桃园。阳春三月，桃花盛开，花、树、寺、塔、园、桥、港、湾构成一幅五彩缤纷的江南风情画卷，成为喧嚣都会难得的一处旅游胜地。那种和近代上海十里洋场的繁华迥然不同的美，吸引了大批都市居民。曾几何时，龙华道上，仕女如云，游人似织，清末民初就有诗云：“古塔巍峨夕阳中，桃花十里逐云浓。闲情一片眠芳草，震耳时来古刹钟。”近代又有诗曰：“宝马香车逐细尘，桃花含笑柳含颦。双柑在手乌巾岸，我亦龙华会上人。”三春时节，到龙华踏青游春，成为上海市民一件富有特色的活动。为此而创作的歌曲也传唱一时，如一首《龙华桃花别样红》中唱道：“春上龙华塔，塔下满桃花，一朵朵红似火，一片片艳如霞，一丛丛美如画。”

如今，经过岁月风霜的洗礼，龙华变得更加富有魅力。一年一度的龙华庙会虽然没有了“十里桃林红不断”的美景，但“车水马龙连日盛”的壮观依然。置身于庙会汹涌的人潮和琳琅满目的物品间，令人感觉到了中华文化的精髓和中华传统在这里的延续。

庙会，源于宗教祭祀的综合性经济文化节会。庙会本身是指在祭祀神佛的房舍里聚会。但是，随着社会的发展、宗教的普及，宗教文化和世俗文化结合起来，成了信徒们拜佛、商贩们做生意、非信徒赶集的胜地。庙会就是一个集市，等人气慢慢变旺了，人慢慢变多了，就会发展成村、镇、县甚至市。假如要追溯龙华古镇的起源怕多半就是因为龙华寺的香火。

龙华寺为弥勒菩萨道场，龙华庙会初始是对弥勒佛的祭祀活动，传说农历三月初三是弥勒佛化身的布袋和尚的涅槃日，在这一天要举行隆重的纪念法会，做水陆道场。在纪念法会期间，信徒云集，龙华寺内香烟缭绕，香客云集。“年年佛诞逢三月，香火场中大会忙。”可见，龙华庙会首先是香会、香市。明代时，万历皇帝和太后非常看重龙华寺，先后赏赐寺院龙华大藏经，御书承恩堂匾，大量的法器、古物和银两。一时间，龙华寺成为江南名寺道场，列为“台宗十刹”之一。四周朝山者纷至沓来，龙华的香火更胜从前，声名更加远播。周围的民众和商人、小贩们也前来赶集、设摊，于是，从明代开始，兴起了集香火、游春、庙市三层意义的综合性庙会。而龙华在明代之所以成镇，也与这种综合性的庙会的出现有很大关系。

到了清代，龙华寺香火依旧，有了“烧烧龙华香，投个好爷娘”之类谚语，庙会则越加兴盛，上海人“三月三，上龙华，看桃花”的习俗就是从那时开始的。龙华桃花成景初始于上海旧城西门外的农村。约在光绪年间，由于那一带商店繁多，居民增多，大片桃花西移，沿着肇家浜绵延，才逐渐形成以龙华寺为中心，从小木桥至长桥，方圆十几里范围内的桃林。龙华寺僧也在寺西辟有数百亩的桃园。三月桃花盛开之际，市民纷纷到此踏青赏花。这里垂柳夹道，红霞十里，菜花鹅黄，蜂蝶齐飞，令游人“飘然如入仙境”“如游武陵源里”，目不暇接，流连忘返。这说明很早以来，龙华已是上海古老的佛教圣地和民俗活动地，佛教与民俗文化交融。龙华寺、塔和桃花并称“龙华三绝”。

上海地区的桃花一般在农历的二月底三月初始绽，三月中旬盛开。为了吸引更多的游客，清代后期龙华庙会就改期为农历三月十五。清人秦荣光所作的《上海竹枝词》赞道：“车如流水马如龙，轮舶帆船白浪冲。香汛赶齐三月半，龙华塔顶结烟浓。”清代后期，上海已有多条马路通达龙华，为龙华庙会的兴盛起了很大的作用。龙华庙会是“车水马龙连日盛，游人大半为探花”。当年有诗云：“三月十五春色好，游踪多集古禅关。浪堆载得钟声去，船过龙华十八湾。”可见当年龙华盛况。近代自开通龙华马路后，坐车前来者，比坐船来的要多得多。庙会多出售当地土特产，提供各种风味小吃，还有应时的瓜果菜蔬，更有精彩的曲艺表演等。访古、登高、礼佛、进香、寻春、赏花、觅景、购物、看戏，使三月龙华游人如潮，热闹非凡。20世纪初，龙华庙会的摊棚沿着马路绵延数里，人声鼎沸，热闹非凡，成为沪上的一大胜景，宛若一幅《清明上河图》叠现在近代上海。那是上海的狂欢节。

到龙华寺赶庙会曾是上海人的一大盛事。在2006年的龙华庙会上，失传了60年的“龙华吉祥出会”重新现身，成了当年民俗互动展示的一大亮点。“龙华吉祥出会”源于在龙华地区盛行的“仙人出会”活动，历史上是民间为了祈福压邪、驱赶瘟疫而举行的集会，此次重新在龙华庙会上出现，实质上是历史上上海地区规模最大的民间艺术集会的延续。

由龙华老街蜕变而成的龙华旅游城

龙华镇曾是水天一色的汪洋泽国，古称龙华荡。历史上流经龙华附近的河道曲折多湾，旧时沪上俗谚有“龙华十八湾，湾湾见龙华”之说。明清时期的龙华镇，诸水环绕，河流横贯镇市，因河建桥，商铺、民居傍水而立，呈现出浓郁的江南水乡特色。龙华镇的中心，就在龙华古刹牌楼之前，东西走向，长约半里，路面铺着石板和石子，两旁开着各行各业的店家商铺，民居错落于周边。从老街中段北折，穿过龙华古刹牌楼，不远处就是一桥梁，叫寺桥，桥身不高，上下成斜坡之势，桥顶和桥堍两旁俱有店铺。这种建筑风格，是水乡市镇的典型。这条街后来被称为龙华老街，龙华老街是龙华镇最早的居民聚居地之一，明嘉靖年间已相当繁荣，当时有“市廛千余间”，为沪上重镇。

龙华老街又称龙华镇路，路名是清光绪十七年（1891）龙华路筑通后命名的。曲曲弯弯的老街长300多米，有龙华港横贯其中，将老街分割成东街和西街，河上跨香花桥，以连接东西街。老街不宽，窄处仅3米许，宽处也不足5米。沿街多建梁木构架的悬山式两层楼建筑，进深较深。底层前为店铺，后为客厅和厨房。门前有二三级台阶，铺长条花岗石板或青石板。楼上为卧房，临街多宽敞的窗，也有置阳台的，顶覆小青瓦，出檐很宽。街屋大都重建于晚清到民国间。老街的路面铺设小块不规则的花岗石，石块与石块之间凹凸不平，路面被磨蹭得光滑锃亮，俗称弹硌路。这条老街素来便是龙华镇的商业中心。民国初，老街上有商铺近200家，在长300多米的老街两侧几乎家家开店，户户经商。仅茶坊就有集贤居等10家，理发店也有5家，还有钱庄、酒肆、照相馆、澡堂、邮局等。大宗时令商品以丝茧和桃为最，老街有桃行8家。东街当时因近龙华火车站（1909年建），较西街繁荣。龙华镇商业显著的特点是“一年靠三月”“做一春吃一年”。此因龙华寺三月香汛、三月庙会和春游龙华看桃花之故，进香礼佛者、商贾、游人云集一时，使老街大小店铺的营业额达到鼎盛。

千余年来，龙华老街犹如一座巨大的刻意为龙华寺而建造的照壁，陪衬在龙华寺前，东街和西街又宛若两条游龙，拱卫着千年古刹。它是龙华镇历史的缩影，至20世纪90年代中期，依旧保持着青砖墙、黑漆双扉的老式旧宅，茶楼酒肆犹在，虽有些清冷，却固守着一种大都市中难得的古雅韵致。然而，为建龙华旅游城，自1997年末至1998年初，整条龙华老街全部被拆除。对于一个具有千余年历史的龙华古镇而言，老街的消失是件令人遗憾的事。

昔日的龙华老街

在龙华老街遗址上曾屹立起3组粉壁青瓦、花格门窗、马头墙的“两落水”的徽派民居楼群，名为龙华旅游城。它主要由龙华楼、今古楼和真趣楼3幢仿古建筑组成，建在离龙华塔50米外。龙华楼经营旅游工艺品，今古楼为购物商厦，真趣楼经营餐饮。3幢建筑之间的廊桥亭台相连，与龙华寺、龙华塔相呼应。这些建筑限高12米，因为龙华塔才是这里的主角，是制高点。旅游城里的建筑也是低调的，大多为风火山墙式，间杂悬山式，屋面高低错落有致，远近层叠。顶覆小青瓦，大块白粉墙，棕红柱和曲栏，深褐色的窗格，线条简洁，色彩明快，古朴典雅。除3幢仿古建筑外，还有廊桥、慧日亭、净月亭、宝塔广场、明净池和龙华皋鼓等景观。龙华皋鼓鼓面直径为3.2米，号称“华夏鼓王”和“中华第一鼓”。

现在，为配合轨交11号线、12号线的建设，龙华旅游城大部分建筑已拆除并将进行重新规划。昔日的上海地方民俗特色的都市旅游节庆活动也算是对消逝的龙华旅游城的一种纪念吧。

有“上海雨花台”之称的烈士陵园

龙华寺右边的龙华寺桃园，新中国成立后，改建为龙华公园，后面积逐渐扩大，1982年，园地进一步扩增，园门坐北朝南，大门内外两侧桃树成林，每逢农历三月，桃花怒放，游人如织。龙华革命烈士纪念地位于龙华镇上的龙华路2591号和2577号内以及龙华路2501弄1号。1983年，中央领导人胡耀邦、邓小平等批示，将该地辟建为烈士纪念场所——龙华烈士陵园。20世纪90年代初，龙华烈士陵园与龙华公园合并续建，于1997年5月建成一座集纪念瞻仰、旅游、文化、园林名胜于一体的规模宏大的新颖陵园，素有“上海雨花台”之称。

龙华烈士陵园的建筑成功地营造出陵园独特的纪念氛围，并以其庄重雄伟、中西合璧、富有时代气息的建筑风格，成为龙华的标志性纪念建筑。烈士陵园中的主体建筑均布置在南北主轴线上，且和龙华塔、龙华寺平行。占地285亩的龙华烈士陵园建有纪念瞻仰区、烈士墓区、碑林区、遗址区、烈士就义地、青少年教育活动区、游憩区和干部骨灰存放区八大区域。

纪念瞻仰区是陵园的主体部分，由南往北主要建筑有门前广场，置有8个用整块花岗石凿成的巨型花盆，内莳四时鲜花。正门为传统的牌楼式大门，主门居中，门额上“龙华烈士陵园”鎏金大字由邓小平题写。门东侧耸立着一座巨大的峻伟石山，高耸傲立，峭壁浑成，宛若一块完整的巨石，有巧夺天工之妙。它以松江佘山红岩石叠筑而成，故称“红岩”假山。假山垒成于1965年，高约11米，顶植劲松，象征牺牲于龙华的革命烈士的高风亮节，此为上海叠石佳作之一，也是原龙华公园中保留下来的唯一建筑。入门

龙华烈士陵园全景

龙华烈士纪念馆内雕塑

是65米长的甬道，两侧种植松柏，甬道尽头是一座纪念桥。过桥拾级而上是纪念碑广场，广场中间是纪念碑，由上海市委、市人民政府于1995年4月5日立。设计采用的是“不与龙华塔争高”的横碑，纪念碑阳面正中阴文填金镌刻着江泽民的题字：“碧血丹心为人民”，碑阴面为记。纪念碑两侧各凿喷水池一方，池前分立《独立·民主》和《解放·建设》陵园主题雕像。过纪念碑再拾级而上是龙华烈士纪念馆，馆名由陈云题写。纪念馆高36米。纪念馆外观为4层素色花岗石阶梯与金字塔形蓝色玻璃幕墙组合而成，跌落式台阶与金字塔斜面相贯串插，突出虚实对比，空间组合，于庄严凝重中透出明朗开阔的意境。纪念馆共4层，建筑面积1万平方米。第1、2层共设8个展厅，以《丹心碧血为人民》为主题，用文物、图照、场景和声、光、电等现代手段陈列和展示了上海地区从鸦片战争至新中国成立期间为中国的独立、自由、解放和革命事业而献身的235名革命先烈、革命先驱的英雄事迹。位于园、馆西北端的烈士纪念堂，外观为圆柱形，分上下两层，倾斜的圆顶与月牙形的烈士墓地遥相呼应，寓意烈士的精神与日月同辉。围绕纪念堂的是一座座红色花岗岩卧碑。

在百米长的弧形人造坡上安葬着自“五卅”运动至新中国成立初期近30年间牺牲的烈士。与之相邻的是无名烈士墓，在一大片绿荫中一尊硕大的白色雕像分外引人注目。背对着人们的雕像侧卧在一片青草地上，一半身躯已沉入草丛，一只手臂高高地举向蓝天，仿佛正用尽气力托举着。在他的动作里，看得见鼓胀的肌肉的执着，他代表着千百个无名英烈。在雕塑前，暗红色的大理石砌起了一个圆形的祭坛，一簇燃烧的火焰迎风摇曳，这簇长明火体现了永不熄灭的永恒纪念。这尊雕塑造型颇具现代主义的美感，非常具有震撼力，看了让人难以忘怀。

龙华烈士陵园的东北端便是龙华革命烈士纪念地，为淞沪警备司令部部分旧址和烈士殉难处。烈士陵园内还有“五卅惨案碑”，只见长长的平台上，五六米高的主体雕塑，表现了一位在五卅惨案中勇猛斗争、不幸中弹的爱国者形象。主体雕像的左后方是一面7米宽的弧形人物浮雕像，表现的是轰轰烈烈的五卅运动正在席卷全国。浮雕墙一角，雕刻着一位抱着弟弟的小女孩，正在为惨案中的死难者默默哀悼。此外，还有“少年英雄”“解放上海”等大型雕塑，默默地向人们讲述着英烈们为了革命、为了真理抛头颅洒热血的悲壮的历史故事。

陵园东部是有“申城第一碑林”美誉的碑林区。碑林区占地20多亩，由两座碑亭、四座碑廊，两堵各长50米的碑壁和百块碑石组成。除碑亭、碑廊、碑壁外，其余碑料选用大型鹅卵石和太湖石，造型千姿百态，颜色各异，颇具艺术美感。一块块碑石散置于碑林区廊内亭下、路边道旁、花草丛中和修竹茂林之下，碑石上镌刻着烈士遗诗、遗文和后人悼念烈士的诗文。碑石上的书法系出自中国一流名家之手，使人们在瞻仰的同时还能获得艺术享受。在碑林区入口处，矗立着大型历史群雕《且为忠魂舞》，这座雕塑高达10.5米，用泰山石和钢筋混凝土塑成。这座雕塑表现的是几位手缠镣铐的革命战士慷慨就义前的情景，是以著名青年活动家、共青团早期领导人林育南、李求实、欧阳立安、何孟雄等烈士斗争事迹为素材，表现了奋斗、拼搏、力量、胜利的形象，与上端的飞天仙女浑然一体，反映了“万里长空且为忠魂舞”的主题。这尊雕塑前的

大型历史群雕《且为忠魂舞》

石碑上，刻着毛泽东的著名诗词《蝶恋花 · 答李淑一》。

“龙华千古仰高风”，烈士们的鲜血染红了龙华，时间的推移磨灭不了烈士们碧血丹心为人民的不朽的革命精神。气势恢宏、庄严肃穆的龙华烈士陵园给当代和后人留下了无价的精神财富，成为亿万人民瞻仰革命先烈的红色圣地。

龙华寺

历经沧桑的千年古刹

龙华寺的钟声素为文人墨客们所赞颂。“龙华晚钟”自明清时起就是有名的“沪城八景”之一，有这样两句传诵已久的诗“数声断续斜阳外，较胜寒山夜半闻”，可见龙华寺的钟声连寒山寺脍炙人口的夜半钟声也难匹敌。

龙华路2853号的龙华寺是上海历史最悠久、规模最大、建筑最雄伟的古刹。“古刹崒巍，浮屠入云；柳绕江村，桃映溪红。”这是古人对龙华这一佛教丛林景色的描绘。

龙华早期的历史，基本上是围绕龙华寺、塔而展开，且带有浓重的传奇色彩。相传三国吴赤乌五年（242），精通三藏的康僧会从越南北部来到中国，有一天他云游至龙华荡，指地对人说：“这里是清净福地，我的心愿是在此建寺。”于是，他便在此结茅开山。后于建康（今南京）面见吴大帝孙权，言及此事，孙权赐钱让他创建寺庙，赐名龙华。这就是龙华寺的由来，其地也因此刹而得名。从此，江南有了一处叫龙华的地方。由于龙华离上海市区不远，黄浦江蜿蜒于其东，龙华是浙江、松江到上海的要道，因此，长期以来成为兵家必争之地，佛门圣地却常遭兵燹之灾，屡毁屡建。1937年，大多毁于日本侵略者炮火之中。新中国成立后，1957年和1979年，龙华寺进行了两次较为全面的整修，古寺得以完整重现。现龙华寺的建筑格局是中轴线排列六进殿堂，即弥勒殿、天王殿、大雄宝殿、三圣殿、方丈室和藏经楼。中轴两侧有钟鼓楼、两厢和偏殿，所有建筑飞檐雕甍，庄严幽深。

如今的龙华寺自新山门始，庙宇建于清光绪年间，基本保持了宋代佛教禅宗寺庙的原貌。山门前有参天古银杏两株。山门为花岗岩石柱、梁枋，屋顶全部木结构，为五门五脊双飞檐牌楼式山门。整座山门飞檐翘角，鸱吻衔脊，斗拱丛丛，气势庄严。门柱有中门悬朱底金字“龙华”匾额，匾上刻有“钦赐承恩堂龙华讲寺之宝印”印纹。左右门额分题“江南古刹”“人间兜率”。两边边门留空额，意在前人未竟之事，留作子孙们去实现。山门楹联为赵朴初撰书：“觉道启龙华看七宝塔波九天阊阖十里钟声广度阎浮无量众，齐心修善业愿八海丰饶亿民安乐群贤云集犹如弥勒下生时。”梁枋上雕有精美的图案，暗喻福寿双臻，万事如意。上面的云纹、鹿、鹤喻福禄长寿；中间的马、羊、虎、狗，喻忠、孝、节、义。门楣枋上雕5只狮子，借后晋人窦禹钧“教五子，名俱扬”的典故，喻五子登科，告诫人们要教子育雏，行善积德。山门的背面，门额有“同圆种智”四个大字，右门额题“上报四恩”，左门额题“下济三途”。门柱有明旸法师所书对联：“吴主奠基钱王植福欣古寺重新犹闻前代殊荣屡有声名传天下，龙华赐额空相携碑看岑楼高耸共说当年宏制仍今壮丽冠云间。”写出了古刹的悠久历史，旧貌新颜。

龙华寺山门内有两棵上百年香樟树，树下矗立着雕刻工艺精湛的石灯。古树映衬下，越发显得古刹幽深。龙华寺的首殿是弥勒殿。在殿门前两侧蹲踞两只石狮，左雄右雌，雄狮脚踏一只球，表示一同环宇；雌狮脚踩小狮子，表示子孙延绵，狮子底座为须弥座，这两只狮子叫“三王狮”，须弥座上有雕刻百花之王牡丹、百鸟之王凤凰、再加百兽之王狮子，所以叫三王狮，有三王狮的寺庙规格都是最高的。一侧墙上有九狮砖雕，暗喻救世之意。一进殿门，迎面就是袒胸露腹、笑逐颜开的弥勒佛塑像，人称布袋和尚，一见就让人开怀。

第二进是天王殿，进门两旁是四大天王。中间佛龛中，供奉着一尊身着菩萨装，头戴天冠，披璎珞，在兜率天宫修行

龙华寺与龙华塔相互呼应

弥勒真身像，俗称“天冠弥勒”。至于前面的布袋和尚，却是五代时明州奉化（今宁波奉化）出现的契此和尚，别号长汀子，背负一只布袋四处乞食。他曾念一偈：“弥勒真弥勒，分身千百亿，时时示时人，时人自不识”，便不知去向。后人认为他是弥勒的应身（化身），并为他塑像供奉。像龙华寺中既供应身弥勒像，又供真身弥勒像是很罕见的。

天王殿东西两侧有着钟楼和鼓楼，均为飞檐杰阁，是清代遗留下来的3层重楼。钟楼上悬挂着一口青龙铜钟，铸于清光绪二十年（1894），钟高约2米，下缘直径约1.5米，沿厚9.5厘米，重6 000多斤。上镌“皇图永固，帝道遐昌；佛日增辉，法轮常转”“愿此钟声超法界，铁围幽暗悉皆闻，闻尘清静证圆通，一切众生成正觉”及“若人欲了知，三世一切佛，应观法界性，一切惟心造”等铭文。“龙华晚钟”是老“沪城八景”之一。当时龙华地处黄浦江畔，龙华港等河流环绕而过，每年桃花盛开之时充满春的气息，人们纷纷前来踏青游玩。李行南的《申江竹枝词》是这样描写此景的：“三月十五春色好，游踪多集古禅关。浪堆载得钟声去，船过龙华十八湾。”相传当时每年的三月十五日龙华有庙会，远近香客纷至沓来。在沉沉暮霭中龙华寺的钟声，苍凉而悠扬，引发人们的思古之幽情。如今，寺内钟楼上的那口青龙铜钟依然能传出声声古音。鼓楼里有中华第一大鼓——龙华皋鼓，保留了“晨钟暮鼓”的寺庙传统。

龙华寺还保持了宋代“伽蓝七堂制”，主建筑大雄宝殿内供奉“华严三圣”像，即毗卢遮那佛和文殊、普贤菩萨。位于中轴线上的三圣宝殿，供奉阿弥陀佛、观世音和大势至菩萨，其中观世音菩萨塑为男像，实为少见。殿内有一口宋代铜钟，一只清代木梆，是两件珍贵的文物。龙华寺最后一进是华林丈室（方丈厅）和藏经楼。华林丈室是一座硬山式建筑，五楹两层，分前后楼，建于1875年，后楼曾于1972年重建。檐下悬“华林丈室”匾，顾廷龙书。楼基须弥座上嵌有8块青石浮雕，为明正德年间遗物，刻工精致，保存完好。楼前廊柱柱础也为明正德年间遗物。龙华寺有弥勒在龙华树下开“龙华三会”、接班成佛，因而将方丈室称为华林丈室。室前有石狮、青松，古朴幽雅。方丈室后是藏经楼，又名千佛阁，为硬山式两层楼房，楼上中央顶为满山观音兜，呈立方，上悬佛龛千座，龛内供小佛像千尊，金光闪闪，形态各异，寓意千佛绕毗卢。藏经楼内珍藏着龙华寺镇寺三宝：明代鎏金毗卢遮那佛、明神宗钦赐金印和清代《龙藏》（皇帝御批的《乾隆版大藏经》）。藏经楼里面还供奉着明旸大和尚的舍利，并珍藏有古今中外各种版本的大藏经，唐人写经，宋、明刻本佛经等。东西两庑殿堂都是两层楼，有玉佛殿、观音殿、罗汉堂、祖堂、客堂、念佛堂和功德堂。在功德堂内有孙穗芳女士为其祖父孙中山先生所立的一座两尺余高的牌位。

在三圣殿和方丈楼东面有一座牡丹园，园内有4株百年牡丹，是咸丰年间从杭州东林寺鲁智深墓附近移植过来的。相传清咸丰年间龙华寺方丈的师兄弟——杭州东林寺的方丈，用船将牡丹运至龙华百步桥，隆重地栽于寺内，保留至今，牡丹盛开时数十朵娇艳的花朵直径都在10厘米以上，2002年竖立的古树名木保护牌上写着160年，到2020年，应该有178年了。园内

藏经楼内珍藏着各种版本的大藏经

龙华寺镇寺三宝之一的金印

沉沉暮霭中的龙华寺钟声苍凉而悠扬

还坐落着一座清代韬明禅师石塔。龙华寺西南角有一扇布满爬山虎的圆门，这里是“塔影苑”，到了傍晚太阳快落山的时候会把塔的影子投射到这里，由此而得名。这里面的澄碧亭里安放着一块宋代的空相寺界碑，长方形，正面镌刻着“空相寺西南角界石”，侧面刻有“标外棱为大界相”字样。这是寺内保存下来的最古老的历史文物，也是龙华寺建于宋朝的实证。塔影苑里还安放着两只元朝时的石虎。

晚清时，龙华盛行种植桃树，到了桃花盛开之时，整个龙华万紫千红，生意盎然，充满春的气息，无数旅人被吸引，前来踏青春游，让整个上海为之倾心。龙华寺的钟声素为文人墨客们所赞颂。“龙华晚钟”自明清时起就是有名的“沪城八景”之一，有这样两句传诵已久的诗“数声断续斜阳外，较胜寒山夜半闻”，可见龙华寺的钟声连寒山寺脍炙人口的夜半钟声也难匹敌。自1989年起，每年公历岁尾和农历除夕之夜，寺内举行迎新年和迎新春撞钟特色旅游活动，中外宾客汇聚寺内，以撞钟和聆听钟声为一大乐事。“龙华晚钟”这一历史景观再度成为沪上胜景。千年古刹的钟声，响遏行云，其穿透力，超越了时空的限制，给人们带来遥远的古音。

龙华塔

有文笔峰之誉的沪上唯一古塔

龙华塔是上海市区内唯一的古塔，相传始建于三国吴赤乌十年，被誉为“千年飞塔”和“龙华一绝”。昔日登塔远眺，可见黄浦江帆点点，烟波浩渺，有诗描写道：“登塔遥瞻极浦东，往来舟逐一帆风，饶地多见江村景，近水楼台此不同。”风光优美的“秋江塔影”成为“龙华八景”之一。

龙华寺的新山门前坐落着的龙华塔是上海市区内唯一的古塔，位于龙华路2853号。这座塔被誉为“千年飞塔”，是龙华一绝。“秋江塔影”与“龙华晚钟”早已蜚声海内外。

龙华塔还被称为舍利塔和报恩塔。这两个名字各自藏着一个美丽的传说。据说康僧会创建龙华寺四年之后，吴大帝孙权召见，他借机劝吴大帝信佛造塔。孙权说：“佛生在西方国家，而且已是很久远的事了，没有办法使人相信。”康僧会说：“释迦牟尼逝世，虽然已经千年，但他的遗骨舍利还留在世上，非常神异……”孙权说：“你如果把这么神异的舍利给我拿来，我也为它造塔供奉。”于是康僧会要求以七日为期，并要得一间清静密室，室内仅有一只茶几，几上摆一只瓶子，就此设坛祈祷。但是七日期满，一无所获。康僧会要求延期七日，可是第二个七日过去，仍无所获。孙权发火了，要治他的罪。康僧会要求再延期七日，孙权又同意了。康僧会“洗心哀求，哭出血泪”，到了第三个七日期满时，仍无所见。这时参与其事的人都害怕起来。就在当夜五更时，康僧会忽然听到茶几上的瓶子里铿然作响，“出五色光”。他往前细看，瓶中果然有了舍利，赶紧连夜向吴大帝呈报。孙权见了康僧会求得的舍利，欢喜至极。他从瓶中倒出一粒舍利，当即就化作两颗，全部倒出后共得舍利13颗。这13颗舍利子“于光明中现大莲花，照耀宫殿”。孙权惊喜异常，认为是稀有之瑞象。从此，吴国佛法大兴，他赐建了13座宝塔，龙华塔是其中之一。关于“报恩塔”的名字则和孝道有关。传说孙权母亲终日闷闷不乐。有一日，他母亲来到龙华一带，身临风景幽静，梵钟悠扬之地，心情豁然开朗。孙权为了孝敬母亲，拨款赐建龙华塔，并名之为“报恩塔”。

龙华塔建成后，吸引了众多游人。唐代文学家皮日休的《夜泊龙华》诗中写道：“今寺犹存古刹名，草桥霜滑有人行。尚嫌残月清光少，不见波心塔影横。”可见当时“秋江塔影”已为人所称道。可惜在唐乾符年间（874—879），龙华塔与寺一同毁于战火。我们今天所见的龙华塔，是北宋太平兴国二年（977）吴越王钱俶出资重建，迄今已有千余年历史。和龙华寺一样，龙华塔也是经历了无数沧桑。明代崇祯三年（1630）、清代康熙七年（1668）和四十年（1701）以及道光末年（1850）曾多次进行修葺，在光绪十八年（1892）还曾遭受过一次火灾，烧掉了底层围廊。寺内有擅长书画的竹禅和尚，以自己卖画所得，将龙华塔修复。1952年，政府对其再次进行了整修，恢复了其宋代建筑的艺术风格。

龙华塔在自身纤细、轻灵、飘逸的基础上，融入了吴越文化，是中外建筑文化合璧的产物。它是地域性建筑文化的典型代表，也是不同地域建筑审美风格的艺术显现，具有重要的历史文物价值。塔为楼阁式，系砖木结构7层宝塔，塔体的形状规则有节律。平面为正八边形，规则对称，立面采用自下而上逐层递减的收分技术，塔身成自然缓和的锥形体，这不仅从视觉上给人以修长秀丽的感觉，而且在结构上增加了建筑的稳定性。砖身为空筒式，内为方室，各层铺木楼板，塔内楼梯旋转而上，供游人登塔远眺。有木梯可上下。底层较高大，以上各层高度和平面逐渐收缩，形成密檐。龙华塔底层塔心室地面与底层围廊地坪面高差0.44米。每层伸出平座围以木栏，以斗拱

秋江塔影

龙华塔夜景

向外挑出飞檐，出檐甚宽，檐角悬铁马（俗称铜铃）。每层四面有门，称壶门，即过道之门，4座壶门正对东、南、西、北4个方向，可通外廊，门向方位逐层以45度转换，即底层4门分别面向东南西北，第2层的门则分别为东南、西南、西北、东北。第3层的回复成底层。塔体外侧设有8根廊柱，采用木构架与塔体相连。另四面为长方形龛状，但龛内未置佛像。塔底层外有围廊，往上各层都有腰檐平座，飞檐高翘，平座上栏杆曲折。每层檐下悬挂8只古钟式的铜铃，风吹时56只铜铃丁当作响清脆悦耳。这种铃又叫“惊鸟铃”，铃声常响，可将来檐下做窝的鸟儿驱走，保护建筑不被损坏。龙华塔顶层之上，有高达8米的铁制塔刹。从上往下依次是“宝瓶”“相轮”“露盘”“覆钵”，都被套在一根由第6层塔心穿出的长达18米的塔心柱上。从塔刹尖端，拖下4根铁索，系在屋面的4个翘角上，叫做“浪风索”，用它来保护屋面不致被大风掀去。塔刹在古印度是埋置舍利之处，在我国成为佛界之象征。

龙华塔曾被古人誉为上海县的文笔峰。明代人李绍文所著《云间杂识》中记载：“上海城南之龙华塔，为‘邑之文笔峰’，故邑中官中秘者甚众。”他还列举了一些事例来说明。在《徐光启行略》及一些文人笔记中，均提到徐光启于隆庆二年（1568）至万历元年（1573）在龙华读书时的情况。徐光启科举及第官至内阁大学士，死后赠谥“文定”。关于他早年在龙华寺读书有这样一段记载：“万历间，徐文定公发解时，龙华塔上恒见红光烛天，日夕不散。群鸦万计，朝暮翔舞，盘互塔杪，类虬龙腾跃。说者谓之龙见，亦经月而寝。盖塔下僧寮，当时文定公潜修地也。岂公文章光岳之蕴，至此而舒泄耶？抑天地精灵之气，至此而散见耶？”于是，人们越加相信龙华塔文笔峰之神异。所谓“邑中文笔塔为峰，修卜登科喜气浓”。因为期望本地能涌现更多的举人、进士，历代就不断地修葺龙华塔。

龙华塔下广场上有两根花岗岩石柱，柱上遍布榫眼。由于风雨侵蚀，柱身粗糙，这就是古山门遗柱。古山门建于明正德十一年（1516）。门面南向，在全寺中轴线偏东。柱上原有门额，上镌“龙华”，背刻“古刹”，落款为正德丙子岁。抗战时门额毁于日军轰炸。1999年12月，改辟龙华路后将古山门柱移至今址。古山门原是龙华镇入口处，古山门前有一对贴柱而立的石狮子，高3米，也是明代遗物。两狮均怀抱幼狮，幼狮足下踏石球，形态异于常制。据传，此类石狮江南仅存两对半，龙华寺独得一对。不过其余一对半已不知所终。双狮楹门见证了龙华古镇的变迁。龙华塔下曾有两口井，一清一浊，千年不涸。两者水脉相通，却是清者恒清，浊者恒浊，非常奇异，俗称阴阳井。后来由于拓宽道路，双井填埋于路下。后又在龙华塔左右各建一池，一座叫明镜，一座叫智慧。民间传说，龙华是条巨龙，身长数里，宝塔就是它的角，直刺苍穹。往昔的双井，今日的智慧池、明镜池恰似它的两只眼睛，明亮透彻。因此，龙华这块宝地，元气炽盛，阴阳调和，水通脉连，降瑞呈祥。千百年来，地方富庶，人文称盛，市井兴旺。昔日登塔远眺，可见黄浦江帆点点，烟波浩渺，江南秀丽景色尽收眼底。正如诗中描写：“登塔遥瞻极浦东，往来舟逐一帆风，饶地多见江村景，近水楼台此不同。”风光优美的“秋江塔影”成为“龙华八景”之一。

龙华塔不仅是上海最古的建筑之一，也是上海的象征性标志之一，首都人民大会堂上海厅内就陈列有艺术品龙华塔。

江南弹药厂

我国最早引进西方技术的兵工厂

创意园区是一个充满张力的新事物，承载着深厚的文化底蕴。它依托产业建筑的朴素与厚重，运用现代建筑的前卫与浪漫，在保持传统建筑原有特色的基础上，为其注入时尚元素，近代上海工业厂房中“创意产业”较早的发祥地，便是江南弹药厂，现在的名字是2577创意大院。

2577创意园区（原江南弹药厂）

这里是曾经的江南弹药厂，如今厂区的大部分成了时尚的2577创意园区。这是优秀历史建筑的凤凰涅槃。

创意园区是一个充满张力的新事物，承载着深厚的文化底蕴。它依托产业建筑的朴素与厚重，运用现代建筑的前卫与浪漫，在保持传统建筑原有特色的基础上，为其注入时尚元素，近代上海工业厂房中“创意产业”较早的发祥地，便是位于龙华路2577号的江南弹药厂。

江南弹药厂是历经百年之处。清人秦荣光《上海竹枝词》曰：“洋枪细药制何方，炮引还须铜帽装。购就龙华近旁地，一遵奏定各条章。”江南弹药厂的历史最早可以追溯到清朝洋务运动时期，1862年李鸿章在上海创办江南制造局。1870年，江南制造局在龙华寺北面购地，建龙华分局，又称龙华黑药厂或龙华火药厂，生产洋枪细药和铜冒炮引等。这是我国最早引进西方技术制造枪炮的兵工厂，厂房支撑的钢柱全部来自德国克虏伯兵工厂，厂房设计图由德商瑞生洋行提供，共建造88幢建筑，成为当时亚洲最大的弹药厂。铁柱厂房是江南弹药厂最早建造并使用的翻砂车间，外墙为青砖砌成，屋架全部铁制，车间内有颇具特色的铁柱24根，支撑屋面，房屋结构已有一个半世纪历史，至今完好无损。1872年，江南弹药厂仿制出德国毛瑟11毫米前膛步枪，这是中国自己生产的第一种步枪，该枪使用黑火药和弹头，都出自江南弹药厂，这是中国最早引进西方技术制造枪炮的兵工厂，并邀请德国工程师在此建立了中国第一个工业设计所，是中国现代工业设计的发源地。从此龙华镇有了最早的产业工人，一时间，百工汇集，商市渐盛。

江南弹药厂在中国近代史上占据重要的地位，它是我国第一家火药厂，生产了我国第一代硫酸，自制了我国第一代粒状黑火药，第一代白火药，第一代汞爆药，第一代棉花药。1927年，国民革命军接管后，这里成了淞沪警备司令部。1937年11月，因抗日战争爆发，淞沪警备司令部撤销。新中国成立后，这里又成为军工企业基地，实行军管，称军械部第一分厂，隶属原南京军区。1965年7月，这里改称解放军第七三一五工厂。

从2005年开始，这里成为2577创意大院。昔日的江南弹药厂抛弃了往昔沉重的历史，犹如凤凰涅槃般迎来了新生。有着100多年军工基地历史的江南弹药局在园区内形成了几十处各个不同时期的建筑，其中有9幢为19世纪中后期的古董级历史保护建筑，反映着中国近现代军事工业的历史风貌和变迁。这些历史建筑以单层厂房为主，平面多为规整的矩形，体量因生产功能不同而大小各异，并完好地保存着青砖、红柱、飞檐的古典建筑元素符号。往昔的尖顶厂房横梁、残墙、门窗等依旧原封不动地保留着，一根根残存的德国钢柱曾经是兵工厂的厂房支架，历经百年，居然没有什么锈痕。在改建中，这些建筑遗产被原汁原味地保留了下来。粗重的铸铁巨柱，坚固的整木横梁以及废弃不用的枪炮如今拆散后不加雕饰地与现代创意完美地结合在一起，变成了一件件艺术品，在依旧青翠的绿树丛中默默地诉说着过往的历史，显示出在漫长的岁月沧桑中积淀下的岁月印痕，充满独特的艺术韵味。步入其间，每一个角落似乎都是新和旧的交相辉映，朴素和简洁的设计显现出时尚和高雅，明明知道这些建筑都是旧的，却呼吸不到建筑里任何陈旧的气息。百年历史已翻开新的一页，而你仍可以感受到这百年历史酿就的文化底蕴。在2577创意大院里有一处名为“残壁”的艺术构造墙体，它那沧桑味特浓的意象具有一种强烈的艺术震撼力，似乎在诉说着一段日渐被遗忘的历史。它无言地提醒人们，这里的旧厂房曾遭遇过一场火灾。这个残壁就是火灾过后由创意人士保留下来的残垣断壁，它以独特的“残缺之美”为基调来展示园区的百年历史，让人们不要忘记这个具有浓重历史感的所在差点因为一场大火而成为废墟。

华丽转身的2577创意大院开创了上海创意产业园区的两个“唯一”，那就是上海唯一一个花园式创意园区和唯一一个建筑物历史有“百岁高龄”的创意园区。整个地块的现状总平面较完整地保持了上海近代兵工类工厂的行列式布局特征。大院的主色调呈深灰色，辅以具有历史质感的铁锈红，在绿色植物的映衬下格外醒目。整个园区在环境的塑造上突出了历史风貌区域和未来发展相结合、传统工业元素与创意产业特点相结合、自然生态环境和人文环境相结合的特征。2577创意大院集办公、展示、发布、休闲和观光于一体，是一个代表全新生态理念的低密度、低容积、花园景观式商务办公区，充分体现出这个与众不同的创意园区人文、历史、创意和时尚的完美融合，并因此而先后荣获“中国最佳创意产业园区奖”“上海优秀创意产业园区奖”等荣誉。在2577创意大院的人都有这样的体会：这里是创意专家实现理想的现实载体。在这样一个既有历史文脉，又有现代创意氛围的创意园区内将会诞生高品位、有强烈艺术冲击力的优秀作品。

生活在此的老人曾经从他们父辈那里了解到一段“无烟火药样翻新，技师创造益惊神”的辉煌，他们也曾见证了江南弹药厂原有的尖顶厂房横梁、德国钢柱、门窗等旧物细节，令他们惊讶的是如今这些具有浓重历史感的旧物依旧原封不动地保留着，它们与现代艺术的绘画、摄影、雕塑等比肩，展现着重工业时代和现代文明发展的文脉传承。在这里，现代与历史交融，废旧中衍生着文化韵致。当人们穿行于几十处色泽斑驳的老建筑之间，恍如聆听到历史轻轻的吟咏与呼吸。

从江南弹药厂到2577创意大院，千年龙华又添上了浓墨重彩的一笔。

龙华革命烈士纪念地

千古高风映桃花

这个优秀历史建筑给人的感觉有些沉重，它记载着上海曾经的血雨腥风。“墙外桃花墙里血，一般鲜艳一般红”，形象地描绘出这里经历过的壮烈。当年烈士的鲜血染红之地，如今已成为让人瞻仰的地方。

“龙华革命烈士纪念地”现已归入龙华烈士陵园内，位于陵园的东部和东北部，由原国民党淞沪警备司令部旧址和龙华烈士就义地两部分组成，主要遗址有就义地、看守所、门楼、通讯机房、卫兵营房等。从龙华烈士陵园内“丹心碧血”纪念碑往东，穿过长长的碑林，在一片竹林深处，一个小型广场突现眼前，这便是龙华革命烈士纪念地。门前耸立着“四一二”殉难者纪念雕塑，生动的人物群像雕塑组成了一组极为庄重的纪念艺术门。经过这座纪念艺术门，即进入1927年至1937年间国民党反动当局用于迫害、关押、杀害革命者的淞沪警备司令部。

原国民党淞沪警备司令部旧址分为门楼和看守所两部分。现保留和修复了原国民党淞沪警备司令部铁质大门和门楼、卫兵室、通讯和办公用房。淞沪警备司令部门楼建于1920年12月，水泥建筑，呈城墙式，中西合璧，3层，墙端设堞口，两侧各设露天水泥楼梯，可登上2层的楼台，楼台叠建一瞭望岗楼，岗楼后壁另设狭梯可攀。岗楼护栏后侧竖一高约5米的旗杆，门柱有圆门柱和方门柱两种，两种门柱的顶端均雕刻有西式纹饰。这是原警备司令部的标志性建筑，时为龙华地区军事制高点。司令部大门内两侧为卫兵营房，左右各一排，今存右侧一排3间，系黑瓦灰白墙的普通民居式砖木平屋建筑，内间为寝室，外间兼为传达室。

看守所为砖木结构，位于原国民党淞沪警备司令部院内东侧，这里俗称龙华监狱，始建于1915年，1916年起就是军阀囚禁和杀害革命党人与爱国志士的场所，1919年冬扩建为淞沪护军使署陆军监狱，后随驻军更迭多次改扩建，名称和规模略有变化。1926年7月重建，为五省联军总司令部驻沪军法处监狱。1927年3月起，为淞沪警备司令部军法处看守所。看守所内设男牢、女牢、“优待室”和警卫室及看守用房等，四周设5米高的围墙，上面架设铁丝网，墙角处有高耸的看守岗楼。男牢南北并列，一式3幢，呈川字形，时称天地人牢。两层式平房，高一层有小气窗。每幢房内中间为走道，两侧分隔为对称5间，室内置双层木床4座，走道尽头有一处简陋厕所。每个房间最多可关押15人，每幢房入口处设铁栅门。牢门锁闭，阴暗潮湿，很少开门放风，囚犯食宿均在牢内。在此关押过的有罗亦农、彭湃、杨殷、恽代英、杨匏安、林育南、何孟雄、李求实、柔石、殷夫、胡也频、恽雨棠、罗石冰、王青士、龙大道、欧阳立安、费达夫、肖保璜、关向应、张恺帆、刘晓等。囚室内现陈列着当年狱中使用的器具用品，牢房的墙壁上，曾留下许多革命诗词，其中脍炙人口、流传甚广的诗有：“龙华千古仰高风，壮士身亡志未穷。墙外桃花墙里血，一般鲜艳一般红。”这首诗现已复原在囚室墙上。男牢东侧是女牢，面向男牢，共3间，两间为囚室，一间为女看守和医务用房。女看守所为居民式，室内搭设木板床。囚门日开夜闭，在此关押过的有冯铿、李文、伍仲文等。与男女牢房相对，沿围墙而建的一排房子，居中一间打通，是出入看守所的门道，门道左右分别是看守卫兵室、看守长室、“优待室”等，所谓优待室是看守所关押“政治犯”重犯的特别囚室。警备司令部遗址里还陈列着一辆当年押运囚犯车辆的仿制品，牢房门前的院子里有看守所对囚犯钉镣铐的垫石。出看守所大门，西侧有一条便道通向审讯

“丹心碧血”纪念碑

看守所俗称龙华监狱

处，向北则通往刑场。

1927年4月6日，蒋介石亲临龙华策划了震惊中外的“四一二”反革命政变，从1927年至1937年间，国民党在这里关押、杀害了数以千计的共产党人和爱国志士，其中有罗亦农、彭湃、杨殷等我党早期著名领导人。一时间，龙华成为血雨腥风、阴森恐怖的代名词，烈士的鲜血染红了龙华千树桃花。看守所北面约百米处，便是原国民党淞沪警备司令部的刑场，附近有一汪水塘，一座方形砖塔，周围是砖墙和竹篱笆，杂树丛生。这里是林育南、何孟雄及“左联五作家”李求实、胡也频、柔石、殷夫、冯铿等24位党的重要干部惨遭秘密枪杀的殉难地。1931年2月7日深夜，“龙华二十四烈士”在此刑场慷慨就义，在严峻的生死关头，他们信念坚定地英勇赴难，就义时他们高唱《国际歌》，显示了一种崇高的人格力量和刚毅的革命气质。刽子手向他们连发87枪，英雄们倒在血泊中，全部壮烈牺牲，鲜血染红了龙华。

1950年4月，上海市民政局和龙华地区政府根据中央内务部来函及烈士亲属和当地群众提供的线索，经勘查挖掘，在这里数米深处挖掘出深埋地下的24烈士遗骸，完整的有18具，头、肢骨不全的数具。有些遗骸上还锁着脚镣、手铐，此外，还有一件尚未腐烂却被枪弹洞穿的羊毛背心，经考证确认为遇难“左联”女作家冯铿烈士的遗物。20世纪50年代就确定这里为“二十四烈士就义地”。现就义地上立有“龙华革命烈士就义地”纪念碑，纪念碑后有一棵枯死的大树，树干上尚留有当年敌人残酷杀害烈士们的累累弹痕。

龙华革命烈士纪念地在1985年并入龙华烈士陵园，此后相关的纪念活动均在龙华烈士陵园中的无名烈士纪念碑前或龙华烈士纪念馆内，以及迁葬入龙华烈士陵园的龙华二十四烈士墓前举行。在龙华烈士陵园内的龙华烈士纪念馆中，收藏有在原淞沪警备司令部看守所牺牲的烈士的部分遗物，其中部分遗物被展出，供来访者参观和缅怀。老一辈革命家李一氓在《重游龙华感赋》一诗中，写道："桃花千树半精神，慷慨当年烈士魂。花开花落寻血迹，一春愁对玻璃门。"可谓对烈士的深切悼念。

提篮桥历史文化风貌区

犹太难民的“上海方舟”

提篮桥历史文化风貌区不仅有曾经关押过诸多重要人物、号称“远东第一大监狱”的提篮桥监狱，还包括上海最早为保佑市民出海而建造的下海庙，更重要的是“二战”期间这片小小的区域曾经为超过3万名欧洲犹太人提供过避难场所，使他们免遭来自德国纳粹和其他各方面的迫害，在世界历史上写下了具有独特意义的一笔。这个风貌区内保留着的犹太教堂、住宅、店铺、学校等建筑物及犹太人生活过的历史环境具有独特的历史文化价值。

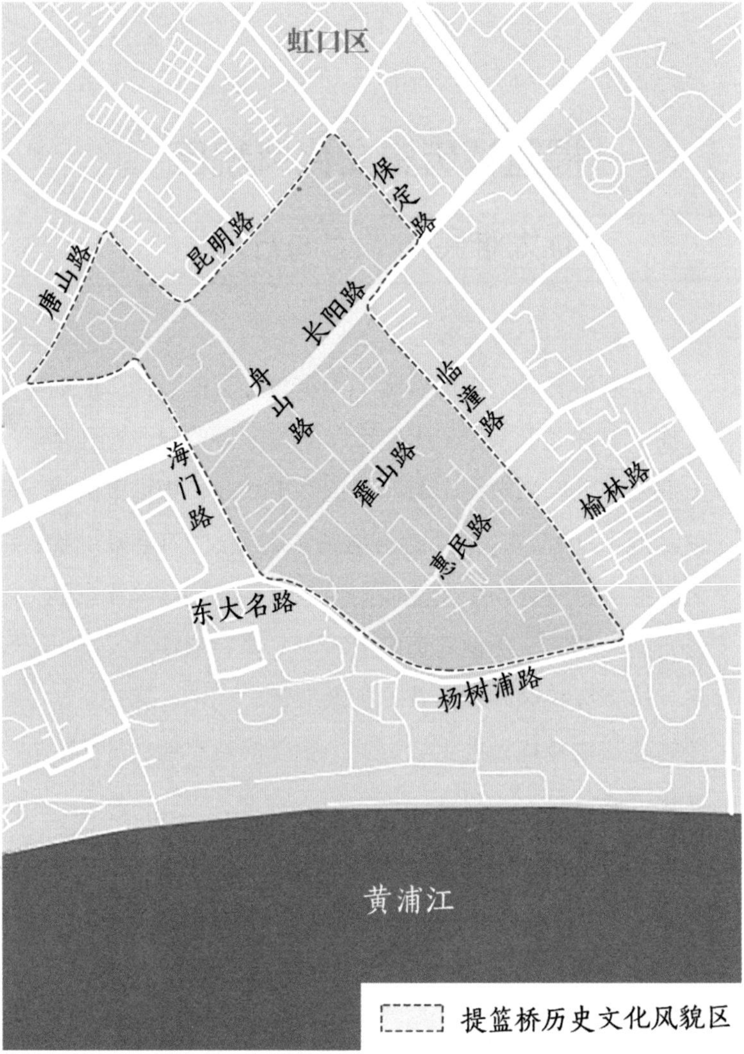

提篮桥历史文化风貌区示意图

提篮桥历史文化风貌区囊括了东大名路、杨树浦路、海门路、霍山路四路交叉点附近的地区，是上海中心城区规模最小的一个风貌区。

20世纪三四十年代，大约2.5万名犹太人从欧洲各国历经磨难来到上海，定居在提篮桥地区，这一带成了承载犹太难民的“诺亚方舟”，一个给他们安全的“国际难民庇护所”。全世界那么多犹太人纪念地，唯有上海的提篮桥一带如今依旧保留着活的“诺亚方舟”。当时居住在此的一些犹太难民更是满怀感恩之心地把提篮桥一带称之为他们的“上海方舟”。犹太学者克兰茨勒说：“上海这个名字，对千千万万个犹太人来说，已经成为一种护身符。他们可凭此将一生中的噩梦，改变成得救的开门咒，而有希望逃脱纳粹的恐怖统治。”

位于提篮桥风貌区北侧的提篮桥监狱建筑本身有一定特色，又具有重大历史意义，曾关押过许多革命烈士和名人。风貌区内的城市格局目前保存完好，区内道路、街巷、建筑基本保持原有空间格局。这里曾是第二次世界大战前后大批犹太人集中生活的地区，建筑布局颇有特色，行列式排列的里弄住宅多刻意追求东西向的相对布局，围合形成建筑群的内部空间作为半公共的社交场所，这在上海其他区域并不多见。建筑一般沿街面较长，立面多为清水红砖和青砖相间砌筑而成，门窗多采用带有巴洛克装饰风格的拱券形式，华丽而精美。此外，还有一些宗教、商业建筑记录着这段历史，如摩西会堂旧址等。位于唐山路、昆明路的下海庙建筑和空间布局富有中国传统特色，对诠释上海早期的发展历程具有特殊的意义。

提篮桥和下海庙

提篮桥是上海的一个有名的街区，自19世纪晚期起，该地区因下海庙而逐渐成为商市，并集聚了大量人口。提篮桥以跨下海浦的木桥而得名，但桥的位置在哪里，却鲜为人知。今海门路原名茂海路，曾是名为下海浦的一条河流，上面有一座跨下海浦的桥，传说就在东熙华德路（今东长治路）、茂海路口附近。桥的西面有家自编自卖篮、箩之类竹器的店铺，旧时将那种可挽可提的中小型竹篮称作提篮，这家竹器铺的提篮坚固耐用，买者众多，名气很响。而建于乾隆年间的下海庙恰恰就在桥的东面，这是当年上海很有名的一座庙，香火旺盛，香客川流不息。香客中大多数是妇女，她们喜欢手挎提篮，里面放些香烛供物，往来桥上。时间一久，“提篮桥”名就这样叫出来了，但具体桥址究竟在何处，很长时间都没有人能说得清楚。20世纪80年代，电车二场在建北大楼时，挖出过几根桥桩，桥桩所在的位置正在今东长治路、海门路口偏西南处，即电车二场北大楼的东部，从桥桩的排列看，那座提篮桥应是西北与东南走向，也就是连接电车二场北大楼和海门路东侧的今提篮桥派出所所在地。1848年虹口地区辟为美租界后，下海浦被填没，辟筑了今天的海门路，桥也随之拆去了，于是两边很快成为闹市。桥虽没了，但提篮桥之名却流传下来了。

如此看来，提篮桥之名很大程度上源于下海庙。那么，它是怎样的一座庙呢？下海庙位于昆明路173号，始建于清乾隆年间（1736—1795），在下海浦口。据历史考证，早年间苏州河（当时叫吴淞江）两岸有18个浦（浦即小河）。南岸有个浦叫上海浦，北岸有个浦就叫下海浦。原徐家滩（今东大名路）沿黄浦江一带，为渔民停泊船只和晒网的场所，当地居民特别是泛海的渔民、船民为供奉菩萨和海神，保佑平安，满载而归，出资兴建了一座庙。该庙建成之初仅有房屋9间，因其地处下海浦、黄浦江之滨，即以下海浦之名命名为下海庙，因沪语中“下”“夏”两字同音，又讹写作“夏海庙”。到了清嘉庆年间（1796—1820），庙已荒圮无主，心意师太禅游至此，对下海庙重加修建，栖身主持，此后，这里成为一所尼姑庵。咸丰四年（1854）又购地扩建20余间房屋殿舍，至光绪二十一年（1895）又增建后殿等10余间房屋，成为四方闻名的朝拜之地，后来逐渐衰败。1937年前，下海庙占地尚有20余亩，但庙宇仅剩3间破屋，供奉海神。1937年淞沪会战时，全部庙宇毁于一场大火，仅剩一座山门。上海华界沦陷后，下海庙一度改为和尚庙，据说，该庙和尚为阿谀日本和尚，将庙重修，并供海神、城隍和观音等像。抗战胜利后，和尚不知去向，庙仍归尼姑，香火一度兴旺。1941年桂生师太用自己平生积蓄加上募捐款项，在原址上重建庙宇，新建庙屋36间，供奉释迦牟尼、观音、城隍、海王等像，装修宏伟，“下海庙”3字门额至今清晰可见。每逢初一、十五和佛教重大节日，进庙烧香的善男信女数以千计。当时下海浦一片洼地，沟水纵横，为了便于香客进庙烧香，即在今长治路、海门路口筑起一座宽6尺、长3丈的木桥，供提篮盛香烛供品来庙叩拜者方便，提篮桥因此得名，海门路也因具有“出海之门”的含义而得名。

20世纪50年代后期，桂生师太将该庙内一部分房屋先后出租给街道地段医院、少年之家使用，大部分庙宇供烧香拜佛用。改革开放后，下海庙得以整修，于1991年1月31日重新对外开放。

上图：提篮桥历史文化风貌区局部俯瞰　　下图：摩西会堂旧址

提篮桥之所以有名，还因为这儿坐落着东方最大的监狱，即提篮桥监狱，以致“进提篮桥”成了上海话中“坐牢”的代称。

犹太难民最安全的避风港

第二次世界大战爆发前夕，欧洲犹太人的处境十分危急。一方面，希特勒的屠刀已高高举起，另一方面，英美等国却借种种理由将他们拒之门外。最具讽刺意义的是在1938年召开的讨论犹太难民问题的埃维昂会议上，所有参与国都对犹太人的处境表示同情，但没有一个国家明确表示愿意接收犹太难民。在这样一种“上天无路，入地无门”的情况下，面临死亡威胁的欧洲犹太人不得不将绝望的目光转向遥远的东方。恰逢当时上海是世界上唯一一个不需要签证就可入境的城市，对犹太难民自然也敞开了大门，于是，中欧犹太难民蜂拥而入，在提篮桥地区形成了中欧犹太社区。

对希伯来人来说，上海简直是艘真正的诺亚方舟。这里没有杀戮和仇恨，没有耻辱和恐惧，有的是宽容和理解，是慷慨的给予和最温暖的收留。天性善良的中国人以热情的态度收留了这些离乡背井的犹太人，提篮桥地区成了犹太难民最安全的避风港。比起千万惶恐不安的犹太同胞们，来上海的犹太难民觉得自己真是太幸运了，他们在这个陌生的东方城市找到了希望。1914年在美国纽约成立的美犹联合救济委员会（JDC）是国际上实力雄厚、规模巨大的救济组织。当年欧洲犹太难民大批进入上海时，在美犹联合救济委员会的支持下，上海的一些上层人士和美、英、加、澳等国的反战人士一起，在霍山路119—121号的一幢4层楼房里专门成立了“救援欧洲犹太难民委员会”，该会主要任务是筹集救济资金，成为对上海犹太难民产生影响最大、作用最大的犹太救济组织。当年他们出面在提篮桥地区买下一些房子给难民居住，又拨出地块，让犹太人自行建造居室。一些居住在提篮桥一带的上海人，还腾出自己有限的房间来安置犹太难民，并把自己的生活用具借给他们使用；有些上海市民主动四处奔走，帮助犹太人寻找临时工作；连当地的几所小学，也破例接收犹太难民儿童进学校读书，有的还为此专门聘请了犹太籍教职员工。

稍事安定下来的犹太难民为了生存下去，先是出售自己的旧衣服和物件，接着便四处寻找工作，他们有的到饭店和食堂去打工，有的推着小车给人磨剪刀、修理自行车、摆地摊，有的帮人家修皮鞋、擦皮鞋，还积极学习各种手艺。他们和中国居民毗邻而居，相互救助，这些顽强而智慧的犹太人很快以一种乐观的情绪融合进了异国的陌生环境中，依靠自己的力量生存了下来。提篮桥被当时居住在此的一些犹太人称为他们的“上海方舟”。 他们和上海人住在一条街巷一个门洞，一幢楼里要挤五六个犹太家庭，常常是一家老小济济一堂，烧饭用煤球炉，想洗澡得去街角的老虎灶买水。在这里，他们结婚、生子、祈祷，虽然生活得比较艰苦，但和中国居民却友好相处，这种状态一直持续到“二战”结束。

舟山路西侧曾是犹太人集中生活的区域。以舟山路为核心，是一片欧式的简易店铺，如舟山路30号是杂货铺，32号是野味店，34号是修钟表的，44号是卖文具的，46号是帽子店，48号是箱包店，50号是寄卖店，56号是皮鞋店，60号原先是药店后来开了家洗衣店，72号是铝制品店，甚至这里还开设了一家牛奶房。舟山路霍山路口是维也纳鞋店，是过去的奥地利难民在这里集资创办的。鞋店当年紧跟欧洲时尚，制作出了上海最时髦的女式皮鞋。在避难的艰苦岁月里，犹太难民的居住条件是粗陋的，日常生活是窘迫的。但物质的匮乏压制不了艺术的灵性，这些落魄的犹太人固执地保持了他们最本质的快乐气质，并以超乎寻常的顽强苦心维系着他们心中的艺术，尽一切可能把欧洲的艺术生活带到了这个东方的城市。他们建立了一个犹太人剧团，演出的剧目包括萧伯纳、斯特林堡、莫尔纳、霍夫曼斯塔尔等著名剧作家的剧作。犹太难民当中有非常多的音乐专业人士，仅指挥家就有15人，演奏家则有200多人。那时，舟山路上的剧场定期举行犹太族音乐家演奏的音乐会，而维也纳约翰·斯特劳斯剧院的男高音科瓦茨在这里开设的“香肠男高音饭店”是当时最具欧洲风情的犹太人聚会地点。上海的犹太报纸《上海先驱》曾这样介绍：“上海的中欧犹太移民中，没有一个职业群体像这些艺术家，尤其是像音乐家群体那样完全靠自己谋生。他们在流亡中也不让自己丰富的文化遗产丢失，几乎从无到有建立起一种音乐生活。”当他们的欧洲家园已成为一片焦土，音乐之城维也纳的“音乐之声”却自由地飘荡在中国上海的土地上。这些流亡上海的犹太音乐家给上海西乐带来的滋养，到现在我们还在受用。

这些犹太人还创办了自己的广播电台。1939年5月2日，难民们的XMHA电台开播，播出节目包括古典音乐、爵士音乐、医疗讲座以及为东欧难民准备的意第绪语讲演、新闻等。他们还每天出版《上海犹太记事报》，甚至建立了自己的公共图书馆。从1939年底至1941年底珍珠港事件发生，在选物购货的掩护下，还悄悄流传着犹太难民用德文、俄文、英文、波兰文、意第绪文以及中文出

舟山路西侧曾是犹太人集中生活的区域

版的公开和不公开的《犹太日报》《八点钟晚报》《黄报》《上海先驱》《我们的生活》《犹太之声》《流浪的犹太人》等几十种报刊，传播着外出人员带来的消息，散发着塔斯社的油印传单。

霍山路23号，靠近大名路海门路的地方，曾经是著名的小维也纳咖啡馆，现在开着一家小小的烟酒杂货店。霍山路57号现坐落着百老汇酒楼，这是一幢通体乳白、不无奢华的3层西式楼房。最引人注目的是建筑正面的三大块精雕细刻的窗饰，显示出一种优雅的欧洲古典风格。这里最早是百老汇大戏院，当年犹太难民乐团就常在这里举办音乐会。

安放乡愁的霍山公园

从舟山路折入霍山路，有一处巴掌大的微型公园，原名斯塔德利公园，始建于1917年，专供外侨及其儿童和照顾西童的华籍保姆使用，20世纪20年代改名为舟山公园，直到1931年9月始对华人开放。犹太难民聚居提篮桥后，因这里处于隔离区的中央，便自然成了犹太难民的游憩之地。因为那时的霍山路叫汇山路，公园便被称为汇山公园。当年在日军的控制下，犹太难民不得随意走动，犹太难民的孩子们就是在这个公园里嬉戏，度过了黯淡的童年。汇山路改称霍山路后，该公园也于1944年6月23日更名为霍山公园。这里曾经是犹太难民在上海建造的公墓，没准公园里的一些老树根下，至今仍掩埋着哪位犹太老人的骸骨。当年，上海犹太人时常来此休息聚会、祭拜先人。1944年7月16日晚，上海犹太人组织在此举行报告会，纪念赫茨尔博士逝世40周年以及比亚利克和雅布延斯基两位已故犹太名人。1947年4月22日，8 000多名犹太人在此集会抗议在巴勒斯坦的英国当局绞死犹太民族主义组织4名成员，此集会震惊了整个上海。

1994年4月19日，为纪念“二战”期间曾在提篮桥地区生活居住的犹太难民，虹口区人民政府在霍山公园内立了一块题为“二战期间犹太难民居住区”的黑色大理石碑，正面用中文、英文、希伯来文镌刻着如下的说明词：“第二次世界大战期间，数万犹太人为逃避法西斯的迫害来到上海，日本侵华当局以犹太难民无国籍为由设立隔离区，对他们的行动加以限制。此区域西起公平路，东至通北路，南起惠民路，北至周家嘴路”，反面镌刻着“二战期间犹太难民居住区碑志”。

这块黑色大理石碑镶嵌在米白色的花岗石上，周围绿树环绕，庄严肃穆，常有外籍观光者在它面前流连、寻觅和凭吊。而紧贴着霍山公园的霍山路小学当年曾接受了犹太难民子女与中国儿童同读。

长阳路（原华德路）24弄是由一排低矮、拥挤、压抑、墙板单薄的石库门房子组成的旧式里弄，弄内9号曾是犹太难民艺术家们聚居的地方，他们在这里简陋的屋子里尽情释放着自己的乡愁，抚慰自己受尽磨难的心灵。弄内25号内曾开设过一家以出售鲜奶油闻名的露易咖啡馆，陋巷里的小店让这些远在东方的犹太人也能尝到原汁原味的家乡食品。当年，德国犹太人、著名小提琴家维腾贝格被迫离开了他在维也纳郊外的别墅后也住到了这条弄内的一间小屋里，以教授小提琴、钢琴演奏为生。如果学生在隔离区之外，维腾贝格就得先从日本人那里弄到通行证，然后带着一个面包去教琴。他既教小提琴也教钢琴，学生中有不少是中国人，其中就有先施公司老板郭琳爽的公子和千金。有一次，维腾贝格病倒在家，郭家闻讯后，立刻送钱去救急。“二战”结束后，难民们大多去了美国、以色列，维腾贝格却执意留在他长阳路的小屋里。新中国成立后，他被聘为上海音乐学院教授。1952年夏季的某一天，维腾贝格的邻居发现72岁的他倒在自己的小屋里，琴弓仍握在手上，琴架则被碰倒，乐谱散落一地，他到天国去了。遵照他的遗愿，遗体被安葬在中国的土地上。

犹太隔离区内的生活

1943年2月18日，日本占领军当局发布了《关于无国籍难民居住、经营的布告》，将犹太难民的居住和营业地区限制在兆丰路（今高阳路）、茂海路（今海门路）及邓脱路（今丹徒路）以东，杨树浦路以西，东熙华德路（今东长治路）和汇山路（今霍山路）以北，并强行规定1943年5月18日之前，自1937年以来从欧洲抵达上海的难民必须迁入上述指定地区。这样，在虹口便形成了“无国籍难民限定居住区”，近3万犹太难民和近10万中国居民拥挤在这个不满1平方公里的隔离区内共同生活。隔离区内主要通道全部用栅栏、路障封闭，由日本宪兵把守，进出要通行证。通行证发放十分苛刻，第一年仅发季度证1 600多张，月内证2 500多张，4个人摊不到一张。犹太人在日本人刺刀下战战兢兢实现了3年多的自治，这很可能是世界上所有犹太隔离区唯一的自治。在犹太难民被集中禁闭居住在狭窄的弄堂里前后一年多面临凶境之时，善良的上海市民经常会不顾自身安危，将大饼、馒头掷进去，使犹太兄弟免受饥馑之苦，被困在弄堂里的2 000多犹太人，最后大部分奇迹般活了下来。

唐山路818弄是犹太隔离区内比较大的“隔都”之一。该弄建造于1927年，当年，美商中国营业公司买下唐山路818弄这块地皮，建了99幢两层楼的石库门房屋，加上过街楼共100幢。房子造好后，给弄堂取名“源福里”，并把房子出租。如今这个弄堂口的高高墙门上“1927”4个用水泥抹成的字样依然存在。“八一三”抗战爆发，虹口沦于敌手，源福里居民迁入租界避难，此弄几乎成了一条空巷。犹太救济组织便以较低的租金承租下来，安排犹太难民入住，自此该弄就成为虹口犹太人聚居点之一。附近的上海人亲切地把它唤作“犹太弄堂”，是当时犹太聚居点内最大的一个犹太社区，曾经接纳过近千名犹太难民。原先源福里的房屋，家家都有天井，被高高的石库门墙围着。由于犹太人很不喜欢这样的高墙，不久就被拆去。他们在天井一角砌起了两层高的阳台，天井的一部分则种上了小树和花草，还在厨房的隔壁添置了卫生设备。这样，他们就可以在阳台上乘凉、晒日光浴、晒衣服棉被。就这样，犹太难民在自己亲手改造的半西式房子里栖居了下来。犹太民族是一个讲究生活质量的民族，流离使他们更渴望安定。因此，在隔离区内的犹太人生活虽然十分艰苦，但他们精打细算，除了保持中欧犹太饮食习惯外，也尝试着用上海式小煤炉烹饪中国风味的食品。在隔离区内相对平静的生活状态中，他们甚至还养起了狗，在午后休闲的时光中，他们静静地啜着自制的咖啡，尽可能放松精神，以抚慰被惊扰的神经。像这样的“隔都”在今长阳路50弄“蓝村”、东长治路961弄（近公平路）和海门路171弄（近东长治路）各有一处。其中“蓝村”的弄堂规模较大，南北朝向各有15幢两层楼房，门内是小花园，2楼朝南有阳台。此弄内居住的大多是俄籍犹太人。当时，弄内还有犹太人开设的美容店、面包房和皮包修理作坊等。

1945年8月，日本投降。9月3日，虹口犹太隔离区正式撤销。上海犹太难民和上海市民一起欢呼雀跃，庆祝自己的解放和新生。第二次世界大战结束后，犹太难民都陆续离开上海，分批移居世界各地，其中大部分去了美国、以色列、加拿大、澳大利亚和南美洲。然而，他们从来没有忘记在虹口提篮桥地区度过的难忘岁月，常称自己为“上海犹太人”，视上海为“第二故乡”；有的地方还建立联谊组织，定期聚会。洛杉矶的“上海犹太人联谊会”在

20世纪80年代曾多次举行“团聚会”，并办了一张《虹口纪事》的小报，每年出版三四期，相互交流。70多年来，无数散居在各国的、曾经在这里生活过的犹太人重访上海，来到提篮桥地区，寻找自己当年的生活踪迹。

1998年，上海艺术家陈逸飞曾拍摄了一部记录犹太人在上海足迹的影片《逃亡上海》，为此，他们去了世界上许多地方，采访的犹太人数以千计。这部史诗般的纪录片以一首犹太母亲唱的童谣开头，以贝多芬《第九交响曲》结束。当维也纳交响乐团首席小提琴家汉斯·格林伯格见到他在上海舟山路上的旧居，那幢公寓楼竟能如此完整地保留下来，备感意外。格林伯格录完最后一个镜头时，激动得抽泣不已。

提篮桥的犹太记忆让人们看到了上海这个开放的城市和上海人的包容心。而在前犹太难民看来，“上海”这个词已被记录进犹太人的文化里，和著名的“辛德勒”一样，成了“拯救”“避难地”的代名词。犹太民族是一个懂得感恩的民族，犹太人对上海的深情厚谊，甚至跳出了“上海犹太人”的范围，成为整个以色列的一种公众情感。一位曾在中东采访的记者叙述过他在以色列经历的特殊感受：“在以色列，许多人一听说我来自中国，马上就会说，‘你们在我们最困难的时期里帮助过我们’。在以色列的利顺市有一个独立广场，在‘独立之火’的周围有一圈石柱，其中一根石柱上刻着CHINA，另一根石柱上写着：没有他们的帮助就没有今天！在以色列国庆节时，电视里播放的专题里，就有曾在上海生活过的犹太老人回忆当年中国人是如何冒着被日本人抓住的危险，给隔离区的犹太难民送食品的镜头。”

原貌复建的白马咖啡馆

2015年8月28日，曾是犹太难民聚会地的之一的“白马咖啡馆”穿越时空，重返提篮桥，它就出现在摩西会堂对面的长阳路67号。这是一家传奇的咖啡馆，它不仅见证了犹太人在这一带的历史，而且还是爱的魔法咖啡馆。

1939年，一位名为鲁道夫·莫斯伯格的犹太人和自己的亲友，盘下了长阳路临潼路路口的一座小楼，开起了一家咖啡店，起名“白马咖啡馆”。这一方面是出于一家人对于轻歌剧《白马旅店》的喜爱，另一方面也是因为战前他们的家乡维也纳街头就有以白马命名的咖啡馆，能在异国街头开一家带有家乡印记的咖啡馆，也是寄托了思乡之情。难民中不乏点心、面包制作和调酒高手，都被莫斯伯格聘请，他还在围墙隔出的小院四周架置起了鲜花、雕塑和油画。白马咖啡馆内外有着典型的维也纳风格，还兼具了餐厅、酒吧和夜间俱乐部的功能，因气氛温馨、服务周到，很快成为当时犹太难民们日常聚集的场所。据说这是一个有着“爱的魔法”的咖啡馆，不少流落上海的犹太难民在白马咖啡馆里邂逅了自己的心上人，他们在这里相识，在这里举办婚宴，又带着他们的孩子来到这里。白马的“爱的魔法”也给咖啡馆主人莫斯伯格家族带来了幸福。在白马咖啡馆开馆仪式上，创建者的外孙罗恩回忆，他的父母第一次相遇就是在白马咖啡馆，第二年，他们就举行了婚礼，并于1941年11月生下了他。1949年，罗恩的祖父母离开上海，去往悉尼。1987年，罗恩特地带着妻子来到上海寻找当年的记忆并找到了咖啡馆的原址。现在，重建的白马咖啡馆就在原址不远处，其中

“风雨同舟”纪念雕塑

有一面墙壁被完好无缺地保留了下来，令罗恩激动万分。他说："进入咖啡馆后的感觉棒极了，就像回到了家一样。"

原先白马咖啡馆所在的小楼位于长阳路180号，那是一幢建于20世纪20年代的德国式建筑。主楼共3层，附带一个4层阁楼，2、3层东北角有一圆形阳台，原东侧有花园，西侧有2层辅楼一幢，互相之间以楼梯连接，20世纪40年代改为白马咖啡馆。2009年在长阳路拓宽工程中被拆除，拆除前作为虹口区妇幼保健院使用。2015年8月白马咖啡馆主楼在摩西会堂对面的长阳路67号复建，原建筑中的部分门、窗、楼梯扶手等构件进行了移装。复建的白马咖啡馆内装饰注重还原犹太民族的文化氛围，1楼有红砖砌筑的壁炉，有穹形壁龛，拱形隔墙，原木桌椅，墙上的搁板、壁灯、圆镜和蜡烛吊灯都是老物件，窗帘的款式、颜色、星形的椅子等也都是按照原先白马咖啡馆的样子复制的。2楼走的是简约风，显得古朴、大气，墙上陈列着当年犹太难民在上海的老照片。阳台上灰色与橘色交织的墙上的暗红色百叶窗与壁灯充满年代感，令人回望当年。坐在这里，望着窗外长阳路上的风景，喝一杯加上espresso的白马阿芙佳朵，品味那种苦中带甜的味道，细细体验当年犹太人在此聚会的场景，于休闲中获得了一种文化滋养。

白马咖啡馆复建完成后，犹太难民后裔莎拉·伊麦斯捐赠了"风雨同舟"纪念雕塑，现矗立在白马咖啡馆门前街心花园的花草丛中，周围有一大片盛开的猩红色玫瑰月季簇拥着。雕塑呈现了一位母亲为怀抱玩具熊的小女孩撑起雨伞遮挡风雨的情景，形象地展现了犹太民族的感恩和上海的大爱与包容。

提篮桥监狱

神秘幽深的百年囹圄地

提篮桥监狱是由英国殖民者建造的监狱。当年，它与苏州“狮子口”监狱和南京“老虎桥”监狱并称为“民国三大监狱”。这座监狱于1903年竣工后命名为“上海公共租界工部局警务处监狱”，因地处提篮桥地区，此后百余年间，上海居民更习惯于称其为“提篮桥监狱”。提篮桥，在上海也成为监狱的代名词。

说实话，对于提篮桥监狱我在写作中是有心理障碍的，虽然我写过不少关于保护建筑的文章和书，但对于这个地方却始终没有敢触碰。监狱周围筑有高5.2米的界墙，上面有铁丝网，灰白的围墙对面是舟山路室内菜场，中间形成一条窄窄的通道，因为围墙高，道路又窄，这通道就显得有些阴森恐怖。好在室内菜场门口总有些摆摊的小贩，售卖些时令蔬菜、瓜果等，有着市井生活的烟火气。监狱大门设在长阳路上，层层推进的叠式造型，坚固厚实又有透明感，呈现了装饰艺术派风格，两扇厚重的大铁门紧闭着，一边墙上挂着“上海市提篮桥监狱”的白底黑字牌子，看上去神秘幽深又森严冰冷。我每次走过那里时，会绕到马路对面，为的是不从这令人望而生畏的地方经过。

在写作提篮桥风貌区时，我发现提篮桥监狱是一座绕不开的优秀历史建筑，假如不写它，这本书就缺了一块，因为它是体现提篮桥历史文化风貌区特色的一个重要载体，于是，我开始重新审视它。在一位工作在监狱的朋友陪同下，我还走进了这曾经让我十分害怕的地方，仔细参观并阅读了它的身世。

提篮桥监狱位于长阳路147号，是一座由殖民地时期英国殖民者建造的百年监狱。当年，它与苏州“狮子口”监狱和南京“老虎桥”监狱并称为“民国三大监狱”。由于它建筑精良，规模宏大，犯人收押数量最多达8 000多人，大于印度的孟买监狱和日本的巢鸭监狱，因而号称“远东第一监狱”。

上海公共租界各巡捕房的囚室曾拥挤不堪，1895年11月，工部局警务总监唐纳·麦肯齐拿着一张草图找到董事会，建议新建一座符合西方监狱管理标准、拥有现代化设施的新式监狱。

董事会召开会议后，批准了麦肯齐的请求。1901年，工部局买下了今提篮桥监狱西半部土地，经过公开招标，由英国驻新加坡工程处设计中标。中国兴建的现代监狱大都以英国伦敦的本顿维尔监狱为蓝本，而提篮桥的设计者则“独树一帜”，参考了美国监狱的布局 —— 两排囚室背靠背，用镂空的铁栅取代密闭的木门。1903年，监狱交付使用，是两幢4层建筑，共设囚室480间。竣工后的新监狱被命名为“上海公共租界工部局警务处监狱”，因地处提篮桥地区，此后百余年间，上海居民更习惯于称其为“提篮桥监狱”。提篮桥，在上海也成为监狱的代名词。

1904年，又建成3层女监一幢。1915年，监狱在其北面购买土地，建造了两幢5层楼监房和一幢3层楼储藏室兼工场。1928年起，监狱又购置了现东半部土地相继增建了少年犯监、管理大楼、医院等。1934年，著名的十字监和一字监相继落成。十字监即为西人监，主要关押外籍囚犯，高6层，其建筑横截面为十字形，故名十字监。一字监关押外籍女犯，4层。1935年拆除1903年最早的一批建筑重建并在界墙外建狱吏、狱卒住宅宿舍。监狱现存建筑物均为1917—1935年间所建造。成为拥有5层高的监楼9幢，4层高和6层高的监楼各一幢，近4 000间囚室，还有工场、医院、炊场、办公楼等建筑的大监狱。监狱四周有5米多高的围墙，内部除普通监室外，另建有“橡皮监”（防暴监房）、“风波亭”（禁闭室）、“室内刑场”（绞刑房）和室外刑场等特种设施。

监狱初期由英国人统治，看守主要是印度人。1943年8月，汪伪政府接管监狱，开始由中国人管理，狱内各种司法文书表

提篮桥监狱

册由英文改为中文。提篮桥监狱自启用以来，到1949年5月间，先后经上海公共租界工部局、日本人、汪伪政府和国民政府管理。监狱最初称“上海公共租界工部局警务处监狱”，1942年1月改名为“上海共同租界工部局华德路刑务所”。1943年8月，汪伪政府接管，改称“司法行政部直辖上海监狱”。抗战胜利后，国民政府接管，仍称“司法行政部直辖上海监狱”，俗称华德路监狱、提篮桥监狱、外国牢监和西牢等。1949年5月上海解放后，中国人民解放军军事管制委员会接管监狱，作为新中国的刑罚执行机关。1949年5月始称“上海市人民法院监狱”，1951年8月改名为“上海市监狱”，1995年6月改名为上海市提篮桥监狱。

抗战胜利后，提篮桥监狱先后关押过数百名日本战犯，如日本驻台湾总督兼司令官安藤利吉大将、日本第六方面军司令冈部直三郎大将等，在这幢监楼内，每间8平方米，设有固定的铁床、铁桌、铁凳和抽水马桶。这是抗战胜利后，在中国境内最早审判日本战犯的场所。这里也是抗战胜利后中国境内第一次审判日本战犯的法庭所在地。为此，1997年8月经上海市人民政府批准，提篮桥监狱日本战犯关押、审判、执行处已列为“上海市抗日纪念地”，并立碑存史。

这座监狱曾囚禁过不少中国近现代著名人物，其中有资产阶级民主革命家章太炎、邹容，中国共产党人任弼时、张爱萍，著名作家阿英、周立波（曾任湖南省文联主席）。王孝和于1948年9月30日就义于狱中。在狱内建有“王孝和烈士就义处”，已列为上海市青少年教育基地。

在提篮桥监狱的建筑群中，主要的8排狱房，过去分别称为信监、义监、和监、平监、仁监、爱监、忠监、孝监，呈东西向依次错位排列。西南角为另一个十字形集中的狱房，十字交错的狱楼中是圆筒形的网状监控区，狱警可以360度观察到8排监房的活动情况。狱楼内的设计也非常先进，各层平面的核心部位是前后紧挨在一起的袋形排列的狱房，狱房外四周是一圈宽约8米的回廊，回廊中间又有各层上下连通的天井，方便巡逻狱警同时监控上下几层楼面的犯人活动情况，天井和各层楼板相接处采用铁丝网从上到下严密封实，并用钢筋混凝土一直灌浇到地下两米处，犯人插翅也休想逃脱。因此，提篮桥监狱自建立至今从来没有发生过犯人越狱成功的事例。

1999年12月，在提篮桥监狱内的一幢6层高的当年曾关押、审判、处决过日本战犯的十字监楼内建起了反映百年以来上海监狱和现状的“上海监狱陈列馆”，陈列馆于《监狱法》颁布实施5周年之际的1999年12月29日正式开馆。在上海监狱陈列馆的3楼，参观者可以看到一间18平方米大小的房间，三面都是钢骨水泥，一面开有气窗，地板中间有一个1.8平方米的方孔，方孔两侧有两块活动地板。活动地板合上可任人跳动，扳动手闸，活动地板就“轰”然一声向两侧分开，2楼也有同样的装置，可以直通1楼的停尸房。活动地板的顶上装有一根绞刑架，并配有绞索。这就是国内罕见的室内刑场（绞刑房）。绞架、活动地板等均是50多年前的原物。新中国成立后该绞刑房虽长期改作办公室。房梁上的绞架却没有拆除，地板上的方孔和活动地板都原物保存着，仅在上面又铺上一层地板，因此这座国内罕见的西洋式的行刑设备才完好地保存至今。

提篮桥监狱是近代中国一座西洋式的“外国监狱”，而且还基本上保持了20世纪二三十年代的建筑风貌，这对影视部门来说，无疑是一个天然的摄影场地。在这里借景拍摄的故事片有《铁窗烈火》《少年犯》《陈赓蒙难》《陈赓脱险》《珊瑚岛上的死光》《中华警花》《子夜》《魔鬼和天使》《孽缘》《好人合算》等。电视连续剧有《代价》《狱中曙光》《密探》《一代枭雄》《孽债》《若男和她的女儿》《一号机密》《潘汉年》等。

据悉，提篮桥监狱将搬迁。提篮桥监狱作为一处特殊的保护建筑，有着很强的历史感，它是提篮桥历史风貌区的重要组成要素和区域内的独特记忆，我不希望监狱搬迁后这幢建筑被改造成包含商业、文化和写字楼的综合楼，因为这样的设施已经太多了。我期待有关部门能按照保护伦敦塔和巴黎巴士底狱的方式来保护提篮桥监狱，以留存这座城市独一无二的记忆。

摩西会堂

犹太难民的宗教中心

当年，苦难的犹太人虽然失去了祖国，却依旧执着地坚守着自己的宗教传统，这是他们在艰苦环境里依旧顽强生存的精神支柱。在摩西会堂里镌刻着这样一句话："打开窗，外面就是犹太人的世界。" 这个犹太难民曾经聚居祈祷的场所如今已成了犹太难民在上海的纪念馆，成了犹太人和他们后裔追忆、学习历史的地方。

长阳路舟山路路口的长阳路62号矗立着摩西会堂，又名犹太难民在上海纪念馆，这是至今保存较为完整的一所犹太人教堂。它和陕西北路的西摩会堂不一样的是，西摩会堂是以原先的西摩路为名，而摩西会堂是以犹太人信奉的民族英雄摩西为名。在《圣经·旧约全书》中详细记载了摩西接受圣神耶和华之命，率领受苦受难的犹太人出埃及到美好宽阔的长满葡萄流着奶和蜜的迦南地区的经过。为了纪念这位民族英雄，犹太人就把祈祷的圣殿命名为“摩西会堂”。还有一个不同的是西摩会堂只对国外来沪参观的外国人特别是犹太人开放，而摩西会堂是完全开放的。

长阳路上的摩西会堂又称华德路（今长阳路）会堂，是俄罗斯犹太人于1927年集资兴建的一所正统的供俄国和德国犹太人使用的会堂。当年楼下为礼拜大厅，并设有涤罪浴室。楼上为拉比住房和上海犹太教会办公处。“二战”期间，这里是犹太难民主要宗教活动中心，是他们礼拜、结婚和受洗的地方，里面曾聚集了无数逃难来的犹太难民，他们在这里为自己的悲惨遭遇而痛哭祈祷。犹太青年组织也一度将其总部设在摩西会堂内。1956年，摩西会堂由于俄罗斯犹太人大批回国而关闭。如今，摩西会堂门外一侧墙上镶嵌着一块铜牌，刻有犹太教的标志物“大卫星”，铜牌上书写着“摩西会堂旧址”。左侧墙上挂有中英文的“上海犹太难民纪念馆”黑底白字的牌子，长长窄窄的一条，看上去醒目又悲凉。

走进摩西会堂镂花的铁门，里面是一个大约四五十平方米的院子，进门右侧的小弄堂一侧是刻有13732个曾经在上海居

摩西会堂门外一侧墙上的铜牌上书写着“摩西会堂旧址”

摩西会堂又名犹太难民在上海纪念馆

住过的犹太难民姓名铜墙，是世界上唯一以“拯救”为主题的名单墙。铜墙居首是犹太难民雕塑。这座青铜浮雕重点刻画了6个人的形象，代表着信仰、苦难和爱，坚定和未来，光明和希望，其中一位难民手中的7支蜡烛是犹太教灯台，它有7个分支。6个人的形象代表着在“二战”遇难的600万犹太人。摩西会堂主楼为3层欧式花园住宅，建筑平面呈凸字形，与周围的两幢平房围合成前院、后院、侧天井。底层平面有两个主入口，设于凸字形阴角的两侧边上，面向前院。主楼为3层欧式花园住宅，红瓦斜尖四坡顶，出檐很小，与下腰檐相当，白色的窗棂上有砖红色的拱纹，罩着窗顶，然后又向两头延伸开去，点缀成青灰色墙上的条条蓝纹。每一层楼面处均砌筑一圈砖叠腰，与两檐间粗细相同的同色砖带形成水平装饰主题。建筑的门套和窗套、窗台均置有风格基本统一但又各具特点的弧线，如通往楼梯间大门的门顶部是半圆外又增加了一圈由几段正弧、反弧、直线组成的线角，颇具特色，这是正宗的犹太建筑细部，深色木门上方镶着显眼的犹太标志“大卫星”图案。

穿过巴洛克风格的石拱门廊，就是典型的犹太会堂。1楼大厅正面中央的一块幕布，是以色列驻沪领事馆赠送的，用的是英国的宝石、印度的丝线，在纽约制作，上面用希伯来语绣着“上帝在我面前”。中间是一排排长长的座椅。边上有一张小边桌，桌上放的是最朴实的留言本，边桌的下半部分做成了捐款箱。1楼马赛克地面的拼花还是往昔的模样，只是被岁月打磨得暗淡了许多。沿着左边狭窄的木头楼梯拾级而上，便是与大厅相通的2楼，木楼梯的油漆是老式的暗红色，其望柱和楼梯侧面的三角形部分的木雕做工细致、精美，在楼梯转折处有一倒葱头状装饰，反映了俄籍犹裔居室中的犹太建筑风格特色。2楼的西面半间做了挑空，可以俯瞰到1楼的约柜。这是专为犹太女士们准备的，为的是同正厅里的男同胞们保持距离。现在2楼辟为犹太女孩安妮·弗兰克之家，室内欧式的玻璃柜里摆放着当年犹太人的证件等小物品，玻璃柜上放着一个西洋座钟。红木圆桌上摆的是石英收音机，两张椅子边上是脚踏式的缝纫机，窗台上放着蓝色的煤油炉，花架上有一个青花瓷盆。墙上的图片展示了安妮一家在纳粹迫害下的悲惨生活，提醒世人不要忘记那个惨绝人寰的纳粹时代和大屠杀事件。3楼更像是一个会议室，12把椅子围着一张长桌。据说犹太人有12个支派，每次开会各个支派推选出一个代表，正好坐满一桌。当年，这里曾辟作难民子弟的小教室，犹太难民的婚礼也在此举行。现这里展出了被陈毅称为“活着的白求恩”的奥地利友人罗生特大夫的生平。再往上有一个11平方米的阁楼，据说当年里面住着一个五口之家：3个犹太小男孩，每天用煤球炉做饭的母亲以及在摩西会堂做杂役的父亲。在2楼和3楼外还设置有贯通的大露台，有铁栏杆护卫。

主楼前有一道连廊连接后院的两座相对而立的平房，右边是第二展厅，左边是第三展厅。第二展厅的墙上插着各国参观者的国旗。连廊两侧各竖立着3根柱子，象征了犹太民族的3种品格，分别是坚忍、精明、勤奋。柱子上的图案是英国一家博物馆收藏的犹太的《托拉》经卷和后来的《旧约》上的图案。通过连廊时，还可以看到连廊顶部镌刻着的一首诗，以中文、英文、希伯来文3种语言呈现：“上帝怜悯幼儿，却不怜悯少年，对年长的更丢开不顾，让他们自生自灭。他们有时要匍匐在地，爬过燃烧的沙砾，找到救护的地方，浑身都是血迹。”这首诗是犹太诗人阿米亥的作品，讲上帝选择犹太人给他们以困难，让他们通过自己的奉献和牺牲，才得到安全。通过连廊进入另一个展厅，过厅里展现的是日本人设立的隔离区，那是他们曾经的苦难，有一种隐喻的意思。踏入第二展厅，进门处有一幅名为“无国籍难民限定居住区”的立体地图，下方大屏幕循环播放着地图上各个地点的3D实景动画。在第二展厅内的一角，以实物陈列的方式展示了当时犹太难民的一个起居室，大约4平方米的房内，窗户上挂着碎花窗帘，墙上挂着油画，餐桌、椅子、写字台、储物柜、行李箱、收音机、电风扇等物品把屋子塞得满满，显得拥挤却又不失温馨，当时犹太难民就是在这么狭小的房间内生活，展示的家具都是当年的犹太难民离开上海后或遗留或捐赠给教堂的。这些东西经年未用，看上去好像已经安然地睡着了。

在摩西会堂的院子里还矗立着“二战”期间与上海救助犹太难民息息相关的两位历史人物的雕塑。一尊是有“中国的辛德勒”之称的何凤山，1938年至1940年，何凤山担任中国驻奥地利维也纳总领事期间，向数千犹太人签发了“生命签证”，使他们得以逃脱纳粹魔爪。为此，2000年以色列政府追授何凤山“国际正义人士”称号。另一尊是身穿八路军军装的罗生特，他被誉为新四军中的“大鼻子神医”。1939年，在奥地利遭到纳粹迫害的犹太医生罗生特获得了何凤山签发的“生命签证”后与亲友一同登上了从汉堡开往上海的轮船。抵达上海

摩西会堂大厅内景

摩西会堂主楼

后，罗生特在周围共产主义者的影响下，于1941年北上投奔新四军，成为著名的战地医生。两位异国人成就了中国和犹太人之间的一段国际主义佳话。

当年，苦难的犹太人虽然失去了祖国，却依旧执着地坚守着自己的宗教传统，这是他们在艰苦环境里依旧顽强生存的精神支柱。在摩西会堂里镌刻着这样一句话："打开窗，外面就是犹太人的世界。"的确，60余年前，推开摩西会堂的后窗，舟山路、唐山路上都是犹太人的住所。这个当年犹太难民聚居祈祷的场所如今已成了犹太难民在上海的纪念馆，成了犹太人和他们后裔追忆、学习历史的地方。以色列前总理、中东和平缔造者之一、诺贝尔和平奖获得者伊扎克·拉宾也出自一个对上海充满感激之情的犹太难民家庭。拉宾父母死后就埋在摩西会堂附近的犹太公墓里。1993年10月14日，拉宾当选总理后不久，就启程访华并特地赶到上海，专程前来拜谒这块曾经像亲人一般接待过他父辈的土地。到摩西会堂参观后，他激动地在留言簿上写道："在犹太人被纳粹屠杀、驱赶而流浪于世界之时，犹太人得到了上海人民的庇护，我和犹太人民及以色列政府从内心深处深深感谢你们的帮助！"1998年，当时的美国总统克林顿访华，也亲自到摩西会堂参观，并推荐给了法国《费加罗报》的记者米伟文，说："到上海，这个地方不可不看。"2004年8月美国NBA的总裁斯特恩带领球队到上海进行比赛，在休息日，上海有关部门为其提供了两个方案，一是乘坐世界最先进的浦东磁悬浮列车观光，其次是参观摩西会堂。作为犹太人的后代，斯特恩毫不犹豫地选择了后者。

舟山路犹太住宅群

小维也纳和布鲁门塞尔旧居

舟山路上的这些住宅具有英国安妮女王时期建筑风格特征，这里没有风花雪月，寻常的人间烟火中深藏着的是当年犹太人生活的艰辛磨难和动人的跨国友谊。这些房子中名气最响的当数舟山路59号，因为这里是美国前财政部长布鲁门塞尔13岁时随全家从德国柏林逃到上海后居住的地方，他在里面一间仅9平方米的小房间里度过了整个青少年时代。

小维也纳，一个美丽的名字。这里没有风花雪月，有的只是寻常的人间烟火气，浓浓的市井味，却吸引着世界各地的人前来造访。因为它的背后藏着生活的艰辛磨难和一段动人的跨国友谊。

小维也纳位于霍山路、长阳路中间的舟山路西侧，曾是犹太人集中生活的区域。1932年“一·二八”事变后，舟山路和霍山路都曾经被日本侵略军轰炸过。犹太难民在这里安定下来后重新修建了被炸毁的楼房，这里的街道和房子被奥地利犹太建筑师们改造成了欧洲风格，他们把原先的2层楼翻成了3层楼，现舟山路临街一排相连的建筑即舟山路21—81号，包括它旁边的霍山路71—95号都是一模一样的风格，而且都已被列入上海市优秀历史建筑。这些住宅建于1910年左右，是上海近代外廊式建筑，具有英国安妮女王时期建筑风格特征，每个门牌号的建筑平面为“间半”开间，外墙主立面设连续的清水红砖券式外廊，采用弧形券和半圆形券，局部采用简化的古典式清水红砖柱，背面为青砖清水墙，红砖清水腰线，檐口天沟采用线条外挑，不设封檐板，具有一定的艺术价值。

数万犹太难民中，颇多律师、医生、艺术家、工程师、商人、面包师、屠宰师、缝纫工、点心师等专业人才，他们在这个区域内就业，发展经济，仅仅两年半的时间，这里的街道便改头换面，中国街道的特点几乎消失殆尽，看起来更像是维也纳的小巷，于是，那个地方被戏称为“小维也纳”。“小维也纳”以舟山路为核心，毫无过渡地是一片欧式的简易杂货店、药房、面包房、水电铺、理发店、缝纫店、鞋店、帽店、眼镜

舟山路犹太住宅群组图

店、餐厅等。舟山路短短的二三百米内，商店鳞次栉比，人头攒动，交易十分兴旺。由于面包是犹太人的主食，犹太区域内开设的面包房特别多，舟山路上维也纳式带萨尼花园的咖啡馆也应运而生，有家咖啡馆就叫作“维也纳咖啡馆”，楼上则是一个犹太牙医的诊所。舟山路43号，原先底楼是基督教堂，大约有100平方米左右；2楼住着一位50多岁名叫克林斯基的犹太单身汉，3楼住着中国牧师郑仁全，这是当时教会配给他的。“二战”结束后，克林斯基回到了以色列。

当年，舟山路一带不仅商业发达，舞厅、酒吧也鳞次栉比，街道两边霓虹灯林立。入夜，灯火璀璨，在五颜六色的霓虹灯闪烁下，舟山路上的咖啡店里传出悠扬的四重唱歌声以及小乐队的伴奏，成了隔离区内最热闹的商业和文化娱乐中心。这里犹太人开设的咖啡店和小吃铺很多，那些犹太人都喜欢去喝杯咖啡、聊聊天以消磨时光。据说“二战”结束的胜利消息也是最先从这里传开的。虽说现在这些都已不见踪影，但那份小维也纳的气氛却是流传至今。在这里闲逛，你一定会感觉得出来。

这些房子中，名气最响的当数舟山路59号，因为美国前财政部长布鲁门塞尔曾经在59号里的11室住过。

从59号门口进去，穿过幽暗潮湿的长廊，从狭窄的铁楼梯到达3楼，一个只有9平方米的房间就是布鲁门塞尔13岁时随全家从德国柏林逃到上海后居住的地方，他在这里度过了整个青少年时代。当年，他作为犹太难民和父母一起登陆上海后，住进这里，他父亲以在门前的舟山路上经营罗宋面包维持生计。正如他在《自述》中所写：“一个少不更事的孩子，和父母一起

舟山路59号局部

经历了不堪诉说的仓皇出逃，流浪颠沛，直到到了上海才初次享受到童年的快乐，并在那里接受了启蒙教育。”“二战”结束后，盟国安置跨国难民时，他们举家于1947年移居美国，布鲁门塞尔在美国一所著名高等学府完成学业，后来步入政界和商界，不久出任卡特总统任内的国家财政部长。这位世界上最富裕国家的掌财人曾经有两句话常对人说，一句是“我在上海学会了把一分钱掰成两半花的本事”；另一句是“在犹太史书里，‘上海’一词将永远有一席之地”。1997年，德国政府邀请已退出政界的布鲁门塞尔出任柏林犹太博物馆馆长。2003年7月，在他一手操持下，博物馆的拉费尔-罗特学习中心，向全世界观众正式开放了一个名为《逃亡犹太人在上海》的长期展览。通过数百幅珍贵的历史照片以及录像、录音、地图、文字说明，生动地展示了犹太人逃亡到上海前的艰难、绝望的困境，以及逃到上海后在善良的中国人帮助下，对生活产生了希望的生动场景。后来，布鲁门塞尔住过的这间小屋里住着徐金根和吴德娟夫妻俩，他们是1966年通过换房住进舟山路上这间小屋的，没想到在这里一住就是半个多世纪。两人犹如民间的外交使者，热情地接待着来访者。为了使下面的空间宽敞一点，还在屋子里搭了个阁楼，把自己的卧室设在了上面。

布鲁门塞尔一共来过舟山路59号5次。他对这里很熟悉，每次都是自己摸着黑走进去。最早来的一次是1975年，那时布鲁门塞尔以美中关系全国委员会成员身份率美国篮球队来华参加友谊赛，途经上海时，他假休息间隙，在外事部门陪同下来到这里。当布鲁门塞尔看到当年小屋门墙依旧，心底最柔软的那根弦被触动，回想起当年一家四口住在不到10平方米小屋里的苦难生活，不禁泪流满面。可惜的是徐金根夫妇俩都在上班，布鲁门塞尔没能进入室内。他只能在门口拍了几张照片，遗憾地离去。1978年，已是卡特政府财政部部长的布鲁门塞尔再次来到舟山路，可是当主人接到通知从工作的上棉十五厂急急赶回来时，布鲁门塞尔已经因有事等不及走了。1982年，布鲁门塞尔离开政界，他以非官方私人身份专程回访舟山路故居，这次总算如愿以偿地进入了自己魂牵梦萦的旧居，并和徐金根夫妇通过翻译作了半小时交谈。2001年7月6日，布鲁门塞尔以德国犹太人纪念馆馆长身份，为搜集犹太人在华的有关资料，又一次来到舟山路59号，并向有关方面提出了在这一带建造犹太难民纪念馆的设想。2004年7月5日，布鲁门塞尔第五次来到这里，他是带着自己的夫人和子女一起来到被自己视为第二故乡的上海舟山路59号的。这次，他们向老徐夫妇赠送了一对无盖粗瓷茶杯，老徐夫妇则回赠了一对象征吉祥的大红中国结，并拍照留念。老徐夫妇还陪同他们一家游览了布鲁门塞尔当年与少年同伴嬉戏玩乐的霍山公园。2005年，是世界纪念反法西斯胜利60周年的日子，布鲁门塞尔第六次抵沪，当天午后下起了大雨，要让年届八旬的布鲁门塞尔从2楼攀登室外铁楼梯登上自己少年时的旧居，是有风险的，为保证安全，这次造访临时取消了。

这间屋子窗台边原先布鲁门塞尔使用过的旧煤气灶台曾经吸引过很多来访者，它是上海第一代煤气灶具，岁月早已把它磨损得锈迹斑斑。20多年前更新时，幸亏徐先生夫妇有远见，把它视作古董一直收藏着。犹太难民纪念馆在摩西会堂落成后，徐先生把这尊珍贵的煤气灶捐赠给了纪念馆。现在它们被展示在犹太难民纪念馆内，见证着一段历史，也见证了一段中犹人民的友谊。

现在，徐金根夫妇俩已经退休，尽管在故乡浙江拥有一幢独立宽敞的花园别墅，但他们还是喜欢住在这里，因为这幢有着历史意义的狭小居室已经和他们的生命紧紧联系在一起，他们因此而感到幸福和自豪。

榆林路花园住宅群

谜一般的红砖城堡

榆林路上老房子那无须粉刷也粉刷不了的清水红砖墙展现出的是写满历史印痕的沧桑。如今，墙面上的红砖已经斑驳陆离，墙角处长满了苔藓，深绿浅绿嫩绿间杂，反倒显出与房子年代不相符的活泼泼的生机，花园里的绿树和红墙相互映衬，原本是红红绿绿的俗艳，岁月沉淀后反倒显出一种凝重和安宁。

榆林路是一条小马路，名气不大，以至于很多老上海都不一定知道它。这几幢保护建筑所在的榆林路夹在临潼路和大连路之间，短短的一段小马路，不通公交车。它的对面是平凉新村，除了几个卖菜的摊位，也没有什么商店。只是在靠近临潼路的地方有一家杂货店，代卖些酱油老酒点心之类的。再过来一点的榆林路17弄是建于1926年的老式石库门弄堂延龄里，弄堂有带拱形窗的过街楼，两侧街面房的2楼有铁栏杆的阳台。除了住户，很少有人光顾，倒是成就了这条路安静低调的氛围。

这几幢古堡般的老洋房就这么藏在这条朴素的充满人间烟火味的小路上，宠辱不惊地矗立了一百多年，没有人打扰。我曾经在其中的59号住过一段时间。那是我妈妈的家。我懵懂的少女时代，青涩的青春岁月在这幢房子里留下了深深浅浅的痕迹。59号门前一扇沉重的铁门锁住了春光。直到搬走，我都不知道我是住在一幢保护建筑里。

当年，我从浙江路桥畔搬到这里时，明显感觉到了环境的偏远冷寂，在原先的居处我抬脚十几分钟就可以走到大马路（南京东路）上，家里的窗口看得见永安公司的塔楼。从榆林路到大马路，8路有轨电车要叮叮当当地开上半个多小时，后来有了37路，也要哐当哐当地开上起码半个多小时穿过外滩。

记得第一眼看见它，我的感觉像是电影里看到过的古城堡。通体红墙的有着哥特式城堡韵味的楼房虽然只有3层，但看上去却是格外高耸，透着神秘。进门是个长方形的庭院，左侧种着夹竹桃，开着红红白白的花朵，中间一条长长的水泥甬道一直通到有十几级台阶的楼前。从高高的台阶进入是幽暗的门

榆林路住宅屋顶局部

榆林路住宅群

厅，门厅的地板踩上去嘎吱嘎吱地响。门厅左侧是两户居室，宽大的棕色木门紧闭。另一侧是围墙，开着几扇穹形长窗，窗台上摆着些盆栽。窗户外是一个窄窄的通道，臂展长点的人能撑住左右两边的墙，推开通道尽头那扇门，穿过一个昏暗的厨房，就是后面的天井。因为小弄堂狭窄，所以厅内光线依旧暗淡。门厅尽头有木楼梯，楼梯栏杆由错落的宝瓶组成，造型精致，弯曲着通到楼上。从楼梯再往前走几步又是一个小小的楼梯，说是楼梯，不如说是台阶，不过五六级，因为没有窗户，黑咕隆咚的，白天通过也要打手电。楼梯旁有个小卫生间，楼梯下是一个公用厨房。厨房后面有个曲尺形的天井，之前，天井后面有两上两下的两层青砖墙小楼，应该是那幢房子的辅楼，2000年时被拆除了。从楼梯上去，2楼和3楼各自分布着十来间房间，房间敞亮宽大，层高比一般的房子要高得多，朝南有穹形窗，一角还有壁炉。站在窗前，可以看到前院的夹竹桃花开得艳艳的。

其实，当时我对老房子和建筑之美并没有多少感觉，只是觉得这里没有里弄房子的嘈杂，居住的人也少，比较安静。每逢夏夜，我就拿一本书到院子里，坐在树荫下的藤椅上看，享受凉风习习。这时，妈妈会把切好的西瓜放在我旁边的小茶几上，静静地坐在旁边，她喜欢看我读书的样子。现在，当我重新审视这幢建筑时，感觉到了以前不曾留意的许多细节。

这其实是一组并排而立的独立花园住宅群，共4幢，分别是43号、47号、59号和63号，全部面朝榆林路。我住过的59号是处于中间的一幢。这些建筑具有英国安妮女王时期建筑风格。住宅的底楼居室为一排长窗，2层有5个连续穹形窗，上有券心石。1、2层窗户中间有红砖壁柱廊分割，顶层退为平台，前面有水泥栏杆围护，门上面的3层仍为带券心石的穹形窗，窗户两侧有精致雕花。屋顶为双坡屋面，两侧出檐较浅，无支托，屋顶有棚式老虎窗和壁炉烟囱，外立面局部仿石面装饰，据说墙上的雕花是以色列国徽。4幢大楼中，59号、63号曾经作为新华印刷厂使用，另外两幢作为新华印刷厂的员工宿舍，43号和47号1、2层有连廊联系。59号和63号是独立的单幢。我记得那时，隔壁的邻居阿姨，经常会说她到隔壁新华印刷厂去串门。

现在，虽然门口已挂上了铭牌，但老房子的历史渊源并未在历史保护建筑的挂牌中介绍，只说是花园建筑，简化的古典样式，建于1927年。不过我看到过一张摄有其中一幢房子的老照片，在红砖大楼顶上飘着沙皇时代的三色旗，据说曾是俄国正教学校所在。俄国正教学校又称俄侨第一公学，被认为是近代上海第一所俄侨正规学校。沙俄是1917年被推翻的，那么这幢房子的建造年代可能要推至1917年以前，而不是铭牌上说的1927年了。

不管怎么说，老房子那无须粉刷也粉刷不了的清水红砖墙展现出的是写满历史印痕的沧桑。如果从1917年算起，它应该有100多岁了。砖墙的火红色不再艳丽，墙面上的红砖已经斑驳陆离，墙角处长满了苔藓，深绿浅绿嫩绿间杂，反倒显出与房子年代不相符的活泼泼的生机，花园里的绿树和红墙相互映衬，原本是红红绿绿的俗艳，岁月沉淀后反倒显出一种凝重和安宁。

我不知道这幢老房子在当年是不是住着因战争而颠沛流离、落魄至此的犹太贵族，没有人能告诉我。问遍周围，他们只说这是犹太人住过的房子。不知道这里曾经住过谁，房子是谁设计建造的，查遍了所能找到的资料也没有任何结果。但作为“二战”时期犹太人的聚居地，这幢房子是犹太人建造并居住的应该是一个靠谱的猜测。因为“二战”时期的上海是全世界唯一不用签证或任何官方文件就能入境的地方，为此有将近3万犹太难民在上海栖身，他们大多聚居在这一带，直到“二战”结束。这里很多上了年头的老房子，多少都曾经与战争、苦难、挣扎、惶恐、离别等字眼有关。在这样的历史背景下，榆林路的这些红砖房子里居住过的人应当也有过类似的酸楚经历，历史的伤痕和生活的艰辛藏在这些红砖间，穹形里，台阶上，暗沉沉的楼道间。进入里面，会有一种压抑感，那是一种凝重的气息，这是我在西区的老房子里感受不到的。我发现在房子的外墙底部有一个个诡异的方孔，现由纤维板和三夹板封住，大小足够一个成年人进出。红砖房子没有地下室，我猜测这些方孔可能便是因遭受了太多的磨难而缺乏安全感的犹太人为他们自己设置的逃命通道。

红砖房子的一侧是临潼路，临潼路25—89号的一排建于1921年的2层优秀历史建筑，也都是具有英国安妮女王时期建筑风格特征的犹太房子，每个门牌号的建筑平面为“间半”开间，屋顶为双坡瓦面，挂红片瓦，带对称棚室老虎窗，山墙外置方形壁炉烟囱。外墙主立面设连续的清水红砖券式外廊，采用弧形券和半圆形券，局部采用简化的古典式清水红砖柱，风格和榆林路上的红房子相似，但显得更为清秀典雅。从临潼路拐过去便是霍山路，霍山路一拐弯是舟山路，这些路上有很多类似安妮女王时期风格的红砖墙房子，只是体量没有榆林路的

临潼路25—89号远景

临潼路25—89号近景

大。与舟山路、霍山路的建筑相比，红砖城堡有一种被抛弃在一边的离群索居感，这使它显得十分孤独。现在，一批又一批的老房子爱好者来到这里，它终于不再寂寞，而藏在里面的谜也终有一天会被解开。